# TOUT EN UN 3e

## Objectif BREVET




**Mathématiques**
Philippe Rousseau

**Physique-Chimie – Technologie**
Sébastien Dessaint

**SVT**
Fabienne Ottevaere

**Français**
Isabelle de Lisle

**Histoire-Géographie**
**Enseignement moral et civique**
Laurent Bonnet

**Annales**
**Français** : Brigitte Réauté, Michèle Laskar
**Maths** : Philippe Rousseau
**Histoire-Géo.- EMC** : Christophe Saïsse
**Physique-Chimie – Technologie** :
Sébastien Dessaint
**SVT** : Malorie Gorillot


hachette
ÉDUCATION

## CRÉDITS PHOTOGRAPHIQUES

**pp. 174 à 177, 418, 442, 448** © Scratch : Scratch est développé par le groupe Lifelong indergarten auprès du MIT Media Lab. Voir http://scratch.mit.edu ; **p. 184 :** (Image A) © RIA Novosti. Prise du Palais d'Hiver par Pavel Sokolov-Skalya (1899-1961) ; (Image B) © Leemage ; (Image C) © Collection NBL/Kharbine-Tapabor ; **p. 236** : © Guy Quéral ; **p. 246** : © Géoportail ; **pp. 245, 247** : cartographie Christophe Vallée/Domino ; **pp. 255, 256 :** © Romuald Belzacq (Légendes Cartographie) ; **p. 291 :** © Mila Supinskaya Glashchenko/Shutterstock ; **p. 295 :** © Alex Mi t/Shutterstock ; **p. 296, haut :** © pablofdezr/Shutterstock ; **p. 297 :** © Castleski/Shutterstock ; **p. 299, de haut en bas :** © Evellean/Shutterstock ; © Miceking/Shutterstock ; **p. 300 :** © lana rinck/Shutterstock ; **p. 303, de haut en bas :** © Lightspring/Shutterstock ; © Iconic Bestiary/Shutterstock ; © amskad/Shutterstock ; **p. 307, de haut en bas :** © biokeriderlondon/Shutterstock ; © Sashkin/Shutterstock ; **p. 308 :** © Yustus/Shutterstock ; **p. 310 :** © maxim ibragimov/Shutterstock ; **p. 311 :** © Vitalii Nesterchuck/Shutterstock ; **p. 312, bas :** © snapgalleria/Shutterstock ; **p. 320 :** © StockPhotosArt/Shutterstock ; **p. 322, de haut en bas :** © oksana2010/Shutterstock ; © nikifiva/Shutterstock ; **p. 328, bas :** © Polina Kudelkina/Shutterstock ; **p. 329 :** © rudall30/Shutterstock ; **p. 333 :** © Designua/Shutterstock ; **p. 334, milieu :** © oorka/Shutterstock ; **bas :** © yankane/Shutterstock ; **p. 340 :** Rémi Picard ; **p. 344 :** © Roberto Lucci/Shutterstock ; **p. 345, gauche :** © Evan Lorne/Shutterstock ; **p. 351, de haut en bas :** © Eric Isselee/Shutterstock ; © Kletr/Shutterstock ; **p. 360, gauche :** © Kondratuk A/Shutterstock ; **droite** : DR ; **p. 366, de gauche à droite, de haut en bas :** © Elenarts/Shutterstock ; © Morphart Creation/Shutterstock ; © Aksenova Natalya/Shutterstock ; © eveleen/Shutterstock ; **p. 371, de haut en bas :** © Crisan Rosu/Shutterstock ; © Alex Mit/Shutterstock ; **p. 373 :** © Christos Georghiou/Shutterstock ; **p. 374, de haut en bas :** © Serghei Starus/Shutterstock ; © ksenvitaln/Shutterstock ; **p. 378 :** © toranosuke/Shutterstock ; **p. 380, de gauche à droite :** © BlueRingMedia/Shutterstock ; © Alila Medical Media/Shutterstock ; **pp. 384 et 385 :** © BlueRingMedia/Shutterstock ; **p. 389, de haut en bas :** © Marko Poplasen/Shutterstock ; © RusGri/Shutterstock ; **p. 391 :** © Workflow/Shutterstock.

PAPIER À BASE DE FIBRES CERTIFIÉES

hachette s'engage pour l'environnement en réduisant l'empreinte carbone de ses livres. Celle de cet exemplaire est de : 2 kg éq. $CO_2$
Rendez-vous sur www.hachette-durable.fr

**Maquette de couverture :** Stéphanie Benoit
**Maquette intérieure :** Stéphanie Benoit / Audrey Izern
**Mise en pages :** Grafatom / Médiamax / APS / Soft office

**www.parascolaire.hachette-education.com**
ISBN 978-2-01-715073-2

Imprimé en décembre 2021 en France par Dupli-Print - N° d'impression : 2021121293
Dépôt légal : Juillet 2021 - Édition n° 03
**20/9569/1**

# MODE D'EMPLOI

## Le tout-en-un pour réviser toutes les matières et réussir le Brevet !

**Cet ouvrage vous accompagne tout au long de l'année et pendant vos révisions grâce à son contenu complet et structuré.**

**COURS** Les cours rédigés de façon claire, complétés d'exemples, d'exercices-types corrigés, d'encadrés et de schémas, pour comprendre et mémoriser l'essentiel.

**BREVET BLANC** Des exercices de type Brevet pour vous entraîner méthodiquement tout au long de l'année.

**CORRIGÉS** Tous les corrigés avec des conseils pour vous aider à déjouer les pièges, à acquérir la bonne méthode et à gagner du temps.

**ANNALES DU BREVET** Des sujets complets pour vous entraîner dans les conditions de l'épreuve, tous corrigés.

**ET AUSSI**

→ **Des QUIZ INTERACTIFS sur :**
parascolaire.hachette-education.com

# SOMMAIRE

## FRANÇAIS



## MATHS

## GRANDEURS ET MESURES



## ESPACE ET GÉOMÉTRIE



## ALGORITHMIQUE ET PROGRAMMATION



# HISTOIRE – GÉOGRAPHIE – EMC

## HISTOIRE

## GÉOGRAPHIE



## ENSEIGNEMENT MORAL ET CIVIQUE



# PHYSIQUE-CHIMIE

## CHIMIE



## PHYSIQUE

## SCIENCES DE LA VIE ET DE LA TERRE

### LA PLANÈTE TERRE, L'ENVIRONNEMENT ET L'ACTION HUMAINE



### LE VIVANT ET SON ÉVOLUTION



### LE CORPS HUMAIN ET LA SANTÉ



## TECHNOLOGIE



## Annales du Brevet : sujets complets corrigés

# FRANÇAIS

# Travail sur le texte littéraire et sur l'image

## Répondre aux questions : conseils de méthode

### Les différents types de questions

Pour bien réussir le premier exercice de l'épreuve de français, il est important de connaître les différents types de questions que vous pouvez rencontrer :

1. Des questions portant sur un point de grammaire ou sur le lexique.
2. Des questions ponctuelles sur un texte ou sur une image.
3. Des questions de réflexion sur un texte ou sur une image.
4. Des questions de comparaison portant sur le texte littéraire et l'image.

Pour vous aider, les questions sont réparties en deux rubriques :
– Compréhension et compétences d'interprétation ;
– Grammaire et compétences linguistiques.

### Les attentes des examinateurs

#### Les attentes générales

Quel que soit le type de question, les examinateurs vont évaluer :

1. La compréhension de la question.
2. La compréhension du texte et de l'image.
3. Les connaissances acquises durant les années de collège.
4. La précision de la réponse.
5. Le soin apporté à la rédaction de la réponse quand il ne s'agit pas de QCM.

#### Les attentes particulières

Les attentes des examinateurs ne sont pas les mêmes selon les types de questions :

1. **Questions de grammaire :** connaissance de la langue (notions grammaticales et de conjugaison, vocabulaire).
2. **Questions ponctuelles sur le texte :** compréhension d'un passage, d'un point précis.
3. **Questions de réflexion :** compréhension du texte et/ou de l'image ; capacité à argumenter, à organiser une réponse, à s'appuyer sur le texte ou sur l'image.
4. **Questions de comparaison entre le texte et l'image :** capacité à repérer et interpréter des ressemblances et des différences ; capacité à argumenter, à organiser et à justifier une réponse.

## La méthode pas à pas

### 1. Lire attentivement le texte littéraire.

Avant de vous précipiter sur les questions, vous devez lire le texte en entier et vous assurer de l'avoir bien compris. Si un passage vous semble peu clair, relisez-le attentivement. Pour vérifier l'efficacité de votre lecture, vous pouvez vous poser les questions suivantes :

– Quel est le genre du texte ?

– Que se passe-t-il dans ce texte ?

– Quel(s) sentiment(s) éprouve le lecteur ?

– Quels sont les différents personnages ?

– Quelles sont les intentions de l'auteur ?

– Qu'est-ce qui permet de rapprocher le texte littéraire de l'image ?

### 2. Lire avec attention chaque question.

Répondez aux questions en suivant l'ordre donné. Indiquez clairement, sur votre copie, le numéro de la question et sautez au moins trois lignes entre chaque réponse.

Avant de répondre à une question, demandez-vous de quel type de question il s'agit : grammaire, vocabulaire, compréhension ? Vous devez adapter le temps consacré à la réponse à l'ampleur de la question et au barème. Une question qui nécessite une réponse argumentée vous demandera du temps et pourra vous rapporter plus de points si elle est bien réussie.

Regardez également sur quelle partie du texte littéraire porte l'étude afin de ne pas être hors sujet.

Si vous ne savez pas répondre à une question, passez à la suivante en laissant de la place sur votre copie, de façon à y revenir s'il vous reste du temps.

### 3. Dégager les différentes attentes de la question.

Demandez-vous ce que l'on attend de vous dans la question : un relevé ? un procédé à identifier ? une explication à développer ?

Vous pouvez reformuler la question en employant la 1re personne du singulier ; ce qui vous permet de mieux vous approprier la question. Par exemple : « relevez » devient « je relève ».

Parfois, les questions sont doubles ou triples, et vous ne devez pas, par étourderie ou négligence, en oublier une partie.

*Question : Après avoir relevé les verbes et indiqué leur temps, vous expliquerez l'effet produit sur le lecteur.*

Cette question est triple : relever les verbes, indiquer le temps, commenter l'effet produit par le choix de ce temps. Ces 3 étapes doivent apparaître clairement dans la présentation de la réponse en trois paragraphes courts.

### 4. Mobiliser les connaissances nécessaires.

Il peut s'agir de la langue (grammaire, vocabulaire…), des procédés de style, des caractéristiques d'un genre ou bien d'un type de texte.

## 5. Souligner, dans le texte, ce qui permet de répondre et noter au brouillon les éléments importants.

Vous n'avez pas le temps de rédiger la réponse au brouillon, mais vous devez réfléchir à ce que vous allez écrire avant de vous lancer. C'est pour cette raison qu'il ne faut pas hésiter à écrire sur les documents. Utilisez différents surligneurs si nécessaire.

## 6. Pour les réponses argumentées, vous devez bâtir le plan de chacune de vos réponses au brouillon.

Une phrase d'introduction qui reprend les mots de la question.

Un paragraphe par idée à développer : chaque paragraphe s'appuie sur le texte (les éléments que vous avez soulignés) ou le document iconographique.

Une phrase de conclusion.

## 7. Pour les éventuelles questions de comparaison, vous devez aussi organiser chacune de vos réponses.

Une phrase d'introduction présentant les documents comparés et le thème de la comparaison.

Un paragraphe par idée, en montrant les ressemblances avant de développer les différences.

Une phrase de conclusion.

## 8. Rédiger soigneusement la réponse au propre.

La réponse – ponctuelle ou argumentée – doit être entièrement rédigée. Elle doit, en outre, être compréhensible par quelqu'un qui n'aurait pas lu la question. Pour cela, vous devez reprendre les mots de la question dans la première phrase de votre réponse. En aucun cas, même s'il s'agit d'un relevé, votre réponse ne doit se réduire à une liste de mots ou d'expressions.

*Question : Relevez le champ lexical du sommeil dans le texte.*

Réponse : Je relève le champ lexical du sommeil présent dans le texte : « dort », « rêve »…

Votre réponse doit être précise, et vous devez citer les expressions du texte qui vous ont permis de répondre. Les citations ne remplacent pas les explications : elles viennent les appuyer. Il est préférable d'éviter les longues citations dans lesquelles l'examinateur ne voit pas ce que vous avez voulu « pointer du doigt ». Choisissez plutôt des expressions brèves. Les citations doivent être exactes et placées entre guillemets. Lorsque vous relevez un champ lexical, chacun des termes doit être mis entre guillemets.

## 9. Se relire attentivement pour vérifier l'orthographe et les guillemets.

Le soin apporté à la présentation, à la rédaction, et une relecture attentive sont indispensables quel que soit le sujet.

**Même si nous ne le précisons pas à la fin des méthodes des chapitres qui suivent, vous devez ajouter ces deux dernières étapes à celles que nous vous indiquons.**

# Réécriture : conseils et méthode

## Les attentes des examinateurs

On vous demande, dans le questionnaire de grammaire, de réécrire un passage du texte en modifiant certains éléments. Il peut s'agir, par exemple, de mettre un pronom au pluriel ou de changer de personne. Ce changement entraîne des modifications en chaîne, plusieurs transformations étant souvent demandées en même temps.

Le correcteur notera :

**1. La prise en compte des différentes attentes de la consigne.**

**2. La justesse des modifications effectuées,** c'est-à-dire, la bonne connaissance de la conjugaison, des déterminants, des pronoms et des règles d'accord.

**3. Le soin apporté au travail :** comme la consigne le rappelle parfois, les erreurs de copie sont sanctionnées. Veillez également au bon usage de la ponctuation.

## La méthode pas à pas

**1. Lire attentivement le passage à réécrire.**

Avant de réécrire l'extrait, il est essentiel de vous assurer que vous l'avez bien compris. Il est souvent utile de le situer dans le contexte et de relire aussi les phrases qui le précèdent et le suivent. Votre réécriture en sera plus cohérente.

**2. Lire avec attention la question.**

Souvent plusieurs transformations sont demandées et vous avez intérêt à en dresser la liste au brouillon pour les traiter ensuite successivement.

**3. Repérer les éléments concernés par les transformations demandées.**

**4. Réécrire le passage au brouillon.**

**5. Reprendre la liste des transformations et vérifier que rien n'a été omis.**

**6. Relire le passage réécrit comme à haute voix pour s'assurer de sa cohérence tout en vérifiant l'orthographe de chaque mot.**

**7. Recopier sans faire d'erreurs de copie.**

Évitez les fautes de copie car elles vous feront perdre des points.

Veillez aux accents, aux majuscules et à la ponctuation.

**8. Se relire attentivement.**

Une relecture attentive est indispensable quel que soit le sujet.

FRANÇAIS 1

# Les classes grammaticales (natures) – Les fonctions

## 1. Les classes grammaticales (natures)

| Classes de mots variables |
|---|
| **Nom**<br>**Noms propres et noms communs.** On considère que les mots invariables tels que *tapis*, *Lyon*, *Afrique* appartiennent à la classe de mots variables car ce sont des noms. |
| **Déterminant**<br>■ **Articles** : **indéfinis** (*un*, *une*, *des*) ; **définis** (*le*, *la*, *les*, *l'*, *du* (*de+le*) ; *au* (*à+le*), *des* (*de+les*) ; **partitifs** (*du*, *de la*, *de l'* : on peut les remplacer par « un peu de »)<br>■ **Déterminants** : **possessifs** (*mon*, *ton…*) ; **démonstratifs** (*ce*, *ces..*) ; **indéfinis** (*chaque*, *plusieurs…*) ; **interrogatifs/exclamatifs** (*quel*, *quels…*) ; **numéraux** (*un*, *deux…*) |
| **Pronom**<br>■ **Pronoms personnels sujet** (*je*, *tu..*) et **objet** (*me*, *la*, *lui…*)<br>■ **Pronoms : possessifs** (*le mien*, *le tien..*) ; **démonstratifs** (*celui*, *celle..*) ; **indéfinis** (*chacun*, *les uns…*), **relatifs** (*qui*, *dont…*) ; **interrogatifs** (*qui*, *lequel…*) |
| **Adjectif**<br>Ex. : *vert*, *joli*, *aimable…* |
| **Verbe**<br>Ex. : *être*, *danser*, *lire…* |

| Classes de mots invariables |
|---|
| **Adverbe**<br>**Les adverbes** : **interrogatifs** (*quand*, *où…*) ; **de manière** (*vite*, *aimablement…*) ; **de lieu** (*ici*, *loin*) ; **de temps** (*aujourd'hui*, *demain…*) ; **de négation** (*ne...pas*) ; **de liaison** (*ensuite*, *puis…*) |
| **Préposition**<br>*à*, *dans*, *par*, *pour*, *en*, *vers*, *avec*, *de*, *sans*, *sous*, *chez*, *malgré*, *sur* |
| **Conjonction de coordination**<br>*mais*, *ou*, *et*, *donc*, *or*, *ni*, *car* |
| **Conjonction de subordination**<br>*que*, *quand*, *parce que*, *puisque*, *dès que*, *afin que*, *bien que…* |
| **Interjection**<br>*Oh ! Ah ! Hélas !...* |

## 2. Les principales fonctions

### ▪ Le sujet

Le sujet du verbe commande la terminaison du verbe. Il peut être un nom, un groupe nominal, un pronom, un verbe à l'infinitif, une proposition subordonnée.

### ▪ Les compléments d'objet du verbe

Le complément d'objet peut être un nom, un groupe nominal, un pronom, un verbe à l'infinitif, une proposition subordonnée.

– Le complément d'objet **direct** (COD) : il ne peut pas être supprimé.

On le reconnaît à ce qu'il répond aux questions « Qui ? » ou « Quoi ? » posées à partir du verbe.

*Le chien suit* ***son maître***. COD du verbe *suivre*.

– Le complément d'objet **indirect** (COI) : il ne peut pas être supprimé.

On le reconnaît à ce qu'il répond aux questions « À qui ? », « À quoi ? », « De qui ? », « De quoi ? » posées à partir du verbe.

*Il obéit* ***à son maître***. COI du verbe *obéir*.

Certains verbes se construisent avec deux compléments d'objet différents (un COD et COI ou bien deux COI).

*Nicolas donne* ***un conseil à un camarade***.

*un conseil* est COD et *à un camarade* est COI du verbe *donner*.

*Nicolas parle* ***de son exposé à un camarade***.

*de son exposé* et *à un camarade* sont deux COI du verbe *parler*.

### ▪ L' attribut

L'attribut désigne une caractéristique attribuée :

– au sujet (attribut du sujet) ;

– au COD (attribut du COD), par l'intermédiaire d'un verbe.

*Ces aventures sont invraisemblables.*

*invraisemblables* est attribut du sujet *aventures*.

*J'ai trouvé ces aventures invraisemblables.*

*invraisemblables* est attribut du COD *aventures*. En effet, *invraisemblables* se rapporte à *aventures* par l'intermédiaire du verbe *trouver* : *J'ai trouvé que ces aventures étaient invraisemblables / Ces aventures, je les ai trouvées invraisemblables.*

**▪ Le complément d'agent**

À la voix passive, le complément d'agent est l'élément qui effectue l'action. Il est le plus souvent introduit par la préposition *par*, parfois par la préposition *de*.

*La pièce sera jouée* ***par une troupe d'amateurs****.*

*par une troupe d'amateurs* est CA du verbe *jouer*.

**▪ Les compléments circonstanciels**

À la différence des fonctions « sujet », COD et COI, qui sont des fonctions essentielles, le complément circonstanciel **peut être supprimé ou déplacé**.

Les compléments circonstanciels peuvent exprimer : le lieu, le temps, le moyen, la manière, la cause, la conséquence, le but, l'opposition, la concession, la condition, la comparaison, l'accompagnement.

**▪ Les fonctions à l'intérieur du groupe nominal : les expansions du nom**

Les expansions du nom peuvent être supprimées.

– Le complément du nom (CdN)

*Je te prête mon livre* ***de géographie****.*

*de géographie* est complément du nom *livre*.

– L'épithète du nom : c'est une des trois fonctions possibles de l'adjectif

*C'est un roman* ***policier****.*

*policier* est épithète du nom roman.

– Le complément de l'antécédent (pour une subordonnée relative)

*Tu devrais lire l'article* ***qui se trouve en page 3****.*

*qui se trouve en page 3* est complément de l'antécédent *l'article*.

**▪ L'apposition au nom**

Lorsqu'un nom désigne la même chose qu'un autre nom, on parle d'« apposition ». Celle-ci est souvent détachée par des virgules.

*Louis XIV,* ***le Roi-Soleil****, a gouverné la France pendant 75 ans.*

# Donner la nature et la fonction d'un mot ou d'une expression

SUJET TYPE DU BREVET

« Ils s'éloignent sur la place du village, appellent encore, n'appellent plus mais hurlent, des fenêtres commencent à s'allumer aux maisons voisines et des gens se fâchent, crient au tapage nocturne, menacent des gendarmes » (Christian Bobin, *La Folle Allure*, Gallimard, 1995).

**Quelles sont la nature (classe grammaticale) et la fonction de « gendarmes » ?**

MÉTHODE

## ● Analyser la question et ses attentes

La question demande d'identifier nature (sa classe grammaticale, ce qu'il est) et la fonction (son rôle) d'un mot. Il s'agit ici d'utiliser ses connaissances en grammaire.

## ● La méthode en 4 étapes

### 1. Bien distinguer les mots « nature » et « fonction ».

La nature ne varie pas d'une phrase à l'autre et peut être trouvée dans le dictionnaire, alors que la fonction caractérise le mot (ou l'expression) dans une phrase donnée.

La fonction d'un mot ne se donne pas dans l'absolu : elle dépend d'un autre mot ou de la phrase.

### 2. Identifier au préalable la nature du mot ou de l'expression.

Selon qu'un mot appartient à telle ou telle classe grammaticale, il pourra avoir telle ou telle fonction. Il faut d'abord regarder si le mot est variable ou invariable :
– un nom peut être précédé d'un déterminant (*un*, *une*...) ;
– un adjectif peut-être précédé de *quelque chose de* ou de *quelqu'un de* ;
– un pronom est un remplaçant ;
– un déterminant accompagne un nom.

Pour identifier les mots invariables, il faut apprendre les listes (voir p. 14).

Par exemple, un nom peut être sujet d'un verbe, alors qu'un adjectif ne le peut pas. Inversement, un adjectif pourra être épithète d'un nom, ce qui n'est pas possible pour un nom.

**3. Regarder à quel mot se rattache le mot variable à analyser.**

| Fonctions rattachées à un verbe | Fonctions rattachées à un nom ou à un pronom | Fonctions rattachées à un adjectif |
|---|---|---|
| ■ Sujet.<br>■ COD, COI.<br>■ Complément d'agent.<br>■ Compléments circonstanciels, bien qu'ils soient considérés comme précisant la phrase. | ■ Complément du nom.<br>■ Complément de l'antécédent (pour une subordonnée relative).<br>■ Épithète du nom (pour un adjectif).<br>■ Attribut du sujet ou du COD.<br>■ Apposé au nom. | ■ Complément de l'adjectif.<br>■ Complément du comparatif ou du superlatif. |

**4. Donner la fonction du mot** en s'appuyant sur ses connaissances et en procédant éventuellement par élimination.

Pour trouver la fonction, partir du mot auquel le mot à analyser se rattache et poser différentes questions (voir le cours, p. 15).

### ● Rédiger soigneusement la réponse

Vous n'oublierez pas de préciser à quel mot se rattache la fonction et vous ne vous contenterez pas d'écrire « sujet » ou « COD ». Quand le mot complété est un verbe, l'usage est de le donner à l'infinitif.

*Alors résonnèrent trois coups.*

Trois coups : sujet inversé du verbe résonner.

## CORRIGÉ

1. La question porte sur la **nature** et sur la **fonction** du mot « gendarmes ».

2. « Gendarme » peut être accompagné de « un » ou « le » (un/le gendarme) : c'est donc un **nom**.

3. Le mot « gendarmes » vient compléter le verbe **« menacent »**.

4. Pour trouver la fonction de « gendarmes », on part du verbe « menacent » et on pose la question **qui a pour réponse « gendarmes »**.

En s'appuyant sur le sens du texte, on voit que la question est : « Menacent de quoi ou de qui ? » Nous reconnaissons là le complément d'objet indirect lié au verbe par une préposition : « de qui ».

On écrira donc : **« Gendarmes » : COI du verbe *menacer*.**

## Exercices préparatoires

**1** ★ **Dans les phrases suivantes, relevez les compléments d'objet et précisez s'il s'agit d'un COD ou d'un COI :**

1) Ce récit ne manque pas d'originalité. 2) Il nous raconte une histoire vécue. 3) J'ai lu ce livre et je te le conseille. 4) Je lui donnerai un billet d'entrée.

**2** ★★ **Dans les phrases suivantes, relevez les éléments qui viennent préciser les noms ; précisez leur classe grammaticale et leur fonction :**

1) Simenon a écrit des **romans** policiers qui évoquent différents milieux sociaux. 2) Nous ne savons pas si le **fantôme** maléfique du *Horla* existe vraiment.

**3** ★★★ **Donnez la fonction des mots ou expressions soulignés.**

1) De la roche jaillissent des sources qui irriguent toute la région. 2) La nuit a envahi la vaste demeure. 3) Par hasard, je me retrouvai devant la sortie. 4) La porte fut ouverte par un serviteur au teint très pâle.

## Exercices de type brevet

**4** ★ « Il s'agissait d'une rencontre de prestige qui se déroulait chaque année en avril » (Bertrand Godbille, *Los Montes*, éditions Anne Carrière, 2005).

**Donnez la classe grammaticale et la fonction des expansions du nom « rencontre ».**

**5** ★★ « Le petit garçon était vêtu d'un costume de golf en velours noir ; mais un très beau foulard rouge, plein d'anges d'or, bouillonnait autour de son cou » (Jean Giono, *L'Eau vive*, Gallimard, 1974).

**Donnez la fonction des éléments soulignés.**

**6** ★★★ « Elle s'accroupit, grenouille triste, résignée, grenouille écarlate » (Pierre Péju, *La Petite Chartreuse*, Gallimard, 2002).

**Donnez la classe et la fonction grammaticales des groupes de mots soulignés.**

**7** ★★★

« Tout plein, c'est un fouillis de vieilles vieilleries,
De linges odorants et jaunes, de chiffons
De femmes ou d'enfants, de dentelles flétries,
De fichus de grand-mère où sont peints des griffons* »
(Arthur Rimbaud, « Le Buffet », 1870).

*griffon : animal fantastique, ailé, à corps de lion et à tête d'oiseau.

a) **Relevez dans la strophe trois expansions du nom de classe grammaticale différente en précisant bien à chaque fois quel nom elles complètent.**
b) **Donnez la fonction de ces trois expressions.**
c) **Quel effet l'accumulation de ces expansions produit-elle ?**

**1** 1) « D'originalité » : COI du verbe *manquer* ; 2) « une histoire vécue » : COD du verbe *raconter* ; « nous » : COI du verbe *raconter* ; 3) « ce livre » : COD du verbe *lire* ; « le » (mis pour « ce livre ») : COD du verbe *conseiller* ; « te » : COI du verbe *conseiller* ; 4) « un billet d'entrée » : COD du verbe *donner* ; « lui » : COI du verbe *donner*.

**2** 1) « Policiers » : adjectif, épithète du nom « romans » ; « qui évoquent différents milieux sociaux » : prop. sub. relative, complément de l'antécédent « romans » ; 2) « maléfique » : épithète du nom « fantôme » ; « du *Horla* » : complément du nom « fantôme ».

**3** 1) « Des sources » : sujet du verbe *jaillir* ; « qui » : sujet du verbe *irriguer* ; « toute la région » : COD du verbe *irriguer* ; 2) « la vaste demeure » : COD du verbe *envahir* ; 3) « Par hasard » : complément circonstanciel de cause ; 4) « par un serviteur » : complément d'agent du verbe *ouvrir* ; « pâle » : épithète du nom « teint ».

**4** Je donne la classe grammaticale et la fonction des expansions du nom « rencontre » :
– « de prestige » : groupe nominal, complément du nom « rencontre » ;
– « qui se déroulait chaque année » : prop. sub. relative, complément de l'antécédent « rencontre ».

**5** Je donne la fonction des expressions soulignées : « de golf » : complément du nom « costume » ; « en velours noir » : complément du nom « costume » ; « rouge » : épithète du nom « foulard ».

**6** Les groupes de mots « grenouille triste » et « grenouille écarlate » sont deux groupes nominaux apposés au pronom personnel « Elle ».

**7** a) Je relève trois expansions du nom de nature différente :
– « odorants » : adjectif se rapportant à « linges » ; *on peut aussi relever « jaunes » ou « flétries » se rapportant à « dentelles » ou « vieilles » se rapportant à « vieilleries »* ;
– « de femmes » : groupe nominal se rapportant à « chiffons » ; *on peut aussi relever « d'enfants »*.
– « où sont peints des griffons » : prop. sub. relative se rapportant à « fichus ».
b) Je donne la fonction grammaticale de ces trois expressions :
– « odorants » : épithète du nom « linges » ;
– « de femmes » : complément du nom « fichus » ;
– « où sont peints des griffons » : complément de l'antécédent « fichus ».
c) L'accumulation des expansions du nom multiplie les détails et contribue à créer l'impression de « fouillis » dont parle la strophe.

FRANÇAIS 2

# Les temps du passé

## 1. Les terminaisons des différents temps du passé au mode indicatif

- À l'indicatif, le passé est exprimé par deux temps simples et trois temps composés.

- **Deux temps simples :**

– Pour tous les verbes, l'**imparfait** se forme à partir du radical et des terminaisons *-ais, -ais, -ait, -ions, -iez, -aient.*

Attention ! le radical de certains verbes (dits « irréguliers ») est modifié. Il correspond au radical de la 1re personne du pluriel du présent de l'indicatif.

*Faire : nous **fais**ons, nous **fais**ions… / Écrire : nous **écriv**ons, nous **écriv**ions…*

– La conjugaison du **passé simple** varie selon les groupes :

| | **1er GROUPE** | **2e GROUPE** | **3e GROUPE** | | |
|---|---|---|---|---|---|
| | **type en *-a*** | **type en *-i*** | **type en *-i*** | **type en *-u*** | **type en *-in*** |
| *je* | *parl**ai*** | *fin**is*** | *part**is*** | *cour**us*** | *v**ins*** |
| *tu* | *parl**as*** | *fin**is*** | *part**is*** | *cour**us*** | *v**ins*** |
| *il* | *parl**a*** | *fin**it*** | *part**it*** | *cour**ut*** | *v**int*** |
| *nous* | *parl**âmes*** | *fin**îmes*** | *part**îmes*** | *cour**ûmes*** | *v**înmes*** |
| *vous* | *parl**âtes*** | *fin**îtes*** | *part**îtes*** | *cour**ûtes*** | *v**întes*** |
| *ils* | *parl**èrent*** | *fin**irent*** | *part**irent*** | *cour**urent*** | *v**inrent*** |

Attention à ne pas confondre :

– le **passé simple** et le **présent de l'indicatif** : pour certains verbes des 2e et 3e groupes, les formes verbales sont les mêmes pour les trois personnes du singulier. Il faut s'aider du contexte pour savoir si le verbe est au présent ou au passé simple ;

– le **passé simple** *(je parlai)* et l'**imparfait de l'indicatif** *(je parlais)* : mettez le verbe à la 3e personne du singulier (*il parla* mais *il parlait*) ;

– le **passé simple** *(il parla)* et l'**imparfait du subjonctif** *(qu'il parlât)* ;

– le **passé simple** *(il partit)* et le **participe passé** *(parti).*

- **Trois temps composés :**

– Le **passé composé** est formé de l'auxiliaire (*avoir* ou *être*) au présent et du participe passé du verbe.

*Il a parlé ; il est venu.*

– Le **plus-que-parfait** est formé de l'auxiliaire (*avoir* ou *être*) à l'imparfait et du participe passé du verbe.

*Il avait parlé ; il était venu.*

– Le **passé antérieur** est formé de l'auxiliaire (*avoir* ou *être*) au passé simple et du participe passé du verbe.

*Il eut parlé ; il fut venu.*

- Les accords des participes passés sont étudiés à la page 51.

## 2. Les temps du passé pour les modes subjonctif et conditionnel

- Les modes subjonctif et conditionnel comptent chacun deux temps composés.
- Le plus-que-parfait du subjonctif et le passé 2e forme du conditionnel ne peuvent être distingués que par le contexte. Ils sont rarement employés aujourd'hui.
- Ces temps se composent de l'auxiliaire *être* ou *avoir* et du verbe au participe passé.

Au **subjonctif** :
– le **passé** : l'auxiliaire est au **présent du subjonctif** ;
*qu'il ait parlé, qu'il soit venu*
– le **plus-que-parfait** : l'auxiliaire est à l'**imparfait du subjonctif**.
*qu'il eût parlé, qu' il fut venu*
Au **conditionnel** :
– le **passé** : l'auxiliaire est au **présent du conditionnel**.
*il aurait parlé, il serait venu*

- Leur emploi dépend du temps du verbe principal et du sens de la phrase (concordance des temps).

## 3. Les valeurs des temps du passé

- L'imparfait et le passé simple sont deux temps simples **complémentaires** qui permettent de raconter une histoire au passé.

L'**imparfait** exprime une action qui n'est **pas limitée** dans le temps ; il peut :
– décrire (imparfait de description) ;
– exprimer une habitude (imparfait d'habitude ou imparfait itératif) ;
– évoquer une action de second plan.

Le **passé simple** exprime, lui, une action **limitée** dans le temps. Il convient pour les actions qui s'enchaînent et les actions de premier plan.

- Les **temps composés** ont une **valeur d'accomplissement** : l'action exprimée par un temps composé est envisagée comme accomplie.

  Le **passé composé** exprime une action achevée, **antérieure à une action présente**. C'est un temps de l'énonciation, à la différence du passé simple qui est coupé de la situation d'énonciation.

  Le **plus-que-parfait** et le **passé antérieur** expriment une action achevée, **antérieure à une autre action passée**.

# Identifier et commenter un temps du passé

SUJET TYPE DU BREVET

*Le texte fait le portrait de Vinca, une pêcheuse de crevettes.*
« On savait que sa jupe à carreaux bleus et verts, qui datait de trois ans et laissait voir ses genoux, appartenait à la crevette et aux crabes. [...] Elle dépassa celui qui l'avait hélée. Elle descendit vers les rochers à grandes enjambées de ses fuseaux maigres et bien tournés, couleur de terre cuite » (Colette, *Le Blé en herbe*, 1923, Flammarion, 2004).
**Donnez le mode et le temps des verbes « datait », « dépassa » et « descendit », et justifiez leur emploi.**

MÉTHODE

● **Analyser la question et ses attentes**

La question est double : identification de la forme verbale (mode et temps) et explication de ce choix.

● **La méthode en 3 étapes**

1. **Identifier le mode et le temps** en mobilisant ses connaissances et en regardant les terminaisons des verbes.
   Il arrive souvent que la question ne demande que l'identification du temps ; dans ce cas-là, le mode est en général l'indicatif et il est bon de le préciser dans la réponse.
2. Si la question le demande, **définir la valeur du mode employé** en faisant appel à ses connaissances et en situant le verbe dans le contexte de la phrase.
3. **Définir la valeur des temps du passé** en faisant appel à ses connaissances et en situant les formes verbales dans le contexte de la phrase.

CORRIGÉ

1. La terminaison en *-ait* signale généralement l'**imparfait** mais on vérifiera qu'il ne s'agit pas d'un conditionnel présent (radical du futur et terminaisons de l'imparfait : *daterait*). Les terminaisons en *-a* et *-it* sont caractéristiques du **passé simple** : « dépassa » est un passé simple du 1er groupe ; « descendit » est du 3e groupe. Ces deux temps appartiennent au **mode indicatif**.

FRANÇAIS

2. Le mode indicatif exprime **une action certaine**.

3. L'imparfait et le passé simple sont deux **temps complémentaires** lorsqu'on écrit au passé.
On sait que l'imparfait exprime **une action qui n'est pas limitée** dans le temps : en effet, la jupe date de trois ans mais on ne sait pas combien de temps encore elle va être portée par Vinca.
Le passé simple exprime, quant à lui, **une action limitée** dans le temps : les actions de *dépasser* et de *descendre* s'enchaînent.

## Exercices préparatoires

**1** ★ **Les verbes suivants sont au mode indicatif, au passé ; identifiez leur temps :**

1) Il avait donné. 2) Tu écoutais. 3) Nous envoyions. 4) Elle est rentrée. 5) Il revint. 6) Vous fîtes. 7) Ils eurent envisagé. 8) Nous nous étions promenés. 9) Je rangeai. 10) Je rangeais.

**2** ★★ **Donnez le mode et le temps (passé) des formes verbales suivantes :**

1) Qu'il ait imaginé. 2) Elle avait proposé. 3) Elle aurait proposé. 4) Il soutint. 5) Qu'il prît. 6) Il prit. 7) Nous saisîmes. 8) Il demeura. 9) Qu'il demeurât. 10) Il eut compris. 11) Qu'il eût compris. 12) Vous seriez descendus. 13) Nous eûmes prévenu. 14) Tu serais parti. 15) Qu'il sentît.

**3** ★★ **Donnez le mode et le temps des formes verbales suivantes :**

1) Je limitai. 2) Je vérifiais. 3) Je dirai. 4) Je préparai. 5) J'aurai changé. 6) Je voudrais. 7) Je savais. 8) Je lirais. 9) Je louerai. 10) Je nettoyai. 11) Je mourais. 12) Je mourrai. 13) Je mourrais. 14) Je serai mort. 15) Je serais mort.

## Exercices de type brevet

**4** ★ « Elle n'avait connu ni l'école ni le loisir, elle avait travaillé enfant, et travaillé sans relâche » (Albert Camus, *Le Premier Homme*, Gallimard, 1994).

a) **Identifiez le temps verbal utilisé.**
b) **Justifiez son emploi.**

**5** ★ « Les constructions de parpaings bruts et de palettes de déchargement d'occasion s'étalaient sur la colline en un paysage de désolation. Du linge rapiécé séchait sur des fils. Les eaux usées des habitations ruisselaient en cascades sur les terrasses » (Patrick Bard, *La Frontière*, Éditions du Seuil, 2002, coll. « Points Policier », 2003).

a) **Quel est le temps employé dans ce passage ?**
b) **Quelle est sa valeur ?**

**6** ★

« Je ne vis pas son bras blanc,
Une eau courait, fraîche et creuse,
Sur les mousses de velours ;
Et la nature amoureuse
Dormait dans les grands bois sourds »

(Victor Hugo, « Vieille Chanson du jeune temps », in *Les Contemplations*, 1856).

a) **Quels sont les temps verbaux utilisés ? Relevez un exemple pour chacun d'eux.**
b) **Justifiez l'emploi de ces temps verbaux.**

**7** ★★ « Personne n'a sans doute oublié le terrible coup de vent de nord-est qui se déchaîna au milieu de l'équinoxe de cette année, et pendant lequel le baromètre tomba à sept cent dix millimètres » (Jules Verne, *L'Île mystérieuse*, 1874).

a) **Quels sont les temps verbaux employés ?**
b) **Justifiez leur emploi.**

**8** ★★★ « Le soir, le geôlier vint ; Dantès était sur son lit ; de là, il lui semblait qu'il gardait mieux l'ouverture inachevée ; sans doute il regarda le visiteur importun d'un œil étrange, car celui-ci lui dit :
"Voyons, allez-vous redevenir encore fou ?"
Dantès ne répondit rien, il craignait que l'émotion de sa voix ne le trahît » (Alexandre Dumas, *Le Comte de Monte-Cristo,* 1845).

a) **Quels sont les temps verbaux employés dans le récit ?**
b) **Justifiez leur emploi.**

**1** 1) Plus-que-parfait ; 2) imparfait ; 3) imparfait ; 4) passé composé ; 5) passé simple ; 6) passé simple ; 7) passé antérieur ; 8) plus-que-parfait ; 9) passé simple ; 10) imparfait.

**2** 1) Subjonctif passé ; 2) indicatif plus-que-parfait ; 3) conditionnel passé ; 4) indicatif passé simple ; 5) subjonctif imparfait ; 6) indicatif passé simple ; 7) indicatif passé simple ; 8) indicatif passé simple ; 9) subjonctif imparfait ; 10) indicatif passé antérieur ; 11) subjonctif plus-que-parfait ; 12) conditionnel passé ; 13) indicatif passé antérieur ; 14) conditionnel passé 1re forme ; 15) subjonctif imparfait.

**3** 1) Indicatif passé simple ; 2) indicatif imparfait ; 3) indicatif futur simple ; 4) indicatif passé simple ; 5) indicatif futur antérieur ; 6) conditionnel présent ; 7) indicatif imparfait ; 8) conditionnel présent ; 9) indicatif futur simple ; 10) indicatif passé simple ; 11) indicatif imparfait ; 12) indicatif futur simple ; 13) conditionnel présent ; 14) indicatif futur antérieur ; 15) conditionnel passé.

**4** a) Le temps employé à trois reprises (« avait connu », « avait travaillé » deux fois) est le plus-que-parfait de l'indicatif. b) Ce temps exprime une action antérieure à une autre action passée ; il s'agit ici d'un retour en arrière dans lequel le narrateur évoque l'enfance (« école », « enfant ») de son personnage.

**5** a) Les verbes du passage sont à l'imparfait. b) Il s'agit d'un imparfait de description.

**6** a) On relève deux imparfaits (« courait », « dormait ») et un passé simple (« vis »).
b) L'imparfait est un imparfait de description qui évoque le cadre de l'action en exprimant des actions qui ne sont pas limitées dans le temps. Le passé simple évoque au contraire une action de premier plan concernant le personnage représenté par le pronom « Je ».

**7** a) On relève dans ce passage du passé composé (« a […] oublié ») et du passé simple (« se déchaîna » et « tomba »).
b) Le passé composé est un temps de l'énonciation qui fait appel au lecteur et installe ici une connivence avec le romancier. Le passé simple est au contraire coupé de la situation d'énonciation ; il évoque des événements passés limités dans le temps (« pendant lequel »).

**8** a) Dans le récit, Alexandre Dumas alterne l'imparfait (« était », « semblait », « gardait », « craignait » et « trahît », qui est un imparfait du subjonctif) et le passé simple (« vint », « regarda », « dit », « répondit »). Dans la parole rapportée, les verbes sont au présent : le premier (« Voyons ») est au mode impératif, le second (« allez ») à l'indicatif.
b) L'imparfait exprime des actions de second plan dont la durée n'est pas définie. Au contraire, le passé simple exprime des actions qui se détachent et qui s'enchaînent.
Dans la parole rapportée, le présent, qu'il soit de l'impératif (une invitation plus qu'un ordre) ou de l'indicatif, est un présent de l'énonciation.

FRANÇAIS 3

# Les propositions et les liens logiques

## 1. Les liens logiques

### ▪ La cause et la conséquence

Un fait (la cause) provoque un autre fait (la conséquence).

*Il est inquiet* ***parce que son père ne lui a pas donné de nouvelles récemment*** (subordonnée conjonctive circonstancielle de cause).

*Son père ne lui a pas donné de nouvelles récemment* ***si bien qu'il est inquiet*** (subordonnée conjonctive circonstancielle de conséquence).

### ▪ Le but

À la différence de la conséquence, le but suppose une intention.

*Il s'entraîne* ***pour réussir****.*

### ▪ L'opposition

Deux faits sont rapprochés afin de souligner leur différence ou leur contradiction.

*Quand l'un dit oui, l'autre dit non.*

### ▪ La concession

La conséquence d'un fait ne s'est pas réalisée.

***Bien qu'il soit malade****, il participe au match* (sous-entendu : malade, il n'aurait pas dû y participer).

### ▪ La condition

La condition est ce qui est nécessaire ou suffisant pour qu'un événement se réalise.

***Si tu es prêt****, allons-y.*

### ▪ La comparaison

Deux faits sont mis en parallèle pour souligner des ressemblances ou établir un classement.

*Il parle de toi comme si tu étais un dieu ! /*

*Il est plus malin que ses deux amis.*

## 2. Les propositions

▪ **Définition :** une proposition est un groupe de mots centré sur un verbe conjugué.

▪ On distingue **trois grandes catégories** de propositions :
– la proposition **indépendante** qui se suffit à elle-même ;

– les propositions **principale** et **subordonnée** qui sont liées l'une à l'autre.

Une proposition principale peut diriger une ou plusieurs subordonnées.

- Les propositions qui occupent une place identique dans la phrase peuvent aussi être **coordonnées** ou **juxtaposées.**

*J'aimerais que tu viennes et que tu m'aides.*

Les deux subordonnées sont coordonnées par la conjonction de coordination *et*.

*La pluie a cessé ; sortons.*

Les deux indépendantes sont juxtaposées.

## 3. Les différentes subordonnées et leurs fonctions

- La subordonnée **relative** est introduite par un pronom relatif et a, dans la plupart des cas, un antécédent.

*La subordonnée que j'analyse est relative.*

La subordonnée relative, quand elle a un antécédent, est complément de cet antécédent : *que j'analyse* est complément de l'antécédent *subordonnée*.

- La subordonnée **conjonctive** est introduite par une conjonction de subordination *(que, quand, comme, si, lorsque, sinon, puisque…)* ou une locution conjonctive *(parce que, afin que, dès que…)* :

– Lorsque la subordonnée est introduite par la conjonction *que*, c'est une subordonnée conjonctive **complétive**.

*Je voudrais **que** tu m'accompagnes.*

La subordonnée complétive peut avoir toutes les fonctions d'un nom (sujet, COD, attribut du sujet…) ; elle est le plus souvent COD ou COI du verbe de la principale.

– Lorsque la subordonnée est introduite par une autre conjonction, c'est une subordonnée **conjonctive circonstancielle**. On précisera sa nature en examinant le sens de la subordonnée et son lien avec la principale.

***Lorsque j'aurai fini de lire cet article**, je te le prêterai.*

La subordonnée conjonctive circonstancielle (ici, de temps) est complément circonstanciel.

- La subordonnée **interrogative** est introduite par un mot interrogatif (pronom, adverbe, déterminant).

*J'ignore encore **si je pourrai venir**.*

La subordonnée interrogative est COD du verbe de la principale.

FRANÇAIS

# Analyser les propositions et étudier un lien logique

SUJET TYPE DU BREVET

« Il existe dans la médina* de Fès une rue si étroite qu'on l'appelle "la rue pour un seul" » (Tahar Ben Jelloun, *La Rue pour un seul,* Éditions Flohic, 1995).
* *médina :* vieille ville.

**Quel est le rapport logique entre l'étroitesse de la rue et le nom qu'on lui donne ? Délimitez et analysez les propositions qui constituent la phrase.**

MÉTHODE

## Analyser la question et ses attentes

Il s'agit de repérer et d'identifier des propositions afin de comprendre le sens du texte et les liens logiques entre les informations données.

## La méthode en 5 étapes

**1. S'assurer d'abord** que l'on comprend bien ce que représente chacun des éléments à relier avant de réfléchir au lien logique qui les unit.

**2. Définir le lien logique** en se demandant ce qui rapproche dans le texte les deux éléments.

Si cela vous semble difficile, vous pouvez procéder par élimination en passant en revue chacun des liens logiques que vous connaissez.

Attention ! vous ne confondrez pas « lien logique » et « lien chrono-logique ». Ce dernier lien consiste à situer un événement par rapport à un autre sur l'échelle du temps. Souvent, lien logique et lien chronologique se recoupent car la cause est placée avant la conséquence.

*Il n'a pas fait attention* (1) *et il est tombé* (2).

L'action (1), antérieure à l'action (2), en est la cause.

**3. Délimiter les propositions.**

Chaque proposition contient un seul verbe conjugué.

**4. Identifier le type de proposition.**

En vous appuyant sur vos connaissances, distinguez les propositions indépendantes, principales et subordonnées. On reconnaît une proposition subordonnée à ce qu'elle est introduite par un mot subordonnant. Le mot subordonnant peut être constitué de plusieurs parties (locution).

5. S'il s'agit d'une **subordonnée, identifier précisément sa nature** en regardant de près le mot subordonnant qui l'introduit (voir p. 31).

CORRIGÉ

1. L'étroitesse de la rue suppose qu'on s'y croise difficilement. Et le titre du livre va dans le même sens puisqu'il donne l'impression que deux personnes ne peuvent se trouver en même temps dans la rue évoquée.

2. C'est parce que la rue est étroite qu'elle s'appelle « la rue pour un seul ». Nous avons affaire ici à un **lien de cause** (« étroite ») **à conséquence** (« un seul »).

3. La phrase contient deux verbes conjugués. Elle est donc constituée de **deux propositions** :
– 1re prop. : « Il existe dans la médina de Fès une rue si étroite » ;
– 2de prop. : « qu'on l'appelle "la rue pour un seul" ».

4. « Qu' », annoncé par « si », est un mot subordonnant. La seconde proposition repérée est donc **une subordonnée**. La première est **la principale** qui la dirige.

5. La subordonnée est introduite par une conjonction de subordination : « si [...] que ». Il s'agit donc d'une subordonnée conjonctive. Le lien entre la principale et la subordonnée étant – nous l'avons vu – un lien de cause à conséquence, la subordonnée est donc une **subordonnée conjonctive circonstancielle de conséquence**.

## Exercices préparatoires

**1** ★ **Délimitez les propositions et précisez leur classe grammaticale (indépendante, principale, subordonnée).**

1) Il ne sait pas que je viendrai ; c'est une surprise. 2) Le roman que nous écrivons est un roman policier. 3) Je pense que cette solution est la meilleure et je crois que nous allons l'adopter. 4) Nous répétons une pièce de théâtre et nous vous proposons de vous joindre à nous.

**2** ★★ 1) **Dans la phrase « J'aimerais <u>que tu m'aides</u> », la subordonnée soulignée est :**

A. une relative.
B. une conjonctive complétive.
C. une conjonctive circonstancielle.

2) **Dans la phrase « <u>Qui vivra</u> verra », la subordonnée soulignée est :**

A. une relative.
B. une interrogative.
C. une conjonctive complétive.

**3** ★★ **Dans les phrases suivantes, donnez la classe grammaticale et la fonction des propositions subordonnées :**

1) La pièce que nous allons jouer est une comédie de Molière. 2) Je voudrais que vous assistiez au spectacle. 3) Tandis que nous travaillons, nos camarades jouent au ballon dans la cour. 4) Nous avons tout fait pour que tout se passe au mieux. 5) Je suis content que tu viennes.

## Exercices de type brevet

**4** ★ « Pour une “générale*”, nous avions senti le public bien disposé à notre égard. Anouilh *[l'auteur]* débarqua sur scène avec son sourire sarcastique et furieux » (Bruno Crémer, *Un certain jeune homme*, Éditions de Fallois, 2000).
* *générale* : répétition générale.

**Quel rapport logique établissez-vous entre ces deux phrases ?**

**5** ★ « Ils se réunirent ensuite en groupe et ils firent les mouvements du jeu de pile ou face, comme des enfants qui s'amusent » (Maupassant, *Bel-Ami*, 1885).

**Quelles sont la classe grammaticale et la fonction de la subordonnée présente dans cette phrase ?**

**6** ★★

« Car j'ignore où tu fuis, tu ne sais où je vais,
Ô toi que j'eusse aimée, ô toi qui le savais »
(Charles Baudelaire, « Tableaux parisiens », XCIII, in *Les Fleurs du mal*, 1857).

**Relevez les propositions subordonnées et précisez leur classe grammaticale.**

**7** ★ « Il n'était pas le frère de ces enfants, de son âge pourtant » (Michel Tournier, « L'Aire du Muguet », in *Le Coq de bruyère*, Gallimard, 1978).

**Remplacez le groupe de mots soulignés par une proposition subordonnée circonstancielle de même sens dont vous indiquerez la valeur logique.**

**8** ★★ « Elle *[une peau de mouton]* était mate et rugueuse et, pour écrire le plus de texte possible, il fallait adopter une écriture minimaliste » (Dai Sijie, *Balzac et la Petite Tailleuse chinoise*, Gallimard, 2000).

**Réécrivez la phrase en faisant apparaître une proposition subordonnée de conséquence.**

**9** ★★ « Elle ne le voit pas. Elle n'a d'yeux que pour trois ou quatre vaches qui divaguent paisiblement dans le pré » (Michel Tournier, « L'Aire du Muguet », in *Le Coq de bruyère*, Gallimard, 1978).

a) **Quel est le lien logique sous-entendu entre ces deux phrases.**
b) **Transformez ces deux phrases en une seule en utilisant une conjonction de coordination puis en utilisant une conjonction de subordination.**
c) **Précisez, dans les textes transformés, la classe grammaticale des propositions.**

**1** 1) [Il ne sait pas] : prop. principale ; [que je viendrai] : prop. sub. conjonctive complétive ; [c'est une surprise] : prop. indépendante. 2) [Le roman est un roman policier] : prop. principale ; [que nous écrivons] : prop sub. relative. 3) [Je pense] : prop. principale ; [que cette solution est la meilleure] : prop. sub. conjonctive complétive ; [et je crois] : prop. principale ; [que nous allons l'adopter] : prop. sub. conjonctive complétive. 4) [Nous répétons une pièce de théâtre] : prop. indépendante ; [et nous vous proposons de vous joindre à nous] : prop. indépendante.

**2** 1) B. 2) A (relative sans antécédent).

**3** 1) [Que nous allons jouer] : prop. sub. relative, complément de l'antécédent « pièce ». 2) [Que vous assistiez au spectacle] : prop. sub. conjonctive complétive, COD du verbe « vouloir ». 3) [Tandis que nous travaillons] : prop. sub. conjonctive circonstancielle, complément circonstanciel de temps. 4) [Pour que tout se passe au mieux] : prop. sub. conjonctive circonstancielle, complément circonstanciel de but. 5) [Que tu viennes] : prop. sub. conjonctive complétive, complément de l'adjectif « content ».

**4** Le rapport logique entre ces deux phrases est un rapport d'opposition.

**5** Qui s'amusent » est une subordonnée relative ; sa fonction est complément de l'antécédent « enfants ».

**6** On relève quatre subordonnées dans ces vers :
– « où tu fuis » et « où je vais » sont des subordonnées interrogatives ;
– dans le second vers, « que j'eusse aimé » et « qui le savais » sont des subordonnées relatives.

**7** Je remplace le groupe nominal souligné par une proposition subordonnée : « Il n'était pas le frère de ces enfants bien qu'ils soient (ou fussent [avec un imparfait du subjonctif]) de son âge. » La subordonnée conjonctive est un complément circonstanciel d'opposition.

**8** J'introduis une subordonnée de conséquence dans la phrase : « Elle *[une peau de mouton]* était mate et rugueuse, si bien que, pour écrire le plus de texte possible, il fallait adopter une écriture minimaliste. »

**9** a) C'est un lien de conséquence (1re phrase) à cause (2de phrase) qui unit les deux phrases.
b) J'introduis une conjonction de coordination (voir p. 14) : « Elle ne le voit pas car elle n'a d'yeux que pour trois ou quatre vaches qui divaguent paisiblement dans le pré. » J'introduis une conjonction de subordination : « Elle ne le voit pas puisqu'elle n'a d'yeux que pour trois ou quatre vaches qui divaguent paisiblement dans le pré. »

c) 1re phrase : « Elle ne le voit pas » est une proposition indépendante ; « car elle n'a d'yeux que pour trois ou quatre vaches » est une proposition principale à laquelle est rattachée la proposition subordonnée relative « qui divaguent paisiblement dans le pré ». 2de phrase : « Elle ne le voit pas » est une proposition principale ; « puisqu'elle n'a d'yeux que pour trois ou quatre vaches » est une subordonnée conjonctive circonstancielle de cause ; « qui divaguent paisiblement dans le pré » est une subordonnée relative.

FRANÇAIS 4

# Le sens des mots et le champ lexical

## 1. Sens propre et sens figuré

- Le sens **propre** est le sens premier du mot.
- Le sens **figuré** évoque ce qu'il peut représenter.

  *La blancheur* : le sens propre désigne la couleur ; le sens figuré évoque la pureté.

## 2. Champ lexical et champ sémantique

- Le **champ lexical** regroupe l'ensemble des mots se rapportant à une même notion.
- Le **champ sémantique** concerne seulement un mot et regroupe l'ensemble des significations (on appelle cela « la polysémie ») de ce mot.
- On évitera de confondre champ lexical, champ sémantique et famille d'un mot.

| CHAMP SÉMANTIQUE DU MOT *CHARMANT* | FAMILLE DU MOT *CHARMANT* | CHAMP LEXICAL DU MOT *CHARMANT* |
|---|---|---|
| Qui a un pouvoir magique.<br>Qui est joli, agréable. | Charme, charmer, charmeur… | Au sens fort : ensorcelant, magique…<br>Au sens second : plaisant, agréable… |

## 3. Relations entre les mots

- Deux **synonymes** sont deux mots de même classe grammaticale et de sens voisin. Ainsi un verbe ne peut avoir comme synonyme qu'un autre verbe.

  Ex. : *se dépêcher* et *se hâter*.

- Deux **antonymes** sont deux mots de même classe grammaticale et de sens contraire.

  Ex. : *accélérer* et *ralentir*.

- Deux **homonymes** sont deux mots qui s'écrivent ou se prononcent (homophones) de la même manière mais qui n'ont pas le même sens.

  Ex. : *un père* et *une paire de chaussures*.

- Deux **paronymes** sont deux mots qui se ressemblent mais qui n'ont pas le même sens.

  Ex. : *un percepteur* et *un précepteur*.

# Étudier le sens d'un mot, commenter un champ lexical

## SUJET TYPE DU BREVET

« Tout à coup il est arrêté. Une clôture se dresse devant son nez. Un grillage rébarbatif, carcéral, presque concentrationnaire, avec son sommet arrondi en encorbellement hérissé de fils d'acier barbelés » (Michel Tournier, « L'Aire du Muguet », in *Le Coq de bruyère*, Gallimard, 1978).

**Quel est le sens de l'adjectif « carcéral » ?**
**Quel est le champ lexical dominant dans le passage ?**
**Quel est l'effet produit ?**

## MÉTHODE

### ● Analyser la question et ses attentes

Deux questions se croisent ici : la première porte sur le sens d'un mot ; la seconde porte sur un réseau de mots présent dans un passage donné.

### ● La méthode en 4 étapes

**1. Donner le sens d'un mot** en s'aidant du contexte de la phrase mais aussi, éventuellement, de mots de la même famille.

Pensez aussi à des expressions où vous avez déjà rencontré ce mot.

**2. Repérer dans le passage les mots dont le sens est proche** afin de dégager le champ lexical dominant.

Ne confondez pas l'expression *champ lexical* avec une autre expression telle que *champ sémantique* ou *mots de la même famille*. Le champ lexical regroupe les mots qui se rapportent à une même notion.

**3. Trouver le dénominateur commun** aux termes relevés afin de nommer explicitement ce champ lexical.

**4. Dégager l'effet sur le lecteur** en prêtant attention à sa propre réaction.

### ● Rédiger soigneusement la réponse

Chacun des termes (ou chacune des expressions) du champ lexical doit être placé entre guillemets isolément.

CORRIGÉ

1. L'adjectif « carcéral » est de la même famille que le nom *incarcération* ou que le verbe *incarcérer*. On entend parler d'« univers carcéral » pour désigner la prison. « Carcéral » évoque donc ce qui se rapporte à la prison.

2. On peut rapprocher dans le texte les mots « clôture », « grillage », « carcéral », « concentrationnaire », « fils d'acier barbelés ».

3. Tous ces mots évoquent l'enfermement. Nous avons affaire ici au **champ lexical de la prison**.

4. L'accumulation des termes évoquant la prison donne au lecteur l'impression d'un **univers étouffant, hostile**.

## Exercices préparatoires

**1** ★ **Dans la liste suivante, reconstituez les quatre familles de mots :**

1) Tendre ; 2) dégustation ; 3) doigt ; 4) dégoûtant ; 5) tendresse ; 6) goût ; 7) attendrir ; 8) gustatif ; 9) cœur ; 10) goûter ; 11) tendrement ; 12) courage ; 13) digital ; 14) cordial.

**2** ★★ **Dans la liste suivante, relevez, d'une part, les mots de la famille d'*aimer* et, d'autre part, ceux du champ lexical de l'amour :**

amer, amical, passion, embrasser, amitié, amertume, amarrer, amour, cœur, amant, mariage

**3** ★★ **En ajoutant un préfixe aux mots suivants, écrivez leur antonyme :**

1) Licite ; 2) légal ; 3) prudent ; 4) connaître ; 5) crédule ; 6) réparable ; 7) poli ; 8) estimer ; 9) faire ; 10) constitutionnel.

## Exercices de type brevet

**4** ★ « Volker se déshabilla, s'échauffa consciencieusement » (Yves Gibeau, *La Ligne droite*, Calmann-Lévy, 1962, © Sophie Gibeau).

a) **Quelle est la nature du mot « consciencieusement » ?**
b) **Donnez deux mots de la même famille en précisant leur classe grammaticale.**
c) **Remplacez ce mot par une expression équivalente.**

**5** ★ « Tamango, que l'eau-de-vie avait rendu furieux, ne se posséda plus en voyant qu'on s'opposait à ses volontés » (Prosper Mérimée, *Tamango*, 1829).

**Expliquez le sens du verbe *se posséder* dans le texte en donnant une expression synonyme. Vous éviterez le style familier.**

**6** ★★ « Ce matin-là, l'aire du Muguet avait des couleurs si riantes sous le jeune soleil que l'autoroute pouvait paraître en comparaison un enfer de bruit et de béton » (Michel Tournier, « L'Aire du Muguet », in *Le Coq de bruyère*, Gallimard, 1978).

a) **Trouvez deux homonymes du mot « aire » et employez chacun d'eux dans une phrase qui en éclairera le sens.**
b) **Comment, par le choix des champs lexicaux, Michel Tournier exprime-t-il l'opposition entre l'aire de repos et l'autoroute ?**

**1** Tendre, tendresse, attendrir, tendrement.
Dégustation, dégoûtant, goût, gustatif, goûter.
Cœur, courage, cordial.
Doigt, digital.

**2** Mots de la famille d'*aimer* : amical, amitié, amour, amant. Champ lexical de l'amour : passion, embrasser, amour, coeur, amant, mariage.

**3** 1) Illicite ; 2) illégal ; 3) imprudent ; 4) méconnaître ; 5) incrédule ; 6) irréparable ; 7) impoli ; 8) mésestimer ; 9) défaire ; 10) anticonstitutionnel.

**4** a) Le mot « consciencieusement » est un adverbe.
b) Je donne deux mots de la même famille en précisant leur classe grammaticale : *conscience* est un nom commun, *consciencieux* est un adjectif.
c) Je remplace l'adverbe par une expression équivalente : « avec application ».

**5** Dans le texte, le verbe *se posséder* a le sens de « se maîtriser », « se dominer ». Le personnage a perdu le contrôle de lui-même et la colère l'envahit.

**6** a) « Ère » et « erre » sont deux homonymes du mot « aire ». Nous en montrons le sens en les utilisant dans une phrase :
– À l'ère de l'informatique, il est facile d'entrer en communication avec d'autres continents.
– Il erre dans la gare déserte en attendant que le guichet ouvre.
b) Deux champs lexicaux s'opposent dans le passage. L'aire du Muguet est présentée de façon méliorative avec un champ lexical du bonheur : « riantes », « jeune soleil ». Au contraire, l'autoroute est évoquée de façon péjorative avec un champ lexical de l'inhumain : « enfer », « bruit », « béton ».

FRANÇAIS 5

# Le pluriel des mots

## 1. Les noms

- Les noms prennent un *s* ou un *x* au pluriel.

- Quelques particularités

– Les noms terminés par *-ou* ont leur pluriel en *-s*.

*des clous, des sous*

Exceptions : *des bijoux, des cailloux, des choux, des genoux, des hiboux, des joujoux, des poux*

– Les noms terminés par *-ail* ont leur pluriel en *-ails*.

*des* détails, *des éventails*

Exceptions : *des coraux, des émaux, des travaux, des vitraux*

– Les noms terminés par *-eau*, *-au* et *-eu* prennent un *-x*.

*des bateaux, des noyaux, des feux*

Exceptions : *des landaus, des pneus, des bleus*

– Les noms terminés par *-al* ont un pluriel en *-aux*.

*des journaux, des animaux*

Exceptions : *des bals, des carnavals, des chacals, des festivals, des récitals, des régals*

- Pour mettre au pluriel un **nom composé**, il faut considérer chacun des termes qui le composent et regarder si cela a un sens de lui ajouter un *s*.

Depuis la réforme de 1990, on peut accorder les noms composés comme les autres noms en mettant un *s* au dernier mot au pluriel.

## 2. Les déterminants

- Le déterminant s'accorde avec le nom auquel il se rapporte.

- *Aucun* (sauf devant un nom qui n'a pas de singulier ou qui change de sens au pluriel) et *chaque* sont toujours au singulier.

## 3. Les pronoms

- Dans un exercice de réécriture, lorsqu'on passe du singulier au pluriel (et inversement), les pronoms personnels et possessifs restent à la même personne.

| | SINGULIER | PLURIEL |
|---|---|---|
| **1re personne** | *Je / le mien, le nôtre* | *Nous / les miens, les nôtres* |
| **2e personne** | *Tu / le tien, le vôtre* | *Vous / les tiens, les vôtres* |
| **3e personne** | *Il, elle / le sien, le leur* | *Ils, elles / les siens, les leurs* |

- Attention au pronom personnel *leur*, pluriel de *lui* ! Invariable, il est placé juste devant le verbe.

  *Je lui parle. → Je **leur** parle.*

## 4. Les adjectifs

- L'adjectif s'accorde en genre et en nombre avec le nom auquel il se rapporte.
- Les adjectifs prennent un *-s* au pluriel.

  *de jolis dessins, de jolies images*

- **Quelques particularités**

– Les adjectifs terminés par *-eau* prennent un *-x*.

  *les beaux sommets*

– Les adjectifs terminés par *-al* ont un pluriel en *-aux*.

  *les employés municipaux*

  Exceptions : *fatals, natals, navals*

- Les adjectifs de couleur **ne s'accordent pas** :

– lorsqu'ils sont composés ;

  *Des chaussures bleu clair, vert bouteille, poivre et sel…*

– lorsqu'ils désignent au départ un végétal, une matière, etc. ;

  *Des chaussures marron, cerise…*

  Cependant, les adjectifs *rose, mauve, pourpre* et *fauve* s'accordent.

– lorsque plusieurs adjectifs qualifient un seul et même objet.

  *Des drapeaux bleu, blanc, rouge…*

## 5. Les verbes

- Dans un exercice de réécriture, quand vous devez mettre un verbe au pluriel pensez à appliquer les règles de conjugaison.

■ **1re et 2e personnes du pluriel :**

– Attention à l'**imparfait de l'indicatif** : vous devez ajouter un *i* à la forme verbale du présent de l'indicatif pour obtenir la forme à l'imparfait.

*Nous oublions, nous croyons* (présent)

→ *nous oubliions, nous croyions* (imparfait).

– Attention au **passé simple de l'indicatif** : seuls les verbes du 1er groupe ont des terminaisons en *-âmes* et *-âtes*.

| | **1er GROUPE** (*parler*) | **2e GROUPE** (*finir*) | **3e GROUPE** (*partir*) | (*croire*) | (*venir*) |
|---|---|---|---|---|---|
| *nous* | *parl**âmes*** | *fin**îmes*** | *part**îmes*** | *cr**ûmes*** | *v**înmes*** |
| *vous* | *parl**âtes*** | *fin**îtes*** | *part**îtes*** | *cr**ûtes*** | *v**întes*** |

– Attention au **présent du subjonctif** : les terminaisons sont celles de l'imparfait de l'indicatif.

*Que je croie, que tu emploies*

→ *que nous croy**ions**, que vous employ**iez**.*

■ **3e personne du pluriel :** quels que soient le temps et le mode, le verbe se termine par *-nt*.

## 6. Les participes passés

■ Faites attention aux accords des participes passés : revoyez les règles page 51.

# Mettre un texte au pluriel

SUJET TYPE DU BREVET

« Elle l'appela "monsieur", fut très bonne. Elle le regardait paisiblement, de la tête aux pieds, sans montrer aucune surprise malhonnête. Ses lèvres seules avaient un léger pli » (Émile Zola, *Le Ventre de Paris*, 1873).

**Réécrivez ce passage en remplaçant « Elle » par « Elles » et en effectuant toutes les transformations nécessaires.**

MÉTHODE

- **Analyser la question et ses attentes**

Identifiez clairement ce qui doit être mis au pluriel.

- **La méthode en 3 étapes**

**1. Entourer,** sur le texte à réécrire, **les mots à remplacer.**

De cette façon, vous n'en oublierez aucun et vous ne risquerez pas d'en remplacer un qui ne serait pas concerné.

**2. Réfléchir aux transformations** entraînées par le passage du singulier au pluriel.

Pensez aux accords au sein du groupe nominal, aux terminaisons des verbes et, dans certains cas, à l'accord des participes passés.

**3. Souligner** sur le texte à réécrire **les terminaisons qui seront modifiées.**

CORRIGÉ

1. On **entoure** les deux pronoms « Elle » qui sont concernés.

2. On **repère** les mots dont les terminaisons seront à modifier : « appela », « fut », « bonne », « regardait », « Ses ». L'expression « aucune surprise malhonnête » ne subit aucune modification.

3. On **souligne** les modifications : « Elles l'appelèrent "monsieur", furent très bonnes. Elles le regardaient paisiblement, de la tête aux pieds, sans montrer aucune surprise malhonnête. Leurs lèvres seules avaient un léger pli. »

## Exercices préparatoires

**1 ★ Mettez au pluriel les verbes suivants en conservant le temps et la personne :**

1) Tu dis (deux réponses possibles). 2) J'envoyais. 3) Je prends. 4) Il vient. 5) Tu fais. 6) Je voyais. 7) Je passai. 8) Tu retins. 9) Il proposa. 10) Tu vis (deux réponses possibles). 11) Je prie. 12) Tu survins. 13) Je pris. 14) Il entendit. 15) Je courus.

**2 ★★ Mettez au pluriel les groupes nominaux suivants :**

1) Un décor somptueux ; 2) un T-shirt bleu ciel ; 3) un drap rose ; 4) un service à thé en porcelaine ; 5) un porte-monnaie marron ; 6) une chemise rouge cerise ; 7) un nouveau protège-cahier ; 8) un livre d'espagnol illustré ; 9) un drap vert pomme ; 10) un pull en laine orange.

**3 ★★ Mettez au pluriel les groupes nominaux suivants :**

1) un arbuste tropical ; 2) un vieil amiral ; 3) un bijou merveilleux ; 4) un carnaval local ; 5) un clou fatal ; 6) un hibou original ; 7) le résultat final ; 8) un journal national.

## Exercices de type brevet

**4 ★ Réécrivez le passage suivant en remplaçant « il » par « ils » et en effectuant les transformations nécessaires.**

« Il met un peu d'ordre dans ses affaires, puis prépare son sac pour le lendemain, tout cela sans cesser de penser au cadeau du libraire.
Depuis qu'il est entré en possession de ce recueil de nouvelles, son désir de s'y plonger n'a fait que croître » (Arthur Ténor, *Le Livre dont vous êtes la victime*, Pocket Jeunesse, 2004).

**5 ★★ Réécrivez le passage suivant en remplaçant « le grand Michu » par « les deux garçons » :**

« Aussi, pendant que le grand Michu parlait, étais-je en admiration devant lui. Il m'initia d'un ton un peu rude, comme un conscrit dans l'énergie duquel on a une médiocre confiance. Cependant, le frémissement d'aise, l'air d'extase enthousiaste que je devais avoir en l'écoutant finirent par lui donner une meilleure opinion de moi » (Émile Zola, *Le Grand Michu*, 1874).

1 1) Vous dites, vous dîtes. 2) Nous envoyions. 3) Nous prenons. 4) Ils viennent. 5) Vous faites. 6) Nous voyions. 7) Nous passâmes. 8) Vous retîntes. 9) Ils proposèrent. 10) Vous vivez, vous vîtes. 11) Nous prions. 12) Vous survîntes. 13) Nous prîmes. 14) Ils entendirent. 15) Nous courûmes.

2 1) Des décors somptueux ; 2) des T-shirts bleu ciel ; 3) des draps roses ; 4) des services à thé en porcelaine ; 5) des porte-monnaie(s) marron *[les deux orthographes sont acceptées]* ; 6) des chemises rouge cerise ; 7) des nouveaux protège-cahiers ; 8) des livres d'espagnol illustrés ; 9) des draps vert pomme ; 10) des pulls en laine orange.

3 1) des arbustes tropicaux ; 2) des vieux amiraux ; 3) des bijoux merveilleux ; 4) des carnavals locaux ; 5) des clous fatals ; 6) des hiboux originaux ; 7) les résultats finaux ; 8) des journaux nationaux.

4 « Ils mettent un peu d'ordre dans leurs affaires, puis préparent leur sac *[un chacun]* pour le lendemain, tout cela sans cesser de penser au cadeau du libraire.
Depuis qu'ils sont entrés en possession de ce recueil de nouvelles, leur désir de s'y plonger n'a fait que croître. »

5 « Aussi, pendant que les deux garçons parlaient, étais-je en admiration devant eux. Ils m'initièrent d'un ton un peu rude, comme un conscrit dans l'énergie duquel on a une médiocre confiance. Cependant, le frémissement d'aise, l'air d'extase enthousiaste que je devais avoir en les écoutant finirent par leur donner une meilleure opinion de moi. »

FRANÇAIS 6

# Les difficultés liées aux temps des verbes

## 1. Les difficultés liées aux temps simples

### ■ Le présent de l'indicatif

Au singulier, pour trouver la terminaison du verbe, il faut repérer son groupe.

| 1^er^ GROUPE | 2^e^ GROUPE |
|---|---|
| Verbes en *-er* | Verbes en *-ir* (part. présent en *-issant*) |
| *j'oubli**e***<br>*tu oubli**es***<br>*il oubli**e***<br>*nous oubli**ons***<br>*vous oubli**ez***<br>*ils oubli**ent*** | *je fin**is***<br>*tu fin**is***<br>*il fin**it***<br>*nous fin**issons***<br>*vous fin**issez***<br>*ils fin**issent*** |

| 3^e^ GROUPE | | | |
|---|---|---|---|
| *Vouloir*, *pouvoir* et *valoir* | Verbes en *-dre*, sauf ceux en *-indre* et *-soudre* | *Venir*, *tenir* et leurs composés | Autres verbes |
| *je veu**x***<br>*tu veu**x***<br>*il veu**t***<br>*nous voul**ons***<br>*vous voul**ez***<br>*ils veul**ent*** | *je pren**ds***<br>*tu pren**ds***<br>*il pren**d***<br>*nous pren**ons***<br>*vous pren**ez***<br>*ils prenn**ent*** | *je vien**s***<br>*tu vien**s***<br>*il vien**t***<br>*nous ven**ons***<br>*vous ven**ez***<br>*ils vienn**ent*** | *j'offr**e***<br>*tu offr**es***<br>*il offr**e***<br>*nous offr**ons***<br>*vous offr**ez***<br>*ils offr**ent*** |

**Attention** aux verbes en *-indre* et *-soudre* :

– *peindre : je pein**s**, tu pein**s**, il pein**t**, nous peign**ons**…*

– *craindre : je crain**s**, tu crain**s**, il crain**t**, nous craign**ons**…*

– *joindre : je join**s**, tu join**s**, il join**t**, nous joign**ons**…*

– *résoudre : je résou**s**, tu résou**s**, il résou**t**, nous résolv**ons**…*

**Attention** aux verbes *faire* et *dire* :
– *dire : je dis, tu dis, il dit, nous disons, vous dites, ils disent ;*
– *faire : je fais, tu fais, il fait, nous faisons, vous faites, ils font.*
Le verbe *aller* est un verbe irrégulier du 3e groupe : *je vais, tu vas, il va, nous allons, vous allez, ils vont.*

### Le futur de l'indicatif

Pour les verbes des 1er et 2e groupes, le futur se forme à partir de l'infinitif du verbe auquel on ajoute les terminaisons du verbe *avoir* au présent de l'indicatif.

*J'oublier**ai**, tu oublier**as**, il finir**a**…*

Certains verbes doublent le *-r* du radical.

*Pouvoir : je pou**rr**ai, courir : je cou**rr**ai, mourir : je mou**rr**ai.*

### L'imparfait de l'indicatif

Les terminaisons sont les mêmes pour tous les groupes : *-ais, -ais, -ait, -ions, -iez, -aient.*

Attention à ne pas confondre avec le passé simple à la 1re personne du singulier des verbes du 1er groupe !

### Le passé simple de l'indicatif (voir p. 22)

Seuls les verbes du 1er groupe ont une terminaison en *-a*.
Seules les deux premières personnes du pluriel ont un accent circonflexe (*parlât* est un imparfait du subjonctif).

### Le présent du conditionnel

Les terminaisons sont celles de l'imparfait et le radical est celui du futur de l'indicatif.

*J'oublier**ais**, tu oublier**ais**, il oublier**ait**, nous oubli**erions**…*

## 2. Les difficultés liées aux temps composés : le participe passé

- Si vous hésitez sur la **lettre finale** d'un participe passé au masculin singulier, mettez-le au féminin en introduisant l'auxiliaire *être*.

  *Elle est mi**s**e, cui**t**e, ven**u**e… → Il a mis, cuit ; il est venu…*

## L'accord du participe passé

| EMPLOYÉ AVEC L'AUXILIAIRE *ÊTRE* | EMPLOYÉ AVEC L'AUXILIAIRE *AVOIR* | EMPLOYÉ AVEC UN VERBE PRONOMINAL |
|---|---|---|
| *Les allées étaient envahi**es** par l'herbe.* | *Elle a **essayé** des chaussures et elle les a **achetées.*** | *Elle s'est **lavé** les mains.*<br>*Elle se les est **lavées**.*<br>*Elles se sont **lavées**.* |
| Le participe passé s'accorde avec le sujet du verbe. | Le participe passé ne s'accorde jamais avec le sujet du verbe mais avec le COD si celui-ci est placé avant le verbe. | – Employé avec un verbe pronominal de sens réfléchi ou réciproque, le participe passé s'accorde avec le COD si celui-ci est placé avant le verbe.<br>– Dans les autres constructions pronominales, le participe passé s'accorde avec le sujet. |

**Rappel :** employé sans auxiliaire, le participe passé s'accorde comme un adjectif.

*Les footballeurs **épuisés** dorment dans le vestiaire !*

# Changer le temps d'un verbe

## SUJET TYPE DU BREVET

« Le livre ouvert, elle me lisait les histoires. Puis elle m'emmenait promener jusqu'au pont, pour regarder la rivière. La nuit venait [...]. Malgré bonnets de laine et peaux de mouton, nous grelottions. Ma mère restait un instant tournée vers le sud, comme si elle attendait quelqu'un. Je la tirais par la main, pour retourner vers la maison » (Jean-Marie Gustave Le Clézio, *Ourania*, Gallimard, 2006).

**Réécrivez ce passage en conjuguant les verbes au plus-que-parfait de l'indicatif.**

## MÉTHODE

### ● Analyser la question et ses attentes

Identifiez clairement le temps employé dans le passage et le temps demandé dans la consigne.

### ● La méthode en 3 étapes

**1. Entourer**, sur le texte à réécrire, **les verbes conjugués à modifier.**

De cette façon, vous n'en oublierez aucun et vous ne risquerez pas d'en remplacer un qui ne serait pas concerné.

**2. Conjuguer un verbe type du 1^er^ ou du 2^e^ groupe (*chanter* ou *finir*) au temps demandé pour se rappeler la conjugaison de ce temps.**

Soyez très vigilant(e) à ce moment-là car, si vous vous trompez de temps, c'est l'ensemble de votre exercice qui sera faux. Faites bien la distinction entre les modes ainsi qu'entre les temps simples et les temps composés.

Pour mémoriser les différents temps composés, apprenez leur formation :

– Le **passé composé** se forme avec l'auxiliaire au **présent** de l'indicatif. Pour les modes subjonctif et conditionnel, le passé se forme avec l'auxiliaire au présent du subjonctif ou du conditionnel, selon le mode.

– Le **plus-que-parfait** se forme avec l'auxiliaire à l'**imparfait** de l'indicatif ou du subjonctif, selon le mode.

– Le **futur antérieur** se forme avec l'auxiliaire au **futur** de l'indicatif.

– Le **passé antérieur** se forme avec l'auxiliaire au **passé simple** de l'indicatif.

Lorsque vous avez affaire à un temps composé, vous devez, afin de bien appliquer les règles d'accord du participe passé, regarder quel est l'auxiliaire employé (voir p. 51).

**3. Réfléchir aux transformations** provoquées par le changement de temps : les terminaisons des verbes et l'apparition d'un participe passé lorsque le temps demandé est composé, l'accord de ce participe passé.

Réécrivez sur le texte ou au brouillon les verbes en faisant particulièrement attention aux participes passés.

CORRIGÉ

1. **On entoure** les verbes conjugués : « lisait », « emmenait », « venait », « grelottions », « restait », « attendait », « tirais ».

2. Le plus-que-parfait est un temps composé de l'indicatif pour lequel l'auxiliaire (*avoir* ou *être*) se met à l'imparfait : *j'avais parlé, tu avais parlé, nous avions parlé…*

3. Le plus-que-parfait étant un temps composé, la réécriture du passage va nous amener à **employer des participes passés** ; nous devrons donc veiller tout particulièrement à appliquer les règles d'accord. Les transformations sont les suivantes : **« elle m'avait lu »**, **« elle m'avait emmené »** (« emmené » s'accorde avec « m' », le narrateur au masculin), **« La nuit était venue »** (auxiliaire *être* : le participe s'accorde avec le sujet), **« Ma mère était restée »** (accord avec le sujet), **« elle avait attendu »**, **« Je l'avais tirée »** (on accorde « tirée » avec le COD « l' », mis pour la mère, placé avant le verbe).

## Exercices préparatoires

**1** ★ **Mettez les verbes suivants à la 3e personne du singulier du présent de l'indicatif :**

1) Écrire ; 2) s'écrier ; 3) lire ; 4) lier ; 5) feindre ; 6) essayer ; 7) employer ; 8) coudre ; 9) vouloir ; 10) entendre.

**2** ★ **Mettez les verbes suivants à la 1re personne du futur simple et du présent du conditionnel :**

1) Pâlir ; 2) vérifier ; 3) nouer ; 4) voir ; 5) envoyer ; 6) craindre ; 7) payer ; 8) permettre ; 9) faire ; 10) trier.

**3** ★ **Mettez les verbes suivants à la 1re personne du singulier du passé simple et de l'imparfait de l'indicatif :**

1) Raconter ; 2) savoir ; 3) remplacer ; 4) retenir ; 5) descendre ; 6) ranger ; 7) modifier ; 8) contenir ; 9) partir ; 10) devoir.

**4** ★★★ **Mettez les phrases suivantes au passé composé :**

1) Les écureuils collectent des noisettes, les cachent puis les oublient. 2) Elles vont au cinéma. 3) Elle part à 16 heures. 4) Nous rendons visite à nos grands-parents puis nous les laissons. 5) Je ramasse des champignons et je les montre au pharmacien. 6) Nicolas lit cette nouvelle policière et il l'apprécie. 7) Nous regardons au fur et à mesure les documents que la documentaliste nous prête. 8) Nous relevons des empreintes et nous les identifions. 9) Tom prépare des desserts et les dévore en cinq minutes ! 10) Voici les derniers défis que Léa vous lance.

## Exercices de type brevet

**5** ★ **Réécrivez le passage suivant en remplaçant « les fillettes » par « la fillette » et en mettant les verbes au présent de l'indicatif :**

« À l'épouvantable odeur de pourriture qui imprégnait leurs vêtements, leurs mains et leurs cheveux, on reconnaissait les fillettes travaillant à la soie.
Dans la chaleur d'étuve des filatures, leur visage écarlate penché sur les bassinets d'eau bouillante, elles allaient chercher de leurs mains agiles, mais enflées et rouges comme celles des laveuses de lessive, l'extrémité du fil de soie » (Marie Rouanet, *Le Crin de Florence*, Éditions climats, 1986).

**6** ★ **Réécrivez le passage suivant au conditionnel présent :**

« L'interprète était un homme humain. Il donna une tabatière de carton à Tamango, et lui demanda les six esclaves restants. Il les délivra de leurs fourches, et leur permit de s'en aller où bon leur semblerait » (Prosper Mérimée, *Tamango*, 1829).

**7** ★★ **Réécrivez le passage suivant en conjuguant les verbes au passé composé et en remplaçant « nous » par « elles » :**

« En dépit de ce double pilotage, nous arrivâmes sans encombre jusqu'à Arles où nous nous arrêtâmes pour passer la nuit. Peu habitués à fréquenter les hôtels, mis à part le *Claridge*, nous choisîmes naïvement un boui-boui de dernière classe » (Claude Michelet, *Une fois sept*, Robert Laffont, 1983).

**1** 1) Il écrit. 2) Il s'écrie. 3) Il lit. 4) Il lie. 5) Il feint. 6) Il essaie. 7) Il emploie. 8) Il coud. 9) Il veut. 10) Il entend.

**2** 1) Je pâlirai, je pâlirais. 2) Je vérifierai, je vérifierais. 3) Je nouerai, je nouerais. 4) Je verrai, je verrais. 5) J'enverrai, j'enverrais. 6) Je craindrai, je craindrais. 7) Je paierai/payerai, je paierais/payerais. 8) Je permettrai, je permettrais. 9) Je ferai, je ferais. 10) Je trierai, je trierais.

**3** 1) Je racontai, je racontais. 2) Je sus, je savais. 3) Je remplaçai, je remplaçais. 4) Je retins, je retenais. 5) Je descendis, je descendais. 6) Je rangeai, je rangeais. 7) Je modifiai, je modifiais. 8) Je contins, je contenais. 9) Je partis, je partais. 10) Je dus, je devais.

**4** 1) Les écureuils ont collecté des noisettes, les ont cachées puis les ont oubliées *[accord avec le COD « les »]*. 2) Elles sont allées au cinéma. 3) Elle est partie à 16 heures. 4) Nous avons rendu visite à nos grands-parents puis nous les avons laissés *[accord avec le COD « les »]*. 5) J'ai ramassé des champignons et je les ai montrés au pharmacien *[accord avec le COD « les »]*. 6) Nicolas a lu cette nouvelle policière et il l'a appréciée *[accord avec le COD « l' »]*. 7) Nous avons regardé au fur et à mesure les documents que la documentaliste nous a prêtés *[accord avec le COD « que » mis pour « les documents »]*. 8) Nous avons relevé des empreintes et nous les avons identifiées *[accord avec le COD « les »]*. 9) Tom a préparé des desserts et les a dévorés en cinq minutes *[accord avec le COD « les »] !* 10) Voici les derniers défis que Léa vous a lancés *[accord avec le COD « que » mis pour « les défis »]*.

**5** « À l'épouvantable odeur de pourriture qui imprègne ses vêtements, ses mains et ses cheveux, on reconnaît la fillette travaillant à la soie.
Dans la chaleur d'étuve des filatures, son visage écarlate penché sur le bassinet d'eau bouillante, elle va chercher de ses mains agiles, mais enflées et rouges comme celles des laveuses de lessive, l'extrémité du fil de soie. »

**6** « L'interprète serait un homme humain. Il donnerait une tabatière de carton à Tamango, et lui demanderait les six esclaves restants. Il les délivrerait de leurs fourches, et leur permettrait de s'en aller où bon leur semblerait. »

**7** « En dépit de ce double pilotage, elles sont arrivées sans encombre jusqu'à Arles où elles se sont arrêtées pour passer la nuit. Peu habituées à fréquenter les hôtels, mis à part le *Claridge*, elles se sont choisi naïvement un boui-boui *[COD placé après le verbe pronominal : donc pas d'accord]* de dernière classe. »

FRANÇAIS 7

# Les niveaux de langue

## 1. Le lexique

- Le lexique relevant du style familier est souvent plus imagé que les termes courants. Celui relevant du niveau soutenu est plus précis.

## 2. La syntaxe

- **Le style familier**

Ce niveau de langue se caractérise notamment par :

– la suppression de la double négation ;

*Il est pas venu.* → *Il* ***n'****est pas venu.* (style courant)

– l'absence d'inversion du sujet dans l'interrogation directe.

*Tu viens ?* → ***Est-ce que*** *tu viens ?* (*Viens-tu ?* relève du style soutenu.)

- **Le style soutenu**

Il peut avoir recours à des subordonnants rares qu'il faudra remplacer par l'équivalent en style courant après en avoir bien compris le sens.

***Quand bien même*** *tu me dirais de ne pas venir, je viendrais.*

On devine ici une opposition et on écrit en style courant : ***Même si*** *tu me disais de ne pas venir, je viendrais.*

# Changer de niveau de langue

SUJET TYPE DU BREVET

« C'est ainsi que je me suis avalé tous les Sagan en commençant par *Bonjour tristesse** » (Soraya Nini, *Ils disent que je suis une beurette*, Fixot, 1993).
* Roman de Françoise Sagan.
**Réécrivez cette phrase en langage courant.**

MÉTHODE

## Analyser la question et ses attentes

Vous devez repérer clairement la (ou les) transformations demandées. En général, on vous demande de réécrire un passage (familier ou soutenu) en style courant.

## La méthode en 3 étapes

1. **Identifier le niveau de langue employé** dans le passage donné en examinant le vocabulaire et la syntaxe.
2. **Entourer les éléments caractéristiques du niveau de langue employé :** vocabulaire, construction de la phrase.
3. **Réécrire au brouillon le passage en modifiant les mots ou expressions repérés.**

CORRIGÉ

1. Dans le passage, l'auteur a recours au niveau de langue **familier**.

2. La construction pronominale « je me suis avalé » est de style familier ; elle devra être remplacée par une expression équivalente. L'expression suppose que la narratrice ait lu en grande quantité, sans préciser si les livres lui ont plu. Ainsi, le verbe *avaler* n'a pas le même sens que le verbe *dévorer* qui, dans l'expression *J'ai dévoré ce roman*, suppose qu'on y a éprouvé du plaisir. L'expression « tous les Sagan » est aussi familière car elle constitue un raccourci.

3. « C'est ainsi que **j'ai lu toutes les œuvres de** Sagan en commençant par *Bonjour tristesse.* »
Le verbe *lire* a été retenu en raison de sa neutralité et le nom *œuvre* pour son sens large : le mot *roman* restreindrait à un seul genre et rien ne permet de le préciser dans la phrase.

## Exercices préparatoires

**1 ★ Donnez un synonyme de niveau courant à chacun des termes suivants :**

1) Un copain ; 2) la télé ; 3) un ordi ; 4) mon frangin ; 5) la taule ; 6) un prof ; 7) un flic ; 8) un rancart ; 9) un bouquin ; 10) une paire de pompes.

**2 ★ Indiquez le niveau de langue des phrases suivantes et réécrivez-les en style courant :**

1) T'inquiète pas : je rigole. 2) Personne a téléphoné. 3) C'est pas vrai. 4) Je me permets de vous solliciter pour un conseil. 5) Je me suis acheté des fringues. 6) Tu le trouves sympa ? 7) Si on le lui avait demandé, il l'eût certainement fait. 8) On a encore une interro !

## Exercices de type brevet

**3 ★ Réécrivez en style courant les passages suivants, en effectuant les modifications nécessaires :**

a) *Victor Hugo écrit à sa fille Adèle en 1834* : **« Demain, je t'embrasserai, dussé-je aller à Paris sur la tête. »**
b) *Frosine, dans* **L'Avare** *de Molière, vante les mérites de Marianne à Harpagon réputé pour son avarice :* **« C'est une fille accoutumée à vivre de salade, de lait, de fromage et de pommes. […] De plus, elle a une aversion horrible pour le jeu, ce qui n'est pas commun aux femmes d'aujourd'hui. »**
c) « Jrepasse plus tard Cour de Rome et jl'aperçois qui discute le bout de gras avec autre zozo de son espèce » (Raymond Queneau, « Vulgaire », *in Exercices de style*, Gallimard, 1947).

**4 ★ Réécrivez en style courant la dernière réplique de Gavroche :**

« – Monsieur, est-ce qu'elles nous mangeraient, ces souris-là ?
– Pardi ! fit Gavroche.
La terreur de l'enfant était au comble. Mais Gavroche ajouta :
– N'eille pas peur ! ils ne peuvent pas entrer. Et puis je suis là ! Tiens, prends ma main. Tais-toi, et pionce ! » (Victor Hugo, *Les Misérables*, 1862).

**1** 1) Un camarade ; 2) la télévision ; 3) un ordinateur ; 4) mon frère ; 5) la prison ; 6) un professeur ; 7) un policier ; 8) un rendez-vous ; 9) un livre ; 10) une paire de chaussures.

**2** 1) Familier → Ne t'inquiète pas : je plaisante. 2) Familier → Personne n'a téléphoné. 3) Familier → Ce n'est pas vrai. 4) Soutenu → Je viens vous demander un conseil. 5) Familier → Je me suis acheté des vêtements. 6) Familier → Est-ce que tu le trouves sympathique ? 7) Soutenu → Si on le lui avait demandé, il l'aurait certainement fait. 8) Familier → On a encore une interrogation !

**3** a) « Demain, je t'embrasserai, même si je devais aller à Paris sur la tête. »
b) « C'est une fille habituée à vivre de salade, de lait, de fromage et de pommes. [...] De plus, elle déteste le jeu, ce qui n'est pas courant chez les femmes d'aujourd'hui. »
c) « Je repasse plus tard Cour de Rome et je l'aperçois qui discute avec une autre personne de son espèce. »

**4** « N'aie pas peur ! ils ne peuvent pas entrer. Et puis je suis là ! Tiens, prends ma main. Tais-toi, et dors ! »

# L'étude d'une image

## 1. Situer l'image dans son contexte

### Le contexte historique et esthétique

Le portrait d'un roi n'a pas la même portée que celui d'un simple particulier, et il est important de savoir ce que l'on cherche à immortaliser par l'image.

Les œuvres appartiennent à un mouvement esthétique, et l'on ne peint pas de la même manière durant la Renaissance (découverte de la perspective, par exemple) que dans les années 1880 (impressionnisme).

### Les objectifs de l'œuvre

On peut s'interroger sur les **objectifs du peintre** : une commande officielle, comme celle de la chapelle Sixtine (Michel-Ange) ; le tableau libre d'un artiste qui, comme Van Gogh, n'a pas connu le succès de son vivant.

Dans le cas de la **photographie**, plus encore que pour les œuvres plus anciennes, il est essentiel de **comprendre le but de l'image** : informer, célébrer, plaire, persuader (publicité)…

On peut se demander aussi **dans quel cadre** (palais, église, journal…) **l'image doit être regardée**.



## 2. Étudier les procédés

### Le support et la matière

Dans le cas de la peinture, on étudiera **le support** sur lequel l'artiste a peint ainsi que les dimensions du tableau : une fresque sur une voûte et une miniature pour une chambre ne se regardent pas de la même manière.

De même, le **cadrage** est essentiel pour la photographie de presse : image pleine page à la une d'un quotidien ou bandeau étroit en marge d'un article.

Pour le **portrait**, on distingue : le portrait en pied, en buste, de face, de profil, de trois quarts ; on regarde le décor dans lequel est éventuellement placé le personnage.

### Le point de vue

L'artiste adopte une certaine **position par rapport à ce qu'il veut peindre ou photographier**.

Pour la photographie et le cinéma, on parle de « **plongée** » (point de vue du dessus de la scène) ou de « **contre-plongée** » (appareil au-dessous de la scène).

L'œil humain choisit de regarder un premier plan ou un plan plus reculé et il adapte sa vision à la distance : l'objet regardé est net, alors que le reste est plus flou. La peinture ou la photographie peuvent choisir d'**imiter le regard humain en privilégiant un plan** plutôt qu'un autre. Elles peuvent aussi **présenter chaque plan avec autant de netteté** : en photographie comme au cinéma, ce procédé d'optique s'appelle **« la profondeur de champ »** ; comme en peinture avec la perspective, il donne l'**illusion de la troisième dimension**.

▪ **La composition**
La composition du tableau ou de la photographie est essentielle car, **guidant le regard du spectateur vers ce qui est important, elle oriente ainsi son interprétation**.
Partez de votre première impression en repérant l'élément qui a attiré d'emblée votre regard ; puis examinez les procédés de construction employés dans ce but. Vous pourrez étudier :
– le **jeu des différents plans** ;
– la **position de l'objet / la personne fondamental(e)** par rapport à l'ensemble de l'image (au centre ou en décalage ?) ;
– la **place accordée au(x) personnage(s)** par rapport au paysage environnant ;
– l'**éclairage** (d'où vient-il ? que met-il en relief ?) ;
– les **lignes** (sont-elles droites ou sinueuses ? vers quelle partie de l'image convergent-elles ?). Repérez les parallélismes, les formes qui se répètent, les effets de symétrie (formes et couleurs) ;
– les **couleurs** (noir et blanc, contrastes forts, nuances, dominantes…).

## 3. Interpréter

▪ Pensez aux **intentions de l'auteur** (célébrer, critiquer, saisir l'instant…) et interrogez-vous sur ce que vous ressentez : impression de paix, d'oppression, de grandeur… Repérez les procédés qui créent cette impression.
▪ La lecture de l'image passe parfois par un **décodage des symboles** ; le tableau semble se lire comme un texte. La rivière représente le temps qui passe ; une tête de mort nous rappelle la fragilité, la vanité (l'inutilité) de notre existence ; un livre incarne le savoir… Au spectateur de déchiffrer ces symboles.

# Étudier une image

SUJET TYPE DU BREVET

Henri Fantin-Latour (1836-1904), *Autoportrait*, 1861, National Gallery of Art, Washington.
Document présenté pour accompagner un texte autobiographique.
**Comment cet autoportrait est-il réaliste tout en exprimant la personnalité du peintre ?**

MÉTHODE

## ● Analyser la question et ses attentes

La question est introduite par l'adverbe interrogatif « *comment* » ; elle porte donc sur des procédés propres à l'image.
La question présente deux attentes, comme l'indique le groupe « tout en exprimant » : à la fois le réalisme du personnage représenté et l'expression de sa personnalité.

## ● La méthode en 3 étapes

### 1. Je découvre

De quelle sorte d'image s'agit-il ? Quel est son thème ? Quelle impression produit-elle sur moi ?

### 2. J'observe

J'étudie le point de vue, la composition, les lignes, les couleurs, la position et l'expression des personnages. Quels éléments me permettent de répondre à la question posée ?

### 3. J'interprète

Que cherche à exprimer l'artiste, dans le cadre des attentes de la question ?

CORRIGÉ

1. Le tableau est un autoportrait peint par Henri Fantin-Latour. L'artiste a 25 ans (examen des dates). La toile est centrée sur le personnage (buste) et ne présente aucun élément de décor.

2. Le portrait est fait de trois quarts en position frontale, comme si l'artiste se tenait devant un miroir.
On note de nombreuses lignes obliques, notamment celles des cheveux et des épaules tombantes.
Les cheveux, la barbe et la veste imposent le marron comme couleur dominante ; le visage et le fond de la toile sont plus clairs. Seul le col de la chemise introduit une note blanche qui, par contraste, donne tout son relief au portrait.

3. **Le portrait est réaliste** dans la mesure où l'on distingue les détails du costume du personnage (col, nœud), ainsi que les traits de son visage (couleur des yeux, de la barbe et des cheveux, premières rides sur le front).
**Le peintre exprime sa personnalité :** les épaules tombantes et le visage légèrement incliné, de même que le regard perdu dans le lointain laissent deviner la souffrance de l'artiste. Le mouvement des cheveux suggère également un tempérament rebelle.

## Exercices préparatoires

**1** ★ **Associez les termes ou expressions suivants aux définitions :**

1) Contre-plongée. 2) Perspective. 3) Portrait en pied. 4) Profondeur de champ.

a) Procédé qui, en dessin, donne l'illusion de la troisième dimension. b) Procédé qui consiste à présenter tous les plans avec la même netteté. c) Représentation d'un personnage en entier. d) Prise de vue avec un appareil placé en dessous de la scène photographiée.

**2** ★ **Associez les observations suivantes aux interprétations proposées :**

1) Dominante sombre et présence de rouge. 2) Décor dépouillé de couleur claire. 3) Portrait d'un personnage qui occupe une place réduite dans un paysage précisément représenté. 4) Personnage au dos voûté et au visage incliné. 5) Présence d'une tête de mort.

a) L'être humain est dominé par son environnement. b) Le personnage subit son destin. c) Le monde est violent et inquiétant. d) L'homme est condamné à mourir un jour. e) L'atmosphère est sereine.

## Exercices de type brevet

**3** ★

**a) De quel type de portrait s'agit-il ?**
**b) Quel accessoire est placé au premier plan ? Pourquoi ?**
**c) Quelle est la couleur dominante ? Quel effet produit-elle par contraste avec les autres couleurs ?**
**d) Quelle est la particularité des coups de pinceau de Van Gogh ? Quelle est l'impression créée ?**

Vincent Van Gogh, *Autoportrait*, 1889, National Gallery of Art, Washington.

**4** ★★

a) **Quels sont les différents plans du tableau ?**
b) **Quel est le milieu social représenté ? Justifiez votre réponse.**
c) **Comparez les deux personnages : couleurs, attitude, vêtements, occupation.**
d) **Quel personnage est au centre ? En quoi son portrait est-il original ?**
e) **Quel rôle joue la grille ?**
f) **Quelle image du chemin de fer ce tableau nous donne-t-il ?**

Édouard Manet, *Le Chemin de fer*, 1873, National Gallery of Art, Washington.

**1** 1) d. 2) a. 3) c. 4) b.

**2** 1) c. 2) e. 3) a. 4) b. 5) d.

**3** a) Il s'agit d'un autoportrait en buste et de trois quarts.
b) Au premier plan, la palette du peintre nous rappelle la passion de Van Gogh pour la peinture et inscrit la toile dans le genre de l'autoportrait.
c) Le bleu est fortement présent : le fond, le vêtement, les yeux et une petite touche sur la palette. Il tranche fortement avec l'or de la barbe et des cheveux, avec les teintes claires du visage et de la chemise. L'intensité du bleu comme la force du contraste accrochent et intriguent le spectateur. Le personnage en semble presque surnaturel. Cependant, une harmonie se dégage également, comme si le fait même de peindre permettait de transfigurer le personnage.
d) Les coups de pinceau sont fortement marqués ; la peinture, plus qu'une couleur, est utilisée comme une matière. Cette technique contribue à créer une impression d'intensité et de force.

**4** a) On distingue deux plans : le premier plan est occupé par les deux personnages ; et, de l'autre côté de la grille, l'arrière-plan représente l'univers des trains suggéré par une mystérieuse vapeur.
b) Les personnages représentés appartiennent à un milieu social aisé, comme le suggèrent les vêtements mais aussi le livre de la jeune femme assise. Cette dernière semble être la gouvernante de la fillette.
c) Les deux personnages féminins arborent les mêmes couleurs (bleu et blanc), mais inversées, et semblent complémentaires, voire indissociables : quand l'une est assise, l'autre est debout ; quand l'une est de face, l'autre est de dos. La fillette observe directement le monde, alors que la jeune femme choisit de se plonger dans la fiction, comme peut nous le laisser penser le livre ouvert.
d) La fillette occupe le centre de la toile ; c'est elle qui est le personnage important. L'originalité vient de ce qu'elle est représentée de dos. Fuyant la lecture de sa gouvernante et le regard de l'artiste, elle se tourne vers le train, c'est-à-dire la modernité, le progrès.
e) La grille structure le tableau et sépare fortement les deux plans : un monde féminin, traditionnel et pur (l'enfant, le bleu et le blanc, le livre sagement posé) ; et un monde en mouvement (le train, la fumée), masculin sans doute et inquiétant. La grille peut aussi séparer deux classes sociales : celle de la bourgeoisie aisée et celle des cheminots. Remarquons que le peintre se situe du côté de la jeune femme qui lit et que le monde de la modernité est peut-être, pour lui, inquiétant.
f) Le chemin de fer est un monde fascinant que la fillette aimerait rejoindre (ses mains sur la grille, le livre qui ne l'intéresse pas) ; il est présenté comme l'opposé de l'univers sage et rangé des deux personnages. La modernité attire et inquiète à la fois.

# La dictée

## Conseils et méthode

### Les attentes des examinateurs

L'orthographe est évaluée tout au long de l'épreuve : dans les réponses aux questions, dans le passage à réécrire, dans la dictée, dans la rédaction.

Lors de la correction des copies, un barème est donné aux examinateurs pour noter la dictée et ce sont les fautes de grammaire (accords, homophones) ou de conjugaison, ainsi que celles sur les mots courants qui sont les plus sévèrement notées.

### La méthode pas à pas

1. **Écouter attentivement la première lecture du texte** sans commencer à écrire.
   Il est important de comprendre un passage dans sa globalité pour l'orthographier correctement.
2. **Écrire au fil de la dictée sans se bloquer sur une difficulté.**
   Si un mot pose un problème, soulignez-le légèrement et vous y réfléchirez par la suite. Vous ne devez pas perdre le fil et vous ne pourrez pas interrompre le professeur qui dicte pour poser une question ou signaler votre retard.
3. **Écouter attentivement la relecture du professeur en vérifiant qu'aucun mot ne manque.**
   Ne réfléchissez pas encore : vous risqueriez de perdre le fil de la relecture et de ne pas vous apercevoir d'un oubli.
4. **Relire le texte plusieurs fois en procédant à différentes vérifications.**
   Vous pourrez ainsi examiner successivement :
   – les homophones ;
   – la terminaison des verbes (conjugaison et accord) ;
   – les pluriels : un mot au pluriel est rarement seul et chaque déterminant pluriel mérite que vous cherchiez les mots concernés par ce pluriel (nom, adjectif, verbe…) ;
   – les formes verbales se finissant par le son [e] *(-é, -és, -ées, -er, -ez)* ;
   – les participes passés : vous regarderez s'ils sont construits avec l'auxiliaire *être* ou *avoir* et vous appliquerez les règles d'accord (voir p. 51).

FRANÇAIS 9

# La dictée

## 1. Les accords (voir pp. 43 à 56)

## 2. Les homophones

- Voici quelques conseils pour ne pas confondre certains homophones fréquents :

| | |
|---|---|
| **a / à** | • **a** : verbe *avoir*. Peut être remplacé par *avait*.<br>• **à** : préposition.<br>*Il **a** [avait] appris **à** dessiner **à** l'école.* |
| **ce / se / ceux** | • **ce** : pronom (parfois placé devant le verbe *être*) ou adjectif démonstratif. Peut être remplacé par *cet* ou *cette* quand il accompagne un nom.<br>• **se** : pronom personnel. Est toujours placé devant un verbe.<br>• **ceux** : pronom démonstratif. Peut être remplacé par son singulier *celui*.<br>*Écoutez **ce** conseil [cet avis] : **ceux** [celui] qui **se** seront entraînés réussiront.*<br>***Ce** sera Virginie [Cette Virginie sera] notre déléguée.* |
| **ces / ses** | • **ces** : adjectif démonstratif, pluriel de *ce*.<br>• **ses** : adjectif possessif. Peut être remplacé par *son, sa*.<br>*Il préfère **ses** vieux gants [son gant] à tous **ces** accessoires à la mode.* |
| **c'est / s'est / sais / sait** | • **c'est** : présentatif. Peut être remplacé par *ce sont*.<br>• **s'est** : est toujours placé devant un participe passé.<br>• **sais, sait** : verbe *savoir*. Le sujet de *sait* est toujours une 3<sup>e</sup> personne du singulier.<br>*Tu **sais** bien que **c'est** notre professeur [ce sont nos professeurs] qui **s'est** engagé à monter ce spectacle.* |
| **et / est** | • **et** : conjonction de coordination.<br>• **est** : verbe *être*. Peut être remplacé par *était*.<br>*Il **est** [était] entré **et** il **est** [était] ressorti aussitôt.* |

| | |
|---|---|
| **mais / mes / mets / met** | • **mais** : conjonction de coordination à valeur d'opposition.<br>• **mes** : adjectif possessif. Peut être remplacé par *tes*.<br>• **mets, met** : verbe *mettre*. Le sujet de *met* est toujours une 3e personne du singulier.<br>*Je **mets** du temps pour faire **mes** [tes] exercices, **mais** les réponses sont justes.* |
| **ni / n'y** | • **ni** : conjonction de coordination double *(ni… ni…)*.<br>• **n'y** : *ne* + *y*. Est toujours placé devant un verbe.<br>*Il **n'y** avait **ni** Marc **ni** Samir.* |
| **on / on n' / ont** | • **on** : pronom personnel.<br>• **on n'** : pronom personnel suivi de la négation *(ne… pas)*.<br>• **ont** : verbe *avoir*. Peut être remplacé par *avaient*.<br>***On** a discuté et **on n'**a pas vu l'heure tourner. Ils **ont** [avaient] raté leur train.* |
| **ou / où** | • **ou** : conjonction de coordination. Peut être remplacé par *ou bien*.<br>• **où** : pronom relatif ou interrogatif.<br>***Où** est-il caché : à l'intérieur **ou** [ou bien] à l'extérieur ?* |
| **quand / quant / qu'en** | • **quand** : conjonction de subordination à valeur temporelle.<br>• **quant** : *quant à*, *quant aux*, etc.<br>• **qu'en** : *que* + *en*.<br>***Quant** à moi, je ne sais pas **quand** je pourrai venir. **Qu'en** dites-vous ?* |
| **quel / qu'elle** | • **quel(s), quelle(s)** : adjectifs interrogatifs ou exclamatifs.<br>• **qu'elle(s)** : *que* + *elle(s)*. Peut être remplacé par *qu'il(s)*.<br>***Quel** dommage **qu'elles** [qu'ils] n'aient pas pu venir !*<br>***Quelles** que soient ses opinions, nous l'écouterons.* |
| **sans / s'en / c'en** | • **sans** : préposition. Peut être remplacé par son contraire *(avec)*.<br>• **s'en** : *se* + *en*.<br>• **c'en** : pronom démonstratif *ce* + pronom personnel *en*.<br>*Il est parti **sans** [avec] son sac de sport ; il ne **s'en** est pas aperçu immédiatement.*<br>***C'en** est fait de nos projets.* |
| **si / s'y** | • **si** : conjonction (condition, intensité). Peut être remplacé par *si jamais*.<br>• **s'y** : *se* + *y*. Est toujours placé devant un verbe.<br>***Si** [jamais] elle est sélectionnée pour cette compétition, elle **s'y** préparera sérieusement.* |

## Dictées de type brevet

**Voici six dictées extraites de sujets du brevet et classées par niveau de difficulté. Elles vous permettront de vous entraîner progressivement à ce type d'exercice.**

1 ★

Denise et les petits eurent une hésitation devant les ténèbres de la boutique. Aveuglés par le plein jour de la rue, ils battaient des paupières comme au seuil d'un trou inconnu, tâtant le sol du pied, ayant la peur instinctive de quelque marche traîtresse. Et, rapprochés encore par cette crainte vague, se serrant davantage les uns contre les autres, le gamin toujours dans les jupes de la jeune fille et le grand derrière, ils faisaient leur entrée avec une grâce souriante et inquiète. La clarté matinale découpait la noire silhouette de leurs vêtements de deuil, un jour oblique dorait leurs cheveux blonds.

Émile Zola, *Au bonheur des Dames*, 1883.

2 ★

**Le Port**

Un port est un séjour charmant pour une âme fatiguée des luttes de la vie. L'ampleur du ciel, l'architecture mobile des nuages, les colorations changeantes de la mer, le scintillement des phares, sont un prisme merveilleusement propre à amuser les yeux sans jamais les lasser. Les formes élancées des navires [...] servent à entretenir dans l'âme le goût du rythme et de la beauté. Et puis, surtout, il y a une sorte de plaisir mystérieux et aristocratique pour celui qui n'a plus ni curiosité ni ambition, à contempler, couché dans le belvédère ou accoudé sur le môle *[donner l'orthographe de ce mot]*, tous ces mouvements de ceux qui partent et de ceux qui reviennent, de ceux qui ont encore la force de vouloir, le désir de voyager ou de s'enrichir.

Charles Baudelaire, *Le Spleen de Paris*, 1869 (posthume).

3 ★

Vers le milieu de l'hiver 1764, les froids furent excessifs et les loups devinrent féroces.

Ils attaquaient même des paysans attardés, rôdaient la nuit autour des maisons, hurlaient du coucher du soleil à son lever et dépeuplaient les étables.

Et bientôt une rumeur circula. On parlait d'un loup colossal, au pelage gris, presque blanc, qui avait mangé deux enfants, dévoré le bras d'une femme, étranglé tous les chiens de garde du pays et qui pénétrait sans peur dans les enclos pour venir flairer sous les portes. Tous les habitants affirmaient avoir senti son souffle qui faisait vaciller la flamme des lumières.

Guy de Maupassant, « Le Loup », in *Clair de lune*, 1883.

FRANÇAIS

4 ★★

Or, au moment même où tant de catastrophes s'accomplissaient sur terre et sur mer, un drame, non moins saisissant, se jouait dans les airs bouleversés.

En effet, un ballon, porté comme une boule au sommet d'une trombe, et pris dans le mouvement giratoire de la colonne d'air, parcourait l'espace avec une vitesse de quatre-vingt-dix milles *[donner l'orthographe de ce mot]* à l'heure, en tournant sur lui-même.

Au-dessous de l'appendice inférieur de ce ballon oscillait une nacelle, qui contenait des passagers, à peine visibles au milieu de ces épaisses vapeurs, mêlées d'eau pulvérisée, qui traînaient jusqu'à la surface de l'Océan.

D'où venait cet aérostat *[donner l'orthographe de ce mot]*, véritable jouet de l'effroyable tempête ? De quel point du monde s'était-il élancé ? Il n'avait évidemment pas pu partir pendant l'ouragan. Or l'ouragan durait depuis cinq jours déjà et ses premiers symptômes s'étaient manifestés le 18 [mars].

Jules Verne, *L'Île mystérieuse*, 1874.

5 ★★★

Paris avait glacé en moi cette fièvre de mouvement que j'avais subie à Nohant. Tout cela ne m'empêchait pas de courir sur les toits au mois de décembre et de passer des soirées entières nu-tête dans le jardin en plein hiver ; car dans le jardin aussi, nous cherchions le grand secret et nous y descendions par les fenêtres quand les portes étaient fermées. C'est qu'à ces heures-là nous vivions par le cerveau, et je ne m'apercevais plus que j'eusse un corps malade à porter.

Avec tout cela, avec ma figure pâle et mon air transi, dont Isabelle faisait les plus plaisantes caricatures, j'étais gaie intérieurement. Je riais fort peu, mais le rire des autres me réjouissait les oreilles et le cœur.

George Sand, *Histoire de ma vie*, troisième partie, chapitre XI, 1854.

6 ★★★

Vous le voyez, le théâtre de notre petite troupe était assez bien machiné pour l'époque. Il est vrai que la peinture de la décoration eût semblé à des connaisseurs un peu enfantine et sauvage. Les tuiles des toits tiraient l'œil par la vivacité de leurs tons rouges, le feuillage des arbres plantés devant les maisons était du plus beau vert-de-gris, et les parties bleues du ciel étalaient un azur invraisemblable ; mais l'ensemble faisait suffisamment naître l'idée d'une place publique chez des spectateurs de bonne volonté.

Un rang de vingt-quatre chandelles soigneusement mouchées jetait une forte clarté sur cette honnête décoration peu habituée à pareille fête. Cet aspect magnifique fit courir une rumeur de satisfaction parmi l'auditoire.

Théophile Gautier, *Le Capitaine Fracasse*, 1863.

# La rédaction

## Conseils et méthode

### Les attentes des examinateurs

**1. La compréhension du sujet.**

**2. L'utilisation des différents types de textes** (récit, dialogue...) **étudiés au collège** et la capacité à les associer.

On peut vous demander d'associer narration et description, par exemple, ou bien narration et dialogue.

**3. Une capacité à réfléchir et à organiser un devoir,** qu'il s'agisse d'un récit, d'un dialogue ou d'une argumentation.

**4. Une maîtrise convenable de la langue :** la syntaxe, la ponctuation, l'orthographe.

**5. Un devoir d'une longueur raisonnable.**

Compte tenu du temps dont vous disposez, votre devoir doit faire plus d'une page. Les sujets donnés demandent tous un certain développement.

FRANÇAIS

### La méthode pas à pas

**1. Choisir le sujet.**

En fonction de vos connaissances, de votre compréhension du texte, de votre sensibilité, vous choisirez soit le sujet d'imagination, soit le sujet de réflexion. Pour ce dernier, vous devez disposer des arguments nécessaires. Une fois que vous aurez arrêté votre choix, ne changez pas d'avis car vous ne disposeriez plus du temps nécessaire pour mener à bien votre travail.

Le chapitre 10 donne des conseils pour traiter le sujet d'imagination sur le texte.

Le chapitre 11 traite plus particulièrement du sujet de réflexion.

**2. Étudier le sujet.**

Avant de vous précipiter sur votre brouillon ou sur votre copie, vous devez réfléchir à ce que l'on vous demande de faire et dresser la liste des attentes du sujet. Dégagez clairement ce qui concerne le contenu (le thème, les personnages…) et ce qui se rapporte à la forme (dialogue, récit…).

### 3. Travailler au brouillon.

Vous pouvez souligner sur le sujet lui-même les informations importantes et noter en marge les différentes attentes.

Sur les feuilles de brouillon, notez les idées qui vous viennent et efforcez-vous, comme s'il s'agissait d'un film, de vous représenter nettement la scène ou la situation que vous allez évoquer.

Bâtissez le plan de votre devoir en plaçant dans un ordre logique et efficace les idées que vous avez notées.

### 4. Rédiger au propre.

Pour éviter les incorrections, vous devez rédiger phrase après phrase en pensant que chacune d'elles doit avoir un sens et transmettre une seule idée, une seule information. Privilégiez les phrases courtes.

Rappelez-vous les incorrections les plus fréquentes afin de les éviter :

– l'oubli de la double négation ;

*Je sais pas.* → *Je **ne** sais pas.*

– l'association du *nous* et du *on* ;

*Quand nous voulons voir des amis, on leur téléphone.*

→ *Quand nous voulons voir des amis, **nous** leur téléphonons.*

– l'oubli de la proposition principale dans une phrase commençant par *Quand soudain* ;

*Quand soudain, une sonnerie retentit.* → ***Soudain** une sonnerie retentit.*

– le mélange du passé et du présent dans une même phrase.

*Il se demanda s'il est nécessaire de poursuivre.* → *Il se demanda s'il **était** nécessaire de poursuivre. / Il se **demande** s'il est nécessaire de poursuivre.*

### 5. Veiller à l'orthographe.

Soyez vigilant(e), au fil de l'écriture, sans compter sur la relecture. Vous devez avant tout faire attention aux accords, aux terminaisons des verbes, aux homophones grammaticaux.

### 6. Se relire plusieurs fois.

Pour repérer plus efficacement les fautes, plusieurs relectures sont nécessaires. Plutôt que de relire plusieurs fois l'ensemble sans réellement faire attention, fixez-vous des objectifs différents à chaque fois :

– *Première relecture :* la correction des phrases et la ponctuation.

– *Deuxième relecture :* les accords et les terminaisons des verbes.

– *Troisième relecture :* les homophones grammaticaux.

FRANÇAIS

10

# La narration

## 1. La composition de la narration

### Le schéma narratif

Le schéma narratif permet de développer une histoire complète comme dans un conte ou dans une fable. Il comprend **5 étapes** :
– la situation initiale ;
– l'élément perturbateur qui vient briser l'équilibre de la situation initiale et déclencher les péripéties ;
– les péripéties qui s'enchaînent et conduisent l'histoire vers sa résolution ;
– l'élément de résolution qui apporte une solution au problème ;
– la situation finale qui présente un nouvel équilibre.

### Les étapes du devoir

L'**introduction** présente les circonstances de l'histoire, ses principaux personnages, son thème. Vous avez le choix entre une introduction décalée par rapport à l'histoire, mais qui ne doit en aucun cas présenter
un résumé de ce qui va se passer, et une introduction qui fait entrer directement le lecteur dans l'action – en recourant à un dialogue, par exemple.
Le **développement** raconte l'histoire proprement dite ; il est composé de plusieurs paragraphes qui correspondent aux étapes de la narration. Quand les personnages changent de lieu ou que le narrateur effectue une ellipse, c'est-à-dire un saut dans le temps *(La semaine suivante…)*, on commence un nouveau paragraphe en allant à la ligne et en marquant un retrait par rapport à la marge gauche (un alinéa).
La **conclusion** exprime la situation finale, développe une réflexion dans le cas d'un discours argumentatif associé à la narration. Il est possible de proposer une conclusion plus originale en imaginant un épilogue : par exemple, la fin d'un récit en boucle… Rappelez-vous que la conclusion est ce que le correcteur lit en dernier ; il est donc essentiel de la soigner tout particulièrement.

## 2. L'expression du temps

### Les systèmes de temps :

– **Le récit au présent**. Le présent de narration permet de mettre en avant des scènes essentielles pour leur donner plus de relief. Il est cependant préférable de ne pas mélanger le présent et le passé dans une rédaction.

– **Le récit au passé relié au moment de l'énonciation**. Le temps principal est le **passé composé**, auquel peuvent s'ajouter l'imparfait, le plus-que-parfait et le futur. Ce choix donne l'impression d'un récit oral et il vous faudra veiller à ne pas utiliser le niveau de langue soutenu ou familier.
– **Le récit au passé sans lien avec le moment de l'énonciation**. Le temps principal est le **passé simple**, auquel peuvent s'ajouter l'imparfait, le plus-que-parfait et le présent du conditionnel (futur dans le passé). C'est le système traditionnel de la narration au passé, celui qu'on rencontre le plus souvent à l'écrit.

**▪ Les indices temporels**

Si le récit est relié à l'énonciation (c'est le cas notamment à l'oral), le temps se mesure par rapport au moment où l'on raconte : *maintenant, hier, demain, le mois dernier, l'année prochaine…*
Si le récit n'est pas relié à l'énonciation (le récit écrit), le temps se mesure arbitrairement par rapport à un événement de l'histoire elle-même : *ce jour-là, la veille, le lendemain, le mois précédent, l'année suivante…*

# Écrire une narration

## SUJET TYPE DU BREVET

*En présence d'un voyageur, Cosette, maltraitée par l'aubergiste, la Thénardier, se fait sévèrement gronder car elle a osé toucher à la poupée d'une des filles de la maison. Le voyageur quitte l'auberge.*

« La porte se rouvrit, l'homme reparut, il portait dans ses deux mains la poupée fabuleuse dont nous avons parlé et que tous les marmots du village contemplaient depuis le matin, et il la posa debout devant Cosette en disant :

– Tiens, c'est pour toi.

[…]

Cosette leva les yeux, elle avait vu venir l'homme à elle avec cette poupée comme elle eût vu venir le soleil, elle entendit ces paroles inouïes : *C'est pour toi*, elle le regarda, elle regarda la poupée, puis elle recula lentement, et s'alla cacher tout au fond sous la table dans le coin du mur.

Elle ne pleurait plus, elle ne criait plus, elle avait l'air de ne plus oser respirer » (Victor Hugo, *Les Misérables*, 1862).

**Vous avez, vous aussi, été touché(e) un jour par la générosité d'une personne. Faites-en le récit.**

FRANÇAIS

## MÉTHODE

### ● Analyser le sujet et ses attentes

**1. Déterminer les types de textes attendus.**

La narration domine ici et vous vous demanderez si d'autres éléments (dialogue ? argumentation ?) sont attendus. Quelles sont les contraintes formelles liées explicitement ou implicitement à la narration ?

**2. Établir un lien entre le sujet et le texte d'étude.**

### ● La méthode en 5 étapes

**1. Choisir le thème de l'histoire que l'on va raconter et imaginer les personnages.**

Vous vérifierez que ce que vous avez fixé correspond bien au sujet et vous définirez la personnalité des personnages en présence en tenant compte de la consigne et, si nécessaire, du texte.

**2. Fixer le déroulement de l'histoire en bâtissant un plan au brouillon.**
Qui dit récit, dit « écoulement du temps et évolution d'une situation ». Quelle est la situation des personnages principaux au début et à la fin ? Décidez clairement du début et de la fin de votre récit avant de commencer à rédiger : cela vous permettra de composer une histoire cohérente sans passage inutile.

**3. En tenant compte du sujet, choisir à quelle personne (1re ou 3e personne) la narration va être conduite.**

**4. En tenant compte du sujet, choisir le système des temps du récit.**
Vous avez trois possibilités : présent de narration, passé ancré dans la situation d'énonciation (passé composé) , passé coupé de la situation d'énonciation.
Si votre récit est à la 1re personne et si vous choisissez d'utiliser le passé simple (temps coupé de l'énonciation), vous ferez particulièrement attention aux verbes du 1er groupe : ils se confondent aisément avec des verbes à l'imparfait. Vous avez un doute : mettez le verbe à la 3e personne.
*Je me lev**ais** [Il se levait] chaque jour à 7 heures.* → Imparfait.
*Alors je me lev**ai** [il se leva] d'un bond.* → Passé simple.

5. En tenant compte du sujet, **déterminer ce qui sera inséré dans la narration** : dialogue, description, réflexion… Vous choisirez de mettre en avant tel ou tel élément.

### ● Rédiger le devoir au propre

Vous ferez particulièrement attention à la présentation du dialogue si vous insérez des paroles rapportées.

## CORRIGÉ

### ● Analyser le sujet et ses attentes

1. On attend un **récit à la 1re personne** et un système des temps adapté.

2. Le texte d'Hugo évoque **une personne généreuse**. Rien n'est précisé dans le sujet quant au caractère réel ou fictif de la personne choisie. Vous avez donc toute liberté.

### ● La méthode en 5 étapes

1. et 2. Vos **choix** sont **libres**, à condition de ne pas perdre de vue que vous devez rencontrer une personne généreuse et donc assister à un de ses gestes de générosité. Vous pouvez imaginer votre personnage, le créer en vous inspirant de quelqu'un que vous connaissez ou mettre en scène une personnalité connue pour sa générosité.

3. Le récit est à la **1re personne**.

4. Vous avez le choix entre un récit au **passé composé**, comme si vous vous adressiez à quelqu'un, ou un récit au **passé simple**, si vous préférez une narration coupée de l'énonciation. Le présent de narration n'apporterait rien ici.

5. Comme le veut le sujet, vous devrez accorder de l'importance aux **sentiments** et les analyser. Vous pourrez utiliser le présent de vérité générale pour énoncer des faits universels.

## Exercices préparatoires

**1 ★ Mettez les verbes suivants à la 1re personne du singulier du passé simple et de l'imparfait :**

1) Apporter ; 2) écrire ; 3) s'écrier ; 4) vouloir ; 5) prendre ; 6) vérifier ; 7) se promener ; 8) descendre ; 9) se déplacer ; 10) revenir.

**2 ★ Réécrivez les passages suivants au passé en choisissant l'imparfait ou le passé simple :**

1) Le pianiste, qui a brillamment joué, se lève et salue le public. 2) Le soleil est sur le point de se lever lorsque la diligence prend le départ. Le voyage risque d'être long. 3) Ses pas le mènent sur la plage où une petite embarcation est échouée ; il découvre des empreintes de pas qui se dirigent vers la forêt. 4) Je comprends immédiatement ce que je veux faire et je décide de m'y mettre aussitôt.

**3 ★ Réécrivez les phrases de l'exercice précédent en choisissant entre passé composé et imparfait.**

## Exercices de type brevet

**4 ★★ En utilisant le registre fantastique, écrivez un paragraphe d'une dizaine de lignes racontant votre rencontre avec une créature mystérieuse. Votre récit sera au passé mais vous éviterez le passé composé.**

**5 ★★** *Déporté au bagne de Cayenne lors du coup d'État du 2 décembre 1851, Florent revient après plusieurs années à Paris à la recherche de son frère Quenu. Lui qui est misérable et maigre, il finit par le retrouver marié et prospère tenant une charcuterie :* « Il était gras, en effet trop gras pour ses trente ans. Il débordait dans sa chemise, dans son tablier, dans ses linges blancs qui l'emmaillotaient comme un poupon. […] Florent le reconnaissait à peine » (Émile Zola, *Le Ventre de Paris*, 1873).

**Un client a assisté à la rencontre des deux frères et il raconte. Votre récit sera au passé.**

**1** 1) J'apportai, j'apportais. 2) J'écrivis, j'écrivais. 3) Je m'écriai, je m'écriais. 4) Je voulus, je voulais. 5) Je pris, je prenais. 6) Je vérifiai, je vérifiais. 7) Je me promenai, je me promenais. 8) Je descendis, je descendais. 9) Je me déplaçai, je me déplaçais. 10) Je revins, je revenais.

**2** 1) Le pianiste, qui <u>avait</u> brillamment joué, se <u>leva</u> et <u>salua</u> le public. 2) Le soleil <u>était</u> sur le point de se lever lorsque la diligence <u>prit</u> le départ. Le voyage <u>risquait</u> d'être long. 3) Ses pas le <u>menèrent</u> sur la plage où une petite embarcation <u>était</u> échouée ; il <u>découvrit</u> des empreintes de pas qui se <u>dirigeaient</u> vers la forêt. 4) Je <u>compris</u> immédiatement ce que je <u>voulais</u> faire et je <u>décidai</u> de m'y mettre aussitôt.

**3** 1) Le pianiste, qui <u>avait</u> brillamment joué, <u>s'est levé</u> et <u>a salué</u> le public. 2) Le soleil <u>était</u> sur le point de se lever lorsque la diligence <u>a pris</u> le départ. Le voyage <u>risquait</u> d'être long. 3) Ses pas l'<u>ont mené</u> sur la plage où une petite embarcation <u>était</u> échouée ; il <u>a découvert</u> des empreintes de pas qui se <u>dirigeaient</u> vers la forêt. 4) J'<u>ai compris</u> immédiatement ce que je <u>voulais</u> faire et j'<u>ai décidé</u> de m'y mettre aussitôt.

**4** C'était à la montagne, mais je ne sais plus exactement où, que je rencontrai ce que je pense maintenant être un gobelin. Bien sûr, je ne pourrai le certifier et vous me direz que les gobelins n'existent que dans les livres. Et pourtant !

Un soir, je marchais seul, loin devant le reste de mon groupe, lorsque j'entendis des pierres rouler au-dessus de moi. Je levai les yeux et vis quelque chose qui ressemblait, par sa stature, à un enfant. Je pensai aussitôt que ce devait être un enfant du village voisin et je continuai à l'observer tout en marchant, jusqu'au moment où je constatai qu'il descendait la paroi rocheuse la tête en bas, à la manière d'un singe. Stupéfait, je ne fis plus un geste. Il sauta sur le chemin juste devant moi. S'apercevant soudain de ma présence, il me fixa de ses grands yeux jaunes. Sa peau était pâle, presque verte ; de longs cheveux noirs emmêlés et sales tombaient sur son dos. Ouvrant sa bouche garnie de crocs tranchants, il poussa un cri strident et repartit par où il était venu. Je cherchai à le suivre, me demandant si je n'avais pas rêvé, mais le soleil couchant m'éblouit et je dus fermer les yeux. Quand je les rouvris, il avait disparu. Avait-il seulement existé ?

**5** Personne n'était à la fois plus semblable et plus dissemblable que ces deux frères. Leurs traits, leurs yeux, leurs gestes étaient les mêmes et pourtant on pouvait penser que l'histoire avait tout fait pour les séparer. Le premier était maigre, trop maigre. On aurait dit une de ces momies égyptiennes qu'on peut voir au Louvre. Il avait à la fois l'air d'être le plus jeune et le plus vieux des deux. Les loques qui lui tenaient lieu de vêtements, usées et déchirées, renforçaient son air spectral. Il n'avait pas trente ans et semblait déjà mort. Le second, Quenu – qui était mon charcutier –, était son parfait contraire : gros, trop gros, au point que sa chemise menaçait de sortir de son pantalon. Son tablier, étrangement blanc – il venait probablement d'en changer –, contrastait avec la saleté des vêtements de son

frère. Comme emmailloté dans tous ces linges blancs, avec son visage joufflu et rasé de près, on aurait dit un poupon. Cette comparaison m'apparut à ce moment-là d'autant plus évidente que son frère semblait âgé de plusieurs siècles.
Ils restèrent ainsi debout, l'un en face de l'autre, pendant un long moment, oubliant tous deux les commentaires chuchotés des commères et les exclamations des clients qui, comme moi, se trouvaient dans la boutique. Aucun des deux ne paraissait vouloir admettre ce que son frère était devenu, chacun incarnant ce que l'autre semblait le plus haïr au monde. Le bagnard – je l'appris par une des femmes qui se trouvaient là – avait été déporté pour s'être opposé à la prise de pouvoir de l'empereur, et voilà que son frère incarnait la morale bourgeoise contre laquelle il s'était battu ! Le charcutier, lui, avait toujours tout fait pour être considéré comme un homme respectable. Il n'avait jamais parlé de ce frère déchu et voilà que ce dernier réapparaissait au moment où plus personne ne l'attendait.
Quenu ne pouvait pourtant pas rejeter ainsi ce frère volontairement oublié ! Les nombreux témoins avaient au premier coup d'œil deviné de qui il s'agissait et ils ne manqueraient pas de lui tourner le dos, de fuir la boutique, défendant une morale familiale qu'ils ne pratiquaient sans doute pas davantage. Le bagnard ne pouvait pas partir non plus : son frère n'était-il pas la seule famille qui lui restait ? Et bien qu'il s'opposât à ce que représentait le charcutier, il avait besoin de lui. Et puis c'était son frère après tout ! Comment aurait-il pu réellement le haïr ? Ce fut lui qui prit la parole en premier. Il ne put prononcer qu'un seul mot, du bout des lèvres : « Quenu. » Le silence étant brisé, Quenu répondit : « Entre, Florent. Bienvenue à la maison ! », et il le fit passer dans l'arrière-boutique.

# FRANÇAIS 11 L'argumentation

## 1. La situation d'énonciation

- Le contenu du texte argumentatif, ainsi que la forme (essai, récit, lettre) qu'il emprunte sont étroitement liés au contexte de l' argumentation. Dans quelles circonstances, par qui et pour quelles raisons la thèse a-t-elle été défendue ?

## 2. Thème, thèse, arguments et exemples

- Le **thème** est le domaine dans lequel s'inscrit la thèse : en lui-même, il n'est pas contestable.

  Ex. : le thème de la justice, de l'éducation, de la science…

- La **thèse** est l'opinion du locuteur, la position qu'il entend défendre : cette opinion est contestable.
- Les **arguments** sont des idées, des justifications qui viennent soutenir la thèse.
- Les **exemples** viennent illustrer les arguments.

## 3. Convaincre et persuader

- **Convaincre**

Le locuteur emporte l'adhésion de son lecteur en touchant sa **raison** à l'aide d'**arguments** percutants.

- **Persuader**

Le locuteur touche la **sensibilité** du lecteur grâce à des **procédés de style** : énumération, répétition, interrogations rhétoriques (= questions qui n'appellent pas de réponse).

- La forme que peut prendre l'argumentation contribue aussi à **toucher le lecteur** :

– le **dialogue** est vivant ;
– la **lettre** est intime ;
– l'**article de journal** est vivant et cherche à attirer l'attention de son lecteur par un style dynamique mais en aucun cas familier. Il recourt à des procédés de style et à des exemples. Il est précédé d'un titre accrocheur.

# Écrire une argumentation

## SUJET TYPE DU BREVET

*Annie Ernaux évoque son père qui, petit commerçant, ne rêve pas d'un autre avenir pour sa fille et ne comprend pas son goût pour les études.*

« Devant la famille, les clients, de la gêne, presque de la honte que je ne gagne pas encore ma vie à dix-sept ans : autour de nous toutes les filles de cet âge allaient au bureau, à l'usine, ou servaient derrière le comptoir de leurs parents. Il craignait qu'on ne me prenne pour une paresseuse » (Annie Ernaux, *La Place*, Gallimard, 1983).

**Comme Annie Ernaux, vous vous heurtez au désaccord de vos parents, voire à leur opposition, à propos de vos études ou de vos choix d'orientation. Après avoir présenté les circonstances et l'enjeu de la discussion, vous rédigerez, inséré dans un récit au passé, un dialogue entre vos parents et vous dans lequel chacun développera ses arguments.**

## MÉTHODE

### ● Analyser le sujet et ses attentes

**1. Définir la forme que doit prendre le texte argumentatif :** une lettre, un dialogue, un article de journal ou simplement un texte de réflexion tel un essai.

**2. Analyser le lien entre le sujet et le texte.**
Quels éléments du texte peuvent nourrir l'argumentation ?

### ● La méthode en 5 étapes

**1. Dégager le thème et l'enjeu du texte argumentatif.**

**2. Définir clairement la situation d'énonciation.**
Qui parle ? Quel est le destinataire ? Quelles sont les circonstances de l'argumentation ? Précisez, si nécessaire, la personnalité du personnage qui défend telle ou telle position.

**3. Formuler en une phrase la ou les thèses à défendre.**
On peut vous demander soit de soutenir un seul point de vue, soit de confronter, dans un dialogue, deux opinions. Quoi qu'il en soit, il est important de définir clairement ce que vous devez défendre afin d'éviter d'être hors sujet.

**4. Chercher les arguments et les exemples qui permettent de défendre la thèse.**

Chaque argument doit en principe être illustré par un exemple. Les exemples tirés de films ou de livres sont toujours les bienvenus ; vous pouvez aussi évoquer des événements de l'actualité ou des faits historiques.

**5. Organiser l'argumentation.**

Vous classerez les arguments par ordre d'importance afin de terminer par celui qui vous semble essentiel.

Dans le cas du dialogue, vous devez faire en sorte que les arguments se répondent.

## CORRIGÉ

### ● Analyser le sujet et ses attentes

1. Il s'agit d'un **sujet de réflexion**. Étant précédé de quelques lignes de narration, on suppose que le dialogue demandé est inséré dans un récit.

2. L'argumentation prend la forme d'un **dialogue** entre deux ou trois personnages qui défendent leur opinion.

3. Le texte montre l'**incompréhension** d'un père quant au goût pour les études de sa fille. On devine une tension entre les deux personnages. Le sujet vous demande d'exprimer également cette **tension** et ce **désaccord** en imaginant un dialogue argumentatif entre un(e) adolescent(e) (vous-même ?) et ses parents.

### ● La méthode en 5 étapes

1. La réflexion est centrée sur l'**orientation**, les études, c'est-à-dire les choix d'un(e) adolescent(e) quant à son avenir professionnel. L'enjeu est, pour les parents comme pour leur enfant, de **faire valoir** ses choix et sa conception d'une vie professionnelle réussie.

2. **Trois personnages** prennent la parole : l'adolescent(e) et ses deux parents.

3. En général, on oppose **deux thèses** ; il est donc préférable de faire en sorte que deux personnages soient du même avis (les parents, par exemple) ; il est plus compliqué d'imaginer que les trois personnages défendent trois positions différentes.
*Thèse 1 : il est important de pousser les études théoriques le plus loin possible.*
*Thèse 2 : il est préférable d'entrer le plus tôt possible dans le monde du travail.*

4. Voici une proposition d'organisation des arguments.
***Thèse 1 :** il est important de pousser les études théoriques le plus loin possible.*
a) Plus on a de connaissances, plus on a de responsabilités.

FRANÇAIS

b) En poursuivant ses études, on se donne la possibilité de vraiment choisir ce que l'on veut faire, ce qui n'est pas le cas quand on n'est pas qualifié.
c) Prendre le temps de faire des études, c'est prendre le temps de se développer, de se perfectionner, de réfléchir.
***Thèse 2 :*** *il est préférable d'entrer le plus tôt possible dans le monde du travail.*
a) Les études n'offrent pas toujours les débouchés espérés.
b) La vie des étudiants est difficile et suppose certains sacrifices.
c) On apprend mieux sur le terrain et on est plus à même de choisir ce que l'on veut faire et de profiter des opportunités qui se présentent.
d) On apprend l'autonomie et on gagne en liberté et en maturité.

5. L'introduction est **narrative** afin de préciser le cadre et les circonstances de la scène. On intercalera quelques phrases de récit entre les différentes parties du dialogue afin de souligner les moments importants et de lui donner vie.

## Exercices préparatoires

**1** ★★ **Proposez trois arguments pour défendre l'intérêt de la lecture.**

**2** ★★ **Proposez deux ou trois arguments pour défendre chacune des deux thèses suivantes :**

1) Il est préférable de vivre en ville.
2) Il est préférable de vivre à la campagne.

## Exercices de type brevet

**3** ★★ **Rédigez l'introduction d'un devoir traitant le sujet de réflexion suivant :**

Les problèmes très actuels de la pollution et de l'urbanisation soulèvent la question du lieu de vie. Où avez-vous envie de vivre ? Répondez de façon argumentée.

**4** ★★ Deux jeunes gens de votre âge évoquent la possibilité de quitter leur pays pour entreprendre un tour du monde. L'un rêve de voyages et voudrait entraîner son compagnon vers l'aventure. L'autre, au contraire, pense que l'on n'est jamais aussi bien que chez soi. Chacun essaie de convaincre son interlocuteur.

**Rédigez leur dialogue.**

**5** ★★ Vous avez lu ou vu des pièces de théâtre durant vos années de collège et certaines vous ont particulièrement plu.
1) **Présentez l'une d'entre elles en expliquant ce qui vous a intéressé, amusé ou ému.**
2) **Bâtissez le plan du devoir correspondant au sujet suivant : « Expliquez ce que le genre théâtral peut nous apporter de manière générale. »**

**1** a) La lecture permet d'accéder à la connaissance et de développer ses compétences ; aussi est-elle un enjeu important, notamment dans le tiers-monde.
b) La lecture permet de prendre connaissance de l'opinion des autres, de découvrir différentes façons de penser ; elle est un instrument de liberté. Les pays totalitaires l'ont bien compris en pratiquant la censure.
c) Le livre touche notre sensibilité et permet davantage l'évasion que le cinéma car nous imaginons nous-mêmes les personnages du roman que nous lisons : ils ne nous sont pas imposés par une image.

**2** 1) Il est préférable de vivre en ville :
a) En ville, on trouve plus facilement du travail et les services (santé, école…) sont plus nombreux et diversifiés.
b) En ville, les loisirs sont nombreux.
c) L'homme est fait pour vivre en société et rencontrer ses semblables.
2) Il est préférable de vivre à la campagne :
a) On peut acquérir une certaine autonomie.
b) On est plus proche de la nature.
c) On peut aussi profiter des avantages de la ville avec Internet.

**3** De plus en plus souvent, on nous annonce des pics de pollution. Certaines grandes villes sont couvertes d'une chape de brume. Le citadin qui ne voit que des murs gris et des regards fermés rêve de champs, de forêts, de soirées au coin du feu. Mais à la campagne, point de cinémas, de cafés...

Nous allons examiner les avantages de la vie en ville, envisager ceux de la campagne puis imaginer un lieu de vie idéal.

**4** Octave et Antoine se connaissaient depuis aussi loin qu'ils pouvaient s'en souvenir. Ils avaient toujours été amis. Presque inséparables, ils étaient pourtant de caractères très différents : si Antoine était d'un tempérament vif et toujours prompt à se lancer dans de nouvelles aventures ou expériences, Octave, beaucoup plus prudent, pensait pour sa part qu'on n'est jamais aussi bien que chez soi.

Un après-midi d'été, alors qu'ils revenaient d'une longue promenade à vélo, ils se lancèrent une fois encore dans une de leurs interminables discussions. Ces derniers temps, Antoine s'était convaincu que, dès qu'il le pourrait, il partirait le plus loin possible. Fidèle à lui-même, il essayait d'entraîner son camarade dans son projet.

– Mais pourquoi refuses-tu toujours de partir ? Tu n'en as pas assez de rester toujours au même endroit, de voir toujours les mêmes lieux, toujours les mêmes gens, de faire toujours les mêmes choses ?

– J'aime bien cette vie, je m'y suis habitué. Je n'ai pas envie de prendre le risque de tout perdre en me lançant dans une aventure sans savoir où je vais et ce qui va arriver.

– Tu es fatigant parfois ! Moi, c'est ne rien faire qui me fatigue…

– Mais on bouge ! Regarde : on vient de faire un grand tour de vélo.

– C'était au moins la cinquantième fois ! On commence à connaître chaque arbre et chaque trou dans la route. Ce n'est pas ce que j'appelle « partir » !

– Et que voudrais-tu faire ?

– Mais je ne sais pas ! Aller en Patagonie, faire des fouilles en Égypte, escalader l'Himalaya, vivre chez des bédouins dans le désert… Ça, c'est l'aventure ; là, on voit des choses nouvelles, on rencontre des gens nouveaux, on vit de manière différente !

– Et on a une chance sur deux de se faire tuer.

– Je ne vois pas le problème. Mieux vaut mourir jeune et en ayant vécu comme on le veut que de passer toute sa vie au même endroit pour battre le record de vieillesse !

– Mais tu as grandi dans ce pays et tu vas à l'école ici. Ta langue et ta manière de vivre et de penser, quoi que tu fasses, sont celles de ce pays. Ailleurs, tu seras toujours un étranger ; ici, tu es chez toi.

Ils pédalèrent un long moment en silence. Les arbres défilaient de chaque côté de cette route de campagne qu'ils connaissaient si bien. Le soleil commençait à baisser et à teinter de rouge les champs qu'ils avaient déjà traversés de si nombreuses fois. Un bon kilomètre plus loin, Antoine reprit la parole sur un ton presque suppliant :

– Si je pars, tu m'accompagneras ?

Ce fut au tour d'Octave de réfléchir :

– Pour quoi faire ? Je viens de te dire que j'étais bien ici !

– Mais tu n'as jamais essayé de vivre ailleurs, de faire autre chose ! Le canari chante dans sa cage parce qu'il s'y sent en sécurité. On lui donne à manger tous les jours. De quoi se plaindrait-il ? Mais il n'a jamais volé ! Il faut essayer. Tu peux m'accompagner et, si ça ne te plaît pas, tu reviendras vivre ici, dans les lieux et avec les gens que tu connais si bien.

– Mmmm… Ça demande réflexion. Après tout, on finit toujours par rentrer après des vacances ; c'est un petit peu pareil, non ?

– Tu es vraiment incorrigible !

Et ils partirent tous deux d'un grand éclat de rire.

**5** 1) **La pièce que j'ai retenue : *Le Malade imaginaire* de Molière**

**Présentation de la pièce**

• L'intrigue : l'amour d'Angélique et de Cléante est contrarié par l'égoïsme d'Argan, le père de la jeune fille, qui veut donner sa fille en mariage à un garçon stupide. Par ailleurs, la femme d'Argan (second mariage), Béline, cherche à récupérer la fortune de son mari. À la fin les jeunes gens qui s'aiment se marient.

• Les personnages : Argan, le malade imaginaire, dernier rôle de Molière ; les jeunes gens amoureux (Cléante et Angélique) ; la servante insolente (Toinette) ; les médecins.

**Ce qui m'a plu**

• Une pièce comique : les jeux de scène (Toinette déguisée en médecin), le quiproquo (Angélique croyant que son père lui donne Cléante en mariage), la scène avec la petite Louison, le ridicule des médecins, Thomas Diafoirus et son père.

Je préfère les pièces de Molière proches de la farce, très enlevées, aux pièces plus sérieuses dans lesquelles les personnages prononcent de grandes tirades, *Les Femmes savantes* par exemple.

• Une réflexion : la critique des médecins n'est plus d'actualité mais celle des prétentieux est toujours utile. Molière présente les relations au sein d'une famille et dénonce la place de l'argent (Béline) et l'autorité abusive du père.

**2) L'intérêt que présente le genre théâtral**

**Aller au théâtre**

Assister à une représentation donne l'impression de participer à une action vivante sous nos yeux ; c'est aussi l'occasion d'une sortie, de se retrouver entre amis ou en famille pour parler ensuite du moment que l'on a partagé.

**Lire une pièce de théâtre**

Les œuvres sont faciles à lire et on peut se représenter les personnages comme on veut sans être guidé par les longues descriptions des romans.

**Éprouver des émotions**

On peut rire en regardant/lisant une pièce de Molière ou de Feydeau ou bien être touché par le destin des héros dans une tragédie. Les émotions sont plus fortes au théâtre parce que les acteurs sont devant nous ; ce ne sont pas des images.

**Réfléchir**

Les dramaturges mettent en scène des situations qui s'inspirent de la réalité, comme les conflits au sein d'une famille ; le spectateur peut alors réfléchir.

# MATHS

MATHS 1

# Les fractions

## 1. Définition

Soit $a$ et $b$ deux nombres entiers, $b$ non nul.

Le quotient de la division de $a$ par $b$ est **la fraction** $\frac{a}{b}$.

## 2. Simplification

Soit $k$ un nombre non nul. $\frac{a \times k}{b \times k} = \frac{a}{b}$

### Exercice corrigé

**Simplifier la fraction $A = \frac{30}{42}$ à l'aide des critères de divisibilité.**

| | |
|---|---|
| $A = \frac{2 \times 3 \times 5}{2 \times 3 \times 7}$ | ← À l'aide des critères de divisibilité par 2 et par 3, on décompose le numérateur et le dénominateur en produits. |
| $A = \frac{5}{7}$. | ← On simplifie les facteurs communs au numérateur et au dénominateur et on conclut. |

## 3. Somme et différence

Pour additionner ou soustraire deux fractions, on réduit, si nécessaire, au même dénominateur, puis on additionne ou on soustrait les numérateurs en conservant le dénominateur commun.

$$\frac{a}{b} + \frac{c}{b} = \frac{a + c}{b} \quad \text{et} \quad \frac{a}{b} - \frac{c}{b} = \frac{a - c}{b}$$

## 4. Produit

Pour multiplier deux fractions, on multiplie les numérateurs entre eux et on multiplie les dénominateurs entre eux.

$$\frac{a}{b} \times \frac{c}{d} = \frac{ac}{bd}$$

**Exercice corrigé**

**Soit $B = \frac{3}{14} \times \frac{22}{15}$. Calculer $B$ et donner le résultat simplifié.**

| | |
|---|---|
| $B = \frac{3 \times 22}{14 \times 15}$ | ← On multiplie les numérateurs entre eux et les dénominateurs entre eux. |
| $B = \frac{3 \times 2 \times 11}{2 \times 7 \times 3 \times 5}$ | ← On décompose le numérateur et le dénominateur en produit de petits entiers afin de simplifier. |
| $B = \frac{11}{7 \times 5}$ | |
| $\mathbf{B = \frac{11}{35}}$. | ← On conclut. |

## 5. Inverse

L'inverse d'une fraction $\frac{a}{b}$ non nulle est la fraction $\frac{b}{a}$.

## 6. Quotient

Diviser par une fraction revient à multiplier par l'inverse de cette fraction.

$$\frac{a}{b} \div \frac{c}{d} = \frac{a}{b} \times \frac{d}{c}$$

**Exercice corrigé**

**Soit $C = \frac{5}{7} \div \frac{5}{2}$. Calculer $C$ et écrire le résultat sous forme fractionnaire.**

| | |
|---|---|
| $C = \frac{5}{7} \times \frac{2}{5}$ | ← Diviser par $\frac{5}{2}$ revient à multiplier par $\frac{2}{5}$. |
| $\mathbf{C = \frac{2}{7}}$. | ← On simplifie par 5 et on conclut. |

MATHS

## Sujets du brevet

**1** ★★

On pose : $A = \frac{5}{7} + \frac{5}{7} \times \left(5 + \frac{1}{2}\right)$.

Calculer $A$. Présenter le résultat sous la forme d'une fraction irréductible.

**2** ★★★

On donne l'expression suivante : $A = \dfrac{\frac{2}{3}}{\frac{5}{6}} - \frac{2}{5}$.

En indiquant toutes les étapes des calculs, écrire $A$ sous la forme d'une fraction irréductible.

**3** ★★★

Le marnage désigne la différence de hauteur entre la basse mer et la pleine mer qui suit. On considère qu'à partir du moment où la mer est basse, celle-ci monte de 1/12 du marnage pendant la première heure, de 2/12 pendant la deuxième heure, de 3/12 pendant la troisième heure, de 3/12 pendant la quatrième heure, de 2/12 pendant la cinquième heure et de 1/12 pendant la sixième heure. Au cours de chacune de ces heures, la montée de la mer est supposée régulière.

1° À quel moment la montée de la mer atteint-elle le quart du marnage ?

2° À quel moment la montée de la mer atteint-elle le tiers du marnage ?

**1** → Énoncé p. 94

$$A = \frac{5}{7} + \frac{5}{7} \times \left(5 + \frac{1}{2}\right)$$
$$= \frac{5}{7} + \frac{5}{7} \times \left(\frac{10}{2} + \frac{1}{2}\right)$$
$$= \frac{5 \times 2}{7 \times 2} + \frac{5 \times 11}{7 \times 2}$$
$$= \frac{10 + 55}{14}.$$

On a donc : $\boldsymbol{A = \frac{65}{14}}$.

**Rappel**
L'ordre des priorités pour les calculs est :
– les calculs entre parenthèses ;
– puis les multiplications et les divisions ;
– enfin les additions et les soustractions.

**2** → Énoncé p. 94

$$A = \frac{\frac{2}{3}}{\frac{5}{6}} - \frac{2}{5} = \frac{2}{3} \times \frac{6}{5} - \frac{2}{5} = \frac{2}{3} \times \frac{2 \times 3}{5} - \frac{2}{5} = \frac{4}{5} - \frac{2}{5}.$$

On obtient : $\boldsymbol{A = \frac{2}{5}}$.

**Conseil**
Traiter d'abord la division et simplifier son résultat avant de vouloir soustraire.

**3** → Énoncé p. 94 1° On a $\frac{1}{12} + \frac{2}{12} = \frac{3}{12} = \frac{3}{3 \times 4} = \frac{1}{4}$.

**La montée de la mer atteint le quart du marnage au bout de 2 heures.**

2° On veut atteindre un tiers du marnage.

Or on a $\frac{1}{3} - \frac{1}{4} = \frac{4}{12} - \frac{3}{12} = \frac{1}{12}$.

**Rappel**
Utiliser 1 h = 60 min pour exprimer un tiers d'heure en minutes.

Après être montée d'un quart du marnage en 2 heures, la mer doit encore monter de un douzième de marnage, c'est-à-dire du tiers de ce qu'elle monte pendant la troisième heure. Comme un tiers d'heure vaut 20 minutes, **la montée de la mer atteint le tiers du marnage au bout de 2 heures et 20 minutes**.

MATHS

MATHS 2

# Arithmétique

## 1. Définitions

Soit $a$, $b$ et $n$ trois entiers non nuls tels que $n = a \times b$.
$a$ et $b$ sont des **diviseurs** de $n$.
$n$ est un **multiple** de $a$ et de $b$.

*Remarque :* Pour tout entier $n$ non nul, $n = 1 \times n$ donc 1 et $n$ sont des diviseurs de $n$.
Le **p**lus **g**rand des **d**iviseurs **c**ommuns à deux entiers est leur **PGCD**.

## 2. Algorithme d'Euclide

Soit $a$ et $b$ deux entiers non nuls ($a \geqslant b$) et $r$ le reste de la division euclidienne de $a$ par $b$.

Si $r = 0$, alors le PGCD de $a$ et $b$ est $b$,
sinon le PGCD de $a$ et de $b$ est celui de $b$ et de $r$.

### Exercice corrigé

**Déterminer le PGCD de 105 et de 175.**

D'après l'algorithme d'Euclide, on a :

← On indique la méthode suivie.

| $a$ | $b$ | $r$ |
|---|---|---|
| 175 | 105 | 70 |
| 105 | 70 | 35 |
| 70 | 35 | 0 |

← On utilise un tableau avec $a$ (175) le plus grand des deux nombres et $b$ (105) le plus petit, puis on calcule $r$(70) le reste de la division euclidienne de $a$ par $b$.

← Comme $r$ est non nul, on recommence en remplaçant $a$ par le $b$ précédent et $b$ par $r$.

← On calcule $r$(35) le reste de la division euclidienne de $a$ par $b$.

← Comme $r$ est non nul, on recommence en remplaçant $a$ par le $b$ précédent et $b$ par $r$.

← On calcule $r$(0) le reste de la division euclidienne de $a$ par $b$.

**Le PGCD de 105 et de 175 est 35.**

← On conclut avec le PGCD qui est le dernier reste non nul.

## 3. Algorithme des soustractions

Soit $a$ et $b$ deux entiers $(a \geqslant b)$.

Si $a = b$, alors leur PGCD est $a$,
sinon leur PGCD est celui de $b$ et de $a - b$.

## 4. Nombres premiers

Un entier naturel est dit **premier** s'il possède exactement deux diviseurs.
Les nombres premiers inférieurs à 50 sont :
2 – 3 – 5 – 7 – 11 – 13 – 17 – 19 – 23 – 29 – 31 – 37 – 41 – 43 – 47
Deux entiers dont le PGCD vaut 1 sont dits **premiers entre eux**.

Une fraction $\frac{a}{b}$ avec $a$ et $b$ premiers entre eux est dite **irréductible**.

### Exercice corrigé

**Rendre irréductible la fraction $A = \frac{105}{175}$.**

| | |
|---|---|
| Le PGCD de 105 et de 175 est 35. | ← On cherche le PGCD de 105 et de 175 (voir ci-dessus). |
| On a : $A = \frac{35 \times 3}{35 \times 5}$ | ← On écrit le numérateur et le dénominateur comme produits du PGCD. |
| **On obtient : $A = \frac{3}{5}$.** | ← On conclut. |

# Sujets du brevet

## 1 ★★

1° Sans calculer leur PGCD, dire pourquoi les nombres 648 et 972 ne sont pas premiers entre eux.

2° Calculer le PGCD de (972 ; 648).

En déduire l'écriture irréductible de la fraction $\frac{648}{972}$.

## 2 ★★★

1° Montrer que 97 est un nombre premier.

2° En déduire les décompositions en facteurs premiers des nombres 485 et 582.

## 3 ★★★

Un panneau mural a pour dimensions 240 cm et 360 cm. On souhaite le recouvrir avec des carreaux de forme carrée, tous de même taille, posés bord à bord sans jointure.

1° Peut-on utiliser des carreaux de : 10 cm de côté ? 14 cm de côté ? 18 cm de côté ?

2° Quelles sont toutes les tailles possibles de carreaux comprises entre 10 et 20 cm ?

3° On choisit des carreaux de 15 cm de côté. On pose une rangée de carreaux bleus sur le pourtour et des carreaux blancs ailleurs. Combien de carreaux bleus va-t-on utiliser ?

**1** → Énoncé p. 98 1° Les nombres 648 et 972 sont des nombres pairs donc 2 est un diviseur commun à ces deux nombres. Le PGCD de 648 et de 972 vaut au moins 2. Le PGCD de 648 et de 972 est différent de 1. **Les nombres 648 et 972 ne sont pas premiers entre eux.**

> **Piège à éviter**
> 2 est un diviseur commun à 972 et 648, mais ce n'est pas leur PGCD.

2° Pour calculer le PGCD de (972 ; 648), on utilise l'algorithme d'Euclide :

| *a* | *b* | *r* |
|---|---|---|
| 972 | 648 | 324 |
| 648 | 324 | 0 |

**Le PGCD de 972 et de 648 vaut 324.**

On peut donc simplifier la fraction par 324, le PGCD de 648 et de 972.

On a : $\frac{648}{972} = \frac{324 \times 2}{324 \times 3} = \mathbf{\frac{2}{3}}$.

**2** → Énoncé p. 98 1° D'après les critères de divisibilité, 97 n'est divisible ni par 2, ni par 3, ni par 5.
On a : $97 \div 7 \approx 13{,}86$, donc 97 n'est pas divisible par 7.
On a : $97 \div 11 \approx 8{,}82$, donc 97 n'est pas divisible par 11.
**97 est un nombre premier.**

> **Méthode**
> Vérifier que 97 n'est pas divisible par les nombres premiers inférieurs à $\sqrt{97}$.

2° 485 est divisible par 5, avec $485 \div 5 = 97$.
On a donc : $485 = 5 \times 97$, avec 5 et 97 premiers.
582 est divisible par 2, avec $582 \div 2 = 291$.
Comme $2 + 9 + 1 = 12 = 3 \times 4$, 291 est divisible par 3, avec $291 \div 3 = 97$.
On a donc : $582 = 2 \times 291$, soit $\mathbf{582 = 2 \times 3 \times 97}$, avec 2, 3 et 97 premiers.

**3** → Énoncé p. 98 1° La taille des carreaux doit diviser les dimensions 240 et 360 du panneau. On a 10 qui divise 240 et 360, donc **on peut utiliser des carreaux de 10 cm de côté**.
On a $240 \div 14 \approx 17{,}14$, donc 14 ne divise pas 240 et **on ne peut pas utiliser des carreaux de 14 cm de côté**.
On a $240 \div 18 \approx 13{,}33$, donc 18 ne divise pas 240 et **on ne peut pas utiliser des carreaux de 18 cm de côté.**
2° La taille des carreaux doit diviser 240 et 360, donc leur PGCD.

À l'aide de l'algorithme d'Euclide, on a :

| *a* | *b* | *r* |
|---|---|---|
| 360 | 240 | 120 |
| 240 | 120 | 0 |

Le PGCD de 360 et de 240 est 120 avec :
$120 = 1 \times 120 = 2 \times 60 = 3 \times 40 = 4 \times 30 = 5 \times 24 = 6 \times 20 = 8 \times 15 = 10 \times 12$.
Les diviseurs de 120 compris entre 10 et 20 (inclus) sont 10, 12, 15 et 20.
Les tailles possibles de carreaux comprises entre 10 et 20 cm sont **10 cm, 12 cm, 15 cm et 20 cm**.

3° On a $360 \div 15 = 24$ et $240 \div 15 = 16$.
Il y aura 24(bord de 360) + 16(bord de 240) + 24(bord de 360) + 16(bord de 240) – 4 (coins qu'il ne faut pas compter 2 fois) carrés bleus, soit **76 carrés bleus**.

**Conseil**
Le nombre de carreaux dans une dimension est le quotient (qui doit être entier) de la longueur de cette dimension par la taille d'un carreau.

MATHS

# 3 Puissances de 10

## 1. Définitions

Soit $n$ un entier supérieur ou égal à 1.

- On a : $10^n = \underbrace{10 \times 10 \times \ldots \times 10}_{n \text{ facteurs}} = 1\,\underbrace{000\ldots\ldots0}_{n \text{ chiffres } 0}.$

$10^n$ se lit « **10 puissance $n$** » ou encore « **10 exposant $n$** ».

- L'inverse de $10^n$ est $10^{-n}$ : on a donc $10^{-n} = \dfrac{1}{10^n} = 0{,}\underbrace{00\ldots\ldots1}_{n \text{ décimales}}.$
- À retenir : $10^1 = 10$ et $10^0 = 1$.

## 2. Règles de calcul

$m$ et $n$ désignent deux nombres relatifs.

- **Produit**

$10^m \times 10^n = 10^{m+n}.$

- **Quotient**

$\dfrac{10^m}{10^n} = 10^{m-n}.$

- **Puissance d'une puissance :** $(10^m)^n = 10^{m \times n}.$

### Exercice corrigé

**Calculer l'expression suivante :** $B = \dfrac{150 \times 10^3 \times 8 \times 10^5}{6 \times 10^7}.$

**Donner le résultat sous la forme $a \times 10^n$ avec $a$ entier le plus petit possible.**

| | |
|---|---|
| $B = \dfrac{150 \times 8}{6} \times \dfrac{10^3 \times 10^5}{10^7}$ | ← On regroupe, d'une part, les nombres autres que les puissances de 10 et, d'autre part, les puissances de 10. |
| $B = \dfrac{6 \times 25 \times 8}{6} \times 10^{3+5-7}$ | ← On simplifie, si possible, la partie « fractionnaire » et on applique les règles de calcul sur les puissances de 10. |
| $B = 200 \times 10^1$ | |
| $B = 2 \times 10^2 \times 10^1$ | ← On écrit 200 à l'aide d'une puissance de 10. |
| On obtient : $\boldsymbol{B = 2 \times 10^3}$. | ← On conclut. |

MATHS

## 3. Écriture scientifique

L'écriture scientifique d'un nombre relatif est l'écriture de ce nombre sous la forme $a \times 10^n$ où $a$ est un nombre décimal ayant un seul chiffre non nul avant la virgule et $n$ un entier relatif.
Par exemple, l'écriture scientifique de 2 700 000 est $2{,}7 \times 10^6$.

### Exercice corrigé

**Écrire en notation scientifique le nombre $A = 0{,}005\,27$.**

| | |
|---|---|
| Il faut déplacer la virgule de 3 rangs. | ← On compte le nombre de rangs dont il faut déplacer la virgule pour avoir un seul chiffre non nul avant la virgule. |
| On déplace la virgule vers la droite donc l'exposant est négatif. | ← On regarde le sens de déplacement, ce qui donne le signe de l'exposant. |
| On obtient : **$A = 5{,}27 \times 10^{-3}$.** | ← On conclut. |

## Sujets du brevet

**1** ★★

On donne : $B = \dfrac{6 \times 10^{-7} \times 15 \times 10^{11}}{8 \times (10^2)^4}$.

Calculer $B$ et donner son écriture scientifique, puis son écriture décimale (indiquer les étapes des calculs).

**2** ★★

On donne le nombre : $B = \dfrac{3 \times 10^2 \times 1{,}8 \times 10^{-3}}{6 \times 10^4}$.

1° Donner l'écriture décimale de $B$.
2° Exprimer $B$ en écriture scientifique.

**3** ★★★

Voici les distances (en km) qui séparent le Soleil de trois planètes du système solaire :
Vénus : $105 \times 10^6$ ; Mars : $2\,250 \times 10^5$ ; Terre : $1{,}5 \times 10^8$.
Parmi ces trois planètes, quelle est celle qui est la plus éloignée du Soleil ?
Justifier.

**4** ★★★

Une analyse médicale montre que chez un patient, il y a 5 millions de globules rouges par $mm^3$ de sang.

1° On estime à 6 litres la quantité de sang du patient.
*a)* Exprimer 6 litres en $mm^3$ à l'aide d'une notation scientifique.
*b)* Donner un ordre de grandeur du nombre de globules rouges présents dans le corps de ce patient.

2° Les globules rouges représentent 45 % du volume du sang.
*a)* Quel est le volume des globules rouges dans 1 $mm^3$ de sang ?
*b)* Quel est le volume d'un globule rouge en $mm^3$, puis en $cm^3$ ? On donnera les résultats en écriture scientifique.

MATHS

**1** → Énoncé p. 103 $B = \dfrac{6 \times 10^{-7} \times 15 \times 10^{11}}{8 \times (10^2)^4}$

$= \dfrac{2 \times 3 \times 15}{2 \times 4} \times 10^{-7+11-2\times4}$

$= \dfrac{45}{4} \times 10^{-4}$

$= 11{,}25 \times 10^{-4}$

$= 1{,}125 \times 10^1 \times 10^{-4}$

**Méthode**
Traiter d'une part les nombres autres que les puissances de 10 et d'autre part les puissances de 10.

**L'écriture scientifique de $B$ est $1{,}125 \times 10^{-3}$.**
**L'écriture décimale de $B$ est 0,001 125.**

**2** → Énoncé p. 103 1° $B = \dfrac{3 \times 10^2 \times 1{,}8 \times 10^{-3}}{6 \times 10^4}$

$= \dfrac{3 \times 6 \times 0{,}3}{6} \times 10^{2+(-3)-4}$

$= 0{,}9 \times 10^{-5}$.

**Astuce**
Comme $18 = 6 \times 3$, on a $1{,}8 = 6 \times 0{,}3$.

On obtient : $\boldsymbol{B} = \mathbf{0{,}000\ 009}$.

2° En écriture scientifique, on a $\boldsymbol{B} = \mathbf{9 \times 10^{-6}}$.

**3** → Énoncé p. 103 Pour comparer les distances, on les exprime avec la même puissance de 10.

Pour Vénus, on a :
$105 \times 10^6 = 1{,}05 \times 10^2 \times 10^6 = 1{,}05 \times 10^8$.
Pour Mars, on a :
$2\ 250 \times 10^5 = 2{,}250 \times 10^3 \times 10^5 = 2{,}25 \times 10^8$.
Pour la Terre, on a : $1{,}5 \times 10^8$.
En comparant les facteurs devant les $10^8$, on conclut que **Mars est la planète la plus éloignée du Soleil parmi les trois.**

**Piège à éviter**
Il ne faut pas comparer que les premiers facteurs des produits.

**4** → Énoncé p. 103 1° *a)* On a 6 litres = 6 dm³ = $\mathbf{6 \times 10^6}$ **mm³**.

*b)* Le nombre de globules rouges présents dans le corps du patient est environ $6 \times 10^6 \times 5 \times 10^6$, soit $\mathbf{3 \times 10^{13}}$.

**Rappel de cours**
1 L = $10^6$ mm³ 1 million = $10^6$

2° *a)* Dans 1 mm³ de sang, le volume des globules rouges est **0,45 mm³**.

*b)* Le volume d'un globule rouge est 0,45 mm³ ÷ 5 000 000, soit $\mathbf{9 \times 10^{-8}}$ **mm³** ou $\mathbf{9 \times 10^{-11}}$ **cm³**.

MATHS 4

# Calcul littéral

## 1. Notations

- $1x$ se note $x$ ;
- $-1x$ se note $-x$ ;
- $x \times x$ se note $x^2$.

### Exercice corrigé

**Calculer l'expression $A = 2x^2 - 3x + 1$ pour $x = -2$.**

| | |
|---|---|
| $A = 2 \times (-2)^2 - 3 \times (-2) + 1$ | ← On remplace la lettre $x$ par sa valeur en remettant les signes $\times$ sous-entendus. |
| $= 2 \times 4 + 6 + 1$<br>$= 8 + 6 + 1$ | ← On effectue les calculs en respectant les priorités. |
| On obtient : $\boldsymbol{A = 15}$. | ← On écrit le résultat. |

## 2. Développement

**Développer**, c'est transformer un produit en somme algébrique. On peut utiliser les règles de distributivité :

- $a(b + c) = ab + ac$ ;
- $a(b - c) = ab - ac$ ;
- $(a + b)(c + d) = ac + ad + bc + bd$.

On peut utiliser les identités remarquables :

$$(a + b)^2 = a^2 + 2ab + b^2 \text{ ;}$$
$$(a - b)^2 = a^2 - 2ab + b^2 \text{ ;}$$
$$(a + b)(a - b) = a^2 - b^2.$$

*Remarque :* Le carré de $2x$ est $(2x)^2$ soit $4x^2$.

### Exercice corrigé

**Développer l'expression $B = (3x - 7)^2$.**

| | |
|---|---|
| $B = (3x - 7)^2$<br>$= (3x)^2 - 2 \times 3x \times 7 + 7^2$ | ← On utilise l'identité remarquable : $(a - b)^2 = a^2 - 2ab + b^2$ avec $a = 3x$ et $b = 7$. |
| $= 3^2 \times x^2 - 42x + 49$ | ← On utilise : $(ab)^2 = a^2b^2$. |
| On a : $\boldsymbol{B = 9x^2 - 42x + 49}$. | ← On écrit le résultat. |

## 3. Factorisation

**Factoriser**, c'est transformer une somme algébrique en un produit. On peut utiliser les règles de distributivité :

- $ab + ac = a(b + c)$ ;
- $ab - ac = a(b - c)$.

On peut utiliser les identités remarquables :

$$a^2 + 2ab + b^2 = (a + b)^2 \text{ ;}$$
$$a^2 - 2ab + b^2 = (a - b)^2 \text{ ;}$$
$$a^2 - b^2 = (a + b)(a - b).$$

*Remarque :* Attention à bien identifier les termes $a$ et $b$ !

### Exercice corrigé

**Factoriser l'expression $F = 4x^2 - 25 + (2x + 5)(4x - 5)$.**

| | |
|---|---|
| $F = (2x)^2 - 5^2 + (2x + 5)(4x - 5)$ | ← On écrit l'expression $4x^2 - 25$ comme différence de deux carrés. |
| $= (2x + 5)(2x - 5) + (2x + 5)(4x - 5)$ | ← On utilise l'identité : $a^2 - b^2 = (a + b)(a - b)$. |
| $= (2x + 5)[(2x - 5) + (4x - 5)]$ | ← On factorise par le facteur commun $2x + 5$. |
| $= (2x + 5)[2x - 5 + 4x - 5]$ | ← On supprime les parenthèses dans les crochets. |
| On obtient : **$F = (2x + 5)(6x - 10)$.** | ← On conclut. |

## Sujets du brevet

**1** ★★

$E = (2x - 3)^2 + (2x - 3)(x + 8)$.

1° Développer puis réduire l'expression algébrique $E$.

2° Factoriser l'expression algébrique $E$.

3° Calculer l'expression $E$ quand $x = \dfrac{3}{2}$.

**2** ★

*Cet exercice est un QCM.*

Pour chaque ligne du tableau, choisir l'affirmation juste. On écrira sur la copie le numéro de la question suivi de la lettre correspondant à la réponse.

| | *a)* | *b)* | *c)* | *d)* |
|---|---|---|---|---|
| 1° $(3x - 2)^2 =$ | $3x^2 - 12x + 4$ | $9x^2 - 12x + 4$ | $9x^2 - 4$ | |
| 2° $(2x - 1)(5x - 4) =$ | $10x^2 - 8x$ | $10x^2 - 13x + 4$ | $-3x - 4$ | |
| 3° Pour $x = -2$, $3x^2 + 5x - 1 =$ | 1 | $-23$ | 14 | $-10$ |

**3** ★★

*Cet exercice est un QCM.*

Pour chacune des questions, trois réponses sont proposées, une seule est exacte. Indiquer la réponse exacte.

| | | | |
|---|---|---|---|
| 1° Quelle est la forme développée de l'expression $(2x + 1)^2 - 1$ ? | $2x^2 + 2x$ | $4x^2 + 4x$ | $4x^2$ |
| 2° Quelle est la forme factorisée de l'expression $(2x + 1)^2 - 1$ ? | $(2x + 1)(2x - 1)$ | $2x(2x - 2)$ | $2x(2x + 2)$ |

**1** → Énoncé p. 107

1° $E = (2x - 3)^2 + (2x - 3)(x + 8)$
$= (2x)^2 - 2 \times 2x \times 3 + 3^2 + 2x^2 + 16x - 3x - 24$
$= 4x^2 - 12x + 9 + 2x^2 + 16x - 3x - 24$

$\mathbf{E = 6x^2 + 1x - 15.}$

2° $E = (2x - 3)(2x - 3) + (2x - 3)(x + 8) = (2x - 3)[(2x - 3) + (x + 8)]$

$\mathbf{E = (2x - 3)(3x + 5).}$

3° Quand $x = \frac{3}{2}$,

on a $E = \left(2 \times \frac{3}{2} - 3\right)\left(3 \times \frac{3}{2} + 5\right) = 0 \times \frac{19}{2}$.

**Quand $x = \frac{3}{2}$, on a $E = 0$.**

> **Astuce**
> Utiliser la forme initiale pour calculer l'expression $E$ pour $x = \frac{3}{2}$ car il y aura des facteurs nuls.

**2** → Énoncé p. 107

1° $(3x - 2)^2 = (3x)^2 - 2 \times 3x \times 2 + 2^2 = 9x^2 - 12x + 4$ :
**réponse b)**.

2° $(2x - 1)(5x - 4) = 10x^2 - 8x - 5x + 4 = 10x^2 - 13x + 4$ :
**réponse b)**.

3° Pour $x = -2$, on a :
$3x^2 + 5x - 1 = 3 \times (-2)^2 + 5 \times (-2) - 1 = 12 - 10 - 1 = 1$ :
**réponse a)**.

> **Conseil**
> Dans un QCM, traiter chaque question posée sans regarder les réponses proposées et ensuite vérifier que votre résultat est dans les réponses proposées.

**3** → Énoncé p. 107

1° $(2x + 1)^2 - 1 = (2x)^2 + 2 \times 2x \times 1 + 1^2 - 1$
$= 4x^2 + 4x + 1 - 1$
$= \mathbf{4x^2 + 4x}$.

2° $(2x + 1)^2 - 1 = [(2x + 1) - 1][(2x + 1) + 1]$
$= \mathbf{2x(2x + 2)}$.

> **Astuce**
> Écrire 1 comme un carré pour factoriser.

MATHS

# 5 Équations

## 1. Définitions

• Une égalité comportant un nombre inconnu s'appelle une **équation**.

• **Résoudre une équation**, c'est déterminer les valeurs de l'inconnue qui rendent vraie l'égalité. Ces valeurs sont les **solutions** de l'équation.

### Exercice corrigé

**Soit l'équation : $x^2 - 5x = -6$.**
**Montrer que le nombre 2 est solution de cette équation.**

| | |
|---|---|
| Pour $x = 2$, l'expression $x^2 - 5x$ vaut :<br>$2^2 - 5 \times 2 = 4 - 10 = -6$. | ← On calcule le membre de gauche pour la valeur 2. |
| **Le nombre 2 est solution de l'équation $x^2 - 5x = -6$.** | ← La valeur obtenue étant celle du membre de droite, 2 est solution de l'équation. |

## 2. Théorème

• Si l'on applique la même opération à chaque membre d'une équation, alors on ne change pas les solutions de cette équation.

*Remarque :* On ne peut pas multiplier les deux membres d'une équation par zéro.

### Exercice corrigé

**Résoudre l'équation : $7x - 2 = 4x - 14$.**

| | |
|---|---|
| L'équation donne successivement :<br>$7x - 2 = 4x - 14$ ;<br>$7x - 2 - 4x + 2 = 4x - 14 - 4x + 2$ ; | ← On soustrait $4x$ et on ajoute 2 à chaque membre pour regrouper dans un membre les termes en $x$ et dans l'autre membre les termes sans $x$. |
| $3x = -12$ ; | ← On simplifie. |
| $x = -\dfrac{12}{3}$ ;<br>$x = -4$. | ← On divise par 3 chaque membre afin d'isoler l'inconnue $x$. |
| **La solution est $-4$.** | ← On conclut. |

MATHS

## Sujets du brevet

**1** ★

2 est-il solution de l'équation $2a^2 - 3a - 5 = 1$ ? Justifier.

**2** ★★

Armelle souhaite travailler quelques heures par mois dans un musée, afin de gagner un peu d'argent. À la suite d'un entretien, deux possibilités d'indemnisation lui sont proposées :
– Somme d'argent $S_1$ : 8 euros par heure.
– Somme d'argent $S_2$ : versement de 90 euros en début de mois, puis 5 euros par heure.
1° Soit $x$ le nombre d'heures effectuées par Armelle pendant un mois dans ce musée. Exprimer en fonction de $x$ les sommes d'argent $S_1(x)$ et $S_2(x)$ versées à Armelle selon les deux formules d'indemnisation proposées.
2° Résoudre l'équation $8x = 5x + 90$.
À quoi correspond la solution de cette équation ?

**3** ★★★

On donne les deux équations $(x - 6)(x + 1) = 0$ et $x^2 - 3x = 18$.
1° Vérifier que 6 et −1 sont solutions de l'équation $(x - 6)(x + 1) = 0$.
On admet que ce sont les seules solutions de cette équation.
2° Combien ces deux équations ont-elles de solutions communes ?
*a*) Aucune solution commune. *b*) Une solution commune.
*c*) Deux solutions communes.
Choisir la bonne réponse parmi les trois proposées.

**4** ★

Résoudre l'équation $5x - 2 = 3x + 7$.

**1** → Énoncé p. 110 Pour $a = 2$, l'expression $2a^2 - 3a - 5$ vaut :

$2 \times 2^2 - 3 \times 2 - 5 = 8 - 6 - 5 = -3$ ; ce n'est pas 1.

**2 n'est pas solution de l'équation $2a^2 - 3a - 5 = 1$.**

**Conseil**
Faire comme si l'équation était écrite avec des $x$ comme inconnue.

**2** → Énoncé p. 110 1° Les sommes d'argent sont $S_1(x) = 8x$ et $S_2(x) = 5x + 90$.

2° On veut $8x = 5x + 90$, soit $8x - 5x = 90$ ou encore $3x = 90$.

On a donc $x = 90 \div 3$, soit $x = 30$.

**La solution de l'équation $8x = 5x + 90$ est 30.**

Cela signifie que, pour 30 heures de travail, les deux formules d'indemnisation sont équivalentes.

**Astuce**
L'équation de la question 2° permet de vérifier les résultats des questions précédentes.

**3** → Énoncé p. 110 1° Pour $x = 6$, l'expression $(x - 6)(x + 1)$ vaut :

$(6 - 6)(6 + 1) = 0 \times 7 = 0$.

**6 est solution de l'équation $(x - 6)(x + 1) = 0$.**

Pour $x = -1$, l'expression $(x - 6)(x + 1)$ vaut :

$(-1 - 6)(-1 + 1) = -7 \times 0 = 0$.

**−1 est solution de l'équation $(x - 6)(x + 1) = 0$.**

2° On a $6^2 - 3 \times 6 = 18$, donc le nombre 6 est aussi solution de l'équation $x^2 - 3x = 18$.

Comme on a $(-1)^2 - 3 \times (-1) = 4$, le nombre −1 n'est pas solution de l'équation $x^2 - 3x = 18$.

Les deux équations $(x - 6)(x + 1) = 0$ et $x^2 - 3x = 18$ **ont une seule solution commune** qui vaut 6.

**Méthode**
Tester les solutions de la première équation dans la seconde.

**4** → Énoncé p. 110 $5x - 2 = 3x + 7$ donne successivement :

$5x - 3x = 7 + 2$ ;

$2x = 9$ ;

$x = 9 \div 2$ ;

$x = 4{,}5$.

**Méthode**
Commencer par regrouper les termes en $x$ dans le même membre.

**La solution de l'équation $5x - 2 = 3x + 7$ est 4,5.**

MATHS 6

# Programmes de calcul

## 1. Définition

On appelle **programme de calcul** une suite d'opérations permettant d'obtenir un résultat à partir d'une donnée.

### Exercice corrigé

**On considère le programme de calcul suivant :**

- **Choisir un nombre.**
- **Soustraire 2.**
- **Prendre le carré du résultat.**
- **Ajouter 3.**

**Donner en fonction du nombre de départ une expression algébrique simplifiée du résultat.**

| | |
|---|---|
| Soit $x$ le nombre de départ. | ← On nomme par une variable le nombre de départ. |
| En soustrayant 2, on a $x - 2$.<br>En prenant le carré du résultat, on a $(x - 2)^2$.<br>En ajoutant 3, on obtient :<br>$(x - 2)^2 + 3$ ; | ← On applique une par une les étapes du programme. |
| $= x^2 - 4x + 4 + 3$ ;<br>$= x^2 - 4x + 7$. | ← On simplifie l'expression algébrique. |
| **À $x$, le programme associe comme résultat $x^2 - 4x + 7$.** | ← On conclut. |

## 2. Rappels sur les priorités

Pour évaluer une expression de calcul comportant plusieurs opérations, il faut respecter les priorités dans l'ordre suivant :

1. les calculs dans les parenthèses,
2. les puissances,
3. les multiplications et les divisions dans l'ordre d'écriture,
4. les additions et les soustractions dans l'ordre d'écriture.

# Sujets du brevet

**1** ★★

On considère le programme de calcul ci-dessous :

- Choisir un nombre de départ.
- Multiplier ce nombre par (–2).
- Ajouter 5 au produit.
- Multiplier le résultat par 5.
- Écrire le résultat obtenu.

1° *a)* Vérifier que, lorsque le nombre de départ est 2, on obtient 5.
*b)* Lorsque le nombre de départ est 3, quel résultat obtient-on ?
2° Quel nombre faut-il choisir au départ pour que le résultat obtenu soit 0 ?
3° Arthur prétend que, pour n'importe quel nombre de départ, l'expression $(x - 5)^2 - x^2$ permet d'obtenir le résultat du programme de calcul. A-t-il raison ?

**2** ★★★

Tom doit calculer $3{,}5^2$.
« Pas la peine de prendre la calculatrice », lui dit Julie, tu n'as qu'à effectuer le produit de 3 par 4 et rajouter 0,25.
1° Effectuer le calcul proposé par Julie et vérifier que le résultat obtenu est bien le carré de 3,5.
2° Proposer une façon simple de calculer $7{,}5^2$ et donner le résultat.
3° Julie propose la conjecture suivante : $(n + 0{,}5)^2 = n(n + 1) + 0{,}25$, avec $n$ un nombre entier positif.
Prouver que la conjecture de Julie est vraie (quel que soit le nombre $n$).

**1** → *Énoncé p. 113* 1° *a*) En partant de 2, on a successivement :
$2 \times (-2) = -4$ ; $-4 + 5 = 1$ ; $1 \times 5 = 5$.
**Lorsque le nombre de départ est 2, on obtient 5.**
*b*) En partant de 3, on a successivement :
$3 \times (-2) = -6$ ;
$-6 + 5 = -1$ ;
$-1 \times 5 = -5$.
**Lorsque le nombre de départ est 3, on obtient –5.**
2° En partant de *x*, on a successivement :
$x \times (-2) = -2x$ ;
$-2x + 5$ ;
$(-2x + 5) \times 5 = -10x + 25$.
On veut $-10x + 25 = 0$, ce qui donne :
$-10x = -25$ ;
$x = -25 \div (-10)$ ;
$x = 2{,}5$.
**Il faut choisir 2,5 au départ pour que le résultat obtenu soit 0.**
3° En choisissant *x* comme nombre de départ, le résultat est : $-10x + 25$.
On a aussi :
$(x - 5)^2 - x^2 = x^2 - 10x + 25 - x^2 = -10x + 25$.
**Arthur a raison.**

> **Méthode**
> Exprimer en fonction de *x* de départ le résultat du programme et comparer avec le développement de $(x - 5)^2 - x^2$.

**2** → *Énoncé p. 113* 1° On a $3 \times 4 = 12$ et, en ajoutant 0,25, on obtient **12,25** qui est bien le carré de 3,5.
2° Pour calculer $7{,}5^2$, on calcule $7 \times 8$ et on ajoute 0,25 au résultat.
On a $7 \times 8 = 56$ et, en ajoutant 0,25, on obtient **56,25** comme carré de 7,5.
3° Soit *n* un nombre. On a :
$$(n + 0{,}5)^2 = n^2 + 2 \times n \times 0{,}5 + 0{,}5^2$$
$$= n^2 + n + 0{,}25$$
$$= n(n + 1) + 0{,}25.$$

> **Rappel**
> $(a + b)^2 = a^2 + 2ab + b^2$

**La conjecture de Julie est vraie** (quel que soit le nombre *n*).

MATHS

7

# Proportionnalité
# Pourcentages

## 1. Proportionnalité

- Deux grandeurs $x$ et $y$ sont **proportionnelles** s'il existe un réel $a$ tel que $y = ax$.

- La représentation graphique d'une situation de proportionnalité est un ensemble de points alignés avec l'origine du repère.

## 2. Pourcentage

Prendre $a$ % d'une valeur $x$, c'est calculer $\frac{a}{100} \times x$.

## 3. Variation en pourcentage

- Augmenter une valeur de $a$ % revient à la multiplier par $\left(1 + \frac{a}{100}\right)$.

- Diminuer une valeur de $a$ % revient à la multiplier par $\left(1 - \frac{a}{100}\right)$.

### Exercice corrigé

**Combien coûte un article à 80 € avec une remise de 30 % ?**

| | |
|---|---|
| On a 30 % de remise sur l'article à 80 €. | ← On rappelle qu'il s'agit d'une remise de 30 %. |
| Diminuer une valeur de $a$ % revient à la multiplier par $\left(1 - \frac{a}{100}\right)$. | ← On écrit la propriété sur les variations en pourcentage. |
| On a : $80 \times \left(1 - \frac{30}{100}\right) = 56$. | ← On applique la propriété. |
| **L'article coûte 56 €.** | ← On conclut. |

MATHS

# Sujets du brevet

## 1 ★★★

Soit $x$ un nombre compris entre 0 et 12.
On considère un carré *MNPQ* tel que $MN = 0{,}75x$.

1° Soit $A(x)$ l'aire du carré *MNPQ* en fonction de $x$.
Montrer que $A(x) = 0{,}562\,5x^2$.

2° Recopier et compléter le tableau suivant :

| $x$ | 0 | 2 | 4 | 6 | 8 | 10 | 12 |
|---|---|---|---|---|---|---|---|
| $A(x)$ | | | | | | | |

3° Placer dans un repère orthogonal les points d'abscisse $x$ et d'ordonnée $A(x)$ donnés par le tableau. On placera l'origine en bas à gauche et on prendra 1 cm pour une unité en abscisse et 1 cm pour 10 unités en ordonnée.

4° L'aire de *MNPQ* est-elle proportionnelle à $x$ ? Justifier à l'aide du graphique.

## 2 ★★

L'air, dans l'environnement terrestre, est un mélange constitué :
- de 78 % de diazote ;
- de dioxygène ;
- d'autres gaz (ozone, argon, vapeur d'eau, dioxyde de carbone…).

1° L'air contenu dans un ballon de football pèse 47,06 g. Déterminer alors la masse, en grammes, de diazote à l'intérieur du ballon.

2° Une salle de classe de volume 30 m$^3$ contient 6,3 m$^3$ de dioxygène. Trouver le pourcentage de dioxygène et le pourcentage des gaz présents dans l'air, autres que le diazote et le dioxygène.

## 3 ★★

Une voiture coûte 12 000 €. Son prix augmente de 5 %.
Quel sera son nouveau prix :

*a*) 12 600 € ? *b*) 12 500 € ? *c*) 11 400 € ?

Choisir la bonne réponse parmi les trois proposées.

**1** → Énoncé p. 116 1° *MNPQ* étant est un carré, son aire est $MN^2$ soit $(0,75x)^2$.
**L'aire de *MNPQ* est : $A(x) = 0,562\,5x^2$ (en cm²).**

2°

| $x$ | 0 | 2 | 4 | 6 | 8 | 10 | 12 |
|---|---|---|---|---|---|---|---|
| $A(x)$ | 0 | 2,25 | 9 | 20,25 | 36 | 56,25 | 81 |

3°

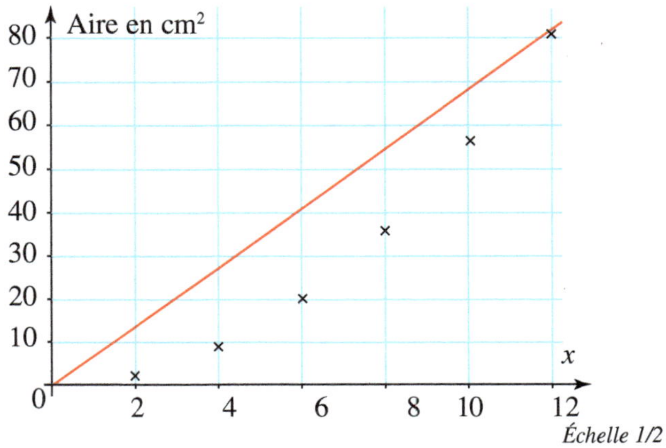


**Rappel**
Une situation de proportionnalité est représentée par une droite passant par l'origine du repère.

4° **L'aire de *MNPQ* n'est pas proportionnelle à $x$** car les points du graphique du 3° ne sont pas alignés (ils ne forment pas une droite).

**2** → Énoncé p. 116 1° Il y a 78 % de diazote parmi les 47,06 g.

On a : $\frac{78}{100} \times 47{,}06 = 36{,}7068.$

**Il y a environ 36,71 grammes de diazote dans le ballon.**

2° La proportion de dioxygène est : 6,3 ÷ 30 = 0,21.
**Il y a 21 % de dioxygène dans l'air.**
On a 100 % – 78 % – 21 % = 1 %.
**Les gaz autres que le diazote et le dioxygène représentent 1 % de l'air de la classe.**

**Astuce**
Dans un partage, la somme des parts en pourcentage vaut 100 %.

**3** → Énoncé p. 116 Augmenter le prix de 5 % revient à le multiplier par $\left(1 + \frac{5}{100}\right)$, soit par 1,05. On a : 12 000 × 1,05 = 12 600.
Le nouveau prix sera de 12 600 € : **réponse a)**.

**Conseil**
Dans ce QCM, traiter la question posée sans regarder les réponses proposées et ensuite vérifier que votre résultat est dans les réponses proposées.

MATHS 8

# Fonctions (généralités)

## 1. Définition et notation

On définit une **fonction numérique** $f$ sur un ensemble $D$ lorsqu'à chaque réel $x$ de $D$, on associe au plus un réel $y$.
On note $f : x \mapsto y$ ou $f(x) = y$.
*Exemple :* Associer à chaque réel $x$ son carré diminué de 3 revient à définir la fonction $f$ qu'on note soit $f : x \mapsto x^2 - 3$, soit $f(x) = x^2 - 3$.

## 2. Représentation graphique

La **représentation graphique** d'une fonction est une courbe constituée de points $M(x\,;f(x))$.

## 3. Images

Soit $f$ une fonction et $x$ un élément pour lequel $f(x)$ existe, $f(x)$ est l'**image** de $x$ par $f$.
Un élément $x$ ne peut posséder qu'une seule image par $f$.

### Exercice corrigé

**On considère la fonction $f$ définie par $f(x) = x^2 - 7$.**
**Calculer l'image de 4 par $f$, puis l'image de –2 par $f$.**

| | |
|---|---|
| $f(4) = 4^2 - 7$<br>$= 16 - 7$<br>$= 9$ | ← On remplace $x$ par la valeur dont on cherche l'image.<br>← On effectue les calculs en respectant les priorités. |
| **L'image de 4 par $f$ est 9.** | ← On conclut. |
| $f(-2) = (-2)^2 - 7$<br>$= 4 - 7$<br>$= -3$<br>**L'image de –2 par $f$ est –3.** | ← Attention au carré qui est positif. |

## 4. Antécédents

Soit $f$ une fonction et $y$ un réel.
On appelle **antécédent** de $y$ par $f$ tout réel $x$ tel que $f(x) = y$.
Un élément $y$ peut avoir zéro, un ou plusieurs antécédents par $f$.

### Exercice corrigé

**On considère la fonction $f$ définie par $f(x) = 5x + 3$.**
**Calculer l'antécédent de 38 par $f$, puis l'antécédent de –4 par $f$.**

| | |
|---|---|
| On veut $f(x) = 38$, ce qui donne :<br>$5x + 3 = 38$<br>$5x = 38 - 3$<br>$5x = 35$<br>$x = 35 \div 5$ | ← On pose l'équation $f(x) = 38$ et on la résout. |
| La solution est 7 : **l'antécédent de 38 par $f$ est 7.** | ← La solution est l'antécédent de 38 par $f$. |
| On veut $f(x) = -4$, ce qui donne :<br>$5x + 3 = -4$<br>$5x = -4 - 3$<br>$5x = -7$<br>$x = -7 \div 5$<br>La solution est –1,4 : **l'antécédent de –4 par $f$ est –1,4.** | ← On fait de même en résolvant l'équation $f(x) = -4$ pour déterminer l'antécédent de –4 par $f$. |

# Sujets du brevet

## 1 ★★

$f$ est la fonction affine définie par $f(x) = 4x - 2$.
L'affirmation « l'image de 2 par la fonction $f$ est aussi le double de l'antécédent de 10 » est-elle exacte ? Justifier la réponse.

## 2 ★★

Soit $f$ la fonction associée au tableau de valeurs suivant :

| $x$ | –4 | –2 | 0 | 1 | 2 | 5 | 9 |
|---|---|---|---|---|---|---|---|
| $f(x)$ | 3 | 2 | 0 | 3 | –4 | –2 | 2 |

Pour chacune des affirmations suivantes, dire si elle est vraie ou fausse en justifiant la réponse :
*a*) L'image de –4 par $f$ est 2.
*b*) Un antécédent de –2 par $f$ est 5.
*c*) L'antécédent de 2 par $f$ est –2.
*d*) Le point de coordonnées (2 ; 9) appartient à la représentation graphique de $f$.

## 3 ★★

Le graphique ci-dessous donne le niveau de bruit (en décibels) d'une tondeuse à gazon en marche, en fonction de la distance (en mètres) entre la tondeuse et l'endroit où s'effectue la mesure.

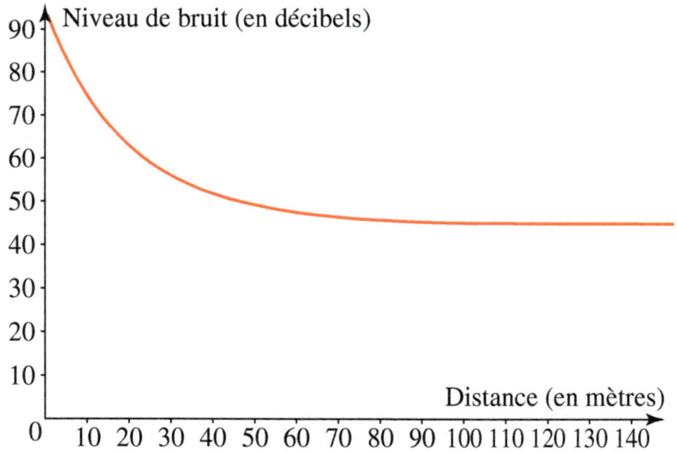


En utilisant ce graphique, répondre aux deux questions suivantes (aucune justification n'est attendue) :
*a*) Quel est le niveau de bruit à une distance de 100 m de la tondeuse ?
*b*) À quelle distance de la tondeuse se trouve-t-on quand le niveau de bruit est égal à 60 décibels ?

**1** → Énoncé p. 120 L'image de 2 par $f$ est $f(2) = 4 \times 2 - 2 = 6$.
L'antécédent de 10 par $f$ est solution de $f(x) = 10$, ce qui donne : $4x - 2 = 10$ ; $4x = 10 + 2$ ; $x = 12 \div 4$ ; $x = 3$.
Comme 6 est le double de 3, **l'affirmation** « l'image de 2 par la fonction $f$ est aussi le double de l'antécédent de 10 » **est exacte**.

> **Conseil**
> Déterminer d'abord l'image de 2 et l'antécédent de 10.

**2** → Énoncé p. 120 *a)* L'affirmation « L'image de –4 par $f$ est 2 » est **fausse** car l'image de –4 par $f$ est 3. –4 est aussi l'image de 2 par $f$.
*b)* L'affirmation « Un antécédent de –2 par $f$ est 5 » est **vraie** car $f(5) = -2$.
*c)* L'affirmation « L'antécédent de 2 par $f$ est –2 » est **fausse** car 2 a plusieurs antécédents par $f$ (–2 et 9 d'après le tableau de valeurs) et non un seul.
*d)* L'affirmation « Le point de coordonnées (2 ; 9) appartient à la représentation graphique de $f$ » est **fausse** car l'image de 2 par $f$ est –4 ; ainsi la courbe représentative de $f$ passe par le point de coordonnées (2 ; –4) et elle ne passe donc pas par le point de coordonnées (2 ; 9).

> **Rappel de cours**
> La courbe représentative d'une fonction $f$ est l'ensemble des points de coordonnées ($x$ ; $f(x)$).

**3** → Énoncé p. 120 *a)* Graphiquement, le niveau de bruit à une distance de 100 m de la tondeuse est de **45 décibels**.
*b)* Le niveau de bruit est égal à 60 décibels à une distance de **25 m de la tondeuse**.

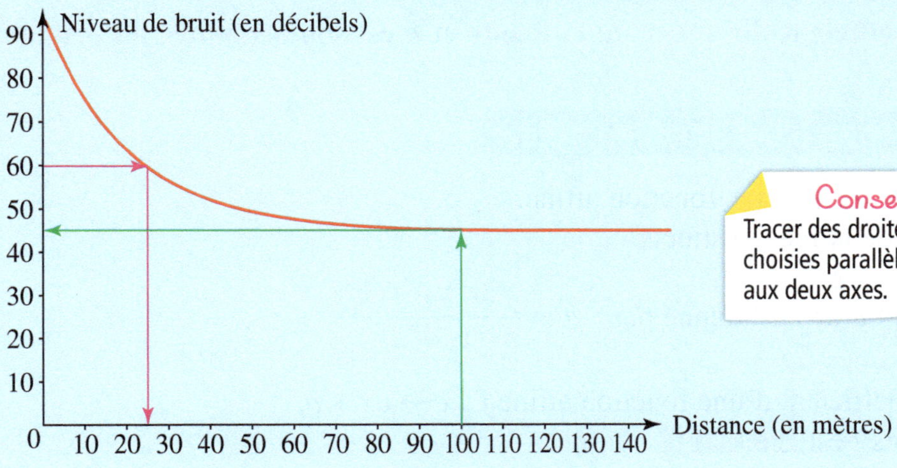


> **Conseil**
> Tracer des droites bien choisies parallèles aux deux axes.

# Fonction linéaire et fonction affine

MATHS 9

## 1. Fonction linéaire

• Une fonction $f$ définie par $f(x) = ax$ est une **fonction linéaire**.
• La représentation graphique d'une fonction linéaire est une droite passant par l'origine du repère.

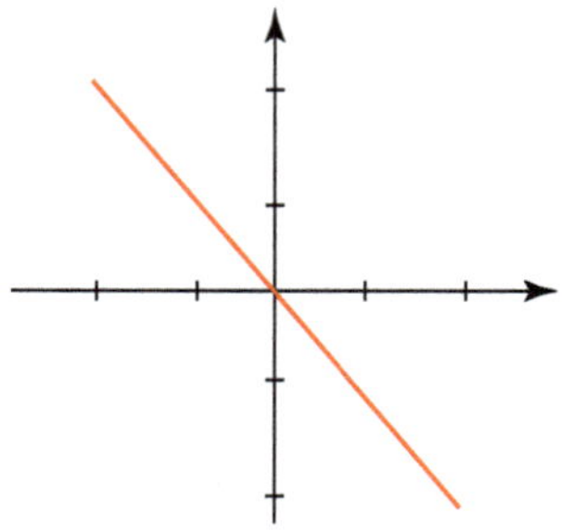

## 2. Fonction affine

• Une fonction $f$ telle que $f(x) = ax + b$ est une fonction **affine**.
• La représentation graphique d'une fonction affine est une droite sécante à l'axe des ordonnées d'équation $y = ax + b$.
• $a$ est le **coefficient directeur de la droite** et $b$ est son **ordonnée à l'origine**.

## 3. Coefficient *a* d'une fonction affine

• Soit $f : x \mapsto ax + b$ une fonction affine.
Soit $x_1$ et $x_2$ deux réels distincts.

Le coefficient $a$ de $f$ est donné par : $a = \dfrac{f(x_2) - f(x_1)}{x_2 - x_1}$.

• Soit $a$ le coefficient d'une fonction affine $f : x \mapsto ax + b$.
Si $a > 0$ alors $f$ est **croissante**.
Si $a = 0$ alors $f$ est **constante**.
Si $a < 0$ alors $f$ est **décroissante**.

## Exercice corrigé

**On considère les fonctions $f : x \mapsto 1{,}5x - 3$ et $g : x \mapsto -2x$.**

1° *a)* **Préciser la nature de la fonction $f$.**

*b)* **Que peut-on en déduire concernant sa représentation graphique ?**

*c)* **Représenter graphiquement la fonction $f$.**

2° **Représenter graphiquement la fonction $g$ dans le même repère que $f$.**

1° *a)* $f$ est une fonction **affine**.

← Ayant la forme $x \mapsto ax + b$, on reconnaît une fonction affine.

*b)* Sa représentation est une **droite (*d*)**.

← On en déduit que la représentation est une droite.

*c)* On a :
$f(0) = 1{,}5 \times 0 - 3 = -3$ ;
le point $A(0 ; -3)$ est sur $(d)$.
On a :
$f(4) = 1{,}5 \times 4 - 3 = 3$ ;
le point $B(4 ; 3)$ est sur $(d)$.

← En choisissant deux valeurs de $x$, on détermine deux points de $(d)$.

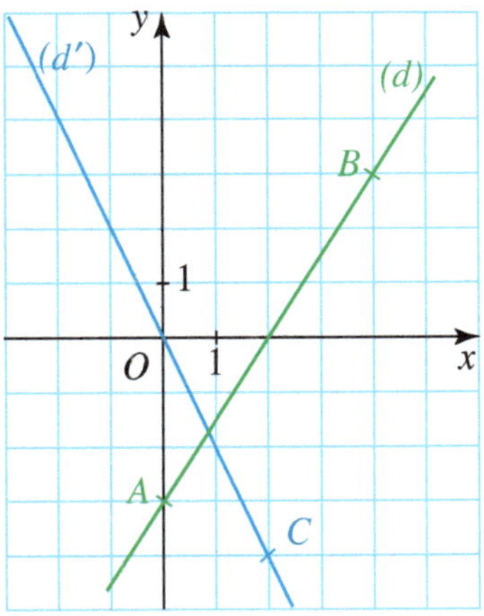


← On place les points $A$ et $B$, puis on trace la droite $(d)$.

2° $g$ est une fonction **linéaire**.

← Ayant la forme $x \mapsto ax$, on reconnaît une fonction linéaire.

Sa représentation est une **droite (*d′*)** qui passe par $O$.

← On en déduit que la représentation est une droite passant par l'origine $O$.

On a : $g(2) = -2 \times 2 = -4$ ;

← En choisissant une valeur non nulle de $x$, on détermine un point de $(d')$.

le point $C(2 ; -4)$ est sur $(d')$.
Voir le graphique ci-dessus.

← On place le point $C$, puis on trace la droite $(d')$.

MATHS

# Sujets du brevet

## 1 ★★

Un cybercafé propose à ses clients les trois tarifs suivants pour accéder à Internet :
Tarif A : abonnement 25 € par mois pour une connexion illimitée ;
Tarif B : 1,5 € par heure de connexion ;
Tarif C : abonnement 14 € par mois et 0,5 € par heure de connexion.

1° Reproduire et compléter le tableau suivant :

| | | Nombres d'heures de connexion par mois | | | |
|---|---|---|---|---|---|
| | | 6 heures | 18 heures | 24 heures | $x$ heures |
| Prix (en €) | Tarif A | | | | |
| | Tarif B | | | | |
| | Tarif C | | | | |

2° On considère les fonctions $f$, $g$ et $h$ définies de la façon suivante :
- $f(x) = 25$ ;
- $g(x) = 1{,}5x$ ;
- $h(x) = 0{,}5x + 14$.

Tracer les représentations graphiques de ces trois fonctions dans un repère orthogonal.
On prendra comme unités graphiques :
– 1 cm pour 2 heures en abscisse ;
– 1 cm pour 5 € en ordonnée.

3° Un premier client pense se connecter 8 heures ce mois-ci.
Déterminer graphiquement le tarif le plus intéressant pour lui.
On laissera apparents les traits de construction.

4° Un second client dispose de 24 €.
*a*) Déterminer graphiquement le tarif qui lui permettra de se connecter le plus longtemps possible.
On laissera apparents les traits de construction.
*b*) Retrouver ce résultat par calcul.

5° Résoudre l'équation suivante : $1{,}5x = 0{,}5x + 14$.
Interpréter la réponse obtenue.

## 2 ★★

On considère les fonctions affines $f$ et $g$ telles que :

$$f : x \mapsto 4x \text{ et } g : x \mapsto 24 - \frac{4}{3}x.$$

1° Calculer $f(0)$, $f(6)$, $g(0)$ et $g(6)$.

2° Sur une feuille de papier, représenter graphiquement $f$ et $g$ dans un repère orthonormé :
– origine du repère : en bas à gauche de la feuille de papier millimétré ;
– unité : le centimètre.

3° *a)* Déterminer par le calcul la valeur de $x$ pour laquelle $f(x) = g(x)$.
*b)* Retrouver cette valeur sur le graphique ; faire apparaître les pointillés nécessaires.

**1** → *Énoncé p. 124* 1°

| | | Nombres d'heures de connexion par mois | | | |
|---|---|---|---|---|---|
| | | 6 heures | 18 heures | 24 heures | $x$ heures |
| Prix (en €) | Tarif A | **25** | **25** | **25** | **25** |
| | Tarif B | **9** | **27** | **36** | **1,5$x$** |
| | Tarif C | **17** | **23** | **26** | **0,5$x$ + 14** |

2° • $f$ est une fonction constante, donc elle est représentée par une droite $(d_1)$ parallèle à l'axe des abscisses et qui passe par le point $A(0 ; 25)$.

> **Conseil**
> Identifier chacune des fonctions avec le tarif correspondant.

• La fonction $g$ est linéaire, donc elle est représentée par une droite $(d_2)$ qui passe par l'origine du repère.

$g(20) = 1{,}5 \times 20 = 30$ : $B(20 ; 30)$ est sur $(d_2)$.

• La fonction $h$ est affine, donc elle est représentée par une droite $(d_3)$.

$h(0) = 0{,}5 \times 0 + 14 = 14$ : $C(0 ; 14)$ est sur $(d_3)$.

$h(20) = 0{,}5 \times 20 + 14 = 24$ : $E(20 ; 24)$ est sur $(d_3)$.

3° Graphiquement, pour 8 heures de connexion, le tarif le plus intéressant est **le tarif B**.

4° *a*) Graphiquement, pour un client disposant de 24 €, le tarif qui lui permettra de se connecter le plus longtemps possible est **le tarif C**.

*b*) Avec 24 €, il est impossible d'utiliser le tarif A qui coûte 25 €.

Avec 24 €, le nombre d'heures de connexion avec le tarif B est solution de l'équation $1{,}5x = 24$. On a alors $x = 24 \div 1{,}5$, soit $x = 16$.

Avec 24 €, le nombre d'heures de connexion avec le tarif C est solution de l'équation $0{,}5x + 14 = 24$. On a alors $0{,}5x = 24 - 14$, soit $x = 10 \div 0{,}5$. On obtient $x = 20$.

**Avec 24 €, c'est donc le tarif C le plus intéressant avec 20 heures de connexion.**

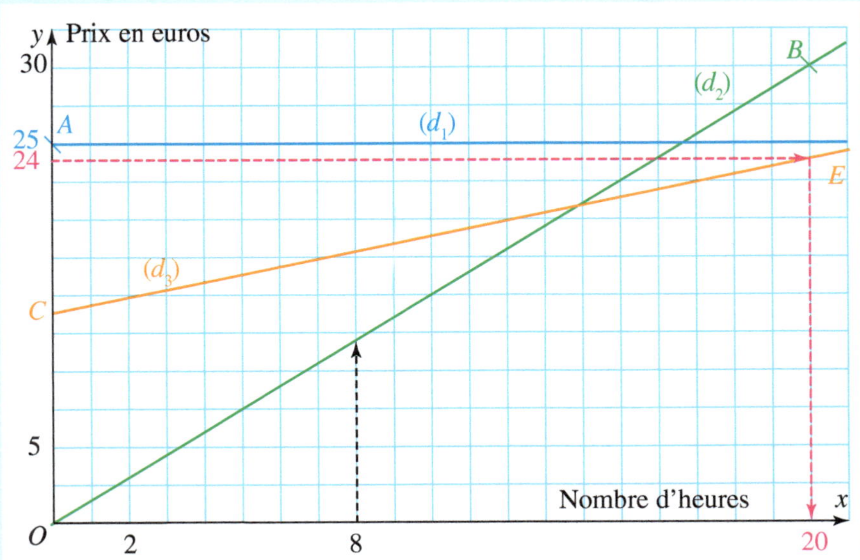


5° On veut $1{,}5x = 0{,}5x + 14$, ce qui donne successivement :
$1{,}5x - 0{,}5x = 14$ ; $x = 14$.
**La solution de l'équation est 14.**
**Cela signifie que les deux tarifs B et C sont équivalents pour 14 heures de connexion.**

**2** → Énoncé p. 124 1° $f(0) = 4 \times 0$, donc $\boldsymbol{f(0) = 0}$.
$f(6) = 4 \times 6$, donc $\boldsymbol{f(6) = 24}$.
$g(0) = 24 - \frac{4}{3} \times 0$, donc $\boldsymbol{g(0) = 24}$.

$g(6) = 24 - \frac{4}{3} \times 6$, donc $\boldsymbol{g(6) = 16}$.

2° $f$ est une fonction linéaire, donc elle est représentée par une droite $(d)$ qui passe par l'origine du repère.
Comme on a $f(6) = 24$, la droite $(d)$ passe par le point $A(6 ; 24)$.
$g$ est une fonction affine, donc elle est représentée par une droite $(d')$.
Comme on a $g(0) = 24$, la droite $(d')$ passe par le point $B(0 ; 24)$.
Comme on a $g(6) = 16$, la droite $(d')$ passe par le point $C(6 ; 16)$.

MATHS

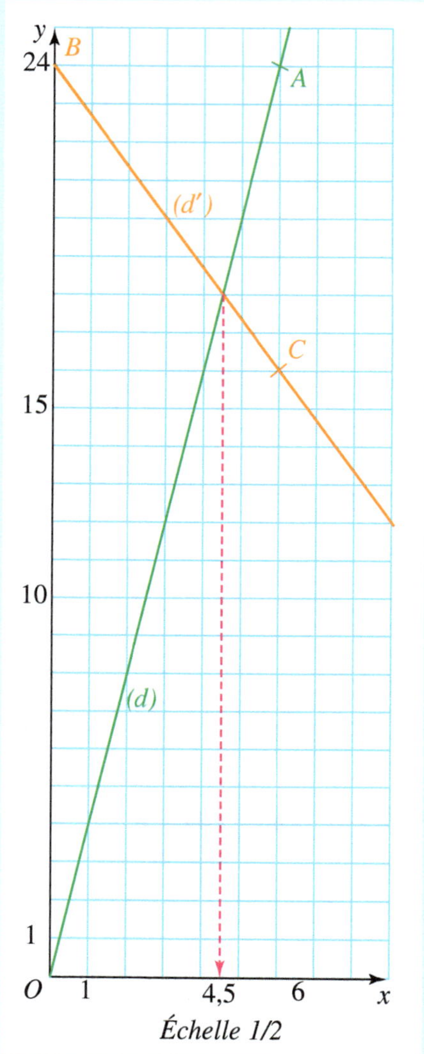


3° *a)* On veut $f(x) = g(x)$, soit $4x = 24 - \frac{4}{3}x$, ou encore $4x + \frac{4}{3}x = 24$.

On a donc : $\frac{12}{3}x + \frac{4}{3}x = \frac{72}{3}$, soit $16x = 72$.

On fait : $x = 72 \div 16$, donc $x = 4{,}5$.

**Pour $x = 4{,}5$, on a $f(x) = g(x)$.**

*b)* Graphiquement, on a bien $f(x) = g(x)$ pour $x = 4{,}5$.

**Astuce**

Les images calculées permettent de faire les représentations graphiques.

MATHS 10

# Statistiques

## 1. Fréquence

• Dans une série statistique, la **fréquence** d'une valeur est l'effectif de cette valeur divisé par l'effectif total.

• Dans une série statistique, on appelle **effectif cumulé croissant (ECC)** d'une valeur la somme de l'effectif de cette valeur et des effectifs des valeurs plus petites.

• On appelle **fréquence cumulée croissante** d'une valeur le quotient de son effectif cumulé croissant par l'effectif total de la série.

## 2. Moyenne

• La **moyenne** d'une série de valeurs est le quotient de la somme des valeurs par l'effectif total.

• Une **moyenne pondérée** s'obtient en divisant la somme des produits de chaque valeur par son effectif par la somme des effectifs.

## 3. Médiane et étendue

• On appelle **médiane** d'une série de valeurs un nombre *méd* tel que la série comporte autant de valeurs inférieures ou égales à *méd* que de valeurs supérieures ou égales à *méd*.

• L'**étendue** d'une série de valeurs est la différence entre la plus grande valeur de la série et la plus petite.

## 4. Exploiter une série statistique

### Exercice corrigé

**29 élèves d'une classe de sixième font germer des graines de blé chez eux. Leur professeur donne un protocole expérimental à suivre :**

- **mettre en culture sur du coton dans une boîte placée dans une pièce éclairée de température entre 20° et 25° ;**
- **arroser une fois par jour ;**
- **il est possible de couvrir les graines avec un film transparent pour éviter l'évaporation de l'eau.**

**Tailles des plantules des 29 élèves 10 jours après la mise en germination :**

| Taille en cm | 0 | 8 | 12 | 14 | 16 | 17 | 18 | 19 | 20 | 21 | 22 |
|---|---|---|---|---|---|---|---|---|---|---|---|
| Effectif | 1 | 2 | 2 | 4 | 2 | 2 | 3 | 3 | 4 | 4 | 2 |

1° **Combien de plantules ont une taille qui mesure au plus 12 cm ?**

2° **Donner l'étendue de cette série.**

3° **Calculer la moyenne de cette série. Arrondir au dixième près.**

4° **Déterminer la médiane de cette série et interpréter le résultat.**

1° On a 1 + 2 + 2 = 5.

**5 plantules ont une taille qui mesure au plus 12 cm.**

← On lit dans le tableau les effectifs des plantules dont la taille est inférieure ou égale à 12 cm, et on calcule leur somme.

2° 22 – 0 =22.

**L'étendue de la série est 22.**

← L'étendue d'une série est la différence entre la plus grande valeur de la série (ici 22) et la plus petite (ici 0).

3° $m = \dfrac{0 \times 1 + 8 \times 2 + 12 \times 2 + 14 \times 4 + 16 \times 2 + 17 \times 2 + 18 \times 3 + 19 \times 3 + 20 \times 4 + 21 \times 4 + 22 \times 2}{1+2+2+4+2+2+3+3+4+4+2}$

$= \dfrac{481}{29}$.

**La taille moyenne des plantules est 16,6 cm.**

← Pour effectuer la moyenne pondérée, on ajoute les produits des tailles par leurs effectifs et on divise par l'effectif total.

4°

| Taille en cm | 0 | 8 | 12 | 14 | 16 | 17 | 18 | 19 | 20 | 21 | 22 |
|---|---|---|---|---|---|---|---|---|---|---|---|
| Effectif | 1 | 2 | 2 | 4 | 2 | 2 | 3 | 3 | 4 | 4 | 2 |
| ECC | 1 | 3 | 5 | 9 | 11 | 13 | 16 | 19 | 23 | 27 | 29 |

← On calcule les effectifs cumulés croissants (ECC).

Il y a 29 valeurs, donc la médiane est la 15ᵉ valeur de la série ordonnée.

D'après les effectifs cumulés croissants, **cette médiane vaut 18**.

← On conclut.

## Sujets du brevet

**1** ★★

L'histogramme ci-dessous illustre une enquête faite sur l'âge des 30 adhérents d'un club de badminton mais le rectangle correspondant aux adhérents de 16 ans a été effacé.

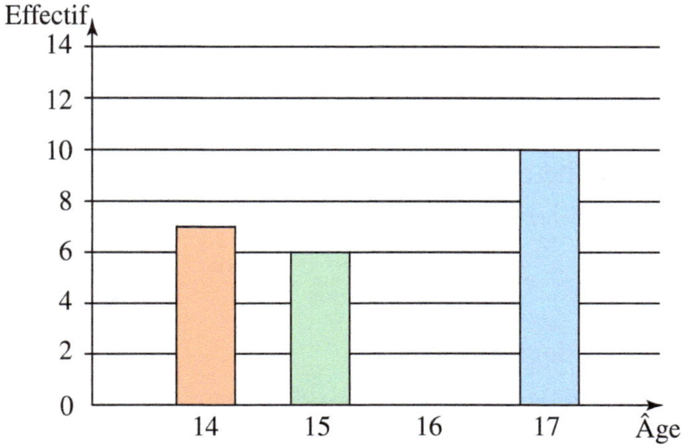


1° Calculer le nombre d'adhérents ayant 16 ans.
2° Quel est le pourcentage du nombre d'adhérents ayant 15 ans ?
3° Quel est l'âge moyen des adhérents du club ? Donner la valeur arrondie au dixième.
4° Reproduire et compléter le tableau ci-dessous pour réaliser un diagramme semi-circulaire représentant la répartition des adhérents selon leur âge (on prendra un rayon de 4 cm).

| Âge | 14 ans | 15 ans | 16 ans | 17 ans | Total |
|---|---|---|---|---|---|
| Nombre d'adhérents | 7 | 6 | | 10 | 30 |
| Mesure de l'angle (en degrés) | | | | | 180 |

**1** → *Énoncé p. 131* 1° 30 – 7 – 6 – 10 = 7.

**Le club a 7 adhérents âgés de 16 ans.**

2° 6 adhérents parmi les 30 sont âgés de 15 ans.

$6 \div 30 \times 100\ \% = 20\ \%$.

**20 % des adhérents sont âgés de 15 ans.**

3° On effectue une moyenne des âges pondérée par les effectifs.

$$\frac{14 \times 7 + 15 \times 6 + 16 \times 7 + 18 \times 10}{7 + 6 + 7 + 10} = \frac{470}{30}.$$

**L'âge moyen des adhérents du club est de 15,7 ans, valeur arrondie au dixième.**

4° Il y a proportionnalité entre l'effectif et la mesure de l'angle. Le coefficient de proportionnalité est 180 ÷ 30, soit 6.

| Âge | 14 ans | 15 ans | 16 ans | 17 ans | Total |
|---|---|---|---|---|---|
| Nombre d'adhérents | 7 | 6 | **7** | 10 | 30 |
| Mesure de l'angle (en degrés) | **42** | **36** | **42** | **60** | 180 |

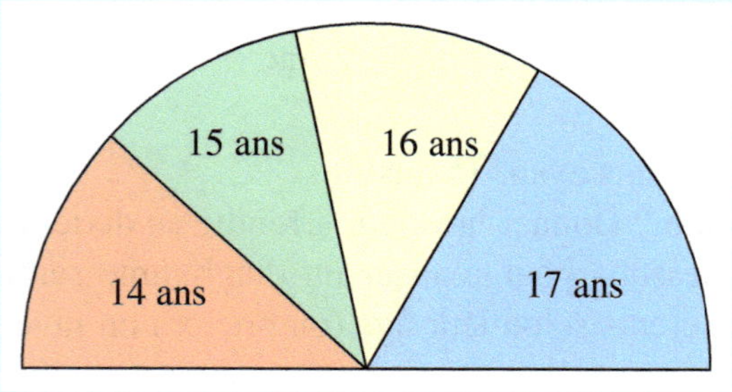


**Rappel**

Dans la représentation semi-circulaire, les mesures des secteurs angulaires sont proportionnelles aux effectifs.

MATHS

# 11 Probabilités

## 1. Probabilités à une épreuve

• Chacun des résultats possibles lors d'une expérience aléatoire est un **événement**.

• La **probabilité** d'un événement $A$ représente les chances que l'événement se réalise lors d'une expérience aléatoire.
Cette probabilité se note $p(A)$ : c'est un nombre compris entre 0 et 1.

• L'événement **contraire** d'un événement $A$ est l'événement non $A$.
On a : $p(\text{non A}) = 1 - p(\text{A})$.

• Deux événements $A$ et $B$ qui ne peuvent pas se réaliser en même temps sont dits « **incompatibles** ».
On a alors : $p(A \text{ ou } B) = p(A) + p(B)$.

## 2. Probabilités à deux épreuves

• On peut représenter les différentes issues d'une expérience à deux épreuves à l'aide d'un **arbre**.

### Exercice corrigé

**On effectue 2 fois de suite une expérience aléatoire où les résultats possibles sont « T » ou « non T » avec $p(\text{T}) = \frac{1}{3}$. On définit l'événement A : obtenir « non T » au premier lancer et « T » au second lancer. Représenter cette expérience à l'aide d'un arbre en traçant en bleu la branche de l'événement A. Calculer la probabilité de cet événement.**

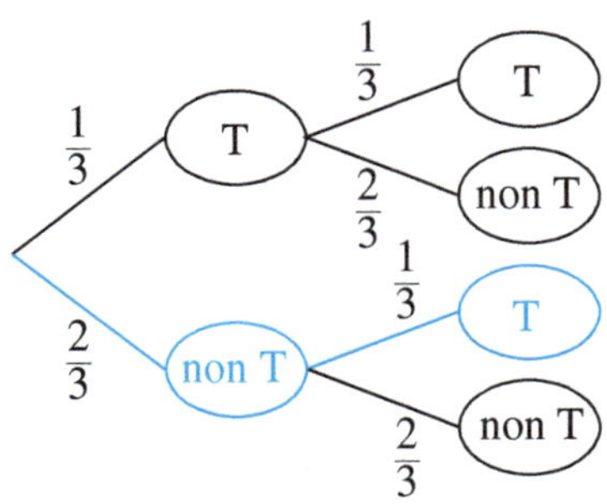


← On dessine la première partie de l'arbre correspondant au premier lancer et on indique la probabilité $\left(\frac{1}{3} \text{ ou } \frac{2}{3}\right)$ de chaque résultat.

← On complète l'arbre à l'extrémité des branches précédentes par les branches correspondant au deuxième lancer et on indique de la même façon la probabilité $\left(\frac{1}{3} \text{ ou } \frac{2}{3}\right)$ de chaque résultat.

La branche en bleu représente l'événement A.

Sa probabilité est : $\frac{2}{3} \times \frac{1}{3}$, soit $\mathbf{\frac{2}{9}}$.

← On calcule et on conclut.

# Sujets du brevet

**1** ★★

À un stand du « Heiva », on fait tourner la roue de loterie ci-dessous.
On admet que chaque secteur a autant de chance d'être désigné.
On regarde la lettre désignée par la flèche : $A$, $T$ ou $M$, et on considère les événements suivants :

- $A$ : « on gagne un autocollant » ;
- $T$ : « on gagne un tee-shirt » ;
- $M$ : « on gagne un tour de manège ».

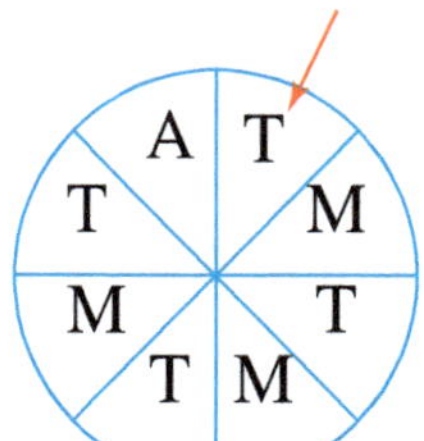


1° Quelle est la probabilité de l'événement $A$ ?
2° Quelle est la probabilité de l'événement $T$ ?
3° Quelle est la probabilité de l'événement $M$ ?
4° Exprimer à l'aide d'une phrase ce qu'est l'événement « non $A$ » puis donner sa probabilité.

**2** ★

*Cet exercice est un questionnaire à choix multiples. Aucune justification n'est demandée.*
Pour chacune des questions, trois réponses sont proposées. Une seule est exacte. Chaque réponse exacte rapporte 1 point.
Une réponse fausse ou l'absence de réponse n'enlève aucun point.
Pour chacune des trois questions, indiquer sur la copie le numéro de la question et recopier la réponse exacte.
*Énoncé :*
Un sac contient six boules : quatre blanches et deux noires. Ces boules sont numérotées.
Les boules blanches portent les numéros 1 ; 1 ; 2 et 3 et les noires portent les numéros 1 et 2.

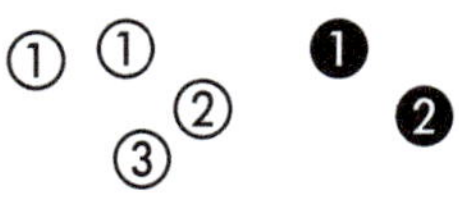


| Numéro | Question | Réponse A | Réponse B | Réponse C |
|---|---|---|---|---|
| 1° | Quelle est la probabilité de tirer une boule blanche ? | $\frac{2}{3}$ | $\frac{6}{4}$ | 4 |
| 2° | Quelle est la probabilité de tirer une boule portant le numéro 2 ? | $\frac{1}{4}$ | $\frac{1}{6}$ | $\frac{1}{3}$ |
| 3° | Quelle est la probabilité de tirer une boule blanche numérotée 1 ? | $\frac{1}{3}$ | $\frac{2}{4}$ | $\frac{3}{6}$ |

**1** → Énoncé p. 134 1° Il y a 1 secteur marqué *A* parmi les 8 secteurs de la roue : **la probabilité de l'événement *A* est $\frac{1}{8}$, soit 0,125.**

2° Il y a 4 secteurs marqués *T* parmi les 8 secteurs de la roue : **la probabilité de l'événement *T* est $\frac{4}{8}$, soit 0,5.**

3° De même, **la probabilité de l'événement *M* est $\frac{3}{8}$, soit 0,375.**

4° L'événement « non *A* » est : « **on ne gagne pas un autocollant** ».
On a : $p(\text{non } A) = 1 - p(A) = 1 - 0{,}125 = 0{,}875$.
**La probabilité de l'événement « non *A* » est 0,875.**

> **Astuce**
> Il suffit de compter les secteurs car ils ont tous la même taille.

**2** → Énoncé p. 134 1° Il y a 4 boules blanches parmi les 6 boules : la probabilité de tirer une boule blanche est $\frac{4}{6} = \frac{2}{3}$ : **réponse A.**

2° Il y a 2 boules portant le numéro 2 parmi les 6 boules : la probabilité de tirer une boule portant le numéro 2 est $\frac{2}{6} = \frac{1}{3}$ : **réponse C.**

3° Il y a 2 boules blanches numérotées 1 parmi les 6 boules : la probabilité de tirer une boule blanche numérotée 1 est $\frac{2}{6} = \frac{1}{3}$ : **réponse A.**

> **Méthode**
> Dans un QCM, traiter chaque question posée sans regarder les réponses proposées et ensuite vérifier que votre résultat est dans les réponses proposées.

MATHS 12

# Calculs d'aire

## 1. Les unités

L'unité d'aire est le mètre carré ($m^2$).
On utilise aussi :
– ses multiples ($km^2$, $hm^2$, $dam^2$) ;
– ses sous-multiples ($dm^2$, $cm^2$, $mm^2$).

## 2. Les formules d'aire

**Triangle**

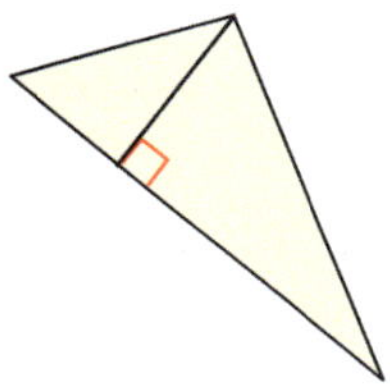

$$\mathscr{A} = \frac{\text{base} \times \text{hauteur}}{2}$$

**Triangle rectangle en *A***

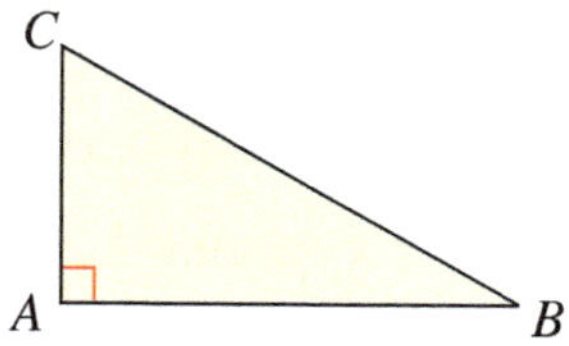


On utilise les côtés de l'angle droit comme base et hauteur.

$$\mathscr{A} = \frac{AB \times AC}{2}$$

**Rectangle**

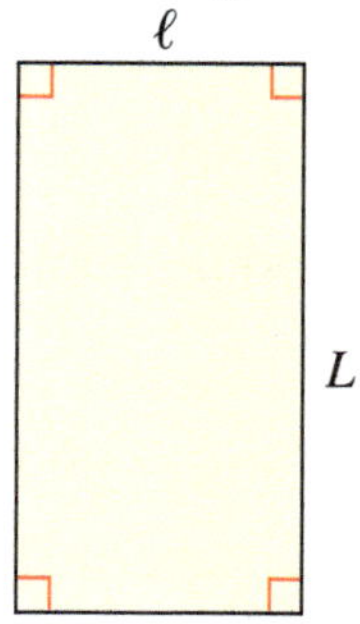


$$\mathscr{A} = l \times L$$

### Exercice corrigé

**Soit *FGH* un triangle rectangle en *G*.**
**On sait que $FG = 4{,}8$ cm, $GH = 3{,}6$ cm et $FH = 6$ cm.**
**Montrer que l'aire du triangle *FGH* est $8{,}64$ $cm^2$.**

| | |
|---|---|
| *FGH* est un triangle rectangle en *G*. On a : $\mathscr{A} = \frac{\text{base} \times \text{hauteur}}{2}$ | ← On écrit la nature de la surface et la formule d'aire. |
| On prend [*FG*] et [*HG*] les côtés de l'angle droit comme base et comme hauteur. | ← On précise les côtés qui servent de base et de hauteur. |
| On a : $\mathscr{A} = \frac{4{,}8 \times 3{,}6}{2}$, soit $\mathscr{A} = 8{,}64$. | ← On remplace par les nombres et on effectue les calculs. |
| **L'aire de *FGH* est de $8{,}64$ $cm^2$.** | ← On conclut. |

**Losange**

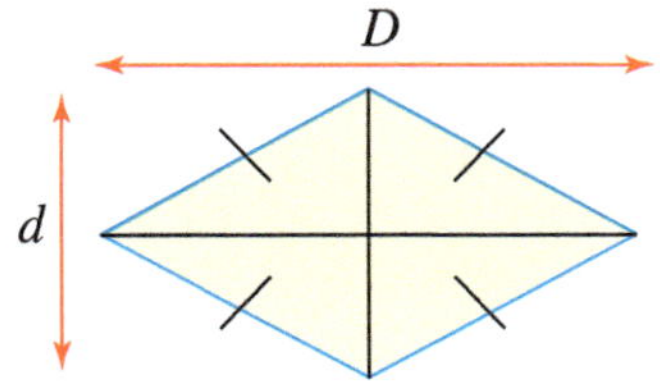


$$\mathcal{A} = \frac{d \times D}{2}$$

**Carré**

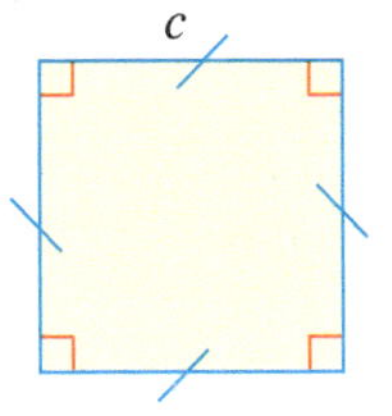


$$\mathcal{A} = c^2$$

**Disque**

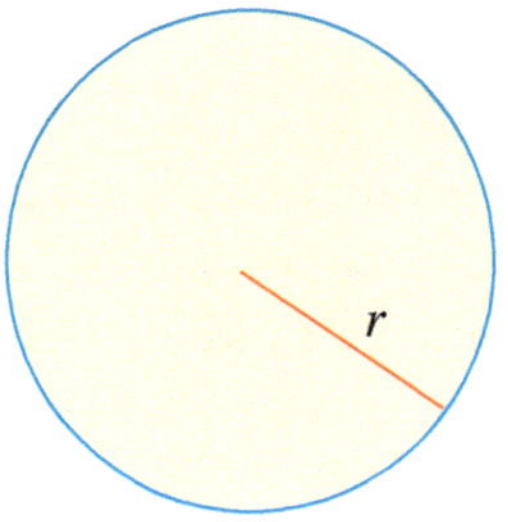


$$\mathcal{A} = \pi \times r^2$$

## Exercice corrigé

**Un disque $\mathcal{D}$ a un rayon de 5 cm.**
**Calculer son aire en $cm^2$ : on arrondira le résultat au $mm^2$ près.**

| | |
|---|---|
| $\mathcal{D}$ est un disque.<br>Son aire est : $\mathcal{A} = \pi \times r^2$. | ← On écrit la nature de la surface et la formule d'aire. |
| $\mathcal{A} = \pi \times 5^2$ | ← On remplace $r$ par sa valeur. |
| **$\mathcal{A}$ = 78,54 $cm^2$ au $mm^2$ près.** | ← On conclut. |

MATHS

# Sujets du brevet

**1** ★★

$ABC$ est un triangle tel que $AB = 9$ cm ; $AC = 15$ cm ; $BC = 12$ cm.

1° Démontrer que $ABC$ est rectangle en $B$.

2° Calculer l'aire du triangle $ABC$.

**2** ★★★

*Les distances sont exprimées en cm et les aires en cm².*

Sur un plan, un terrain rectangulaire est représenté par un rectangle $ABCD$ de largeur $AB = 9$ et de longueur $BC = 12$.

$E$ est le point du segment $[AD]$ tel que $AE = 4$ et $F$ est un point de $[CD]$. On pose $CF = x$.

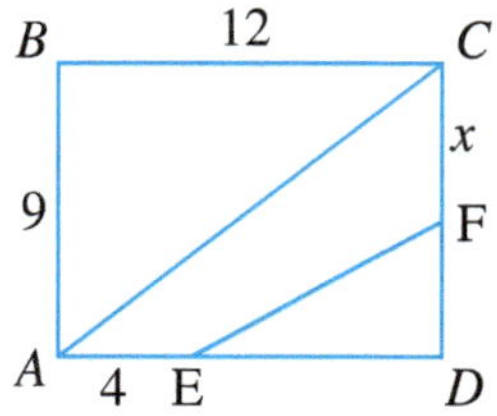


1° Déterminer l'aire du triangle $ACD$.

2° Montrer que l'aire du triangle $EFD$ est $36 - 4x$.

3° Pour quelle valeur de $x$ l'aire du triangle $EFD$ est-elle égale à 24 cm² ?

4° Exprimer l'aire du quadrilatère $ACFE$ en fonction de $x$.

**3** ★★

1° Un propriétaire terrien a vendu le quart de sa propriété en 2015 puis le tiers du reste en 2016. Quelle fraction de sa propriété lui reste-t-il aujourd'hui ?

2° Quelle est la superficie actuelle de sa propriété sachant qu'elle était au départ de 40 hectares ?

**1** → Énoncé p. 138 1° Dans le triangle $ABC$, on a $AC^2 = 15^2 = 225$ et $AB^2 + BC^2 = 9^2 + 12^2 = 225$.
On constate que $AC^2 = AB^2 + BC^2$.
D'après la réciproque du théorème de Pythagore, **$ABC$ est rectangle en $B$.**

> **Rappel**
> Un triangle est rectangle si le carré du plus grand côté est égal à la somme des carrés des deux autres côtés.

2° Le triangle $ABC$ est rectangle en $B$.

On a : $\text{aire}_{ABC} = \dfrac{\text{base } AB \times \text{hauteur } BC}{2} = \dfrac{9\text{ cm} \times 12\text{ cm}}{2}$.

**L'aire de $ABC$ est de 54 cm².**

**2** → Énoncé p. 138 1° Le terrain étant rectangulaire, le triangle $ACD$ est rectangle en $D$. On a : $\text{aire}_{ACD} = \dfrac{\text{base } AD \times \text{hauteur } DC}{2} = \dfrac{12\text{ cm} \times 9\text{ cm}}{2}$.

**L'aire du triangle $ACD$ est 54 cm².**

2° $E$ est sur $[AD]$, donc on a $DE = AD - AE = 12 - 4 = 8$.
$F$ est sur $[CD]$, donc on a $DF = CD - CF = 9 - x$.
Le triangle $EFD$ est rectangle en $D$.

On a : $\text{aire}_{EFD} = \dfrac{\text{base } ED \times \text{hauteur } DF}{2} = \dfrac{8 \times (9 - x)}{2} = \dfrac{72 - 8x}{2}$.

**L'aire du triangle $EFD$ est $36 - 4x$.**

3° On veut $36 - 4x = 24$, soit $36 - 24 = 4x$ ou encore $12 \div 4 = x$.
**Pour $x = 3$, l'aire du triangle $EFD$ est égale à 24 cm².**

4° On a :

$$\begin{aligned}\text{aire}_{ACFE} &= \text{aire}_{ACD} - \text{aire}_{EFD}\\ &= 54 - (36 - 4x)\\ &= 54 - 36 + 4x.\end{aligned}$$

> **Astuce**
> Le triangle $ACD$ est partagé en deux parties et son aire est la somme des aires des deux parties.

**L'aire du quadrilatère $ACFE$ est $18 + 4x$.**

**3** → Énoncé p. 138 1° En 2015, la fraction de la propriété qui reste est $1 - \dfrac{1}{4}$, soit $\dfrac{3}{4}$.
En 2016, la fraction de la propriété vendue est $\dfrac{3}{4} \times \dfrac{1}{3}$, soit $\dfrac{1}{4}$.

> **Conseil**
> Calculer ce qui reste après avoir enlevé un quart du terrain avant d'enlever le tiers restant.

On a : $\dfrac{3}{4} - \dfrac{1}{4} = \dfrac{2}{4} = \dfrac{1}{2}$.

**Aujourd'hui, il lui reste la moitié de sa propriété.**

2° La moitié de 40 hectares, c'est 20 hectares. **Il lui reste 20 hectares.**

MATHS

MATHS 13

# Espace

## 1. Calcul de volume : les unités

L'unité de volume est le $m^3$.
On utilise aussi ses sous-multiples : $dm^3$, $cm^3$, $mm^3$.

## 2. Les formules de volume

Voir les formules page suivante.

### Exercice corrigé

**On dispose d'un carré de métal de 40 cm de côté. Pour fabriquer une boîte parallélépipédique, on enlève à chaque coin un carré de côté $x$ = 5 cm et on relève les bords par pliage. Calculer le volume de la boîte.**

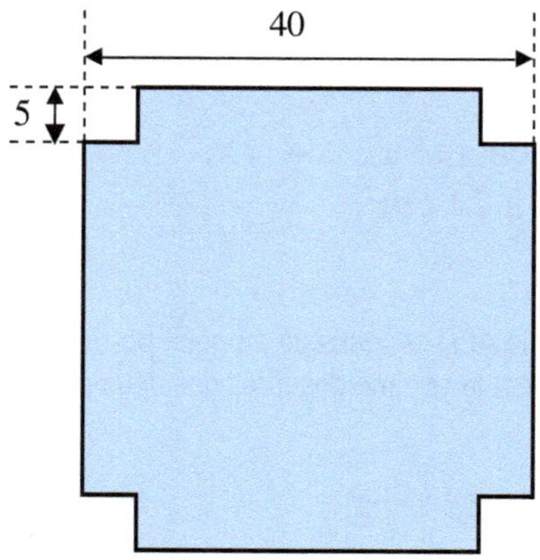


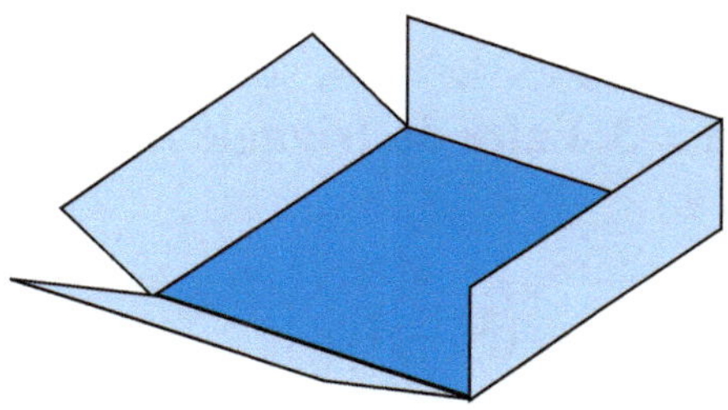

| | |
|---|---|
| Si $x$ = 5 cm, le côté du fond de la boîte mesure 40 – 2 × 5, soit 30. | ← On utilise les données de l'énoncé pour calculer la nouvelle mesure du côté. |
| On a alors :<br>$V$ = aire du fond × hauteur<br>= 30 × 30 × 5<br>= 4 500. | ← Le fond est un carré. Aire = $c \times c$ |
| **Avec $x$ = 5 cm, le volume de la boîte est 4 500 $cm^3$.** | ← On conclut. |

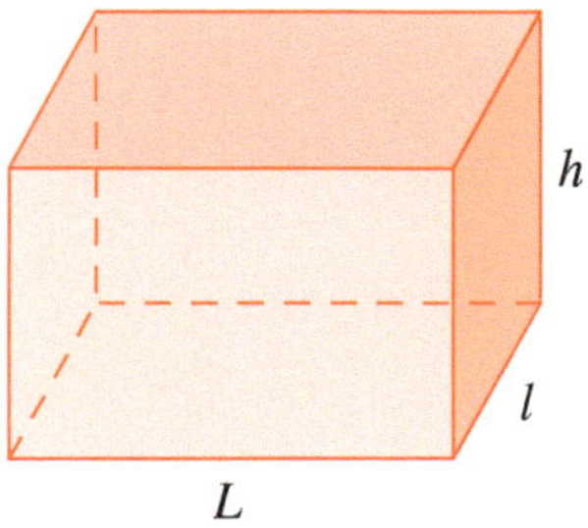


**Parallélépipède rectangle**

$V = L \times \ell \times h$

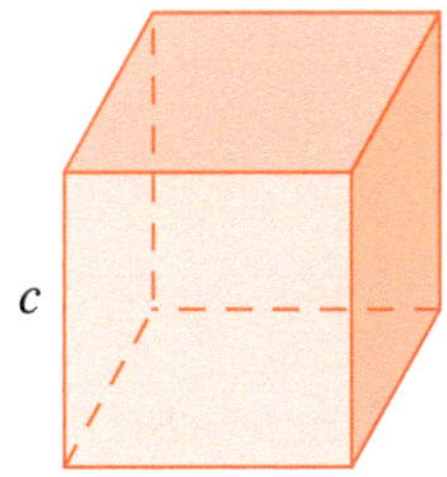


**Cube**

$V = c^3$

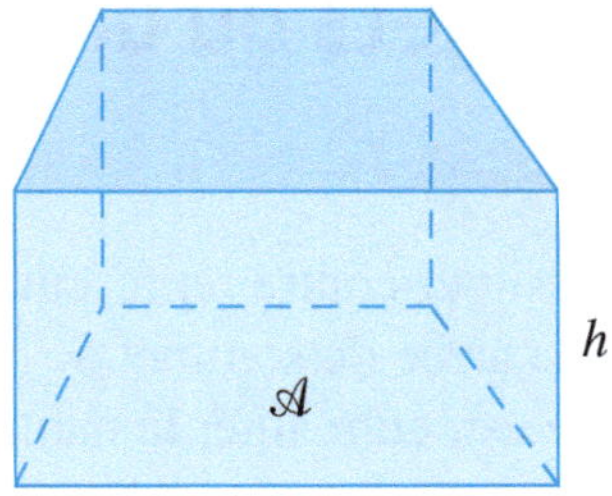


**Prisme droit**

$V = \mathscr{A} \times h$

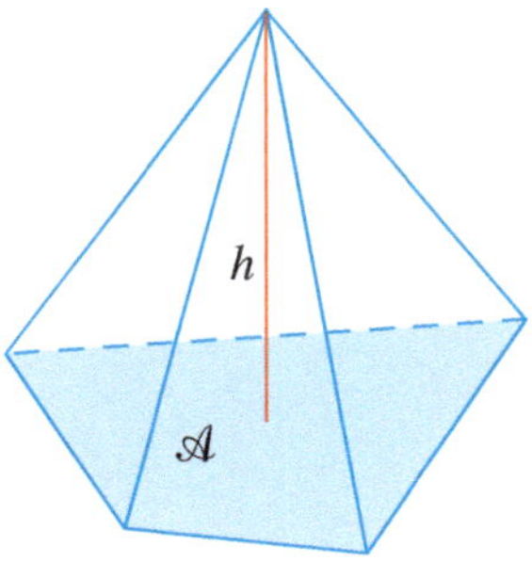


**Pyramide**

$$V = \frac{\mathscr{A} \times h}{3}$$

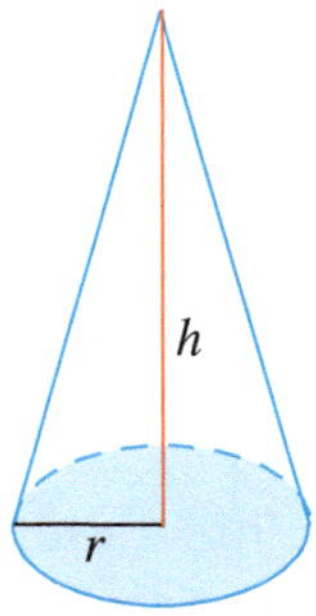


**Cône**

$$V = \frac{\pi \times r^2 \times h}{3}$$

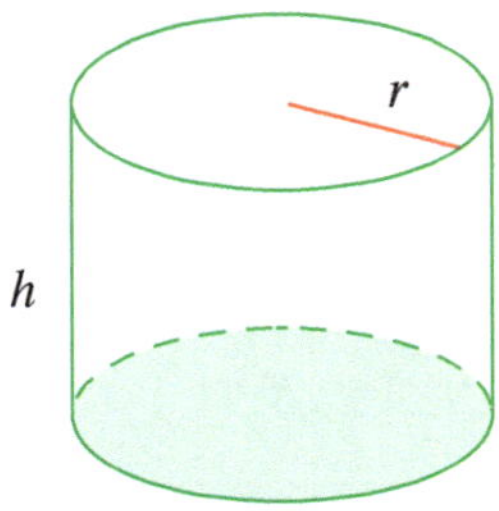


**Cylindre droit**

$V = \pi r^2 h$

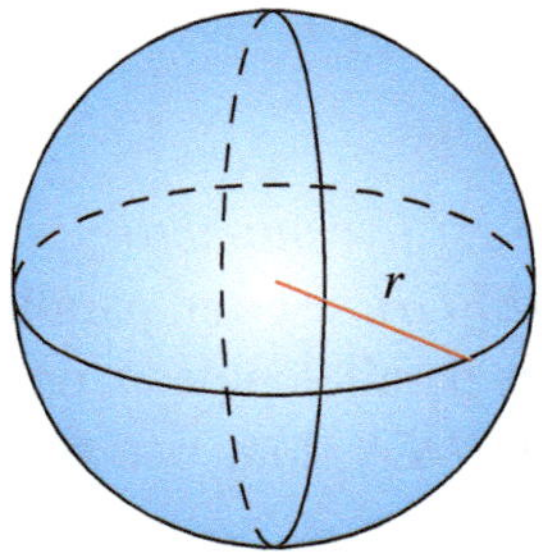


**Boule-Sphère**

$\mathscr{A} = 4\pi r^2$

$$V = \frac{4\pi r^3}{3}$$

MATHS

# Sujets du brevet

**1** ★

Le dessin ci-contre représente en perspective une pyramide à base carrée de sommet $S$.
Quelle est, en réalité, la nature du triangle $ABC$ ?
*a*) Ni rectangle ni isocèle ?
*b*) Rectangle et isocèle ?
*c*) Isocèle mais non rectangle ?
Choisir la bonne réponse.

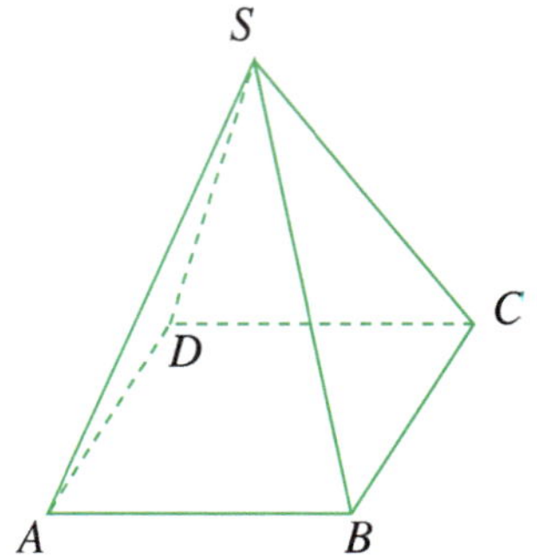


**2** ★★

Un verre a une partie supérieure en forme de cône de révolution de sommet $S$, de hauteur $[OS]$, telle que $OS = 9$ cm, et de rayon $[OA]$, tel que $OA = 4$ cm.
1° Montrer que le volume de ce verre, en cm$^3$, est égal à $48\pi$.
2° Avec un litre d'eau, combien de fois peut-on remplir entièrement ce verre ?
*Formulaire :*
• 1 litre = 1 dm$^3$ = 1 000 cm$^3$
• Le volume d'un cône de hauteur $h$ et de rayon $R$ est : $V = \frac{1}{3} \times \pi \times R^2 \times h$.

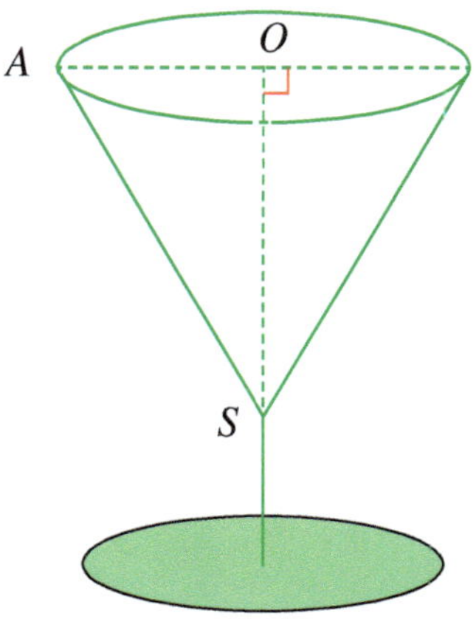


**3** ★★★

*L'unité est le centimètre.*
$ABCDEFGH$ est un parallélépipède rectangle. Dans ce parallélépipède, on a construit le prisme droit $AIJDLK$ dont une base est le triangle $AIJ$ rectangle en $I$.
On donne :
$EF = 9$ ; $AD = 7$ ; $AE = 6$ ; $AI = 2$.
Les droites $(EF)$ et $(IJ)$ sont parallèles.
La figure n'est pas en vraie grandeur.
1° Montrer que $IJ = 3$.
2° Calculer $AJ$ en justifiant et arrondir au dixième.
3° Calculer le volume du prisme droit $AIJDLK$.
(*Rappel* : Volume $V$ d'un prisme droit : $V = B \times h$ où $B$ est l'aire de la base ; $h$ est la hauteur du prisme.)

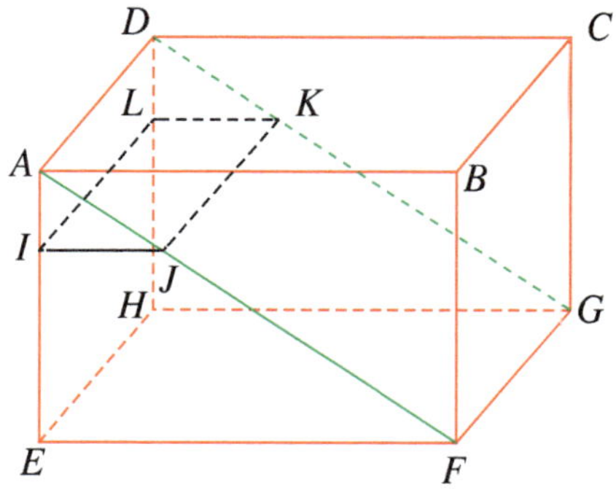

**1** → Énoncé p. 142 La base de la pyramide est le carré *ABCD*.
Si une figure est un carré, alors elle possède 4 angles droits et 4 côtés de la même longueur.
On a donc $(AB)$ perpendiculaire à $(BC)$ et $AB = BC$.
Le triangle *ABC* est rectangle et isocèle en *B* : **proposition b)**.

> **Conseil**
> Utiliser la nature de la base.

**2** → Énoncé p. 142 1° Le verre est conique. Son volume *V* est :

$$V = \frac{1}{3} \times \pi \times R^2 \times h = \frac{1}{3} \times \pi \times OA^2 \times OS$$
$$= \frac{1}{3} \times \pi \times 4^2 \times 3 \times 3.$$

> **Rappel**
> Le volume d'une pyramide est un tiers du produit de l'aire de la base par la hauteur.

**Le volume de ce verre, en $cm^3$, est égal à $48\pi$.**
2° Un litre d'eau correspond à 1 000 $cm^3$ et $1\,000 \div (48\pi) \approx 6{,}6$.
Avec un litre d'eau, on peut remplir entièrement ce verre **6 fois**.

**3** → Énoncé p. 142 1° *AEF* est un triangle avec le point *I* sur $(AE)$, le point *J* sur $(AF)$ et $(IJ)$ parallèle à $(EF)$.
D'après le théorème de Thalès, on a :

$$\frac{AI}{AE} = \frac{AJ}{AF} = \frac{IJ}{EF}, \text{ soit } \frac{2}{6} = \frac{IJ}{9}.$$

> **Conseil**
> Reconnaître une configuration de Thalès dans la face avant.

On fait $\frac{2}{6} \times 9 = IJ$.
**On a bien $IJ = 3$ cm.**
2° Le triangle *AIJ* est rectangle en *I*.
D'après le théorème de Pythagore,
on a : $AJ^2 = AI^2 + IJ^2$
soit $AJ^2 = 2^2 + 3^2$.
On fait $AJ = \sqrt{13}$ car *AJ* est une longueur.
**On a $AJ = 3{,}6$ cm au dixième près.**
3° Soit *V* le volume du prisme droit *AIJDLK*.

On a : $V = \text{aire de } AIJ \times \text{hauteur } AD = \frac{AI \times IJ}{2} \times \text{AD} = \frac{2 \times 3}{2} \times 7.$

**Le volume du prisme droit *AIJDLK* est de 21 $cm^3$.**

MATHS 14

# Agrandissement Réduction

## 1. Définitions

• En multipliant toutes les dimensions d'un objet par un réel $k$, on réalise un **agrandissement** si $k > 1$ ou une **réduction** si $0 < k < 1$.

• $k$ s'appelle **rapport** ou **coefficient** d'agrandissement ou de réduction.

• Sur un plan ou une carte, le coefficient d'agrandissement ou de réduction s'appelle aussi **échelle**.

### Exercice corrigé

**$ABCDE$ est une pyramide de hauteur $[AE]$. On sectionne cette pyramide par un plan parallèle à la base $ABCD$. On obtient deux solides, dont la pyramide $A'B'C'D'E$.**

**On sait que : $AE = 10$ cm et $A'E = 4$ cm.**

**1° Que représente la pyramide $A'B'C'D'E$ par rapport à la pyramide $ABCDE$ ?**

**2° Déterminer le coefficient de la réduction qui transforme $ABCDE$ en $A'B'C'D'E$.**

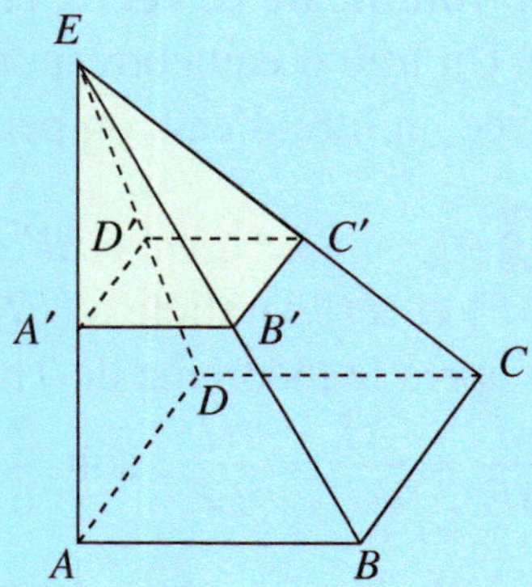


| | |
|---|---|
| 1° $A'B'C'D'E$ est **une réduction** de la pyramide $ABCDE$. | ← On écrit qu'il s'agit d'une réduction. |
| 2° On a : $k = \dfrac{\text{nouvelle hauteur}}{\text{ancienne hauteur}} = \dfrac{A'E}{AE} = \dfrac{4}{10}$. | ← On écrit le coefficient de réduction comme quotient de la nouvelle hauteur par l'ancienne hauteur. |
| **Le coefficient de réduction est 0,4.** | ← On conclut. |

## 2. Théorèmes

• Dans un agrandissement ou une réduction de rapport $k$, les **aires** sont multipliées par $k^2$.

• Dans un agrandissement ou une réduction de rapport $k$, les **volumes** sont multipliés par $k^3$.

## 3. Sections

En sectionnant un cône ou une pyramide par un plan parallèle à sa base, on obtient deux solides dont l'un est une réduction du solide initial.

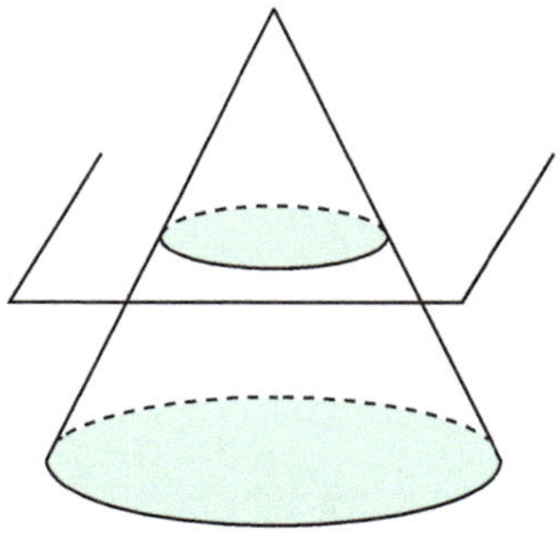

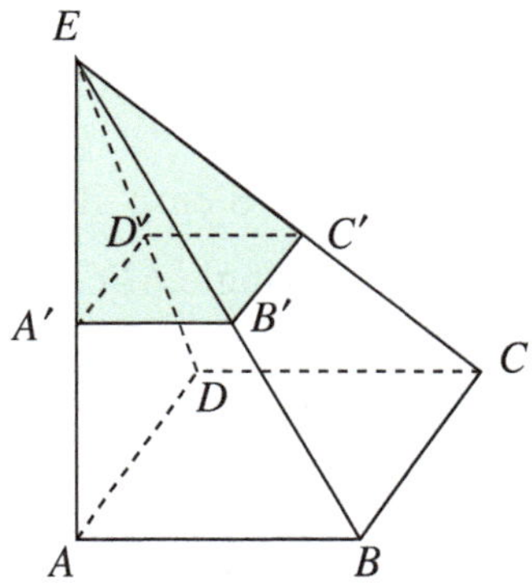

## Sujets du brevet

### 1 ★

Soit la figure ci-contre (les unités ne sont pas respectées).

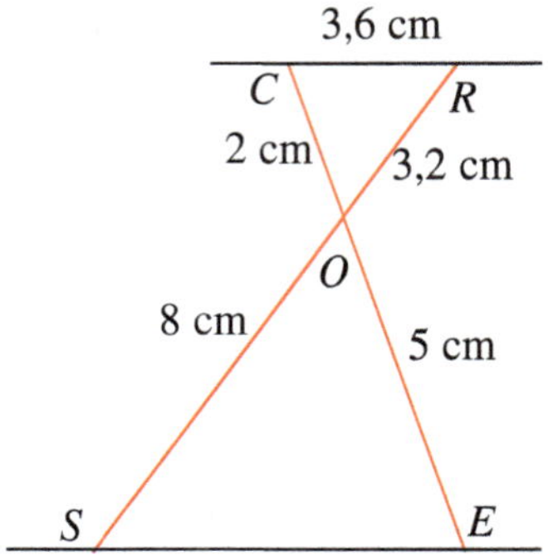


1° On sait que le triangle $CRO$ est une réduction du triangle $OSE$.
Donner le coefficient de réduction.

2° Sachant que l'aire du triangle $OSE$ vaut $6\sqrt{11}$ cm², montrer que celle de $CRO$ vaut $0{,}96\sqrt{11}$ cm².

### 2 ★★

*SABC* est une pyramide ayant pour base le triangle *ABC* et pour hauteur *SA*.
$AB = 6$ cm ; $BC = SA = 8$ cm ; $AC = 10$ cm.

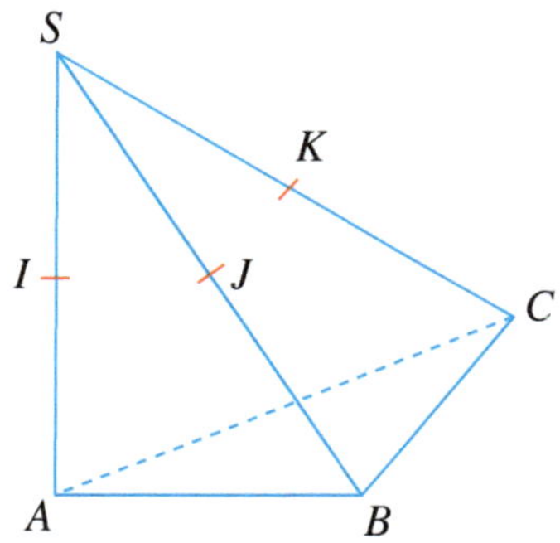


1° Démontrer que le triangle *ABC* est rectangle en *B*.

2° Calculer le volume de la pyramide SABC.
*On rappelle que le volume V d'une pyramide est donné par la formule :*

$V = \frac{1}{3}ah$ où $a$ est l'aire de la base et $h$ la hauteur.

3° On appelle I, J, K les milieux respectifs des arêtes [SA], [SB] et [SC].
Calculer le volume de la pyramide *SIJK*.

### 3 ★★

Sur la figure ci-contre, on a un cône de révolution tel que $SA = 12$ cm.
Un plan parallèle à la base coupe ce cône tel que $SA' = 3$ cm.
*(La figure n'est pas à l'échelle.)*

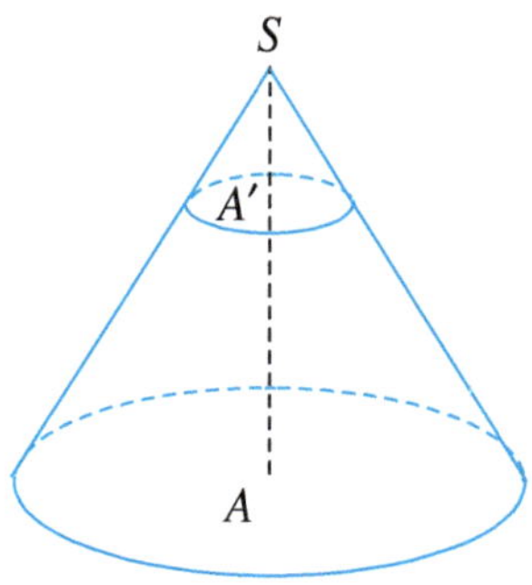


1° Le rayon du disque de base du grand cône est de 7 cm.
Calculer la valeur exacte du volume du grand cône.

2° Quel est le coefficient de réduction qui permet de passer du grand cône au petit cône ?

3° Calculer la valeur exacte du volume de ce petit cône, puis en donner la valeur arrondie au cm³.

**1** → Énoncé p. 146 1° Le triangle *CRO* est une réduction du triangle *OSE*.
Le coefficient de réduction est $\frac{OC}{OE} = \frac{2}{5} = \mathbf{0,4}$.

2° On a : aire de *CRO* = aire de *OSE* $\times 0,4^2 = 6\sqrt{11}$ cm$^2 \times 0,4^2$.
**L'aire de *CRO* vaut bien $0,96\sqrt{11}$ cm².**

> **Rappel**
> Dans une réduction de rapport *k*, les aires sont multipliées par $k^2$.

**2** → Énoncé p. 146 1° Dans le triangle *ABC*, on a :
$AC^2 = 10^2 = 100$ et $AB^2 + BC^2 = 6^2 + 8^2 = 100$.
On constate que $AC^2 = AB^2 + BC^2$.
D'après la réciproque du théorème de Pythagore,
**le triangle *ABC* est rectangle en *B*.**

2° La base ABC est un triangle rectangle en B.
Son aire est : $\frac{AB \times BC}{2} = \frac{6 \times 8}{2} = 24$.
Le volume de la pyramide *SABC* est :
$V = \frac{1}{3}\text{aire de } ABC \times \text{hauteur } SA = \frac{1}{3} \times 24 \times 8 = 64$.
**Le volume de la pyramide *SABC* est 64 cm³.**

3° *I*, *J*, *K* sont les milieux respectifs des arêtes [*SA*], [*SB*] et [*SC*].
On a donc : $SI = 0,5SA$, $SJ = 0,5SB$ et $SK = 0,5SC$.
*SIJK* est donc une réduction de la pyramide *SABC* de rapport 0,5. Dans une réduction de rapport *k*, les volumes sont multipliés par $k^3$. Le volume de la pyramide *SIJK* est :
$V' = V \times 0,5^3 = 64 \times 0,5^3 = 8$.
**Le volume de la pyramide *SIJK* est 8 cm³.**

> **Conseil**
> *SIJK* est une réduction de *SABC* : déterminer le rapport de cette réduction.

**3** → Énoncé p. 146 1° Le volume *V* du cône est :
$V = \frac{\text{aire de base} \times \text{hauteur}}{3} = \frac{\pi \times 7^2 \times 12}{3}$.
**Le volume du cône est 196π cm³.**

> **Rappel**
> Le volume d'un cône dont la base a pour rayon *r* et de hauteur *h* est $\frac{\pi r^2 h}{3}$.

2° Le coefficient *k* de réduction est : $k = \frac{\text{nouvelle hauteur } SA'}{\text{ancienne hauteur } SA} = \frac{3}{12} = \mathbf{\frac{1}{4}}$.

3° Dans une réduction de rapport *k*, les volumes sont multipliés par $k^3$.
On a : $V' = V \times k^3 = 196\pi \times \left(\frac{1}{4}\right)^2 = \frac{49\pi}{16}$.

**Le volume du petit cône est $\frac{49}{16}\pi$ cm³, soit 10 cm³ à 1 cm³ près.**

# MATHS 15

# Triangles rectangles Pythagore

## 1. Théorème de Pythagore : pour calculer une longueur

Si un triangle est rectangle, alors le carré de l'hypoténuse est égal à la somme des carrés des deux autres côtés.

*ABC* rectangle en *A*

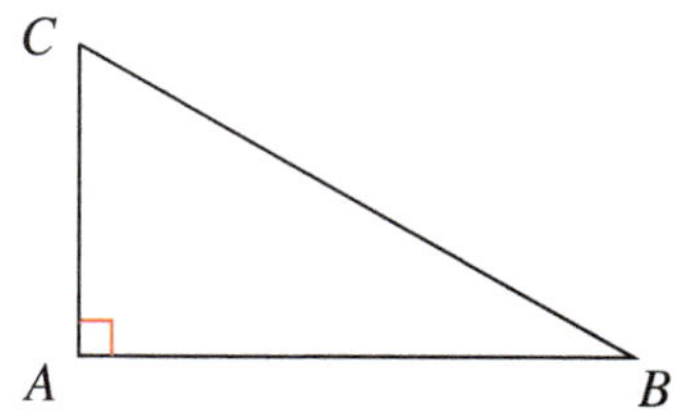


$BC^2 = AB^2 + AC^2$

## 2. Réciproque du théorème de Pythagore : pour montrer qu'un triangle est rectangle

Si, dans un triangle, le carré d'un côté est égal à la somme des carrés des deux autres côtés, alors ce triangle est rectangle au sommet opposé au plus grand côté.

### Exercice corrigé

**Soit $ABC$ un triangle tel que $AB = 5$, $BC = 4$ et $AC = 3$.**
**Montrer que $ABC$ est rectangle et préciser l'angle droit.**

| | |
|---|---|
| Dans $ABC$, on a :<br>$AB^2 = 5^2 = 25$ et<br>$AC^2 + BC^2 = 3^2 + 4^2 = 25$. | ← On calcule séparément le carré du plus grand côté et la somme des carrés des 2 autres côtés. |
| On a : $AB^2 = AC^2 + BC^2$. | ← On constate l'égalité des résultats. |
| D'après la réciproque du théorème de Pythagore, | ← On emploie la réciproque du théorème de Pythagore. |
| **$ABC$ est rectangle en $C$.** | ← On conclut. |

## 3. Centre du cercle circonscrit à un triangle rectangle

Si un triangle est rectangle, alors le centre de son cercle circonscrit est le milieu de son hypoténuse.

## 4. Triangle inscrit dans un demi-cercle

Si un côté d'un triangle est un diamètre de son cercle circonscrit, alors ce triangle est rectangle au sommet opposé au côté diamètre.

*MNP* rectangle en *P*
[*MN*] diamètre du cercle

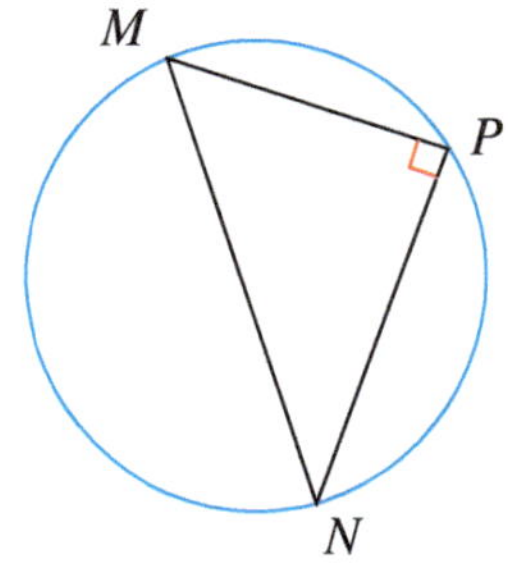


### Exercice corrigé

**[*EF*] est un diamètre d'un cercle *C* et *H* est un point de *C*.**
**Montrer que *EFH* est rectangle et préciser en quel point.**

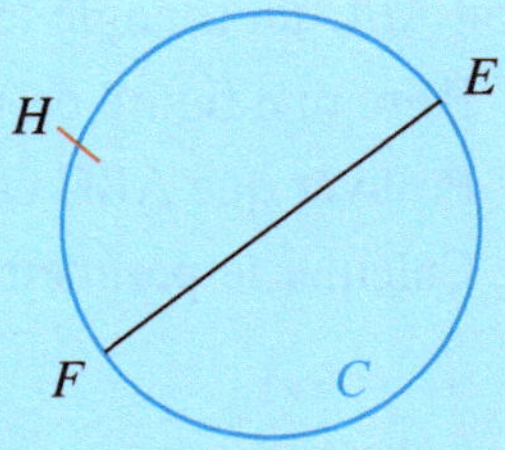


| | |
|---|---|
| [*EF*] est un diamètre du cercle circonscrit à *EFH*. | ← On écrit qu'un côté du triangle est un diamètre de son cercle circonscrit. |
| Si un côté d'un triangle est un diamètre de son cercle circonscrit, alors ce triangle est rectangle au sommet opposé au côté diamètre. | ← On cite la propriété employée. |
| ***EFH* est rectangle en *H*.** | ← On conclut. |

## 5. Triangle rectangle et angles

Si un triangle est rectangle, alors ses angles aigus sont complémentaires. Si un triangle possède deux angles complémentaires, alors ce triangle est rectangle.

MATHS

# Sujets du brevet

## 1 ★★

On considère un cercle de diamètre [$AB$] et un point $C$ appartenant à ce cercle.

1° Déterminer la nature du triangle $ABC$.

2° On donne $AC = 39$ mm et $BC = 52$ mm. Montrer que $AB = 65$ mm.

3° Le point $D$ est tel que : $AD = 25$ mm et $BD = 60$ mm.
Le triangle $ABD$ est-il rectangle ?

## 2 ★★

Soit $ABC$ un triangle tel que : $AB = 4,2$ cm ; $BC = 5,6$ cm ; $AC = 7$ cm.

1° Faire une figure en vraie grandeur.

2° Prouver que ABC est rectangle en $B$.

3° Calculer le périmètre et l'aire de $ABC$.

**1** → Énoncé p. 150 1° [*AB*] est un diamètre du cercle circonscrit à *ABC*.
Si un côté d'un triangle est un diamètre de son cercle circonscrit, alors ce triangle est rectangle au sommet opposé au diamètre.
***ABC* est rectangle en *C*.**
2° *ABC* est un triangle rectangle en *C*.
D'après le théorème de Pythagore,
on a : $AB^2 = AC^2 + BC^2$, soit $AB^2 = 39^2 + 52^2$.
On a donc $AB^2 = 4\ 225$.
On fait $AB = \sqrt{4\ 225}$.
**On a bien $AB = 65$ mm.**
3° Dans *ABD*, on a : $AD^2 + BD^2 = 25^2 + 60^2 = 4\ 225$ et $AB^2 = 4\ 225$. On constate que $AD^2 + BD^2 = AB^2$.
D'après la réciproque du théorème de Pythagore,
**le triangle *ABD* est rectangle en *D*.**

**2** → Énoncé p. 150 1°

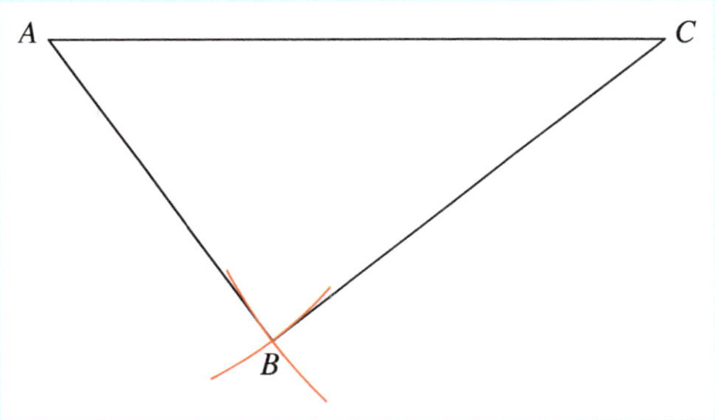


2° Dans *ABC*, on a $AC^2 = 7^2 = 49$ et $BA^2 + BC^2 = 4{,}2^2 + 5{,}6^2 = 49$.
On constate que $AC^2 = BA^2 + BC^2$.
D'après la réciproque du théorème de Pythagore,
le triangle *ABC* est rectangle en *B*.
3° $AB + AC + BC = 4{,}2$ cm + 7 cm + 5,6 cm.
**Le périmètre de *ABC* est 16,8 cm.**
L'aire de *ABC* est $\dfrac{\text{base } AB \times \text{hauteur } BC}{2} = \dfrac{4{,}2 \times 5{,}6}{2}$.
**L'aire de *ABC* est 11,76 cm².**

**Méthode**
Utiliser les côtés de l'angle droit pour calculer l'aire du triangle.

MATHS

MATHS 16

# Quadrilatères

## 1. Définitions

Parallélogramme

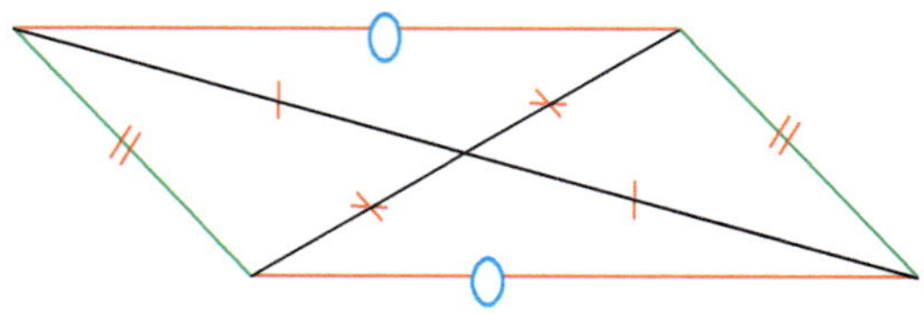

- côtés opposés parallèles et de même longueur ;
- diagonales de même milieu.

+ **un angle droit**
ou
+ **des diagonales de même longueur**

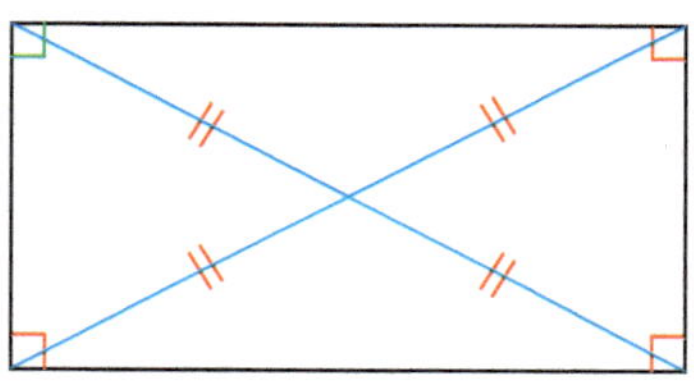

Rectangle

+ **deux côtés consécutifs de même longueur**
ou
+ **des diagonales perpendiculaires**

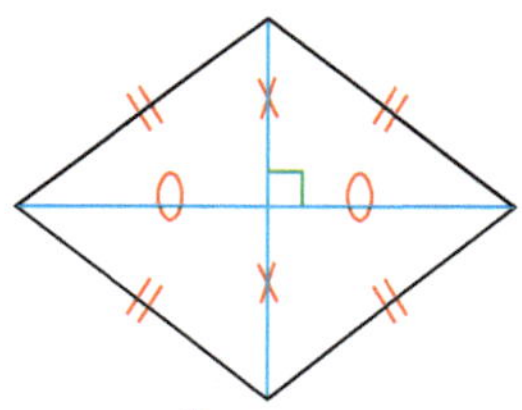

Losange

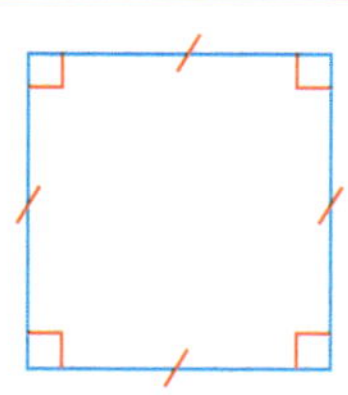

Carré

## 2. Exemples

### Exercice corrigé

***MNOP* est un parallélogramme tel que $MN = 2{,}4$ cm, $MP = 1$ cm et $NP = 2{,}6$ cm.**
**Montrer que *MNP* est un triangle rectangle.**
**En déduire la nature de *MNOP*.**

| | |
|---|---|
| On a $MN^2 + MP^2 = 2{,}4^2 + 1^2 = 6{,}76$ et $NP^2 = 2{,}6^2 = 6{,}76$. On a donc $MN^2 + MP^2 = NP^2$. D'après la réciproque du théorème de Pythagore, ***MNP* est un triangle rectangle en *M***. | ← On montre, à l'aide de la réciproque de Pythagore, que *MNP* est un triangle rectangle. |
| *MNOP* est un parallélogramme avec l'angle en *M* droit. | ← On écrit les données de l'énoncé. |
| Si un parallélogramme possède un angle droit, alors c'est un rectangle. | ← On cite la propriété employée. |
| ***MNOP* est un rectangle.** | ← On conclut. |

### Exercice corrigé

***RST* est un triangle isocèle en *S* et *U* est le point tel que *RSTU* est un parallélogramme.**
**Préciser la nature de *RSTU*.**

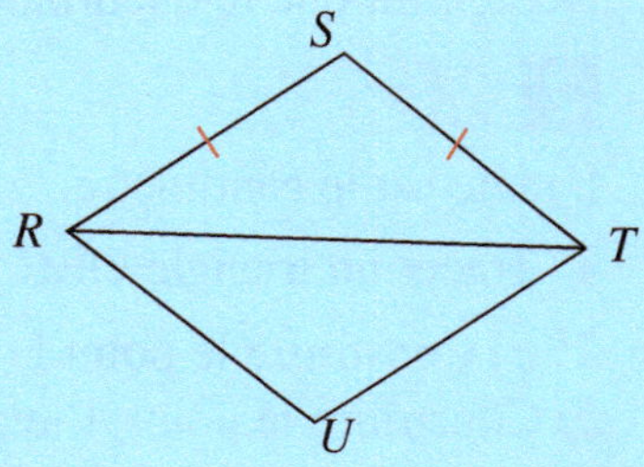


| | |
|---|---|
| *RSTU* est un parallélogramme. *RST* est un triangle isocèle en *S*, donc $RS = ST$. | ← On écrit les données de l'énoncé. |
| Si un parallélogramme possède deux côtés consécutifs de même longueur, alors c'est un losange. | ← On cite la propriété employée. |
| ***RSTU* est un losange.** | ← On conclut. |

MATHS

## Sujets du brevet

**1** ★★★

*La figure ci-dessous n'est pas en vraie grandeur ; on ne demande pas de la reproduire.*

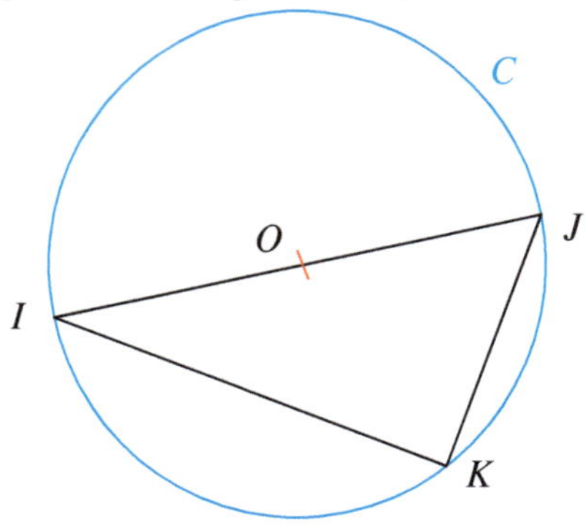


On considère un cercle $C$ de centre $O$ et de diamètre 8 cm.
$I$ et $J$ sont deux points de $C$ diamétralement opposés ; $K$ est un point de $C$ tel que $JK = 4$ cm.

1° Préciser la nature du triangle $IJK$. Justifier la réponse.

2° Préciser la nature du triangle OJK. Justifier la réponse.

3° On appelle R le symétrique de K par rapport à la droite (IJ).
Démontrer que le quadrilatère $ROKJ$ est un losange.

**2** ★★

L'unité est le centimètre.

1° Tracer un triangle OBC rectangle en O tel que OB = 3 et OC = 6.

2° *a)* Construire le point D symétrique de B par rapport à $O$.
*b)* Construire le point $A$ tel que $ABCD$ soit un parallélogramme.

3° Démontrer que O est le milieu de [AC].

4° Démontrer que ABCD est un losange.

**3** ★★

Dans le plan muni d'un repère orthonormé $(O ; I, J)$, on considère les points :
$A(-2 ; 1)$ ; $B(0 ; 5)$ ; $C(6 ; -3)$.

1° Sur la copie, faire une figure et placer les points A, B et C.

2° On admet que $AC = 4\sqrt{5}$, $AB = 2\sqrt{5}$ et $BC = 10$.
Démontrer que le triangle $ABC$ est rectangle.

3° Construire le point M tel que ABMC soit un parallélogramme.

4° Préciser la nature du quadrilatère ABMC. Justifier la réponse.

**1** → Énoncé p. 154 1° $I$ et $J$ sont deux points de $C$ diamétralement opposés et $K$ est sur $C$, donc $[IJ]$ est un diamètre du cercle $C$ circonscrit à $IJK$.
Si un côté d'un triangle est un diamètre de son cercle circonscrit, alors ce triangle est rectangle au sommet opposé au côté diamètre.

**Rappel**
Si un côté d'un triangle est un diamètre du cercle circonscrit à ce triangle, alors le triangle est rectangle au sommet opposé au diamètre.

**Le triangle *IJK* est rectangle en *K*.**

2° $O$ est le centre du cercle $C$ de diamètre 8 cm. $J$ et $K$ sont deux points de ce cercle, donc $[OJ]$ et $[OK]$ sont deux rayons de longueur 4 cm.
On a aussi $JK = 4$ cm.
On a donc $OJ = OK = JK$.
Par définition, **le triangle *OJK* est équilatéral.**

3° $R$ est le symétrique de $K$ par rapport à la droite $(IJ)$.
$O$ et $J$ sont leurs propres symétriques par rapport à la droite $(IJ)$.
Les segments $[OK]$ et $[OR]$ sont symétriques par rapport à la droite $(IJ)$, ainsi que les segments $[JK]$ et $[JR]$.
Si deux segments sont symétriques, alors ils ont la même longueur.
On a donc : $OR = OK = 4$ cm et $JR = JK = 4$ cm.
Les quatre côtés de $ROKJ$ mesurent 4 cm.
Si un quadrilatère possède quatre côtés de la même longueur, alors c'est un losange.
***ROKJ* est un losange.**

**2** → Énoncé p. 154 1°

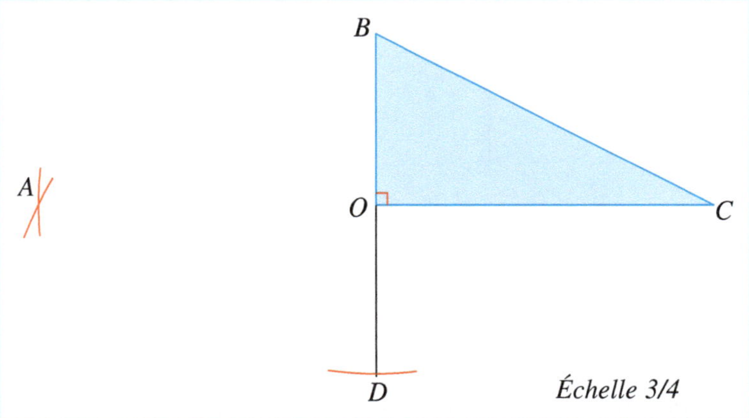


2° a) Pour construire le point $D$ symétrique de $B$ par rapport à $O$, on peut tracer un arc de cercle de centre $O$ et de rayon $OB$ qui coupe $(BO)$ en un point autre que $B$.

*b*) Pour construire le point *A* tel que *ABCD* soit un parallélogramme, on peut tracer un arc de cercle de centre *D* et de rayon *BC* et un arc de centre *B* et de rayon *CD* qui se coupent en *A*.

3° • Le point *D* est le symétrique de *B* par rapport à *O*.

Par définition, le point *O* est le milieu de [*BD*].

**Astuce**

Traduire le terme « symétrique d'un point par rapport à *O* » en terme de milieu.

• *ABCD* est un parallélogramme.

Si une figure est un parallélogramme, alors ses diagonales ont le même milieu.

Les diagonales [*BD*] et [*AC*] ont le même milieu.

• On conclut que **le point *O* est le milieu de [*AC*]**.

4° *ABCD* est un parallélogramme.

De plus, comme le triangle *BOC* est rectangle en *O* avec *D* sur (*OB*) et *A* sur (*OC*), les diagonales de *ABCD* sont perpendiculaires.

Si un parallélogramme a ses diagonales perpendiculaires, alors c'est un losange.

***ABCD* est un losange.**

**3** → *Énoncé p. 154* 1°

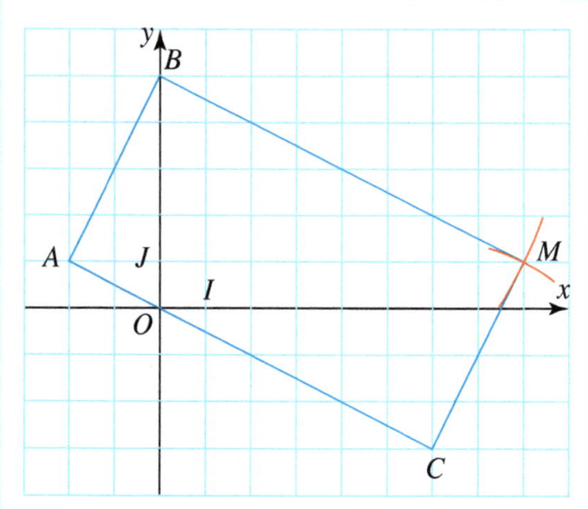


2° On a :

$AC^2 = (4\sqrt{5})^2 = 16 \times 5 = 80$ ;

$AB^2 = (2\sqrt{5})^2 = 4 \times 5 = 20$ ;

$BC^2 = 10^2 = 100$.

**Conseil**

Avec une calculatrice, commencer par déterminer le plus grand côté.

On constate que 80 + 20 = 100, c'est-à-dire que $AC^2 + AB^2 = BC^2$. D'après la réciproque du théorème de Pythagore, **le triangle *ABC* est rectangle en *A*.**

3° Voir figure ci-dessus.

On construit un arc de cercle de centre $B$ et de rayon $AC$ et un arc de cercle de centre $C$ et de rayon $AB$ qui se coupent en un point $M$ tel que $ABMC$ ne soit pas croisé.
4° Le quadrilatère $ABMC$ est, d'après l'énoncé, un parallélogramme.
De plus, le triangle $ABC$ étant rectangle en $A$, le quadrilatère $ABMC$ possède en $A$ un angle droit.
Si un parallélogramme possède un angle droit, alors c'est un rectangle. **Le quadrilatère $ABMC$ est un rectangle.**

MATHS 17

# Homothétie

## 1. Définitions

• Soit $O$ un point donné et $k$ un nombre strictement positif.
On appelle **homothétie de centre $O$, de rapport $k$**, la transformation du plan qui, à tout point $M$ autre que $O$, associe comme image le point $M'$ tel que :
– $M'$ appartient à $[OM)$,
– $OM' = k \times OM$.

*Exemple :* Ci-contre, $M'$ est l'image de $M$ par l'homothétie de centre $O$ et de rapport 3.

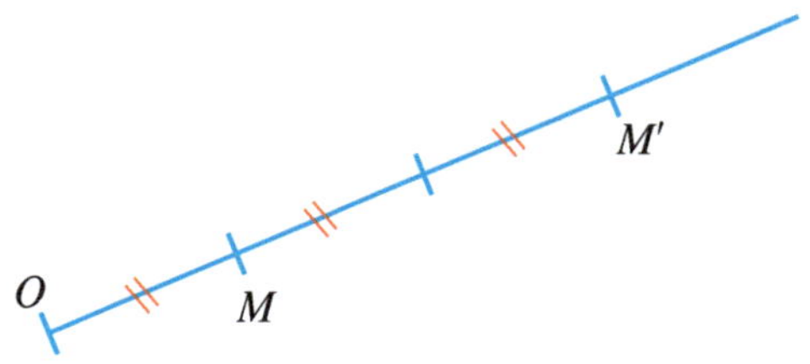


• Soit $O$ un point donné et $k$ un nombre strictement négatif.
On appelle **homothétie de centre $O$, de rapport $k$**, la transformation du plan qui, à tout point $M$ autre que $O$, associe comme image le point $M'$ tel que :
– $M'$ appartient à $(OM)$ mais pas à $[OM)$,
– $OM' = -k \times OM$.

*Exemple :* Ci-contre, $M'$ est l'image de $M$ par l'homothétie de centre $O$ et de rapport –2.

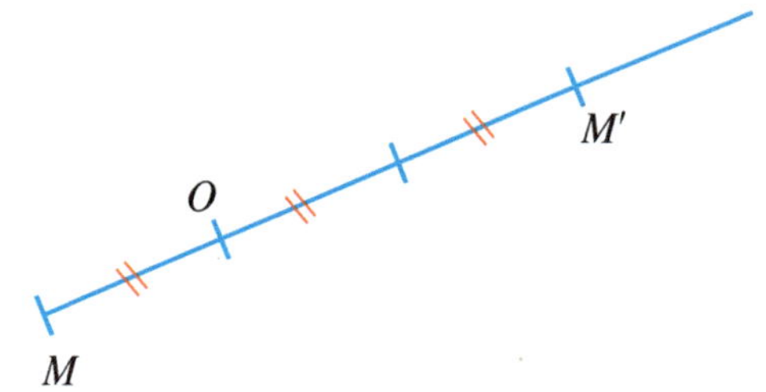


*Remarque :* $O$ est sa propre image dans une homothétie de centre $O$.

## Exercice corrigé

**On considère la figure ci-contre.**

**Construire, à l'aide du quadrillage, les images de $A$, de $B$ et de $C$ par l'homothétie de centre $O$ et de rapport 3.**

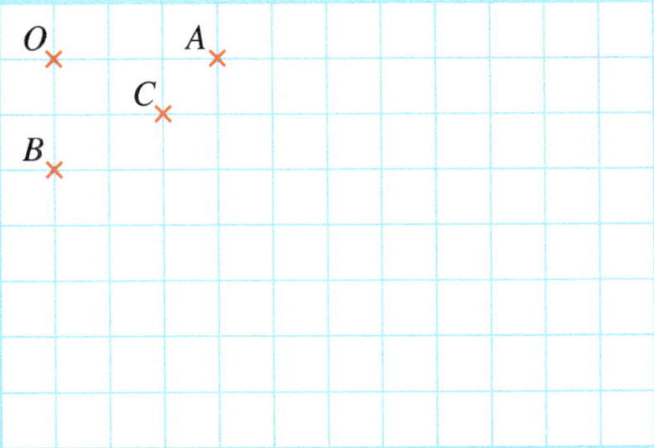


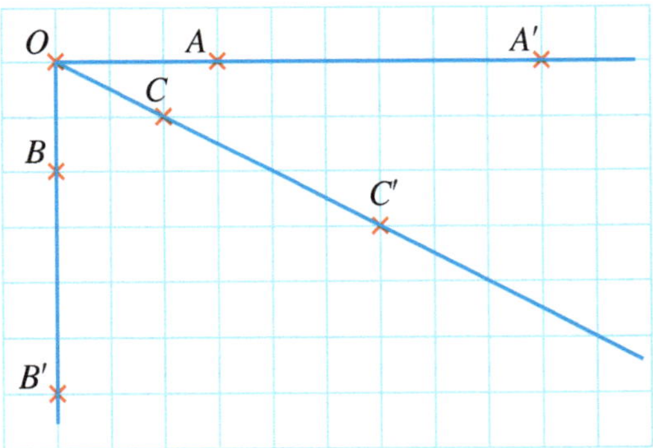


← Le rapport de l'homothétie étant positif, $A'$, l'image de $A$, doit être sur la demi-droite $[OA)$. On compte 3 carreaux vers la droite depuis $O$ jusqu'à $A$. En multipliant par 3, on place $A'$ à 9 carreaux à droite de $O$.

← $B'$ est situé sur la demi-droite $[OB')$. $B$ étant 2 carreaux au-dessous de $O$, $B'$ sera à 6 carreaux au-dessous de $O$.

← Pour aller de $O$ à $C$, on se déplace de 2 carreaux vers la droite et d'un carreau vers le bas. Pour aller de $O$ à $C'$, on se déplace de 6 carreaux vers la droite et de 3 carreaux vers le bas.

MATHS

## Sujets du brevet

### 1 ★★

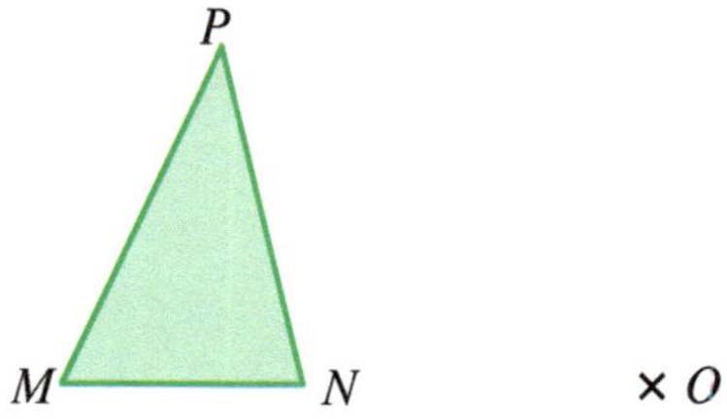


*a*) Reproduire la figure ci-contre.

*b*) Construire $M'N'P'$ l'image du triangle $MNP$ par l'homothétie de centre O et de rapport 2.

*c*) Placer les points I, J et K, milieux respectifs des segments $[M'N']$, $[N'P']$ et $[P'M']$. Tracer le triangle $IJK$.

*d*) Comparer le quotient de l'aire du triangle $M'N'P'$ par l'aire du triangle $MNP$ avec le carré du rapport de l'homothétie.

*e*) Quel résultat retrouve-t-on ?

### 2 ★★

Dessiner un parallélogramme $RSTU$ de centre $O$.
Donner trois noms de transformations dans lesquelles les points $R$ et $S$ ont pour images respectives $T$ et $U$.

### 3 ★★

Soit $C$ un cercle de centre $O$ et de rayon 2 cm.
Soit $M$ un point de $C$ et $M'$ l'image de $M$ par l'homothétie de centre $O$ et de rapport 3.

1° Que vaut $OM$ ? En déduire $OM'$.

2° Quel est l'ensemble des points $M'$ quand $M$ décrit le cercle $C$ ?

**1** → Énoncé p. 160 *a*) **à** *c*)

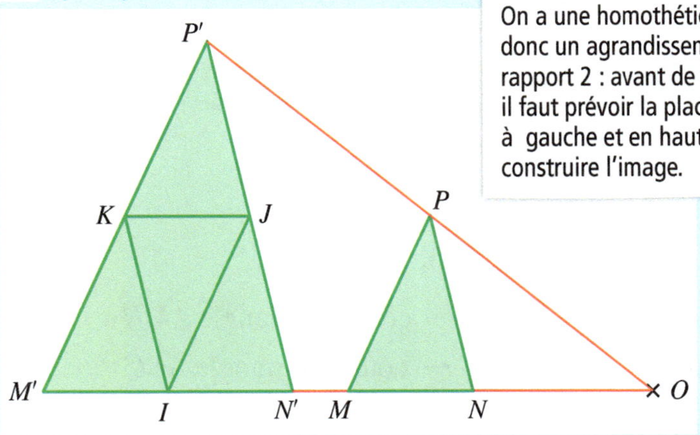


> **Piège à éviter**
> On a une homothétie de rapport 2, donc un agrandissement de rapport 2 : avant de commencer, il faut prévoir la place nécessaire à gauche et en haut pour construire l'image.

*d*) On constate que le triangle *M'N'P'* contient 4 triangles superposables au triangle *MNP*, donc le quotient de l'aire du triangle *M'N'P'* par l'aire du triangle *MNP* vaut **4 comme le carré du rapport de l'homothétie**.
*e*) On retrouve que, **dans un agrandissement (ou une réduction) de rapport *k*, les aires sont multipliées par $k^2$**.

**2** → Énoncé p. 160

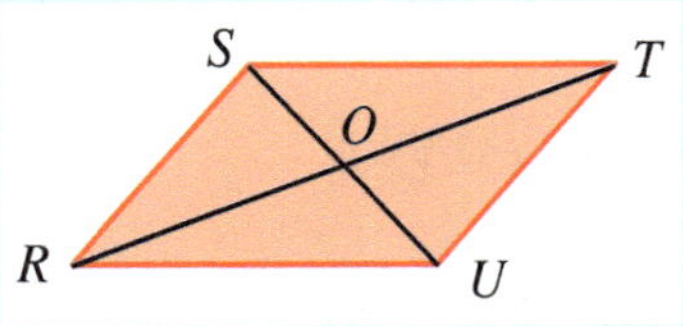


> **Astuce**
> Les transformations connues sont rotation, symétrie, translation, homothétie.

Les points *R* et *S* ont pour images respectives *T* et *U* :
– dans **l'homothétie de centre *O* et de rapport –1** ;
– dans **la symétrie de centre *O*** ;
– dans **la rotation de centre *O* et d'angle 180°**.
*N.B. :* ces trois transformations sont identiques.

**3** → Énoncé p. 160 **1°** Comme *M* est sur le cercle de centre *O* et de rayon 2 cm, on a ***OM* = 2 cm**. Comme *M'* est l'image de *M* par l'homothétie de centre *O* et de rapport 3, on a *OM'* = 3*OM*, soit ***OM'* = 6 cm.**
**2°** Quand *M* décrit le cercle *C*, ***M'* décrit le cercle de centre *O* et de rayon 6 cm.**

> **Rappel**
> L'ensemble des points tous situés à la même distance d'un point fixe est un cercle.

MATHS

MATHS
# 18 Thalès

## 1. Théorème de Thalès : pour calculer une longueur

Si $ABC$ est un triangle,
avec $M$ un point sur $(AB)$
et $N$ un point sur $(AC)$,
tels que $(MN)$ soit parallèle à $(BC)$,

alors on a : $\frac{AM}{AB} = \frac{AN}{AC} = \frac{MN}{BC}$ ← côtés du triangle $AMN$ (numérateurs) ← côtés du triangle $ABC$ (dénominateurs)

Dans chaque rapport, les longueurs correspondent à des côtés parallèles.

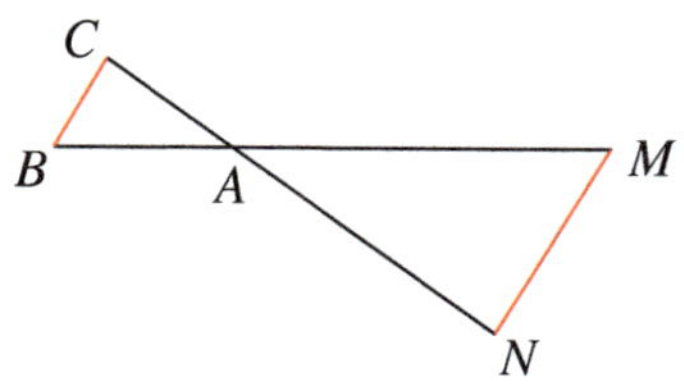


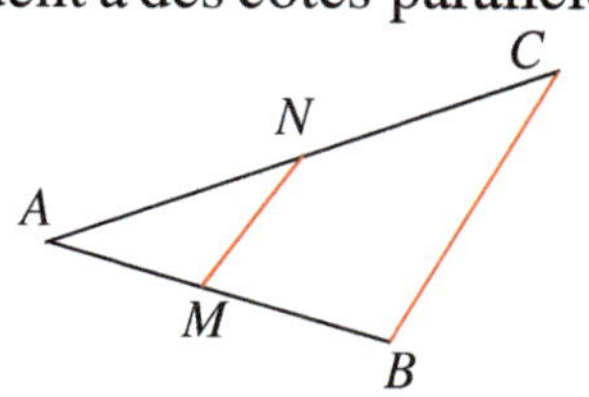


### Exercice corrigé

**On donne la figure ci-contre avec $(MN)$ parallèle à $(BC)$.**
**Déterminer la longueur $AB$.**

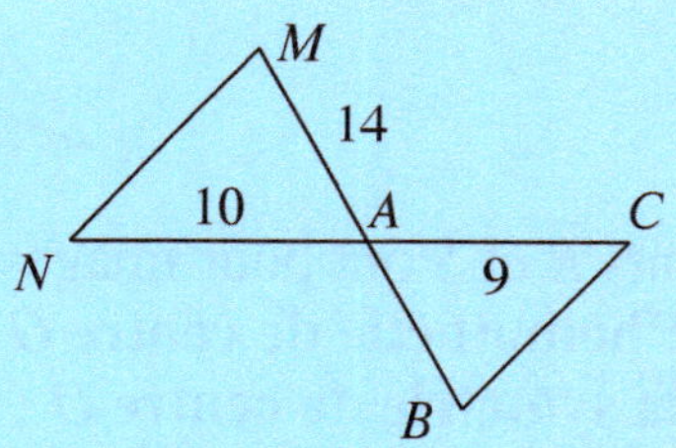


| | |
|---|---|
| $ABC$ est un triangle avec $M$ sur $(AB)$, $N$ sur $(AC)$ et $(MN)$ parallèle à $(BC)$. | ← On écrit les conditions relatives au théorème de Thalès. |
| D'après le théorème de Thalès, | ← On cite le théorème utilisé. |
| on a : $\frac{AN}{AC} = \frac{AM}{AB}$, soit $\frac{10}{9} = \frac{14}{AB}$. | ← On écrit les rapports avec des lettres puis avec des chiffres. |
| On a donc : $\frac{10}{9} = \frac{14}{AB}$. On obtient : $\mathbf{AB = \frac{63}{5}}$. | ← On en déduit une équation d'inconnue $AB$, que l'on résout. |

## 2. Réciproque du théorème de Thalès : pour montrer que deux droites sont parallèles

Si $ABC$ est un triangle,
avec $M$ un point sur $(AB)$ et $N$ un point sur $(AC)$,

tels que $\frac{AM}{AB} = \frac{AN}{AC}$ ← côtés du triangle $AMN$ ← côtés du triangle $ABC$

et que $A$, $M$ et $B$ soient dans le même ordre relatif que $A$, $N$ et $C$,

alors $(MN)$ est parallèle à $(BC)$.

*Remarques :* – Dans chaque rapport utilisé, les longueurs correspondent à des côtés parallèles.
– Commencer par calculer les rapports séparément.

### Exercice corrigé

**On donne la figure ci-contre.**
**Montrer que les droites (*AB*) et (*CD*) sont parallèles.**

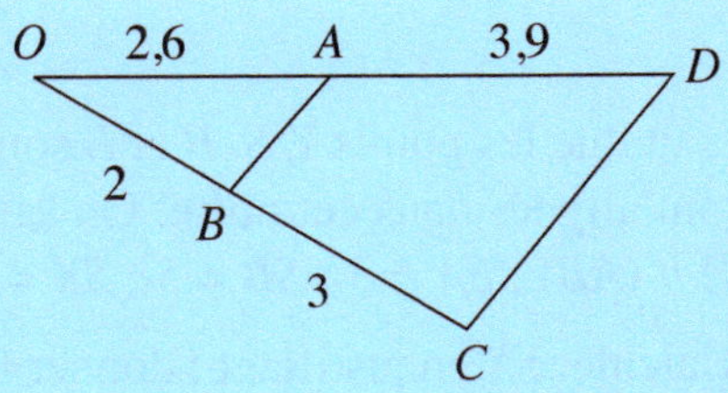


| | |
|---|---|
| • Les points $O$, $B$ et $C$ sont alignés dans cet ordre, donc on a : $OC = OB + BC = 2 + 3 = 5$.<br>• Les points $O$, $A$ et $D$ sont alignés dans cet ordre, donc on a : $OD = OA + AD = 2{,}6 + 3{,}9 = 6{,}5$. | ← On commence par calculer les longueurs $OC$ et $OD$. |
| On a $\frac{OC}{OB} = 1{,}5$ et $\frac{OD}{OA} = 1{,}5$. | ← On calcule séparément les rapports des côtés. |
| On constate que $\frac{OC}{OB} = \frac{OD}{OA}$. | ← On constate l'égalité. |
| De plus, les points $O$, $B$ et $C$ sont alignés dans le même ordre relatif que les points $O$, $A$ et $D$. | ← On précise l'ordre relatif des points. |
| D'après la réciproque du théorème de Thalès, | ← On cite la propriété employée. |
| **les droites (*AB*) et (*DC*) sont parallèles.** | ← On conclut. |

MATHS

# Sujets du brevet

## 1 ★★

*L'unité est le centimètre. Sur la figure ci-dessous, les longueurs ne sont pas respectées. On ne demande pas de reproduire la figure.*

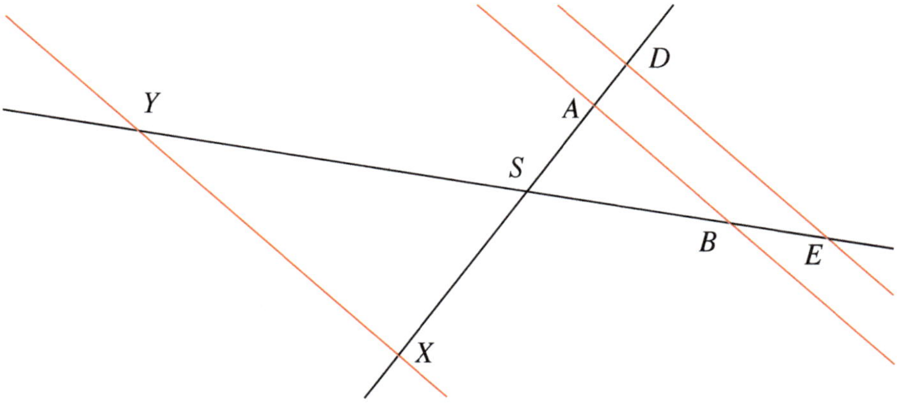


On sait que les points $Y$, $S$, $B$ et $E$ sont alignés dans cet ordre et que les points $X$, $S$, $A$ et $D$ sont alignés dans cet ordre. On sait également que :
$(YX) // (AB)$ ; $SA = 3$ ; $SB = 5$ ; $SX = 5$ et $AB = 4$.

1° Calculer $YX$ en justifiant ; donner la valeur exacte, puis l'arrondir au millimètre.

2° On sait, de plus, que : $SD = 4{,}5$ et $SE = 7{,}5$.

Démontrer que les droites $(DE)$ et $(AB)$ sont parallèles.

## 2 ★★

Une entreprise veut produire un nouveau modèle de desserte en bois. Pour cela, un employé propose le schéma d'une desserte en bois donné ci-contre.
Pour que la desserte soit jugée bonne et fabriquée par l'entreprise, les plateaux en bois symbolisés par les droites $(AB)$ et $(CD)$ doivent être parallèles.
L'entreprise produira-t-elle cette desserte ?

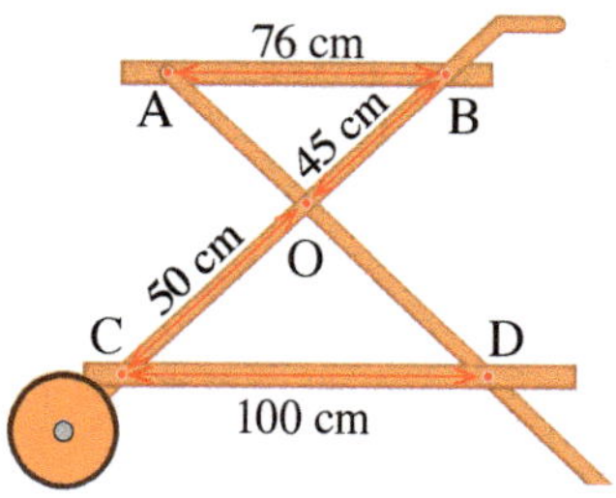

**1** → Énoncé p. 164 1° $ABS$ est un triangle avec le point $X$ sur $(SA)$, le point $Y$ sur $(SB)$ et $(XY)$ parallèle à $(AB)$.

D'après le théorème de Thalès,

on a : $\frac{SX}{SA} = \frac{SY}{SB} = \frac{XY}{AB}$, soit $\frac{5}{3} = \frac{XY}{4}$.

On fait $\frac{5}{3} \times 4 = XY$.

On a donc $\boldsymbol{XY = \frac{20}{3}}$ **cm, soit environ 6,7 cm au millimètre près.**

> **Rappel**
> 1 mm = 0,1 cm donc arrondir une longueur en cm au millième, c'est écrire une valeur décimale avec une seule décimale.

2° $SAB$ est un triangle avec le point $D$ sur $(SA)$ et le point $E$ sur $(SB)$.

On a : $\frac{SD}{SA} = \frac{4,5}{3} = 1,5$ et $\frac{SE}{SB} = \frac{7,5}{5} = 1,5$.

On constate que $\frac{SD}{SA} = \frac{SE}{SB}$.

De plus, l'ordre relatif des points $S$, $D$ et $A$ est le même que celui des points $S$, $E$ et $B$.

D'après la réciproque du théorème de Thalès,
**les droites $(DE)$ et $(AB)$ sont parallèles**.

**2** → Énoncé p. 164 Raisonnons par l'absurde en supposant que $(AB)$ et $(CD)$ soient parallèles.

On aurait alors $AOB$ un triangle avec $C$ sur $(OB)$, $D$ sur $(OA)$ et $(AB)$ et $(CD)$ parallèles.

D'après le théorème de Thalès, on aurait $\frac{OA}{OD} = \frac{OB}{OC} = \frac{AB}{DC}$,
soit en particulier $\frac{OB}{OC} = \frac{AB}{DC}$,

c'est-à-dire $\frac{45}{50} = \frac{76}{100}$, ou encore $0,9 = 0,76$ : ce qui est faux.

> **Méthode**
> On utilise un raisonnement par l'absurde pour prouver qu'un résultat est négatif (« n'est pas »).

Les droites $(AB)$ et $(CD)$ ne sont pas parallèles, la desserte ne sera pas jugée bonne et **elle ne sera pas produite par l'entreprise**.

MATHS

MATHS 19

# Raisonnement par l'absurde

## 1. Raisonnement direct par déduction

Chaque étape d'une démonstration comporte 3 parties :

❶ Des connaissances :
– données de l'énoncé (texte ou codage des dessins) ;
– résultats des questions précédentes.

❷ Un outil : théorème ou définition dont la fin correspond à la réponse et dont le début doit correspondre à l'énoncé ou aux questions précédentes.
*Remarque :* Le théorème employé doit être cité, donc connu par cœur.

❸ Une conclusion : la réponse à la question.

## 2. Raisonnement par l'absurde

On utilise un raisonnement par l'absurde pour prouver qu'un résultat est négatif (.... n'est pas....).

La partie ❷ d'une démonstration directe devient :
– on suppose vrai le contraire du résultat souhaité ;
– avec cette supposition, on raisonne de manière classique jusqu'à aboutir à une contradiction ;
– on conclut que la supposition est fausse et que son contraire est donc vrai.

### Exercice corrigé

**Montrer que le PGCD des nombres 148 et 202 n'est pas 1.**
**Les nombres 148 et 202 sont-ils premiers entre eux ?**

| | |
|---|---|
| Les nombres 148 et 202 sont pairs, donc 2 est un diviseur commun à 148 et à 202 : leur PGCD vaut au moins 2. | ← On montre que le PGCD de 148 et de 202 n'est pas 1. |
| On suppose que 148 et 202 soient premiers entre eux. Leur PGCD serait 1, ce qui est faux. | ← On raisonne par l'absurde en supposant que 148 et 202 soient premiers entre eux et on cherche une contradiction. |
| **Les nombres 148 et 202 ne sont pas premiers entre eux.** | ← On conclut. |

## Sujets du brevet

**1** ★★

*ABC* est un triangle tel que : $AB = 5$ cm, $AC = 10$ cm et $BC = 8$ cm.

1° Dessiner le triangle *ABC* ; placer le point *E* du segment [*AB*] tel que $BE = 3$ cm ; tracer la parallèle à la droite (*AC*) passant par *E* ; elle coupe [*BC*] en *F*.

2° Calculer les longueurs *FE* et *BF*.

3° Calculer la longueur *FC*.
Le triangle *EFC* est-il isocèle en *F* ?

**2** ★

Sans calculer leur PGCD, dire pourquoi les nombres 648 et 972 ne sont pas premiers entre eux.

**1** → Énoncé p. 167 1°

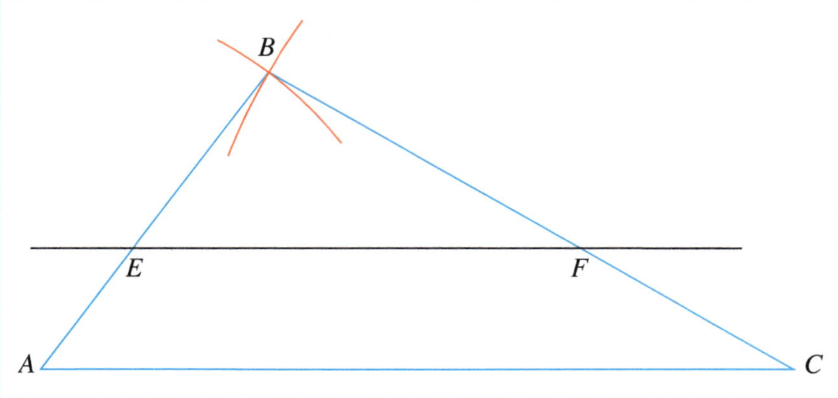


2° $ABC$ est un triangle avec le point $E$ sur $[AB]$, le point $F$ sur $[BC]$ et la droite $(EF)$ parallèle à la droite $(AC)$.

D'après le théorème de Thalès, on a : $\frac{BE}{BA} = \frac{BF}{BC} = \frac{EF}{AC}$, soit $\frac{3}{5} = \frac{BF}{8} = \frac{EF}{10}$.

D'une part, on fait $0{,}6 \times 10 = EF$, soit $\boldsymbol{EF = 6}$ **cm.**

D'autre part, on fait $0{,}6 \times 8 = BF$, soit $\boldsymbol{BF = 4{,}8}$ **cm.**

3° Comme $F$ est sur $[BC]$, on a :

$FC = BC - BF = 8 - 4{,}8$. On a $\boldsymbol{FC = 3{,}2}$ **cm.**

Supposons que $EFC$ soit isocèle en $F$ ; par définition, on aurait $EF = FC$, soit $3{,}2 = 6$ : ce qui est faux.

***EFC* n'est pas isocèle en *F*.**

> **Rappel**
> Un triangle isocèle est un triangle qui possède deux côtés de la même longueur.

**2** → Énoncé p. 167 Les nombres 648 et 972 sont des nombres pairs, donc 2 est un diviseur commun à ces deux nombres. Le PGCD de 648 et de 972 vaut au moins 2.

On suppose que 648 et 972 soient premiers entre eux.

Leur PGCD serait 1, ce qui est faux.

**Les nombres 648 et 972 ne sont pas premiers entre eux.**

> **Astuce**
> Des nombres premiers entre eux ont un PGCD de 1 : ils ne peuvent pas avoir un diviseur commun plus grand que 1.

MATHS 20

# Trigonométrie

## 1. Formules dans un triangle rectangle

Soit un triangle $ABC$ rectangle en $A$.

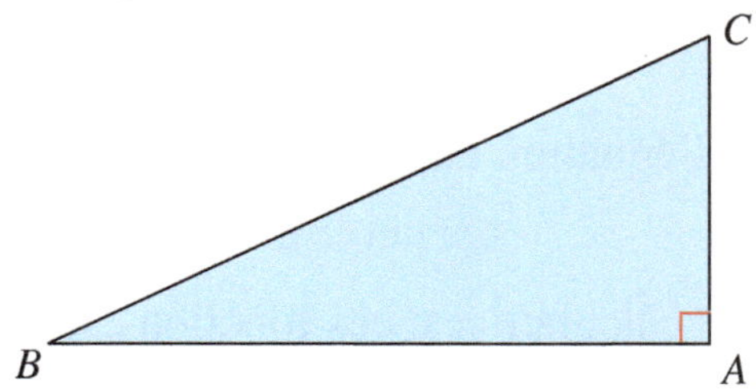


Dans le triangle $ABC$ rectangle en $A$, on a :

$$\cos(\widehat{ABC}) = \frac{\text{côté adjacent à } \widehat{B}}{\text{hypoténuse}} = \frac{AB}{BC} ;$$

$$\sin(\widehat{ABC}) = \frac{\text{côté opposé à } \widehat{B}}{\text{hypoténuse}} = \frac{AC}{BC} ;$$

$$\tan(\widehat{ABC}) = \frac{\text{côté opposé à } \widehat{B}}{\text{côté adjacent à } \widehat{B}} = \frac{AC}{AB}.$$

MATHS

### Exercice corrigé

**Soit $IJK$ un triangle rectangle en $K$.**
**Exprimer $\sin(\widehat{I})$ à l'aide des côtés du triangle $IJK$.**

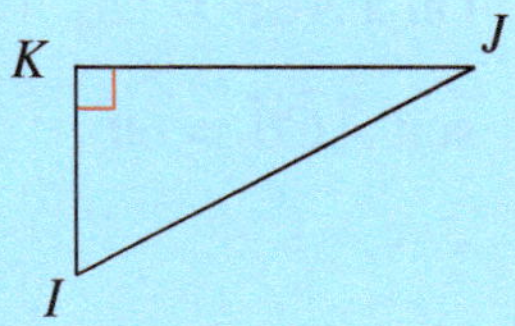


| | |
|---|---|
| On a $\sin(\widehat{I}) = \dfrac{\text{côté oppposé à } \widehat{I}}{\text{hypoténuse}}$. | ← On écrit la définition du sinus de l'angle $\widehat{I}$ |
| Le côté opposé à $\widehat{I}$ est $[KJ]$. L'hypoténuse de $IJK$ est $[IJ]$. | ← On identifie les côtés du triangle qui figurent dans la définition de $\sin(\widehat{I})$. |
| On a donc $\mathbf{\sin(\widehat{I}) = \dfrac{KJ}{IJ}}$. | ← On conclut. |

## 2. Déterminer la mesure d'un angle

- Pour déterminer $x$ dans l'équation $\cos(x) = a$, $0 < a < 1$, on fait :

$$x = \cos^{-1}(a)$$

- Pour déterminer $x$ dans l'équation $\sin(x) = a$, $0 < a < 1$, on fait :

$$x = \sin^{-1}(a)$$

- Pour déterminer $x$ dans l'équation $\tan(x) = a$, $0 < a$, on fait :

$$x = \tan^{-1}(a)$$

*Remarque :* Sur certaines calculatrices, ces fonctions sont notées *acs*, *asn* et *atn*.

### Exercice corrigé

***ABC* est un triangle rectangle en *A* tel que :**
**$AC = 3$ et $BC = 6$.**

**Calculer $\cos(\widehat{ACB})$ ; en déduire la mesure en degrés de l'angle $\widehat{ACB}$.**

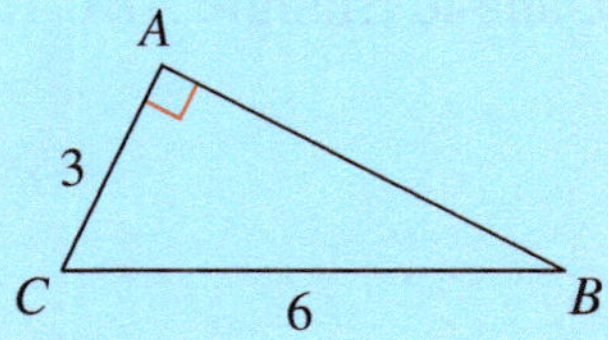


| | |
|---|---|
| Dans $ABC$ rectangle en $A$, on a : $\cos(\widehat{ACB}) = \dfrac{\text{côté adjacent à } C}{\text{hypoténuse}} = \dfrac{AC}{BC}$. | ← En précisant le triangle employé, on écrit la définition du cosinus. |
| On a $\cos(\widehat{ACB}) = \dfrac{3}{6}$. | ← On remplace par les valeurs numériques. |
| On a $\widehat{ACB} = \cos^{-1}(0{,}5)$, | ← On transforme l'équation. |
| soit $\boldsymbol{\widehat{ACB} = 60°}$. | ← On conclut. |

## Sujets du brevet

**1** ★★

Soit un triangle $ADE$ tel que : $AD = 6{,}6$ cm, $DE = 8{,}8$ cm et $AE = 11$ cm.
*Sur la figure ci-dessous, les dimensions ne sont pas respectées ; on ne demande pas de reproduire la figure.*

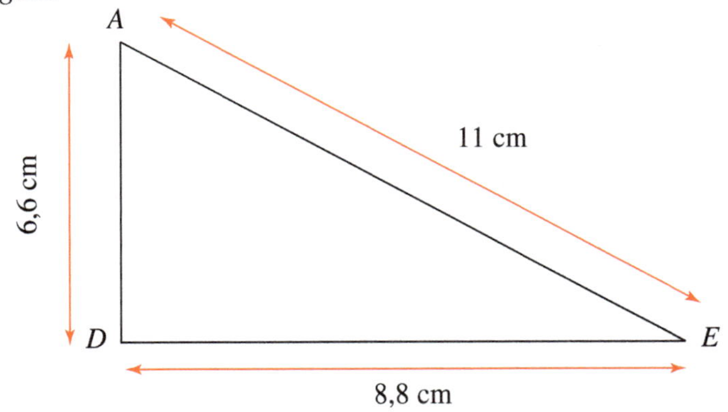


1° Montrer que le triangle $ADE$ est rectangle.

2° Calculer la valeur, arrondie au degré, de l'angle $\widehat{DEA}$.

**2** ★★

Une barque traverse une rivière en partant d'un point $A$ d'une rive pour arriver en un point $B$ sur l'autre rive.

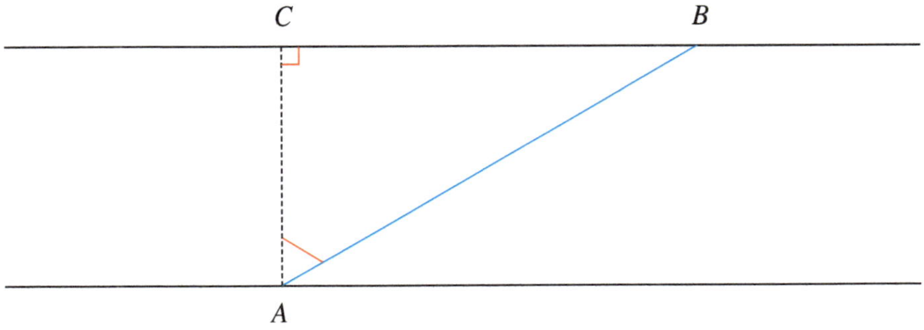


On suppose que :
- $ABC$ est rectangle en $C$ ;
- mes $\widehat{BAC} = \alpha$.

La traversée de $A$ vers $B$ s'effectue à la vitesse constante de 3 m/s et dure 50 s.

1° Montrer que la distance parcourue $AB$ est de 150 m.

2° Sachant que $\alpha = 60°$, calculer la largeur $AC$ de la rivière.

**1** → Énoncé p. 171 1° Dans $ADE$, on a $AD^2 + DE^2 = 6{,}6^2 + 8{,}8^2 = 121$ et $AE^2 = 11^2 = 121$.

On constate que $AD^2 + DE^2 = AE^2$.

D'après la réciproque du théorème de Pythagore, **le triangle $ADE$ est rectangle en $D$.**

> **Astuce**
> Connaissant les trois longueurs dans le triangle, on peut utiliser cosinus, sinus ou tangente.

2° Dans $ADE$ rectangle en $D$,

on a $\tan(\widehat{DEA}) = \dfrac{\text{côté opposé à } \widehat{E}}{\text{côté adjacent à } \widehat{E}} = \dfrac{AD}{DE} = \dfrac{6{,}6}{8{,}8}$.

On fait $(\widehat{DEA}) = \tan^{-1}\left(\dfrac{6{,}6}{8{,}8}\right)$.

**On a $\widehat{DEA} = 37°$ arrondi au degré près.**

**2** → Énoncé p. 171 1° En utilisant la formule $d = v \times t$ avec $v = 3$ m/s et $t = 50$ s, on a : $d = 3 \times 50 = 150$.

La distance parcourue $AB$ est de 150 mètres.

> **Rappel**
> On a : distance = vitesse × temps.

2° Le triangle $ABC$ est rectangle en $C$.

On a $\cos(\widehat{BAC}) = \dfrac{\text{côté adjacent à } \widehat{A}}{\text{hypoténuse}} = \dfrac{AC}{AB}$,

soit $\cos(60°) = \dfrac{AC}{150}$.

On fait $150 \times \cos(60°) = AC$, donc $75 = AC$.

**La largeur $AC$ de la rivière est de 75 mètres.**

MATHS

# 21 Algorithmique

## 1. Définition

Un algorithme est une suite d'instructions permettant d'obtenir un résultat.

## 2. Variable

- Une variable informatique contient une valeur.
- Toute saisie de cette variable ou affectation dans cette variable fait perdre la valeur précédente.

### Exercice corrigé

**On considère l'algorithme suivant :**

**Saisir un nombre $a$.**
**$b$ prend la valeur $a + 2$.**
**$m$ prend la valeur $(a + b)^2 - 2ab$.**

**À l'aide d'un tableau, donner les valeurs des différentes variables quand on saisit 3 comme valeur de $a$.**

| variable | valeur |
|---|---|
| $a$ | 3 |
| $b$ | 5 |
| $m$ | 34 |

← $a$ prend la valeur 3.
← $b$ prend la valeur $a + 2$, soit $3 + 2$.
← $m$ prend la valeur $(a + b)^2 - 2ab$, soit $(3 + 5)^2 - 2 \times 3 \times 5$.

## 3. Structure alternative

- On utilise une structure du type « **Si** condition **alors** instruction1 **sinon** instruction2 **Finsi** » pour exécuter l'instruction1, si la condition est vraie, et pour exécuter l'instruction2, si la condition est fausse.

• Le bloc Scratch correspondant est :

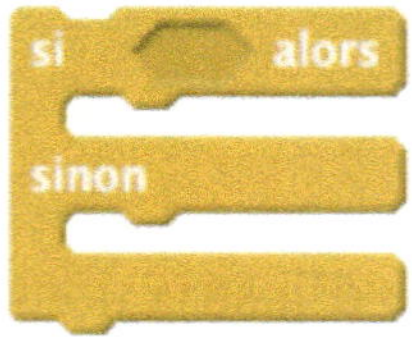


Si la condition est vraie alors le programme exécute toutes les instructions comprises entre le « si » et le « sinon ».
Si la condition est fausse alors le programme exécute toutes les instructions comprises entre le « sinon » et la fin du bloc.

• On peut aussi utiliser le bloc Scratch :

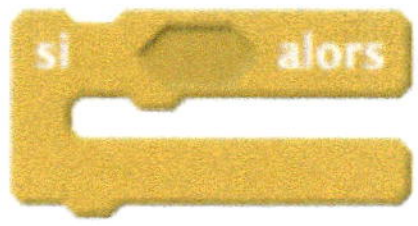


Si la condition est vraie alors le programme exécute toutes les instructions comprises entre le « si » et la fin du bloc.
Si la condition est fausse alors le programme passe au bloc suivant.

## 4. Structures itératives

• On utilise une structure du type « **pour *i* variant de $v_1$ à $v_2$** instruction(s) **Finpour** » pour effectuer la ou les instructions pour toutes les valeurs entières de la variable *i* prises de 1 en 1 depuis $v_1$ jusqu'à $v_2$.

### Exercice corrigé

**On considère l'algorithme ci-contre.**
**Donner les différentes valeurs affichées par l'algorithme.**

**Pour *i* variant de 3 à 6**
**afficher $i^2 - i$**
**Finpour**

| Les valeurs affichées sont : | |
|---|---|
| **6** | ← *i* prend la valeur 3 et on affiche $3^2 - 3$. |
| **12** | ← *i* prend la valeur 4 et on affiche $4^2 - 4$. |
| **20** | ← *i* prend la valeur 5 et on affiche $5^2 - 5$. |
| **30** | ← *i* prend la valeur 6 et on affiche $6^2 - 6$. |

• Le bloc Scratch correspondant est : 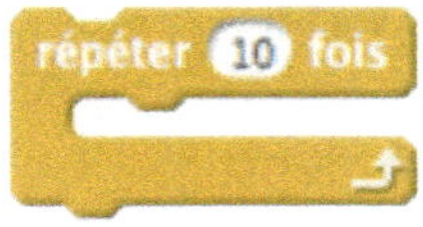


Les instructions dans le bloc sont exécutées le nombre de fois indiqué en haut du bloc. Il n'y a pas de variable associée au compteur.

• On utilise une structure du type « **Tant que** condition instruction(s) **Fintantque** » pour effectuer la ou les instructions aussi longtemps que la condition reste vraie.

Le bloc Scratch correspondant est : 

Les instructions du bloc sont répétées jusqu'à ce que la condition devienne vraie.

## Sujets du brevet

**1** ★★★

Écrire un algorithme qui demande une valeur de $x$ et qui affiche, si $x$ est positif, les entiers $n$ et $n + 1$ tels que $n^2 \leqslant x \leqslant (n + 1)^2$, sinon signale que $x$ est négatif.

**2** ★★

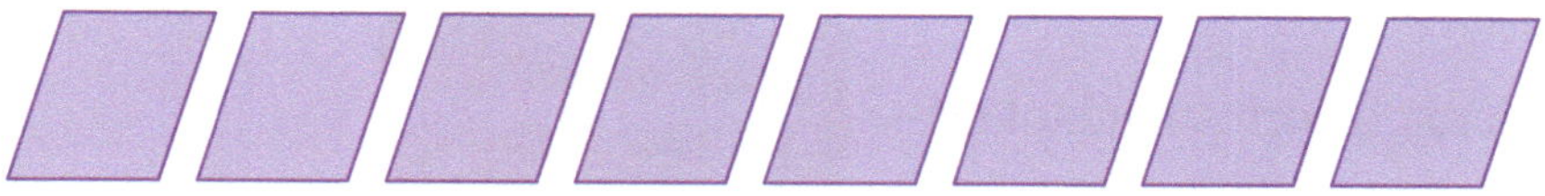

1° Pour réaliser la figure ci-dessus, on a défini un motif en forme de losange et on a utilisé l'un des deux programmes $A$ et $B$ ci-dessous.
Déterminer lequel et indiquer par une figure à main levée le résultat que l'on obtiendrait avec l'autre programme.

**Motif**

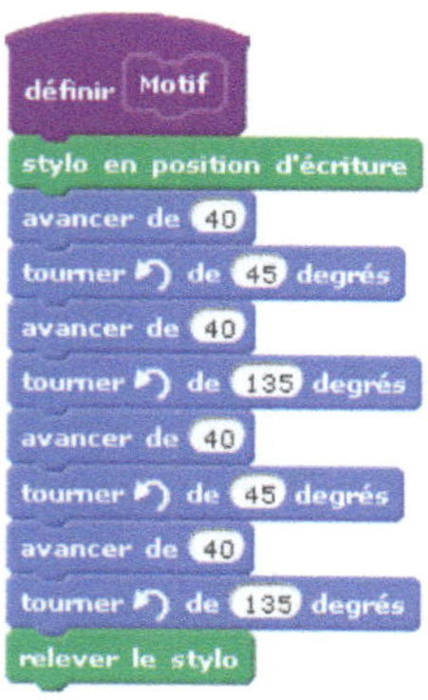


**Programme A**

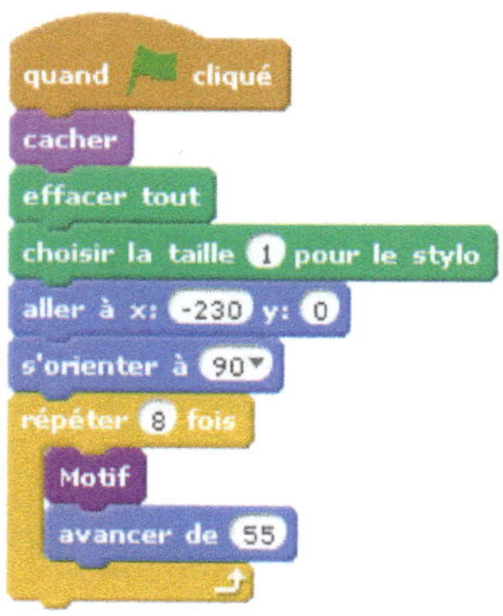


**Programme B**

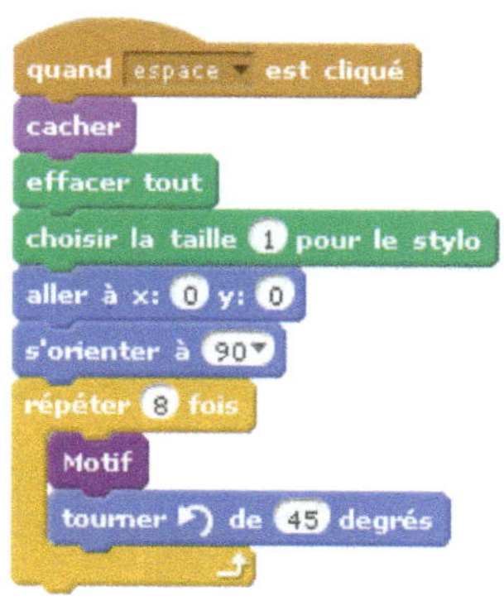


2° Combien mesure l'espace entre deux motifs successifs ?

3° On souhaite réaliser la figure ci-dessous :

Pour ce faire, on envisage d'insérer l'instruction « ajouter 1 à la taille du stylo » dans le programme utilisé à la question 1. Où faut-il insérer cette instruction ?

**1** → *Énoncé p. 176* Un algorithme peut être :

Saisir $x$<br>
Si $x \geqslant 0$<br>
    alors $n$ prend la valeur 0<br>
        tant que $(n + 1)^2 < x$<br>
            $n$ prend la valeur $n + 1$<br>
        fintantque<br>
        Afficher $n$<br>
        Afficher $n + 1$<br>
    sinon<br>
        Afficher $x$ est négatif<br>
Finsi

**Astuce**

Pour $x$ positif, on peut obtenir $n$ directement en prenant la partie entière de $\sqrt{n}$.

**2** → *Énoncé p. 176* 1° C'est **le programme A** qui permet d'obtenir le résultat obtenu.

**Rappel**

L'instruction s'orienter à 90 oriente le chat pour un déplacement vers la droite.

Avec le programme B, on obtient la figure ci-contre.

2° Comme le côté du motif mesure 40 et qu'on avance de 55 entre 2 motifs, la distance séparant deux motifs consécutifs est 55 – 40, soit **15**.

3° Pour obtenir la seconde figure, il faut insérer l'instruction ajouter 1 à la taille du stylo dans le programme A utilisé à la question 1, dans la boucle « répéter 8 fois », soit après l'instruction « **motif** », soit après l'instruction « **avancer de 55** ».

MATHS

# HISTOIRE
# GÉOGRAPHIE
# EMC

# HISTOIRE 1 Civils et militaires dans la Première Guerre mondiale

La Première Guerre mondiale (1914-1918) a traumatisé les populations qui l'ont vécue et les générations suivantes. Quelles ont été les violences subies par les populations pendant cette guerre ?

## 1. Une guerre qui dure plus de quatre ans (1914-1918)

### A Un conflit d'abord local, puis européen et mondial

- Par l'engrenage des alliances, le conflit local des Balkans devient une guerre européenne. Elle oppose la Triple-Alliance, qui rassemble l'Allemagne, l'Autriche-Hongrie et l'Italie, à la Triple-Entente, qui regroupe la Serbie, la France, la Russie et le Royaume-Uni. L'Allemagne déclare la guerre à la France le 3 août 1914.

**Date-clé**

La Première Guerre mondiale débute durant l'**été 1914** par un conflit dans les Balkans entre l'Autriche-Hongrie et la Serbie qui s'affrontent pour le contrôle de la Serbie.

- La guerre est mondiale en **1917** : les États-Unis rejoignent la Triple-Entente (2 avril 1917) et les colonies des pays européens participent aux combats.

### B Les trois grandes phases de la guerre

- C'est d'abord une **guerre de mouvement** jusqu'en 1915, qui s'organise autour de deux fronts : à l'ouest et à l'est de l'Europe. À l'ouest, les Allemands sont arrêtés par l'armée française à 60 km de Paris. À l'est, les combats opposent les Allemands et les Russes.

**À retenir**

La bataille de **Verdun** (1916), au cours de laquelle le général Pétain met en échec les Allemands, est le symbole de la guerre dans les tranchées.

- À partir de 1915, aucun des adversaires ne parvient à gagner des territoires. C'est le début de la **guerre dans les tranchées**.
- La guerre de mouvement reprend en 1918. Les armées alliées dirigées par le général Foch parviennent à faire reculer les Allemands, qui demandent l'arrêt des combats.

**Date-clé**

L'**armistice** est signé le 11 novembre 1918 à Rethondes.

## 2. Une guerre violente

### A Dans les tranchées, des conditions de vie et de combat très difficiles

La guerre devient industrielle : les **poilus** sont victimes d'armes de plus en plus perfectionnées (avions, chars, gaz, mitrailleuses). Ils souffrent aussi de la fatigue, de la faim, de la boue, des poux, des rats, de l'éloignement de leurs familles. Leur moral décline peu à peu et certains font grève ou organisent des mutineries (1917).

### B Le génocide arménien, autre manifestation de la violence de la guerre

- La minorité arménienne est victime de violences au sein de l'Empire ottoman avant le début de la guerre (églises pillées, villages détruits).
- Dès 1914, l'Empire ottoman est envahi par la Russie : l'armée, qui bat en retraite, s'en prend à nouveau aux Arméniens. À partir d'avril 1915 et durant tout l'été de la même année, **plus d'un million d'Arméniens (plus des deux tiers de la population arménienne de Russie) sont exécutés** sur ordre du gouvernement.

## 3. Une guerre totale

### A Des civils en guerre

- La Première Guerre mondiale est une guerre totale car, à l'arrière, les hommes qui ne sont pas partis combattre et **les femmes y participent activement**. Celles-ci remplacent ainsi les soldats dans les champs et dans les usines pour la fabrication des armes (les femmes sont appelées « munitionnettes »). Les « anges blancs » (infirmières) soignent les soldats dans les hôpitaux.
- La **vie devient difficile** : les matières premières (charbon pour le chauffage, nourriture) manquent, des cartes alimentaires sont distribuées pour rationner la population. Cependant, le marché noir se développe.

### B Un contrôle omniprésent de l'État

**Pour faire la guerre**, produire des armes, l'État augmente les impôts et demande à la population de prêter de l'argent. Il utilise la **propagande** pour éviter le découragement. Les difficultés des combats et de la vie dans les tranchées sont tues ; les poilus sont présentés comme des héros qu'il faut soutenir.

## 4. Les conséquences de la guerre

### A Une Europe affaiblie

L'Europe est affaiblie et traumatisée. Près de **10 millions de personnes sont mortes** ; les mutilés (appelés « gueules cassées ») sont très nombreux. Des régions ont été détruites par les bombardements (Nord et Est de la France) ; les États, endettés, doivent réorganiser leurs économies.

## B La révolution russe et les traités de paix transforment l'Europe

- En octobre 1917, les Bolcheviks dirigés par Lénine renversent le tsar Nicolas II (révolution de 1917) ; ils imposent un **régime communiste en Russie** et signent l'armistice avec l'Allemagne (1918). Cette révolution entraîne une vague de révolutions en Europe, souvent réprimées par les dirigeants au pouvoir.

- Les traités de paix (dont celui de Versailles entre la France et l'Allemagne en juin 1919) bouleversent les frontières : les empires disparaissent, de nouveaux pays sont créés ; le territoire de l'Allemagne est réduit et coupé en deux (par la Pologne).

**Rappel**

Le traité de Versailles permet à **la France de récupérer l'Alsace et les territoires de Lorraine** perdus après la défaite contre la Prusse (1871).

## C La montée en puissance des États-Unis

La Première Guerre mondiale renforce la puissance des **États-Unis, grand vainqueur du conflit**.

## 1 Les dates-clés du chapitre

Associez une des trois images (A, B et C) à la date correspondante (1, 2 et 3).

**Image A**

**Image B**

**Image C**

**Date 1 :** Août 1914 : début de la Première Guerre mondiale.
**Date 2 :** 1917 : révolution russe.
**Date 3 :** 11 novembre 1918 : armistice.

## 2 Vérification des connaissances

1° Quels pays remportent la victoire à la fin de la Première Guerre mondiale ?

2° Expliquez les conséquences de la guerre pour la France.

3° Décrivez et expliquez les différentes formes de violences de masse pendant la Première Guerre mondiale en rédigeant un <u>développement construit</u>.

## 3 Travail sur document

**_Rapport secret sur les massacres d'Arménie_**

Lorsque s'accomplit la déportation générale, c'est-à-dire l'expulsion complète de la population arménienne de toutes les villes et villages arméniens, les familles arméniennes étaient en grande majorité déjà privées de la protection de leurs hommes. Là où ce n'était pas le cas, les hommes furent le plus souvent séparés des femmes au début de la déportation, emmenés à part et fusillés. Là où les hommes furent mis en route, avec les femmes et les enfants, ils en furent souvent séparés durant le transport, ou tombèrent dans des guets-apens organisés d'avance et furent fusillés en première ligne.

La conséquence de ces mesures fut que, lorsque les masses de déportés arrivèrent à leur destination, elles étaient réduites de plus de la moitié. Les caravanes qui partaient du Nord n'étaient guère composées, quand elles parvenaient dans le Midi, que d'enfants au-dessous de 10 ans et de vieilles femmes, d'infirmes et de vieillards. Les hommes et les jeunes gens avaient été tués, les jeunes filles, les jeunes femmes et d'innombrables enfants avaient été enlevés. Le reste est un peuple de mendiants, sans secours, livré à la misère et qui périt de faim et de maladies dans les déserts de la Mésopotamie et dans des régions marécageuses.

D'après Johannes Lepsius, *Rapport secret sur les massacres d'Arménie*.

1° Quelles sont les personnes victimes de la déportation ?

2° Quelles sont les souffrances subies par le peuple arménien ?

**1** → *Énoncé p. 184*

A2, B3, C1.

**2** → *Énoncé p. 184*

**1°** Les pays vainqueurs de la guerre sont la France et ses alliés.

**2°** La France récupère l'Alsace et les territoires de la Lorraine perdus après la défaite contre la Prusse (1871), mais les régions du Nord et de l'Est ont été détruites par les bombardements ; les morts et les mutilés sont nombreux ; la population souffre de pénurie ; l'État est endetté.

**3°** Les violences de masse se manifestent dans les tranchées et lors du génocide arménien.
La guerre s'installe dans les tranchées à partir de 1915. La bataille de Verdun, au cours de laquelle le général Pétain met en échec les Allemands (1916), est l'épisode le plus violent (plus de 300 000 morts et plus de 500 000 blessés). Dans les tranchées, les soldats sont victimes d'armes de plus en plus perfectionnées fabriquées en grandes quantités dans les usines (avions, obus, chars, gaz, mitrailleuses). C'est la guerre industrielle, et les bombardements causent de nombreuses destructions. Les soldats souffrent également de conditions de vie très difficiles (de la fatigue, de la faim, de la boue, des poux, des rats, de l'éloignement de leurs familles).
Le génocide arménien est l'autre violence de masse commise pendant la Première Guerre mondiale. Elle aboutit à la déportation et au massacre de plus d'un million de personnes sur ordre du gouvernement ottoman entre 1915 et 1916. La Première Guerre mondiale provoque la mort de 9 à 10 millions de soldats. Plusieurs millions reviennent des tranchées avec de graves mutilations.

> **Conseil**
> Commence par une phrase d'introduction pour définir les mots-clés de la question.

> **Astuce**
> Va à la ligne pour bien identifier les deux thèmes développés dans ta réponse.

**3** → *Énoncé p. 185*

**1°** Les personnes victimes de la déportation sont des familles arméniennes : les hommes, les femmes et leurs enfants.

**2°** Le peuple arménien est victime de violences multiples : les familles sont séparées, les hommes sont fusillés, les survivants de la déportation sont condamnés à des conditions de vie très difficiles (faim, maladie, logement très précaire dans des tentes).

HISTOIRE
2

# Régimes totalitaires et démocratie dans l'Europe des années 1930

Deux régimes totalitaires se sont imposés en Europe dans les années 1930 : celui de Staline (qui succède à Lénine) en URSS (1924-1953) et celui d'Hitler en Allemagne (1933-1945). Quelles sont les caractéristiques de ces régimes totalitaires ?
En France, la création du Front populaire permet le maintien de la démocratie et de la République face à la menace totalitaire.

## 1. Le régime soviétique

### A Le contrôle des pouvoirs par Staline (1924-1953)

#### L'accès au pouvoir de Staline

- À la mort de Lénine en 1924, Trotski et Staline proposent chacun une orientation pour l'URSS : Trotski, chef de l'Armée rouge, souhaite étendre le communisme en Europe, tandis que **Staline, secrétaire général du Parti communiste** depuis 1922, souhaite aller au bout de l'expérience communiste en URSS.

> **Rappel**
> La Russie devient l'URSS en décembre 1922.

- Staline s'impose finalement face à Trotski, qui est exclu du Parti en 1927.

#### La terreur stalinienne

- Staline élimine toutes les formes de contestation possibles : le **Parti communiste** est le **seul parti autorisé**, et la police politique (NKVD) est là pour veiller à ce que toutes les critiques au régime soient sévèrement punies.
- La bourgeoisie, les koulaks (paysans), les croyants et toutes les personnes qui tentent de s'opposer au pouvoir sont emprisonnées ou envoyées dans les **goulags**, camps de travail forcé, en Sibérie.
- Durant **les procès de Moscou (1936-1938), Staline fait exécuter** de nombreux dirigeants du Parti communiste après les avoir obligés à avouer, sous la torture, des crimes qu'ils n'ont pas commis.

> **Date-clé**
> Staline impose la Grande Terreur à la population entre 1937 et 1938.

### La propagande et le culte de la personnalité de Staline

- Staline utilise la propagande pour **endoctriner** la population : il impose un art officiel, contrôle les médias et le cinéma, multiplie les défilés militaires.
- **Les enfants** sont également sous contrôle, à l'école (programmes scolaires, chansons, poèmes à la gloire de Staline) ou pendant les loisirs (organisations de jeunesse).

## B La collectivisation de l'économie

À partir de 1929, l'État prend le **contrôle de toutes les entreprises et de toutes les terres**.

### La collectivisation des terres

- Dans les campagnes, les koulaks doivent abandonner leurs exploitations privées et travailler au sein des **kolkhozes** (fermes collectives dans lesquelles les terres, le matériel et le bétail sont mis en commun) et des **sovkhozes** (fermes d'État dans lesquelles les paysans sont salariés).

> **Rappel**
>
> **Stakhanov** est un mineur qui, selon la propagande officielle, aurait en une nuit sorti d'une mine 14 fois plus de charbon que ce qui lui était demandé (cette histoire est une invention).

- Ceux qui tentent de s'opposer sont torturés, fusillés ou déportés.

### L'économie sous contrôle étatique

- L'État décide seul de toutes les orientations économiques du pays : l'industrie lourde et les moyens de communication sont prioritaires. Les **plans quinquennaux** imposent les quantités que les ouvriers et paysans devront produire durant une période de 5 ans.
- Le **stakhanovisme** est une propagande mise en œuvre pour stimuler le travail des ouvriers : les plus efficaces sont présentés comme des héros et récompensés par des médailles et des tableaux d'honneur.

### Un développement économique qui oublie la population

- Staline parvient à faire de l'URSS la 3e puissance industrielle mondiale en 1940, mais **de nombreux chiffres sont truqués**.
- Surtout, il sacrifie la production de ce dont la population a le plus besoin (denrées alimentaires, produits de consommation courante). Les conditions de vie sont donc mauvaises ; des millions de personnes sont victimes de la **famine (1932)**.

## 2. Le régime nazi

### A Hitler et les nazis prennent le pouvoir légalement

#### La république de Weimar est condamnée dès sa création

- Depuis sa naissance en 1918, la **république de Weimar** est peu soutenue par la population car elle a accepté le traité de Versailles, qui a ruiné l'Allemagne.
- **Aux États-Unis**, le krach boursier du jeudi 24 octobre 1929 (« Jeudi noir ») plonge le pays dans **la crise** : les investisseurs et les banques, qui ont perdu beaucoup d'argent à cause de la chute brutale du cours des actions, ne prêtent plus assez aux entreprises, dont beaucoup font faillite. L'économie s'effondre.
- Au début des années 1930, la **crise économique mondiale** affaiblit encore le régime, qui ne parvient pas à aider la population : le chômage double entre 1930 et 1932 et les prix augmentent si vite que les produits les plus courants deviennent inabordables. Les partis extrémistes (communiste et nazi), qui s'opposent au régime, progressent aux élections.

#### L'essor du Parti nazi

- En 1920, **Hitler fonde le Parti nazi** (NSDAP) dont il rédige le programme dans *Mein Kampf* : il préconise la révision du traité de Versailles et affirme la supériorité de la « race allemande ».
- Le parti crée sa propre « armée » : les SA, qui cultivent l'agitation et la violence dans les villes. De nouveau, la république de Weimar semble impuissante à rétablir l'ordre.

**À retenir**

En 1932, le Parti nazi gagne les élections législatives et, le 30 janvier 1933, le président Hindenburg nomme **Hitler chancelier**.

### B Hitler et les nazis imposent une dictature (1933-1945)

#### Hitler s'assure le pouvoir absolu dès 1933

En mars 1933, Hitler se fait accorder **les pleins pouvoirs** par le Parlement. Une loi autorise la suppression des libertés et les opposants sont condamnés à la clandestinité. Dès février, Hitler a commencé à éliminer de la vie politique les communistes, puis l'ensemble des partis et des syndicats ; le Parti nazi devient parti unique (juillet 1933).

### La société allemande sous contrôle nazi

- Hitler organise la **propagande** et le culte de sa personnalité avec tous les moyens d'information existants (presse, radio, cinéma, meetings). Beaucoup de productions intellectuelles et artistiques sont interdites car jugées dangereuses pour le régime ; des milliers de livres sont brûlés dans des autodafés.

**Date-clé**

À la mort du président Hindenburg en août 1934, **Hitler devient le *Führer*** (« le guide ») du III^e^ Reich (III^e^ empire). Il est désormais le seul chef.

- La population est embrigadée à l'école, dans le monde du travail, pendant les loisirs ; elle est surveillée à tout moment : les SA, d'abord, puis les SS et la Gestapo (police politique) traquent les opposants et les moindres critiques à l'encontre du régime. Les nazis imposent une véritable **terreur**.

## C Hitler et les nazis créent un État raciste

### Le culte de la race aryenne

Pour les nazis, l'homme de **« race » aryenne** doit dominer les autres hommes. En Allemagne, les habitants n'appartenant pas à la « race » aryenne doivent disparaître.

### Les actions racistes et la création des camps de concentration

- À partir du 22 mars 1933, des Juifs, mais aussi des Tsiganes, des homosexuels, des handicapés, etc., sont arrêtés et envoyés à **Dachau, premier camp de concentration**.

**Date-clé**

À partir de **1935**, les **lois de Nuremberg** excluent les Juifs de la citoyenneté allemande et interdisent les mariages entre « Juifs » et « Allemands ».

- Les Allemands de religion juive sont peu à peu privés de tous leurs droits : en avril 1933, sont imposés le boycott des magasins juifs et leur exclusion de la fonction publique et des professions libérales.
- Durant la **Nuit de cristal** du 9 au 10 novembre 1938, la violence contre les Juifs atteint des sommets : les SA, les SS et la population manipulée par les nazis incendient des synagogues, profanent des cimetières et arrêtent des milliers de Juifs.

## D Hitler et les nazis préparent la guerre pour agrandir le territoire allemand

### La doctrine nazie est nationaliste

- Hitler veut **agrandir l'« espace vital »** et créer une Grande Allemagne. Il reprend aussi les idées du mouvement pangermaniste, qui prône l'union des peuples germanophones : l'Autriche, par exemple, devrait appartenir à la « Grande Allemagne ».
- Hitler oriente donc l'économie allemande vers l'effort de guerre pour s'imposer en Europe. L'État nazi investit fortement dans la production d'armes, ce qui permet de réduire le chômage.

### Une politique extérieure agressive dès 1933

- En 1933, l'Allemagne sort de la SDN, créée pour maintenir la paix en Europe. Hitler viole de nombreuses fois le traité de Versailles : il rétablit le service militaire, remilitarise la Rhénanie en 1936.
- En 1938, il met en œuvre son **projet de « Grande Allemagne »**, en annexant l'Autriche, les Sudètes et la Bohême-Moravie. Espérant encore pouvoir éviter la guerre, les démocraties européennes décident, lors de la conférence de Munich en septembre 1938, d'accepter ces provocations sans réagir.

### Une guerre inéluctable

En mai 1939, Hitler **s'allie avec l'Italie fasciste** de Mussolini et signe, en août, un **pacte de non-agression avec Staline**.

**Date-clé**

Le 1er septembre 1939, l'Allemagne envahit la Pologne, obligeant la France et la Grande-Bretagne à lui déclarer la guerre.

## 3. Le Front populaire

## A Les années 1920 et le retour de la vie parlementaire

### De nouvelles tensions sociales

À la fin de la Première Guerre mondiale, les **destructions** ont été nombreuses ; le gouvernement a multiplié les emprunts pour financer l'effort de guerre. Les conditions de vie quotidiennes sont donc difficiles. Des grandes grèves sont organisées en 1920, encouragées par la révolution communiste en URSS.

### Les rivalités politiques reprennent

- Une fois la paix rétablie, les **tensions politiques** sont nombreuses, à propos de l'attitude que la France doit tenir face à la III^e Internationale (nouvelle association internationale des travailleurs communistes) et face à l'Allemagne (à propos du paiement des réparations qui lui ont été imposées en 1919), de même que pour définir les choix à faire pour améliorer la situation financière, économique et sociale du pays.
- Aux élections législatives de 1919, le **Bloc national**, dont le leader est Clemenceau, l'emporte : de nombreux députés sont d'anciens combattants.
- Les socialistes remportent les élections législatives en 1924 en s'associant avec le Parti radical, avec lequel ils constituent le **Cartel des gauches**, dirigé par Herriot. En 1926, Herriot est renversé et remplacé par Poincaré, nouveau président du Conseil qui forme un nouveau **gouvernement d'Union nationale**, qui rassemble les radicaux (jusqu'en 1928) et les partis de droite, avec lesquels il parvient à rétablir la situation financière et économique. La vie des Français s'améliore peu à peu, jusqu'à la crise qui frappe la France à partir de 1931.

> **Date-clé**
>
> En 1920, la SFIO se divise en deux lors du **congrès de Tours**, les socialistes refusant le choix des communistes d'adhérer à la III^e Internationale.

## B Plusieurs crises durant les années 1930

### Le poids de la crise économique mondiale

- **Aux États-Unis**, le krach boursier du jeudi 24 octobre 1929 (Jeudi noir) plonge le pays dans **la crise** : les investisseurs et les banques, qui ont perdu beaucoup d'argent à cause de la chute brutale des actions, ne prêtent plus assez aux entreprises, dont beaucoup font faillite. L'économie s'effondre.
- **Cette crise se diffuse** rapidement dans certains pays et finit par toucher la France en 1931. Ne parvenant plus à vendre leurs produits dans les pays déjà touchés, les entreprises françaises font également faillite ; les salariés se retrouvent au chômage (300 000 personnes en 1933) ; les ménages, fortement appauvris, n'achètent plus. Les paysans vendent moins leurs produits et doivent baisser leurs prix.

### Une crise économique et sociale qui devient politique

- Le régime parlementaire de la III^e République est fragilisé par l'apparition de **scandales politico-financiers** qui ternissent l'image des hommes de pouvoir.

- La IIIe République est également déstabilisée par les changements de gouvernements : dès que les différents partis au pouvoir ne parviennent pas à se mettre d'accord, les gouvernements sont renversés par le Parlement. Cette **instabilité ministérielle** freine les réformes profondes nécessaires au pays.
- Les **ligues**, groupes de pression d'extrême droite, critiquent et condamnent le système parlementaire. Elles manifestent si violemment le 6 février 1934 devant la Chambre des députés que beaucoup craignent une tentative de coup d'État fasciste.

## C Le Front populaire arrive au pouvoir en mai 1936

### Les partis de gauche décident de s'unir pour contrer les ligues racistes

- En mai 1936, le Front populaire remporte les élections législatives ; Léon Blum, chef de la SFIO, devient président du Conseil.
- Cette union est immédiatement confrontée à une forte agitation sociale : des grèves et des occupations d'usines expriment l'ampleur des attentes de la population.

**À retenir**

Le Parti communiste, la SFIO et le Parti radical s'allient au sein du **Front populaire**.

### Les grandes mesures prises par le Front populaire

Par les **accords Matignon** signés le 7 juin 1936, le gouvernement décide la dissolution des ligues, la nationalisation des industries de guerre, la création des conventions collectives, la mise en place de délégués du personnel, le renforcement du droit de grève et d'adhésion à un syndicat, l'augmentation des salaires.

**Rappel**

Le Front populaire décide la création de deux semaines de congés payés et la réduction du temps de travail hebdomadaire à 40 heures.

### Les difficultés et l'échec final du Front populaire

- Après l'euphorie du mois de juin 1936, **les difficultés se multiplient** avec d'abord l'opposition très dure de la droite et de l'extrême droite antisémite.
- De plus, le **bilan socio-économique** du Front populaire n'est pas convaincant : la relance de la production industrielle est très modeste et le chômage persiste.

- Au sein même du gouvernement, des désaccords apparaissent au sujet de la **guerre d'Espagne** (qui oppose les républicains espagnols aux nationalistes fascisants de Franco) : les communistes veulent venir en aide aux républicains, mais Blum choisit de ne rien faire.

**Rappel**

En 1938, la France doit surtout faire face aux ambitions des fascistes (d'Italie) et des nazis (d'Allemagne).

- En 1937, Léon Blum démissionne, impuissant face à la crise financière et à la tension sociale. Il revient en 1938, mais Daladier (du Parti radical) s'associe à la droite et met définitivement fin au Front populaire, dont il remet en cause certaines réformes (la semaine de 40 heures).

HISTOIRE

# 3 La Seconde Guerre mondiale (1939-1945)

Comment la Seconde Guerre mondiale est-elle devenue une guerre d'anéantissement, c'est-à-dire un conflit au cours duquel des pays ont visé la destruction totale des forces militaires et des populations de leurs ennemis ?

## 1. Les grandes étapes de la guerre (1939-1945)

### A Les forces en présence en 1939

- La Seconde Guerre mondiale commence le 1er septembre 1939, quand l'Allemagne envahit la moitié Ouest de la Pologne et l'URSS de Staline la moitié Est. **La France et l'Angleterre déclarent la guerre à l'Allemagne** le 3 septembre.
- La guerre oppose les Alliés anglais et français aux pays de l'Axe (Allemagne, Italie, Japon, associés à l'URSS jusqu'en 1941).

### B Une progression rapide de l'Allemagne en Europe

- L'Allemagne surprend ses ennemis et conquiert rapidement le Danemark, la Norvège, les Pays-Bas et la Belgique. En mai-juin 1940, l'Allemagne parvient à envahir le Nord de la France. La **défaite militaire française** entraîne l'arrivée au pouvoir du maréchal Pétain.
- L'armistice prévoit la division du territoire français en deux, avec au nord un territoire occupé par l'Allemagne et au sud le nouvel « État français », dirigé par Pétain.

**Date-clé**

L'**armistice** avec l'Allemagne est signé par Pétain le 22 juin 1940.

### C Le conflit devient mondial en 1941

- En juin 1941, l'Allemagne trahit le pacte de non-agression conclu avec Staline et envahit l'URSS jusqu'à **Stalingrad**. L'URSS passe dans le camp des Alliés.
- En Asie et dans le Pacifique, les forces japonaises s'étendent, puis attaquent la base américaine de Pearl Harbour (Hawaii) le 7 décembre 1941. Ceci provoque l'**entrée en guerre des États-Unis**.

### D 1942-1945 : défaite de l'Allemagne et du Japon

#### 1942 : le tournant du conflit

Les Américains apportent un soutien matériel et financier essentiel aux Alliés. À partir de 1942, ils parviennent partout à arrêter les avancées de l'Axe. La résistance des Soviétiques lors de la bataille de Stalingrad débouche sur la 1re défaite des troupes allemandes sur le front russe (février 1943).

> **À retenir**
>
> La **bataille de Stalingrad** (juillet 1942-février 1943) est la première défaite allemande en Russie.

#### La défaite de l'Axe et du Japon

- En 1944, les Anglais et les Américains parviennent à atteindre la Normandie (débarquement du 6 juin 1944) puis la Provence (août 1944) et libèrent la France. En avril 1945, les troupes russes et américaines (qui ont peu à peu **libéré les prisonniers des camps d'extermination** au cours de l'année **1945**) se rejoignent en Allemagne, contraignant cette dernière à capituler le **8 mai 1945 à Berlin**.
- Dans le Pacifique, les États-Unis multiplient les reconquêtes mais le Japon résiste. Seul l'emploi de la **bombe atomique à Hiroshima** (6 août 1945) **et Nagasaki** (9 août 1945) le contraint à capituler le 2 septembre 1945.

## 2. Une guerre d'anéantissement

### A Une guerre totale

- La Seconde Guerre mondiale entraîne une **mobilisation totale des hommes et des ressources** des pays belligérants.
- La mobilisation est non seulement celle des hommes réquisitionnés pour combattre sur les fronts, mais aussi celle des civils qui participent à l'effort de guerre en travaillant dans les usines d'armement ou dans les champs.
- Les pays mobilisent également leurs matières premières, leurs sources d'énergie, leurs richesses à la production d'armes : leurs économies deviennent **des économies de guerre sous le contrôle de l'État**.
- Le conflit stimule cependant l'**innovation technologique**, qui permet l'augmentation des moyens de destruction, le perfectionnement des outils d'information, des moyens de transport, des soins médicaux (bombe atomique, radars, avions militaires, ordinateurs, antibiotiques).

### B Le génocide des Juifs et des Tsiganes

Des millions de personnes (Juifs, Tsiganes, résistants) sont regroupées dans des **ghettos** (quartiers fermés dans lesquels sont regroupés des Juifs qui souffrent de la famine et de multiples actes de violence), dans des **camps de concentration** (camps de travail forcé dans lesquels les prisonniers sont soumis aux souffrances morales et physiques multiples) puis, à partir de 1942, dans des **camps d'extermination** (camps de la mort dans lesquels les personnes déportées sont tuées en masse dans des chambres à gaz, puis leurs corps brûlés dans des fours crématoires) ou sont victimes des fusillades des ***Einsatzgruppen*** (groupes de soldats SS qui tuent opposants au nazisme et Juifs arrêtés sur le front russe).

> **À retenir**
> D'autres minorités sont victimes de la persécution nazie : les personnes handicapées, les homosexuels, les Slaves, les Noirs sont aussi déportés dans les camps de concentration.

## 3. Un bilan dramatique

### A Des populations traumatisées

- Plus de **60 millions** de personnes, dont la moitié de civils, sont tuées au cours de cette guerre.
- Le **bombardement** des villes, l'utilisation de la bombe atomique ont aggravé le bilan pour les civils, qui ont également souffert de mauvaises conditions de vie, de la pénurie alimentaire, aggravée par les pillages des occupants.
- La politique d'extermination a provoqué la mort de plus de 50 à 60 % du peuple juif d'Europe et de 240 000 Tsiganes. Elle est qualifiée de « **génocide** ».

> **À retenir**
> **5 à 6 millions de Juifs** ont été exterminés.

### B Face à l'Europe affaiblie, deux nouvelles puissances s'affirment

- **L'Europe est endettée** ; ses villes, usines, champs agricoles et infrastructures de transport sont détruits.
- **Les États-Unis et l'URSS** s'imposent comme les deux grands vainqueurs de l'Allemagne nazie.

## 1 Les dates-clés du chapitre

Complétez le tableau en ajoutant la date ou l'événement qui convient.

| | |
|---|---|
| | Attaque de la Pologne par l'Allemagne |
| 22 juin 1940 | |
| | Bataille de Stalingrad |
| 7 décembre 1941 | |
| | Capitulation de l'Allemagne |
| 6 et 9 août 1945 | |
| | Capitulation du Japon |

## 2 Vérification des connaissances

1° Quand débute et se termine la Seconde Guerre mondiale pour les États-Unis ?

2° Expliquez la différence entre les camps de concentration et les camps d'extermination.

3° Quels sont les enjeux politiques de la Seconde Guerre mondiale ? Vous répondrez à cette question en rédigeant un développement construit.

## 3 Travail sur document

**La guerre de 1942 à 1945**

1° Quels sont les deux principaux ennemis des États-Unis ?

2° En quelle année se termine la Seconde Guerre mondiale ?

3° Qui gagne la guerre ?

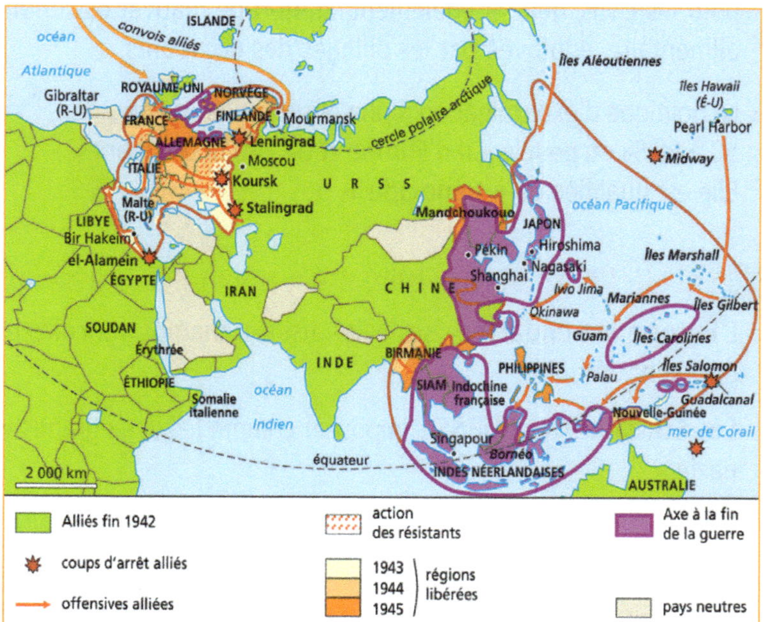

**1** → *Énoncé p. 198*

1er septembre 1939 : attaque de la Pologne par l'Allemagne ; 22 juin 1940 : armistice entre la France et l'Allemagne ; 1942 : bataille de Stalingrad ; 7 décembre 1941 : attaque de Pearl Harbor (Hawaii, États-Unis) par le Japon ; 8 mai 1945 : capitulation de l'Allemagne ; 6 et 9 août 1945 : bombes atomiques sur Hiroshima puis Nagasaki ; 2 septembre 1945 : capitulation du Japon.

**2** → *Énoncé p. 198*

**1°** La Seconde Guerre mondiale commence le 7 décembre 1941 et se termine en septembre 1945 pour les États-Unis.

**2°** Les camps de concentration sont des camps de travail forcé, créés à partir de 1933 ; les camps d'extermination sont les camps de la mort, créés pour exterminer des peuples (notamment les Juifs) à partir de 1942.

> **Rappel**
> L'enfermement de populations dans des ghettos et les fusillades des *Einsatzgruppen* accentuent le nombre de victimes du génocide.

**3°** La Seconde Guerre mondiale est d'abord une guerre des démocraties contre la dictature nazie. La France et le Royaume-Uni doivent faire face aux conquêtes nazies, puis, avec l'aide des États-Unis, les démocraties reprennent les territoires conquis par les armées d'Hitler et condamnent l'Allemagne nazie à la capitulation.
Il s'agit ensuite d'une guerre qui permet aux États-Unis et à l'URSS de s'imposer comme les deux plus grandes puissances mondiales. L'URSS de Staline, à partir de la bataille de Stalingrad, fait la reconquête des territoires conquis par l'Allemagne nazie à l'Est pour rejoindre les États-Unis à Berlin en mai 1945. Le monde est alors sous domination d'une démocratie, les États-Unis, et d'un système totalitaire, l'URSS de Staline.

> **Rappel**
> Les enjeux politiques sont liés aux enjeux idéologiques.

> **Attention !**
> La guerre froide (lire le chapitre 6) a donc déjà commencé !

**3** → *Énoncé p. 198*

**1°** Les deux principaux ennemis des États-Unis sont l'Allemagne et le Japon.

**2°** La Seconde Guerre mondiale se termine en 1945 (8 mai en Europe, 2 septembre en Asie).

**3°** Les « Alliés » gagnent la guerre : les États-Unis, l'URSS, le Royaume-Uni et la France.

HISTOIRE 4

# La France défaite et occupée (1940-1945)

Comment la République est-elle mise en danger en France pendant la Seconde Guerre mondiale ? Comment est-elle finalement restaurée et renforcée ?

## 1. De la défaite française au régime de Vichy (1940-1944)

### A L'invasion de la France en mai-juin 1940 et le partage du territoire

- La défaite de la France entraîne l'arrivée au pouvoir du maréchal Pétain, qui signe l'**armistice le 22 juin 1940** en affirmant vouloir mettre fin aux souffrances de la population (discours du 17 juin 1940), tout en s'alliant avec l'Allemagne.

**Rappel**

Les troupes allemandes ont percé le front français le 13 mai 1940 à Sedan. Un mois plus tard, **toute la moitié Nord du territoire est occupée**.

- Suite à l'armistice, une **ligne de démarcation** sépare la partie Nord de la France, occupée par les Allemands, de la partie Sud, placée sous le contrôle du maréchal Pétain et dont la capitale est Vichy. Cette zone sera cependant, elle aussi, occupée par les Allemands à partir de 1942.

### B La « révolution nationale » : la fin de la IIIe République

- **Pétain** devient chef du gouvernement de la zone Sud. À partir du 11 juillet 1940, il impose une « révolution nationale » par laquelle il met fin à la IIIe République et condamne la démocratie.

**Date-clé**

Le 11 juillet 1940, **Philippe Pétain** devient le **chef de l'« État français »**.

- Pétain attribue la défaite de la France à un laisser-aller des Français depuis 1918. Il veut restaurer une société fondée sur l'autorité et les valeurs traditionnelles. La **« révolution nationale »** voulue par Pétain se résume dans sa devise : « Travail, Famille, Patrie ». Il interdit les libertés, utilise la propagande pour organiser le culte de sa personnalité et crée une police sur le modèle de la Gestapo : la Milice.
- Le 30 octobre 1940, Pétain rencontre Hitler à Montoire, ce qui choque de nombreux Français.

## 2. Le maréchal Pétain impose une collaboration d'État

### A Une aide à l'effort de guerre allemand

- Une fois l'URSS devenue un adversaire de l'Allemagne (1941), Pétain crée la **LVF** (Légion des volontaires français) pour combattre les Soviétiques.
- Il impose aussi le **STO** (Service du travail obligatoire) à partir de 1943, pour contribuer à l'effort de guerre nazi. Des jeunes Français sont ainsi envoyés de force en Allemagne pour y travailler.

### B Une politique antisémite

- Pétain engage une politique d'exclusion puis de **persécution des Juifs**. Les *statuts des Juifs* promulgués le 3 octobre 1940, puis le 2 juin 1941, les excluent de la communauté française et leur interdisent les professions de la fonction publique, de la presse et de l'industrie.
- Pétain est épaulé par son ministre Pierre Laval, qui organise avec la Milice la **rafle des Juifs** de la « zone libre », avec tous leurs enfants, afin de les livrer aux Allemands.

## 3. La France occupée

### A Un territoire soumis aux exigences de l'occupant

- Les Français doivent **travailler pour l'Allemagne**, qui réquisitionne les produits agricoles et industriels.
- En outre, la population souffre d'une **pénurie** alimentaire aggravée par les pillages de l'occupant. Le marché noir se développe.

### B Une population en danger permanent

- Les **Juifs du Nord de la France** subissent les lois nazies : la police française les arrête et les livre à l'occupant allemand pour qu'ils soient déportés. Durant la « rafle du Vél' d'Hiv' » de juillet 1942, 13 000 Juifs sont arrêtés.
- La zone Nord étant un territoire aux mains de l'ennemi, elle est bombardée par les Alliés. Les **destructions et pertes civiles** s'ajoutent donc aux souffrances de la population liées aux violences et aux pillages nazis.

## 4. Des Français font le choix de la Résistance

### A L'appel du 18 juin 1940

- De Gaulle condamne les choix de Pétain et invite les Français à le rejoindre pour continuer la guerre.
- Il fonde les **FFL** (Forces françaises libres) pour lutter aux côtés des Anglo-Saxons.

**Date-clé**

La **Résistance** débute le 18 juin 1940 avec l'appel du **général de Gaulle**, depuis Londres, sur les ondes de la BBC.

### B La Résistance en France

- Sur le sol français, la Résistance commence par des actions isolées. Ensuite, des **mouvements** apparaissent. Ils distribuent des tracts et créent des journaux résistants. Des **réseaux** organisent les actions de sabotage, les évasions, la transmission d'informations et les transports de marchandises. En 1941, le passage de l'URSS dans le camp allié incite des communistes à rejoindre la Résistance et, à partir de 1943, les jeunes qui refusent le STO gagnent également le **maquis**.
- Ayant reçu de De Gaulle la mission d'unifier les mouvements dispersés, Jean Moulin crée en 1943 le **Conseil national de la Résistance**.
- Les résistants se regroupent la même année dans les Forces françaises de l'intérieur **(FFI)** qui participent à la libération de la France en 1944-1945.

HISTOIRE

# 5 Indépendances et construction de nouveaux États

Au lendemain de la Seconde Guerre mondiale, les peuples colonisés réclament leur indépendance. Comment l'obtiennent-ils ?

## 1. La fin de la guerre : un contexte favorable à la décolonisation

### A Un nouveau rapport de force entre métropoles et colonies

À la fin de la Seconde Guerre mondiale, **les métropoles européennes sont affaiblies**, tant économiquement que politiquement. De plus, elles sont redevables aux peuples colonisés qui ont participé à la guerre à leurs côtés. Dans ce contexte, **les peuples colonisés revendiquent leur autonomie ou leur indépendance**.

**Rappel**

Dans certains cas, les puissances colonisatrices avaient officiellement promis l'indépendance à leurs colonies en échange de leur contribution à la guerre.

### B Le soutien des deux Grands aux peuples colonisés

Les demandes d'indépendance des peuples colonisés sont **soutenues par les États-Unis et l'URSS**, les deux grandes puissances de l'après-guerre. Les États-Unis, en tant qu'ancienne colonie anglaise, se placent du côté des colonies qui suivent leur exemple et s'émancipent. L'URSS, quant à elle, condamne l'impérialisme occidental qui vise à étendre son influence partout dans le monde.

### C L'ONU, nouvelle alliée des peuples colonisés

- Le traumatisme laissé par les atrocités de la guerre et la peur d'un nouveau conflit conduisent 51 pays à s'unir pour tenter de **préserver la paix**. Le 26 juin 1945, l'Organisation des Nations unies est créée dans ce but.
- Les demandes d'indépendance des peuples colonisés ont désormais d'autant plus de poids que toutes **les puissances colonisatrices ont signé la charte des Nations unies**.

**Rappel**

Pour assurer une bonne entente entre les pays, l'ONU s'engage à garantir « *l'égalité des droits des peuples et leur droit à disposer d'eux-mêmes* ».

## 2. La décolonisation de l'Asie à partir de 1945

Les deux principales puissances coloniales européennes sont la **France** et la **Grande-Bretagne**.

### A Une indépendance négociée pour les colonies de l'Empire britannique

- **L'Angleterre accepte** rapidement le principe de la décolonisation pour garder de bonnes relations économiques et culturelles avec les nouveaux pays libres, au sein du Commonwealth.

> **À retenir**
>
> Les colonies anglaises d'Asie accèdent à l'indépendance par le dialogue.

- L'Empire des **Indes** accède à l'indépendance en 1947, donnant naissance à deux États : l'Union indienne et le Pakistan. La Birmanie et le Sri Lanka deviennent autonomes en 1948.

### B Des guerres dans les Empires français et hollandais

- L'Indonésie, jusqu'à présent hollandaise, accède à l'indépendance en 1949 après des conflits violents.
- Le premier territoire français décolonisé est l'**Indochine**, après une guerre de huit ans (1946-1954) qui s'achève par la capitulation de l'armée française. Par les accords de Genève de juillet 1954, l'indépendance est accordée et trois nouveaux États naissent : le Laos, le Cambodge et le Vietnam.

> **À retenir**
>
> La France et les Pays-Bas souhaitent conserver leur empire, au nom de leur prestige et de leurs intérêts économiques.

## 3. La décolonisation de l'Afrique à partir de 1955

### A Une décolonisation globalement moins violente

- La Grande-Bretagne adopte la même politique pacifique qu'en Asie, à part dans quelques cas où elle entre en conflit avec la population colonisée, comme au Kenya.
- La France est également plus ouverte aux négociations : la Tunisie et le Maroc, agités par des manifestations (1952), obtiennent **par le dialogue** leur autonomie (1954) et leur

> **À retenir**
>
> En Afrique, la décolonisation est plus tardive mais elle est généralement négociée.

indépendance (1956). Les colonies françaises d'Afrique noire accèdent à l'indépendance dans le calme (début des années 1960).

## B La guerre d'Algérie (1954-1962)

- Bien qu'elle ait accepté la décolonisation de l'Afrique, **la France s'oppose à l'indépendance de l'Algérie**. Divisée en trois départements, cette colonie est, en effet, considérée comme une partie intégrante du territoire français.
- Pour forcer les Français à quitter l'Algérie, le FLN, Front de libération nationale, engage des **révoltes armées** à partir du 1er novembre 1954.
- Les accords d'Évian de mars 1962 déclarent finalement l'Algérie indépendante, après **huit années de combats** qui ont fait plus de 500 000 morts.

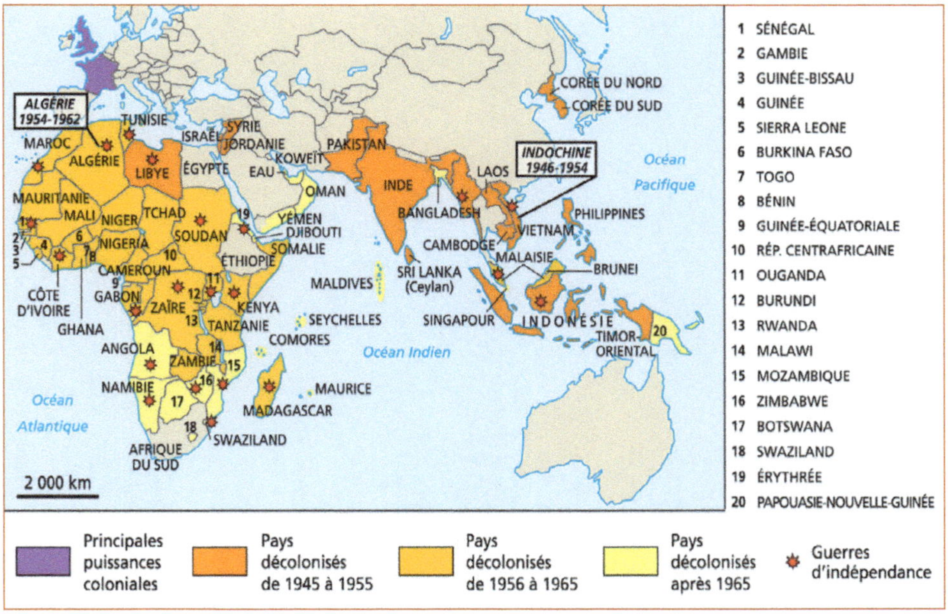


### 4. L'émergence du tiers-monde

## A De nouveaux États

La décolonisation s'accompagne de la naissance d'un grand nombre de nouveaux États qui doivent trouver leur place sur la scène internationale. Ces États, en marge des deux blocs de la guerre froide, constituent un troisième ensemble : c'est la naissance de ce que l'on appelle alors le **tiers-monde**.

## B La conférence de Bandoeng

- À Bandoeng, en 1955, les **anciennes colonies d'Asie**, désormais libres, manifestent leur solidarité à celles d'Afrique. Elles condamnent le colonialisme et proclament le droit de tout peuple à la liberté.
- Elles affirment de plus leur volonté de « **non-alignement** », refusant de se ranger derrière l'un ou l'autre des deux blocs qui s'affrontent dans la guerre froide.

## 1 Les dates-clés du chapitre

Complétez le tableau en ajoutant la date ou l'événement manquant.

| | |
|---|---|
| | Création de l'ONU |
| 1947 | |
| 1946-1954 | |
| | Guerre d'Algérie |

## 2 Vérification des connaissances

1° Comment l'Indochine et l'Algérie ont-elles obtenu leur indépendance ?

2° Expliquez l'importance de la conférence de Bandoeng.

3° En rédigeant un développement construit, expliquez les positions de la France et du Royaume-Uni face à la volonté d'indépendance de leurs colonies.

## 3 Travail sur document

**L'Istiqlal demande l'indépendance du Maroc**

« Le parti de l'Istiqlal,
Considérant que la puissance coloniale a pris tous les pouvoirs et s'est rendue maîtresse des richesses du pays au détriment des autochtones.
Considérant que la colonisation a empêché les Marocains de participer au gouvernement de leur pays et les a privés de toutes les libertés.
Considérant que le Maroc a participé de façon effective aux guerres mondiales aux côtés des Alliés.
Considérant que les Alliés ont reconnu dans la Charte de l'Atlantique le droit des peuples à la liberté et à la souveraineté.
Décide de demander l'indépendance du Maroc. »

D'après la déclaration de l'Istiqlal (parti politique marocain créé en 1943) en janvier 1944.

1° Quand et par qui ce discours est-il prononcé ?

2° Que souhaite l'auteur pour son peuple ? Comment justifie-t-il ce choix ?

3° Quel est le pays européen concerné par cette déclaration ? Quelle fut sa réaction face aux revendications de ses colonies, dont le Maroc ?

**1** → *Énoncé p. 207*

1945 : création de l'ONU ; 1947 : indépendance de l'Inde ; 1946-1954 : guerre d'Indochine ; 1954-1962 : guerre d'Algérie.

**2** → *Énoncé p. 207*

**1°** L'Indochine et l'Algérie ont obtenu leur indépendance après une guerre contre la France (Indochine : 1946-1954 ; Algérie : 1954-1962).

**2°** À Bandoeng, en 1955, les anciennes colonies d'Asie, devenues des États indépendants, manifestent leur solidarité à celles d'Afrique qui refusent de se ranger derrière les États-Unis ou l'URSS, leaders des deux blocs qui s'affrontent dans la guerre froide.

**3°** La France et la Grande-Bretagne sont les deux principales puissances coloniales européennes. L'Angleterre accepte rapidement le principe de la décolonisation : elle accorde l'indépendance à ses colonies d'Asie puis d'Afrique par le dialogue, pacifiquement, pour garder de bonnes relations économiques et culturelles avec les nouveaux pays libres, au sein du Commonwealth.
La France, affaiblie par la Seconde Guerre mondiale (occupation du territoire, division de la société sous le régime de Vichy, libération qui nécessite le soutien des Alliés), souhaite conserver son empire, au nom de son prestige et de ses intérêts économiques. Elle s'oppose, en vain, à la décolonisation de l'Indochine puis de l'Algérie, ce qui entraîne deux guerres d'indépendance, à la suite desquelles elle accorde l'indépendance à ses autres colonies d'Afrique par le dialogue.

> **Rappel**
> Tu dois pouvoir décrire les principales phases de la décolonisation et comparer la position de la France et celle du Royaume-Uni.

**3** → *Énoncé p. 207*

**1°** Cette déclaration est prononcée en 1944, avant la fin de la Seconde Guerre mondiale, par un parti politique marocain.

**2°** Ce parti souhaite l'indépendance de son pays, qu'il juge méritée pour avoir participé à la libération de la France.

**3°** La France est le pays européen concerné par cette déclaration. Elle refuse dans un premier temps le principe de la décolonisation, qu'elle accorde finalement par le dialogue au Maroc, en 1956.

> **Attention !**
> Le document est enrichi par tes connaissances sur l'attitude de la France par rapport à la décolonisation.

HISTOIRE

# 6 Un monde bipolaire au temps de la guerre froide

La Seconde Guerre mondiale se termine le 8 mai 1945 en Europe et le 2 septembre 1945 en Asie. Les États-Unis et l'URSS sont les deux pays vainqueurs. Dès la fin du conflit, ils s'affrontent dans une guerre froide (1945-1991). Quelles en sont les principales caractéristiques ?

## 1. Un monde séparé en deux blocs après la guerre

### A Des tensions malgré la création de l'ONU

**L'Organisation des Nations unies, créée en 1945**, doit permettre de lutter contre les menaces de guerre, favoriser la coopération et la solidarité entre les pays. Malgré cette organisation, les tensions sont fortes entre ces pays jusqu'à la fin des années 1980 : c'est la guerre froide.

**Rappel**

Les cinq pays les plus influents sont les membres permanents du **Conseil de sécurité** : les États-Unis, le Royaume-Uni, la France, l'URSS (devenue la Russie en 1991) et la Chine.

### B La constitution des blocs

- Dès la fin de la Seconde Guerre mondiale, des **dissensions** apparaissent **entre les États-Unis et l'URSS**. Les grands gagnants de la guerre veulent tous deux étendre leur influence dans le monde.
- Dès 1946, l'Europe est coupée par un « **rideau de fer** » qui sépare l'Europe en deux : à l'Ouest, les pays se rangent derrière les États-Unis ; à l'Est, ils restent sous le contrôle de l'URSS.

## 2. Des tensions sans conflit militaire direct entre les Grands

### A Une guerre idéologique

- **Deux idéologies s'affrontent** désormais : les Américains, suivant la doctrine Truman, souhaitent lutter contre le communisme et le système totalitaire, au nom de la liberté ; les Soviétiques, défendant la doctrine Jdanov, condamnent les empires coloniaux et accusent les États-Unis de vouloir dominer l'Europe.

- L'URSS installe des gouvernements communistes à la tête des pays d'Europe de l'Est. Craignant l'extension du communisme, le président américain Truman propose une aide financière aux pays européens : c'est le plan Marshall (1947).

## B De la course à l'armement à la guerre froide

- Durant toute la période de la guerre froide, la menace d'un combat armé entre les États-Unis et l'URSS plane, mais ne se réalise jamais. La **peur d'une guerre nucléaire**, aux conséquences catastrophiques, explique en partie la retenue des deux Grands.
- Cependant, quand **des conflits éclatent** entre d'autres pays, comme par exemple en Corée et au Vietnam, les deux puissances soutiennent leurs alliés et s'affrontent donc indirectement.
- La guerre froide oscille entre des périodes relativement calmes et des périodes de crises graves. Durant **la crise de Cuba** (1962), les deux blocs sont au bord de l'affrontement. En effet, l'URSS a installé des fusées nucléaires sur cette île proche des États-Unis pour aider le régime communiste de Fidel Castro. Le président américain Kennedy menace l'URSS de guerre, et le conflit est évité de justesse grâce au retrait des missiles soviétiques.
- La **conquête de l'espace** est également au cœur de la guerre froide. L'URSS précède les États-Unis avec l'envoi du premier satellite artificiel dans l'espace puis la mise en orbite du premier être humain, mais c'est un Américain qui fait le premier pas sur la Lune (20 juillet 1969).

## C L'Allemagne et Berlin, au cœur de la guerre froide

- En **1945**, l'Allemagne est divisée en **quatre zones** placées sous le contrôle de l'URSS, des États-Unis, du Royaume-Uni et de la France.

**Rappel**

La capitale de l'Allemagne, **Berlin**, se trouve en zone soviétique mais est également divisée en quatre zones.

- En **1948**, les États-Unis et le Royaume-Uni, qui ont fusionné les quartiers de Berlin qu'ils contrôlent, y créent une monnaie unique. L'URSS réplique en bloquant l'accès aux zones occidentales de la ville afin d'en empêcher le ravitaillement : c'est le **blocus de Berlin-Ouest**. Cependant, les États-Unis refusent de céder et organisent un ravitaillement aérien. L'URSS abandonne le bras de fer en mai 1949 et stoppe le blocus. L'Allemagne est alors coupée en deux nouveaux pays : la RFA à l'Ouest et la RDA à l'Est (1949).

- La séparation entre les deux blocs s'accentue en **1961**, lorsque le gouvernement de RDA décide de construire **un mur entre Berlin-Est et Berlin-Ouest** pour stopper l'exode des habitants de l'Est vers l'Ouest.

À retenir

Le **Mur de Berlin** devient le symbole de la guerre froide en Europe.

## 3. La guerre froide se termine avec la défaite du bloc Est

### A La détente

Une période de **détente succède à la crise cubaine**. Les deux blocs font face à des difficultés et des contestations internes, et la guerre froide se termine finalement à la fin des années 1980 avec la disparition du bloc Est.

### B La chute du Mur de Berlin en 1989 et la dislocation de l'URSS

- Durant les années 1970 et 1980, **les deux Allemagne amorcent leur réconciliation**, fortement souhaitée par les populations.
- Le **9 novembre 1989**, les Berlinois de l'Est parviennent finalement à rejoindre ceux de l'Ouest en franchissant le Mur. Le 3 octobre 1990, l'Allemagne est réunifiée : la RDA est intégrée au territoire de la RFA.
- En 1991, **l'URSS disparaît** ; de nouvelles républiques sont créées, parmi lesquelles la Russie.

HISTOIRE 7

# Affirmation et mise en œuvre du projet européen

La construction européenne débute pendant la guerre froide. Le projet européen a comme première ambition le maintien de la paix dans une période de fortes tensions.

## 1. La construction européenne permet de renforcer la paix

### A La création de la CECA

Robert Schuman, ministre français des Affaires étrangères, est l'un des pères fondateurs du projet européen. Il propose, le 9 mai 1950, la **mise en commun des productions de charbon et d'acier** de la France et de la République fédérale d'Allemagne. La CECA (Communauté européenne du charbon et de l'acier) est ainsi créée en 1951 ; elle réunit non seulement la France et la RFA, mais aussi l'Italie et le Benelux (Belgique, Pays-Bas, Luxembourg).

### B La CEE, Communauté économique européenne (1957)

Le 25 mars **1957**, les **six pays** membres de la CECA signent le **traité de Rome** par lequel ils fondent la CEE. Le traité de Rome fixe les orientations de la construction européenne : créer un marché unique par l'abolition des droits de douane, mettre en place une politique agricole commune, assurer une prospérité commune avec le souci de réduire les risques de guerre entre les États membres, devenus partenaires.

### C L'élargissement de 6 à 9 États membres en 1973

L'**Irlande**, le **Danemark** et le **Royaume-Uni** deviennent États membres en 1973. L'intégration du Royaume-Uni met un terme à de multiples débats : la France, présidée alors par de Gaulle, avait imposé son veto à l'entrée du Royaume-Uni dans la CEE en 1963 et en 1967 pour limiter l'ingérence des États-Unis, allié privilégié du Royaume-Uni, dans les affaires européennes.

### D Le passage à 10 États membres (1981 : Grèce) puis à 12 (1986 : Espagne, Portugal)

Ce passage marque une **volonté d'ouverture au Sud**. Il favorise les progrès économiques de la Grèce, de l'Espagne et du Portugal, tout en faisant de la CEE le premier pôle commercial du monde.

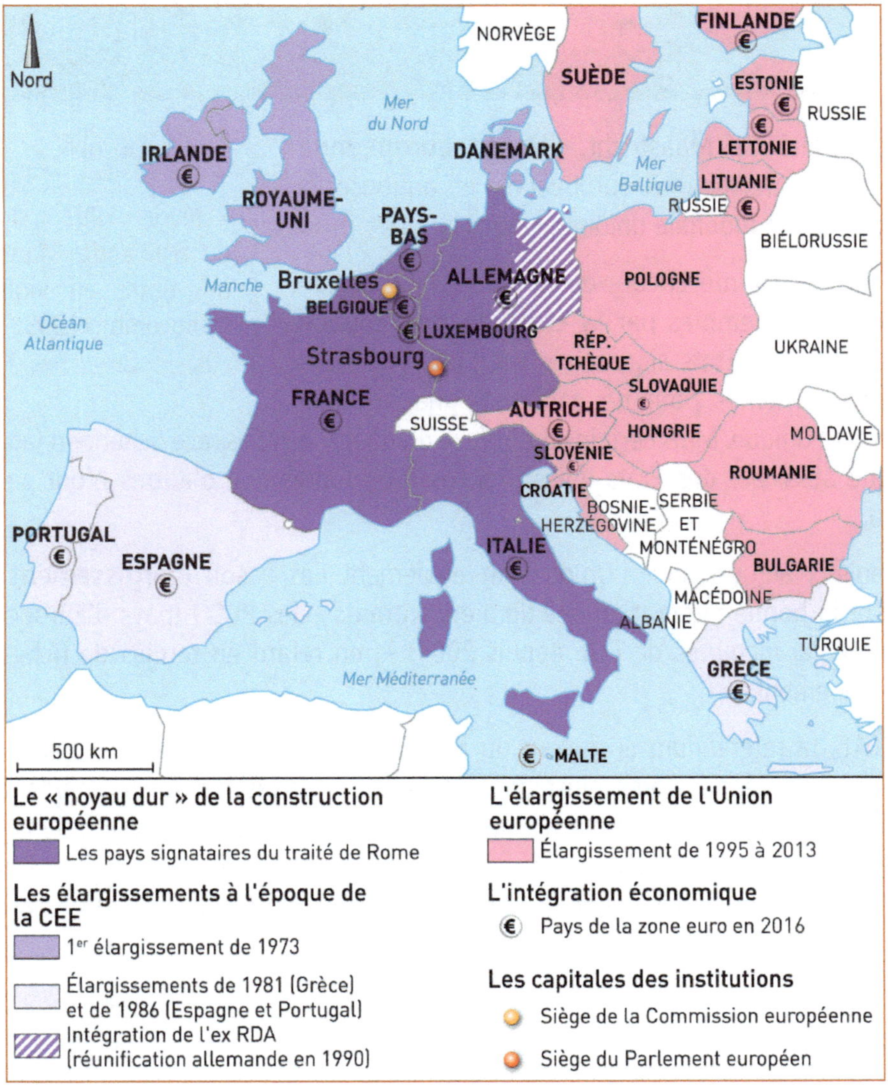


## E L'élargissement de l'UE de 12 à 28 (1995-2013)

En 1995, la Suède, la Finlande et l'Autriche intègrent l'Union européenne. L'**ouverture à l'Est** débute dans le contexte de l'éclatement du bloc Est, après la chute du Mur de Berlin (9 novembre 1989) et la réunification de l'Allemagne (3 octobre 1990). En 2013, la Croatie devient le 28e État membre.

**Rappel**

L'élargissement de 15 à 27 États membres en 2004 puis en 2007 permet à d'anciens pays du bloc Est de rejoindre leurs anciens adversaires du bloc Ouest.

## 2. L'Union européenne : un projet qui tente de resserrer les liens entre les États membres

- Par le traité de Maastricht, l'**Union européenne** instaure la citoyenneté européenne et annonce la création d'une monnaie unique : l'euro.

> **Date-clé**
>
> 7 février 1992 : signature du **traité de Maastricht**, qui entre en vigueur le 1er novembre 1993.

- En 1995, elle tente encore de renforcer la cohésion de ses États membres par **la création de l'espace Schengen.** Les États signataires ont supprimé leurs frontières internes pour ne garder qu'une frontière extérieure unique. Mais certains ont refusé d'adhérer à cet espace Schengen (aujourd'hui critiqué aussi par des États qui en font partie), tandis que d'autres n'ont pas adopté l'euro.

- Les enjeux actuels pour l'Union sont également liés à son **élargissement** : il faut faciliter la bonne intégration des derniers entrants – les PECO (pays d'Europe centrale et orientale, membres de l'UE depuis 2004) –, en retard en termes de richesse et de développement.

- En 2016, le référendum en faveur du Brexit a entériné la sortie du Royaume-Uni de l'Union européenne. Après plusieurs années de négociations sur les modalités de la sortie définitive du pays et sur les nouveaux accords (à propos des relations commerciales, des droits de circulation des populations, par exemple) entre le Royaume-Uni et l'Union européenne, le Royaume-Uni quitte l'Union européenne le 31 décembre 2020.

## 1 Les dates-clés du chapitre

Complétez le tableau en ajoutant la date ou l'événement manquants.

| | |
|---|---|
| | Traité de Rome |
| 1973 | |
| | Adhésion de la Grèce |
| 1986 | |
| | Traité de Maastricht |
| 1995 | |
| | Adhésion de la Roumanie et de la Bulgarie |
| 2013 | |

## 2 Vérification des connaissances

1° Quand a été créée l'Union européenne ?

2° Combien de pays ont adopté l'euro en 2011 ? Citez le nom d'un pays membre de l'Union européenne qui n'a pas adopté cette monnaie.

3° En rédigeant un développement construit, expliquez les principales étapes de la construction européenne.

## 3 Travail sur document

**Extraits du traité de Maastricht (1992)**

L'Union se donne pour objectifs :

– de promouvoir un progrès économique et social équilibré et durable, notamment par la création d'un espace sans frontières intérieures [...] et par l'établissement d'une union économique et monétaire comportant à terme une monnaie unique ;

– d'affirmer son identité sur la scène internationale, notamment par la mise en œuvre d'une politique étrangère et de sécurité commune, y compris une défense commune ;

– de renforcer la protection des droits et des intérêts des ressortissants de ses États membres par l'instauration d'une citoyenneté de l'Union [...].

Extraits du titre I, article B du traité de Maastricht (Pays-Bas), 7 février 1992, signé par les représentants de la France, de l'Allemagne, de l'Italie, de la Belgique, des Pays-Bas, du Luxembourg, de la Grande-Bretagne, du Danemark, de l'Irlande, de la Grèce, de l'Espagne et du Portugal. Il entre en vigueur le 1er novembre 1993.

1° Quand et où a été signé ce traité ? Quels pays l'ont signé ?

2° Quels sont les objectifs économiques et politiques de ce traité ?

3° Expliquez l'importance de ce document dans l'histoire de la construction européenne.

**1** → *Énoncé p. 215*

1957 : traité de Rome ; 1973 : adhésion du Danemark, de l'Irlande et du Royaume-Uni ; 1981 : adhésion de la Grèce ; 1986 : adhésion de l'Espagne et du Portugal ; 1992 : traité de Maastricht ; 1995 : adhésion de l'Autriche, de la Finlande et de la Suède ; 2007 : adhésion de la Roumanie et de la Bulgarie ; 2013 : adhésion de la Croatie.

**2** → *Énoncé p. 215*

**1°** L'Union européenne a été créée en 1992.

**2°** 17 pays ont adopté l'euro en 2011. Le Royaume-Uni et la Suède, par exemple, sont des pays de l'Union européenne qui, en revanche, ne l'ont pas adopté.

**3°** En 1950, Robert Schuman et Jean Monnet proposent de réunir la production de charbon et d'acier des pays d'Europe occidentale, afin de rapprocher des pays longtemps rivaux, pour tenter de préserver la paix en Europe. Ainsi, la Communauté Européenne du Charbon et de l'Acier (CECA) est créée en 1951, réunissant la RFA, la France, l'Italie, la Belgique, le Luxembourg et les Pays-Bas. En 1957, les 6 pays de la CECA signent les traités de Rome, instaurant la CEE (Communauté Économique Européenne). Après la création de la CEE, plusieurs élargissements ont lieu : en 1973, d'abord (entrée de l'Irlande, du Royaume-Uni et du Danemark), puis en 1981 (arrivée de la Grèce) et en 1986 (ouverture de la CEE à l'Espagne et au Portugal).
C'est le traité de Maastricht, signé en 1992, qui donne naissance à l'Union européenne. Cette dernière connaît plusieurs élargissements : d'abord en 1995, avec l'intégration de la Finlande, de la Suède et de l'Autriche ; puis en 2004, soit une dizaine d'années après la fin de la guerre froide et la dislocation du bloc Est, avec l'adhésion des pays d'Europe centrale et orientale (Pologne, République Tchèque, Slovaquie, Slovénie, Hongrie, Lituanie, Lettonie, Estonie), ainsi que deux îles (Malte et Chypre) ; en 2007, la Roumanie et la Bulgarie les rejoignent ; enfin, la Croatie fait son entrée en 2013. L'Union européenne compte alors 28 pays membres. Ce nombre est réduit à 27 à partir de 2020, après la sortie du Royaume-Uni de l'Union européenne (Brexit voté par référendum en 2016).

**3** → *Énoncé p. 215*

**1°** Le traité de Maastricht a été signé en 1992 par les 12 pays membres de la CEE.

**2°** Sur le plan économique, ce traité prévoit la création de l'euro. Sur le plan politique, il instaure la citoyenneté européenne et envisage une politique de Défense européenne.

**3°** Ce traité est une étape importante de la construction européenne puisqu'il renforce les liens économiques des États membres (création de l'euro), mais aussi crée la citoyenneté européenne et est une étape vers une plus grande coopération politique.

HISTOIRE 8

# Enjeux et conflits dans le monde après 1989

En 1991, l'URSS disparaît ; les États-Unis s'imposent comme les grands vainqueurs de la guerre froide, qui se termine avec la disparition des deux blocs. Comment le monde s'organise-t-il depuis la fin de cette « guerre » ?

## 1. Un monde dominé par les États-Unis

### A La fin de l'URSS

En 1989, l'URSS est affaiblie économiquement et la population souffre de mauvaises conditions de vie. Le mécontentement croît parmi les habitants des pays d'Europe de l'Est qui proclament leur indépendance. Gorbatchev amorce des réformes avec la glasnost et la perestroïka. **En 1991, la CEI**, Communauté des États indépendants, **remplace l'URSS** : quinze nouveaux États (dont la Russie) sont créés en Europe.

### B Les États-Unis, la seule superpuissance mondiale

- Leur domination est d'abord **économique** (1re puissance agricole, industrielle, commerciale et financière, 1er pays touristique du monde).
- Leur puissance est également **politique et militaire** (pays membre le plus influent du Conseil de sécurité de l'ONU, leader de l'OTAN).
- Leur armée est présente dans le monde entier : ils interviennent dans des guerres entre États (Guerre du Golfe en 1991, par exemple) ou dans des conflits à l'intérieur de certains pays (comme en Afghanistan).

**À retenir**

Seule superpuissance mondiale, les États-Unis s'imposent comme les **« gendarmes du monde »**.

- Ils sont enfin une grande puissance **culturelle** (la musique ou les films produits par les grandes compagnies de cinéma sont écoutés et regardés dans le monde entier, leur mode de vie est adopté partout).

### C Une puissance contestée

- Les États-Unis doivent parfois encore se confronter diplomatiquement à la **Russie** (sur la Syrie, par exemple). L'**Union européenne** est un partenaire mais aussi un concurrent économique.

- Les **pays émergents** s'affirment de plus en plus par leurs progrès économiques et leur volonté de défendre leurs intérêts au sein des organisations internationales.

> Rappel
>
> Les pays émergents les plus importants sont la Chine, l'Inde et le Brésil.

## 2. Un monde instable

### A Des frontières qui se multiplient

- Il y a aujourd'hui environ 200 pays dans le monde, contre moins de 80 au lendemain de la Seconde Guerre mondiale. En Afrique et en Asie, la décolonisation a favorisé la **création de nouveaux États** : des pays ont été créés après l'indépendance des Indes britanniques, de l'Indochine, de l'Afrique noire.
- Dans l'ancien bloc de l'Est, hormis les États de la CEI, d'autres États qui regroupaient diverses **minorités culturelles** se divisent : en 1992, la Tchécoslovaquie laisse place à la République tchèque et à la Slovaquie, tandis que la Yougoslavie disparaît après trois ans de guerre (1992-1995). Son territoire est désormais partagé entre la Slovénie, la Croatie, la Bosnie-Herzégovine, la Serbie, le Monténégro, le Kosovo et la Macédoine.

### B Un monde en guerre

- Depuis la Seconde Guerre mondiale, il n'y a plus eu de conflit militaire à l'échelle de la planète. Mais la guerre froide n'a pas laissé place à une période de paix : **les conflits sont nombreux.** Ce sont des guerres civiles, des guerres pour la conquête de frontières ou pour la domination d'une région riche en ressources naturelles (le pétrole ou l'eau, par exemple).
- En Afrique, suite à la décolonisation, des peuples parfois hostiles ou rivaux se sont retrouvés réunis au sein d'un même État. Ceci a engendré de nombreuses **guerres civiles**, pour des raisons économiques (exploitation des richesses du pays), politiques (prise du pouvoir dans le pays) ou religieuses. **Ces guerres ont affaibli les États** et freiné leur développement économique. Elles ont fait de nombreuses victimes, avec parfois des génocides.
- En Europe et en Asie, la multiplication des États a engendré des **guerres entre États voisins** : en ex-Yougoslavie, entre Israël et la Palestine, Israël et le Liban au **Proche-Orient**, entre l'Inde et le Pakistan en Asie.

## C Une nouvelle menace : le terrorisme

- Les attentats du **11 septembre 2001 à New York** symbolisent une nouvelle forme de guerre, entre États démocratiques et organisations terroristes.
- Suite à ces attentats, les États-Unis lancent des opérations militaires en **Afghanistan** (à partir de 2001), puis en **Irak** (à partir de 2003). Ces interventions entraînent le renversement des gouvernements en place mais ne permettent pas l'instauration de régimes démocratiques, et l'occupation militaire de ces territoires crée une grande instabilité.
- Le XXIe siècle est ensuite marqué par la multiplication des attentats : à Madrid (2004), en Tunisie (2015), au Mali (2015), en France (janvier et novembre 2015). Ces attentats sont commis par des organisations terroristes qui, sous prétexte de défendre une pratique rigoureuse de la religion musulmane, tentent d'imposer une idéologie totalitaire, qui refuse les valeurs démocratiques et nie les droits fondamentaux de l'homme.

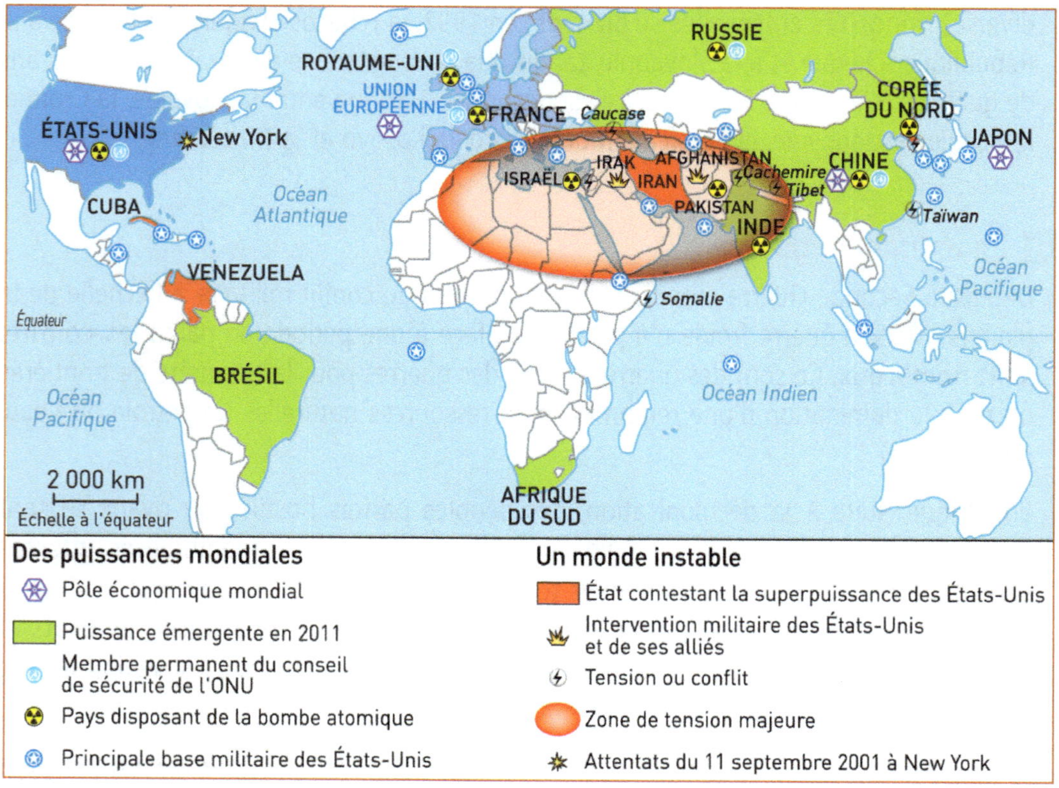

# 9 La République française (1944-2017)

La libération de la France s'accompagne de la disparition de l'« État français » (régime de Vichy) et de la condamnation de Pétain et de Laval. La vie démocratique est rétablie. De 1946 à 1958, la France vit sous la IVe République. Puis, en 1958, le général de Gaulle obtient la mise en place d'une nouvelle Constitution et devient le premier président de la Ve République. G. Pompidou, V. Giscard d'Estaing, F. Mitterrand, J. Chirac, N. Sarkozy, F. Hollande et E. Macron lui succèdent. Quelles sont les principales caractéristiques de la vie politique, économique, sociale et culturelle de 1944 à 2007 ?

## 1. La naissance de la IVe République en 1945

### A Le Gouvernement provisoire de la République française

- Un **Gouvernement provisoire de la République française** est créé par de Gaulle en juin 1944. Le GPRF rassemble des résistants qui défendent les idées de partis politiques différents.
- Dès 1944, il permet une grande avancée pour la démocratie : le **droit de vote** est accordé **aux femmes**.

### B La création de la IVe République

- En avril 1945, une Assemblée constituante est élue ; elle réunit des députés qui adoptent une **nouvelle Constitution**, soumise au vote des Français par référendum. Un premier texte est rejeté, un second est difficilement approuvé et donne naissance à la IVe République en octobre 1946.
- Le général de Gaulle est en désaccord avec ces textes car ils donnent, selon lui, trop peu de pouvoirs au président de la République. **Il démissionne.**

### C La reconstruction du pays

- En 1944, le GPRF donne la priorité aux transports, à l'énergie, aux banques. L'État prend le contrôle de certains secteurs de l'économie par des **nationalisations** (c'est-à-dire qu'il transforme des entreprises privées en entreprises publiques). Les entreprises accusées de collaboration avec l'occupant allemand sont également nationalisées, comme Renault par exemple. Un plan quinquennal indicatif est instauré : il fixe les grandes orientations économiques à suivre sans imposer d'objectifs chiffrés aux entreprises.

HISTOIRE

- La France, comme tous les pays du bloc Ouest, accepte le plan Marshall (voir à ce sujet le chapitre 6 sur la guerre froide).
- La **réussite économique** permet au pays de retrouver, dès les années 1950, les niveaux de production d'avant-guerre.

**Rappel**

En 1947, les États-Unis proposent une aide financière aux pays européens dans le contexte de la guerre froide : c'est le **plan Marshall**.

## 2. La présidence du général de Gaulle : une nouvelle République

### A De Gaulle arrive au pouvoir en 1958

- La France est engagée depuis 1954 dans la **guerre d'Algérie** : les gouvernements se succèdent sans parvenir à trouver de solution ; l'opinion publique est divisée à propos de l'indépendance de l'Algérie.
- Le 13 mai, une insurrection en faveur de l'Algérie française, organisée à Alger, entraîne la chute du gouvernement au pouvoir. De Gaulle accepte de diriger un nouveau gouvernement, mais à condition d'engager des réformes pour mettre en place une **nouvelle Constitution**.

### B Une nouvelle distribution des pouvoirs

- De Gaulle fait adopter dès septembre 1958, par référendum, une nouvelle Constitution, qui instaure la Ve République et renforce les pouvoirs du président.

**Date-clé**

En décembre 1958, de Gaulle devient le 1er président de la **Ve République**.

- Il obtient en 1962, à nouveau par référendum, le principe de l'**élection du président de la République au suffrage universel direct**, par lequel il est réélu en 1965.

### C Une nouvelle diplomatie

- Outre la résolution de la crise algérienne et l'indépendance accordée aux colonies d'Afrique noire, la diplomatie de De Gaulle se caractérise par une **volonté de libérer la France de l'influence des États-Unis**. Pour mener une politique diplomatique et militaire autonome, il retire la France de l'OTAN en 1966.

- En Europe, de Gaulle **renforce les liens avec la RFA** et s'oppose à l'entrée dans la CEE du Royaume-Uni, qu'il juge trop lié aux États-Unis.

## 3. 1968-1969 : de Mai 68 au départ de De Gaulle

### A La révolte de mai 1968

- En 1968, les **manifestations et** les **grèves** se multiplient. Les étudiants condamnent la société de consommation issue des Trente Glorieuses et veulent davantage de libertés, des conditions d'études plus favorables. Les ouvriers demandent une hausse des salaires.
- **L'agitation sociale prend de l'ampleur** jusqu'à paralyser le pays au mois de mai. Le 27 mai, les syndicats, le patronat et le gouvernement parviennent finalement à un accord qui désamorce la crise.

### B De Gaulle est fragilisé, puis démissionne

- **De Gaulle est affaibli**, tandis que le leader de la gauche, François Mitterrand, gagne en popularité.
- Pourtant, les **élections législatives de juin 1968** se soldent par une nouvelle victoire de la droite. Les Français ont voté pour la stabilité du pouvoir.
- Cependant, un an plus tard, la majorité des Français vote « non » au référendum sur la régionalisation et à la réforme du Sénat. De Gaulle prend le rejet de sa réforme comme un échec personnel, s'ajoutant à celui de la crise de 1968.
- **Il démissionne** le 28 avril 1969.

## 4. Une vie politique marquée par l'alternance politique de 1969 à 2007

### A Du gaullisme au mitterrandisme

- La V<sup>e</sup> République reste d'abord gaullienne avec la présidence de Georges Pompidou. **Valéry Giscard d'Estaing** lui succède en 1974.
- Les **années 1981-1995** (dates des deux septennats de François Mitterrand) se caractérisent par une nouvelle forme de partage du pouvoir : la présidence est à gauche, mais le gouvernement est dirigé par la droite qui a remporté les élections législatives. C'est la **cohabitation**. Jacques Chirac en 1986, puis Édouard Balladur en 1993 sont nommés Premiers ministres.

## B Le retour de la droite

- La présidence de **Jacques Chirac** en **1995** marque le **retour du gaullisme** à la présidence, mais en 1997 la gauche remporte les élections législatives et Lionel Jospin devient Premier ministre : une nouvelle cohabitation commence.

> **À retenir**
>
> La victoire de **François Mitterrand** à l'élection présidentielle de mai 1981 entraîne pour la première fois l'arrivée de la gauche au pouvoir.

- Les difficultés économiques persistantes, le nombre élevé de chômeurs et la précarisation de nombreuses familles favorisent la montée de l'extrême droite (Front national). Jean-Marie Le Pen accède au second tour des élections présidentielles de 2002, finalement remportées par **Jacques Chirac** qui reste président jusqu'en 2007 ; **Nicolas Sarkozy** lui succède alors.

## C La remise en cause des partis traditionnels

De 2012 à 2017, la présidence de **François Hollande** signifie le retour de la gauche au pouvoir. Puis, les élections présidentielles de 2017 amènent une profonde remise en cause des partis traditionnels de gauche et de droite, dont les leaders sont battus par **Emmanuel Macron** qui crée un nouveau parti, La République en Marche, lequel réunit plusieurs personnalités politiques issues des partis traditionnels.

## 1 Les dates-clés du chapitre

Complétez le tableau avec la date ou l'événement manquant.

| | |
|---|---|
| 1958 | |
| | Les années de Gaulle |
| 1981-1995 | |
| | Les années Chirac |

## 2 Vérification des connaissances

1° Quels sont les présidents de droite au pouvoir depuis 1969 ?

2° Donnez une définition de la cohabitation.

3° Quelles sont les grandes caractéristiques politiques des années 1981 à 2007 ? Vous répondrez à cette question en rédigeant un développement construit.

## 3 Travail sur document

**Les abstentionnistes au 1er tour des élections présidentielles et législatives de 1981 à 2007**

| | Élections présidentielles | Élections législatives |
|---|---|---|
| **1981** | 18,91 % | 29,7 % |
| **1986** | — | 22 % |
| **1988** | 18,65 % | 34,3 % |
| **1993** | — | 31,1 % |
| **1995** | 21,62 % | — |
| **1997** | — | 32,1 % |
| **2002** | 28,40 % | 35,6 % |
| **2007** | 16,23 % | 39,6 % |

1° Comparez l'abstentionnisme des Français aux élections présidentielles et législatives.

2° Quelle est l'évolution de l'abstentionnisme des Français aux élections présidentielles et législatives de 1981 à 2007 ?

**1** → *Énoncé p. 225*

1958 : fondation de la V^e^ République ; 1958-1969 : les années de Gaulle ; 1981-1995 : les années Mitterrand ; 1995-2007 : les années Chirac.

**2** → *Énoncé p. 225*

**1°** Depuis 1969, les présidents de droite sont Georges Pompidou, Valéry Giscard d'Estaing, Jacques Chirac et Nicolas Sarkozy.

**2°** Il y a cohabitation lorsqu'un président appartient à un parti politique qui est battu lors des élections législatives : ce président doit travailler avec un Parlement (et donc un gouvernement, ainsi qu'un Premier ministre) appartenant à un parti politique adverse. Ainsi, en 1986 et en 1993, François Mitterrand, président socialiste (parti de gauche), doit cohabiter avec deux Premiers ministres de droite, Jacques Chirac puis Édouard Balladur, après la défaite des partis de gauche aux élections législatives. En 1997, Jacques Chirac, président de droite, doit cohabiter avec Lionel Jospin, Premier ministre socialiste.

**3°** François Mitterrand, leader du Parti socialiste, est au pouvoir de 1981 à 1995. Jacques Chirac lui succède alors pour deux mandats (1995-2002 et 2002-2007).

> **Astuce**
> Une ou deux phrases d'introduction permettent de rappeler les repères chronologiques.

Les élections présidentielles de mai 1981 permettent pour la première fois l'arrivée au pouvoir de la gauche. François Mitterrand est le président qui est resté le plus longtemps au pouvoir, mais les élections législatives de 1986 et 1993 entraînent la victoire des partis de droite : pour la première fois dans l'histoire de la V^e^ République, il y a une cohabitation. L'élection de Jacques Chirac en 1995 marque le retour du gaullisme à la présidence, mais, suite à sa décision de dissoudre l'Assemblée nationale deux ans plus tard, la gauche remporte les élections législatives : l'hémicycle est alors composé en majorité de députés de gauche. Lionel Jospin, leader du Parti socialiste, principal parti de gauche, devient donc Premier ministre : une nouvelle cohabitation commence. En 2002, Jacques Chirac est néanmoins réélu président de la République.

**3** → *Énoncé p. 225*

**1°** L'abstentionnisme est plus important aux élections législatives qu'aux élections présidentielles.

**2°** L'abstentionnisme des Français a nettement augmenté (+ 10 %), à l'exception des élections présidentielles de 2007. Les raisons de ce phénomène sont multiples. De nombreux citoyens qui ne vont plus voter expriment leur mécontentement et leur lassitude, voire leur défiance à l'égard des dirigeants politiques. Ils ont le sentiment que leurs difficultés (pouvoir d'achat insuffisant, fragilité face au risque de chômage, etc.) ne sont pas suffisamment prises en compte ou que les politiques mises en œuvre par les gouvernements successifs ont démontré une incapacité des dirigeants au pouvoir à améliorer leur vie quotidienne.

HISTOIRE 10

# La société française (1945-années 1980)

L'année 1946 marque le début des Trente Glorieuses. Cette période de 30 ans se caractérise par la naissance de la « société de consommation » et une nette amélioration du confort quotidien dans les foyers.

## 1. Une période de mutations socio-économiques

### A Le niveau de vie de la population augmente rapidement entre les années 1950 et 1970

- La période qui s'étend des années 1950 au milieu des années 1970 constitue la plus forte période d'expansion économique : les pays produisent en grande quantité. L'augmentation de la production permet aux pays industriels de s'enrichir rapidement. Le niveau de vie de la population augmente.

> **À retenir**
>
> Les années 1950 marquent la naissance de la **« société de consommation »**.

- La part des dépenses alimentaires dans le budget des ménages diminue au profit de dépenses consacrées à l'automobile, aux appareils électroménagers et aux loisirs. La société accède à la consommation de masse.
- Grâce à l'augmentation de leur pouvoir d'achat, les ménages peuvent s'équiper et améliorer ainsi leur confort quotidien : appareils électroménagers (réfrigérateur, lave-linge, aspirateur, etc.), automobile, téléviseur…
- L'essor de la consommation est également lié à l'urbanisation : la population française s'accroît dans les villes, car celles-ci favorisent l'accès à l'emploi, aux divertissements et aux commerces.
- Jusqu'au milieu des années 1950, les Français font leurs achats dans des petits commerces de proximité, situés au cœur de leur ville. À partir du milieu des années 1950, ces petits commerces sont peu à peu remplacés par des supermarchés, le plus souvent situés dans des zones commerciales, qui favorisent l'augmentation de la consommation.

> **Date-clé**
>
> La **Sécurité sociale** est créée dès 1945. Elle permet de garantir le droit à la santé de tous les habitants.

- Malgré les difficultés apparues depuis le milieu des années 1970, les familles continuent de consommer et achètent notamment des objets multimédias (ordinateurs, téléphones portables, etc.).

## B De profondes transformations bouleversent le monde du travail

- L'augmentation de la population a été amplifiée par l'immigration, d'abord avant 1914 (arrivée d'Européens), mais **surtout pour assurer la croissance économique des Trente Glorieuses, de 1946 à 1975** (populations venues des anciennes colonies pour satisfaire les besoins en main-d'œuvre).
- Le développement de la société de consommation engendre une multiplication des services, qui entraîne également la **tertiairisation** de la population active : deux tiers travaillent dans le secteur des services.
- La **féminisation** de la population active est aussi une conséquence de l'évolution de la place que les femmes souhaitent occuper dans la société.

**Daté-clé**

La **scolarité obligatoire** est **allongée jusqu'à 16 ans** en 1959.



## C Difficultés économiques et montée du chômage à partir des années 1970

### Au début des années 1970, les Trentes Glorieuses se terminent

- La croissance des Trente Glorieuses est stoppée par les **chocs pétroliers** de 1973 et 1979 : la hausse des prix du pétrole augmente les coûts de production des entreprises, qui doivent également faire face au ralentissement de la consommation.
- La croissance ralentit : les pays continuent de s'enrichir, mais moins vite. Produire coûte plus cher, en priorité à cause de la hausse du prix du pétrole ; des entreprises se trouvent en difficulté, le chômage augmente.
- Ces difficultés entraînent l'**augmentation du chômage**, aggravé par les mutations structurelles des entreprises : la mécanisation et la robotisation des chaînes de production augmentent les productions, mais s'accompagnent de licenciements, de même que les délocalisations d'usines dans des pays où la main-d'œuvre est moins chère.

### Des réformes sont entreprises pour enrayer les difficultés sociales

- Dès 1981-1982, les gouvernements de gauche augmentent les dépenses de l'État et mènent des réformes : **semaine de travail réduite à 39 heures, retraite à 60 ans,** cinquième semaine de congés payés. Cependant, les difficultés demeurent.
- Les conditions de vie s'améliorent peu ensuite, malgré de nouvelles lois pour lutter contre le chômage (création de la **semaine de 35 heures en 2000**) ou pour aider les plus démunis (création du RMI en 1988, de la CMU en 1999).
- Les difficultés provoquent de **multiples agitations** (manifestations, grèves nombreuses, violence dans certains quartiers).

## 2. Une période de mutations et de grands débats culturels

### A Les évolutions de la place des jeunes et des femmes dans la société

- Suite aux événements de mai 1968, le président Valéry Giscard d'Estaing abaisse l'âge de la **majorité de 21 ans à 18 ans**.
- Par ailleurs, depuis les années 1970, les mutations se multiplient au sein des familles françaises. Les femmes ont fait des études et sont de plus en plus nombreuses à exercer un emploi salarié, notamment dans les métiers de services. L'âge du mariage recule, la loi accepte le droit à la contraception (officiel depuis 1972) et à l'**IVG** (dans certains cas précis, à partir de la loi Veil de 1975). Les enfants sont moins nombreux dans les familles.
- L'augmentation des divorces fait des **familles** des cellules moins solides et moins protectrices. Les enfants étant davantage livrés à eux-mêmes, le rôle de l'école se modifie, devant accorder une place plus importante pour l'éducation. Les familles sont également moins protectrices envers les personnes âgées, dont l'espérance de vie augmente.

### B L'évolution des enjeux sociaux

- À partir des années 1960, la **pratique religieuse** ne concerne plus qu'une minorité de la population, mais la place des religions dans la société française laïque est encore au centre de nombreux débats.
- Les **progrès de la science** améliorent l'espérance de vie mais posent des questions éthiques, morales (jusqu'où peuvent aller les recherches génétiques, sur l'être humain ou pour notre alimentation ?…).

- Dans le domaine de la **justice**, le gouvernement sous la présidence de Mitterrand abolit la peine de mort en 1981.
- Enfin, l'affirmation de la société de consommation et les excès de la modernisation de la vie quotidienne se sont accompagnés d'importants dommages causés à l'**environnement** : le développement durable et la lutte contre le changement climatique sont désormais deux préoccupations incontournables des pouvoirs publics.

GÉOGRAPHIE

# 11 Les aires urbaines

La population française (Métropole et territoires d'outre-mer) s'élève plus de **67 millions en 2020** et vit, depuis 1936, majoritairement en ville. Le nombre d'urbains a d'ailleurs fortement augmenté depuis les années 1950. À partir des années 1970, cette croissance s'est également accompagnée de l'étalement des villes sur les campagnes.

## 1. La majorité des Français vit dans une aire urbaine

### A Définition d'une aire urbaine

**Une aire urbaine** est un ensemble de communes proches les unes des autres, avec une ville-centre, composée d'un centre-ville, d'un péricentre et d'espaces suburbains, et des communes périurbaines.

### B L'étalement des aires urbaines sur les campagnes

- **L'urbanisation du territoire** se traduit par l'augmentation de la population qui habite dans les aires urbaines. La croissance la plus forte se situe **dans l'espace périurbain**, tandis que la population du centre-ville augmente plus lentement.

**À retenir**

La population française est **une population urbaine**. Plus de 80 % des Français vivent dans une aire urbaine.

- Le phénomène de **périurbanisation** se traduit par la multiplication des **lotissements** et des **villas individuelles** dans les campagnes en périphérie des villes. Ce phénomène se produit donc **au détriment des espaces ruraux**, en particulier des terres agricoles.
- Les familles qui s'éloignent du centre-ville sont à la recherche d'un cadre de vie plus agréable, car **la ville apparaît de plus en plus comme un espace pollué et bruyant**. Elles bénéficient également de prix de terrains moins élevés.

**À retenir**

**Centre-ville :** noyau historique de la ville.
**Péricentre :** territoire qui se situe à proximité du centre-ville.
**Espace suburbain :** territoire qui se situe entre le péricentre et le périurbain.
**Espace périurbain :** territoire qui se situe en périphérie de la ville.
**Espace rural :** campagne.

## 2. Une mobilité accrue des habitants

### A À l'intérieur des aires urbaines

- **L'utilisation croissante de l'automobile** a amplifié le phénomène de périurbanisation à partir de la fin des années 1970.
- **Les nouveaux habitants des communes périurbaines** sont, le plus souvent, des personnes qui travaillent en ville. Elles **multiplient donc les allers-retours quotidiens** (entre leur domicile périurbain et leur lieu de travail situé dans la ville-centre). On observe aussi **la multiplication des déplacements au sein de l'espace périurbain**, car de plus en plus d'habitants des communes périurbaines travaillent dans les zones d'activités construites en périphérie des villes.
- Les week-ends, les habitants du centre-ville et des quartiers de sa proche périphérie se déplacent aussi vers les zones commerciales périurbaines.
- Cette mobilité nécessite la construction **de nouvelles voies de communication** (voies rapides, autoroutes), qui relient la ville à la campagne ou les différentes communes périurbaines de l'aire urbaine entre elles.

### B Entre les aires urbaines

- Les grandes aires urbaines du pays sont reliées par des **autoroutes** et des **lignes à grande vitesse (LGV).**
- Ces moyens de transport rapides favorisent l'installation des populations dans ces aires urbaines, car ils leur permettent de se rendre régulièrement dans une autre aire urbaine, pour le travail ou les loisirs.

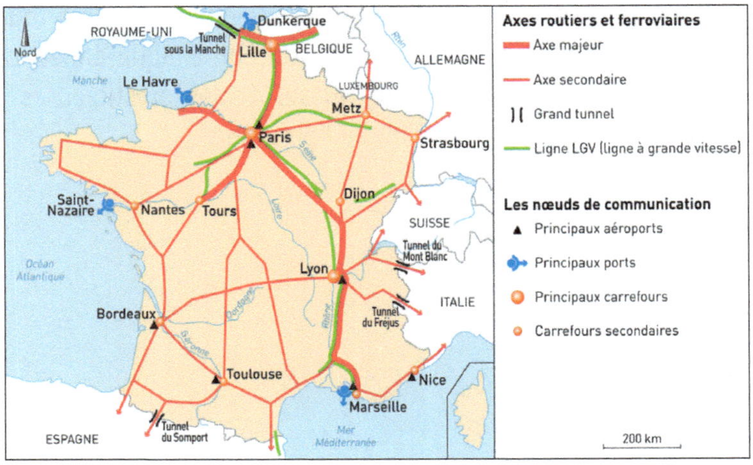

## 3. Les aires urbaines concentrent les activités

### A Les principales aires urbaines sont des métropoles

- Ces aires urbaines concentrent non seulement la population de la France mais aussi ses activités.
- Les **centres-villes** sont des pôles culturels (musées, patrimoine architectural, lycées prestigieux), économiques (petits commerces de proximité, quartiers d'affaires), politiques et administratifs (ministères, municipalités, préfectures).

**À retenir**

La **périurbanisation** s'accompagne de la création de nouveaux centres d'activités dans les communes périurbaines : zones commerciales et industrielles, universités (campus), espaces de loisirs (parcs d'attractions).

### B L'aire urbaine parisienne est la plus puissante

- **Paris est une ville mondiale**, qui concentre de nombreuses activités. Elle est, aujourd'hui, confrontée à la mondialisation.
- **Elle est le centre politique du pays.** Le pouvoir législatif (Assemblée nationale, Sénat) et le pouvoir exécutif (Élysée, hôtel Matignon, ministères) y sont installés. Son influence politique est aussi liée à la présence d'ambassades, d'organismes internationaux, et au fait qu'elle est le siège d'institutions internationales comme l'UNESCO et l'OCDE.
- **Elle concentre les activités économiques.** 75 % des sièges sociaux des plus grandes entreprises sont regroupés dans des quartiers d'affaires comme celui de la Défense, 1er quartier d'affaires européen.
- **Elle est le principal centre culturel du pays.** Ses monuments (la tour Eiffel, Notre-Dame-de-Paris…) et ses musées (le Louvre…) attirent, chaque année, des millions de touristes du monde entier. Ses universités et ses écoles prestigieuses accueillent de nombreux étudiants venus de province ou de l'étranger.

## 1 Localiser les grands repères du programme

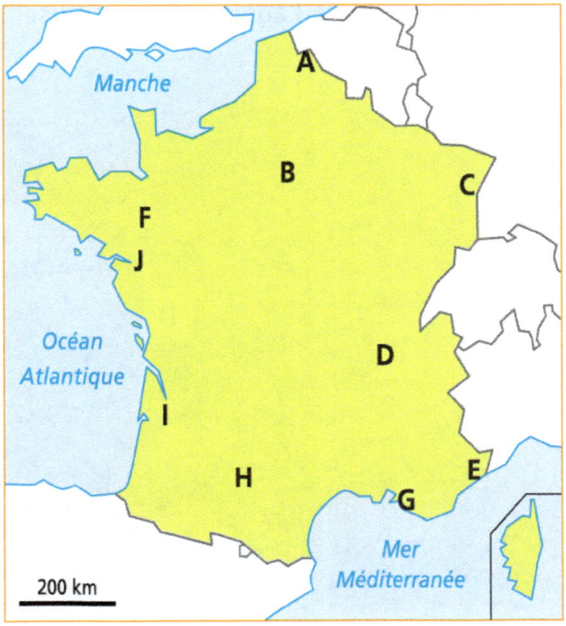


Indiquez les noms des 10 premières aires urbaines du territoire national, identifiées par les lettres A à J.

## 2 Vérification des connaissances

1° Qu'est-ce qu'une métropole ?

2° Pourquoi peut-on affirmer que la population qui habite les aires urbaines est de plus en plus mobile ?

3° En rédigeant un <u>développement construit</u>, expliquez pourquoi Paris est une métropole mondiale.

## 3 Travail sur document

**Un espace périurbain de l'agglomération marseillaise**

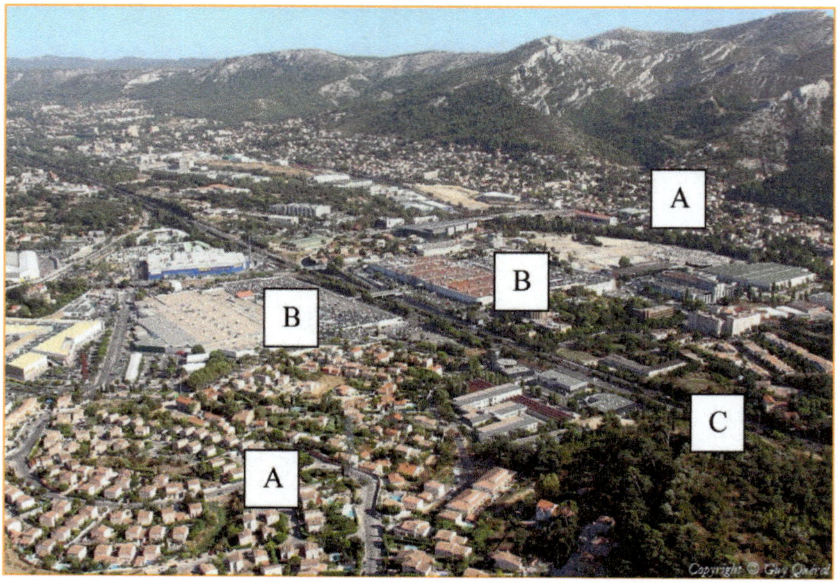


A : lotissements de villas
B : zone commerciale
C : autoroute vers la ville-centre

1° Que permet d'étudier ce document ?

2° Décrivez le bâti au sein de cet espace périurbain.

3° Quelles sont les conséquences de l'étalement urbain ?

**1** → *Énoncé p. 235*

**1°** A : Lille, B : Paris, C : Strasbourg, D : Lyon, E : Nice, F : Rennes, G : Marseille, H : Toulouse, I : Bordeaux, J : Nantes.

**2** → *Énoncé p. 235*

**1°** Une métropole est une ville qui concentre les habitants et les activités d'un pays.

**2°** La population des aires urbaines est de plus en plus mobile. Les déplacements sont nombreux au sein de ces aires. En effet, les habitants des communes périurbaines sont, le plus souvent, des personnes qui travaillent dans les quartiers centraux de la ville. Ils multiplient donc les allers-retours quotidiens entre leur commune et le centre-ville de la ville-centre. De même, de plus en plus d'habitants des communes périurbaines travaillent dans les zones d'activités construites en périphérie des villes. Les déplacements s'accroissent alors sur le territoire périurbain. Enfin, le week-end, les habitants du centre-ville et des quartiers proches du centre se déplacent aussi vers les zones commerciales périurbaines.
Par ailleurs, les déplacements professionnels d'une aire urbaine vers d'autres aires urbaines, grâce aux moyens de transport rapides (autoroutes, LGV), sont en constante augmentation.

**3°** Paris est une ville mondiale, qui constitue la capitale de la France et son cœur politique, économique et culturel.
Paris est d'abord le centre politique du pays et une ville importante pour la diplomatie française dans le monde. C'est le centre des pouvoirs législatif (Assemblée nationale, Sénat) et exécutif (Élysée, hôtel Matignon, ministères). Son influence diplomatique est liée à la présence d'ambassades, d'organismes internationaux, et au fait qu'elle est le siège d'institutions internationales comme l'UNESCO et l'OCDE.
Paris est également le cœur économique du pays. Elle concentre la grande majorité des sièges sociaux des plus grandes entreprises, dont certaines, prestigieuses, sont regroupées dans le quartier des affaires de la Défense, premier quartier d'affaires européen.
Paris attire aussi, chaque année, des millions de touristes venus du monde entier. Des monuments, comme la tour Eiffel et Notre-Dame-de-Paris, des musées, comme le Louvre, sont parmi les plus visités du monde. Ses universités et ses écoles prestigieuses accueillent de nombreux étudiants provinciaux et étrangers.

**3** → *Énoncé p. 236*

**1°** Ce document permet d'étudier le phénomène de périurbanisation.

**Rappel**

La lecture de paysage nécessite la maîtrise d'un vocabulaire précis !

**2°** Dans cet espace périurbain, le bâti se caractérise par de nombreux lotissements de villas et la présence de bâtiments commerciaux.

**3°** L'étalement urbain entraîne la diminution des campagnes, la création de nouvelles zones commerciales et de voies de transport rapides (autoroutes, voies rapides) et l'augmentation de la mobilité des habitants.

L'urbanisation se fait au dépend des espaces ruraux : les villes s'étalent sur les campagnes au fur et à mesure que leur population augmente. Avec le phénomène de périurbanisation, les constructions se multiplient et les terres agricoles sont remplacées par des lotissements, des villas individuelles, des petites résidences. Les paysages sont aussi transformés par la construction de vastes zones commerciales et par la multiplication des voies rapides qui relient les zones périurbaines entre elles ou au centre-ville. Les habitants des communes périurbaines se déplacent le plus souvent en voiture, ce qui crée chaque jour des embouteillages et contribue à l'augmentation de la pollution atmosphérique.

GÉOGRAPHIE

# 12 Les espaces productifs agricoles et industriels

Les espaces productifs sont des espaces où sont développées des activités qui produisent des richesses. Quels sont les principaux espaces productifs agricoles et industriels en France ?

## 1. Les mutations récentes de l'agriculture

### A Les spécialisations agricoles françaises

- La spécialisation des productions est devenue la règle en France, tandis que la **polyculture** a diminué.
- Les **céréales** dominent la production végétale : la France est le 1er producteur de l'UE, en particulier avec le blé, qui occupe près de la moitié de l'espace cultivé en céréales. La production de vin constitue le principal poste bénéficiaire de la balance commerciale du secteur. L'élevage bovin est le plus pratiqué. La France possède le 1er cheptel de l'UE.

### B Des techniques nouvelles pour augmenter les rendements

- La spécialisation et la commercialisation des productions agricoles se sont accompagnées de l'utilisation croissante de **produits chimiques** (engrais, pesticides).
- La **mécanisation** s'est accrue : des machines perfectionnées sont utilisées, et de **nouvelles variétés** créées en laboratoire sont produites.
- Cependant, ces choix ont imposé de lourds investissements, obligeant les exploitants à emprunter. L'endettement a entraîné la **disparition des exploitations familiales** les plus fragiles, tandis que d'autres entreprises se sont agrandies.

**À retenir**

Les rendements ont été multipliés et la production a augmenté dans la plupart des domaines.

**À retenir**

Depuis 1950, l'effectif de la population agricole a été divisé par 4.

GÉOGRAPHIE

### C Le remembrement : un nouveau partage des terres

La disparition de nombreuses exploitations a entraîné un remembrement : **on a regroupé et agrandi les parcelles (= champs)** pour permettre l'utilisation des nouvelles machines. Le bocage a souvent disparu avec la destruction des haies, l'arasement des talus et le comblement des fossés.

### D Le développement de l'agriculture biologique

Depuis quelques années, des paysans ont choisi de produire en moins grande quantité, sans utiliser de produits chimiques, pour protéger la nature et proposer aux consommateurs des produits de terroir, plus sains. Certaines productions bénéficient ainsi de l'**appellation AOP** ou du **label Agriculture biologique**.

> **Rappel**
>
> Pour bénéficier de l'appellation AOP, les producteurs doivent respecter les conditions naturelles locales et utiliser des techniques de production traditionnelles, dans un souci de qualité plutôt que de rentabilité.

## 2. Les mutations récentes de l'industrie

### A La désindustrialisation du Nord

- Les **premières industries ont été fondées au XIXe siècle** à proximité des ressources minières : dans le Nord, la Lorraine et le Massif central où se trouvaient le charbon et le minerai de fer nécessaires aux industries sidérurgiques et métallurgiques.
- Les paysages de ces régions, appelées **« pays noirs »**, étaient marqués par l'activité industrielle et caractérisés par les cheminées, les terrils (collines formées par l'amoncellement des déblais d'une mine) et les habitats ouvriers, nommés « corons ».
- Depuis l'**épuisement des mines de charbon**, les installations industrielles ont été abandonnées et les « pays noirs » doivent faire face à de grandes difficultés économiques et sociales.

### B Les nouvelles industries, tournées vers la haute technologie

- Aujourd'hui, l'industrie se tourne vers des produits à plus forte valeur ajoutée. Un nouveau tissu industriel s'est constitué autour de la **haute technologie** (création de technopôles, espaces qui réunissent plusieurs entreprises de haute technologie).

- Ce sont des espaces industriels qui cherchent à attirer une **main-d'œuvre qualifiée** et à stimuler l'innovation.
- Ils sont proches d'une grande ville, souvent près d'un aéroport, et rassemblent centres de recherche, universités, grandes écoles et laboratoires. Avec l'apparition de ces espaces, l'industrie française s'est **métropolisée**.

## C La réorganisation de l'espace industriel

- Les **principales régions industrielles** demeurent la région parisienne, la région Rhône-Alpes et l'Alsace.
- À partir des années 1950-1960, les industries sidérurgiques, abandonnant les régions du Nord, se sont installées sur les littoraux où l'accès aux matières premières et aux énergies importées (principalement le pétrole) est plus aisé. **Des ZIP** (zones industrielles portuaires) comme Dunkerque, Fos-sur-Mer ou Le Havre ont été créées autour des raffineries de pétrole.

**Rappel**

Depuis les années 1950, l'espace industriel français s'est profondément transformé.

- Encouragées par des aides financières de l'État, les usines se sont en particulier implantées **dans les régions de l'Ouest**.
- Par ailleurs, avec l'essor de l'automobile, les salariés ont pu se déplacer, et des usines ont été construites à l'extérieur de la ville. Les zones industrielles se sont ainsi développées **en banlieue**.
- Enfin, l'emploi industriel s'est tertiairisé, ce qui a conduit à l'installation de **parcs d'activités** dans des espaces périurbains ou ruraux où le terrain coûte moins cher et où les entreprises peuvent recruter la population locale.

GÉOGRAPHIE 13

# Les espaces productifs de services

Les activités de services occupent la majorité de la population active française. Quels sont les principaux espaces productifs de services en France ?

## 1. Le secteur des services : des activités multiples

### A Trois grandes catégories de services

- Le « **tertiaire inférieur** » regroupe les métiers de l'artisanat et les petits commerces, tandis que le « **tertiaire supérieur** » correspond à un plus haut niveau de qualification (les médecins, les services financiers, les avocats).

**Rappel**

La majorité des Français travaille dans les services, mais les emplois peuvent être extrêmement divers au cœur de ce secteur.

- Enfin, la recherche, l'enseignement, l'informatique et l'information constituent le « **tertiaire quaternaire** ».

### B Les services marchands et non marchands

- Certains services comme l'éducation ou la santé ne sont pas, ou peu, payés par la population car ils sont en grande partie financés par l'État : ce sont des **services non marchands**.
- Le commerce, la plupart des transports, les services aux entreprises (informatique, publicité), les services aux particuliers (hôtels, cafés, restaurants…), les activités immobilières (location immobilière, administration de biens…) et les activités financières appartiennent, eux, au **tertiaire marchand**.

### C Les services hiérarchisent le territoire

- Les **services les plus banals** (petits commerces, poste, médecin généraliste, pharmacie, etc.) différencient peu l'espace à l'échelle nationale car ils se trouvent dans la plupart des communes. Cependant, des communes rurales qui se dépeuplent peu à peu souffrent depuis une vingtaine d'années de la disparition progressive des services publics et des commerces marchands de proximité.

- Les **services intermédiaires** ou de pointe (laboratoires d'analyses médicales, dentistes, hôpitaux, bureaux de poste, supermarchés, librairies, magasins d'électroménager, banques, cinémas) différencient davantage le territoire car ils ne sont pas implantés dans chaque commune.

> **Rappel**
> Les **activités touristiques** contribuent également à la hiérarchisation du territoire.

- Les **services de pointe** contribuent à la métropolisation et accentuent la hiérarchisation du territoire par la concentration de leurs sièges sociaux à Paris et dans les grandes villes, reliées par les infrastructures de transports.

## 2. Le tourisme

### A La France, 1er pays touristique pour l'accueil de touristes étrangers

- La France accueille **environ 80 millions de touristes par an**. Elle accueille surtout des touristes européens, y compris des Français, car 80 % des Français qui partent en vacances restent en France.
- La France bénéficie de sa **situation géographique** (elle a de nombreux pays voisins, d'où viennent les touristes), de la diversité de ses **paysages** naturels (des montagnes, des littoraux) et de son **patrimoine** culturel (des monuments célèbres, des musées).

### B Les principales régions et activités touristiques françaises

- À Paris, le tourisme est surtout culturel : on s'y rend pour visiter des musées et des monuments dont le musée du Louvre, la cathédrale Notre-Dame et la tour Eiffel sont les plus fréquentés.

> **À retenir**
> **Paris** est la 1re destination touristique du pays pour les visiteurs étrangers.

- Les autres régions touristiques françaises sont principalement les **littoraux** méditerranéen et atlantique pour le tourisme balnéaire (le littoral méditerranéen est la 1re zone touristique du monde), les **Alpes** et les **Pyrénées** pour le tourisme blanc (stations de ski), et l'ensemble des massifs montagneux ainsi que l'arrière-pays des régions littorales pour le tourisme vert (promenades et randonnées, notamment dans les parcs nationaux).

## Les régions et activités touristiques en France

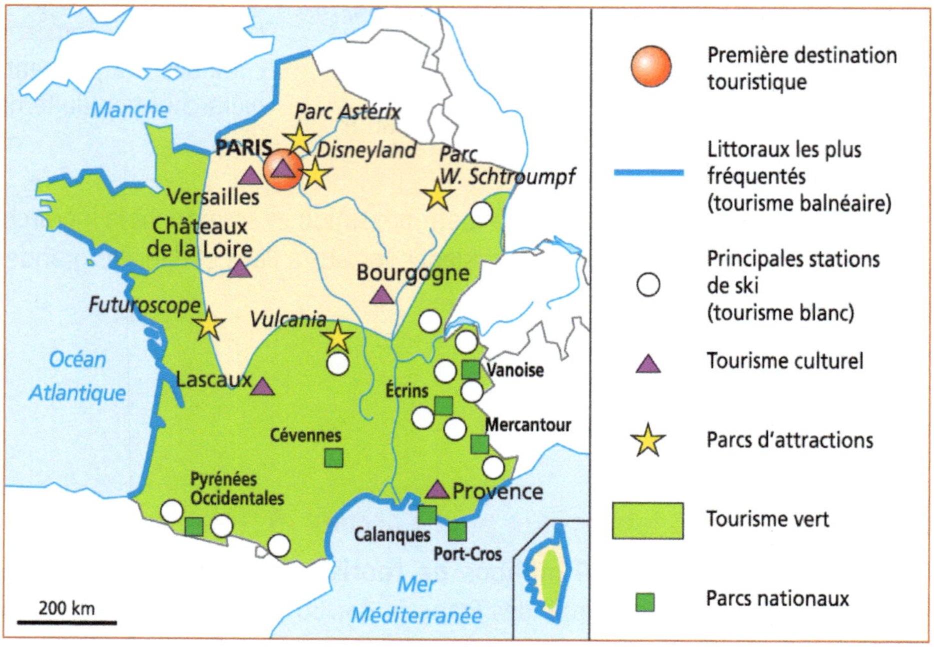

## 1 Localiser les grands repères du programme

Indiquez, sur la carte, les noms des espaces touristiques majeurs du territoire, puis complétez la légende en signalant les différents types de tourismes.

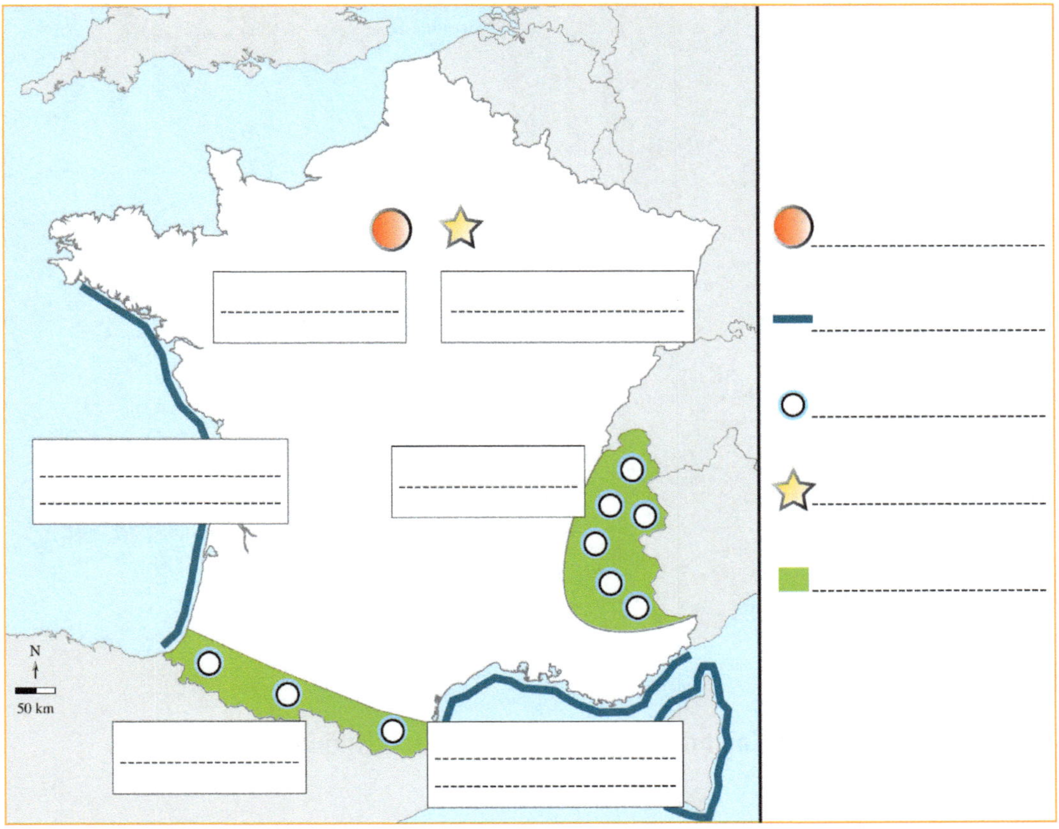


## 2 Vérification des connaissances

1° Que sont les services supérieurs ?

2° Quels sont les principaux espaces touristiques du territoire national ?

3° En rédigeant un <u>développement construit</u>, expliquez quelles sont les activités de services dans les aires urbaines.

## 3 Travail sur document

**Les stations de sports d'hiver de Savoie (région Auvergne-Rhône-Alpes)**

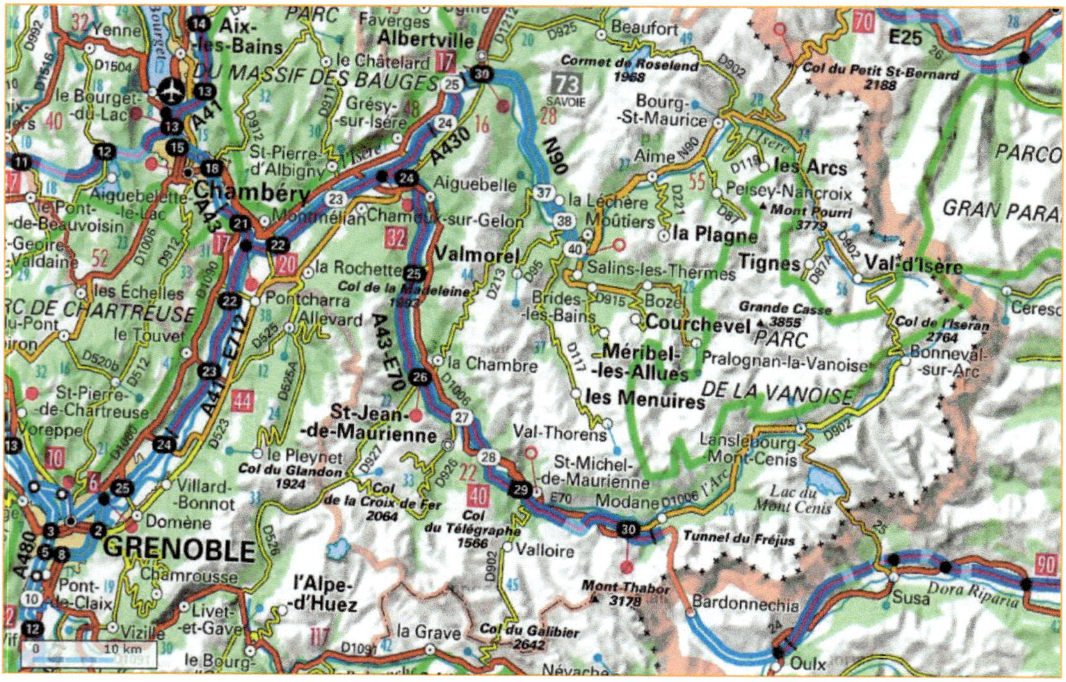


1° Situez cet espace.

2° Expliquez pourquoi il s'agit d'un important espace touristique.

## 1 → *Énoncé p. 245*

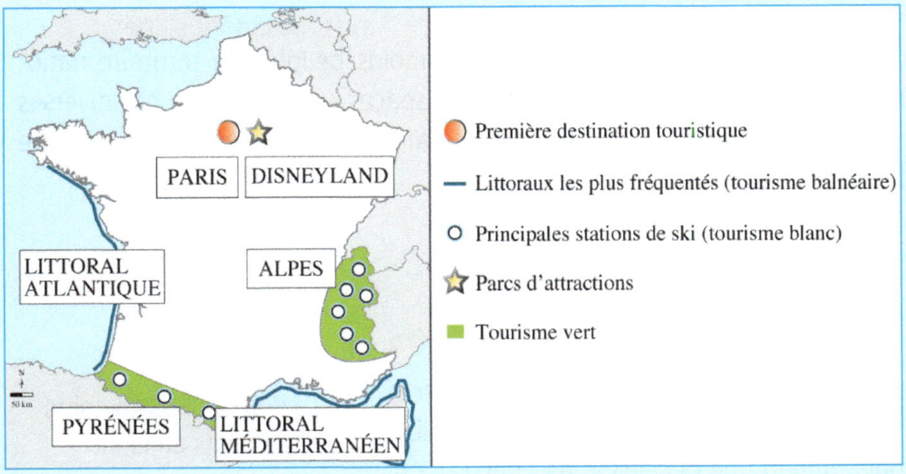


## 2 → *Énoncé p. 245*

1° Les services supérieurs sont ceux qui exigent un haut niveau de qualification (les médecins, les services financiers, les avocats).

2° Les principaux espaces touristiques du territoire sont : le littoral de la mer Méditerranée (Côte d'Azur et Languedoc-Roussillon), le littoral atlantique, les Pyrénées, les Alpes, Paris.

3° Dans les centres des villes se sont maintenus des commerces de proximité (boutiques dans des rues piétonnes), les services administratifs et culturels (musées). Des quartiers d'affaires ont également été construits (à Lille, à Lyon ou à Marseille). Le quartier de La Défense à Paris est dans l'agglomération, mais à l'extérieur de la ville-centre.
Des services se sont développés en périphérie des aires urbaines, dans les espaces périurbains : les zones commerciales rassemblent les enseignes de grands magasins, des zones d'activités réunissent des laboratoires de recherche, des universités, des services aux entreprises.

**Attention !**

Pour répondre à cette question, il faut aussi se souvenir de ce qu'est une aire urbaine !

**Conseil**

Le développement est organisé en distinguant les services présents dans les centres-villes et ceux développés dans les espaces périurbains.

## 3 → *Énoncé p. 246*

1° Cet espace se situe dans les Alpes.

2° Il s'agit d'un important espace touristique car on y trouve de nombreuses stations de sports d'hiver.

GÉOGRAPHIE 14

# Les espaces de faible densité

Les espaces de faible densité sont les espaces les moins peuplés du territoire national. Leur densité est inférieure à 30 hab./km². Ces espaces sont pénalisés par diverses contraintes, mais ils bénéficient aussi de plusieurs atouts qui peuvent leur permettre d'améliorer leur attractivité.

## 1. Les espaces ruraux

### A 15 % de la population sur 59 % du territoire

- Environ 10 millions de personnes habitent les espaces ruraux. Ces espaces se caractérisent par une faible densité de population et une dispersion de l'habitat, qui laisse une place importante aux champs agricoles et aux forêts.
- Après plusieurs décennies de diminution, la population qui habite les espaces ruraux augmente à nouveau légèrement, du fait de la périurbanisation dans les campagnes situées en périphérie des aires urbaines.
- Les campagnes les plus éloignées des villes sont encore touchées par le déclin démographique.

**À retenir**

La **densité** est le nombre d'habitants au km².

**Rappel**

L'augmentation de la population en zone rurale entraîne, peu à peu, la transformation de nombreux villages (moins de 2 000 habitants) en petites villes.

### B Des espaces agricoles parfois très dynamiques

- Les espaces ruraux sont traditionnellement agricoles. Ils occupent encore **plus de la moitié du territoire**, même si leur surface cultivée diminue régulièrement.
- La polyculture (élevage et culture des céréales, par exemple) est en diminution, avec des petites exploitations familiales de moins en moins nombreuses.
- Les exploitations sont **de plus en plus grandes et spécialisées**. Elles sont gérées par un groupe réduit d'agriculteurs qui ont remplacé leur main-d'œuvre par des machines. Cette modernisation permet d'obtenir des productions importantes, destinées à la commercialisation.
- La production de céréales, la viticulture et l'élevage participent ainsi à la réussite économique de la France en Europe et dans le monde.

### C Agriculture, terroir et tourisme vert

- Certaines exploitations agricoles **privilégient la qualité à la quantité** de marchandise produite.
- Ces exploitations valorisent ainsi les « produits du terroir », avec des modes de production « à l'ancienne », respectueux de la nature (utilisation de moins grandes quantités d'engrais chimiques, par exemple). Certains font le choix de développer une agriculture biologique.
- Ces exploitations participent donc à la protection des paysages naturels et développent de nouvelles activités (fermes-auberges, gîtes), qui bénéficient de l'essor du **tourisme vert**.
- Le développement des **résidences secondaires à la campagne** est un autre aspect de l'intérêt des citadins pour l'espace rural.

**À retenir**

Le **terroir** est l'ensemble des caractéristiques naturelles d'un lieu. L'agriculture respectueuse du terroir est celle qui n'utilise pas ou très peu d'engrais chimiques, afin de préserver les conditions naturelles (qualité du sol et ensoleillement, par exemple). Les produits du terroir sont donc caractéristiques d'un lieu, d'une région.

**À retenir**

Le **tourisme vert** est en plein essor, avec la multiplication des séjours à la campagne, durant lesquels les citadins pratiquent des activités de plein air (randonnées, balades en VTT) et visitent des exploitations agricoles qui leur permettent de découvrir des produits locaux.



## 2. Les montagnes

### A Des espaces agricoles peu peuplés

- Les contraintes imposées par le relief (fortes pentes, altitude, enneigement) expliquent de faibles densités de peuplement.
- La population augmente, cependant, à certaines périodes de l'année, notamment avec la multiplication des résidences secondaires.
- Les montagnes françaises sont encore des espaces consacrés à l'agriculture : la polyculture ou l'élevage. Des éleveurs y pratiquent encore le pastoralisme.

**À retenir**

Le **pastoralisme** est une forme d'élevage qui se caractérise par la **transhumance** en été : les troupeaux sont déplacés des fermes dans les alpages.

### B Des espaces touristiques

- L'essor du tourisme vert profite aux montagnes. De nombreux agriculteurs associent, par exemple, leur activité agricole et l'accueil de touristes.
- Les montagnes sont également fortement transformées par l'essor de la pratique des **sports d'hiver**. Des stations de ski accueillent des millions de touristes chaque année et des villages peu peuplés connaissent une très forte augmentation saisonnière de leur population.
- L'accueil de ces touristes a nécessité la **construction** de chalets, d'hôtels, de commerces, de routes. La réalisation des **domaines skiables** (aménagement de pistes, construction de remontées mécaniques) a également modifié les paysages naturels (destruction de forêts, par exemple).

## 3. Les petites villes à la campagne

### A Une population qui augmente

- La population de ces petites villes a **tendance à augmenter** depuis vingt ans. Il s'agit de personnes qui ont quitté leur village ou la grande ville.
- Dans ces petites villes, les habitants ont accès à **davantage de services** que dans les villages, sans subir les inconvénients des grandes aires urbaines.

### B Des activités économiques diversifiées

- Ces petites villes développent des activités économiques qui permettent de proposer des emplois indispensables au maintien des habitants. Certaines ont réussi à maintenir et développer des **activités industrielles ou artisanales traditionnelles**, qui font leur renommée. Les usines y sont, le plus souvent, petites et produisent en faible quantité, mais leurs marchandises sont reconnues pour leur qualité (par exemple, la dentelle au Puy-en-Velay et la coutellerie à Thiers, en Auvergne).
- Ces productions traditionnelles font partie d'un **patrimoine local** (avec les monuments historiques, les sites pittoresques, la gastronomie) que les petites villes rurales ont su valoriser, favorisant ainsi l'essor de l'activité touristique.

GÉOGRAPHIE

# 15 Aménager le territoire pour réduire les inégalités

Le territoire français présente des inégalités importantes en matière de dynamisme. Quelles sont ces principales inégalités ? Quels aménagements sont mis en place ou programmés pour les réduire ?

## 1. Les inégalités sur le territoire

### A La prédominance des métropoles

- La **métropolisation du territoire** concerne non seulement Paris, mais aussi les métropoles régionales, qui concentrent les richesses, les activités, les emplois.

> **Rappel**
> **Paris** est le centre politique, économique et culturel du pays. Elle est aussi une **métropole mondiale**.

- Les villes les plus dynamiques sont celles reliées aux grands axes de transports (autoroutiers et lignes à grande vitesse).

### B Le contraste Est-Ouest s'estompe

- L'opposition Est-Ouest est fondée sur le découpage du territoire en deux moitiés séparées par une **ligne reliant Le Havre à Marseille**. À l'est de cette ligne, le territoire est marqué par une industrialisation qui a débuté au XIXe siècle.
- Aujourd'hui, le contraste Est-Ouest s'atténue car de nombreuses anciennes industries situées à l'Est ont fermé, tandis que l'**industrialisation de l'Ouest** a été favorisée par des créations d'entreprises qui ont été aidées financièrement par l'État ou qui ont voulu profiter de la mondialisation des échanges en s'installant à proximité du littoral atlantique.

> **À retenir**
> Les contrastes entre les espaces périphériques et ceux situés plus à l'intérieur du territoire national se sont amplifiés avec la **littoralisation** des activités et l'**ouverture des frontières** avec les pays voisins de l'Union européenne.

### C De nouveaux contrastes s'affirment

- Les régions de l'Ouest, du Sud et du Nord-Est du territoire national se sont ainsi plus développées.
- Les espaces les moins dynamiques sont des espaces ruraux peu peuplés, ayant subi un solde migratoire négatif dû notamment à l'exode des jeunes ; cet exode a eu pour

conséquence le vieillissement de la population. De plus, ces régions ont pris du retard à cause de leur enclavement : elles sont pour la plupart à l'écart des principaux axes de communication. Elles bénéficient cependant de nouveaux aménagements, de l'essor du tourisme vert ainsi que de l'inversion récente, et certes très modérée, du solde migratoire.

- Tandis que les difficultés sont multiples au Nord, les activités industrielles et de services (en particulier celles liées au tourisme) se sont développées au Sud, qui attire de plus en plus de personnes.

**À retenir**

Une **dissymétrie** existe également **entre les régions du Nord et celles du Sud** de la France.

- Les 5 DROM **(la Réunion, la Martinique, la Guadeloupe, Mayotte et la Guyane)** pèsent peu au sein de l'ensemble du territoire national : 96 642 km$^2$, 2,7 millions d'habitants (2015). La **croissance économique** et celle du niveau de vie y sont nettement supérieures à celles des pays environnants, mais elles restent inférieures à la croissance moyenne des autres régions. En outre, la **dépendance** des 5 DROM **vis-à-vis de la Métropole** est forte : tant par le versement des prestations sociales et la politique de défiscalisation destinée à y favoriser les investissements que par le déficit commercial avec le territoire métropolitain, accentué par l'essor de la consommation des ménages.

## 2. Des aménagements pour réduire les inégalités

### A Le rôle de l'État à l'échelle nationale

- L'État est considéré comme le **premier acteur** de la **réduction des inégalités** entre les territoires. Parmi ses priorités, on peut noter l'aide aux régions rurales défavorisées et aux quartiers difficiles des aires urbaines.
- Depuis une dizaine d'années, il privilégie aussi la **compétitivité des territoires**, c'est-à-dire le renforcement des espaces les plus dynamiques pour les rendre attractifs à l'échelle mondiale et en faire des espaces moteurs du territoire national.

### B Dans les régions et à l'échelle locale

- Aux échelles régionale et locale, les **collectivités territoriales** et notamment la région, depuis les lois de décentralisation de 1982 et 2004, ont acquis davantage de pouvoirs.
- Des « Contrats de projets État/région » ont été élaborés pour encourager la coopération entre l'État et les régions.

## C Le rôle de l'Union européenne

- L'Union européenne mène une « politique de cohésion économique et sociale ». Cette politique a deux principaux objectifs : renforcer le dynamisme et la compétitivité des espaces déjà dynamiques mais confrontés à la concurrence d'autres pays due à la mondialisation, puis rattraper le retard de développement des territoires les plus en difficulté.
- Les régions les plus en difficulté sont celles éligibles à « l'objectif de convergence », qui doit permettre de stimuler la croissance et l'emploi. Les régions les plus dynamiques sont celles éligibles à l'objectif de compétitivité, c'est-à-dire visant à renforcer leur attractivité.
- Depuis plusieurs années, les aides de l'Union européenne imposent aussi la mise en place de politiques qui doivent permettre le développement durable des territoires.

**Rappel**

Une **politique de développement durable** consiste à tenir compte de trois aspects : la réussite économique, l'amélioration des conditions de vie des citoyens et la protection de l'environnement.

## 1 Localiser les grands repères du programme

Indiquez les noms des 7 régions ([1] à [7]) qui produisent le plus de richesses.

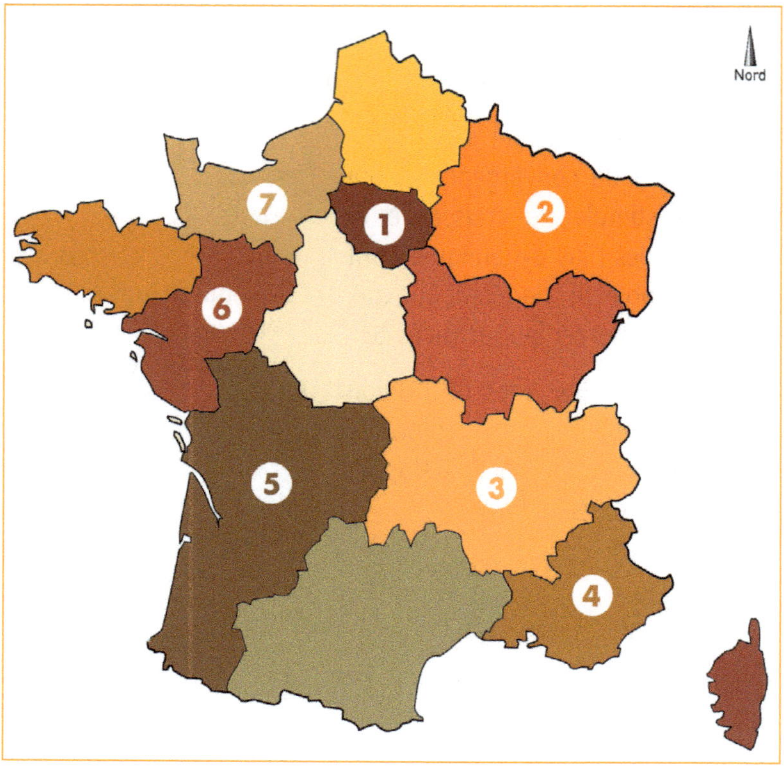


## 2 Vérification des connaissances

Décrivez dans un <u>développement construit</u> les principaux contrastes du territoire national ; montrez comment les acteurs publics et privés tentent de les réduire.

## 3 Travail sur document

**L'organisation du territoire d'un DROM : la Réunion**

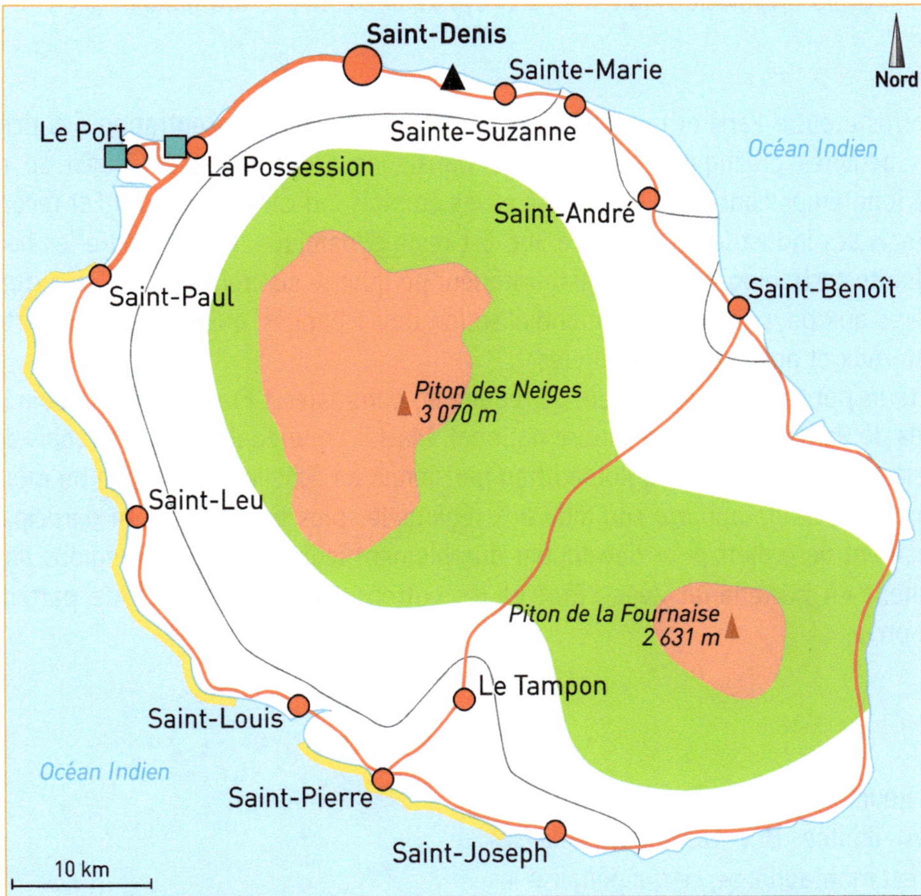


**Une occupation concentrée sur le littoral**

........ Principale agglomération

........ Centres urbains secondaires

Routes

Principaux ports

Aéroport

**Des inégalités régionales importantes**

Espace urbanisé, le plus dynamique

Espace rural agricole, peu peuplé et en difficultés

Parc national : espace rural protégé

Sites volcaniques

Sommets volcaniques

........ Littoral touristique

1° Complétez la légende du document avec les figurés qui conviennent, puis coloriez la carte.

2° Décrivez et expliquez les difficultés qui pénalisent la Réunion.

**1** → *Énoncé p. 254*

1 : Île-de-France ; 2 : Grand-Est ; 3 : Auvergne-Rhône-Alpes ; 4 : Provence-Alpes-Côte d'Azur ; 5 : Nouvelle-Aquitaine ; 6 : Pays de la Loire ; 7 : Normandie.

**2** → *Énoncé p. 254*

Le contraste entre Paris et la province se caractérise par une concentration des richesses et des activités prestigieuses dans l'aire parisienne. L'opposition Est-Ouest se réduit. L'Est a longtemps concentré la richesse et les emplois industriels. Le Nord-Est reconvertit désormais ses industries en crise. Le Sud-Est reste dynamique, l'Ouest attire les hommes et la haute technologie. Le contraste intérieur-périphérie se creuse avec l'ouverture des frontières aux pays voisins et la mondialisation des échanges, qui profitent en particulier aux littoraux et aux espaces-frontières.

Les acteurs publics et privés tentent de réduire les contrastes. L'État a d'abord voulu limiter le poids de Paris au sein du territoire national. Mais il tente également désormais de renforcer la compétitivité de l'agglomération parisienne à l'échelle européenne ou mondiale. L'Union européenne apporte son aide aux régions les plus en difficulté en participant au financement de projets pour développer durablement leur territoire. Les régions agissent également en partenariat avec l'État et les entreprises dans le cadre de partenariats public-privé.

**3** → *Énoncé p. 255*

**1°**

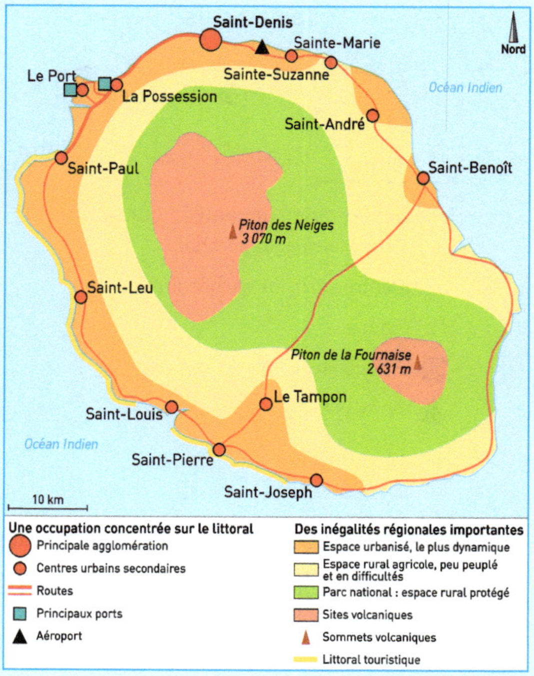


**2°** La Réunion est une île dont la superficie est limitée. Une vaste partie de ses terres est montagneuse, ce qui pénalise les possibles aménagements, qui ne sont pour la plupart réalisés que le long des littoraux (agglomérations, routes). Le territoire est donc difficile à traverser. Par ailleurs, l'île de la Réunion est soumise au risque volcanique. Son dynamisme économique ne repose que sur l'activité touristique et, dans une moindre mesure, sur son agriculture.

GÉOGRAPHIE

# 16 L'Union européenne

L'Union européenne est un territoire riche, mais avec d'importantes inégalités. Comment ce territoire s'organise-t-il ? Quels sont les espaces les plus dynamiques et ceux qui connaissent des difficultés ?

## 1. La naissance de l'Union européenne

Le 25 mars 1957, les **six pays** membres de la CECA signent le traité de Rome par lequel ils fondent la CEE. Celle-ci est remplacée par l'Union européenne avec la signature du traité de Maastricht (1992).

> **À retenir**
>
> De 1957 à 2013, la Communauté économique européenne, devenue Union européenne (1992), est passée de 6 à 28 membres.

## 2. L'Union européenne, un territoire avec d'importantes inégalités

### A La Mégalopole et les régions du Nord-Ouest

L'Europe du Nord-Ouest concentre les **richesses**, les **métropoles** les plus puissantes, les **infrastructures de communications** les plus denses. C'est une région très densément peuplée, qui constitue un marché de consommation à fort pouvoir d'achat. Son agriculture, moderne, obtient les rendements les plus élevés de la planète. Ses multinationales industrielles concurrencent les entreprises états-uniennes ou japonaises. Les Bourses de Paris, Francfort, Amsterdam, Bruxelles font de cet ensemble la **seconde place financière mondiale** derrière les États-Unis.

> **À retenir**
>
> La Mégalopole est le **cœur économique, financier et politique** de l'Europe, organisée autour de métropoles puissantes.

### B L'espace européen se métropolise

- Ces métropoles sont des **pôles de commandement** : certaines sont des capitales politiques, et toutes concentrent des activités de services (tertiaire supérieur) indispensables aux entreprises transnationales.

GÉOGRAPHIE

- Certaines sont des **centres culturels**, qui s'imposent par la richesse de leur patrimoine, la renommée de leurs expositions, leurs manifestations sportives et leurs festivals.
- Francfort, Bruxelles, Strasbourg et Luxembourg sont les capitales des **institutions de l'Union européenne**.

**Rappel**

Quelques villes constituent un **réseau européen de métropoles**, qui concentrent non seulement la population, mais aussi les activités les plus prestigieuses et les richesses.

### C Des pays en retard au Sud et à l'Est

- L'**Europe du Sud** n'a pas bénéficié de l'essor des industries au XIX$^{e}$ siècle. Cependant, depuis les années 1980, son agriculture et son industrie se modernisent, sa croissance économique permet d'améliorer le niveau de vie de sa population. La Grèce, le Sud de l'Italie, le Portugal et le Sud de l'Espagne bénéficient des aides de l'UE.
- **Le Nord de l'Espagne et celui de l'Italie** font aujourd'hui partie de la périphérie intégrée au « cœur » européen ; Madrid, Lisbonne, Athènes et Rome sont intégrées au réseau des métropoles européennes. Les littoraux et les îles touristiques se distinguent aussi par leur attractivité.
- **En Europe de l'Est**, l'agriculture est très en retard. La main-d'œuvre, pourtant nombreuse, produit peu. L'industrie est également le plus souvent en difficulté, avec de vieilles installations, peu dynamiques et polluantes. Cependant, des usines plus modernes apparaissent, créées par des entreprises d'Europe de l'Ouest attirées par la main-d'œuvre bon marché.

## 3. Une volonté de renforcer la cohésion entre États membres

- Les enjeux actuels pour l'Union sont notamment liés à son **élargissement** : il faut faciliter la bonne intégration des derniers entrants, les PECO (pays d'Europe centrale et orientale, membres de l'UE depuis 2004), en retard en termes de richesse et de développement.
- L'Union européenne a également tenté d'améliorer la cohésion des États membres par la **mise en place de l'euro et la création de l'espace Schengen** (les États signataires ont supprimé leurs frontières internes pour ne garder qu'une frontière extérieure unique).

Mais certains pays membres ont refusé d'adhérer à cet espace Schengen (aujourd'hui également critiqué par des pays en faisant partie), tandis que d'autres n'ont pas adopté l'euro, fragilisé par la crise financière actuelle.

- Pour réduire les inégalités, l'Union européenne met en place des aides au développement ; c'est, par exemple, le cas avec le **FEDER** (Fonds Européen de Développement Régional) qui alloue des aides financières aux régions en retard afin d'y favoriser le progrès économique et l'amélioration des conditions de vie.

GÉOGRAPHIE

17

# La France et l'Europe dans le monde

Les pays de l'Union européenne, dont la France, ont une influence importante dans le monde. Comment la France et l'Union européenne imposent-elles cette influence mondiale et quelles en sont les limites ?

## 1. La France a une influence mondiale

### A La France, une puissance économique

- La France est, en 2020, la 7e puissance économique mondiale en valeur des richesses produites (derrière les États-Unis, la Chine, le Japon, l'Allemagne, le Royaume-Uni et l'Inde). Plusieurs entreprises sont parmi les cent premières mondiales (Total, Carrefour...). Les productions sont très variées, presque toutes les branches industrielles sont représentées. Elle est performante dans de nombreux secteurs industriels : le pétrole, l'industrie automobile, le nucléaire, l'aérospatiale. Le TGV est exporté dans plusieurs pays.
- La France est **une puissance agricole**. Productrice de céréales, de vignobles, de cultures maraîchères (dans des régions de plus en plus spécialisées) et grand pays d'élevage, pour la viande et le lait, la France est une puissance agricole mondiale, 1re de l'Union européenne et 2e exportatrice mondiale.
- La France est également **un grand pays touristique** (lire le chapitre 13).

### B La France, une puissance culturelle

- Il existe un mode de vie à la française : l'art de la table, la musique, la littérature, la mode, le cinéma, le luxe sont autant de domaines à travers lesquels la France rayonne à l'étranger.
- La **francophonie** est issue de la conquête coloniale de la France, mais la pratique du français concerne aussi des nations qui n'ont jamais été colonisées par les Français. L'espace francophone est important et rassemble une communauté culturelle dans le monde entier. Une charte de la francophonie a été adoptée à la conférence de Hanoi en 1997 : elle insiste sur les objectifs de paix, de coopération, de développement de la démocratie et de défense des droits de l'homme.

**Rappel**

La culture mondiale, aujourd'hui de plus en plus uniformisée, est fortement influencée par le modèle américain. Pour autant, la culture française reste une référence.

### C La France, une puissance diplomatique et militaire

- La France est **une puissance diplomatique**. Elle est un pays moteur de la construction de l'Union européenne (dès 1950). Par ailleurs, avec 165 ambassades environ dans le monde, elle est à la tête du 2e réseau mondial, derrière les États-Unis, devant le Royaume-Uni et la Russie. La France est aussi le siège de quelques grandes organisations internationales comme l'UNESCO, l'OCDE, le Parlement européen et le Conseil de l'Europe à Strasbourg.
- L'action diplomatique et **humanitaire** de la France s'appuie également sur un réseau d'organisations non gouvernementales qui engagent des actions éducatives, médicales, agricoles et artisanales.
- La France est l'**une des premières puissances militaires du monde**. Elle fait partie du cercle fermé des pays qui possèdent l'arme nucléaire. Son armée est présente dans de nombreuses régions du monde.

## 2. Quelle est la puissance de l'Union européenne dans le monde ?

### A L'Union européenne, d'abord une puissance économique

- L'Union européenne est une **puissance industrielle et agricole** : elle est celle qui détient le plus d'entreprises industrielles parmi les 100 premières du monde, l'agriculture européenne est la 2e du monde. L'Union européenne est le 2e exportateur mondial de produits agricoles derrière les États-Unis.
- Elle est la **1re destination pour les touristes étrangers dans le monde**. La mer Méditerranée est la région la plus touristique du monde.
- L'Union européenne est aussi **une puissance commerciale et financière** : elle réalise 40 % des échanges mondiaux. Les produits industriels dominent dans les exportations et les importations. La balance commerciale est excédentaire avec les États-Unis et déficitaire avec le Japon.

### B L'Union européenne, une puissance culturelle

Les pays européens tels que la France bénéficient d'un **riche patrimoine historique** et artistique, qui attire de nombreux touristes.

## C L'Union européenne, une puissance diplomatique et militaire

L'Union européenne mène une politique active d'**aide humanitaire** et au développement avec les pays d'Afrique, des Caraïbes et du Pacifique. La France et le Royaume-Uni possèdent l'arme nucléaire et sont membres permanents du Conseil de sécurité de l'ONU.

## D Les limites de la puissance de l'Union européenne

- Les multinationales européennes doivent faire face à la **concurrence** de celles du Japon, des États-Unis et, de plus en plus, des pays émergents (Chine, Inde). La balance commerciale de l'Union européenne est déficitaire, en particulier avec le Japon.

**À retenir**

L'Union européenne traverse une **grave crise financière**.

- Surtout, les pays de l'Union européenne ne parviennent pas à s'imposer face à la **puissance militaire et diplomatique des États-Unis**.

## 1 Localiser les grands repères du programme

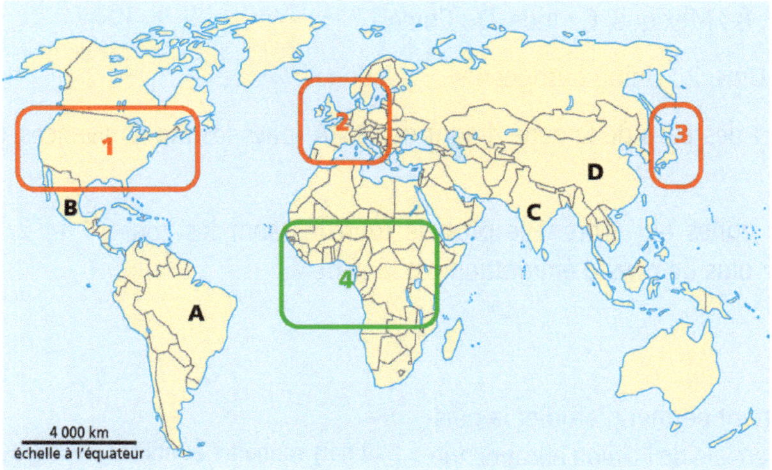


1° Identifiez les noms des pays émergents A à D.

2° Nommez les trois zones les plus riches de la planète : 1, 2 et 3.

3° Quel est le point commun de la plupart des pays de la zone 4 ?

4° Parmi les zones 1, 2, 3 et 4, citez les deux zones qui attirent le plus de touristes, puis la zone qui rassemble de nombreux pays d'émigration.

## 2 Travail sur document

| | Part de chaque région dans les exportations mondiales de marchandises en 2013 | Part de chaque région dans les importations mondiales de marchandises en 2013 |
|---|---|---|
| Union européenne | 33,2 % | 32,6 % |
| Asie | 31,5 % | 31,8 % |
| Amérique du Nord | 13,2 % | 17,4 % |
| Autres régions | 22,1 % | 18,2 % |

1° Quel aspect de la puissance économique de l'Union européenne ce document permet-il d'étudier ?

2° Relevez les informations qui rappellent que l'Union européenne est une puissance économique.

3° Expliquez quelles sont les limites de la puissance économique de l'Union européenne.

**1** → *Énoncé p. 263*

**1°** A : Brésil, B : Mexique, C : Inde, D : Chine.

**2°** 1 : États-Unis, 2 : Union européenne, 3 : Japon.

**3°** La plupart des pays de la zone 4 sont des PMA (pays les moins avancés, pays les plus pauvres).

**4°** Les deux zones qui attirent le plus de touristes sont les zones 1 et 2. La zone qui rassemble le plus de pays d'émigration est la zone 4.

**2** → *Énoncé p. 263*

**1°** Ce document permet d'étudier la puissance commerciale de l'Union européenne.

> **Attention !**
> Tu dois connaître et utiliser un vocabulaire précis : *importation, exportation, balance commerciale.*

**2°** L'Union européenne est le principal pôle du commerce mondial. C'est elle qui réalise la part la plus importante des importations et des exportations.

**3°** La puissance économique de l'Union européenne est concurrencée par l'Amérique du Nord (essentiellement les États-Unis) et par les pays d'Asie (le Japon et la Chine). La balance commerciale de l'Union européenne est déficitaire, en particulier avec le Japon. L'Union européenne traverse une grave crise financière.

EMC

# 18 Les fondements de la République

La France est une république qui se caractérise par des valeurs, des principes et des symboles qui sont l'héritage de textes fondateurs, et qui rassemblent les citoyens. Quels sont ces valeurs, ces symboles et ces principes ?

## 1. Des textes historiques fondateurs de la République française

### A Les grandes déclarations des droits de l'homme

- Deux textes de référence rappellent les principes et les valeurs de notre république.
- La ***Déclaration des droits de l'homme et du citoyen*** est adoptée le 26 août 1789. Elle reprend les principes défendus par les Lumières dès le XVIIIe siècle. Elle affirme la souveraineté de la nation et impose la séparation des pouvoirs et la défense des libertés et de l'égalité de tous devant la loi.
- La ***Déclaration universelle des droits de l'homme*** est signée à Paris trois ans après la Seconde Guerre mondiale (1948), pour réaffirmer la nécessité de protéger les droits de l'homme, dans un monde traumatisé par les violences du conflit et par le génocide commis par les nazis.

**Rappel**

Les **Lumières** condamnent l'absolutisme. Elles veulent limiter les pouvoirs du roi. Elles dénoncent aussi le pouvoir de la religion sur la société et lui préfèrent les sciences et leurs progrès. Elles écrivent pour la protection des libertés plutôt que pour l'égalité entre les hommes, qu'elles pensent illusoire.

### B Le Code civil (1804) et la Constitution de 1958

- Le **Code civil** instauré par Napoléon, alors empereur, préserve l'abolition des privilèges juridiques, le principe d'égalité devant la loi, la liberté de conscience et la liberté de propriété. En revanche, le Code civil inscrit, dans la loi, le fait que la femme reste sous la tutelle de son mari.
- La **Constitution** adoptée en 1958 est le texte qui entérine les valeurs et les principes de la Ve République.

- Son préambule fait référence à la *Déclaration des droits de l'homme et du citoyen* ainsi qu'au préambule de la Constitution de 1946 (instauration de la IVe République) : « *Le peuple français proclame solennellement son attachement aux droits de l'homme et aux principes de la souveraineté nationale tels qu'ils ont été définis par la* Déclaration *de 1789, confirmée et complétée par le préambule de la Constitution de 1946* [...]. »

**Rappel**

**Préambule de la Constitution de 1946 :** « *Au lendemain de la victoire remportée par les peuples libres sur les régimes qui ont tenté d'asservir et de dégrader la personne humaine, le peuple français proclame à nouveau que tout être humain, sans distinction de race, de religion ni de croyance, possède des droits inaliénables et sacrés. Il réaffirme solennellement les droits et libertés de l'homme et du citoyen consacrés par la* Déclaration des droits *de 1789 et les principes fondamentaux reconnus par les lois de la République.* »

- L'article premier de la Constitution rappelle les principes fondamentaux de la République : « *La France est une république indivisible, laïque, démocratique et sociale. Elle assure l'égalité devant la loi de tous les citoyens sans distinction d'origine, de race ou de religion. Elle respecte toutes les croyances.* »

**Rappel**

Nous sommes toujours sous la Ve République, qui est le régime démocratique le plus long de l'histoire de France.

## 2. Les valeurs, les principes et les symboles de la République française

- La liberté, l'égalité et la fraternité sont les principales **valeurs** de la République française. Elles sont citées dans notre devise et acquises pour l'ensemble des citoyens.

- La République est représentée par des **symboles**, qui rappellent les valeurs communes et qui unissent les citoyens au cours d'événements officiels, de cérémonies ou de compétitions sportives.

- La République est également fondée sur plusieurs principes. Elle se veut **indivisible** : les lois sont les mêmes pour tous les citoyens, sur l'ensemble du territoire, et le français est la seule langue officielle.

**Rappel**

Le **coq** est l'un des symboles de la République française. Il est apparu au cours de l'Antiquité : le terme latin *gallus* signifie à la fois « gaulois » et « coq ». Remplacé par l'aigle sous Napoléon, il est rétabli avec le retour de la République. Il est désormais surtout utilisé comme emblème sportif.

Elle est aussi **laïque** : les Églises et l'État sont séparés depuis la loi de 1905. Elle est une **démocratie** : les dirigeants sont élus par le peuple. Elle est enfin **sociale** : elle doit protéger les droits à l'éducation, au logement, à l'emploi et à la santé de chaque citoyen(ne).

## 3. Les institutions protègent les valeurs et les principes de la République

- La République est fondée sur le partage des pouvoirs.
- Le président peut recourir au référendum (article 11) et dissoudre l'Assemblée (article 12). Depuis 2008, il a, à certaines conditions, le droit de s'exprimer devant le Parlement.

> **À retenir**
>
> **Le président de la République** est élu pour 5 ans. Il est le chef de l'État et des armées. Il promulgue les lois, ratifie les traités et préside le Conseil des ministres.

- **Le gouvernement** détermine les orientations politiques du pays sous la présidence du chef de l'État et sous la direction du Premier ministre.
- **Le Parlement** se compose :
  – de l'Assemblée nationale, élue pour 5 ans au suffrage universel direct ;
  – du Sénat, élu au suffrage indirect.
  Il vote les lois (on dit qu'il a « le pouvoir législatif ») et le budget. Tout projet de loi proposé par le gouvernement est soumis au vote de l'Assemblée nationale et à l'avis du Sénat.
- **Le Conseil constitutionnel** valide la loi votée par le Parlement, en vérifiant que cette loi respecte la Constitution du pays.
- **Les pouvoirs locaux.** Chacune des collectivités territoriales est dirigée par des pouvoirs locaux : les maires et leur conseil municipal dirigent les communes, le président du conseil départemental et les conseillers départementaux dirigent les départements, le président du conseil régional et les conseillers régionaux gèrent les régions.

> **À retenir**
>
> Le territoire français est découpé en plus de **36 000 communes, 101 départements et 18 régions** (13 régions métropolitaines et 5 DROM).

- **Le Parlement européen.** De plus en plus de lois votées en France doivent désormais respecter des lois votées par le Parlement européen.

- **Les collectivités territoriales.** Notre vie quotidienne est organisée non seulement par des lois créées puis votées par les pouvoirs nationaux et européens, mais aussi par des mesures prises par des pouvoirs locaux, au sein de diverses collectivités territoriales : les régions (dirigées par les conseils régionaux, les préfets de région), les départements (dirigés par les conseils départementaux, les préfets), les communes (dirigées par les conseils municipaux et les maires) ont des prérogatives qui se sont accrues avec les **lois de décentralisation** successives (1982, 1983, 2004, 2010, 2014) dans les domaines de l'urbanisme et des transports, de l'enseignement, du développement économique, du logement, de l'action sanitaire et sociale et de la culture.

## 1 Vérification des connaissances

1° Quels sont les grands textes fondateurs des valeurs de la République française ?

2° Quels sont les principaux symboles de la République française ?

3° Quels sont les principaux valeurs et principes de la République française ?

## 2 Travail sur document

***Déclaration universelle des droits de l'homme*** **(1948)**

**Article premier.** Tous les êtres humains naissent libres et égaux en dignité et en droits.
[...]

**Article 3.** Tout individu a droit à la vie, à la liberté et à la sûreté de sa personne.

**Article 4.** Nul ne sera tenu en esclavage ni en servitude [...].

**Article 5.** Nul ne sera soumis à la torture, ni à des peines ou traitements cruels, inhumains ou dégradants.
[...]

**Article 7.** Tous sont égaux devant la loi et ont droit, sans distinction, à une égale protection de la loi.
[...]

**Article 13.** Toute personne a le droit de circuler librement et de choisir sa résidence à l'intérieur d'un État.
Toute personne a le droit de quitter tout pays, y compris le sien, et de revenir dans son pays.
[...]

**Article 18.** Toute personne a droit à la liberté de pensée, de conscience et de religion. [...]

**Article 19.** Tout individu a droit à la liberté d'opinion et d'expression. [...]

**Article 20.** Toute personne a droit à la liberté de réunion et d'association pacifiques.
Nul ne peut être obligé de faire partie d'une association.
[...]

**Article 22.** Toute personne, en tant que membre de la société, a droit à la Sécurité sociale ; elle est fondée à obtenir la satisfaction des droits économiques, sociaux et culturels. [...]

**Article 23.** Toute personne a droit au travail, au libre choix de son travail, à des conditions équitables et satisfaisantes de travail et à la protection contre le chômage. [...]

**Article 24.** Toute personne a droit au repos et aux loisirs, et notamment à une limitation raisonnable de la durée du travail et à des congés payés périodiques.

**Article 25.** Toute personne a droit à un niveau de vie suffisant pour assurer sa santé, son bien-être et ceux de sa famille, notamment pour l'alimentation, l'habillement, le logement, les soins médicaux ainsi que pour les services sociaux nécessaires. [...]

**Article 26.** Toute personne a droit à l'éducation. L'éducation doit être gratuite, au moins en ce qui concerne l'enseignement élémentaire et fondamental.

1° Quels sont les articles qui protègent le droit à la sécurité face à toute forme de violence ?

2° Complétez le tableau ci-dessous :

| | **Protection des libertés** | **Droits à l'égalité** | **Droits économiques et sociaux** |
|---|---|---|---|
| Articles | | | |
| Les droits des citoyens protégés par la *Déclaration* de 1948 | | | |

3° En vous aidant du document et de vos connaissances, expliquez comment certains textes fondateurs ont contribué à la valorisation des principes républicains en France.

**1** → *Énoncé p. 269*

**1°** Les grands textes fondateurs de la République sont : la *Déclaration des droits de l'homme et du citoyen* (1789), le Code civil (1804), la *Déclaration universelle des droits de l'homme* (1948) et la Constitution de la Ve République (4 octobre 1958).

**2°** Les principaux symboles de la République sont le drapeau tricolore (emblème), la devise « Liberté, égalité, fraternité », Marianne (allégorie de la République), *La Marseillaise* (hymne national) et le 14 juillet (fête nationale).

**3°** La liberté, l'égalité et la solidarité (fraternité) sont les principales valeurs de la République française. La République est également fondée sur des principes : l'indivisibilité (tous les citoyens parlent la même langue, les lois sont identiques pour tous), la laïcité, la démocratie (les dirigeants sont élus par les citoyens), la protection des droits économiques et sociaux des citoyens.

**2** → *Énoncé p. 269*

**1°** Les articles qui protègent le droit à la sécurité contre toute forme de violence sont les articles 3, 4, 5 et 7.

**2°**

| | **Protection des libertés** | **Droits à l'égalité** | **Droits économiques et sociaux** |
|---|---|---|---|
| Articles | 1, 3, 4, 13, 18, 19, 20 | 1, 7 | 22, 23, 24, 25, 26 |
| Les droits des citoyens protégés par la *Déclaration* de 1948 | Circulation, pensée, religion, association, réunion | Devant la loi | Sécurité sociale, travail, loisirs, niveau de vie convenable, éducation |

**3°** Les grands textes sont la *Déclaration des droits de l'homme et du citoyen* (1789), le Code civil (1804), la *Déclaration universelle des droits de l'homme* (1948) et la Constitution de 1958. Ces textes protègent les droits de l'homme. Ils affirment la nécessité de donner les pouvoirs au peuple par la démocratie. Ils défendent les libertés et l'égalité de tous devant la loi.

EMC 19

# La République se veut garante de la Défense nationale

Le territoire national n'est aujourd'hui pas menacé d'agression par un pays tiers. L'armée française est pourtant l'une des plus puissantes du monde.
Quelles sont donc les missions de l'armée française sur le territoire national et dans le monde ? Comment les citoyens participent-ils à la protection du territoire et des intérêts de la France ?

## 1. Les citoyens et la Défense nationale

### A Une Défense globale

- Le premier responsable de la Défense nationale est le **président de la République**, assisté du Premier ministre. Il est le seul à décider l'utilisation de bombes nucléaires. Le ministre de la Défense est chargé de l'organisation et de la mobilisation des forces armées en cas de besoin.

> **À retenir**
> Le président est le chef des armées.

- Les menaces sont aujourd'hui essentiellement les risques d'attentats que le **plan Vigipirate** tâche de prévenir : les effectifs militaires sont, en cas d'alerte, renforcés pour la protection des bâtiments publics (écoles, gares, administrations, etc.). **L'armée** participe aussi, **avec la police et la sécurité civile**, à la protection des citoyens face aux violences urbaines, aux catastrophes technologiques ou naturelles, à la protection des intérêts économiques et culturels de la France. La Défense est donc aujourd'hui globale car les missions de l'armée sont multiples.
- Jusqu'en 1997, tous les hommes majeurs faisaient leur service militaire. Depuis, le service est remplacé par une journée d'information sur la Défense nationale (Journée d'appel de préparation à la Défense nommée depuis 2010 **« Journée Défense et Citoyenneté »**), obligatoire pour tous les jeunes des deux sexes.

> **Rappel**
> L'armée est désormais uniquement composée de volontaires professionnels.

## B Les engagements des soldats français dans le monde

### Au sein de l'Union européenne

- Le traité de Maastricht (1992) prévoit **une politique de Défense commune** aux différents membres de l'Union européenne, afin de maintenir la paix et la sécurité de l'Union, et de protéger les droits de l'homme dans le monde.

> **À retenir**
>
> L'armée constitue un des éléments de la puissance de la France dans le monde.

- Le projet a abouti, en 2003, à l'adoption de la Politique européenne de sécurité et de défense (PESD). Cette structure organise les interventions militaires de l'Union européenne.

### Au sein de l'ONU

Des soldats français participent aux missions de l'ONU en tant que **Casques bleus**, soldats chargés d'intervenir dans les pays en guerre pour s'interposer entre les adversaires et préserver la vie des civils.

### Au sein de l'OTAN

L'**OTAN** a été créée en 1949 au cours de la guerre froide. Elle rassemble les armées des États-Unis, du Canada et des pays d'Europe de l'Ouest, solidaires face à une éventuelle menace militaire (à l'époque, contre le bloc de l'Est). En 1966, le général de Gaulle décide de se libérer de la tutelle des États-Unis, et la France sort de l'OTAN : les soldats français, s'ils interviennent, restent sous un commandement français. En 2007, Nicolas Sarkozy, qui souhaite un rapprochement avec les États-Unis, décide le retour complet de la France dans cette alliance.

# 2. L'ONU, la solidarité et la coopération internationales

## A Des nations unies pour la paix

- L'ONU est une organisation internationale créée en 1945 pour préserver la paix et favoriser la coopération entre les pays membres. Son secrétaire général – Antonio Guterres depuis 2017 – représente l'ONU dans le monde et fait exécuter les décisions prises par son Assemblée générale.

- Lors de sa création, des organes principaux ont été établis, notamment :
  – le **Conseil de sécurité** qui est chargé de maintenir la paix et la sécurité internationales. Il est composé de 15 membres dont 5 permanents (la Chine, les États-Unis, la France, le Royaume-Uni et la Russie). Il vote l'intervention des Casques bleus dans les territoires en guerre ;
  – la **Cour internationale de justice** qui est composée de 15 juges. Sa mission principale est de régler les litiges entre les États (par exemple à propos d'une frontière terrestre ou maritime), dans le respect du droit international ;
  – le **Conseil économique et social** qui s'occupe de promouvoir la coopération économique et l'entraide entre les pays du monde.

## B La solidarité et la coopération internationales

- L'ONU tente également de favoriser l'amélioration des conditions de vie des plus défavorisés. La **Commission économique et sociale** encourage ainsi la coopération des États en cas de catastrophe naturelle ou de crise humanitaire. Elle coordonne également les missions d'institutions spécialisées.
- **Les pays les plus riches apportent une aide** variée aux pays pauvres : aide à l'éducation, aide technique (construction de barrages, de puits), aide financière au développement. Mais cela reste souvent limité et insuffisant face aux difficultés de certains pays. L'aide des pays riches peut cependant fragiliser **les pays pauvres, devenus,** par exemple, **dépendants** des aides alimentaires ou trop endettés par les prêts d'argent.
- L'action de l'ONU est complétée par celle des États et des **organisations non gouvernementales (ONG)** ou des **associations** internationales. Ces dernières rassemblent des dons, recrutent des bénévoles ou des professionnels pour aider les peuples victimes de guerres, d'épidémies, de famines ou de catastrophes naturelles.

**À retenir**

Les actions humanitaires de l'ONU sont menées dans le cadre d'**institutions spécialisées** : **UNICEF** pour les droits des enfants, **OMS** pour la santé, **UNESCO** pour le droit à l'éducation, **FAO** contre la faim.

# PHYSIQUE CHIMIE

CHIMIE 1

# Constitution et états de la matière

Sur Terre, la matière existe sous trois états : solide, liquide et gazeux. La modélisation de la matière permet d'expliquer ses propriétés, d'interpréter les changements d'état et de différencier les corps purs et les mélanges.
Une matière peut être caractérisée par sa solubilité dans l'eau ou par sa masse volumique.

## 1. Les états de la matière

■ Pour expliquer certaines propriétés de la matière, on peut **modéliser** les particules qui la composent.
*Ex. :* Dans les schémas ci-dessous, les molécules qui composent l'eau sont modélisées par des triangles.

– À l' **état solide** , les molécules sont proches les unes des autres et immobiles les unes par rapport aux autres. L'état solide a un volume et une forme propres. Il est **compact et ordonné** .
– À l' **état liquide** , les molécules sont proches les unes des autres et peuvent se déplacer les unes par rapport aux autres. L'état liquide a un volume propre mais pas de forme propre. Il est **compact et désordonné** .
– À l' **état gazeux** , les molécules sont éloignées les unes des autres et se déplacent rapidement. Entre elles règne le vide. L'état gazeux n'a ni volume propre ni forme propre. Il est **dispersé et désordonné** .

■ Lorsque sa température ou sa pression est modifiée, un corps peut passer d'un état à un autre : il y a **changement d'état**. Ces changements d'états mettent en jeu des **transferts d'énergie**.

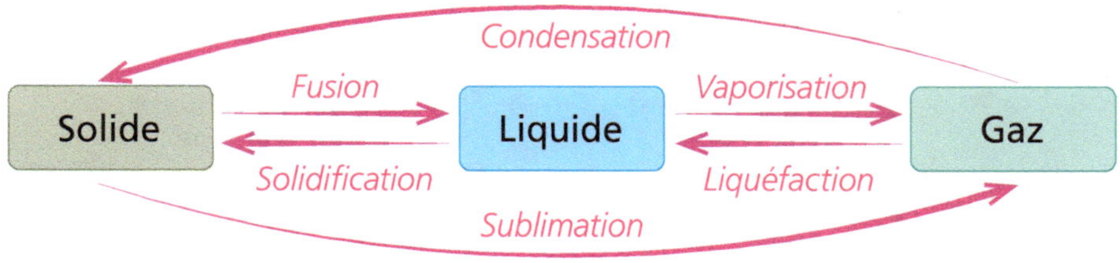


■ Lors d'un changement d'état, le nombre de molécules ne change pas. Seule la disposition des molécules change, et donc le volume du corps. **La masse se conserve** lors d'un changement d'état.

*Ex. :* la fusion de la glace.

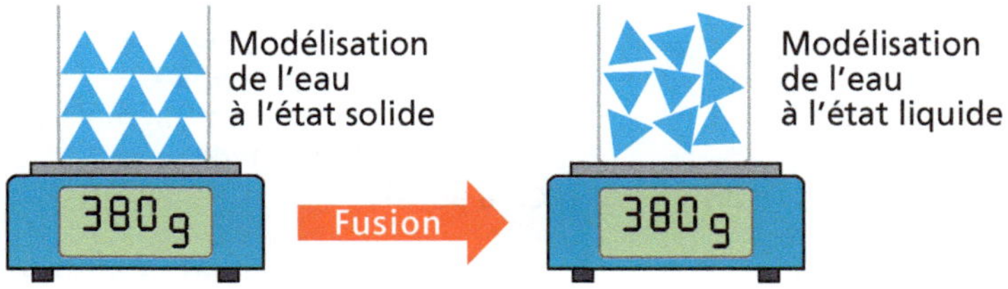


■ Le changement d'état d'un corps pur s'effectue à température constante. Sur un graphique des températures, on constate alors un palier de température.

*Ex. :* l'évolution de la température de l'eau lors de son chauffage.

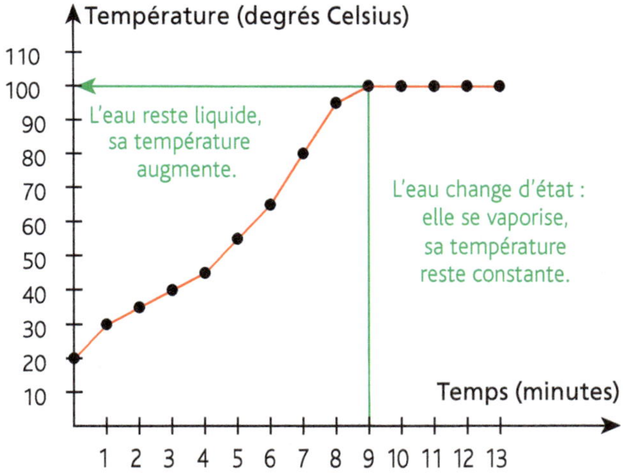

## 2. Corps pur et mélange

■ Un **corps pur** est constitué de particules toutes identiques. Un **mélange** est constitué de plusieurs types de particules.

*Ex. :*

Ce gaz contient deux types de molécules, c'est un **mélange**.

Ce gaz ne contient qu'un seul type de molécules, c'est un **corps pur**.

## 3. Miscibilité et solubilité

■ La **miscibilité** est la capacité de deux liquides à se mélanger. Deux liquides miscibles forment un **mélange homogène**. Dans le cas contraire, ils forment un **mélange hétérogène**.

*Ex. :*

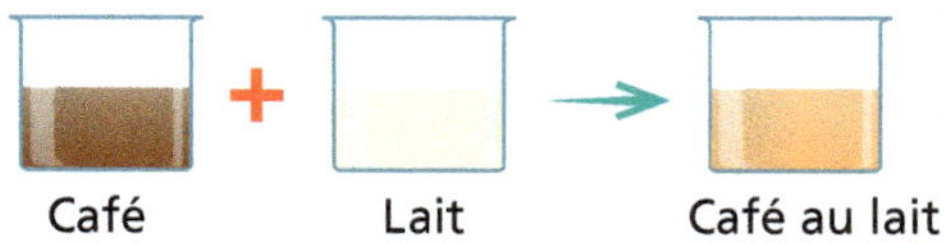


Le lait et le café sont **miscibles**. Ils forment un mélange **homogène**.

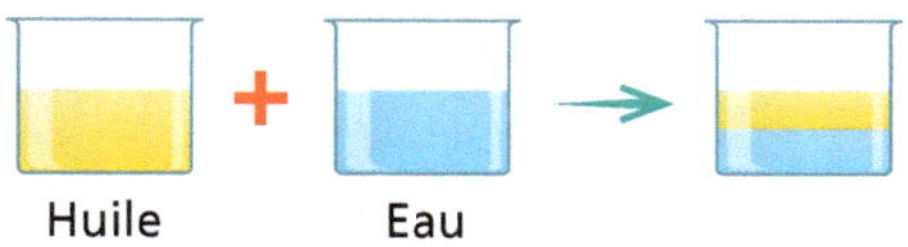


On distingue 2 phases. L'huile est moins dense que l'eau. Elles forment un mélange **hétérogène**

■ Lorsqu'une substance se dissout dans l'eau, elle forme un mélange homogène. On dit alors que la substance est **soluble** dans l'eau. La **solubilité** de cette substance est la masse maximale de cette substance pouvant se dissoudre afin d'obtenir un litre de mélange. La solubilité s'exprime en grammes par litre (g/L). Lors d'une dissolution, il y a conservation de la masse totale.

## 4. La masse volumique

■ Un corps peut être identifié par sa **masse volumique**. La masse volumique ρ (lettre grecque qui se prononce « rho ») d'un corps correspond au quotient de sa masse ($m$) par son volume ($V$).

masse volumique (g/cm³) → $\rho = \dfrac{m}{V}$ ← masse (g) ; ← volume (cm³)

$$V = \frac{m}{\rho}$$

$$m = \rho \times V$$

# Comment réaliser un aquarium récifal ?

Un aquarium récifal est un aquarium qui contient de l'eau de mer : autrement dit de l'eau salée. La quantité de sel dissous dans l'eau varie d'une mer à une autre. On appelle « salinité » de l'eau la masse, en grammes, de sel dissous par litre d'eau. On se propose d'étudier la réalisation d'un aquarium adapté à des poissons de la mer Méditerranée.

**Document 1 Fiche technique de l'aquarium**

- Longueur : 130 cm.
- Largeur : 60 cm.
- Hauteur : 55 cm.
- Hauteur maximale d'eau : 50 cm.

**Document 2 Pesée d'un prélèvement effectué en mer Méditerranée**

Une eau distillée est quasi pure. Elle ne contient que des molécules d'eau.

**Document 3 Mesure de la température d'échantillons d'eau placés dans un dispositif réfrigérant en fonction du temps**

**Échantillon 1**

| Temps (min) | 0 | 1 | 2 | 3 | 4 | 5 | 6 | 7 | 8 | 9 | 10 |
|---|---|---|---|---|---|---|---|---|---|---|---|
| T (°C) | 15 | 9 | 3 | – 1 | – 3 | – 3,5 | – 4 | – 4,5 | – 5 | – 8 | – 12 |
| État | L | L | L | L | L + S | L + S | L + S | L + S | S | S | S |

**Échantillon 2**

| Temps (min) | 0 | 1 | 2 | 3 | 4 | 5 | 6 | 7 | 8 | 9 | 10 |
|---|---|---|---|---|---|---|---|---|---|---|---|
| T (°C) | 18 | 10 | 4 | 1 | 0 | 0 | 0 | 0 | – 1 | – 4 | – 8 |
| État | L | L | L | L | L + S | L + S | L + S | L + S | S | S | S |

L = Liquide ; S = Solide.

**Document 4 Solubilité du sel dans l'eau**

| | |
|---|---|
| **Eau à 0 °C** | 357 g/L |
| **Eau à 20 °C** | 358 g/L |
| **Eau à 25 °C** | 365 g/L |
| **Eau à 80 °C** | 380,5 g/L |

## Questions

**1** Justifier l'affirmation suivante : « L'eau de mer est un mélange homogène. » Quelle propriété possède le sel ?

**2** On souhaite produire de l'eau de mer en mélangeant de l'eau pure et du sel. Proposer une modélisation de l'eau pure, puis du mélange obtenu. Décrire le comportement des molécules dans ces deux liquides.

**3** Deux échantillons d'eau sont placés dans un dispositif réfrigérant. On relève leur température et leur état toutes les minutes. On obtient alors les résultats consignés dans le document 3.

Quel changement d'état a lieu dans le dispositif réfrigérant ? Identifier l'échantillon contenant de l'eau pure et celui contenant de l'eau salée.

**4** Pour maintenir les plantes et décorer l'aquarium, on étale 40 kg de sable au fond de l'aquarium. Rappeler la relation liant la masse $m$, le volume $V$ et la masse volumique $\rho$, en précisant les unités.

Sachant que la masse volumique du sable est 1,6 g/cm$^3$, calculer, en litres, le volume occupé par le sable dans l'aquarium.

**5** Montrer que le volume maximal d'eau pouvant être utilisé dans cet aquarium est de 365 litres (on négligera l'absorption de l'eau par le sable).

**6** Qu'est-ce que la solubilité du sel dans l'eau ? Quel paramètre peut la faire varier ?

**7** Utiliser les documents afin de déterminer la salinité de l'eau de la mer Méditerranée, puis expliquer comment produire l'eau adaptée à l'aquarium.

**1** L'eau de mer est un mélange homogène car elle contient de l'eau et une substance dissoute : le sel. Le sel est donc soluble dans l'eau.

> **Rappel**
> Un corps pur contient des molécules toutes identiques, alors qu'un mélange contient différents types de molécules.

**2** Modélisation de l'eau pure et de l'eau salée :

> **Astuce**
> Utilise une forme géométrique pour modéliser les molécules d'eau (triangle, par exemple) et une autre forme géométrique pour le sel (cercle, par exemple).

Dans cette modélisation, les molécules d'eau sont représentées par des triangles bleus et le sel par des ronds rouges. L'eau pure ne contient que des molécules d'eau : c'est un corps pur. L'eau salée contient de l'eau et du sel : c'est un mélange. À l'état liquide, les molécules sont proches les unes des autres et se déplacent les unes par rapport aux autres.

**3** Les échantillons passent de l'état liquide à l'état solide. Il s'agit donc d'une solidification.

Le changement d'état d'un corps pur s'effectue à température constante. Or, le tableau de valeurs de l'échantillon 2 présente un palier de température pendant la solidification (doc. 3). L'échantillon 2 est donc celui contenant de l'eau pure. On en déduit que l'échantillon 1 contient de l'eau salée.

> **Méthode**
> Recherche dans les tableaux du doc. 3 un éventuel palier de température. Seuls les corps purs présentent un palier de température lors de leur changement d'état.

**4** La masse volumique ρ d'un corps correspond au quotient de sa masse (*m*) par son volume (*V*) soit :

$$\rho = \frac{m}{V}$$

masse volumique (g/cm³) → ρ ; masse (g) → *m* ; volume (cm³) → *V*

Cette relation peut aussi s'écrire : $m = \rho \times V$ et $V = \frac{m}{\rho}$.

Nous recherchons le volume occupé par le sable, soit $V = \frac{m}{\rho}$, avec $m$ = 40 kg et $\rho$ = 1,6 g/cm³.

Il faut d'abord convertir la masse de sable en grammes :

1 kg = 1 000 g, donc $m$ = 40 × 1 000 = 40 000 g.

> **Conseil**
> Identifie les données de l'énoncé en complétant les égalités suivantes :
> volume de sable =
> masse de sable =
> masse volumique du sable =

CHIMIE

On calcule ensuite le volume durable :

$$V = \frac{m}{\rho} = \frac{40\ 000}{1{,}6} = 25\ 000\ \text{cm}^3.$$

Il faut enfin convertir ce volume en litres :

$1\ \text{L} = 1\ 000\ \text{cm}^3$, donc $V = \dfrac{25\ 000}{1\ 000} = 25\ \text{L}.$

Le volume occupé par le sable est de 25 litres.

**Rappel**
$1\ \text{L} = 1\ 000\ \text{cm}^3$

**5** Cet aquarium mesure 130 cm de long, 60 cm de large et 55 cm de haut. La hauteur maximale d'eau qu'il peut contenir est de 50 cm (doc. 1). Le volume utilisable est donc de $130 \times 60 \times 50 = 390\ 000\ \text{cm}^3$, soit 390 litres.

**Conseil**
Utilise la fiche technique de l'aquarium pour déterminer le volume maximal d'eau que peut contenir l'aquarium.

Le sable occupe un volume de 25 litres. Le volume maximal pouvant être contenu dans l'aquarium est donc de $390 - 25 = 365$ litres.

**Rappel**
Volume de l'aquarium = longueur × largeur × hauteur

**6** La solubilité du sel est la masse maximale de sel pouvant se dissoudre dans l'eau afin d'obtenir un litre de mélange. La solubilité du sel augmente avec la température de l'eau (doc. 4).

**Méthode**
Détermine la salinité de l'eau de la mer Méditerranée en utilisant les expériences du doc. 2, puis calcule la quantité de sel nécessaire à la réalisation de l'aquarium.

**7** L'eau pure ne contient pas de sel. L'eau de la mer Méditerranée contient majoritairement du sel. En faisant la différence entre les masses des deux récipients du document 2, on déduit la masse de sel $m$ présent dans les 250 mL d'eau du prélèvement :
$m = 384 - 375 = 9$ g de sel dans 250 mL d'eau.
Dans un litre, il y a donc $4 \times 9 = 36$ g.
La salinité du prélèvement est donc de 36 g/L.

Pour produire l'eau de l'aquarium, il faut dissoudre 36 g de sel par litre d'eau. L'aquarium pouvant contenir un volume de 365 litres d'eau, il faudra dissoudre $36 \times 365 = 13\ 140$ g de sel (soit environ 13 kg).
On verse le sel dans un grand récipient, puis on ajoute de l'eau afin de dissoudre le sel. Lorsque le mélange est homogène, on transvase le mélange dans l'aquarium, puis on complète le niveau avec de l'eau douce.

CHIMIE 2

# Les transformations en chimie

On appelle « espèce chimique » un ensemble d'entités chimiques identiques. Une espèce chimique peut être atomique, moléculaire ou ionique. La description de la matière à cette échelle permet d'expliquer les différentes transformations de la matière.

## 1. Atomes et molécules

■ La matière est constituée d' **atomes** . Un atome est représenté par un **symbole chimique** et modélisé par une **sphère colorée** .

| **Atome** | Carbone | Oxygène | Hydrogène | Azote | Chlore |
|---|---|---|---|---|---|
| **Symbole** | C | O | H | N | Cl |
| **Représentation** |  |  |  |  |  |

■ Une **molécule** est composée à partir d'atomes. Elle est représentée par une **formule chimique** indiquant le symbole et le nombre d'atomes constituant la molécule. Une molécule est modélisée par un **modèle moléculaire** .

*Ex. :*

$N_2$

La molécule de diazote contient 2 atomes d'azote.
Sa formule chimique est $N_2$.

$O_2$

La molécule de dioxygène contient 2 atomes d'oxygène.
Sa formule chimique est $O_2$.

$H_2O$

La molécule d'eau contient 2 atomes d'hydrogène et 1 atome d'oxygène.
Sa formule chimique est $H_2O$.

$CO_2$

La molécule de dioxyde de carbone contient 2 atomes d'oxygène et 1 atome de carbone.
Sa formule chimique est $CO_2$.

■ **L'air** n'est pas un corps pur mais un mélange de molécules. Il contient 78 % de **diazote**, 21 % de **dioxygène** et 1 % d'autres gaz.

**Composition de l'air**

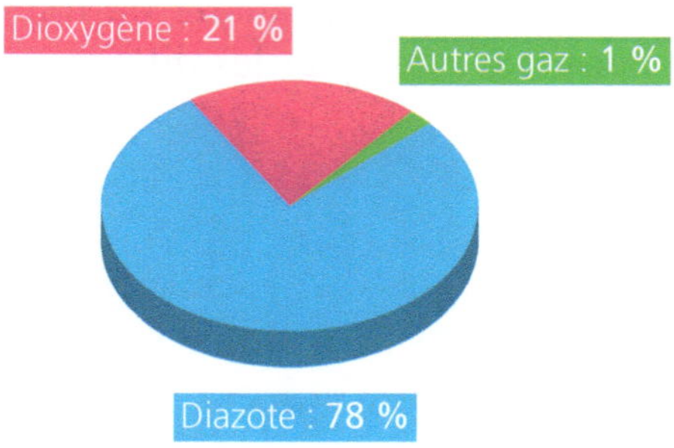


## 2. Les constituants de l'atome

■ Un atome est composé d'un **noyau** (chargé positivement) et d'un nuage d' **électrons** (chargés négativement). Les électrons sont en mouvement autour du noyau. **L'atome est électriquement neutre** car il contient autant de charges positives dans son noyau que d'électrons dans son nuage.

**Modèle de l'atome**

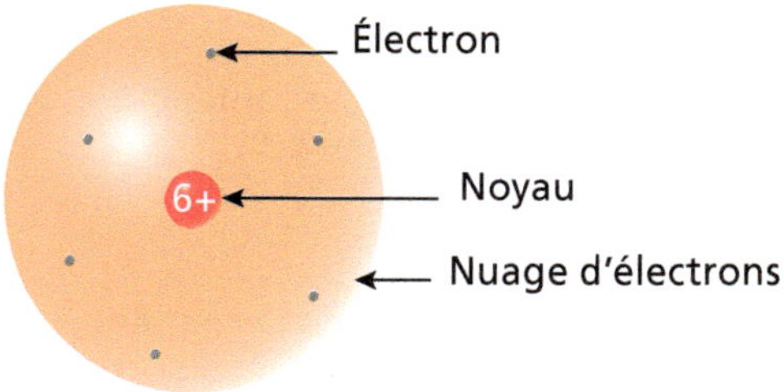


*Ex. :*

L'atome d'oxygène contient 8 charges positives dans son noyau autour duquel gravitent 8 électrons. L'atome de carbone est donc électriquement neutre.

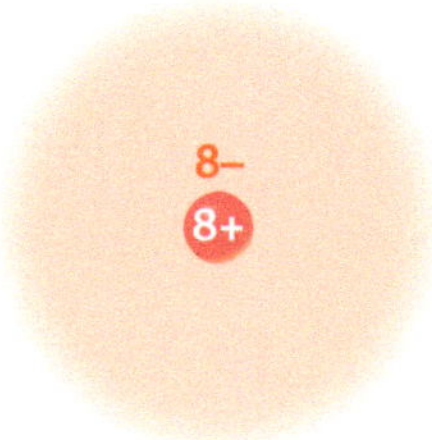


■ Le **diamètre d'un atome** est de l'ordre du dixième de nanomètre, soit **$10^{-10}$ m**. Son noyau est 100 000 fois plus petit, soit $10^{-15}$ m. Un atome est donc principalement constitué de vide.

■ Le **noyau** est constitué de **nucléons** : les **protons** (chargés positivement) et les **neutrons** (neutres). Pour décrire le noyau, on utilise deux nombres :
– *Z* : c'est le nombre de protons ;
– *A* : c'est le nombre de nucléons.
Le nombre de neutrons *N* s'obtient par le calcul *A* – *Z*.

**Symbole de l'atome**

$^{A}_{Z}X$

*Ex.* : Le symbole du noyau de l'atome de sodium est $^{23}_{11}Na$.
Le nombre de nucléons (*A*) est égal à 23 et le nombre de protons est égal à 11.
Le nombre de neutrons (*N*) s'obtient par le calcul *N* = *A* – Z, soit *N* = 23 – 11 = 12 neutrons.
Le noyau contient donc 23 nucléons : 11 protons et 12 neutrons.

## 3. Éléments et classification périodique

■ Un **élément chimique** est identifié par son **symbole** et par son **numéro atomique** *Z*. Les espèces chimiques (atome ou ion) provenant du même élément chimique possèdent le même numéro atomique.

■ La **classification périodique** regroupe l'ensemble des éléments, classés par numéro atomique *Z* croissant.

**Classification des 18 premiers éléments**

| | | | | | | | |
|---|---|---|---|---|---|---|---|
| $_{1}H$ Hydrogène | | | | | | | $_{2}He$ Hélium |
| $_{3}Li$ Lithium | $_{4}Be$ Béryllium | $_{5}B$ Bore | $_{6}C$ Carbone | $_{7}N$ Azote | $_{8}O$ Oxygène | $_{9}F$ Fluor | $_{10}Ne$ Néon |
| $_{11}Na$ Sodium | $_{12}Mg$ Magnésium | $_{13}Al$ Aluminium | $_{14}Si$ Silicium | $_{15}P$ Phosphore | $_{16}S$ Soufre | $_{17}Cl$ Chlore | $_{18}Ar$ Argon |

CHIMIE

## 4. Les transformations chimiques

■ Une **transformation chimique** (combustion, réaction acide-métal, réaction acide-base, etc.) est une transformation de la matière au cours de laquelle les atomes qui constituent les molécules des **réactifs** se réarrangent pour former de nouvelles molécules : les **produits**.

■ Lors d'une transformation chimique, il y a **conservation des atomes** : la masse totale est donc conservée.

■ Pour décrire une transformation chimique, on écrit une **équation de réaction**. Son écriture fait intervenir les formules chimiques des réactifs et des produits ainsi que des coefficients. Ces coefficients assurent la conservation des éléments et des charges électriques.

*Ex. :* la combustion du méthane.
Le bilan de cette transformation chimique s'écrit :

**méthane + dioxygène → dioxyde de carbone + eau**

L'équation de réaction s'écrit :

Coefficients d'ajustement

$$\underbrace{CH_4 + 2O_2}_{\text{Réactifs}} \rightarrow \underbrace{CO_2 + 2H_2O}_{\text{Produits}}$$

# CHIMIE 3 — Ions, pH, propriétés acido-basiques

L'atome est électriquement neutre, mais il peut perdre ou gagner des électrons. Il forme alors une nouvelle espèce chimique : un ion. Ces ions peuvent être mis en évidence dans les solutions par des tests d'identification. La mesure du pH permet de classer ces solutions en trois catégories : acide, neutre et basique.

## 1. La formation des ions

- Un **ion** provient d' **un atome (ou d'un groupe d'atomes) ayant gagné (ou perdu) un ou plusieurs électrons**.
- Un ion est donc **électriquement chargé**. On distingue les **ions positifs** et les **ions négatifs**.

*Ex. :*

| Ions positifs | Ions négatifs |
|---|---|
| Ion sodium $Na^+$<br>Ion hydrogène $H^+$<br>Ion cuivre II $Cu^{2+}$<br>Ion fer II $Fe^{2+}$<br>Ion fer III $Fe^{3+}$<br>Ion zinc $Zn^{2+}$ | Ion chlorure $Cl^-$<br>Ion hydroxyde $HO^-$<br>Ion nitrate $NO_3^-$ |

- Pour modéliser la formation d'un ion, il faut faire apparaître le gain (ou la perte) d'un ou plusieurs électrons.

*Ex. :* L'ion cuivre II provient d'un atome de cuivre ayant perdu 2 électrons. Il forme donc un ion positif ayant pour formule chimique $Cu^{2+}$.

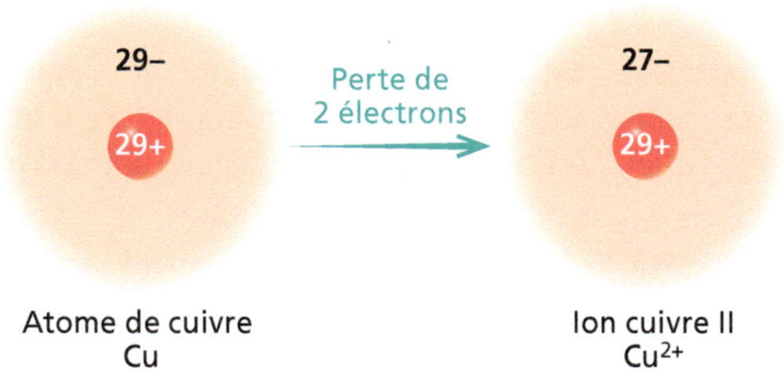


CHIMIE

## 2. Mise en évidence des ions

■ Un ion peut être identifié en réalisant une **réaction de précipitation**. L'ajout de quelques gouttes d'un réactif permet de former un **précipité** (solide) coloré caractéristique de l'ion.

| **Ions** | $Cu^{2+}$ Ion cuivre II | $Fe^{2+}$ Ion fer II | $Fe^{3+}$ Ion fer III | $Al^{3+}$ Ion aluminium | $Cl^{-}$ Ion chlorure |
|---|---|---|---|---|---|
| **Réactif** | Soude | Soude | Soude | Soude | Nitrate d'argent |
| **Couleur du précipité** | Bleu | Vert | Orange | Blanc | Blanc qui noircit |

*Ex. :* mise en évidence des ions cuivre.

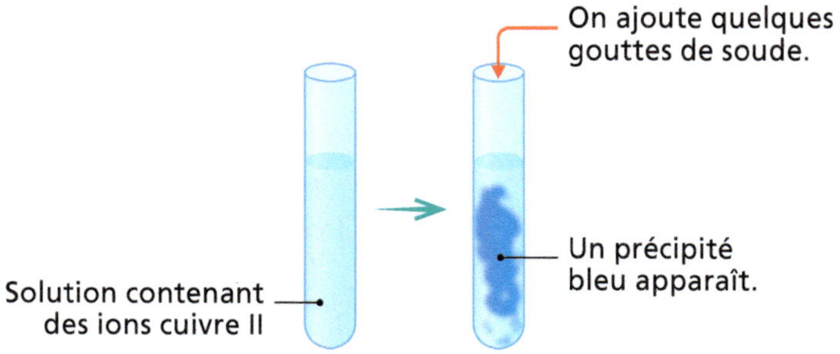


■ Il est aussi possible d'identifier un ion par un **test à la flamme**. On trempe un fil de fer dans la solution contenant l'ion à identifier, puis on place le fil dans une flamme. Celle-ci prend alors la couleur caractéristique de l'ion à identifier.

## 3. Le pH de solutions aqueuses

■ Une **solution aqueuse** est un liquide contenant de l'eau et une substance dissoute. Le **pH** est un nombre sans unité, compris **entre 0 et 14**. Il permet de classer les solutions aqueuses en trois groupes : acide, neutre ou basique.

■ La mesure du pH d'une solution aqueuse s'effectue avec du **papier pH** (la précision sera à l'unité) ou à l'aide d'un **pH-mètre** (la précision sera au dixième ou au centième).

■ C'est l' **ion $H^+$** (ion hydrogène) qui est responsable de l' **acidité**. L' **ion $HO^-$** (ion hydroxyde) est responsable de la **basicité**.
– Une solution acide contient plus d'ions $H^+$ que d'ions $HO^-$.
– Une solution neutre contient autant d'ions $H^+$ que d'ions $HO^-$.
– Une solution basique contient plus d'ions $HO^-$ que d'ions $H^+$.

**Modélisation des ions présents dans les solutions**

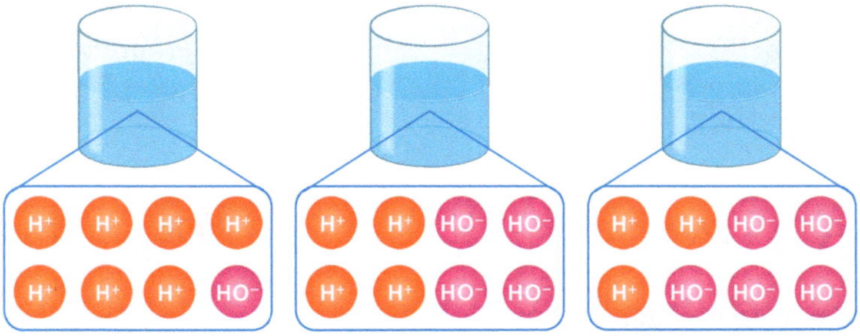


■ L' **acide chlorhydrique** est une solution corrosive de pH inférieur à 7. Elle contient des **ions hydrogène** ($H^+$) et des **ions chlorure** ($Cl^-$). Elle a pour formule ($H^+$, $Cl^-$). C'est l'ion hydrogène qui est responsable de l'acidité de cette solution et qui réagit avec les métaux. L'ion chlorure n'intervient pas, on dit que c'est un **ion spectateur**.

Corrosif

■ Lorsqu'on dilue une solution acide, son pH augmente et tend vers 7. Il faut toujours verser l'acide dans l'eau et non l'inverse afin d'éviter tout risque de projection.

## 4. Réaction entre solutions acides et basiques

■ Lorsqu' **on mélange de la soude et de l'acide chlorhydrique**, il se produit une **transformation chimique qui libère de la chaleur** (la température augmente).

■ Attention, les réactions acide-base sont dangereuses. Elles peuvent produire des projections. Il faut porter des équipements de protection pour manipuler ces produits.

## 5. Réaction entre solutions acides et métaux

■ L' **acide chlorhydrique réagit avec l'aluminium** (Al), **le fer** (Fe) et **le zinc** (Zn), mais il ne réagit pas avec le cuivre (Cu).

■ Lors de la **transformation chimique** entre l'acide chlorhydrique et un métal, les ions $H^+$ et le métal sont consommés. Il se forme alors un gaz : du **dihydrogène**. Ce gaz produit une détonation en présence d'une flamme. Il se forme aussi des ions métalliques.

*Ex. :* l'action de l'acide chlorhydrique sur le zinc.
Le bilan de cette transformation chimique est :

Acide chlorhydrique + zinc → Dihydrogène + chlorure de zinc

*Réactifs* — *Produits*

L'équation simplifiée de réaction est :

$$2\ H^+ + Zn \rightarrow H_2 + Zn^{2+}$$

Il y a conservation des atomes et des charges électriques lors de la réaction chimique entre l'acide chlorhydrique et le zinc.

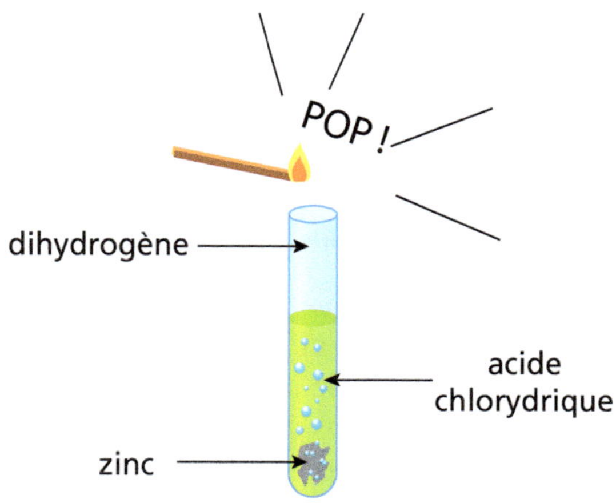

# La chimie de la piscine

L'eau d'une piscine publique doit être analysée deux fois par jour afin de contrôler ses paramètres : pH de l'eau, quantité de chlore assurant la désinfection de l'eau, dureté de l'eau, etc. Selon les valeurs obtenues, il faudra alors ajouter différents produits de traitement.
On se propose d'étudier ces relevés afin de déterminer les traitements à réaliser.

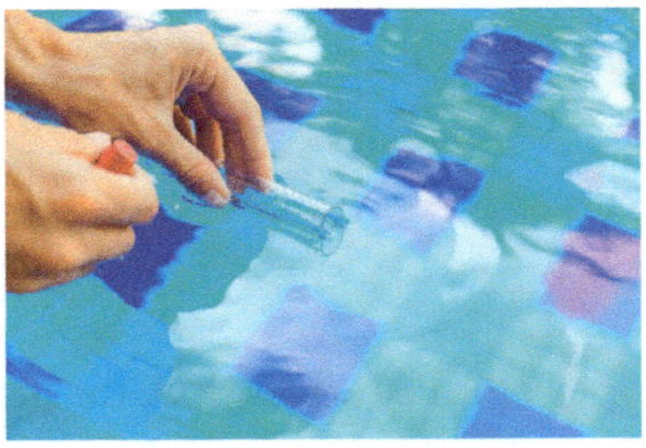

**Document 1 Mesure des paramètres de l'eau de la piscine désinfectée au chlore**

- Concentration en chlore : 1,2 mg/L.
- pH de l'eau : 7,8.
- Dureté de l'eau : 38 mg/L.

**Document 2 Normes sanitaires pour les piscines publiques**

| Type de désinfection | Chlore | Brome |
|---|---|---|
| pH | 6,9 à 7,7 | 7,5 à 8,2 |
| Concentration en désinfectant | 0,4 à 1,4 mg/L | 1 à 2 mg/L |
| Dureté de l'eau | 28 à 60 mg/L | |

**Document 3 Guide d'utilisation des produits modifiant le pH**

Si le pH de la piscine est trop élevé, utiliser le produit pH moins.
Si le pH de la piscine est trop faible, utiliser le produit pH plus.

- pH plus : 100 g de produit augmente de 0,1 la valeur du pH de 10 $m^3$ d'eau.
- pH moins : 100 g de produit diminue de 0,1 la valeur du pH de 10 $m^3$ d'eau.

**Document 4 Test des ions par précipitation**

| Ions | $Fe^{2+}$ | $Fe^{3+}$ | $Cu^{2+}$ | $Zn^{2+}$ | $Cl^-$ | $Ca^{2+}$ | $Mg^{2+}$ |
|---|---|---|---|---|---|---|---|
| Réactif utilisé | Soude | Soude | Soude | Soude | Nitrate d'argent | Oxalate d'ammonium | Oxalate d'ammonium |
| Couleur du précipité | Vert | Orange | Bleu | Blanc | Blanc qui noircit | Blanc | Blanc |

CHIMIE

## Questions

**1** À l'aide de vos connaissances, compléter l'échelle de pH ci-dessous en indiquant le nom des différentes zones de pH, puis indiquer dans quelle zone se trouve l'eau de la piscine. L'eau de la piscine est-elle conforme à la norme sanitaire ?

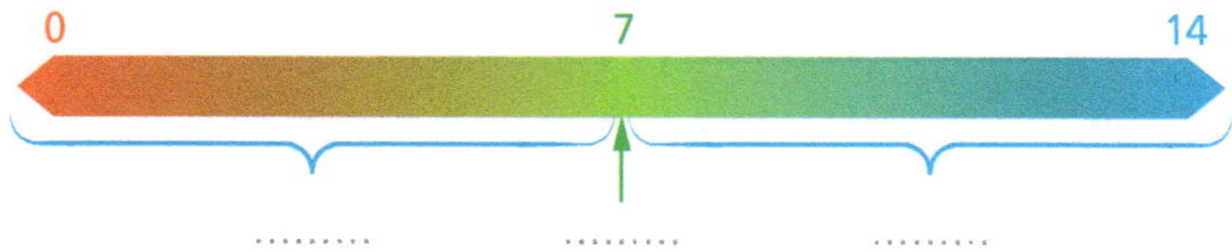


**2** Quel produit doit-on utiliser pour ramener le pH de la piscine à 7,6 ? Calculer la quantité de produit nécessaire sachant que la piscine contient 200 $m^3$ d'eau.

**3** L'eau de la piscine est désinfectée avec de l'hypochlorite de calcium. Ce produit se présente sous la forme de pastilles. Lorsque celles-ci sont mélangées à l'eau, il se forme des ions hypochlorite et des ions calcium.

Expliquer la formation de l'ion calcium sachant que sa formule chimique est $Ca^{2+}$ et que son numéro atomique est 20. Proposer une modélisation de sa formation. Comment peut-on mettre en évidence la présence de cet ion dans l'eau de la piscine ?

**4** Certaines installations de piscine sont équipées d'une pompe doseuse qui permet d'injecter de l'acide chlorhydrique et de faire baisser le pH de l'eau de la piscine. L'acide doit être dilué avant d'être versé dans la pompe.

Décrire la méthode permettant de diluer un acide, indiquer comment va varier son pH et préciser l'ion responsable de l'acidité.

**5** Lors de la manipulation de l'acide chlorhydrique, une rondelle de fer tombe dans le flacon. Il se forme alors un dégagement gazeux qui produit une détonation en présence d'une flamme. Après quelques minutes, la rondelle a totalement disparu. Un test à la soude sur la solution restante fait apparaître un précipité vert.

Sous quelle forme se trouve le métal après réaction ? Qu'a-t-il perdu ? Utiliser vos connaissances pour expliquer cette transformation.

**6** Identifier les réactifs et les produits de cette transformation chimique, écrire son bilan, puis son équation de réaction.

**1**

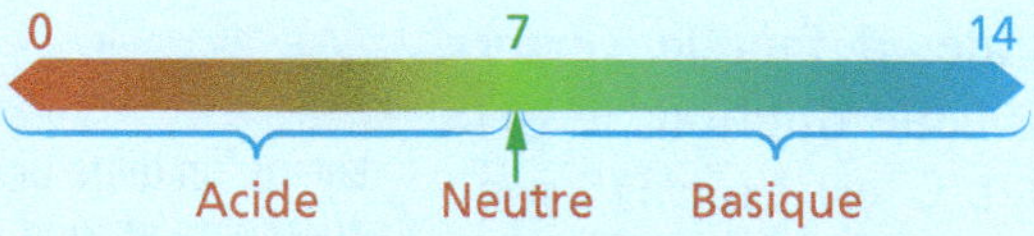


Le pH de l'eau de la piscine est de 7,8 (doc. 1). Son pH est trop basique. Il n'est pas conforme à la norme sanitaire car le pH de l'eau doit être compris entre 6,9 et 7,7 s'il s'agit d'une piscine désinfectée au chlore (doc. 2). En revanche, la concentration en chlore et la dureté de l'eau sont conformes aux normes sanitaires.

> **Conseil**
> Compare le pH de l'eau de la piscine avec les normes sanitaires figurant dans le document 2.

**2** Le pH de l'eau de la piscine est trop élevé. Il faut donc utiliser le produit pH moins (doc. 3). Ce produit est acide car il permet de diminuer le pH de l'eau.

Pour faire baisser le pH de 0,1, il faut utiliser 100 g de produit pour 10 m$^3$ d'eau. La piscine a un volume de 200 m$^3$. Pour faire baisser le pH de 0,1, il faut donc ajouter $100 \times 20 = 2\ 000$ g de produit, soit 2 kg.

Le pH de la piscine est de 7,8. Pour le ramener à 7,6, il faut donc le baisser de 0,2. Il faudra donc utiliser 4 kg de produit.

> **Méthode**
> Le pH de la piscine est de 7,8. Pour le ramener à 7,6 il faut donc le diminuer de 0,2. Le produit à utiliser est par conséquent le pH moins.

**3** L'ion calcium a pour formule $Ca^{2+}$. C'est un ion positif. Il provient d'un atome qui a perdu deux électrons. On peut modéliser sa formation ainsi :

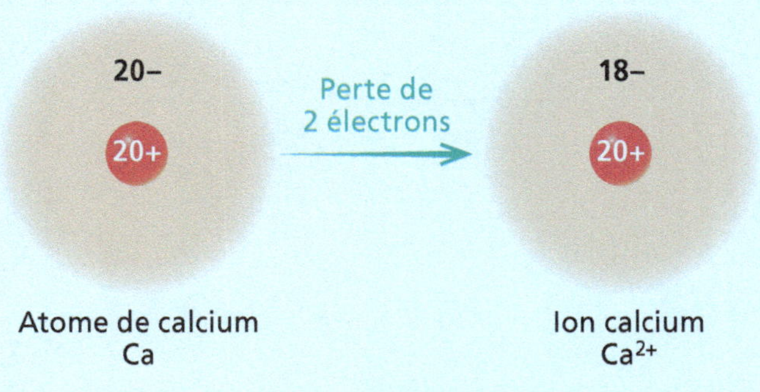


> **Rappel**
> Un ion positif provient d'un atome ayant perdu un (ou plusieurs) électron(s). Un ion négatif provient d'un atome ayant gagné un (ou plusieurs) électron(s).

Pour mettre en évidence la présence des ions calcium dans l'eau de la piscine, on va réaliser une réaction de précipitation. On verse un peu d'eau dans un tube à essai et on ajoute quelques gouttes d'oxalate d'ammonium (doc. 4). Il se forme alors un précipité blanc dans le tube.

**4** Pour diluer un acide, il faut le verser dans de l'eau. Lors de cette dilution, le pH de l'acide va augmenter. C'est l'ion $H^+$, ion hydrogène, qui est responsable de l'acidité de ce produit. Cette solution contient plus d'ions $H^+$ que d'ions $HO^-$.

**Conseil**
Lorsqu'on dilue une solution acide, son pH augmente et tend vers 7. Il faut toujours verser l'acide dans l'eau et non l'inverse afin d'éviter tout risque de projection.

**5** Après réaction, le métal a totalement disparu. Il se trouve sous la forme d'ions fer II (car le précipité est vert, doc. 4). Lors de cette transformation chimique, le métal fer a perdu deux électrons. Il forme l'ion $Fe^{2+}$.

**Rappel**
Lors de la réaction entre le fer et l'acide chlorhydrique, le fer perd deux électrons.

**6** Réactifs : acide chlorhydrique et métal fer.
Produits : dihydrogène et ion fer II.

**Rappel**
Les réactifs réagissent entre eux pour former les produits.

Bilan : acide chlorhydrique + fer → dihydrogène + ion fer II.
Équation de réaction : $2\ H^+ + Fe \rightarrow H_2 + Fe^{2+}$.

**Méthode**
Le bilan d'une transformation chimique s'écrit :
réactif 1 + réactif 2 → produit 1 + produit 2
Pour écrire une équation de réaction, on remplace le nom des réactifs et des produits par leur formule chimique.

CHIMIE

# 4 Organisation de la matière dans l'Univers

Notre planète, la Terre, gravite autour du Soleil. C'est l'une des huit planètes du système solaire.

## 1. Description de l'Univers

- L' **Univers** est âgé d'environ **14 milliards d'années**. Il est constitué de plusieurs centaines de milliards de **galaxies** réunies en amas. Entre ces galaxies règne le vide.
- Le Soleil est l'une des 100 milliards d'étoiles qui composent notre galaxie : la **Voie lactée**. Le diamètre de celle-ci est d'environ 100 000 années-lumière.

**La Voie lactée**

## 2. Le système solaire

- Le **système solaire** s'est formé il y a environ **4,6 milliards d'années**. Il est composé de **huit planètes** qui gravitent autour d'une étoile : le **Soleil**.
- Les trajectoires des planètes sont quasiment circulaires. Entre le Soleil et les planètes règne le vide.

**Le système solaire**

## 3. La Terre et la Lune

**Mouvements de la Terre et de la Lune**

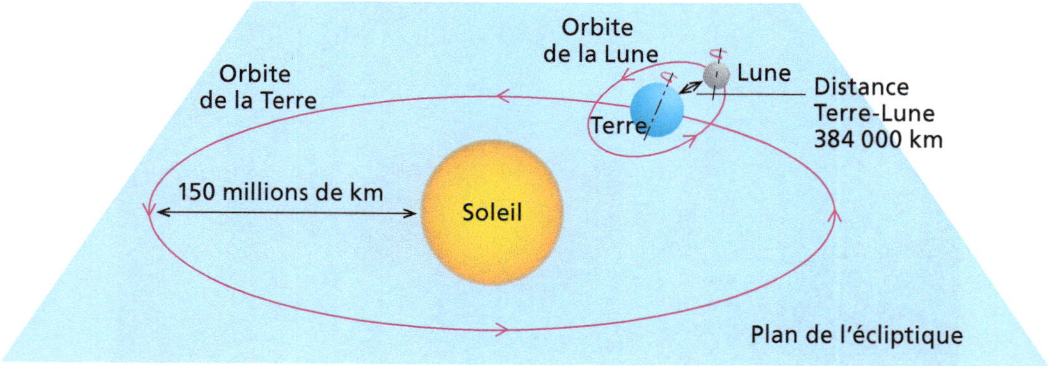


■ **La Terre tourne sur elle-même en 24 heures.** Elle effectue une **révolution autour du Soleil en une année (365,25 jours)**.

■ La **Lune** est le **satellite de la Terre**. Elle tourne sur elle-même dans le même temps qu'elle fait un tour autour de la Terre (un peu plus de 27 jours). Elle nous présente donc toujours la même face.
Selon sa position par rapport à la Terre, la Lune apparaît sous différentes **phases**.

**Orbite de la Lune autour de la Terre**

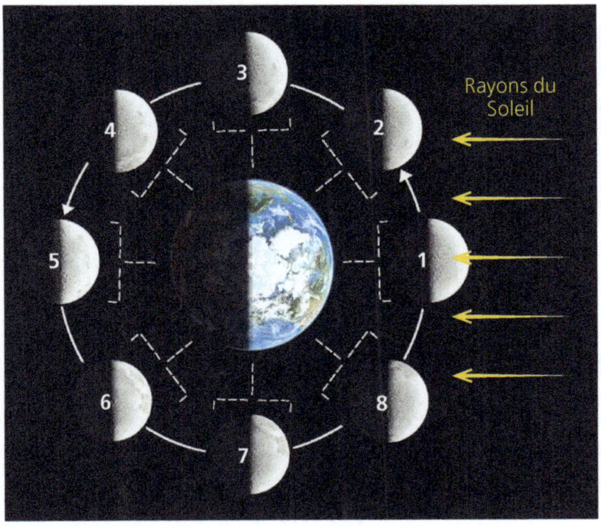


**Aspects de la Lune aux différentes phases**

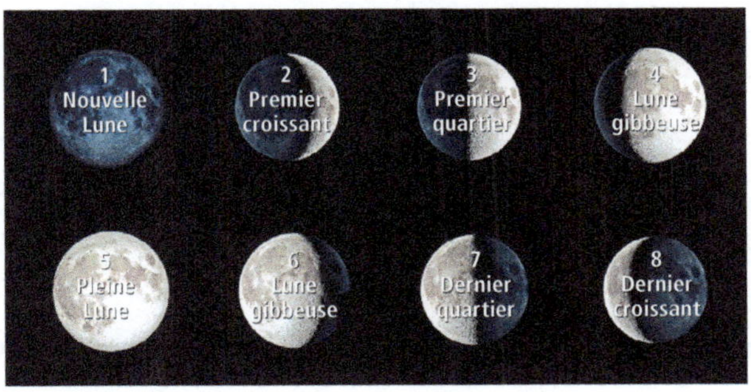


## 4. La matière et l'Univers

■ Le **big bang** permet de décrire l'évolution de l'Univers depuis sa création ainsi que la formation des éléments chimiques qui le composent.

■ L' **hydrogène** et l' **hélium** sont les principaux constituants de l'Univers. Ils ont existé dès le début de l'Univers. Les autres éléments plus lourds (*ex. :* l'oxygène, le carbone, le fer, le silicium) ont été fabriqués par les réactions thermonucléaires au sein des étoiles.

## 5. Mesurer les distances dans l'Univers

- L'**unité astronomique (ua)** est l'unité de longueur utilisée pour mesurer les distances dans le système solaire. Elle correspond à la **distance entre la Terre et le Soleil**, soit **150 millions de kilomètres**.

**$1 \text{ ua} = 150 \times 10^6 \text{ km}$**

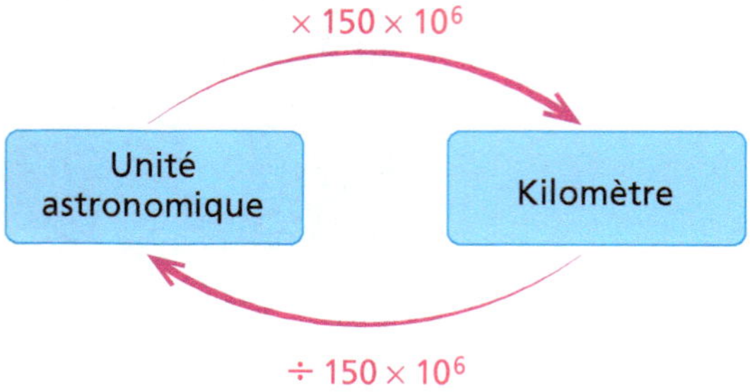


- Le système solaire a un diamètre d'environ 100 unités astronomique.

*Ex. :* La distance Soleil-Mars est de $228 \times 10^6$ kilomètres. Pour convertir cette distance en unités astronomiques, il faut diviser cette distance par $150 \times 10^6$.
$d_{\text{Soleil-Mars}} = 228 \times 10^6 \div 150 \times 10^6 \approx 1{,}5$ ua.

- L'**année-lumière (al)** est l'unité de longueur utilisée pour mesurer les distances dans l'Univers. Elle correspond à la **distance parcourue par la lumière en une année**, soit **9 500 milliards de kilomètres**.

**$1 \text{ al} = 9{,}5 \times 10^{12} \text{ km}$**

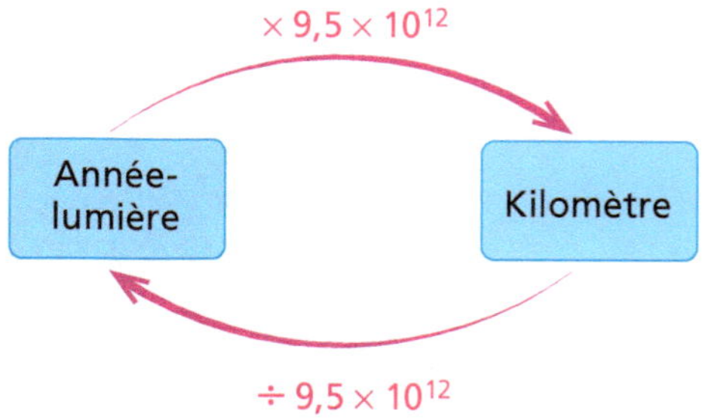


- La Voie lactée a un diamètre d'environ 100 000 années-lumière.

*Ex. :* L'étoile la plus proche de la Terre est Proxima du Centaure. Elle est située à 4,2 années-lumière de la Terre. Pour convertir cette distance en kilomètres, il faut multiplier cette distance par $9{,}5 \times 10^{12}$.
$d_{\text{Terre-Proxima}} = 4{,}2 \times 9{,}5 \times 10^{12} = 3{,}99 \times 10^{13}$ km.

PHYSIQUE

# 5 Vitesse et mouvements

Dans un référentiel donné, le mouvement d'un objet peut être décrit par sa trajectoire, par sa vitesse ou par une étude graphique. L'utilisation d'une chronophotographie permet aussi de définir les différentes allures du mouvement d'un objet.

## 1. Référentiel, trajectoire et mouvement

■ Pour décrire un mouvement, il faut d'abord définir l'objet par rapport auquel on va étudier le mouvement : c'est le **référentiel**.

■ Le plus souvent, on utilise le sol comme référentiel : c'est le **référentiel terrestre**. Pour étudier le mouvement des planètes, on se placera dans le référentiel lié au centre du Soleil : le **référentiel héliocentrique**.

■ Un objet peut être en mouvement dans un référentiel et immobile dans un autre : on dit que le mouvement est **relatif** au référentiel.

*Ex. :* Par rapport à la route (le sol), les passagers d'une voiture sont en mouvement. Par rapport à la voiture, les passagers sont immobiles.

■ La **trajectoire** d'un point d'un objet est l'ensemble des positions occupées par ce point lors du mouvement de l'objet.
– Si la trajectoire d'un objet est une droite, le mouvement est **rectiligne**.
– Si la trajectoire d'un objet est un cercle ou une portion de cercle, le mouvement est **circulaire**.
– Si la trajectoire d'un objet est une courbe, le mouvement est **curviligne**.

*Ex. :* la trajectoire d'une boule de pétanque.

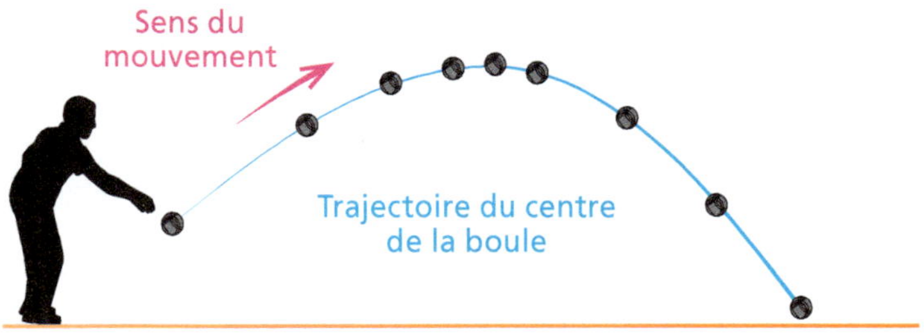


PHYSIQUE

## 2. Description d'un mouvement

■ Une **chronophotographie** représente, à intervalles de temps égaux rapprochés, les positions d'un objet en mouvement. Elle permet de comparer les distances parcourues pendant des intervalles de temps égaux.

■ Si les distances parcourues pendant des durées égales sont égales, **la vitesse est constante**. Le mouvement est **uniforme**.

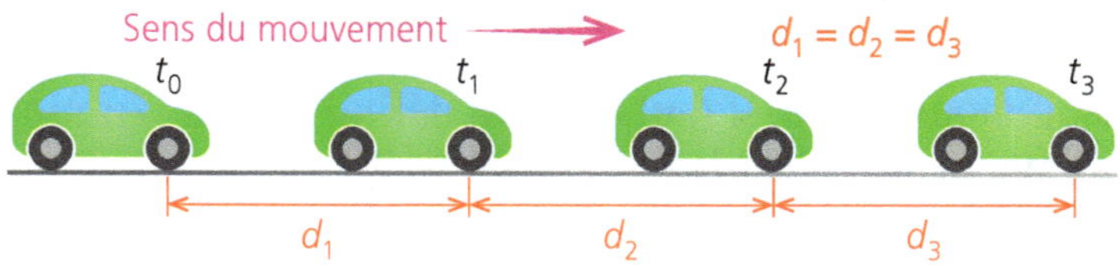


■ Si les distances parcourues pendant des durées égales augmentent, **la vitesse augmente**. Le mouvement est **accéléré**.

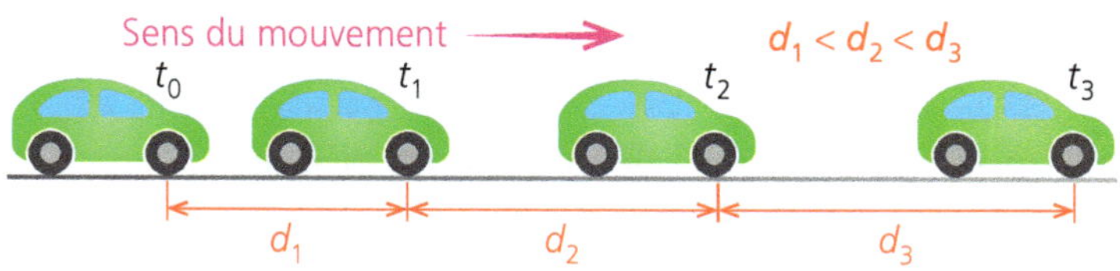


■ Si les distances parcourues pendant des durées égales diminuent, **la vitesse diminue**. Le mouvement est **ralenti**.

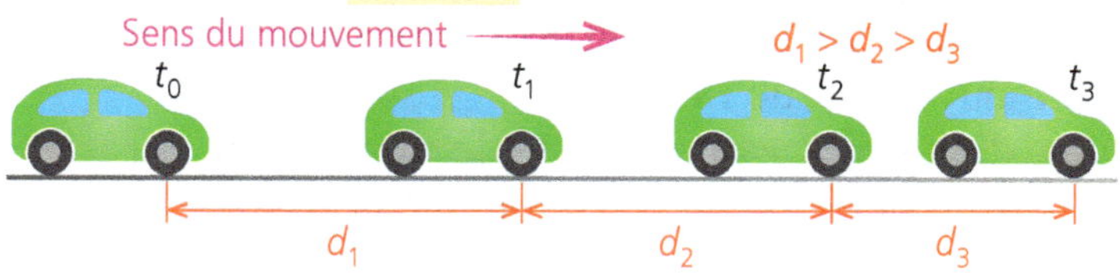


## 3. La vitesse d'un objet

■ La **vitesse *v*** d'un objet est le quotient de la distance parcourue *d* par la durée $\Delta t$ du parcours.

$$v = \frac{d}{\Delta t}$$

vitesse (m/s) → $v$ ; distance (m) → $d$ ; durée (s) → $\Delta t$

■ Dans le système international des unités, la vitesse s'exprime **en mètres par seconde (m/s)**. La vitesse peut aussi s'exprimer en kilomètres par heure (km/h).

- Pour décrire une vitesse, il faut préciser sa **valeur**, sa **direction** et son **sens**.

*Ex. :*

Direction : horizontale.
Sens : vers la droite.
Valeur : 90 km/h.

## 4. Étude graphique d'un mouvement

- Le graphique représentant la **distance parcourue par un objet en fonction du temps** ou la **vitesse d'un objet en fonction du temps** permet de décrire l'allure du mouvement de cet objet.

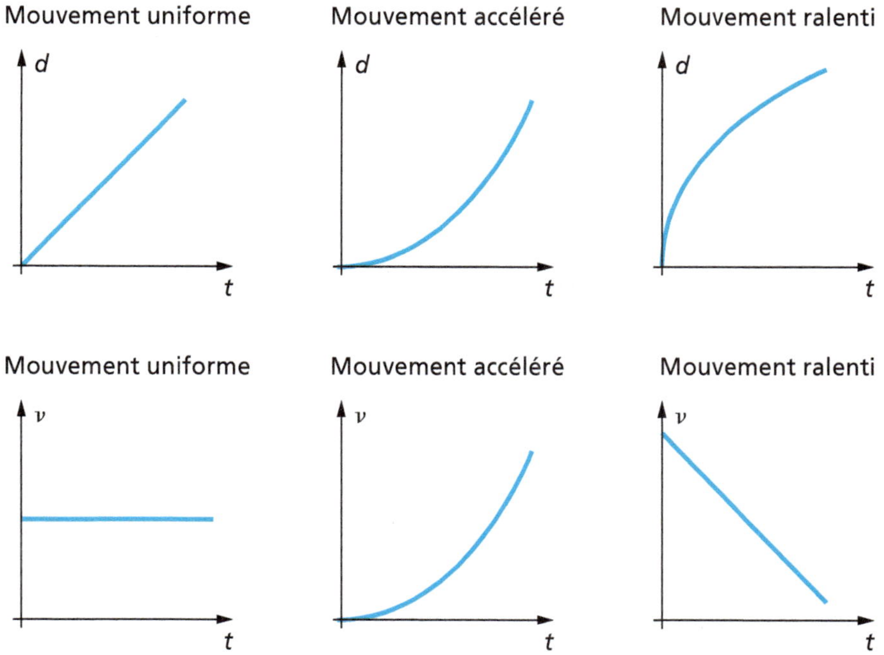


## 5. Convertir des distances, des durées et des vitesses

- 

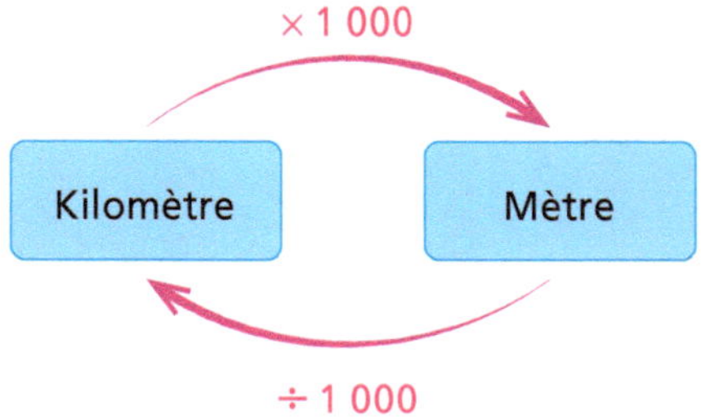


*Ex. :* Convertir 3,4 kilomètres en mètres : 3,4 km = 3,4 × 1 000 = 3 400 m.

■

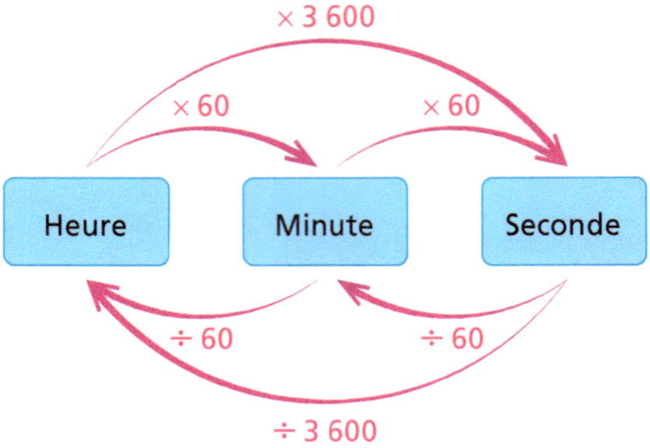


*Ex. :* Convertir 90 minutes en heures : 90 min = 90 ÷ 60 = 1,5 heure.

■

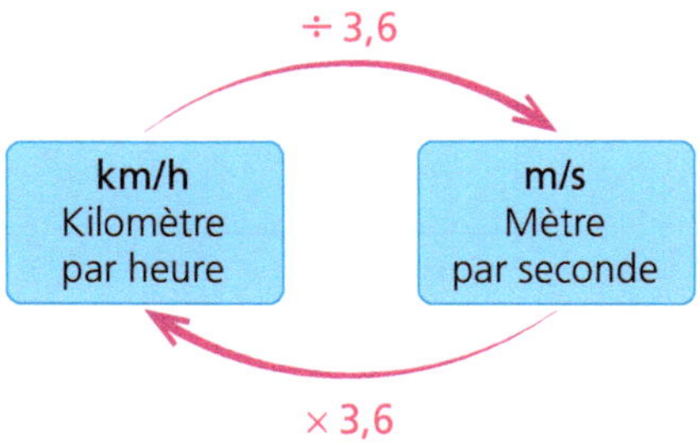


*Ex. :* Convertir 90 km/h en m/s : 90 km/h = 90 ÷ 3,6 = 25 m/s.

# Le mouvement de la Terre

La Terre est l'une des planètes qui composent le système solaire. Elle tourne à vitesse constante autour du Soleil.
On se propose d'étudier les mouvements de la Terre autour du Soleil, puis de s'intéresser à la mise en orbite d'un satellite artificiel autour de la Terre.

**Document 1 Caractéristiques de la Terre**

- Distance au Soleil : $1{,}5 \times 10^8$ km.
- Diamètre : 12 756 km.
- Période de révolution : 365,25 jours.
- Période de rotation : 23 h 56 min.

**Document 2 Mouvement apparent du Soleil**

Au cours d'une journée, le soleil se lève vers l'horizon est, puis se couche vers l'horizon ouest. Ce mouvement apparent est dû à la rotation de la Terre sur elle-même.

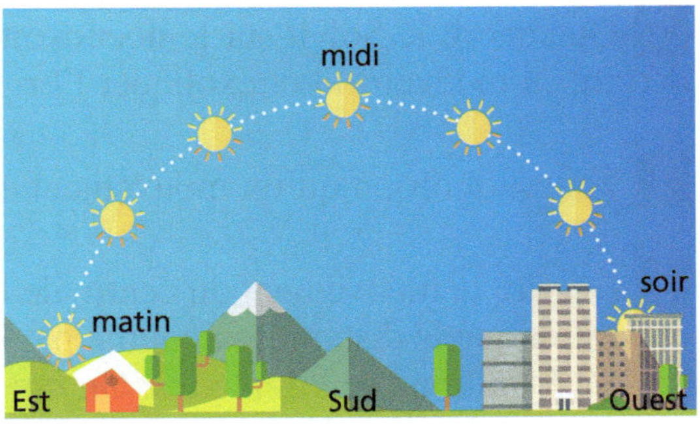


**Document 3 Décollage du lanceur européen Ariane 5, transportant un satellite, du centre spatial de Kourou, en Guyane**

Sur la photographie, les positions successives du sommet de la fusée sont repérées, à intervalles de temps réguliers, par une croix rouge.

**Document 4 Trajectoire d'un satellite autour de la Terre et étude graphique représentant la vitesse du satellite en orbite autour de la Terre en fonction du temps**

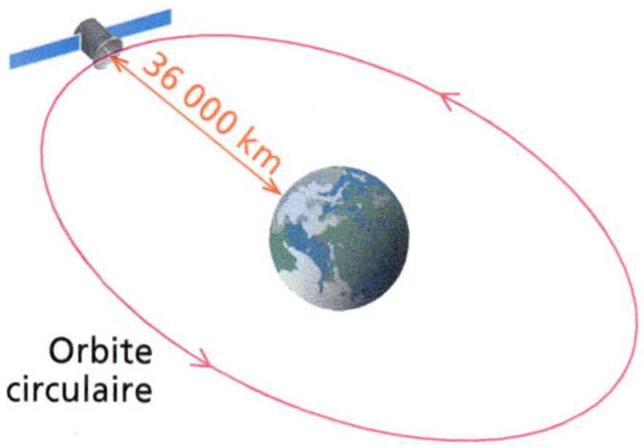


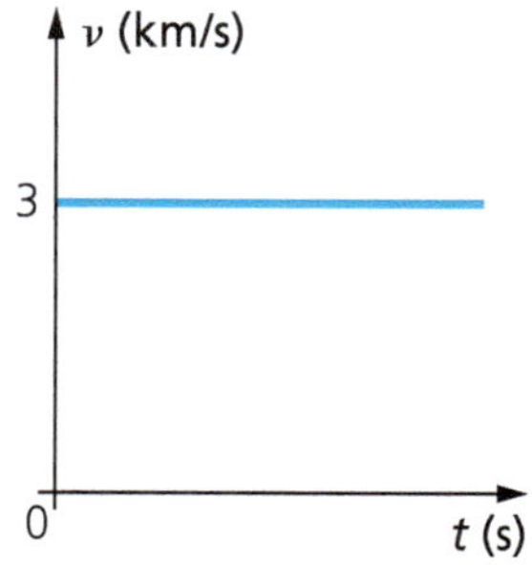


## Questions

**1** Que décrit le Soleil sur le document 2 ? Préciser le référentiel permettant de décrire ce mouvement et expliquer l'origine de ce mouvement.

**2** Pourquoi dit-on qu'un mouvement est relatif au référentiel ?

**3** Décrire le mouvement du centre de la Terre dans le référentiel héliocentrique et vérifier que la distance parcourue par la Terre autour du Soleil en une année est de 942,5 millions de kilomètres. On rappelle que la circonférence d'un cercle est obtenue par la formule $C = 2\pi R$.

**4** Rappeler la formule liant la vitesse $v$, la distance parcourue $d$ et la durée du parcours $\Delta t$. Calculer, en km/jour, la vitesse du centre de la Terre lors de sa révolution autour du Soleil. Convertir ensuite cette vitesse en km/h, puis en km/s.

**5** Comment peut-on nommer le document 3 ? Utiliser ce document pour décrire le mouvement du sommet d'Ariane 5 dans le référentiel terrestre.

**6** Décrire le mouvement et la vitesse du satellite du document 4 autour de la Terre.

**1** Observé depuis la Terre, le Soleil décrit un arc de cercle dans le ciel (doc. 2). Le Soleil semble se lever vers l'horizon est et semble se coucher vers l'horizon ouest. Ce mouvement peut être décrit dans le référentiel terrestre. C'est la rotation de la Terre sur elle-même qui est la cause du mouvement apparent du Soleil. En effet, la Terre tourne sur elle-même en environ 24 heures. Le Soleil est immobile, c'est la Terre qui est en mouvement.

> **Rappel**
> Pour décrire un mouvement, il faut d'abord préciser le référentiel dans lequel on l'étudie.

**2** On dit qu'un mouvement est relatif au référentiel car sa description dépend du référentiel choisi. La Terre tourne autour du Soleil mais, dans le référentiel terrestre, le Soleil semble être en mouvement.

> **Astuce**
> Compare le mouvement du Soleil dans le référentiel terrestre et dans le référentiel héliocentrique.

**3** Dans le référentiel héliocentrique, le centre de la Terre décrit un mouvement circulaire uniforme de rayon $r = 1{,}5 \times 10^8$ km autour du Soleil. Ce mouvement a pour durée 365,25 jours (doc. 1). C'est la période de révolution de la Terre.

La distance parcourue par le centre de la Terre autour du Soleil est donc de :

$$d = 2 \times \pi \times R = 2 \times \pi \times 1{,}5 \times 10^8.$$

Donc : $d \approx 942{,}5 \times 10^6$ km, soit 942,5 millions de kilomètres.

> **Conseil**
> Utilise le document 1 afin de déterminer la distance Terre-Soleil, puis utilise cette valeur avec la formule $C = 2\pi R$.

**4** On a : $v = \dfrac{d}{\Delta t}$ avec $v$ vitesse, $d$ distance parcourue et $\Delta t$ durée du parcours.

La Terre effectue sa révolution autour du Soleil en 365,25 jours, à une vitesse de :

$$v = \frac{d}{\Delta t} = \frac{942{,}5 \times 10^6}{365{,}25} = 2\,580\,424 \text{ km/jour.}$$

Dans 1 jour, il y a 24 heures. Pour convertir cette vitesse en km/h, il faut diviser cette vitesse par 24 :

$$v = \frac{2\,580\,424}{24} \approx 107\,517 \text{ km/h.}$$

Dans 1 heure, il y a 3 600 secondes. Pour convertir cette vitesse en km/s, il faut diviser cette vitesse par 3 600 :

$$v = \frac{107\,517}{3\,600} \approx 30 \text{ km/s.}$$

> **Rappel**
> Dans une journée, il y a 24 heures. Dans une heure, il y a 3 600 secondes.

PHYSIQUE

**5** Le document 3 représente, à intervalles de temps réguliers, les positions successives du sommet de la fusée. C'est une chronophotographie.

Dans le référentiel terrestre, la trajectoire du sommet de la fusée est une droite, le mouvement est donc rectiligne.
Les distances parcourues par le sommet de la fusée pendant des durées égales augmentent, donc la vitesse augmente. Il s'agit d'un mouvement accéléré.

**Méthode**
Observe les positions successives du sommet de la fusée et compare les distances parcourues pendant des durées égales afin de déterminer si le mouvement est *uniforme*, *accéléré* ou *ralenti*.

**6** La trajectoire du satellite est circulaire. Le satellite est donc en mouvement circulaire autour de la Terre. Le graphique représentant la vitesse du satellite en fonction du temps est une droite parallèle à l'axe des abscisses. La vitesse du satellite est donc constante, de valeur 3 km/s. Le satellite est donc en mouvement circulaire uniforme autour de la Terre.

**Conseil**
Utilise le graphique du document 4 représentant la vitesse du satellite en fonction du temps afin de déterminer si le mouvement est *uniforme*, *accéléré* ou *ralenti*.

# Interactions et forces

Lorsqu'un objet exerce une action sur un autre objet, on parle d'action mécanique. Les deux objets sont alors en interaction. De contact ou à distance, une action mécanique peut produire différents effets sur l'objet. Une force permet de modéliser une action mécanique et de décrire les situations d'équilibre statique.

## 1. Les actions mécaniques

- L' **action mécanique** exercée par un objet sur un autre peut mettre l'objet en mouvement, modifier la trajectoire ou la vitesse de l'objet, ou encore déformer l'objet.
- Ces effets peuvent se cumuler.

*Ex. :* L'action d'une raquette sur une balle modifie la trajectoire de la balle. La balle subit aussi une déformation.

- On distingue deux types d'actions mécaniques :

– L' **action de contact** s'exerce avec contact entre l'acteur et le receveur. Ce contact peut être localisé ou réparti sur toute une surface.

*Ex. :* Une planche à voile se déplace grâce au vent. Le vent appuie sur la voile de la planche. C'est donc une action de contact, qui est répartie sur toute la surface de la voile.

– L' **action à distance** s'exerce sans contact entre l'acteur et le receveur. Elle est répartie sur tout l'objet. On distingue les actions à distance d'origine **magnétique**, **électrostatique** ou **gravitationnelle** (liée à l'attraction de la Terre).

*Ex. :* Cet aimant attire la bille d'acier sans la toucher. C'est une action à distance répartie sur tout l'objet.

## 2. Modéliser une interaction

- Une **interaction** peut être modélisée par une **force (notée F)**. Une force se caractérise par quatre paramètres : son **point d'application**, sa **direction**, son **sens** et sa **valeur**.

■ L'unité de force est le **newton**, de **symbole N**. Une force se mesure avec un **dynamomètre**.

*Ex. :* la force exercée par une voiture sur une caravane.

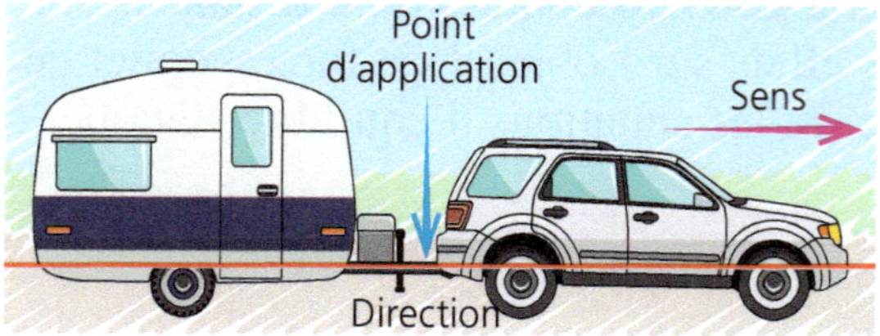


Point d'application de la force : contact entre la voiture et la caravane.
Direction : horizontale.
Sens : vers la droite.
Valeur : 1 500 newtons.

■ Une force peut être représentée par un segment fléché, appelé « **vecteur** ». Le vecteur aura les mêmes caractéristiques que la force. Sa longueur sera proportionnelle à l'intensité de la force.

*Ex. :*
La force exercée par la voiture sur la caravane se note $F_{V/C}$.
On a : $F_{V/C}$ = 1 500 N.
Le segment fléché représentant cette force se note $\vec{F}_{V/C}$. À l'échelle 1 cm ⇔ 1 000 N, il mesure 1,5 cm.

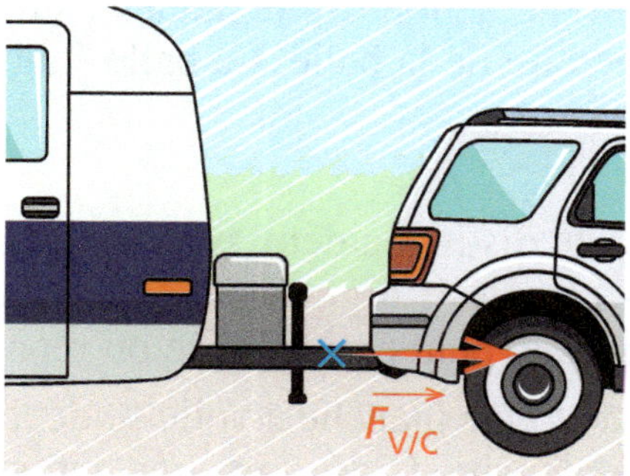


## 3. La loi de gravitation universelle

■ Deux corps possédant une masse exercent l'un sur l'autre une action attractive, à distance, qui dépend de la distance qui les sépare. Cette interaction, appelée « **gravitation** », gouverne tout l'Univers. La valeur de cette force est obtenue par la formule :

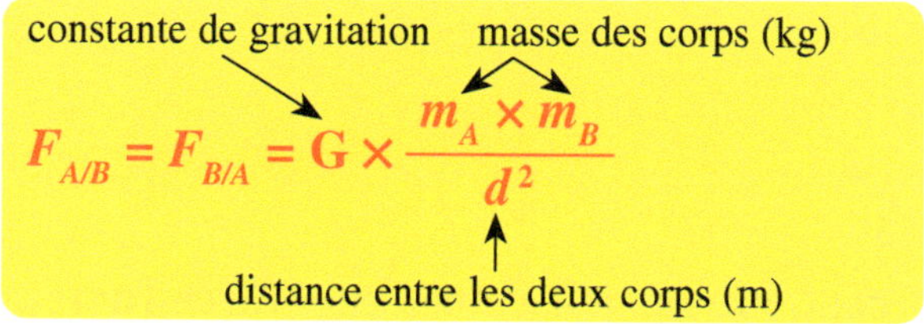


$$F_{A/B} = F_{B/A} = G \times \frac{m_A \times m_B}{d^2}$$

*Ex. :* Le Soleil attire la Terre, et donc la Terre attire le Soleil. Ils exercent, l'un sur l'autre, une action attractive à distance. Cette interaction se nomme « gravitation ».

## 4. Poids et masse d'un corps

■ La **masse** d'un objet correspond à la quantité de matière qui compose cet objet. Elle se mesure avec une **balance** et s'exprime **en kilogrammes (kg)**. La masse est invariable, elle ne dépend pas du lieu de la mesure.

■ La Terre exerce une action attractive, à distance, sur tous les corps placés à son voisinage. Cette force est appelée le « **poids du corps** ». Le poids varie selon le lieu de la mesure. Il se mesure avec un **dynamomètre** et s'exprime **en newtons (N)**.

■ Poids et masse sont liés par la formule :

$$P = m \times g$$

- $P$ : poids (N)
- $m$ : masse (kg)
- $g$ : intensité de la pesanteur (N/kg)

Sur Terre, $g$ = 9,8 N/kg. Sur la Lune, $g$ = 1,6 N/kg.

## 5. Équilibre statique d'un objet

■ Un objet est en **équilibre statique** si les forces qu'il subit sont opposées, autrement dit si celles-ci ont même direction et même valeur, mais sont de sens opposé.

*Ex. :* Deux forces s'exercent sur la bille d'acier ci-contre : son poids et l'action attractive de l'aimant.
La bille est en équilibre statique, car la force exercée par l'aimant sur la bille est opposée au poids de la bille.

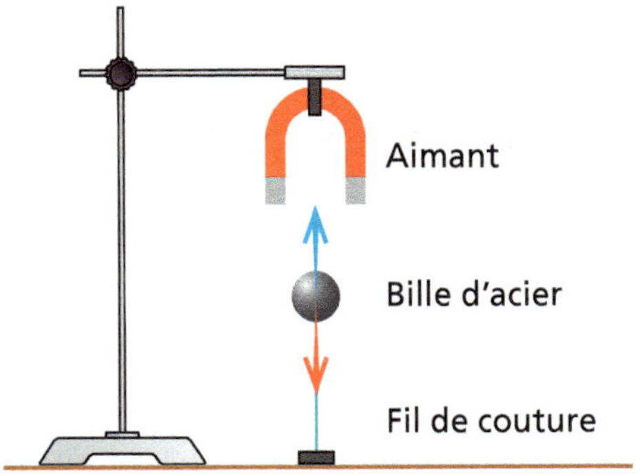

PHYSIQUE 7

# Sources et transferts d'énergie

L'énergie existe sous de multiples formes. Elle peut être électrique, chimique, thermique, lumineuse, nucléaire, cinétique ou de position. L'énergie ne se crée pas, mais elle peut être transférée d'un corps vers un autre. Elle peut aussi être convertie d'une forme à une autre.

## 1. Sources et formes d'énergie

■ Une **source d'énergie** est un phénomène ou une matière première pouvant être exploitée afin d'obtenir une forme d'énergie utilisable par l'Homme.

■ Une énergie est dite **« renouvelable »** si son utilisation n'entraîne pas la diminution de sa réserve à l'échelle du temps de l'humanité.

*Ex. :* Sources d'énergies renouvelables : Soleil, vent, eau, chaleur du sol (géothermie), biomasse, bois, etc.
Sources d'énergie non renouvelables : charbon, gaz, pétrole, uranium, etc.

## 2. Conversion d'énergie

■ **L'énergie ne se crée pas et ne se perd pas : elle se conserve.**

■ L'énergie peut être convertie d'une forme à une autre grâce à un **convertisseur**.

*Ex. :* Les piles convertissent l'énergie chimique des substances qu'elles contiennent en énergie électrique.

## 3. Transferts d'énergie

■ Lorsque l'énergie d'un corps passe dans un autre corps, on parle de **transfert d'énergie**.

■ La chaleur est un transfert thermique, qui peut s'effectuer par **conduction**, par **convection** ou par **rayonnement**.

*Ex. :* Lorsque deux corps ayant des températures différentes sont mis en contact, il y a transfert thermique de l'objet le plus chaud vers l'objet le plus froid. Le transfert thermique s'arrête lorsque les deux objets sont à la même température.

## 4. Bilan énergétique d'un système

■ Pour réaliser le **bilan énergétique** d'un objet, on construit une chaîne d'énergie. Le convertisseur est représenté par un cercle et les transferts d'énergie par des flèches.

*Ex. :* Un moteur reçoit de l'énergie électrique qu'il transforme en énergie mécanique. Lors de cette conversion, le moteur chauffe. Une partie de l'énergie est donc transformée en énergie thermique (chaleur).
Le fonctionnement d'un alternateur est inverse à celui du moteur. Il reçoit de l'énergie mécanique qu'il transforme en énergie électrique.

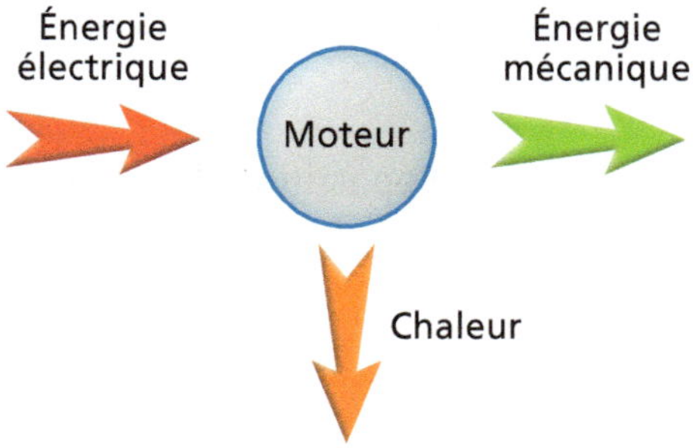


## 5. L'énergie mécanique d'un objet

■ L'énergie mécanique d'un objet s'exprime **en joules (J)**.

■ Au voisinage de la Terre, un objet possède une **énergie de position $E_p$**. Cette énergie dépend de sa position et de sa masse.

*Ex. :* Immobile sur un rocher, cette personne se prépare à sauter. Elle possède de l'énergie de position. En sautant, son énergie de position diminue.

■ Lorsqu'un objet est en mouvement, il possède une **énergie cinétique $E_c$**.
Elle s'obtient par la formule :

énergie cinétique (J) → $E_c$ ; masse (kg) → $m$ ; vitesse (m/s) → $v$

$$E_c = \frac{1}{2} m v^2$$

*Ex. :* Calculons l'énergie cinétique d'une moto de 240 kg roulant à 25 m/s.
$E_c = \frac{1}{2} \times 240 \times 25^2 = 75\ 000$ J.
L'énergie cinétique de la moto est de 75 000 joules, soit 75 kilojoules (kJ).

■ L'**énergie mécanique $E_M$** d'un objet est égale à la somme de son énergie de position et de son énergie cinétique :

$$E_M = E_p + E_c$$

# La production d'électricité en France

La France utilise différents types de sources d'énergie pour produire de l'électricité. C'est ce qu'on appelle le « mix électrique ».
On se propose d'étudier la composition de ce mix électrique en France, puis le fonctionnement d'une centrale électrique, et enfin l'énergie d'un véhicule électrique.

**Document 1 Répartition du mix électrique français et mondial par type de centrale**

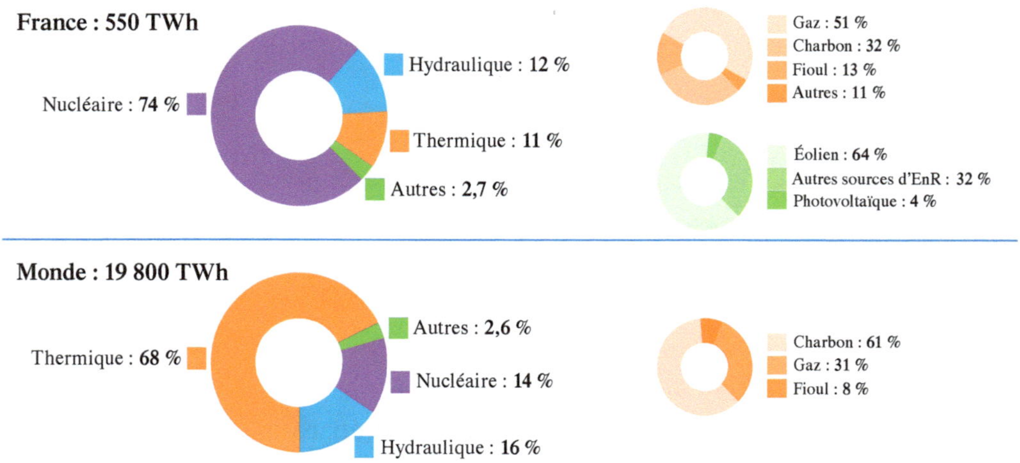


L'unité d'énergie utilisée est le térawattheure (TWh). EnR signifie « énergie renouvelable ».

**Document 2 Puissances de 10 et préfixes correspondants**

| femto | pico | nano | micro | milli | | kilo | méga | giga | téra |
|---|---|---|---|---|---|---|---|---|---|
| $10^{-15}$ | $10^{-12}$ | $10^{-9}$ | $10^{-6}$ | $10^{-3}$ | $10^{0}$ | $10^{3}$ | $10^{6}$ | $10^{9}$ | $10^{12}$ |
| (f) | (p) | (n) | (µ) | (m) | | (k) | (M) | (G) | (T) |

**Document 3 Fonctionnement d'une centrale hydroélectrique**

L'eau est stockée dans un barrage. En passant dans une conduite forcée, l'eau du barrage acquiert de la vitesse. Elle met en rotation les pales de la turbine. La turbine est reliée à un alternateur qui produit de l'énergie électrique lorsqu'il est en mouvement. L'électricité est ensuite acheminée par un réseau de câbles électriques jusqu'à l'utilisateur.

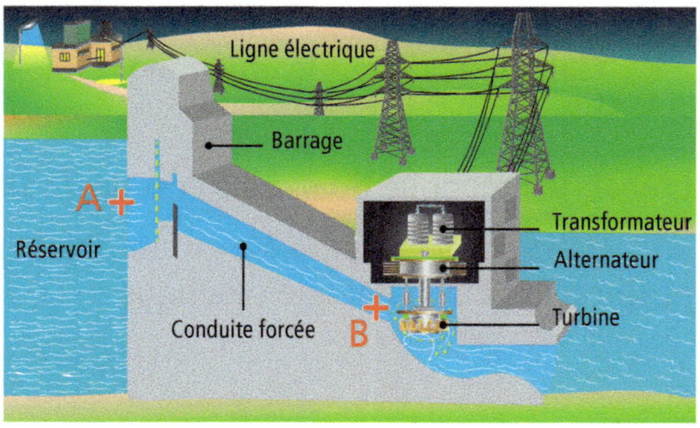

## Questions

*Les parties A, B et C sont indépendantes.*

### Partie A Le mix électrique français

**1** À partir du document 1, décrire le mix électrique français en précisant, pour chaque secteur, la source d'énergie utilisée. Comparer ensuite la composition du mix électrique français avec celle du mix mondial. Proposer une hypothèse permettant d'expliquer la principale différence entre ces deux mix.

**2** Quel critère peut permettre de classer les sources d'énergie utilisée dans le mix électrique français en deux catégories ? Classer dans un tableau les sources d'énergie selon ce critère.

**3** Calculer, en térawattheures, la valeur de l'énergie électrique produite par le secteur hydraulique en France, puis convertir cette énergie en wattheures.

### Partie B Fonctionnement d'une centrale hydroélectrique

**4** Expliquer le rôle de l'alternateur dans une centrale hydroélectrique sachant que son fonctionnement entraîne son échauffement. Construire son diagramme d'énergie.

**5** Le capot se trouvant contre l'alternateur chauffe lorsque l'alternateur fonctionne. Expliquer cette observation en termes d'énergie.

**6** Sur le document 3, comment varient l'énergie de position et l'énergie cinétique de l'eau entre les points A et B ?

### Partie C L'énergie d'une voiture électrique

**7** Rappeler l'expression permettant de calculer l'énergie cinétique d'un corps $E_c$ en fonction de sa masse $m$ et de sa vitesse $v$. Indiquer les unités de chaque grandeur.

**8** Calculer l'énergie cinétique d'une voiture électrique lorsqu'elle roule à la vitesse de 90 km/h, sachant que la masse de ce véhicule est de 1 468 kg.

## Partie A Le mix électrique français

**1** Le mix électrique français est composé de quatre grands secteurs : nucléaire, hydraulique, thermique et autres (éolien, photovoltaïque et autres énergies renouvelables).

Dans une centrale nucléaire, la source d'énergie utilisée est l'uranium.
Dans une centrale hydraulique, la source d'énergie utilisée est l'eau.
Dans une centrale thermique, la source d'énergie utilisée peut être du gaz, du charbon ou du pétrole.
L'éolien utilise du vent, le photovoltaïque, le Soleil.

> **Rappel**
> Une source d'énergie est un phénomène naturel ou une matière pouvant être exploités par l'Homme pour obtenir une énergie utilisable par l'Homme.

En France, c'est le nucléaire (74 %) qui fournit la plus grande partie de l'énergie électrique, alors qu'à l'échelle mondiale c'est le secteur thermique (68 %). La France ne possède pas de gisement de sources d'énergie pouvant être utilisées dans les centrales thermiques. C'est pourquoi elle a développé un programme nucléaire pour produire son électricité.

**2** On peut classer les sources d'énergie en prenant comme critère de classement : Cette source d'énergie est-elle renouvelable ?

Une énergie est dite renouvelable si son utilisation n'entraîne pas la diminution de sa réserve à l'échelle du temps de l'humanité.

> **Conseil**
> Construis un tableau à double entrée. Dans une colonne, indique les énergies renouvelables et dans l'autre les non renouvelables.

| Sources d'énergie renouvelables | Sources d'énergie non renouvelables |
|---|---|
| Soleil, vent, eau | Charbon, gaz, pétrole, uranium |

**3** La production totale d'électricité produite en France est de 550 TWh. Le secteur hydraulique représente 12 % de la production totale (doc. 1).

Il faut donc calculer 12 % de 550, soit $\frac{12}{100} \times 550 = 66$.

Le secteur hydraulique produit 66 TWh.
1 TWh = $10^{12}$ Wh (doc. 2), donc 66 TWh = $66 \times 10^{12}$ Wh.

> **Méthode**
> Identifie la production totale d'électricité en France dans le document 1, puis calcule 12 % (part du secteur hydraulique) de cette valeur.

> **Rappel**
> 1 TWh = $10^{12}$ Wh.

## Partie B Fonctionnement d'une centrale hydroélectrique

**4** L'alternateur est un convertisseur d'énergie. Il reçoit de l'énergie mécanique par le mouvement de la turbine. Il la convertit en énergie électrique (doc. 3). Lors de cette conversion, l'alternateur chauffe. Une partie de l'énergie est donc transformée en énergie thermique.

Diagramme d'énergie de l'alternateur

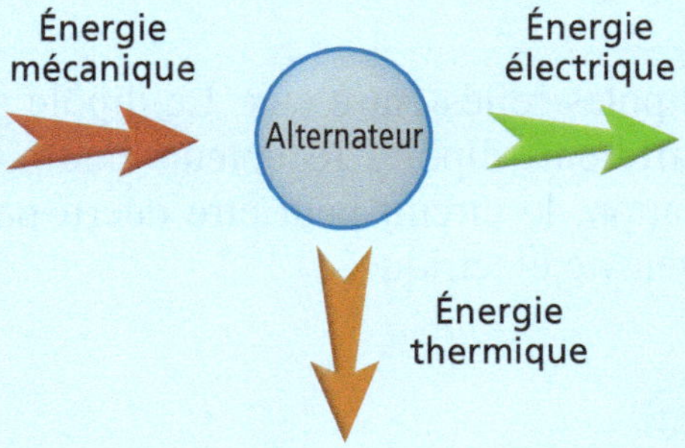


**Rappel**
Un diagramme d'énergie (ou bilan énergétique) indique l'énergie exploitée, l'énergie utile et l'énergie dissipée dans un convertisseur.

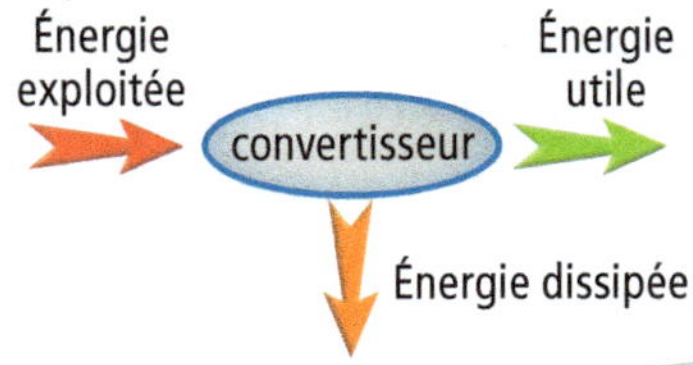


**5** Le capot est au contact de l'alternateur. Il chauffe car lorsque deux corps ayant des températures différentes sont mis en contact, il y a transfert thermique de l'objet le plus chaud vers l'objet le plus froid.

**Rappel**
Lorsque l'énergie d'un corps passe dans un autre corps, on parle de transfert d'énergie. La chaleur est un transfert thermique : il peut s'effectuer par conduction, par convection ou par rayonnement.

**6** Dans sa position initiale, l'eau du barrage possède de l'énergie de position. Cette énergie est d'autant plus importante que le barrage est haut. Entre les points A et B, l'eau descend dans la conduite forcée, l'énergie de position de l'eau diminue.

**Conseil**
L'énergie de position (potentielle) d'un objet dépend de la hauteur de cet objet. Compare la hauteur des points A et B.

Lorsque l'eau passe dans la conduite forcée, elle acquiert de la vitesse. Son énergie cinétique augmente donc entre les points A et B.



## Partie C L'énergie d'une voiture électrique

**7** On a :

$$E_c = \frac{1}{2} mv^2$$

avec $E_c$ = énergie cinétique en joules (J) ; $m$ = masse en kilogrammes (kg) ; $v$ = vitesse en mètres par seconde (m/s).

**Rappel**
L'énergie cinétique s'exprime en joule, la masse en kilogramme et la vitesse en mètre par seconde.

**8** Calculons l'énergie cinétique de la voiture. Celle-ci pèse 1 468 kg et roule à 90 km/h. Il faut d'abord convertir la vitesse en m/s. Pour passer de km/h à m/s, il faut diviser la vitesse par 3,6 soit $\frac{90}{3,6} = 25$.

Donc 90 km/h = 25 m/s.

On a : $E_c = \frac{1}{2} \times 1\,468 \times 25^2 = 458\,750$ J. Donc $E_c \approx 459$ kJ.

L'énergie cinétique de cette voiture électrique roulant à 90 km/h est de 459 kilojoules.

**Conseil**
Convertis d'abord la vitesse de km/h à m/s en la divisant par 3,6 puis utilise la formule :

$$E_c = \frac{1}{2} mv^2$$

# PHYSIQUE 8 Les lois du circuit électrique

Un circuit électrique est composé de dipôles reliés entre eux. Le dipôle générateur apporte l'énergie électrique aux différents dipôles récepteurs composant le circuit. Qu'il soit en série ou en dérivation, le circuit peut être décrit par deux grandeurs : la tension électrique et l'intensité électrique.

## 1. Schématiser le circuit électrique

- Un circuit électrique contient un **dipôle générateur** (*ex. :* pile, photopile, batterie, générateur) relié à des **dipôles récepteurs** (*ex. :* lampe, diode, DEL, moteur, etc.) par des fils de connexion.
- On appelle **symbole électrique** la représentation codée d'un dipôle.

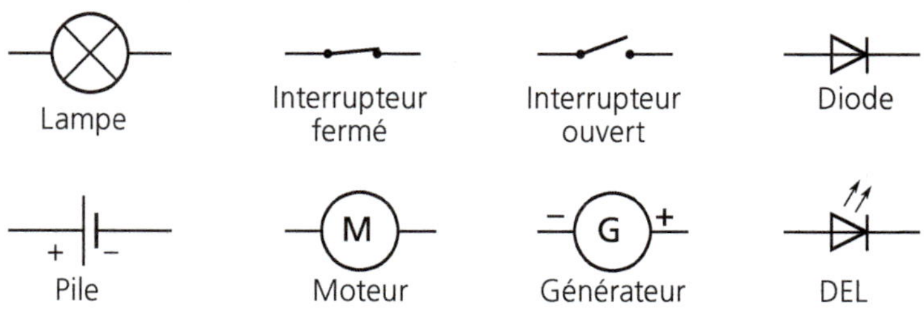


- Un **circuit électrique** est représenté par un **schéma**. Il doit être tracé à la règle et avoir une forme rectangulaire.

## 2. Les deux types de circuit

- Un **circuit en série** comporte une seule boucle.
- Un **circuit avec dérivations** contient plusieurs boucles.

*Ex. :*

**Circuit avec dipôles en série**

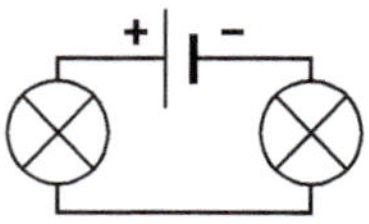


La pile et les deux lampes sont sur la même boucle, les dipôles sont en série. Si l'une des lampes grille, alors l'autre ne fonctionne plus.

**Circuit avec dipôles en dérivation**

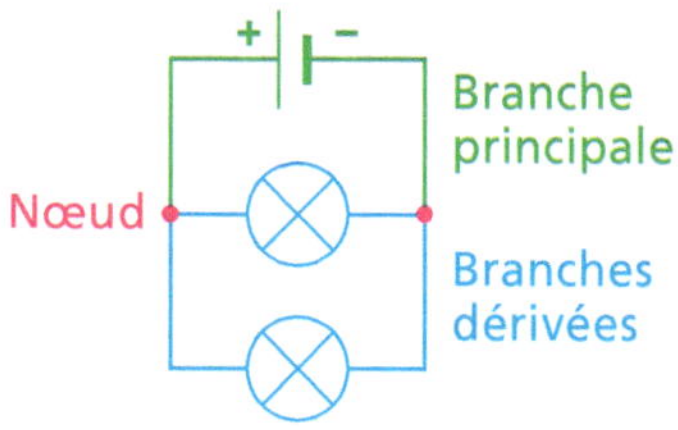


La pile et les deux lampes ne sont pas sur la même boucle, les dipôles sont en dérivation. Si l'une des lampes grille, alors l'autre fonctionne encore.

## 3. Le sens conventionnel du courant

■ **Par convention, on dit que le courant sort par la borne positive du générateur.** Sur un schéma électrique, on représente le sens du courant par une flèche rouge.

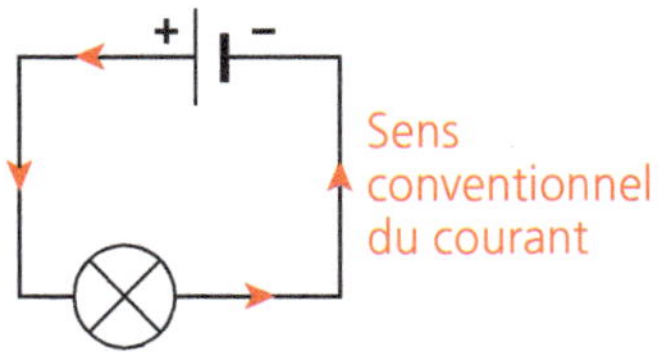


*Remarque :* Lorsque le circuit est ouvert, la lampe ne fonctionne pas, car il n'y a plus de courant électrique qui circule dans le circuit.

## 4. Les lois de la tension électrique

■ La **tension électrique *U*** s'exprime **en volts (V)**. Elle se mesure avec un **voltmètre**.
Le voltmètre se branche en dérivation aux bornes du dipôle à étudier. La borne V est reliée vers la borne positive du dipôle générateur, la borne COM est reliée vers la borne négative du dipôle générateur.

*Ex. :* mesure de la tension aux bornes d'une lampe.

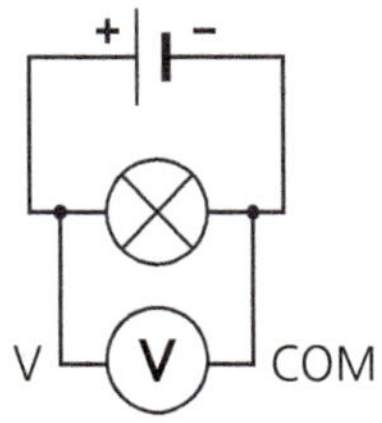


■ Dans un circuit en série, la tension aux bornes du générateur est égale à la somme des tensions aux bornes des autres dipôles.
C'est la **loi d'additivité des tensions**.

*Ex. :*

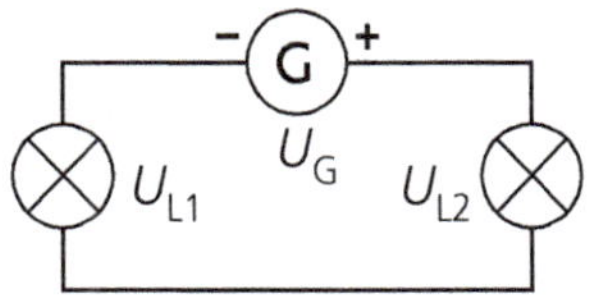


$U_G = U_{L1} + U_{L2}$

■ La tension aux bornes de dipôles montés en dérivation est la même.
C'est la **loi d'unicité des tensions**.

*Ex. :*

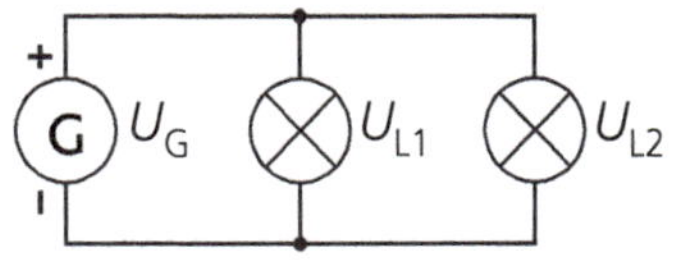


$U_G = U_{L1} = U_{L2}$

PHYSIQUE

## 5. Les lois de l'intensité électrique

■ L' **intensité électrique $I$** s'exprime **en ampères (A)**. Elle se mesure avec un **ampèremètre**.
L'ampèremètre se branche **en série** dans le circuit. La borne COM est reliée vers la borne négative du dipôle générateur, la borne A vers la borne positive.

*Ex. :* mesure de l'intensité dans un circuit.

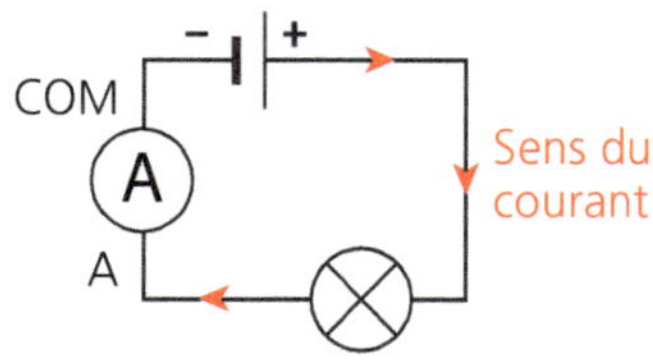


■ L'intensité est la même en tout point d'un circuit en série.
C'est la **loi d'unicité des intensités**.

*Ex. :*

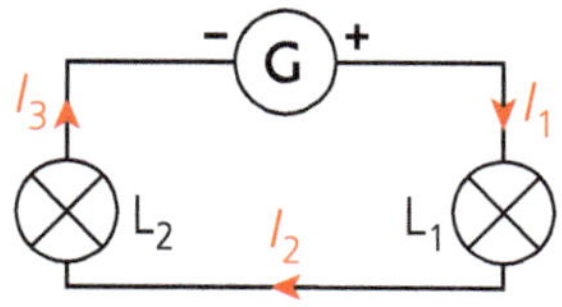


$I_1 = I_2 = I_3$

■ Dans un circuit comportant des dérivations, l'intensité du courant dans la branche principale est égale à la somme des intensités des branches dérivées.
C'est la **loi d'additivité des intensités**.

*Ex. :*

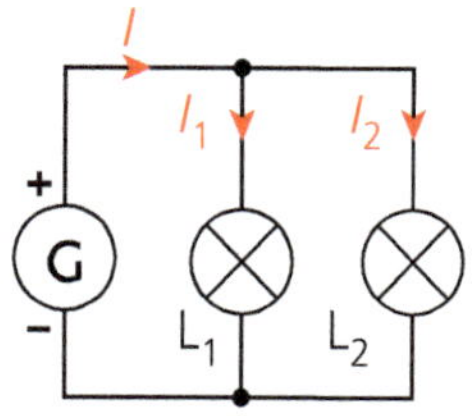


$I = I_1 + I_2$

## 6. Conversions d'unité

■ Les unités d'intensité et de tension électrique possèdent des multiples et des sous-multiples.

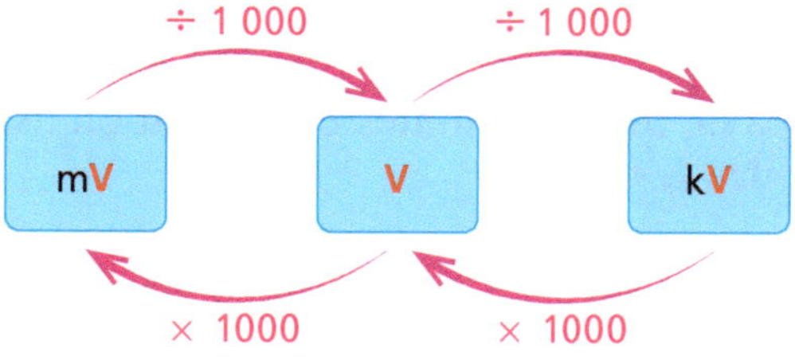


*Ex. :* 4,5 V = 4 500 mV ; 3 mA = 0,003 A.

PHYSIQUE 9

# Résistance, puissance et énergie électrique

Sur un appareil électrique figurent ses caractéristiques nominales comme sa résistance ou sa puissance électrique. Lorsque cet appareil fonctionne, il consomme de l'énergie électrique, qui est ensuite facturée par le fournisseur d'électricité.

## 1. Rôle du conducteur ohmique

- Un **conducteur ohmique** est un dipôle qui permet de diminuer l'intensité du courant dans un circuit en série. Il est caractérisé par sa **résistance électrique *R***. L'unité de la résistance est l'**ohm**, de symbole **Ω**.

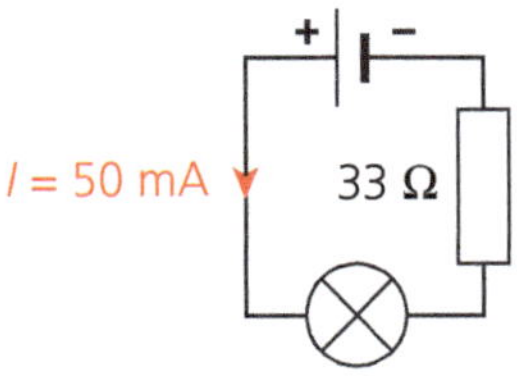


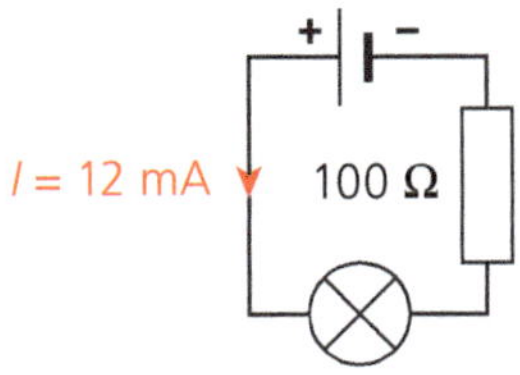


- Dans un circuit en série, l'intensité diminue quand la résistance du conducteur ohmique augmente.
- La résistance électrique $R$ se mesure avec un **ohmmètre**, branché aux bornes du conducteur ohmique. Attention, le dipôle doit être déconnecté du circuit lors de la mesure de sa résistance.

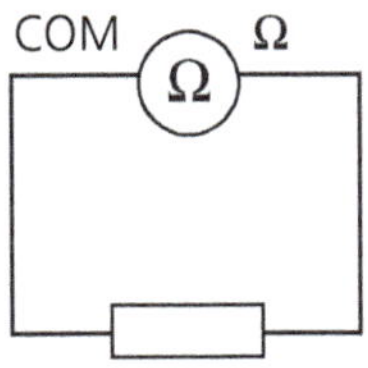


## 2. Caractéristique d'un dipôle et loi d'Ohm

- La **caractéristique d'un dipôle** est le graphique représentant l'intensité du courant traversant ce dipôle en fonction de la tension à ses bornes.
- La caractéristique d'un conducteur ohmique est une droite passant par l'origine. La tension aux bornes d'un conducteur ohmique est donc proportionnelle à l'intensité du courant qui le traverse. On définit alors la loi d'Ohm :

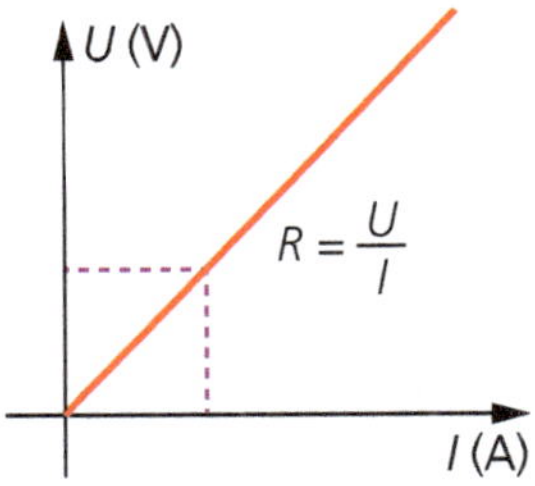


PHYSIQUE

■ La **tension $U$ aux bornes d'un conducteur ohmique** est égale au produit de sa résistance $R$ par l'intensité du courant $I$ qui le traverse.

$$U = R \times I$$

tension (V) — résistance (Ω) — intensité (A)

## 3. Caractéristiques nominales d'un appareil

■ La **puissance nominale** d'un appareil est la puissance électrique qu'il reçoit lorsqu'il est soumis à sa **tension nominale**. La puissance électrique s'exprime **en watts (W)** ou **en kilowatts (kW)** : 1 kW = 1 000 W.

*Ex. :* Sur la plaque signalétique d'un lecteur Blu-ray figurent les indications suivantes :

– 220-240 V : c'est la tension nominale du lecteur DVD en volts ;
– 50/60 Hz : c'est la fréquence en hertz ;
– 250 W : c'est la puissance nominale du lecteur DVD en watts.

## 4. Puissance électrique

■ La **puissance reçue par un appareil électrique** est égale au **produit de la tension** qu'il reçoit **par l'intensité** du courant qui le traverse.

$$P = U \times I$$

puissance (W) — tension (V) — intensité (A)

*Ex. :* Calculons la puissance reçue par un four électrique soumis à une tension de 230 V et traversé par un courant de 6 A :
$P = U \times I = 230 \times 6 = 1\ 380$ W.

■ La **puissance reçue par une installation électrique** est égale à la **somme des puissances** des appareils fonctionnant simultanément.

## 5. Énergie électrique

- L' **énergie électrique $E$** transférée à un appareil électrique est égale au **produit de sa puissance $P$ par la durée de fonctionnement $\Delta t$**.

$$E = P \times \Delta t$$

énergie (J) — puissance (W) — durée (s)

- L'unité légale d'énergie est le **joule (J)**.

## 6. Facturer l'énergie électrique

- La **facture électrique** est établie à partir des relevés du compteur électrique. Le montant de la consommation est égal au produit de l'énergie consommée par le prix du kWh.
- À ce montant il faut ajouter le prix de l'abonnement, les taxes locales et la TVA.
- L'unité utilisée pour facturer l'énergie électrique est le **wattheure (Wh)**.

**1 wattheure = 3 600 wattsecondes = 3 600 joules**

*Ex. :* extrait d'une facture d'électricité.

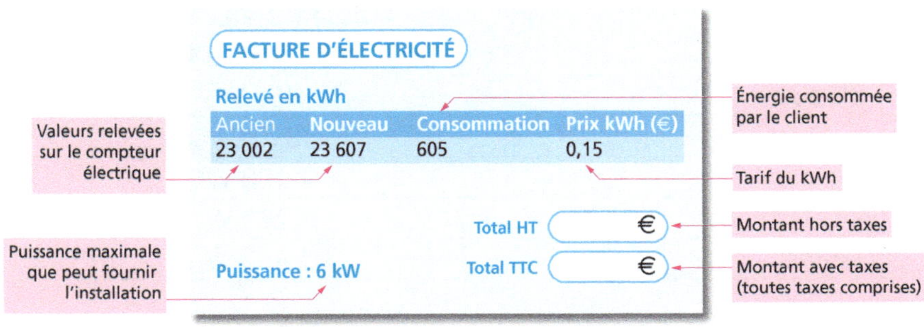


## 7. Protéger une installation électrique

- Un **fusible** permet de protéger un appareil ou une installation électrique contre une **surintensité**. Son rôle est d'ouvrir le circuit (en fondant) lorsque l'intensité du courant dépasse sa valeur.
- Le symbole du fusible est 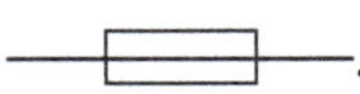.

*Ex. :* Un fusible de 16 A fond si l'intensité qui le traverse dépasse 16 ampères.

# Puissance et énergie dans la cuisine

Une cuisine contient de nombreux appareils électriques. Chaque appareil électrique doit comporter une plaque signalétique indiquant ses caractéristiques.
On se propose d'étudier les caractéristiques de plusieurs de ces appareils, puis de calculer la puissance et l'énergie électrique qu'ils consomment. On s'intéressera enfin à la facture d'énergie électrique d'une habitation.

**Document 1 Plaque signalétique du lave-linge**

220-240 V
50/60 Hz
2 000 W

**Document 2 Thermoplongeur du lave-linge**

La résistance électrique du thermoplongeur (ou résistance chauffante) de ce lave-linge a pour valeur 20 ohms.
Le thermoplongeur permet de faire chauffer l'eau jusqu'aux températures de lavage comprises entre 30 et 90 °C.

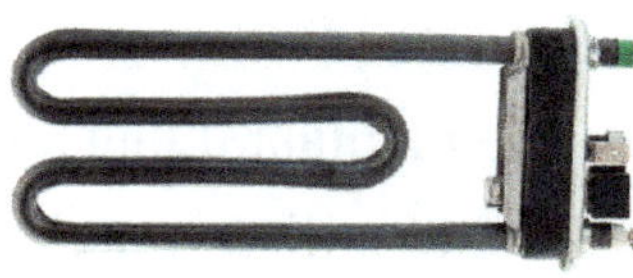

**Document 3 Puissance électrique de quelques appareils électrique**

| Appareils | Puissance électrique pour une tension de 230 V |
|---|---|
| Mixeur | 450 W |
| Théière électrique | 850 W |
| Grille-pain | 1 100 W |
| Cafetière électrique | 1 200 W |
| Gaufrier | 1 400 W |

**Document 4 Description de la multiprise**

- Bloc 4 prises.
- Matière : plastique.
- Interrupteur lumineux.
- Puissance maximale : 3 500 W en 230 V.
- Protection par fusible 16 A.

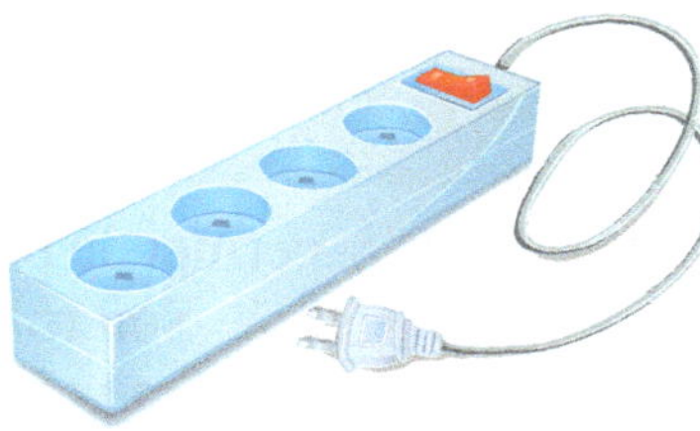

### Document 5 Détail d'une facture d'électricité

**Votre contrat Electricité**

**"Tarif Bleu" - 06 kVA - Option Heures Pleines/Heures Creuses**

**Horaires heures creuses - 23H30-7H30 - (peuvent varier de quelques minutes)**

| Consommation | Relevé début | Relevé fin |
|---|---|---|
| Heures Creuses - 06kVA - du 24/02/2016 au 23/04/2016 | 13853 | 14026 |
| Heures Pleines - 06kVA - du 24/02/2016 au 23/04/2016 | 17680 | 18047 |

Sur cette facture, les relevés sont exprimés en kWh.

## Questions

*Les parties A, B, C et D sont indépendantes.*

## Partie A Le thermoplongeur du lave-linge

**1** Quel est le rôle du thermoplongeur contenu dans le lave-linge ? Avec quel appareil peut-on vérifier la valeur de sa résistance électrique ? Expliquer comment procéder à cette mesure.

**2** Le thermoplongeur peut être considéré comme un conducteur ohmique. Il vérifie donc la loi d'Ohm : $U = R \times I$.

Préciser le nom et l'unité de chaque lettre symbole.

**3** Utiliser cette loi pour calculer l'intensité du courant traversant le thermoplongeur, sachant que la tension à ses bornes est de 230 V.

## Partie B Puissance des appareils électriques

**4** Donner la signification des informations figurant sur la plaque signalétique du lave-linge.

**5** Rappeler la relation entre la puissance $P$ d'un appareil électrique, la tension $U$ à ses bornes et l'intensité $I$ du courant le traversant. Puis calculer la puissance reçue par une bouilloire électrique sachant qu'elle est alimentée par une tension de 230 V et parcourue par un courant de 4 A.

**6** Pour le petit déjeuner, la théière, la cafetière et le grille-pain sont branchés sur la multiprise.

Calculer la puissance totale utilisée par ces trois appareils lorsqu'ils fonctionnent simultanément.

**7** Le gaufrier est relié sur la quatrième prise non utilisée de la multiprise. Lorsqu'il est mis en fonctionnement, tous les appareils s'arrêtent.

Utiliser vos connaissances pour expliquer cette observation.

## Partie C Utilisation du lave-linge

**8** L'énergie électrique consommée par une installation est égale au produit de la puissance $P$ utilisée par la durée de fonctionnement $t$.

Parmi ces quatre propositions, déterminer la formule mathématique correspondante.

a) $E = \frac{P}{t}$ b) $E = P \times t$ c) $E = P + t$ d) $E = \frac{t}{P}$.

**9** Calculer, en wattheures puis en kilowattheures, l'énergie consommée par le lave-linge pour un cycle de lavage de 2 h 30 min.

**10** Calculer le coût de l'utilisation du lave-linge, sachant qu'un kilowattheure est facturé 0,15 €.

## Partie D Lecture d'une facture d'électricité

**11** Utiliser les relevés du document 5 pour calculer l'énergie totale consommée.

## Partie A Le thermoplongeur du lave-linge

**1** Le rôle du thermoplongeur est de faire chauffer l'eau dans le lave-linge (doc. 2). Pour mesurer sa résistance électrique, il faut relier un ohmmètre aux bornes du thermoplongeur. Cette mesure doit s'effectuer en dehors du circuit électrique dans lequel est placé le thermoplongeur.

> **Astuce**
> L'intensité électrique s'exprime en ampère et se mesure avec un ampèremètre. La résistance s'exprime en ohm et se mesure donc avec un …

**2** Dans la formule $U = R \times I$, $U$ est la tension (en volts), $R$ la résistance (en ohms) et $I$ l'intensité (en ampères).

> **Rappel**
> $U$ signifie tension, $R$ résistance et $I$ intensité.

**3** Le thermoplongeur est un conducteur ohmique, on peut donc utiliser la loi d'ohm : $U = R \times I$. On cherche $I$.

On a : $I = \dfrac{U}{R}$ avec $U = 230$ V et $R = 20\ \Omega$ (doc. 2).

Donc $I = \dfrac{230}{20} = 11{,}5$ A.

L'intensité du courant qui traverse le thermoplongeur est de 11,5 ampères.

> **Méthode**
> Cite la formule littérale que tu vas utiliser.
> Remplace les données connues dans la formule précédente.
> Donne ton résultat avec l'unité adaptée.
> Écris une phrase de conclusion.

## Partie B Puissance des appareils électriques

**4** 220-240 V est la tension nominale.
50/60 Hz est la fréquence électrique.
2 000 W est la puissance nominale.

> **Conseil**
> Le symbole de l'unité te permet d'identifier la grandeur. V signifie *volt*, c'est l'unité de la tension électrique.

**5** On a : $P = U \times I$ avec $P$ en watts, $U$ en volts et $I$ en ampères.
Dans le cas de la bouilloire électrique, $U = 230$ V et $I = 4$ A. D'où :
$P = 230 \times 4 = 920$ W.
La puissance de la bouilloire est de 920 watts.

> **Rappel**
> La puissance électrique est égale au produit de la tension aux bornes d'un dipôle par l'intensité du courant qui le traverse. Transforme cette phrase en une égalité entre $P$, $U$ et $I$.

**6** La puissance totale s'obtient en effectuant la somme des puissances des appareils en fonctionnement (doc. 3).

$P_{\text{totale}} = P_{\text{théière}} + P_{\text{cafetière}} + P_{\text{grille-pain}}$
$P_{\text{totale}} = 850 + 1\,200 + 1\,100 = 3\,150$ W.
La puissance totale utilisée est de 3 150 watts.

> **Méthode**
> Identifie les appareils qui fonctionnent simultanément lors du petit-déjeuner et additionne leur puissance électrique.

**7** La puissance maximale admise par la multiprise est de 3 500 W (doc. 4). L'utilisation des trois appareils utilise déjà 3 150 W. La puissance restante pouvant être utilisée est donc de 3 500 – 3 150 = 350 W. Au-dessus de cette puissance, le fusible qui équipe la multiprise va couper le circuit. Or, le gaufrier a une puissance de 1 400 W, supérieure à 350 W. Le fusible coupe donc le circuit.

> **Conseil**
> Utilise le document 4 pour déterminer la puissance maximale acceptée par la multiprise.

## Partie C Utilisation du lave-linge

**8** La formule correspondante est la formule *b)* $E = P \times t$.

> **Astuce**
> Traduis la phrase en remplaçant chaque grandeur par sa lettre symbole.

**9** On a : $E = P \times t$ avec $P$ en watts et $t$ en heures.
Dans le cas du lave-linge, $P$ = 2 000 W (doc. 1) et $t$ = 2 h 30 min, soit 2,5 h. Donc :
$E$ = 2 000 × 2,5 = 5 000 Wh, soit 5 kWh.
L'énergie consommée par le lave-linge est de 5 kilowattheures.

> **Rappel**
> Utilise la formule $E = P \times t$.

**10** Un kilowattheure est facturé 0,15 €.

Le coût de l'utilisation du lave-linge est donc de 5 × 0,15 = 0,75 €.

> **Méthode**
> Multiplie la consommation d'énergie (en kWh) par le prix d'un kilowattheure.

## Partie D Lecture d'une facture d'électricité

**11** La consommation d'énergie s'obtient en faisant la différence entre le relevé de fin et le relevé de début.

Consommation en heures creuses :
14 026 – 13 853 = 173 kWh.
Consommation en heures pleines :
18 047 – 17 680 = 367 kWh.
Consommation totale : 173 + 367 = 540 kWh.

> **Conseil**
> La facture d'électricité donne les relevés d'énergie entre deux périodes.
> Pour déterminer l'énergie consommée, il faut soustraire les deux relevés.

# PHYSIQUE 10 Signaux lumineux et sonores

Le son et la lumière sont deux types de signaux qui permettent d'émettre et de transporter une information. Ces signaux peuvent être décrits par leur mode et leur vitesse de propagation.

## 1. La lumière

- Une **source primaire** produit la lumière qu'elle émet. Le Soleil est une source primaire de lumière.
- Un **objet diffusant** (source secondaire) ne produit pas sa propre lumière. Il diffuse une partie de la lumière qu'il reçoit. La Lune est un objet diffusant.

*Ex. :*

| Sources primaires | Objets diffusants |
|---|---|
| Le Soleil, les étoiles, une lampe, un laser, la flamme d'une bougie, etc. | Les planètes, la Lune, un écran, un livre, un crayon, etc. |

## 2. Propagation et vitesse de la lumière

- Dans un **milieu transparent et homogène** (*ex. :* l'air, l'eau, le vide, le verre, etc.), la lumière se propage en **ligne droite**.
- Dans le vide ou dans l'air, la **vitesse (célérité) de la lumière** est environ égale à **300 000 km/s**. Pour écrire cette vitesse, on peut aussi utiliser les puissances de dix :

$$c = 3 \times 10^8 \text{ m/s}$$

- Pour représenter la lumière, on utilise le **modèle du rayon lumineux**. Celui-ci est représenté par une demi-droite fléchée qui indique le sens de propagation de la lumière.
- Un ensemble de rayons lumineux est appelé « **faisceau lumineux** ».

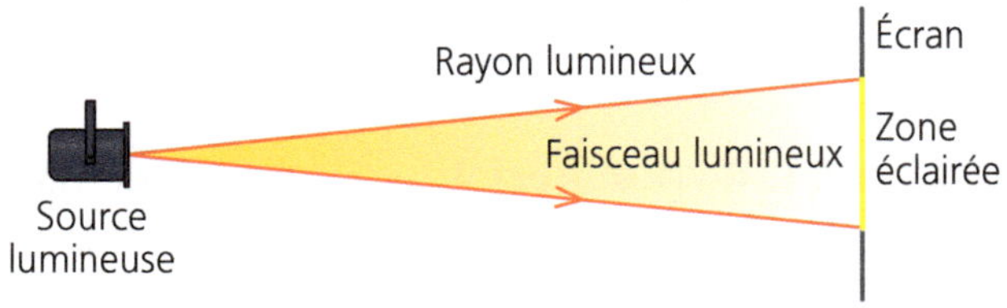


PHYSIQUE

■ Pour qu'un objet soit visible, il faut qu'il soit éclairé par une source de lumière (source primaire ou objet diffusant) et que la lumière qu'il diffuse parvienne jusqu'aux yeux de l'observateur sans rencontrer d'obstacles opaques.

*Ex. :*

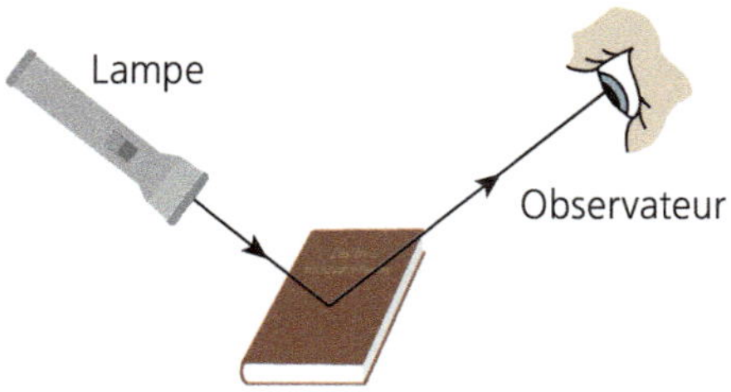


La lampe éclaire le livre.
Le livre diffuse une partie de la lumière vers les yeux de l'observateur.
Le livre est visible.

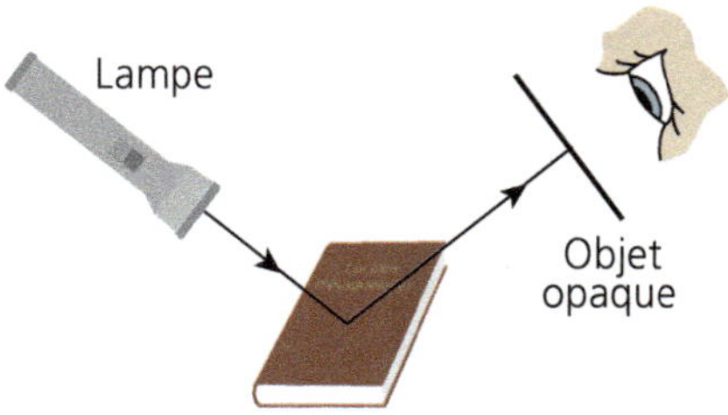


Un objet opaque est placé devant l'observateur.
Le livre n'est plus visible.

## 3. Lumière et énergie

■ L'énergie peut se transférer par **rayonnement**. La lumière visible constitue une partie des différents types de rayonnements.

**Les différents types de rayonnement**

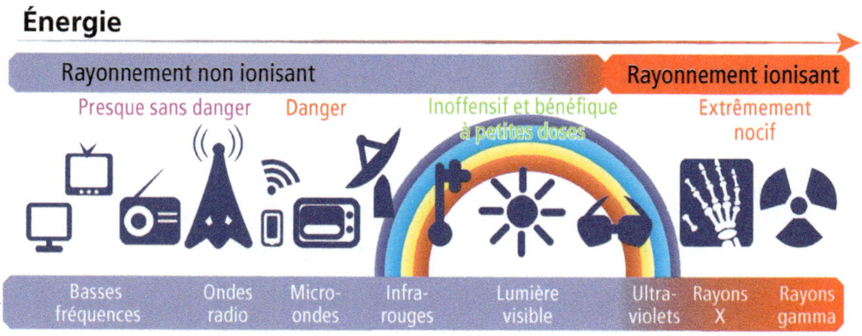


## 4. Le son

■ **Un son a besoin d'un milieu matériel** (solide, liquide ou gazeux) **pour se propager**. Le son ne peut donc pas se propager dans le vide.

*Ex. :* Le son peut se propager dans l'air (gaz), dans l'eau (liquide) ou dans un métal (solide).

■ Lorsqu'un objet vibre (*ex. :* corde vocale, diapason, corde de guitare, etc.), il fait vibrer les molécules d'air qui l'entourent. Cette **vibration** se transmet aux molécules de proche en proche, mais il n'y a pas de déplacement global de matière.

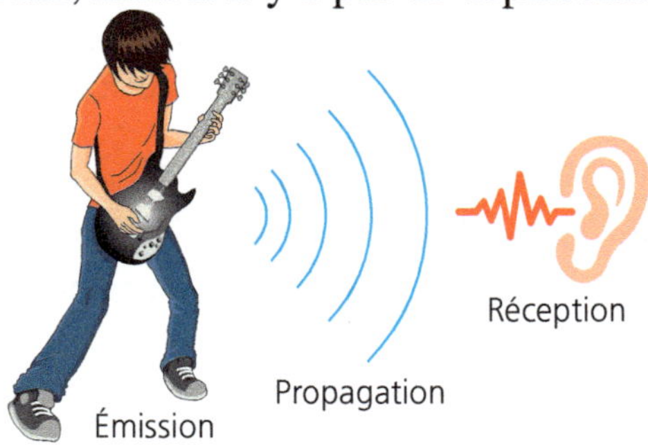


■ **La vitesse du son dépend du milieu** dans lequel il se propage, **ainsi que de la température** de ce milieu. Le son se propage plus rapidement dans les solides et les liquides que dans les gaz.

*Ex. :* Dans l'air, le son se propage à 340 m/s (à 20 °C).
Dans l'eau, le son se propage à 1 500 m/s.
Dans l'acier, le son se propage à 5 500 m/s.

## 5. Fréquence sonore

■ On appelle **fréquence sonore *f*** le **nombre de vibrations *T* à la seconde**. La fréquence s'exprime **en hertz (Hz)**. Elle s'obtient par la formule :

$$f = \frac{1}{T}$$

fréquence (Hz) → $f$ ; période (s) → $T$

■ Le **niveau sonore** se mesure **en décibels (dB)**. À partir de 90 dB, le son est dangereux pour l'oreille humaine en cas d'écoute prolongée.

■ L'**oreille humaine** est sensible aux sons compris **entre 20 Hz (sons graves) et 20 000 Hz (sons aigus)**.

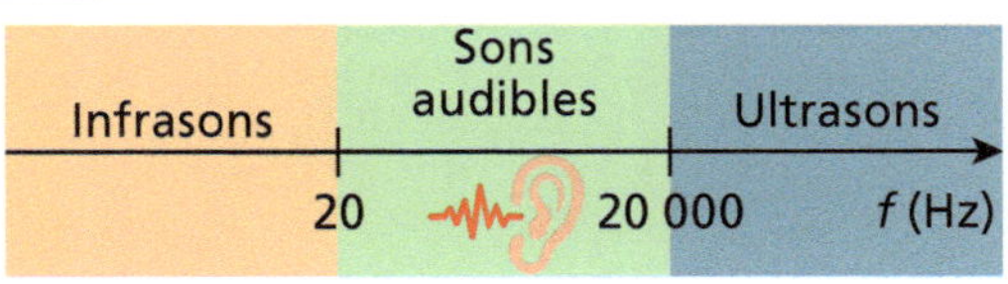

## 6. Signaux et utilisations

- La lumière et le son peuvent être utilisés pour **mesurer des distances**.

*Ex. :* Un télémètre à ultrasons utilise la réflexion des ondes ultrasonores pour mesurer une distance. Un télémètre laser utilise la réflexion des ondes lumineuses.

- La lumière et le son peuvent être utilisés pour **transporter des informations**.

*Ex. :* Un émetteur transforme l'information devant être transmise en signal lumineux (ou sonore). Le signal se propage. Il est capté par un récepteur qui le convertit en information.

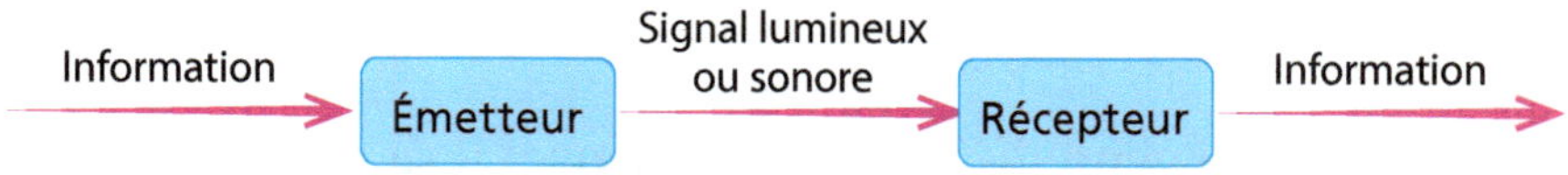

# SVT

SVT 1

# Risques liés à l'activité interne du globe

Formée il y a 4,6 milliards d'années, **la Terre** est une des **huit planètes du système solaire** qui gravitent autour d'une étoile : le Soleil.

## 1. La Terre : planète active du système solaire

▪ Comme Mercure, Vénus et Mars, la Terre est une **planète tellurique** faite de roches.
Les autres planètes du système solaire (Jupiter, Saturne, Neptune et Uranus) sont des planètes gazeuses.

▪ La Terre effectue une **rotation sur elle-même** autour de l'axe des pôles en 24 heures et une **révolution autour du Soleil** en environ 365 jours.

▪ L'activité interne de la Terre se manifeste en surface par des **séismes** qui ont pour origine une rupture de roches puis une libération d'énergie sous forme d'ondes sismiques. Elle se manifeste également par des **éruptions volcaniques (effusives et explosives)** ayant pour origine une remontée de magma.

## 2. La tectonique des plaques

▪ La répartition des séismes et des manifestations volcaniques à la surface du globe permet de délimiter **une douzaine de plaques**, assemblées comme les pièces d'un puzzle et dont les limites sont les zones actives du globe.

▪ L'étude de la propagation des ondes sismiques a permis de définir les plaques en profondeur.
Épaisses d'une centaine de kilomètres, ces plaques sont formées de **lithosphère** rigide et reposent sur l'**asthénosphère**, qui est moins rigide (ductile).

▪ Les plaques se déplacent les unes par rapport aux autres sur l'asthénosphère : certaines divergent, d'autres convergent ou coulissent.
– Elles se forment et divergent au niveau des **dorsales océaniques**.
– Elles convergent et disparaissent par **subduction** dans les zones de **fosses océaniques**.
– Elles convergent et forment des reliefs (montagnes) dans les zones de **collision**.

▪ Les mouvements des plaques sont liés à des **mouvements de matière en profondeur** (dynamique interne).

**Principales plaques tectoniques terrestres**

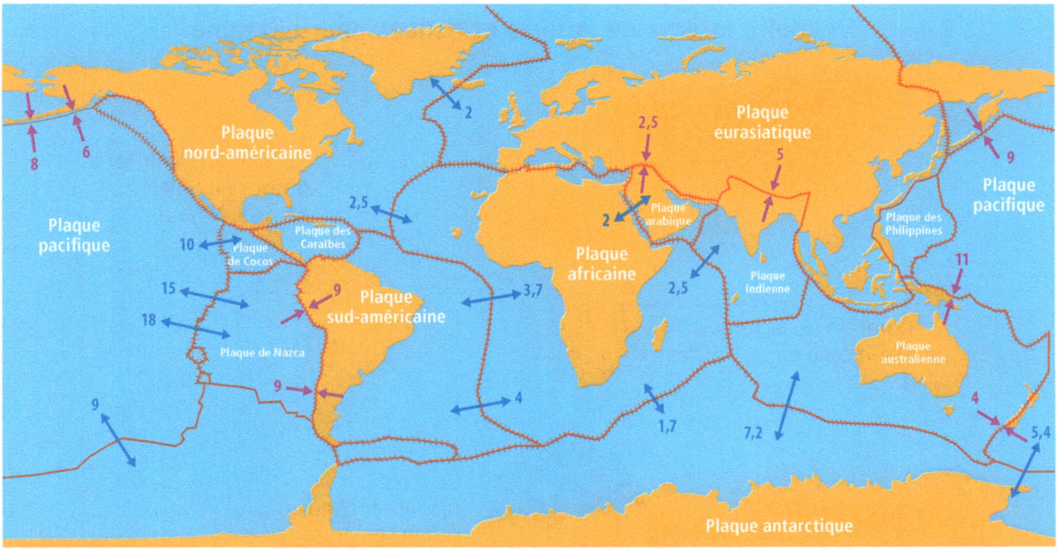


4 ⟷ Vitesse relative de l'écartement de deux plaques (en cm/an)

4 → ← Vitesse relative du rapprochement de deux plaques (en cm/an)

## 3. Une activité interne à l'origine de risques pour l'Homme

- L'activité géologique de la Terre présente des **risques pour l'Homme**.
- Le risque géologique (sismique ou volcanique) est évalué en croisant l'**aléa** (probabilité que le phénomène se produise) et l'**enjeu** (personnes et biens menacés par le phénomène). Selon les zones atteintes, les conséquences prévisibles sont différentes : on parle de **vulnérabilité**.
- Actuellement, il est possible de prévoir une éruption volcanique. La prévision d'un séisme à court terme (date, lieu, magnitude) est quant à elle encore impossible. Seules les zones à risques sismiques sont identifiées.
- On peut néanmoins réduire les risques en cartographiant les aléas et en faisant de la **prévention** : développement de systèmes d'alerte, préparation des populations, application de règles de construction aux infrastructures, etc.

## 4. Schéma bilan

### Activité interne de la Terre et risques pour l'Homme

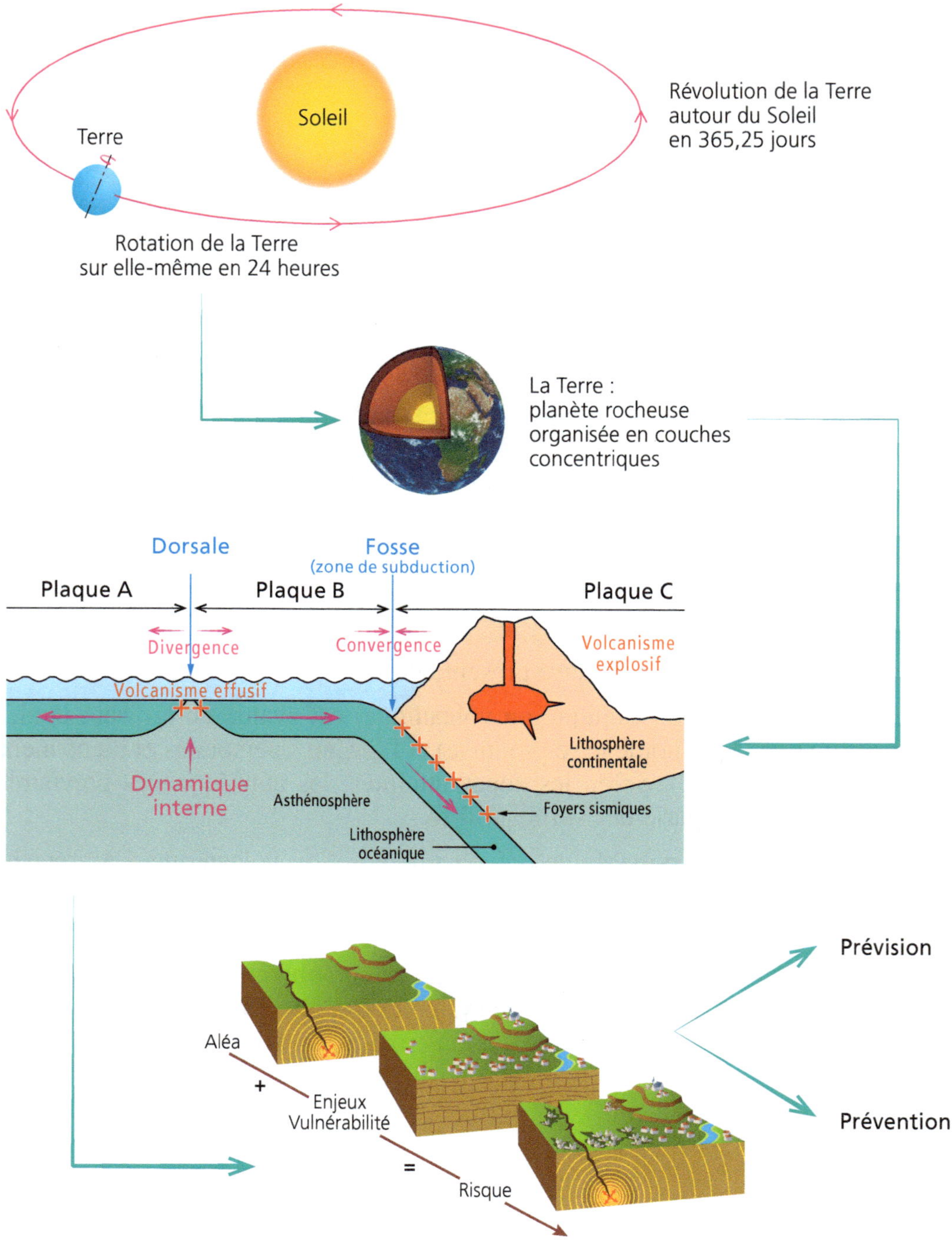

# Le Japon : une île à l'activité intense

Le Japon est un archipel montagneux, sujet aux activités sismiques et volcaniques. Très rarement, certains séismes ou éruptions volcaniques ont de graves conséquences. C'est le cas du séisme du 11 mars 2011 qui a fait plus de 18 000 victimes en donnant lieu à un tsunami meurtrier.

**Document 1 Carte de la frontière de plaques au niveau du Japon**

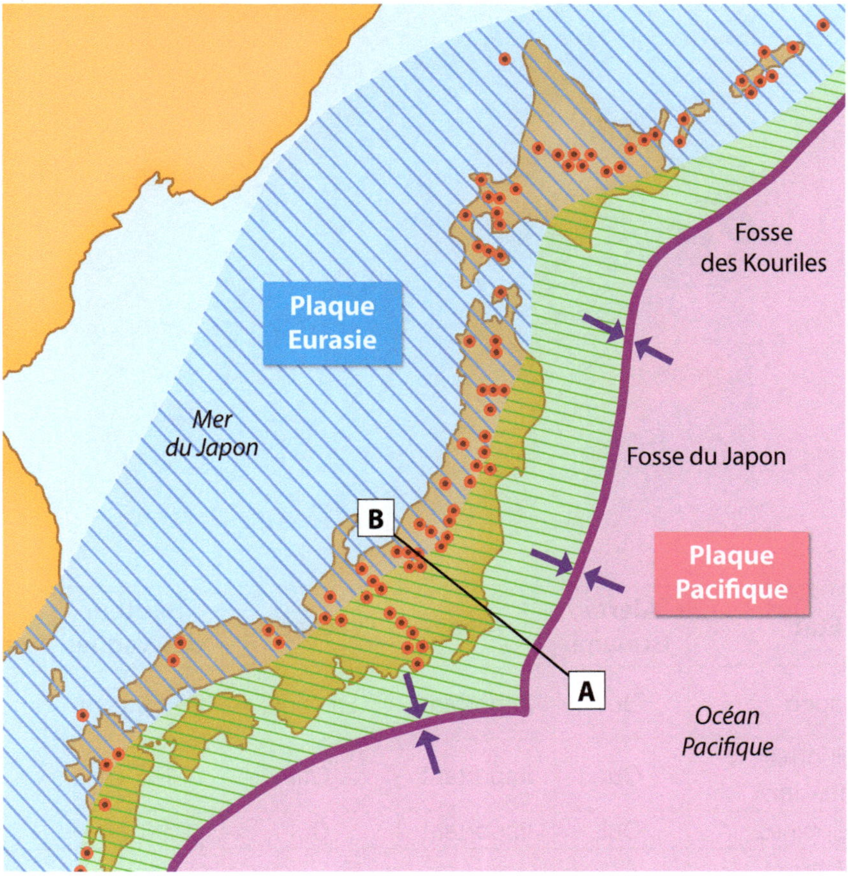


- Volcans
- Fosse
- Séismes superficiels
- Déplacement des plaques
- Séismes profonds

**Document 2 Le tsunami du 11 mars 2011**

En 2011, suite à un séisme de magnitude 9, le Japon a connu un tsunami d'ampleur historique.

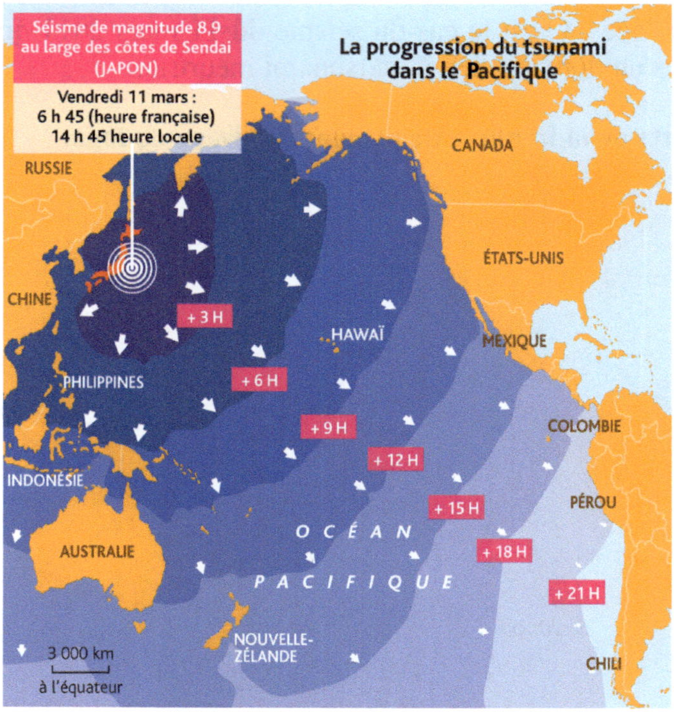


| État | Alerte tsunami | Aléa | Évacuation | Hauteur des vagues | Morts recensés |
|---|---|---|---|---|---|
| Japon | Oui | Important | En cours | 1 500 cm | Environ 18 000 |
| Californie (États-Unis) | Oui | Important | Oui | 135 cm | 1 |
| Philippines | Oui | Important | Oui | 90 cm | 0 |
| Chili (Amérique du Sud) | Oui | Important | Oui | 83 cm | 0 |

## Questions

**1** Justifier que le Japon correspond à une frontière de plaques et identifier le type de frontière.

**2** À l'aide du document 1, légender la coupe A-B réalisée au niveau du Japon :

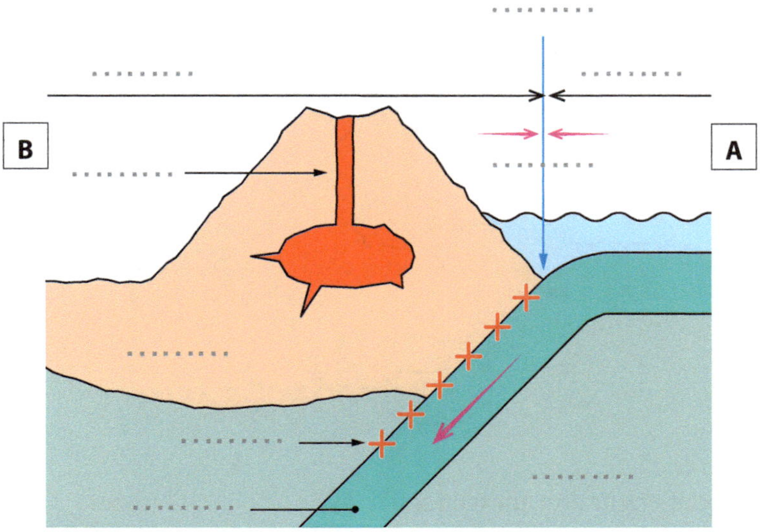


**3** Quel phénomène géologique est à l'origine des vagues géantes d'un tsunami ?

**4** Comment peut-on expliquer que le tsunami ait fait beaucoup de victimes sur la côte nord-est du Japon et aucune sur les côtes ouest de l'Amérique du Sud ?

**1** Les frontières de plaques sont marquées par des activités sismique et volcanique importantes, ce qui est le cas ici. De plus, on observe un type de relief (fosse océanique, doc. 1) caractéristique d'une frontière convergente entre deux plaques.

> **Astuce**
> Le sens des flèches indique que les plaques se rapprochent l'une de l'autre, donc convergent.

**2**

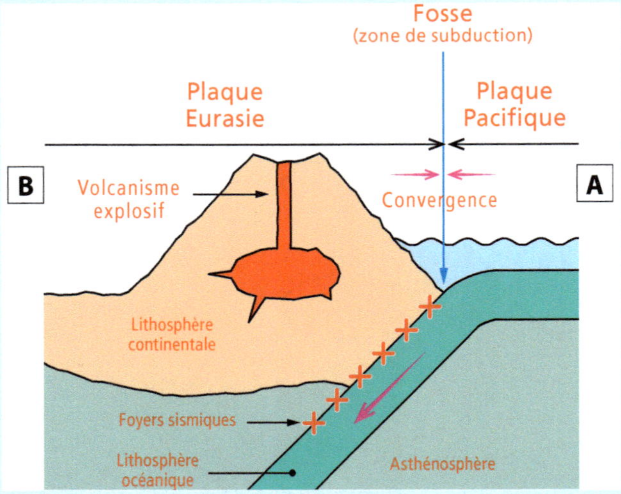


> **Conseil**
> Les schémas classiques de ce type sont à savoir refaire.

**3** Un séisme peut engendrer un tsunami.

> **Rappel**
> Si un séisme se produit en mer, un tsunami en est une conséquence possible.

**4** Des vagues géantes de 15 mètres de haut ont déferlé sur les côtes japonaises alors que la population était seulement en cours d'évacuation (doc. 2). Le tsunami a donc fait beaucoup de victimes au Japon.

En arrivant sur les côtes de l'Amérique du Sud, les vagues étaient moins hautes, mais surtout l'évacuation des populations avait été ordonnée et effectuée, ce qui explique qu'il n'y ait pas eu de victime.

> **Astuce**
> L'aléa étant important partout, il faut considérer les paramètres variables (hauteur des vagues, état d'évacuation) pour répondre.

SVT

# 2 Risques climatiques et météorologiques

L'histoire de la météorologie remonte à l'Antiquité. Mais la météorologie scientifique est née au XVII^e siècle avec les premiers instruments de mesure, en particulier le baromètre et le thermomètre.
Consulter la météo du lendemain constitue maintenant une de nos activités quotidiennes. Mais qu'est-ce que la météo ? Et qu'est-ce qui la différencie du climat ?

## 1. La différence entre météo et climat

■ La **météo** désigne les **situations atmosphériques quotidiennes** en un lieu donné et se définit donc par des valeurs instantanées et locales de la température, des précipitations, de la pression, etc.

■ La **moyenne des conditions atmosphériques sur une longue période** et sur des zones géographiques importantes correspond au **climat**.

■ Les conditions de température et de précipitations qui règnent à la surface de la Terre définissent les **grandes zones climatiques**. Celles-ci influencent à leur tour la répartition des êtres vivants (grands **biomes** terrestres).

## 2. Dynamique des masses d'eau et d'air

■ Comme la Terre est une sphère, elle reçoit le **flux solaire** de manière inégale, ce qui induit une inégale répartition des températures à sa surface. Le transfert de cette différence d'énergie de l'équateur vers les pôles est à l'origine de **mouvements atmosphériques**.

■ Sous l'influence des **vents**, les masses d'eau se déplacent en surface des océans, provoquant les **courants marins**.

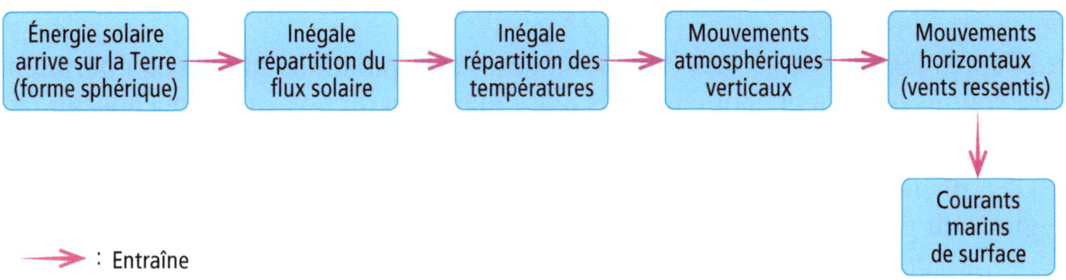


SVT

## 3. L'évolution du climat au cours du temps

■ La Terre a connu des **changements climatiques** importants au cours de son histoire.

■ Sur les 800 000 dernières années, on a constaté des variations cycliques du climat. Ces variations sont d'origine naturelle, elles sont dues au piégeage des rayonnements infrarouges par des gaz à effet de serre : $CO_2$, $CH_4$, vapeur d'eau.

■ Depuis la révolution industrielle (fin du XVIII$^e$ siècle – début du XIX$^e$ siècle), l'Homme utilise des combustibles fossiles qui rejettent des gaz à effet de serre dans l'atmosphère. L'**utilisation massive des énergies fossiles** entraîne un **réchauffement climatique** par un renforcement de l'**effet de serre**.

**Explication de l'effet de serre**

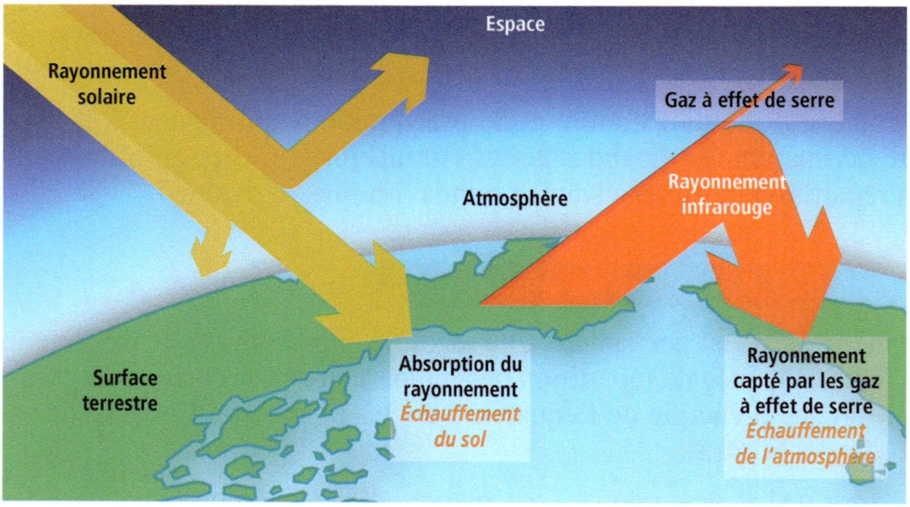


## 4. Risques climatique et météorologique

■ D'après les prévisions des climatologues, les populations humaines pourraient être soumises à des phénomènes tels que l'élévation du niveau des océans, du fait de la fonte des glaciers terrestres.

■ Des phénomènes météorologiques de grande ampleur menacent certaines régions du globe.

*Ex. :* tornade, cyclone, pluie diluvienne, sécheresse, etc.

■ On définit le **risque météorologique** en croisant l'**aléa** météorologique et les **enjeux** matériels et humains.

■ Selon les zones atteintes, les conséquences prévisibles d'une catastrophe naturelle sont différentes : on parle de **vulnérabilité**.

*Ex. :* Après la crue de 1910 dans la région parisienne, des aménagements (bassins de rétention, digues sur la Seine) ont été réalisés pour diminuer le risque. En 2016, ces aménagements n'ont pu empêcher des inondations importantes car l'urbanisation aux abords de la Seine a augmenté la vulnérabilité.

SVT

# 3 L'exploitation des ressources naturelles

Pour satisfaire ses besoins vitaux en nourriture, accomplir ses activités quotidiennes et assurer son confort, l'Homme exploite des ressources naturelles. Il s'agit d'une activité constante et vitale pour lui.

## 1. La nature des ressources

■ Les **ressources renouvelables** ont la particularité de pouvoir être remplacées à l'échelle d'une vie humaine. Ces ressources sont souvent à la fois :
– des sources d'énergie (*ex. :* Soleil, eau, biomasse, etc.) ;
– des éléments essentiels aux activités et à la vie humaine : eau (*ex. :* irrigation, boisson), êtres vivants (*ex. :* nourriture, médicaments, chauffage, etc.).

■ Les **ressources non renouvelables** sont constituées des éléments naturels qui se sont formés à l'échelle géologique au cours de millions d'années. Il s'agit des matières premières minérales (*ex. :* aluminium, lithium, nickel, etc.) et des combustibles fossiles (*ex. :* charbon, pétrole, gaz).

## 2. Les conséquences d'une mauvaise gestion

■ Avec l'augmentation de la population, les **besoins** en ressources naturelles **croissent** fortement.

■ Or, une **exploitation excessive** des ressources naturelles conduit à l' **épuisement** de certaines d'entre elles :
– Comme l' **eau douce** est inégalement répartie à la surface du globe, certains comportements à l'échelle individuelle ou planétaire en font une ressource menacée (*ex. :* gaspillages, irrigation irraisonnée des cultures, etc.).
– La **biodiversité des écosystèmes et des espèces** est diminuée par des prélèvements excessifs (*ex. :* surpêche, déforestation, etc.).
– L'utilisation massive des **combustibles fossiles** (*ex. :* industrie, chauffage, transports, etc.) conduit à un épuisement progressif des réserves disponibles.
– L'utilisation de certains **minerais** (*ex. :* aluminium, lithium, etc.) pour la fabrication des smartphones, de composants électroniques et d'autres objets entraîne leur raréfaction.

■ En outre, les activités humaines, notamment l'industrie et l'agriculture, induisent des rejets dans l'environnement de **produits polluants** . Ces rejets dégradent certaines ressources naturelles, comme l'eau, ou entraînent indirectement une diminution de la biodiversité.

## 3. Vers une exploitation équilibrée des ressources naturelles

- Face à ce constat, l'Homme a pris conscience des enjeux d'une mauvaise gestion des ressources naturelles.
- Il cherche donc à **réduire sa consommation en ressources naturelles** (*ex. :* instauration de quotas de pêche, préservation des espèces, valorisation des déchets par un recyclage, économies d'énergie, choix de consommation raisonnés).
- Il recherche aussi des **solutions alternatives à l'utilisation des combustibles fossiles** avec le développement des énergies renouvelables (*ex. :* énergie solaire, éolienne, hydraulique, biomasse).
- Enfin, il met en place des systèmes permettant de **dépolluer les eaux usées** (*ex. :* station d'épuration) et adopte des techniques agricoles permettant de **limiter les impacts sur le sol et les nappes phréatiques**.

## 4. Schéma bilan

**Les enjeux de la gestion des ressources naturelles**

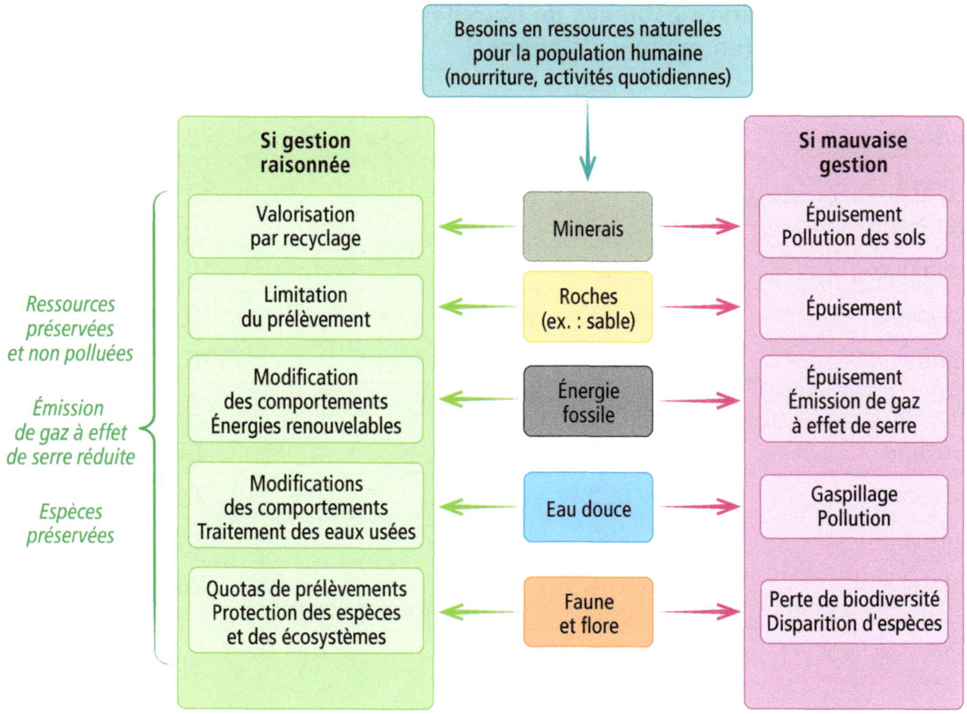

# L'exploitation de la bauxite

La bauxite est une roche dont la caractéristique est d'être très riche en alumine et en oxydes de fer. Cette roche constitue la principale ressource permettant la production d'aluminium, qui est le métal le plus utilisé après le fer.
L'aluminium est notamment employé dans les transports (avions, automobiles, etc.), dans le bâtiment (fenêtres, portes, portails, etc.), dans l'emballage (papier aluminium, canettes), dans des objets du quotidien (smartphones), etc.
La bauxite a été découverte en 1821 sur la commune des Baux-de-Provence (Bouches-du-Rhône), d'où elle tire son nom.

**Document 1 Principales réserves et productions minières de bauxite (en 2012)**

| Pays | Réserves estimées de bauxites (en millions de tonnes) | Production de bauxite (en millions de tonnes, 2012) |
|---|---|---|
| Guinée | 7 400 | 19,00 |
| Australie | 6 000 | 73,00 |
| Brésil | 2 600 | 34,00 |
| Viêt Nam | 2 100 | 0,30 |
| Jamaïque | 2 000 | 10,30 |
| Indonésie | 1 000 | 30,00 |
| Inde | 900 | 20,00 |
| Chine | 830 | 48,00 |
| Guyane | 850 | 1,85 |
| Grèce | 600 | 2,00 |
| Surinam | 580 | 4,20 |
| Total | 28 000 | 263 |

Source : USGS.

**Document 2 Les boues rouges**

Pour extraire l'alumine de la bauxite, ce minerai est mis dans une sorte de cocotte-minute (l'autoclave) en présence de soude. Ce procédé génère une grande quantité de résidus toxiques : les boues rouges, qui contiennent entre autres des métaux lourds et de la soude.

Durant près de quarante ans, le site industriel de Gardanne, près de Marseille, a rejeté légalement des « boues rouges » dans la mer Méditerranée. L'arrêt total de ces rejets a été décrété pour le 1er janvier 2016, alors que dans le même temps la production d'alumine a été prolongée de six années supplémentaires. Depuis le 1er janvier 2016, les rejets de l'usine de Gardanne ne sont donc plus directement des boues rouges (traitées à terre) ; mais d'autres produits toxiques continuent d'être rejetés sous une forme liquide, notamment de l'arsenic.

Source : d'après *LeMonde.fr*, 6 juillet 2016.

**Document 3 Le recyclage des emballages en France**

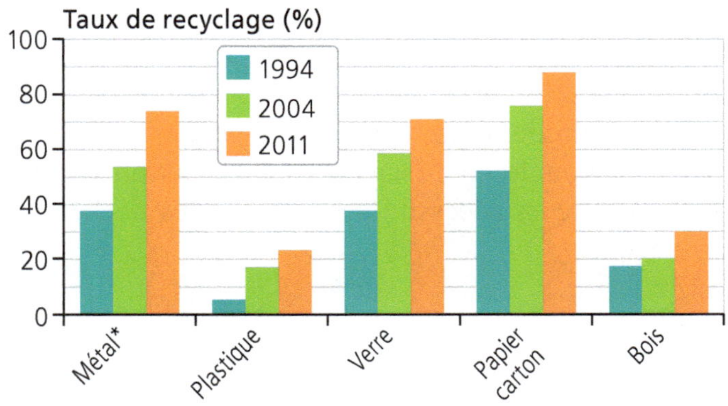


* Dont aluminium.

Source : Ademe.



## Questions

**1** À partir des documents proposés, déterminer les conséquences d'une exploitation intensive de la bauxite.

**2** À partir des documents proposés, donner des solutions pour limiter ces conséquences.

**1** Avec l'augmentation de la population et étant donné que beaucoup de nos objets du quotidien contiennent de l'aluminium, on peut penser que les besoins en bauxite sont en constante augmentation. Or, le document 1 chiffre les réserves actuelles en bauxite à 28 000 millions de tonnes pour l'ensemble des pays fournisseurs cités dans le tableau. Si la production restait constante (263 millions de tonnes par an), on pourrait extraire de la bauxite pendant encore 100 ans environ. Comme la bauxite constitue une ressource non renouvelable à l'échelle humaine, son épuisement est possible. De plus, les traitements de la bauxite pour extraire l'alumine génèrent des déchets toxiques nommés « boues rouges ». Certains industriels rejettent une partie de ces déchets dans la mer (doc. 2), portant ainsi atteinte à la biodiversité marine.

> **Méthode**
> Il est important de s'appuyer sur des données chiffrées (document 1) pour argumenter.

**2** Afin de retarder la pénurie de bauxite et de limiter les rejets de boues rouges dans l'environnement, il convient de recycler les objets en aluminium. Le document 3 nous indique que près de 75 % des emballages métalliques, dont ceux en aluminium, ont été recyclés en 2011. Ce chiffre a quasiment doublé en 17 ans. Les Français prennent donc conscience de la nécessité de valoriser les déchets par le recyclage.

> **Rappel**
> 47 millions de canettes sont consommées par an. 60 % d'entre elles sont recyclées. Pense au tri !

SVT

4

# Écosystème et activités humaines

Le monde vivant est organisé en écosystèmes. De taille modeste (un tronc d'arbre par exemple) ou plus importante (la forêt entière), les écosystèmes ont un fonctionnement comparable.

## 1. Les éléments d'un écosystème

■ Un **écosystème** comprend un **milieu** (le biotope), les **êtres vivants qui le peuplent** (la biocénose) et toutes les **relations** qui peuvent exister et se développer à l'intérieur de ce système. Les relations alimentaires permettent notamment le recyclage de la matière au sein d'un écosystème.

■ Les paramètres physico-chimiques variant d'un écosystème à l'autre, les espèces rencontrées y sont très différentes.

## 2. Les impacts des activités humaines sur les écosystèmes

■ Les écosystèmes et la biodiversité sont des ressources en alimentation et en matières premières pour les humains.

■ Par ses activités, **l'Homme perturbe l'équilibre de nombreux écosystèmes**, entraînant directement ou indirectement une modification profonde de leur organisation, voire la disparition de certaines espèces au sein de ceux-ci.

■ Aujourd'hui, les activités humaines sont mises en cause dans des modifications globales et brutales des écosystèmes.

*Ex. :* l'augmentation des températures, en lien avec l'augmentation des émissions de gaz à effet de serre, a des impacts sur les écosystèmes du monde entier.

■ Conscient de son impact négatif sur les écosystèmes, l'Homme prend des mesures de protection dont certaines sont compatibles avec la poursuite de ses activités : on parle alors de « **développement durable** ».

## 3. Schéma bilan

### Influence des activités humaines sur les écosystèmes

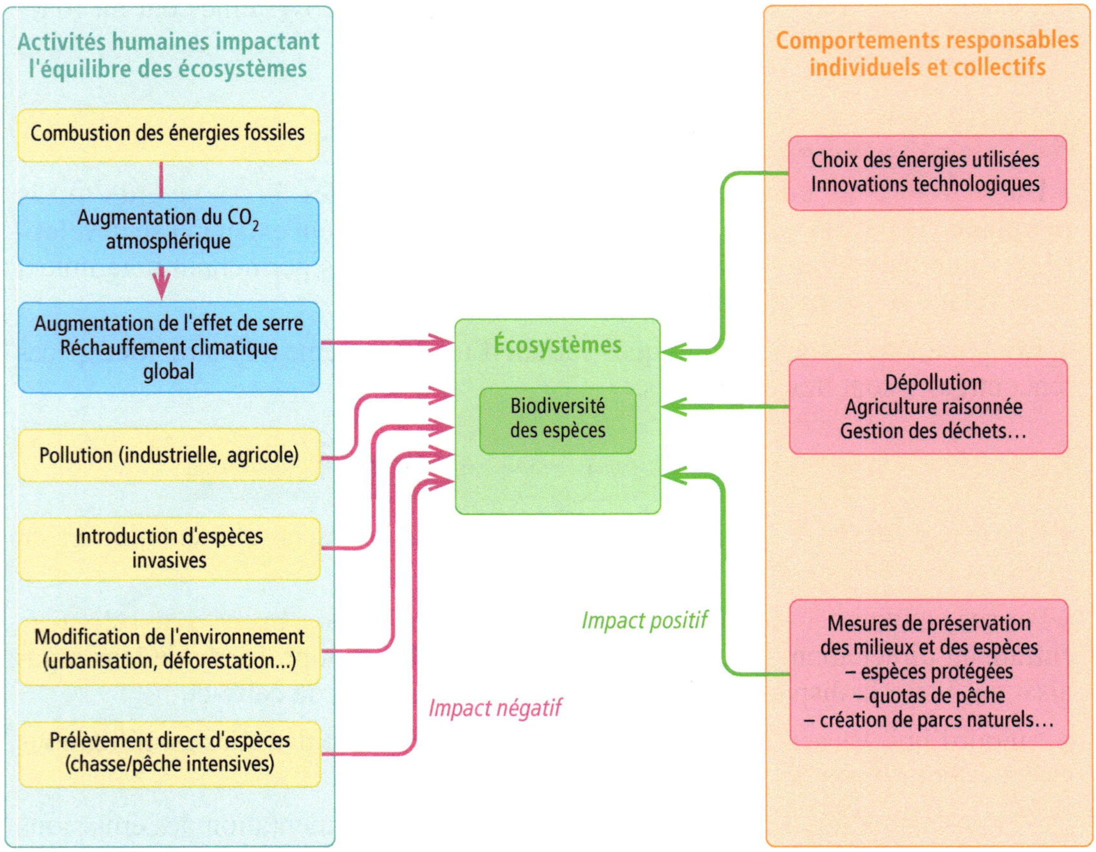

SVT 5

# La nutrition des animaux

Pour assurer leur croissance et le fonctionnement de leur organisme, les animaux doivent produire de l'énergie, ce qui nécessite de prélever des éléments dans leur milieu de vie : c'est la **nutrition**.

## 1. Les besoins nutritifs des animaux

■ Les besoins d'un animal correspondent à ceux de leurs organes qui, pour fonctionner, utilisent des **nutriments** et du **dioxygène**.
– Les nutriments sont issus de la digestion des aliments dans le système digestif.
– Le dioxygène est prélevé dans le milieu de vie grâce au système respiratoire.

*Remarque :* Un **organe** est une partie d'un être vivant remplissant une ou des fonctions particulières. Il est constitué d'un ou plusieurs tissus. Un **tissu** est un ensemble de cellules spécialisées remplissant une même fonction.

■ Les nutriments et le dioxygène, apportés aux cellules par le sang et la lymphe, y sont transformés en **énergie utilisable** par les cellules.

Dioxygène + Nutriments —(Réaction chimique)→ Énergie utilisable + chaleur + déchets (dioxyde de carbone, urée, acide urique)

## 2. Une circulation indispensable à la nutrition

■ Les éléments nécessaires au fonctionnement des organismes animaux doivent parvenir à toutes leurs cellules, d'où la nécessité de leur mise en circulation.

■ Le dioxygène passe dans le **sang** au niveau du **système respiratoire**, alors que les nutriments y passent au niveau de l' **intestin**. Chez plusieurs groupes d'animaux, le cœur permet, grâce à ses contractions, de mettre en mouvement le sang : celui-ci circule alors, avec les éléments qu'il transporte, dans un système clos de **vaisseaux sanguins**.

■ Le sang prend également en charge les **déchets**.
– Le dioxyde de carbone est éliminé au niveau du **système respiratoire**.
– Les autres déchets (urée, acide urique, etc.) sont éliminés au niveau des **reins** chez les mammifères.

## 3. Le rôle des micro-organismes

■ Certains **micro-organismes** peuvent **faciliter la nutrition** des animaux.

■ Les végétaux sont riches en cellulose (glucide des cellules végétales). Or, ce type de glucide est impossible à dégrader par un animal seul, car aucun ne fabrique les enzymes nécessaires. Chez la Vache, la digestion de la cellulose et sa transformation en glucose est effectuée par des micro-organismes dans le **rumen**, c'est-à-dire la première poche de son estomac (ou panse).

■ De même, le tube digestif de l'Homme héberge un nombre impressionnant de micro-organismes : le **microbiote intestinal**. Considéré comme un « organe » à part entière, ce microbiote est composé de $10^{14}$ bactéries (c'est-à-dire dix fois plus que le nombre de cellules humaines dans le corps), pour un poids total de 1,5 kg. Il permet, entre autres, la digestion des fibres solubles alimentaires, car les cellules intestinales humaines ne possèdent pas les enzymes nécessaires à leur dégradation.

## 4. Schéma bilan

**La nutrition chez les animaux**

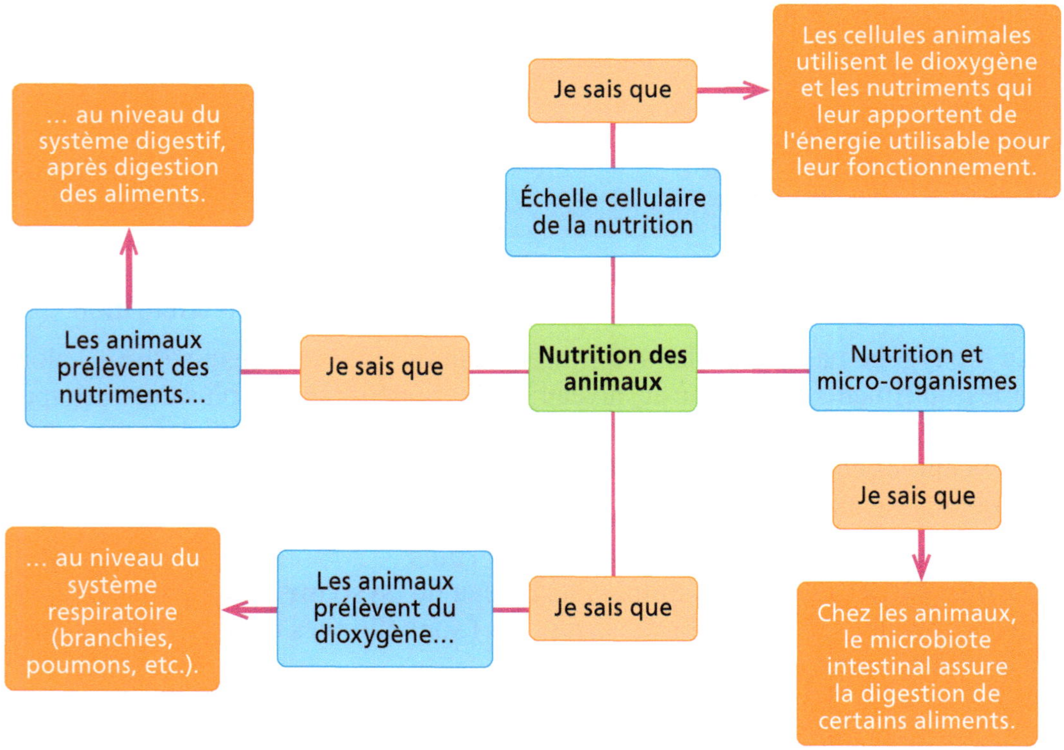

# La nutrition chez les mammifères

Chez les mammifères, le processus de la digestion présente de grandes variabilités, liées à celles des régimes alimentaires. Par exemple, le tube digestif de nombreux mammifères possède des chambres de fermentation où vivent des micro-organismes (rumen des ruminants, cæcum).

**Document 1 Comparaison anatomique de tubes digestifs**

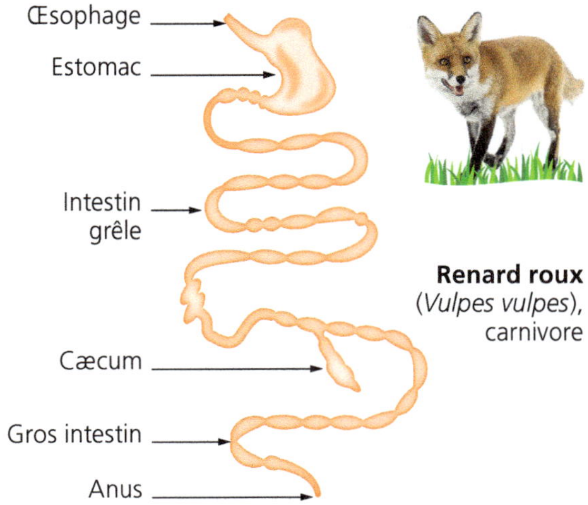


**Renard roux**
(*Vulpes vulpes*),
carnivore

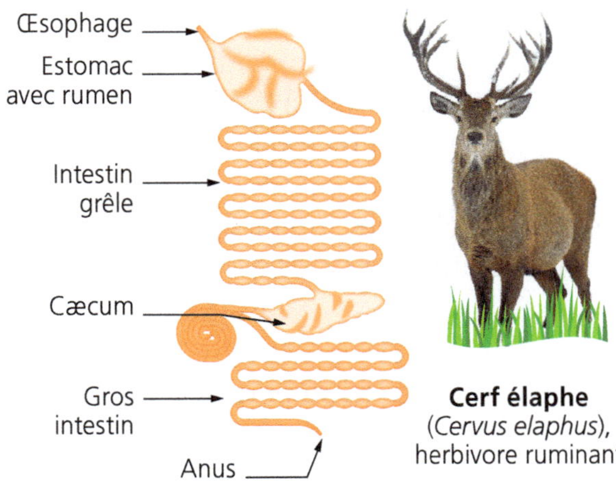


**Cerf élaphe**
(*Cervus elaphus*),
herbivore ruminant

Les herbivores possèdent un tube digestif proportionnellement plus long que celui des carnivores, car les matières végétales sont plus difficiles à digérer que la chair, à cause de la cellulose contenue dans la paroi des cellules végétales.
Un tube digestif plus long permet une digestion plus lente et une surface accrue pour l'absorption des nutriments.

**Document 2 Digestion de la cellulose chez les ruminants**

Chez les ruminants, l'utilisation d'antibiotiques peut réduire la diversité des micro-organismes présents dans le rumen. Au contraire, certains éleveurs peuvent ajouter à l'alimentation de leur troupeau des compléments alimentaires riches en micro-organismes vivants.

**Efficacité de la digestion de la cellulose évaluée par la quantité de nutriments dans le sang 1 heure après un repas calibré à base de luzerne**

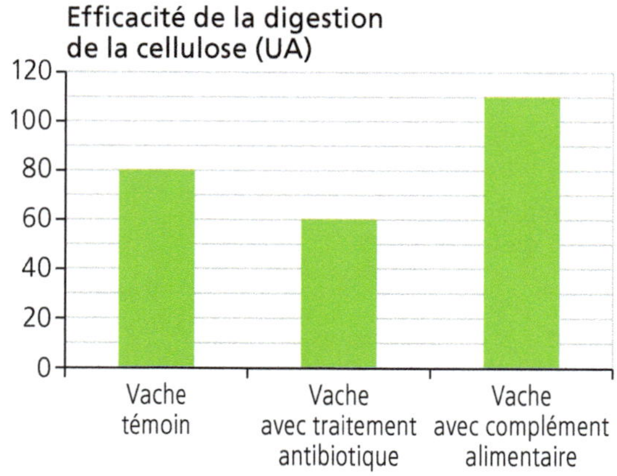


UA : unité arbitraire.

## Questions

**1** Préciser sur le schéma page 353 la nature des échanges liés à la nutrition en complétant toutes les cases laissées vides à l'aide des termes suivants : $O_2$ (dioxygène) ; $CO_2$ (dioxyde de carbone) ; urée ; nutriments.

**2** À l'aide du document 1, citer les principales différences anatomiques entre les tubes digestifs d'un mammifère carnivore et d'un mammifère herbivore ruminant.

**3** À l'aide du document 2, montrer l'importance des micro-organismes dans la nutrition de la vache.

## Schéma de la nutrition chez un mammifère

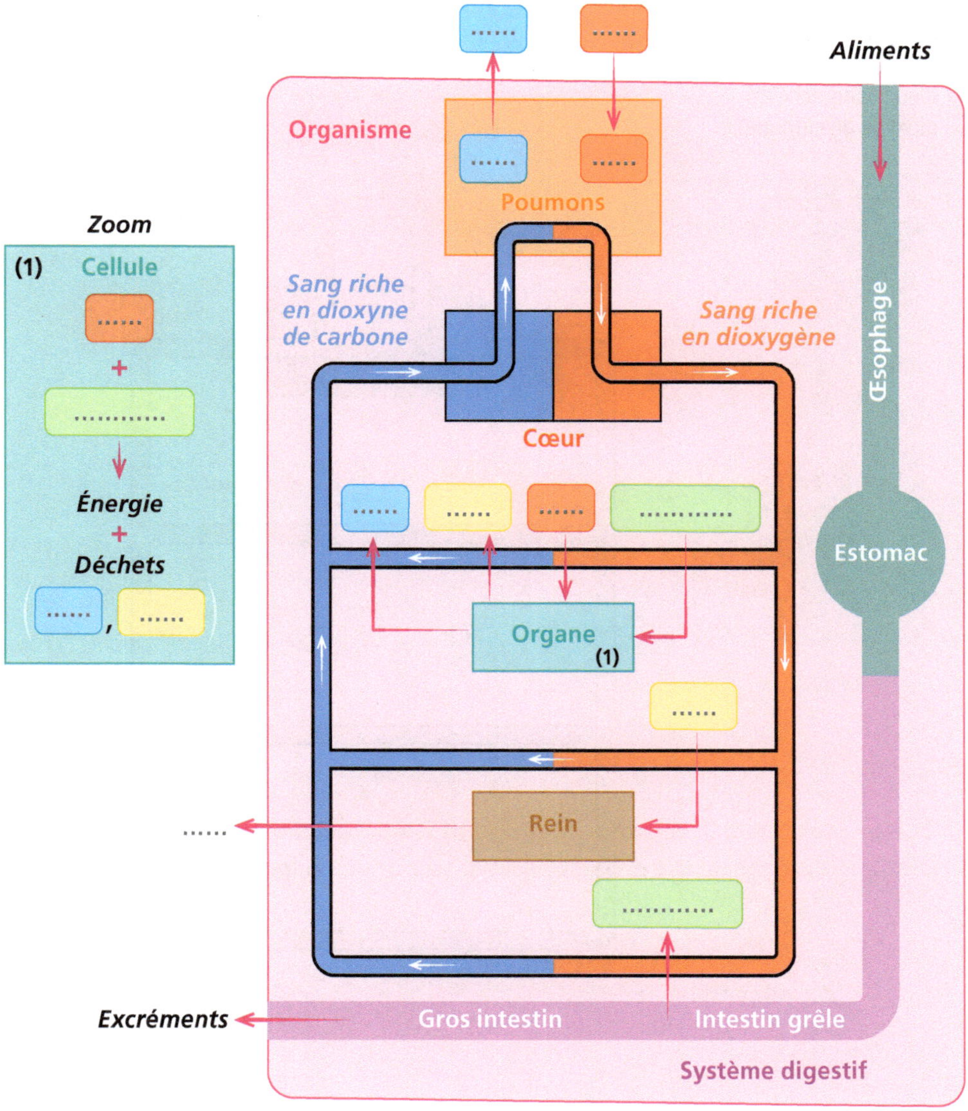

**Astuce**
Les couleurs conventionnelles peuvent t'aider à compléter les cases (rouge : sang riche en dioxygène ; bleu : sang riche en dioxyde de carbone).

**1**

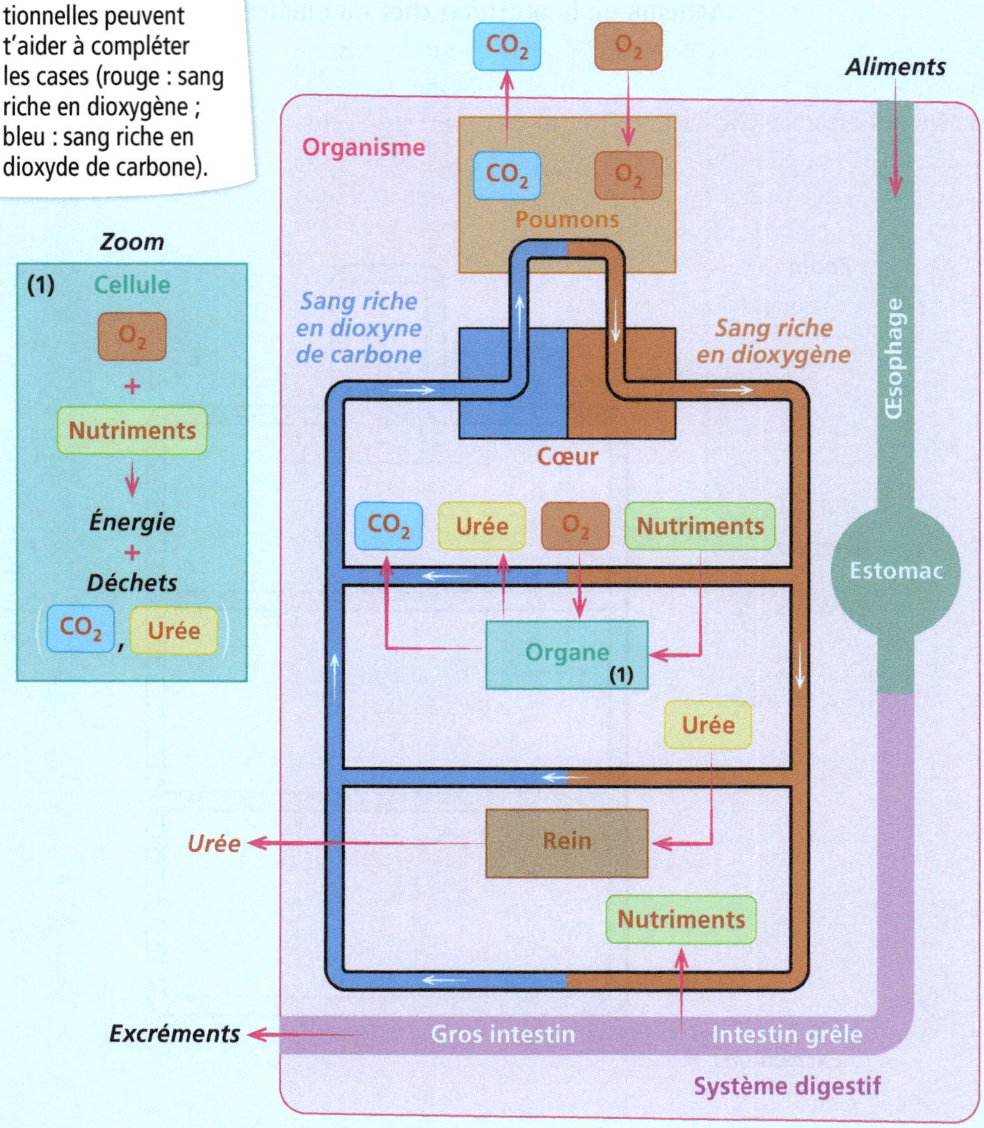


**2** Les principales différences anatomiques entre les tubes digestifs d'un mammifère carnivore et d'un mammifère herbivore ruminant sont :

– une différence de longueur : le tube digestif du cerf (herbivore) est plus long que celui du renard (carnivore), ceci afin de permettre une digestion plus lente des fibres végétales ;

– deux « réservoirs particuliers » chez le cerf : le rumen, qui est une partie de l'estomac qui n'existe que chez les ruminants, et le cæcum, plus développé chez les mammifères herbivores que chez les mammifères carnivores.

**Rappel**
Le régime alimentaire influence les caractéristiques anatomiques du tube digestif.

**3** On sait qu'un traitement antibiotique peut réduire la diversité des bactéries présentes dans le rumen. Or, on constate qu'après une prise d'antibiotiques la digestion est moins efficace (60 UA contre 80 UA chez un animal n'ayant subi aucun traitement). En revanche, on voit que si on ajoute des micro-organismes en les intégrant à l'alimentation, la digestion de la cellulose est plus importante (100 UA). On peut en déduire que les micro-organismes favorisent la digestion de la cellulose chez la vache, donc sa nutrition.

> **Méthode**
> Pour montrer l'influence d'un phénomène, compare les résultats expérimentaux au témoin.

# SVT 6 La nutrition des végétaux

Comme les animaux, les plantes chlorophylliennes puisent dans leur milieu de vie les éléments nécessaires à leur croissance. Néanmoins, leurs besoins sont différents.

## 1. Les besoins nutritifs des végétaux

- Un être vivant, quel qu'il soit, a besoin d'énergie pour assurer son développement.
- Les végétaux chlorophylliens utilisent l' **énergie lumineuse** pour réaliser la synthèse de matière organique en prélevant dans leur milieu de la matière minérale : **dioxyde de carbone, eau, sels minéraux** . Ce processus est appelé « **photosynthèse** » et se déroule au niveau des feuilles.

- Le dioxyde de carbone et l'eau sont en quantité réduite dans notre environnement. Le dioxyde de carbone est prélevé dans l'atmosphère **au niveau des feuilles** , alors que l'eau et les sels minéraux sont prélevés **au niveau des racines** . Cela induit des contraintes pour les **échanges nutritifs** chez les végétaux chlorophylliens : ces échanges doivent se réaliser avec leur environnement mais aussi au sein du végétal.

## 2. Une circulation indispensable à la nutrition

- Au niveau des feuilles, l'entrée du dioxyde de carbone est permise par des structures appelées « **stomates** ».
- Afin de prélever l'eau et les éléments nutritifs dans le sol, les plantes possèdent **une très grande surface racinaire** , ce qui augmente la surface d'échange entre le sol et la plante.
- Feuilles et racines permettent de prélever les éléments nécessaires à la photosynthèse, qui se déroule dans les cellules chlorophylliennes de la feuille. Cela nécessite un transfert de matière entre la partie souterraine et la partie aérienne.
- Les **tiges** font la liaison entre les racines et les feuilles de la plante. On y retrouve des systèmes de conduction ( **vaisseaux conducteurs** ) permettant de transporter de la matière entre les différentes parties de la plante et donc de réaliser les échanges nutritifs entre les différents organes de la plante :

– Certains vaisseaux transportent la **sève brute**, composée d'eau et de sels minéraux, des racines vers les feuilles.
– D'autres transportent la **sève élaborée**, formée des produits de la photosynthèse (matière organique) et d'eau, vers toutes les parties de la plante (racines, fruits, bourgeons, etc.).

## 3. Le rôle des micro-organismes

- La très grande majorité des végétaux chlorophylliens vivent **en symbiose avec des champignons** qui forment des **mycorhizes** autour des racines. Les filaments mycéliens du champignon permettent d'augmenter la surface d'échange et de faciliter les transferts d'eau et de sels minéraux du sol vers la plante.
- Certaines plantes présentent au niveau de leurs racines des renflements : les **nodosités**. Leur observation en coupe microscopique révèle la présence de **bactéries**.

Celles-ci fournissent au végétal de la matière minérale (azote) utilisable pour la synthèse de matière organique azotée (protéines) ; tandis que le végétal fournit aux bactéries de la matière organique sous forme de glucose, source d'énergie. Il s'agit donc là encore d'une **symbiose**.

- En présence de ces micro-organismes, les plantes ont **une croissance et un développement plus rapides**.

**Les échanges au niveau d'une nodosité**

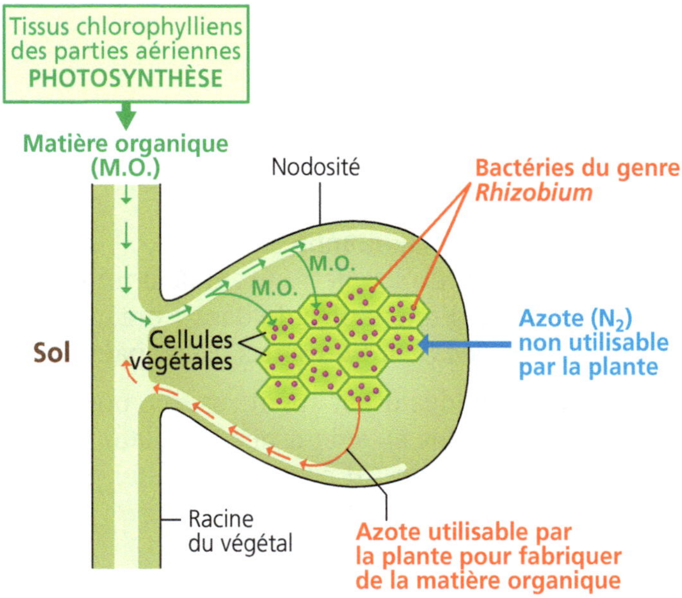


SVT

SVT 7

# Diversité et stabilité génétique

Les individus d'une même espèce présentent des ressemblances et des différences, y compris au sein d'une même population. Comment expliquer cette situation ?

## 1. Des phénotypes différents

- Les individus d'une population possèdent des **caractères de leur espèce** et des **caractères individuels**. L'ensemble des caractères, à différentes échelles, d'un individu constitue son **phénotype**.
- Les caractères transmis au fil des générations sont des **caractères héréditaires**.
- Néanmoins, certains caractères acquis en cours de vie sous l'influence de l'environnement sont **non transmissibles**.

## 2. La diversité génétique des êtres vivants

- Au sein d'une **même espèce**, tous les individus possèdent le **même nombre de chromosomes** dans leurs cellules.

*Ex. :* L'Homme possède 23 paires de chromosomes, soit 46 chromosomes.

- Les chromosomes, supports de l'information héréditaire, sont constitués d'**ADN**. Cette molécule est capable de se pelotonner au début de la multiplication cellulaire (ou mitose), prenant alors la forme d'un chromosome visible au microscope.

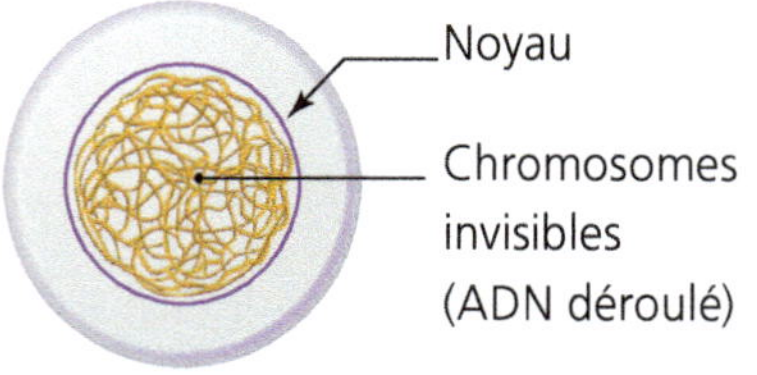


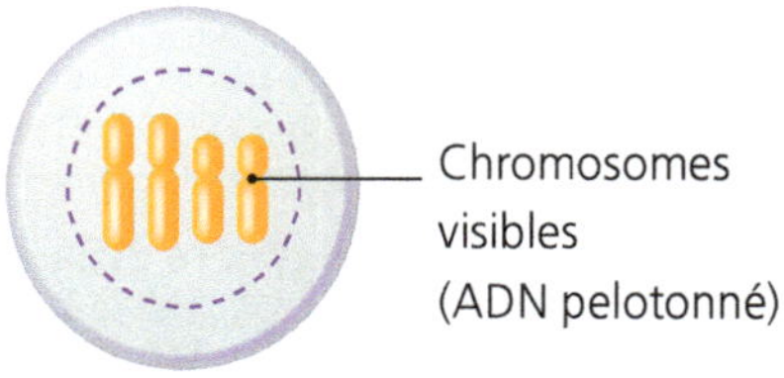


- Chaque chromosome contient de nombreux **gènes**. Un gène est une portion d'ADN qui porte une **information génétique**. Il détermine un caractère héréditaire en dirigeant la synthèse d'une molécule dans l'organisme. Il est présent au même emplacement sur les deux chromosomes d'une paire.
- Les chromosomes des individus d'une même espèce portent les mêmes gènes. La grande diversité des individus au sein d'une population donnée est donc liée à l'information portée par ces gènes. Il peut donc exister plusieurs versions d'un même gène ; chaque version d'un gène est un **allèle**.

■ Les **mutations**, modifications ponctuelles de la molécule d'ADN, sont à l'origine de la formation des nouveaux allèles.

■ L'ensemble des allèles d'un individu constitue son **génotype**. L'expression du génotype entraîne la mise en place des différents caractères d'un individu : son **phénotype**.

*Ex. :* Le gène impliqué dans le caractère « groupe sanguin » chez l'espèce humaine est présent sur la paire de chromosomes n° 9. Il existe pour ce gène 3 allèles : l'allèle « A », l'allèle « B » et l'allèle « O ».

| | Génotype possible | Phénotype à l'échelle cellulaire | Phénotype à l'échelle de l'individu |
|---|---|---|---|
| **Individu 1** | Paire de chromosomes n° 9 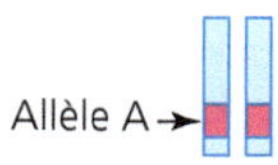  | 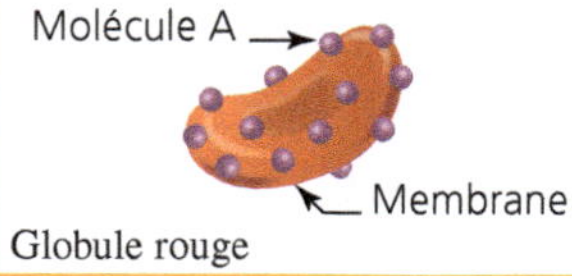  | Groupe sanguin A |
| **Individu 2** | Paire de chromosomes n° 9 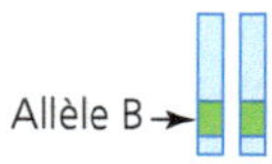  | 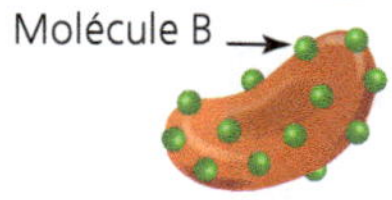  | Groupe sanguin B |
| **Individu 3** | Paire de chromosomes n° 9  | 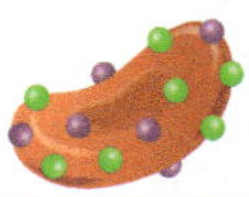 | Groupe sanguin AB |
| **Individu 4** | Paire de chromosomes n° 9 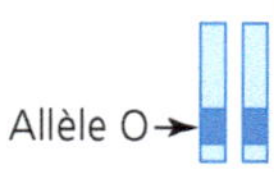  |  | Groupe sanguin O |

## 3. La stabilité du caryotype d'un individu

■ L'ensemble des chromosomes d'une cellule constitue son **caryotype**. Celui-ci est spécifique d'une espèce, et identique dans l'ensemble des cellules d'un être vivant.

■ Les cellules de l'organisme possèdent la même information héréditaire que la **cellule-œuf** dont elles proviennent par **mitoses** successives. En effet, la mitose est précédée par la copie de l'ADN de chacun des chromosomes d'une cellule (ils deviennent doubles), les copies se séparant ensuite à l'identique dans les deux cellules formées.

■ La mitose permet donc de maintenir la quantité (nombre de chromosomes) et la qualité de l'information héréditaire.

SVT

# Des cochons fluorescents

Une méduse *Aequorea victoria* émet une fluorescence verte. Ce caractère, naturel, est héréditaire.
Des chercheurs ont isolé un fragment d'ADN chez l'une de ces méduses, puis ont introduit ce fragment dans le matériel génétique d'une cellule-œuf de cochon. L'expérience a été reproduite plusieurs fois.
Les embryons obtenus ont ensuite été implantés dans l'utérus d'une truie porteuse. Trois mois plus tard, des porcelets sont nés.

**Document 1** **Méduse *Aequorea victoria***

**Document 2** **Cochons (sous une lumière ultraviolette) obtenus par l'expérience de transfert d'ADN**

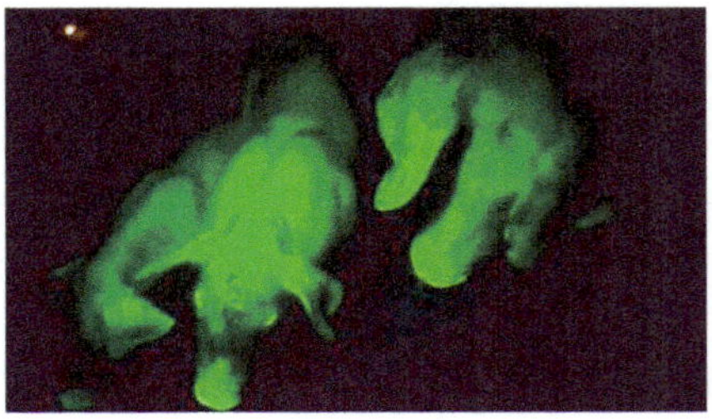

## Questions

**1** À partir de l'expérience de transgenèse réalisée, remplir le tableau ci-dessous.

| Organisme donneur du gène | Organisme receveur du gène |
|---|---|
| ........................ | ........................ |

**2** Donner la définition d'un gène.

**3** Expliquer la différence entre génotype et phénotype.

**4** Montrer que le fragment d'ADN introduit dans les cellules-œufs contient le gène responsable de la fluorescence chez la méduse.

**5** Sachant que ces expériences de transfert de gène peuvent être réalisées chez tous les êtres vivants, pourquoi peut-on dire que l'ADN est le support universel de l'information génétique ?

**1**

| Organisme donneur du gène | Organisme receveur du gène |
|---|---|
| Méduse | Cochon |

**Rappel**
L'organisme receveur d'un gène étranger est un organisme génétiquement modifié : OGM.

**2** Un gène est une portion d'ADN qui porte une information génétique.

**Conseil**
Ne pas confondre gène et allèle qui est la version d'un gène.

**3** L'ensemble des allèles d'un individu constitue son génotype. L'ensemble des caractères, à différentes échelles, d'un individu constitue son phénotype.

**Rappel**
Le phénotype dépend du génotype et de l'environnement.

**4** Les cochons ne sont pas naturellement fluorescents. Or, les cochons issus des cellules-œufs modifiées sont fluorescents (doc. 2). Le gène introduit dans le matériel génétique des cellules-œufs est donc bien celui qui est responsable de la fluorescence chez la méduse.

**Méthode**
« **Montrer** » implique une démarche explicative.

**5** Cette expérience montre qu'un fragment d'ADN (gène) prélevé chez un être vivant (la méduse) peut s'exprimer – donc être décrypté – chez un être vivant d'une autre espèce (le cochon). On peut donc affirmer que l'ADN est le support universel de l'information génétique.

**Méthode**
L'universalité de l'ADN implique un support et une expression identique chez tous les êtres vivants.

SVT 8

# Reproduction sexuée et diversité

Mécanisme complexe permettant de perpétuer les espèces, la reproduction sexuée est également à l'origine de la diversité des individus au sein de ces espèces. Comment la reproduction sexuée assure-t-elle cette diversité génétique ?

## 1. Deux étapes clés de la reproduction sexuée

- La **reproduction sexuée** des êtres vivants met en jeu deux cellules reproductrices ou **gamètes** (mâle et femelle).
- Il s'agit d'un mécanisme associé à deux phénomènes (la **méiose** et la **fécondation**), permettant de perpétuer l'espèce et de maintenir le nombre de chromosomes caractéristique de celle-ci, tout en assurant l'existence d'une grande diversité d'individus au sein d'une population.

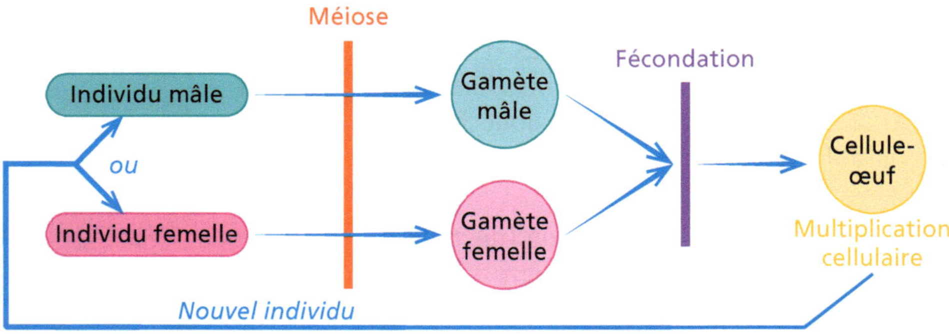


- Chez les animaux, la **fécondation** est **externe** quand elle se fait dans le milieu de vie (milieu aquatique). Elle est dite **interne** quand elle a lieu dans l'organisme de la femelle.
- Chez les plantes à fleurs, les grains de pollen contiennent les cellules reproductrices mâles. Transportés par le vent, les animaux pollinisateurs, etc., ils assurent la fécondation de l'ovule, dans l'ovaire d'une fleur de la même espèce. L'ovule se transforme alors en graine, contenue dans un fruit.

## 2. Formation des gamètes lors de la méiose

- La **méiose** est un processus se produisant dans les organes reproducteurs : elle aboutit à la formation de **gamètes** contenant un seul chromosome de chaque paire.

■ Au cours de la méiose, la **séparation des chromosomes** de chaque paire est **aléatoire**. Cela permet de former au hasard une grande diversité de gamètes contenant chacun une information héréditaire unique.
Pour une espèce ayant $n$ paires de chromosomes, on obtient $2^n$ gamètes génétiquement différents.

*Ex. :* pour l'Homme $2^{23}$ = 8 388 608 gamètes différents.

## 3. Rôle de la fécondation

■ Au cours de la **fécondation**, le hasard intervient également pour **réunir deux gamètes** (mâle et femelle). Dans la cellule-œuf, le nombre de chromosomes de l'espèce est rétabli avec une combinaison unique d'allèles qui feront du futur individu un être unique.

## 4. Reproduction sexuée et diversité génétique

■ La reproduction sexuée permet donc, grâce à un **double brassage** (lors de la méiose puis de la fécondation), une diversification au sein des populations.

**Un double brassage source de diversité génétique**

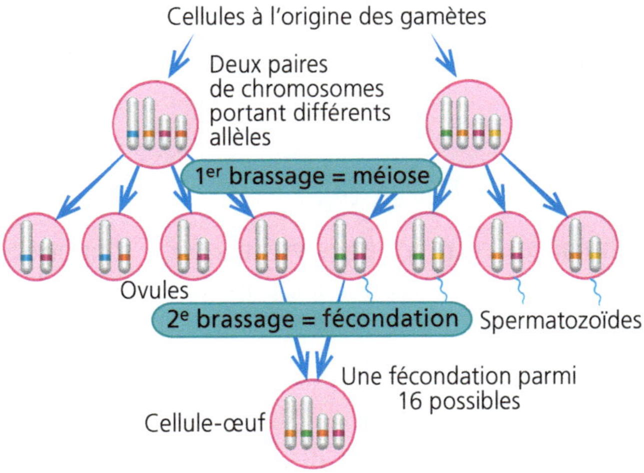


■ Dans un environnement changeant, la reproduction sexuée, source de diversité, est avantageuse.

■ Chez certaines espèces animales ou végétales existe une reproduction asexuée. Il s'agit de la reproduction d'un individu sans fécondation. Contrairement à la reproduction sexuée, la reproduction asexuée n'engendre pas de diversité génétique. Elle peut être avantageuse dans un milieu stable.

SVT 9

# Biodiversité et évolution au cours du temps

Depuis l'apparition des premières formes de vie sur Terre, il y a environ 3,8 milliards d'années, la vie n'a cessé de se diversifier. Les fossiles présents dans les roches permettent aujourd'hui de reconstituer la **biodiversité** du passé, différente de la biodiversité actuelle.

## 1. Crises biologiques et découpage des temps géologiques

- L'histoire de la Terre commence il y a 4,6 milliards d'années. Pour se repérer, l'Homme a divisé ces 4,6 milliards d'années en plusieurs **ères** et **périodes**, constituant ainsi une échelle des temps géologiques.
- Au cours du temps, des espèces apparaissent et disparaissent. Si des extinctions se sont produites à tout moment au cours de l'histoire de la vie, les **extinctions massives et simultanées** de nombreuses espèces, voire de groupes entiers, sont plus rares et sont qualifiées de **crises biologiques**.
- Ces crises de la biodiversité semblent liées à des **événements géologiques exceptionnels** (volcanisme intensif, météorites) ayant profondément transformé l'environnement et les milieux de vie à l'échelle de la planète.
- Les grandes crises biologiques, associées à des événements géologiques majeurs, sont utilisées pour subdiviser les temps géologiques en ères et périodes de durée variable.

## 2. Parenté des espèces et évolution

- Certaines ressemblances entre les êtres vivants (*ex. :* tout être vivant est constitué de cellules et utilise l'ADN comme support de l'information génétique) sont autant d'arguments en faveur d'une **origine commune**.
- La comparaison des espèces actuelles ou disparues permet de reconstituer leurs **liens de parenté**, qui traduisent une **évolution du monde vivant**.
- Cette parenté, fondée sur le partage de caractères communs, est représentée sous la forme d'un **arbre phylogénétique**.
  – Les différents groupes d'êtres vivants possèdent des **innovations évolutives** en commun.
  – Deux individus sont proches parents s'ils possèdent en commun un grand nombre d'innovations évolutives.

– Un arbre phylogénétique traduit le degré de parenté entre les espèces et montre leur origine commune. Il rend compte de « l'histoire évolutive » des êtres vivants.

**Exemple d'arbre phylogénétique**

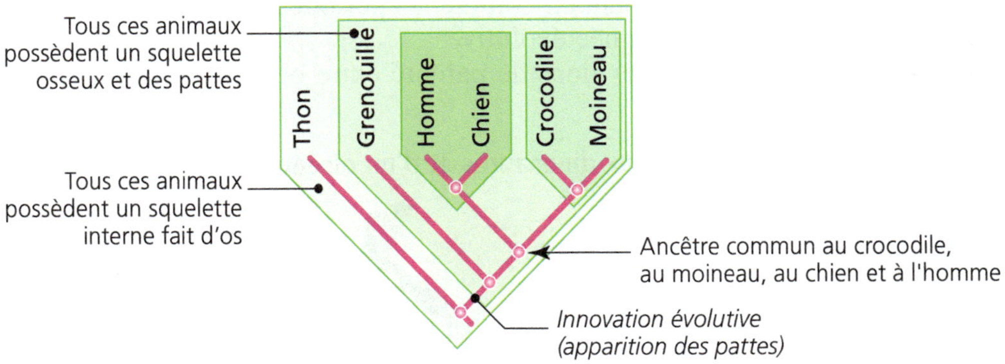


*Ex. :* L'Homme résulte, comme les autres espèces, d'une série d'innovations au cours de l'évolution. C'est un primate, faisant partie du groupe des grands singes avec qui il partage des innovations communes. L'Homme et le Chimpanzé possèdent un ancêtre commun qui leur est propre. Cela traduit un lien de parenté étroit entre les deux espèces. La lignée humaine comprend l'Homme moderne et l'ensemble des fossiles apparentés.

## 3. Les mécanismes de l'évolution

■ Des caractères héréditaires nouveaux apparaissent à la suite de **modifications aléatoires** de l'information génétique. Ces modifications, appelées « **mutations** », sont à l'origine de nouveaux allèles.

■ Au sein d'une population existe un pool d'allèles dont les fréquences peuvent varier :
– au hasard, du fait de la transmission aléatoire des allèles des parents à leur descendance ;
– sous l'effet de l'environnement et des contraintes du milieu.
Dans un milieu donné, des allèles avantageux peuvent favoriser la survie de l'individu et sa capacité à se reproduire. Leur fréquence va alors augmenter dans la population. Au contraire, la fréquence des allèles désavantageux, qui ne favorisent pas la survie de l'individu, va diminuer : c'est la **sélection naturelle**.

# Parenté entre espèces fossiles et espèces actuelles

Les fossiles de vertébrés ne sont bien souvent connus que par des parties du squelette (membres, crânes). En comparant ces éléments, on reconstitue un arbre de parenté de grands groupes prenant en compte les périodes de vie des fossiles. On retrace ainsi l'histoire d'une lignée évolutive.
Il est alors possible d'établir les liens de parenté entre certains dinosaures et les oiseaux.

**Document 1 Comparaison de deux dinosaures et d'un oiseau**

***Compsognathus***
(fossile, –155 Ma)
⟼ 10 cm

***Archeopteryx***
(fossile, –160 Ma)
⟼ 5 cm

**Pigeon**
⟼ 5 cm

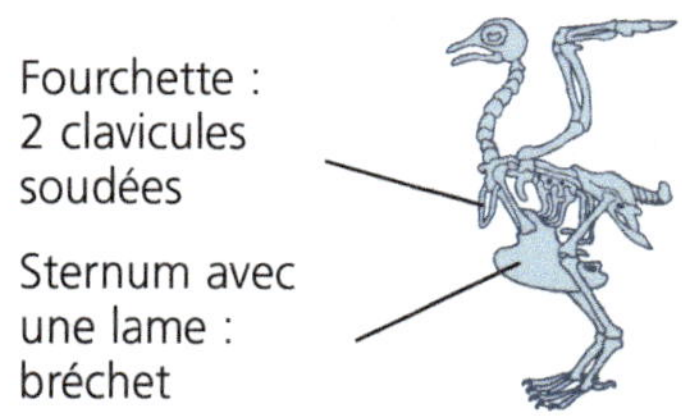


Squelette de Pigeon

**Document 2 Tableau de caractères utilisés pour la classification des trois animaux**

| Caractères \ Animaux | *Compsognathus* | *Archeopteryx* | Pigeon |
| --- | --- | --- | --- |
| **Squelette osseux à 4 membres** | présent | présent | présent |
| **Dents** | présentes | présentes | absentes |
| **Queue à vertèbres** | nombreuses | nombreuses | atrophiées |
| **Corps couvert de** | écailles | plumes | plumes |
| **Fourchette** | absente | présente | présente |
| **Aile capable de se replier vers l'arrière** | absente | présente | présente |
| **Doigts** | présents | doigts libres sur l'aile | doigts atrophiés sur l'aile |
| **Sternum** | absent | absent | présent |

**Document 3 Classification sous la forme d'arbre de parenté des trois animaux considérés**

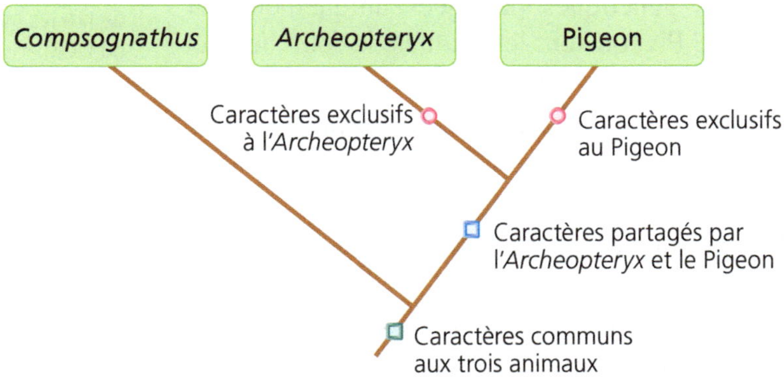


## Questions

**1** D'après vos connaissances et l'analyse des trois documents, indiquer :

*a)* l'innovation génétique commune aux trois animaux ;
*b)* les innovations génétiques partagées uniquement par l'*Archeopteryx* et le Pigeon ;
*c)* l'innovation génétique exclusive à l'*Archeopteryx* ;
*d)* les innovations génétiques propres au Pigeon.

**2** En vous appuyant sur vos connaissances et les informations des documents, justifier que l'*Archeopteryx* ne peut être l'ancêtre des oiseaux.

**3** D'après ces documents et vos connaissances, expliquer en quoi ces observations sont des arguments en faveur de la théorie de l'évolution.

**4** Qui du *Compsognathus* ou du Pigeon a le lien de parenté le plus élevé avec l'*Archeopteryx* ?

**1** *a)* L'innovation génétique commune aux trois animaux est la présence d'un squelette osseux à quatre membres.

*b)* Les innovations génétiques partagées uniquement par l'*Archeopteryx* et le Pigeon sont les plumes, la fourchette et des ailes capables de se replier vers l'arrière.

*c)* L'innovation génétique exclusive à l'*Archeopteryx* est la présence de doigts libres sur l'aile.

*d)* Les innovations génétiques propres au Pigeon sont une queue à vertèbres atrophiées, des doigts atrophiés sur l'aile et un sternum.

**Méthode**
Comprendre les documents **avant** de lire les questions du QCM.

**2** L'*Archeopteryx* ne peut être l'ancêtre des oiseaux car il possède au moins une innovation génétique qui lui est propre. En revanche, les oiseaux et l'*Archeopteryx* ont un ancêtre commun qui possédait un squelette osseux à quatre membres, des plumes, une fourchette et des ailes capables de se replier vers l'arrière.

**Rappel**
Dans un arbre phylogénétique, les ancêtres sont placés au niveau des nœuds des branches.

**3** Tous les êtres vivants observés sur cet arbre phylogénétique résultent de l'acquisition au cours du temps d'une série d'innovations génétiques. Ces animaux ont des attributs communs qui suggèrent un lien de parenté entre eux. Ceci est un argument en faveur de la théorie de l'évolution.

**Rappel**
Le partage de caractères induit un lien évolutif entre les espèces.

**4** Le Pigeon et l'*Archeopteryx* ont un ancêtre commun qu'ils ne partagent pas avec le *Compsognathus*. Ils ont donc un lien de parenté plus élevé.

**Rappel**
Le partage d'un ancêtre commun exclusif témoigne d'un étroit lien de parenté entre deux êtres vivants.

SVT

# 10 Effort, système nerveux et perturbations

La réalisation d'un effort met en jeu les organes du mouvement : les muscles, qui agissent de manière coordonnée grâce à l'intervention du système nerveux. Quelles sont les limites de l'organisme à l'effort et comment le fonctionnement du système nerveux peut-il être perturbé ?

## 1. Conséquences et limites d'un effort physique

- La contraction musculaire lors d'un effort nécessite de l'énergie sous forme de glucose en présence de dioxygène (voir chapitre 5).
Pour couvrir les besoins accrus en glucose et en dioxygène lors d'un effort, le **rythme cardiaque** et le **rythme respiratoire** s'accélèrent. Toutefois, le rythme cardiaque et la consommation de dioxygène ne peuvent pas dépasser une certaine limite, propre à chaque individu.

- L' **entraînement** et le **dopage** peuvent repousser les limites de l'effort physique. Néanmoins, si l'entraînement a des effets positifs sur l'organisme, le dopage est interdit et peut s'avérer dangereux pour la santé.

## 2. Organisation du système nerveux

- La commande du mouvement est sous contrôle du système nerveux.

- Les **centres nerveux** (cerveau et moelle épinière) élaborent des **messages nerveux moteurs** qui, transportés par des nerfs vers les muscles, régulent la contraction de ces derniers. En se contractant et en se relâchant, les muscles permettent les mouvements.

- Les centres nerveux reçoivent eux-mêmes des **messages nerveux sensitifs** en provenance des récepteurs sensoriels de nos **organes des sens**. Ces messages sont provoqués par des stimulations multiples en provenance de l'environnement. Le cerveau intègre ces informations dans différentes zones du cortex cérébral afin de permettre une bonne perception de notre environnement.

- Le cerveau est donc un centre nerveux qui analyse les messages nerveux sensitifs et élabore en réponse des messages nerveux moteurs.
– Il s'appuie sur un vaste réseau de cellules nerveuses munies de prolongements appelées « **neurones** », qui assurent les communications au sein du système nerveux.

– La transmission du message nerveux d'un neurone à l'autre s'effectue par la libération de messagers chimiques, les **neurotransmetteurs**, au niveau d'une **synapse**.

**Fonctionnement d'une synapse**

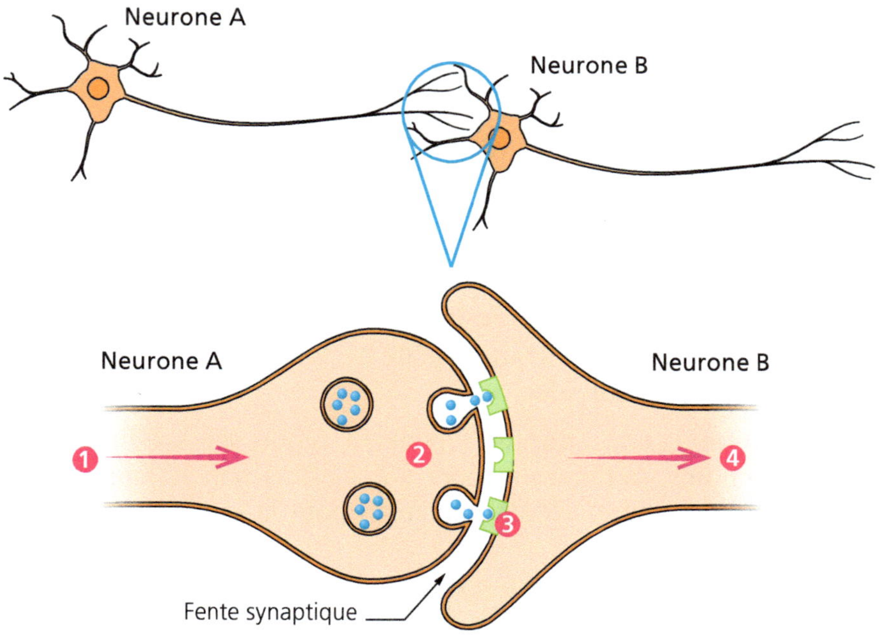


1 Arrivée du message nerveux
2 Libération de neurotransmetteurs dans la fente synaptique
3 Fixation du neurotransmetteur sur le neurone B
4 Naissance d'un message nerveux dans le neurone B

## 3. Les perturbations du système nerveux

■ Certaines **agressions de l'environnement**, comme le bruit, détruisent les récepteurs sensoriels des organes des sens, à l'origine des messages nerveux sensitifs. Le système nerveux est alors perturbé et la perception de l'environnement diminuée.

■ La **fatigue** et la consommation de **certaines substances** (alcool, drogues et certains médicaments) perturbent également le fonctionnement cérébral.

*Ex. :* L'alcool modifie la transmission des messages nerveux, d'où une perturbation de la perception de l'environnement et de la commande des mouvements.

## 4. Schéma bilan

**Message nerveux et perturbations**

Stimulation de l'environnement

↓

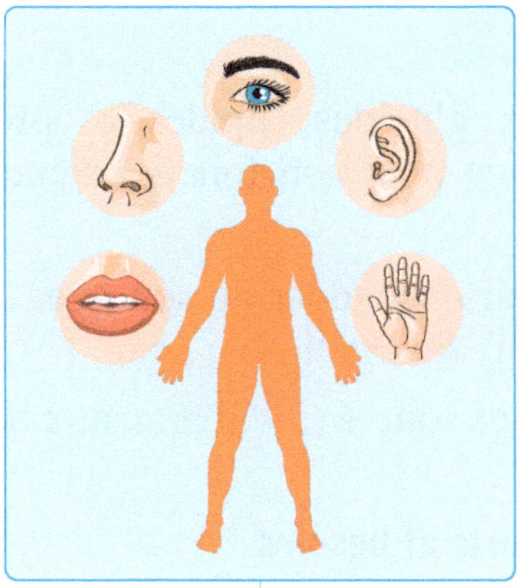

← Bruit
*Perception de l'environnement modifiée*

Message nerveux sensitif

↓

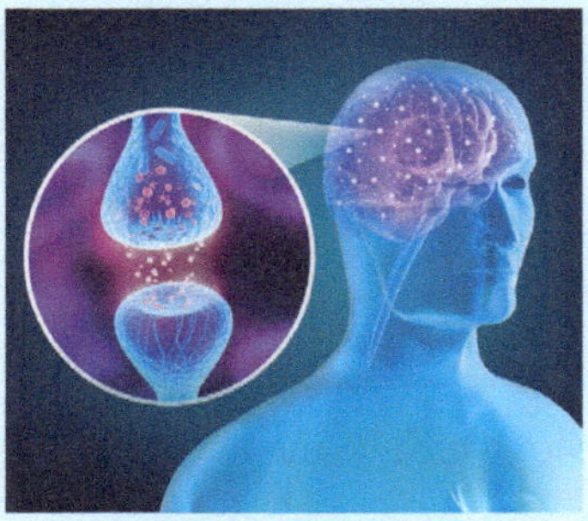

*Réception des informations*
*Intégration des informations*
*Perception de l'environnement*
*Commande du mouvement*

← Fatigue
Alcool
Drogues
*Perception de l'environnement modifiée*
*Commande du mouvement perturbée*

↓

Message nerveux moteur → Organe effecteur : Muscle
*Réalisation du mouvement*

# SVT 11 Alimentation et digestion

L'alimentation fournit à l'organisme les nutriments indispensables à son fonctionnement. Comment équilibrer son alimentation tout en couvrant ses besoins en énergie ? Comment les aliments sont-ils transformés ?

## 1. Une alimentation qui couvre des besoins

- Nos aliments, principalement composés de glucides, lipides et protides, apportent l'énergie utilisable par notre organisme pour son fonctionnement. Ils constituent nos **apports énergétiques**.
- Chaque personne a des besoins en énergie qui dépendent de son âge, de son sexe, de ses activités, etc. Il s'agit de ses **besoins énergétiques**.
- Dans la situation idéale, les apports énergétiques sont **équivalents** aux besoins énergétiques.

**L'importance d'équilibrer apports et besoins**

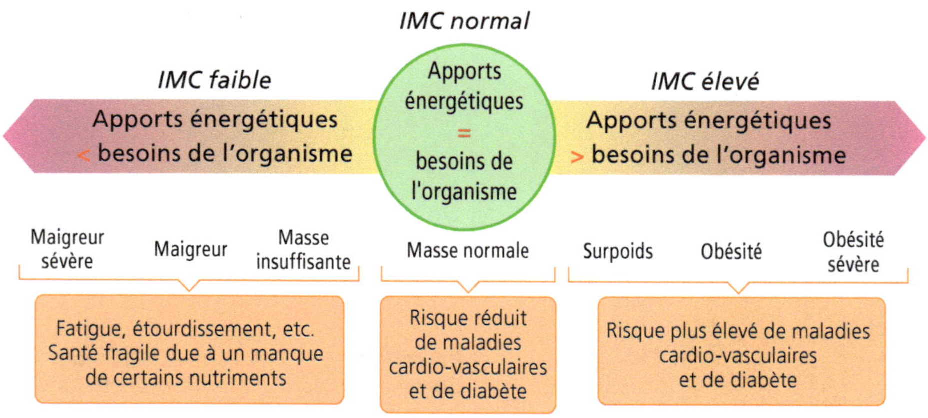


L'indice de masse corporelle (IMC) est un indicateur de corpulence d'un individu.

- Les apports alimentaires doivent également être satisfaisants d'un point de vue qualitatif, c'est-à-dire qu'il faut privilégier une alimentation variée et équilibrée, correctement répartie sur les différents repas de la journée.
- Différents régimes alimentaires permettent de satisfaire nos besoins nutritionnels en respectant les quantités recommandées des aliments des différents groupes.

## 2. Trajet et transformations des aliments dans l'organisme

■ Les aliments consommés progressent dans le **tube digestif**, lui-même constitué de différents organes. Au cours de la **digestion**, les aliments sont progressivement **transformés en nutriments**, c'est-à-dire en petites molécules solubles. Ce processus de digestion est à la fois chimique et mécanique.

■ La simplification moléculaire des glucides, protéines et lipides des aliments est assurée par les **enzymes** contenues dans les sucs digestifs.

**Appareil digestif de l'homme**

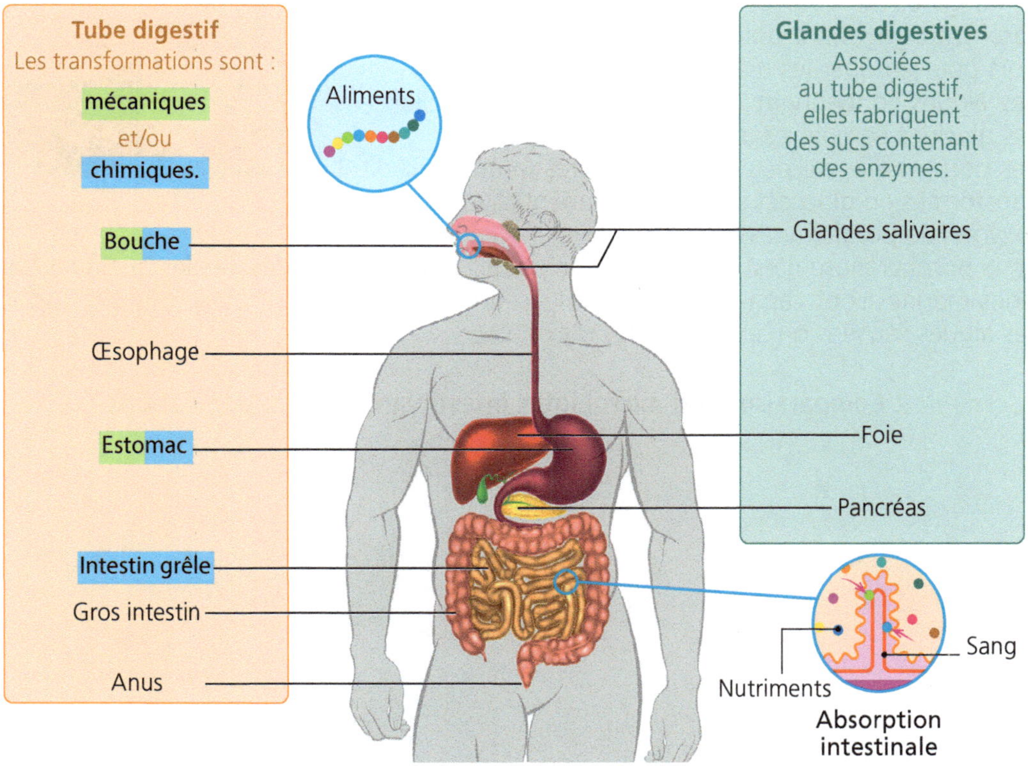


■ Quant à la digestion des fibres solubles alimentaires, elle est effectuée par le **microbiote intestinal**, composé de $10^{14}$ bactéries. En effet, les cellules intestinales humaines ne possèdent pas les enzymes nécessaires à leur dégradation.

## 3. L'absorption intestinale

■ Les nutriments issus de la digestion quittent l'intestin grêle pour passer dans les vaisseaux sanguins et les vaisseaux lymphatiques : c'est l'**absorption intestinale**. Celle-ci est facilitée par la structure de l'intestin grêle, qui constitue une grande surface d'échange, très vascularisée.

# Pourquoi les Japonais digèrent-ils mieux les makis ?

Les Japonais consomment des sushis depuis près de huit siècles. Des scientifiques français de l'université Pierre-et-Marie-Curie et du CNRS ont pu montrer que les Japonais ont la particularité de mieux digérer les sushis, et en particulier les makis, que la population américaine.

### Document 1 Les algues *Porphyra*, indispensables à la fabrication des makis

À l'origine de couleur rouge, les algues du genre *Porphyra* deviennent noires après séchage. Elles servent alors pour enrober les makis.
Ces algues contiennent, dans la paroi de leurs cellules, des glucides complexes appelés « porphyranes ».
Ces porphyranes ne peuvent être digérés (autrement dit transformés en glucose, donc en nutriment) que par une enzyme : la porphyranase.
Or, la porphyranase n'est pas synthétisée par les cellules humaines. Seules quelques bactéries marines sont capables de la synthétiser. Ces bactéries sont présentes à la surface des algues séchées qui entourent les makis.

### Document 2 Comparaison des microbiotes intestinaux de deux populations

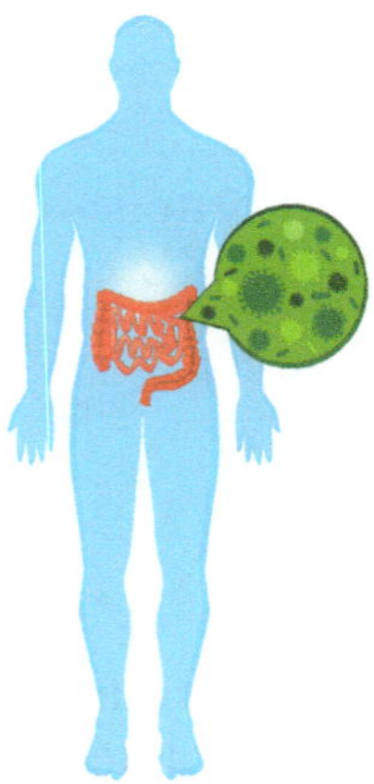

**Population américaine**
– Microbiote intestinal : environ 1 000 espèces de bactéries différentes. Aucune capable de fabriquer la porphyranase.
– Absence de bactérie marine dans le microbiote intestinal.
– Digestion de l'algue *Porphyra* impossible.

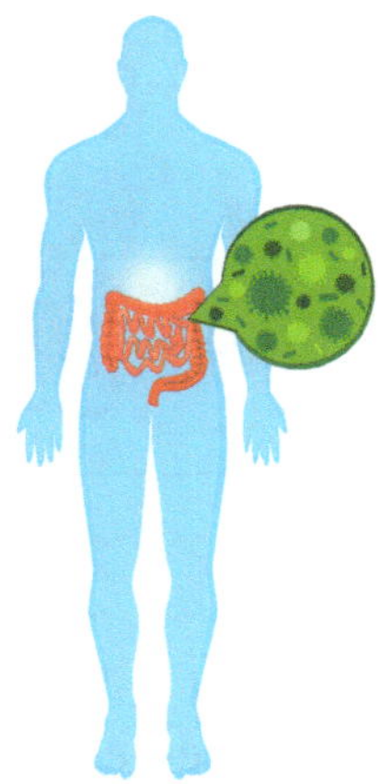

**Population japonaise**
– Microbiote intestinal : environ 1 000 espèces de bactéries différentes. Certaines bactéries sont capables de fabriquer la porphyranase.
– Absence de bactérie marine dans le microbiote intestinal.
– Digestion de l'algue *Porphyra* possible.

**Document 3 Acquisition de nouvelles propriétés par les bactéries**

Entre les bactéries de différentes espèces, on a pu constater l'existence d'échanges de gènes. Les bactéries recevant ces nouveaux gènes acquièrent alors de nouvelles propriétés, comme celle de fabriquer de nouvelles protéines (par exemple des enzymes).

## Questions

**1** Les Français sont de gros consommateurs de pain, aliment très riche en amidon. L'amidon est un glucide de grande taille (comme le porphyrane, mais que l'Homme peut digérer). Il faut donc que l'amidon soit transformé en glucides plus simples pour franchir la paroi du tube digestif et passer dans le sang.

À l'aide de vos connaissances, décrire le trajet et les transformations que subit le pain dans le tube digestif.

**2** Trouver la (ou les) bonne(s) réponse(s).

**Question 1.** À partir des documents, on peut dire que :
*a)* tous les humains digèrent l'algue *Porphyra* présente autour des makis.
*b)* l'Homme fabrique l'enzyme qui lui permet de digérer l'algue *Porphyra*.
*c)* la porphyranase est une bactérie.
*d)* la porphyranase est une enzyme fabriquée par des bactéries.

**Question 2.** Les Japonais digèrent mieux les makis que les Américains car :
*a)* à force de manger des makis, des bactéries marines ont colonisé leur tube digestif.
*b)* les bactéries de leur microbiote fabriquent l'enzyme porphyranase comme les bactéries marines.
*c)* les cellules de leur tube digestif fabriquent la porphyranase.

**Question 3.** Cet exemple montre :
*a)* l'importance des micro-organismes dans la nutrition des êtres vivants.
*b)* que la qualité du microbiote intestinal est différente d'un individu à l'autre et influence ses capacités digestives.
*c)* que le microbiote n'a aucun rôle digestif.

**1** Le pain est ingéré au niveau de la bouche. La mastication par les dents fragmente le pain, et la salive qui contient des enzymes amorce la digestion chimique de l'amidon.

> **Méthode**
> Associer les différentes transformations subies par les aliments à chaque organe du tube digestif.

Les morceaux de pain progressent dans l'œsophage jusqu'à l'estomac où des enzymes gastriques poursuivent la transformation des aliments en une bouillie brassée grâce aux contractions de la paroi de l'estomac. Dans l'intestin grêle, plusieurs enzymes digestives sont déversées (produites par l'intestin et le pancréas) et elles achèvent la transformation de l'amidon en nutriments. Les nutriments gagnent la circulation sanguine au niveau de l'intestin : c'est l'absorption intestinale.

**2** **Question 1.** Réponse *d)*. À partir des documents, on peut dire que la porphyranase est une enzyme fabriquée par des bactéries.

> **Conseil**
> Bien lire et comprendre les documents avant de répondre au QCM.

Les trois autres propositions sont inexactes puisque les cellules humaines sont incapables de synthétiser cette enzyme (doc. 1).

**Question 2.** Réponse *b)*. Les Japonais digèrent mieux les makis que les Américains car les bactéries de leur microbiote fabriquent l'enzyme porphyranase comme les bactéries marines.
En effet, dans le document 2, il est bien indiqué que le microbiote des Japonais ne contient pas de bactéries marines.
Les autres bactéries du microbiote ont donc acquis la capacité à digérer l'algue *Porphyra*.

**Question 3.** Réponses *a)* et *b)*. Cet exemple met en évidence l'importance des micro-organismes dans la nutrition des êtres vivants. Il montre aussi que la qualité du microbiote intestinal est différente d'un individu à l'autre et influence ses capacités digestives.

SVT

# 12 Monde microbien et santé

L'Homme est en permanence confronté à de très nombreux micro-organismes, omniprésents dans l'environnement (air, eau, sol, aliments, objets, etc.) et dans son organisme lui-même. L'ubiquité des micro-organismes nous oblige à adopter des comportements de prévention.

## 1. De la contamination à l'infection

■ La plupart des **micro-organismes** sont inoffensifs, voire utiles.

*Ex. :* Dans l'intestin de l'Homme, $10^{14}$ bactéries favorisent la digestion.

■ Mais certains sont **pathogènes**, c'est-à-dire qu'ils peuvent entraîner des maladies.

*Ex. :* certaines bactéries, les virus.

■ Si des barrières naturelles (peau, muqueuses) protègent notre organisme d'une éventuelle **contamination**, celle-ci est néanmoins possible. Les micro-organismes rencontrent alors des conditions favorables à leur multiplication, de façon autonome pour les bactéries ou en parasitant des cellules pour les virus. C'est le début de l' **infection**.

## 2. Les réactions immunitaires

■ L'organisme détecte en permanence les éléments étrangers appelés « **antigènes** ».

■ Des **réactions immunitaires**, défenses naturelles de l'organisme, se mettent alors en place.

■ La phagocytose, réalisée par des **phagocytes**, est la première ligne de défense. Elle est immédiate, non spécifique, et suffit souvent à stopper l'infection. Elle consiste, pour les phagocytes, à englober et digérer les micro-organismes pathogènes.

■ Des réactions plus lentes mettent en jeu les **lymphocytes**. Elles nécessitent la reconnaissance de l'antigène.
– Les **lymphocytes B** sécrètent des **anticorps**, molécules capables de neutraliser spécifiquement certains antigènes. La personne qui possède des anticorps spécifiques d'un antigène dans son sang est dite « séropositive ».

– Les **lymphocytes T**, ou cellules tueuses, détruisent par simple contact des cellules infectées par des virus.

**Les réactions immunitaires**

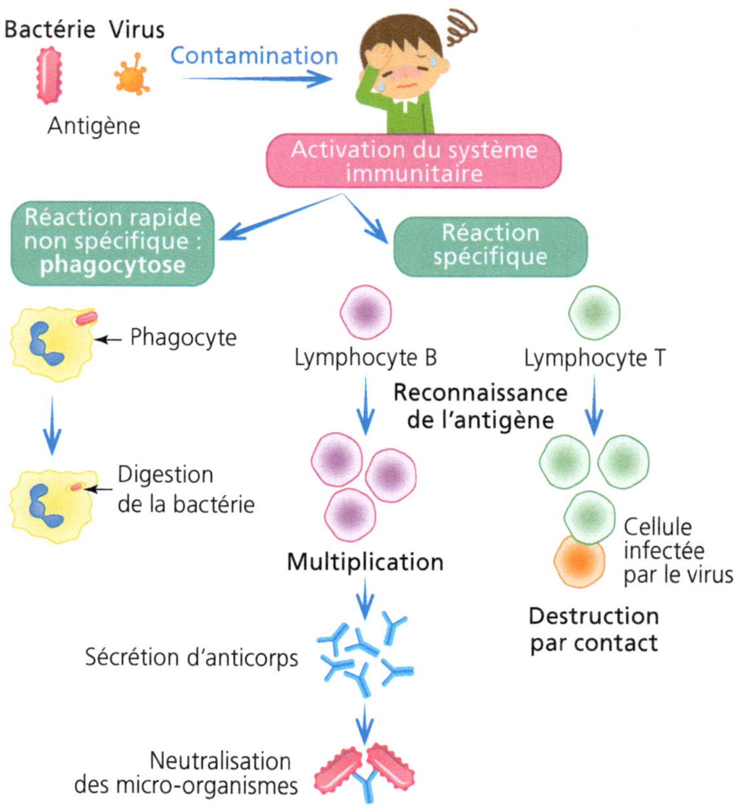


■ Après le contact avec un antigène, des **lymphocytes mémoires** se forment. Ils agissent plus rapidement et en plus grand nombre lors d'une nouvelle rencontre avec le même antigène. C'est sur ce principe de mise en mémoire que repose le processus de vaccination.

## 3. Prévenir les contaminations et les infections

■ Au niveau individuel, chacun peut veiller à diminuer les risques de contamination en appliquant des **mesures d'hygiène** simples comme le lavage régulier des mains.

■ En cas d'infection bactérienne, des **antibiotiques** appropriés permettent d'éliminer les bactéries responsables.

Ils sont totalement sans effet sur les virus.
Néanmoins, l'usage abusif ou inapproprié des antibiotiques a entraîné l'apparition de bactéries mutantes résistantes. C'est pourquoi des campagnes d'information sur leur bon usage ont été lancées.

- Il est également possible de prévenir les infections par la **vaccination**. Obligatoire pour certaines maladies, elle a permis leur recul, voire leur disparition à l'échelle mondiale.

- La mise en place de politiques de santé publique est essentielle afin de protéger la population de la propagation d'agents pathogènes.

# SVT 13 Reproduction, sexualité responsable

L'Homme acquiert la capacité à se reproduire à la puberté, au cours de laquelle différents caractères sexuels secondaires apparaissent tandis que les organes reproducteurs se développent et deviennent fonctionnels.

## 1. Fonctionnement des appareils reproducteurs

**Homme**

- Chez l'homme, les **testicules** produisent des **spermatozoïdes** en continu, en nombre considérable (1 000/s), de la puberté à la fin de la vie.
- Lors de l'éjaculation, ces spermatozoïdes sont mélangés à des sécrétions des vésicules séminales et de la prostate pour former le sperme.

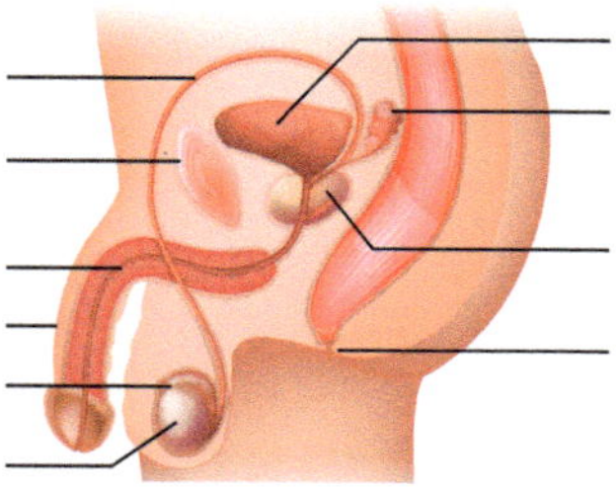


**Appareil reproducteur masculin vu de profil et en coupe**

**Femme**

- Chez la femme, à partir de la puberté, un des deux ovaires émet, tous les 28 jours en moyenne, un **ovule** : c'est l' **ovulation** .
- L'appareil reproducteur de la femme a un **fonctionnement cyclique** . Il stoppe son activité vers l'âge de 50 ans, au moment de la ménopause.

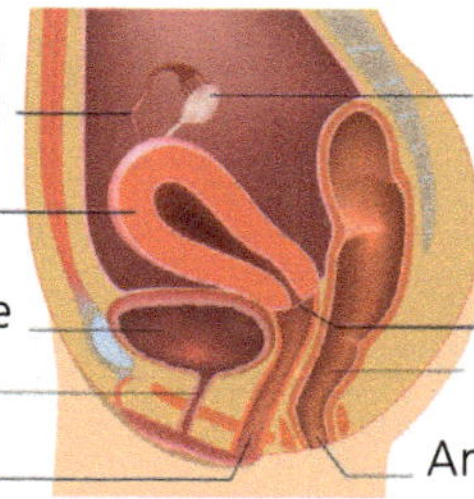


**Appareil reproducteur féminin vu de profil et en coupe**

## 2. Un fonctionnement sous contrôle hormonal

- À la puberté, l' **hypophyse** , une petite glande située sous le cerveau, augmente progressivement sa fabrication d'hormones. La quantité de ces **hormones cérébrales** augmente dans le sang, provoquant une augmentation de la taille des testicules chez les garçons et le développement des ovaires chez les filles.
- Les testicules et les ovaires fabriquent à leur tour des **hormones sexuelles** (testostérone pour les testicules et œstrogènes pour les ovaires), qui agissent sur de nombreux organes et provoquent l'apparition des caractères sexuels secondaires.

**Le déclenchement des transformations du corps à la puberté**

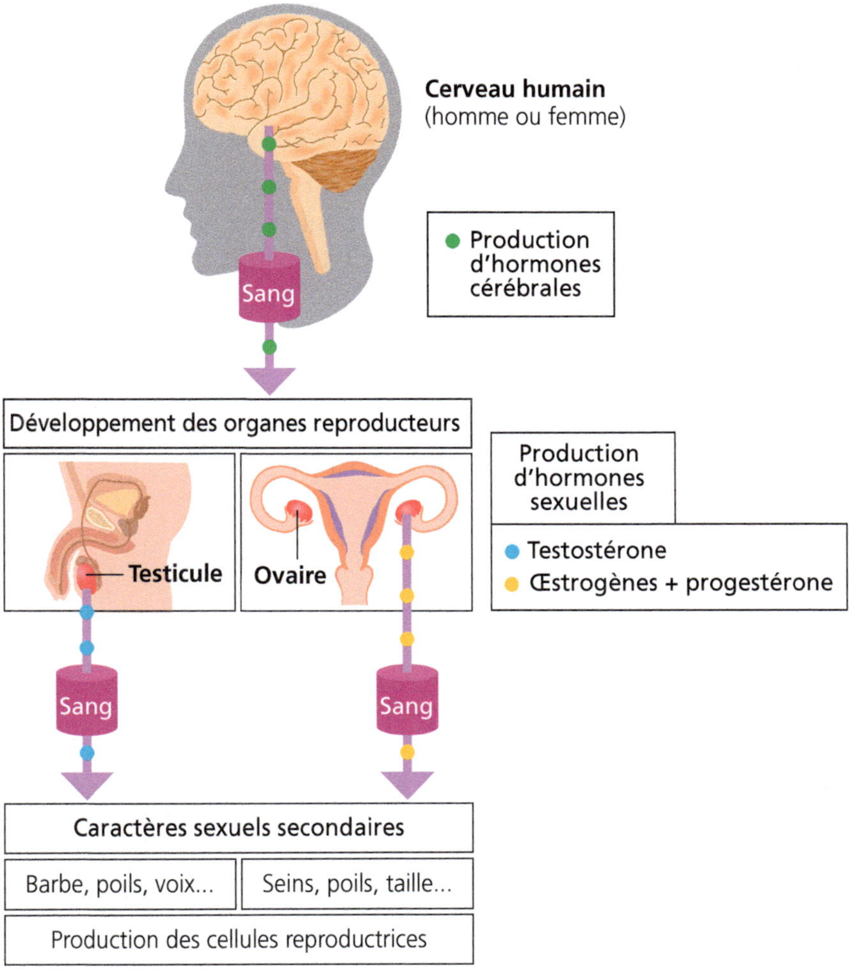


■ Les hormones ovariennes ( **œstrogènes et progestérone** ) contrôlent le **cycle de l'utérus** par les variations de leur concentration sanguine. La baisse significative de ces hormones dans le sang en fin de cycle déclenche les **règles** .

## 3. De la procréation à la formation d'un nouvel individu

■ Un rapport sexuel à proximité de la date d'ovulation peut donner lieu à l'union d'un spermatozoïde et d'un ovule lors de la **fécondation** .

■ La **cellule-œuf** qui se forme alors se multiplie pour devenir un **embryon** , puis un **fœtus** qui se développe dans l'utérus. Au terme de la grossesse, qui dure 9 mois, l' **accouchement** permet la naissance d'un nouvel individu.

## 4. Une reproduction responsable

■ Les relations sexuelles peuvent conduire à une grossesse non désirée ou transmettre des IST (infections sexuellement transmissibles). Des comportements responsables de la part des deux partenaires comme l'utilisation du **préservatif** et le recours à des **méthodes contraceptives** sont indissociables de la sexualité.

■ Les **techniques de procréation médicalement assistée (PMA)** permettent quant à elles d'aider des couples infertiles à concevoir un enfant.
– La technique de la fécondation in vitro avec transfert d'embryon (FIVETE) est décrite dans le schéma ci-dessous :

**La FIVETE**

Après un traitement hormonal pour stimuler l'ovaire :

1. Déclenchement de l'ovulation, puis prélèvement d'ovules.
2. Recueil des ovules et du sperme.
3. Fécondation in vitro et mise en culture des œufs fécondés.
4. Sélection des embryons et implantation de 2 ou 3 embryons dans l'utérus.

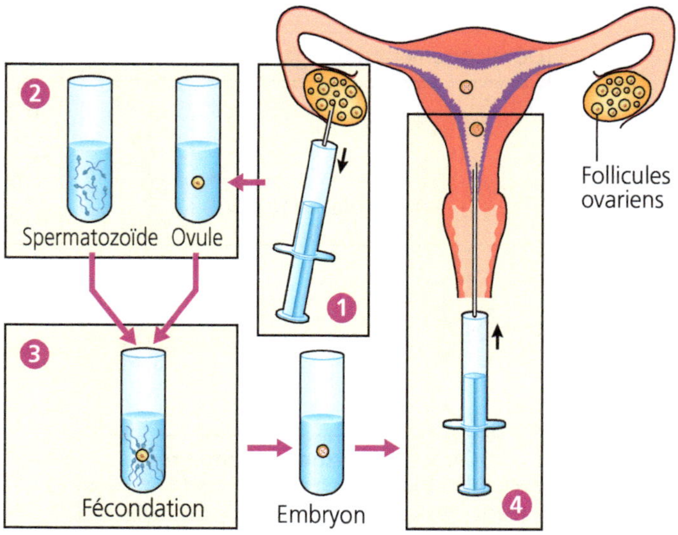


– La fécondation in vitro avec injection intra-cytoplasmique de spermatozoïde (ICSI) consiste à injecter directement un spermatozoïde dans l'ovule. Elle représente désormais 63 % des FIV.

■ Les méthodes de contraception et de PMA sont fondées sur les connaissances acquises sur la reproduction humaine.

# Infertilité et pesticides

Les chercheurs ont recherché la cause possible des nombreux cas d'infertilité rencontrés dans l'État du Missouri, aux États-Unis.
Dans une première étude, la qualité du sperme d'hommes fertiles du Missouri a été comparée à celle d'hommes fertiles de trois autres États des États-Unis.
L'État du Missouri étant plus agricole, les chercheurs ont étudié dans un second temps la proportion d'hommes présentant un sperme altéré (concentration de spermatozoïdes inférieure à la moyenne) en fonction de l'exposition aux pesticides qui s'évalue par le nombre de pesticides trouvés dans les urines.

## Document 1 Résultats de la première étude

| **Ville (État)** | Columbia (Missouri) | Los Angeles (Californie) | Minneapolis (Minnesota) | New York (New York) |
|---|---|---|---|---|
| **Concentration en spermatozoïdes (en millions/mL)** | 35 | 43,4 | 54,9 | 58,2 |
| **Pourcentage de spermatozoïdes mobiles (%)** | 43,9 | 50,9 | 48,9 | 53,7 |

## Document 2 Résultats de la deuxième étude

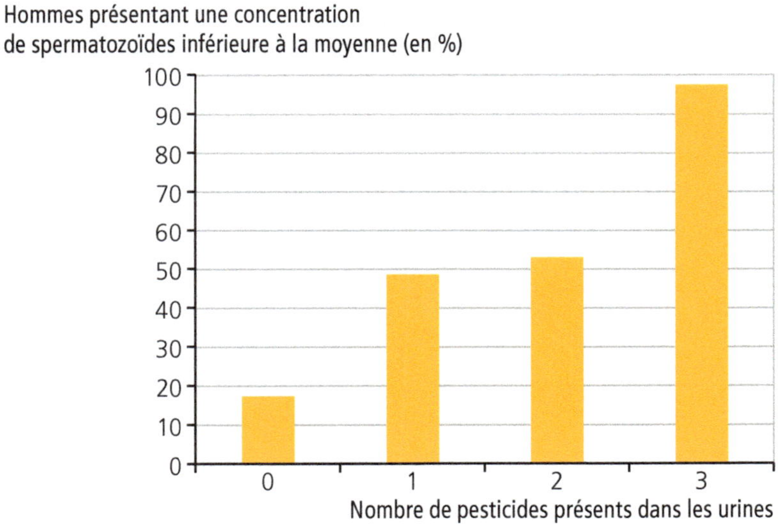

## Questions

**1** Donner un titre au schéma ci-dessous et compléter les légendes.

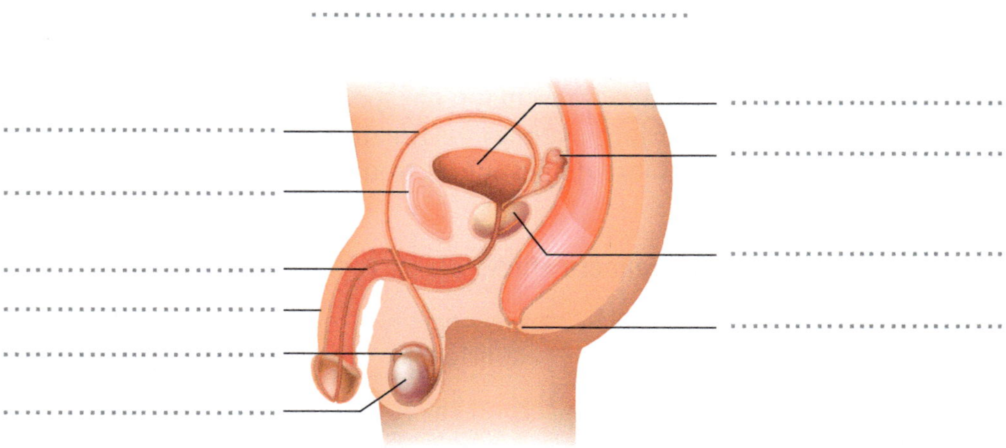

**2** À l'aide du document 1, comparer les particularités du sperme des hommes fertiles du Missouri à celles des spermes des hommes fertiles des autres États.

**3** En utilisant le document 2, proposer une origine possible aux nombreux cas d'infertilité observés dans l'État du Missouri.

**4** Quelle méthode de PMA pourrait être proposée aux couples concernés ?

**1** Appareil reproducteur masculin vu de profil et en coupe

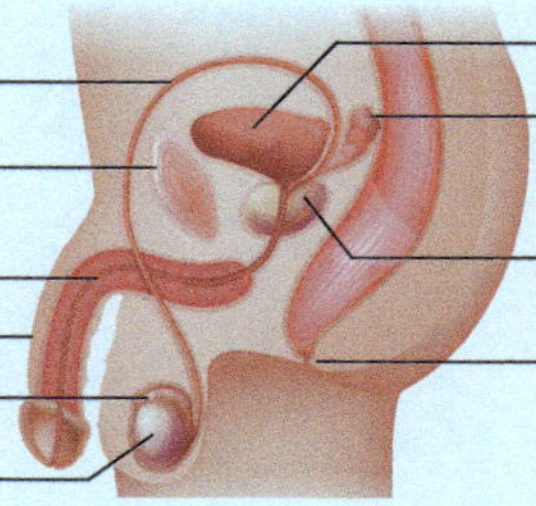


> **Conseil**
> Bien connaître l'orthographe des termes scientifiques employés.

**2** Le sperme des hommes fertiles du Missouri a une concentration en spermatozoïdes inférieure à celle des hommes des autres États pris en exemple. De plus, le pourcentage de spermatozoïdes mobiles est inférieur dans le sperme des hommes du Missouri.

> **Méthode**
> Les deux paramètres sont à comparer, car la qualité du sperme dépend du nombre, mais aussi de la mobilité des cellules.

**3** Les cas d'infertilité pourraient être liés au degré d'exposition aux pesticides. En effet, le graphique du document 2 montre que les hommes exposés (c'est-à-dire pour lesquels on retrouve le plus de pesticides dans les urines) ont un sperme moins riche en spermatozoïdes.

> **Astuce**
> Remarquer que, pour une exposition importante aux pesticides (3), presque 100 % des hommes ont un sperme plus pauvre en spermatozoïdes que la moyenne.

**4** On peut proposer à ces couples une fécondation in vitro avec ICSI.

> **Rappel**
> Les fécondations *in vitro* avec ICSI représentent plus de 60 % des FIV.

# TECHNOLOGIE

TECHNO 1

# Matériaux et objets techniques

Un objet technique est un objet fabriqué par l'homme pour répondre à un besoin. Il est constitué d'un ou plusieurs matériaux choisis précisément. Ces matériaux peuvent être caractérisés par différentes propriétés, comme la masse volumique. Pour fabriquer un objet technique, il faut réaliser un cahier des charges afin d'exprimer le besoin auquel il répondra et les contraintes liées à son utilisation.

## 1. Les familles de matériaux

■ Un matériau est une **matière** (naturelle ou artificielle) que l'homme utilise **pour fabriquer des objets**. Il existe plusieurs familles de matériaux :
– les **métaux** (*ex. :* fer, cuivre, plomb, aluminium, acier, or, etc.) ;
– les **minéraux** (*ex. :* verre, roches, quartz, céramiques, etc.) ;
– les **matières organiques** d'origine végétale (*ex. :* bois, liège, papier, carton, coton, etc.) ou d'origine animale (*ex. :* cuir, laine, etc.) ;
– les **plastiques** (*ex. :* polystyrène, PVC, nylon, etc.) ;
– les **composites** (*ex. :* alliages, fibre de carbone, etc.).

## 2. Les propriétés des matériaux

■ Un matériau se caractérise par différentes **propriétés** :
– sa dureté ;
– sa conductibilité électrique (capacité à transmettre le courant électrique) ;
– sa conductibilité thermique (capacité à transmettre la chaleur) ;
– sa résistance à la corrosion ;
– son élasticité.

*Ex. :* Les métaux sont de bons conducteurs électriques et thermiques. Les céramiques et les verres sont des isolants électriques et thermiques.

## 3. La masse volumique des matériaux

■ Un matériau peut aussi se caractériser par sa **masse volumique**. Pour la calculer, il faut mesurer la masse et le volume d'un corps. La masse peut être mesurée grâce à une balance et le volume par la technique du déplacement d'eau. La masse volumique $\rho$ d'un corps correspond au **quotient de sa masse ($m$) par son volume ($V$)**.

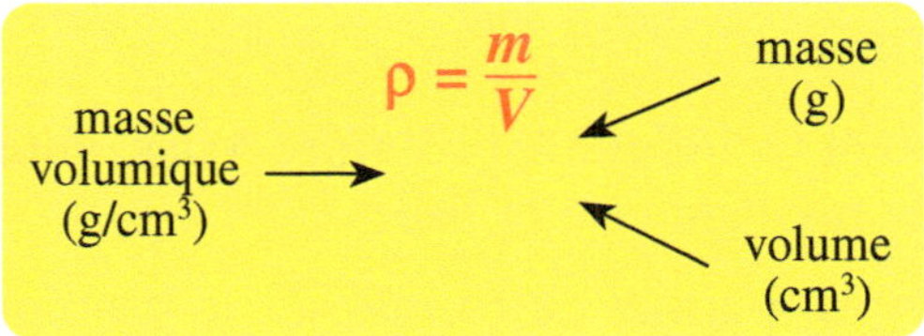


*Ex. :*

| Solide | Masse volumique |
|---|---|
| Liège | 0,24 g/cm$^3$ |
| Glace | 0,9 g/cm$^3$ |
| Fer | 7,9 g/cm$^3$ |
| Cuivre | 8,9 g/cm$^3$ |
| Plomb | 11,3 g/cm$^3$ |
| Or | 19,3 g/cm$^3$ |

## 4. Les fonctions d'un objet technique

- Un objet technique créé par l'homme répond à un besoin : c'est sa **fonction d'usage**. Pour la déterminer, on pose la question : « À quoi sert l'objet ? »

*Ex. :* La fonction d'usage du vélo est de se déplacer. Celle d'un appareil photo est de prendre des photos.

- La **fonction d'estime** d'un objet est l'ensemble des caractéristiques de l'objet (prix, couleur, forme, esthétique, etc.) qui dépendent du goût de l'utilisateur. Pour la déterminer, on pose la question : « L'objet me plaît-il ? »

*Ex. :* Pour plaire à l'utilisateur, un fabricant de housses pour téléphone propose différentes couleurs. La couleur est une fonction d'estime.

- La **fonction technique** correspond à l'ensemble des moyens mis en œuvre pour assurer la fonction d'usage (c'est-à-dire le fonctionnement) de l'objet. Pour la déterminer, on pose la question : « Quelles actions doit remplir l'objet ? »

- Pour une même fonction technique, il peut exister plusieurs **solutions techniques**.

*Ex. :* La perceuse sans fil.

| Fonction technique | Solution technique |
|---|---|
| Percer | Moteur électrique |
| Fournir de l'énergie | Batterie électrique |

TECHNOLOGIE

## 5. Réalisation d'un objet technique

- La réalisation d'un objet technique est soumise à des **contraintes**, qui limitent les solutions techniques pouvant être utilisées.
- Un **cahier des charges** permet de formaliser le besoin ainsi que les spécifications de l'objet technique.
- Pour exprimer le besoin, on utilise un diagramme appelé « **bête à cornes** ». Il répond à trois questions :

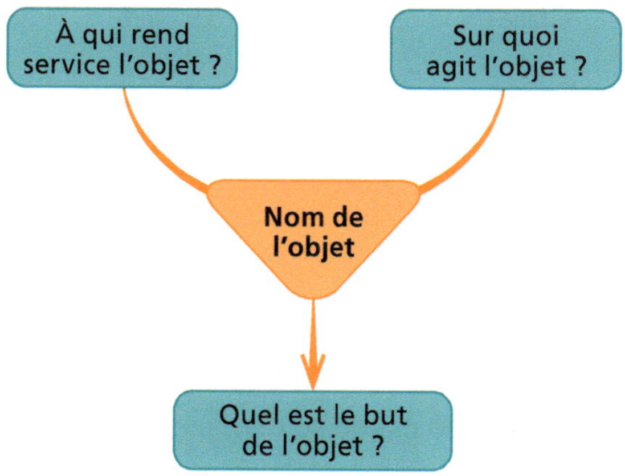


- Pour analyser le besoin, c'est-à-dire identifier la **fonction principale** devant être réalisée par l'objet ainsi que les **fonctions contraintes** liées à son utilisation, on réalise un diagramme des interactions appelé « **diagramme pieuvre** ». Sur ce diagramme, l'objet est en relation avec le milieu extérieur.

*Ex. :* Diagramme des interactions d'une paire de ciseaux.

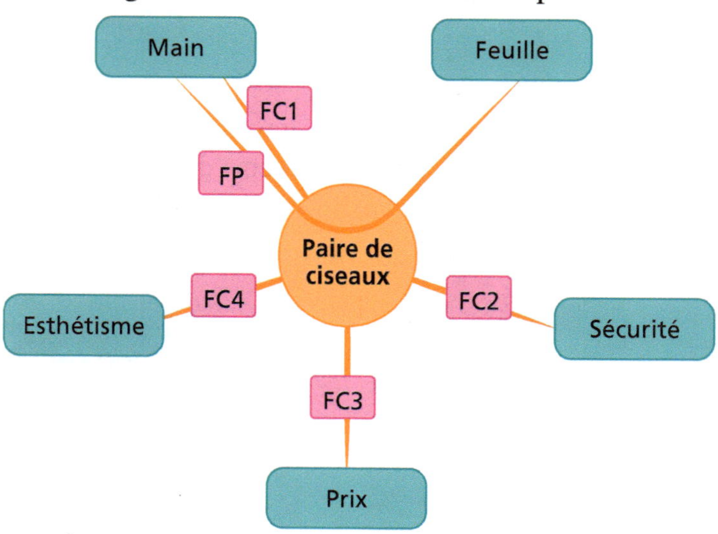


Fonction principale : FP
Fonctions contraintes : FC

FP : Couper une feuille avec la main
FC1 : S'adapter à la main de l'utilisateur
FC2 : Respecter les normes de sécurité
FC3 : Avoir un prix concurrentiel
FC4 : Plaire à l'utilisateur (design, couleur, etc.)

# Une balade à vélo

Un vélo avec assistance électrique (VAE) est un vélo auquel on a ajouté un moteur, une batterie et une poignée de commande. Ce type de véhicule doit répondre à un cahier des charges technique et législatif.
On se propose d'étudier les matériaux qui composent le vélo et d'étudier sa réalisation technique.

**Document 1 Description d'un vélo avec assistance électrique**

- Coloris noir.
- Selle confort en PVC.
- Cadre 100 % aluminium.
- Batterie 36 volts, 8 ampères.
- Masse : 23,2 kg.
- Phare avant 6 volts 2,4 W et feu arrière 6 volts 0,8 W en verre, commandés au guidon, alimentés par la batterie.
- Dérailleur 7 vitesses.

**Document 2 Loi française relative au VAE**

- Vitesse maximale autorisée : 25 km/h.
- Puissance maximale du moteur : 250 W.
- Le moteur ne doit fonctionner que lorsque l'utilisateur pédale.
- Le véhicule doit être homologué.

**Document 3 Masse volumique de quelques métaux**

| Solide | Masse volumique |
|---|---|
| Aluminium | 2,7 g/cm$^3$ |
| Fer | 7,9 g/cm$^3$ |
| Cuivre | 8,9 g/cm$^3$ |
| Plomb | 11,3 g/cm$^3$ |
| Or | 19,3 g/cm$^3$ |

**Document 4 Mesure de la masse et du volume d'un matériau**

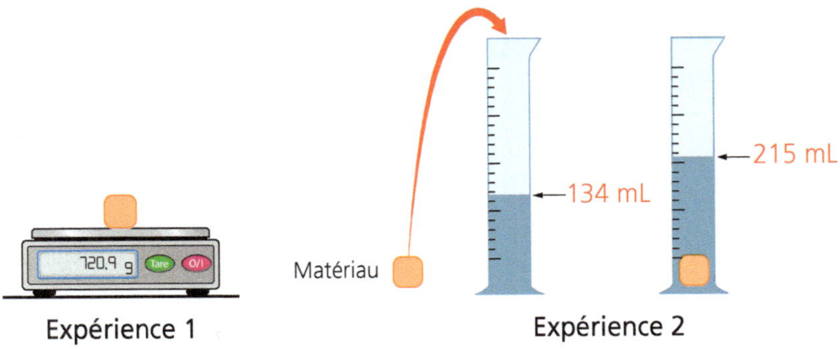

## Questions

**1** Identifier les familles des matériaux constituant le cadre, la selle et les phares du vélo à assistance électrique.

**2** Quelles questions doit-on se poser pour déterminer la fonction d'usage, la fonction d'estime et la fonction technique d'un objet technique ? Déterminer ces différentes fonctions pour un vélo électrique.

**3** Quelle caractéristique justifie le choix de l'aluminium plutôt que le fer pour réaliser le cadre du vélo ?

**4** Utiliser les expériences du document 4 pour calculer la masse volumique du matériau et identifier le matériau.

**5** Citer les fonctions contraintes du vélo imposées par la législation française. Que vont-elles limiter ?

**6** Compléter le diagramme « bête à cornes » ci-dessous pour énoncer le besoin du vélo avec assistance électrique.

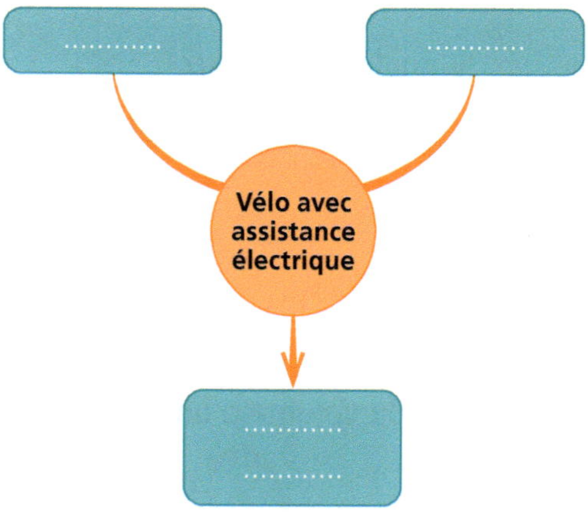

**1** Le cadre du vélo est en aluminium : ce matériau appartient à la famille des métaux.
La selle du vélo est en PVC : ce matériau appartient à la famille des matières plastiques.
Les phares du vélo sont en verre : ce matériau appartient à la famille des minéraux.

> **Rappel**
> Il existe plusieurs familles de matériaux : les métaux, les minéraux, les matières organiques (d'origine végétale ou d'origine animale), les plastiques, les composites.

**2** Pour déterminer la fonction d'usage du vélo, on pose la question : « À quoi sert l'objet technique ? » Le vélo sert à se déplacer : c'est sa fonction d'usage.
Pour déterminer la fonction d'estime du vélo, on pose les questions : « L'objet technique me plaît-il ? Pourquoi ? » La couleur, le design, le prix peuvent être des fonctions d'estime du vélo.
Pour déterminer la fonction technique du vélo, on pose la question : « Quelles actions doit remplir l'objet technique ? » Le vélo électrique doit pouvoir être mis en mouvement, se diriger, freiner et aider au déplacement grâce à un moteur électrique.

> **Méthode**
> Pour identifier les différentes fonctions d'un objet technique, réponds aux questions suivantes :
> à quoi sert l'objet ?
> l'objet me plaît-il ?
> quelles actions l'objet doit-il remplir ?

**3** La masse volumique est la caractéristique permettant de justifier le choix du matériau. En effet, la masse volumique de l'aluminium est plus petite que celle du fer (doc. 3). Un cadre en aluminium pèse donc moins lourd qu'un cadre en fer.

> **Astuce**
> Compare les masses volumiques des matériaux afin de justifier le choix de l'aluminium plutôt que du fer.

**4** L'expérience 1 donne la masse du matériau : $m = 720{,}9$ g.
L'expérience 2 donne le volume du matériau : $V = 215 - 134 = 81$ mL.
On utilise la formule de la masse volumique :
$\rho = \frac{m}{V}$.
On a : $\rho = \frac{720{,}9}{81} = 8{,}9$ g/mL, soit 8,9 g/cm$^3$ car 1 cm$^3$ = 1 mL.
Le matériau du document 4 est donc du cuivre (doc. 3).

> **Rappel**
> La masse volumique ρ d'un corps correspond au quotient de sa masse ($m$) par son volume ($V$).
> $\rho = \frac{m}{V}$ — $m$ masse en gramme ; $V$ volume en cm$^3$ ; ρ masse volumique en g/cm$^3$

**5** La législation française impose une vitesse maximale de 25 km/h. La puissance du moteur ne doit pas dépasser 250 watts. De plus, le moteur ne doit pas pouvoir fonctionner lorsque l'utilisateur ne pédale pas. Enfin, le vélo doit être homologué (doc. 2). Ces fonctions contraintes limitent les solutions techniques utilisées pour réaliser le vélo.

> **Rappel**
> La réalisation d'un objet technique est soumise à des contraintes imposées par le cahier des charges.

**6**

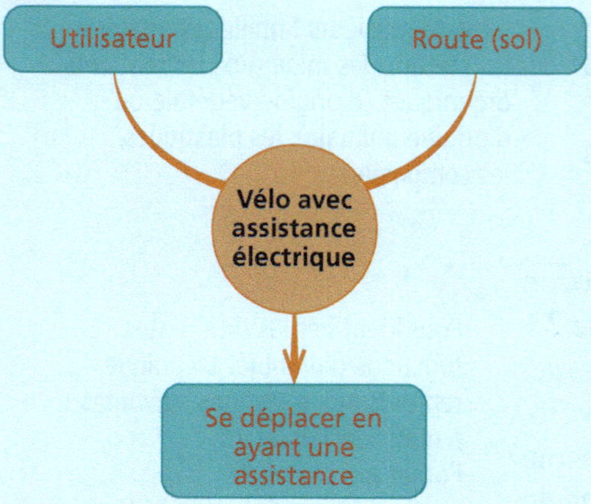


**Conseil**

Utilise le schéma ci-dessous pour t'aider à remplir le diagramme :

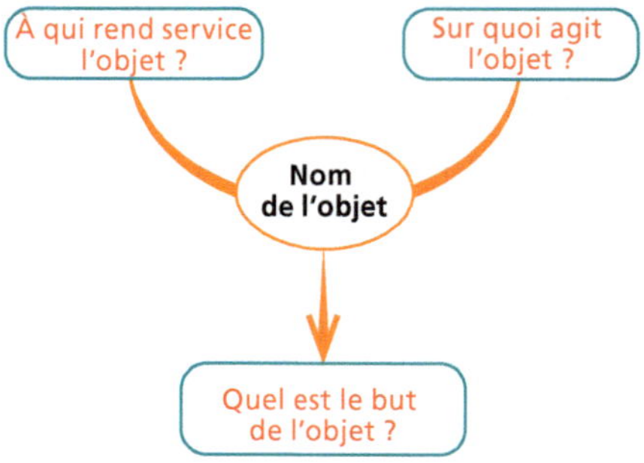

TECHNO 2

# Outils de description et de représentation

Un système technique, un automatisme peuvent être décrits par un algorithme (description des tâches à effectuer). Celui-ci peut être représenté graphiquement par un organigramme. Pour saisir des données et réaliser des calculs ou des diagrammes, l'utilisation d'un tableur est recommandée.

## 1. Organigramme et algorithme

- Un **algorithme** est une description, sous la forme de phrases, d'une suite d'actions permettant la réalisation d'une tâche.
- Un algorithme est représenté graphiquement par un **organigramme**.
- L'organigramme est un **mode de représentation graphique** permettant de décrire les liaisons entre les différentes opérations devant être effectuées par un automatisme. Il se compose de différentes cases possédant une fonction précise :

| | |
|---|---|
| Début | Case qui indique le début du fonctionnement |
| Action | Case qui décrit une action à effectuer |
| Mesure | Case qui décrit une mesure à effectuer |
| Question (OUI / NON) | Case test dans laquelle on indique une question.<br>La question amène deux possibilités de réponses : OUI ou NON.<br>Selon la réponse obtenue, on suit la branche « oui » ou « non ». |
| Fin | Case qui indique la fin éventuelle du fonctionnement |

- L'algorithme est mis en œuvre par un **programme**.

*Ex. :* Voici l'algorithme et l'organigramme d'un thermomètre numérique pouvant être programmé afin d'alerter l'utilisateur du dépassement d'une température préalablement fixée par l'utilisateur.

**Algorithme**

– L'utilisateur saisit la température maximale autorisée.
– Le thermomètre mesure la température.
– Si la température mesurée dépasse la valeur fixée par l'utilisateur, alors l'alarme sonore se déclenche.
– L'alarme s'arrête lorsque le système est désactivé par l'utilisateur.

**Organigramme**

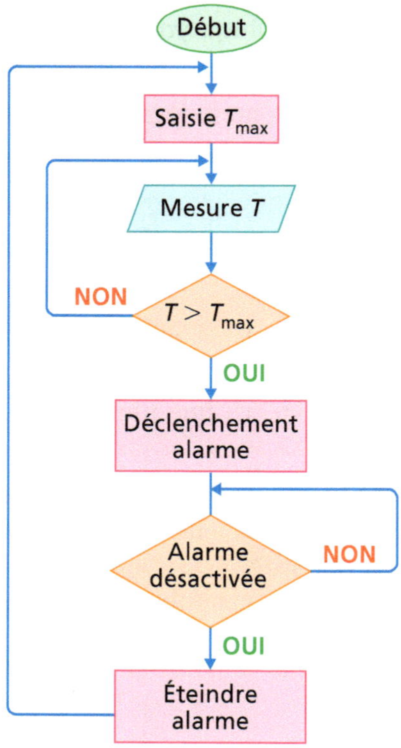


## 2. Outils de représentation de données

■ Un **tableur** est un logiciel qui permet de saisir des données, de réaliser des calculs et des diagrammes.

## A. Feuille de calcul

■ Une **feuille de calcul** est un tableau composé de cellules rangées en lignes et en colonnes. Les lignes sont repérées par des nombres et les colonnes par des lettres. Une **cellule** est l'intersection entre une ligne et une colonne. Sa référence est composée de la lettre de la colonne et du numéro de la ligne.

*Ex. :* Sur cette feuille de calcul, la cellule A2 contient le chiffre 7. Les cellules A1, A2, A3 et A4 sont sélectionnées.

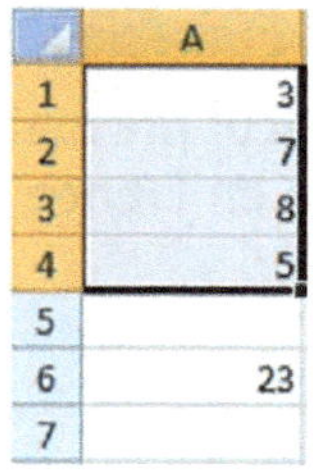


## B. Formule

■ Pour effectuer un **calcul automatique**, il faut saisir une **formule** dans une cellule. La formule doit commencer par le signe « = ». Elle peut contenir des valeurs numériques, des références, des opérateurs mathématiques, des fonctions.

*Ex. :* Pour effectuer la somme des cellules A1 à A4 et faire apparaître le résultat dans la cellule A6, il faut écrire la formule =SOMME(A1:A4) dans la zone de saisie.

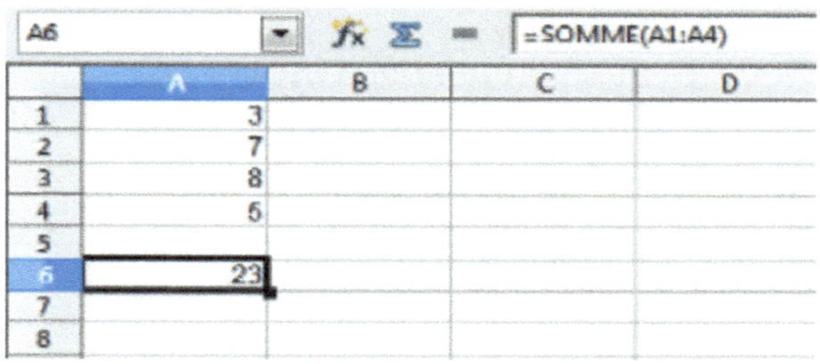


## C. Diagramme

■ Pour présenter les données sous la forme d'un **diagramme** (colonnes, barres, lignes, secteurs, etc.), il faut sélectionner les cellules contenant les données, puis utiliser le menu Diagramme.

*Ex. :* Les données sélectionnées sont les cellules A1 à A4. Elles sont représentées par un diagramme en colonnes.

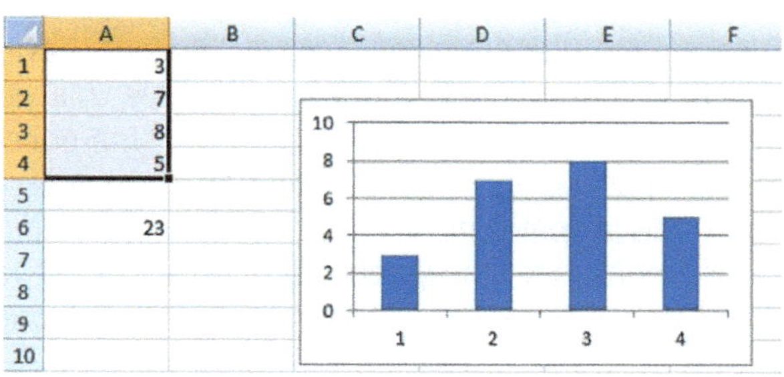


TECHNOLOGIE

# L'électricité éolienne

Dans son mix électrique, la France utilise différents types de sources d'énergies renouvelables comme le solaire, l'hydraulique ou l'éolien.
On se propose d'analyser la composition du mix électrique en France, puis d'étudier le fonctionnement d'une éolienne.

**Document 1 Feuille de calcul présentant la production brute d'électricité d'origine renouvelable en France**

C9 fx =B9/B15*100

| | A | B | C |
|---|---|---|---|
| 1 | | | |
| 2 | | | |
| 3 | **Production brute d'électricité** | | |
| 4 | **renouvelable en 2014 en GWh** | | |
| 5 | | | |
| 6 | forme d'énergie | énergie produite en GWh | répartition en % |
| 7 | Hydraulique renouvelable | 63772 | 68,1 |
| 8 | Énergie marémotrice | 481 | 0,5 |
| 9 | Eolien | 17318 | 18,5 |
| 10 | Solaire photovoltaïque | 6391 | 6,8 |
| 11 | Géothermie électrique[1] | 83 | 0,1 |
| 12 | Déchets renouvelables | 1841 | 2,0 |
| 13 | Biomasse solide[1] | 1972 | 2,1 |
| 14 | Biogaz | 1746 | 1,9 |
| 15 | **Total** | **93604** | 100,0 |

**Document 2 Diagramme obtenu grâce à la feuille de calcul**

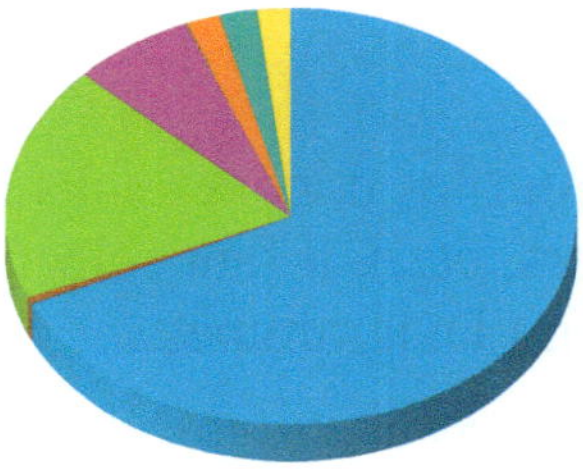

**Document 3 Fonctionnement d'une éolienne**

Une éolienne utilise une source d'énergie mécanique : le vent. L'éolienne est composée d'un mât et d'une nacelle à l'intérieur de laquelle se trouve une génératrice électrique qui transforme l'énergie mécanique en énergie électrique. Une éolienne fonctionne si la vitesse du vent ne dépasse pas les 90 km/h. Au-delà de cette vitesse, l'éolienne est bridée grâce à un frein afin que les pales ne se brisent pas. La mesure de la vitesse du vent s'effectue grâce à un anémomètre. Un système d'orientation est relié à une girouette afin d'optimiser la production d'électricité, l'éolienne devant toujours être orientée face au vent.

**Document 4 Algorithme de fonctionnement du système d'orientation et de bridage de l'éolienne**

La vitesse du vent est mesurée.
Si la vitesse du vent est inférieure à 90 km/h, la direction du vent est mesurée.
– Si l'éolienne est bien orientée, le programme reprend au début.
– Si l'éolienne est mal orientée, le moteur de mise en mouvement est actionné pour orienter l'éolienne, puis le programme reprend au début.
Si la vitesse du vent est supérieure à 90 km/h, le système de freinage est activé et le programme reprend au début.

## Questions

*Les parties A et B sont indépendantes.*

## Partie A Analyse de la feuille de calcul

**1** Quelle est la principale origine de l'électricité renouvelable en France ? Justifier la réponse en utilisant la feuille de calcul.

**2** La cellule B15 est obtenue en effectuant la somme des cellules B7 à B14. Proposer une formule correspondant à ce calcul.

**3** Que représente la cellule C9 ? Transformer la formule utilisée dans la cellule C9 par un calcul mathématique.

**4** Quelles cellules doit-on sélectionner pour réaliser le diagramme du document 2 représentant la production brute d'électricité d'origine renouvelable ? Quel nom porte ce type de diagramme ? Que représente la partie verte du diagramme ?

## Partie B Fonctionnement de l'éolienne

**5** Quelle est la source d'énergie primaire utilisée par une éolienne ? Cette énergie est-elle renouvelable ? Justifier la réponse et citer une autre source d'énergie renouvelable utilisée pour produire de l'électricité.

**6** Nommer les appareils de mesure utilisés dans le système d'orientation et de bridage de l'éolienne. Quelles informations vont-ils apporter ?

**7** Utiliser l'algorithme du document 4 pour construire l'organigramme du système d'orientation et de freinage de l'éolienne.

## Partie A Analyse de la feuille de calcul

**1** C'est l'énergie hydraulique qui représente la principale origine de l'électricité renouvelable en France.

En effet, la cellule B7 indique une énergie de 63 772 GWh, soit un pourcentage de 68,1 % (cellule C7) (doc. 1).

> **Conseil**
> Compare l'énergie produite par les différentes formes d'énergie afin de déterminer la principale origine de l'électricité renouvelable en France.

**2** La cellule B15 donne le résultat de la somme des cellules B7 à B14.

Il est possible d'écrire la formule suivante dans la cellule :
=B7+B8+B9+B10+B11+B12+B13+B14.

On peut aussi utiliser la fonction Somme et écrire : =SOMME(B7:B14).

> **Rappel**
> Une formule est un calcul automatique qui commence par le symbole « = ».

**3** La cellule C9 indique le pourcentage de l'énergie électrique produite par l'éolien. La cellule indique : =B9/B15100.
La cellule B9 contient la valeur 17318.
La cellule B15 contient la valeur 93604.
Le calcul à effectuer est $\frac{17\,318}{93\,604} \times 100$.

> **Astuce**
> La cellule C9 fait partie d'un tableau. Lis le nom de la ligne et de la colonne de cette cellule pour indiquer ce qu'elle représente.

**4** Pour réaliser le diagramme de la production brute d'électricité d'origine renouvelable (doc. 2), il faut sélectionner les cellules B7 à B14 ou les cellules C7 à C14 (doc. 1), puis utiliser la fonction graphique du tableur. Il s'agit d'un diagramme en secteurs.

La zone verte représente la part de l'énergie éolienne dans la production totale d'électricité d'origine renouvelable.
En effet, sur le diagramme, il s'agit du deuxième secteur par ordre de taille décroissant ; il correspond donc, dans le tableau du document 1, au type d'énergie dont la valeur (en GWh ou en pourcentage) est la deuxième par ordre décroissant.

> **Méthode**
> La partie verte du diagramme est la deuxième par ordre de taille décroissant. Détermine donc la deuxième valeur par ordre de taille décroissant dans la colonne B du tableau.

## Partie B Fonctionnement de l'éolienne

**5** Une éolienne utilise le vent comme source d'énergie primaire (doc. 3). C'est une énergie renouvelable, car son utilisation n'entraîne pas la diminution de sa réserve à l'échelle de l'humanité.

L'eau est aussi une source d'énergie renouvelable. Elle est utilisée pour produire de l'électricité dans les centrales hydrauliques.

**Rappel**
Une énergie est non renouvelable si son utilisation entraîne la diminution de sa réserve à l'échelle de l'humanité.

**6** L'éolienne est équipée d'un anémomètre qui mesure la vitesse du vent et d'une girouette qui mesure la direction du vent (doc. 3).

**Conseil**
Utilise la description du fonctionnement de l'éolienne (document 3) pour déterminer les deux appareils de mesure qui l'équipent.

**7**

**Organigramme du système d'orientation et de freinage de l'éolienne**

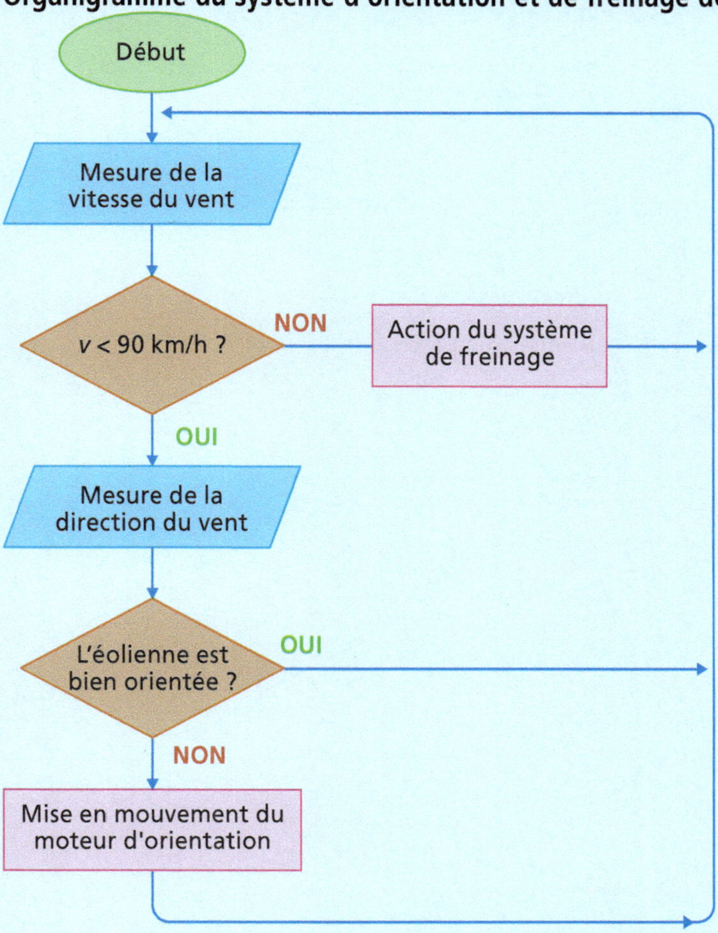


**Astuce**
Commence ton organigramme par une case « début de fonctionnement », puis utilise l'algorithme pour déterminer les cases à ajouter.

# ANNALES DU BREVET

# Sujet 1

# FRANÇAIS

## Marcel Aymé, *Uranus*

### Partie I : Travail sur le texte littéraire et sur une image

1 heure 10 min — 50 points

**Document 1 Texte littéraire**

*La scène se déroule, après la Seconde Guerre mondiale, dans la ville de Blémont qui a subi d'importantes destructions.*

Léopold s'assura que la troisième était au complet. Ils étaient douze élèves, quatre filles et huit garçons qui tournaient le dos au comptoir. Tandis que le professeur gagnait sa place au fond de la salle, le patron alla retirer le bec de cane[1] à la porte d'entrée afin de s'assurer contre toute intrusion. Revenu à son zinc[2], il but encore un coup de vin blanc et s'assit sur un tabouret. En face de lui le professeur Didier s'était installé à sa table sous une réclame d'apéritif accrochée au mur. Il ouvrit un cahier, jeta un coup d'œil sur la classe de troisième et dit :

– Hautemain, récitez.

Léopold se pencha sur son siège pour voir l'élève Hautemain que lui dissimulait la poutre étayant le plafond. La voix un peu hésitante, Hautemain commença :

*Seigneur, que faites-vous, et que dira la Grèce ?*
*Faut-il qu'un si grand cœur montre tant de faiblesse ?*[3]

– Asseyez-vous, dit le professeur lorsque Hautemain eut fini. Quinze.

Il notait avec indulgence. Estimant que la plupart de ces enfants vivaient et travaillaient dans des conditions pénibles, il voulait les encourager et souhaitait que l'école, autant que possible, leur offrît les sourires que leur refusait trop souvent une existence troublée.

À son zinc, Léopold suivait la récitation des écoliers en remuant les lèvres et avalait anxieusement sa salive lorsqu'il sentait hésiter ou trébucher la mémoire du récitant. Son grand regret, qu'il n'oserait jamais confier à M. Didier, était de ne participer à ces exercices qu'en simple témoin. Léopold eût aimé réciter, lui aussi :

*Captive, toujours triste, importune à moi-même,*
*Pouvez-vous souhaiter qu'Andromaque vous aime ?*[3]

Malgré la timidité et le respect que lui inspirait Andromaque, il lui semblait qu'il eût trouvé les accents propres à émouvoir le jeune guerrier. Il se plaisait à imaginer sa voix, tout amenuisée par la mélancolie et s'échappant du zinc comme une vapeur de deuil et de tendresse.

– Les cahiers de préparation, dit le professeur Didier.

Les élèves ayant étalé leurs cahiers, il alla de table en table s'assurer qu'ils avaient exécuté le travail portant sur un autre passage d'Andromaque. Pendant qu'il regagnait sa place, Léopold se versa un verre de blanc.

– Mademoiselle Odette Lepreux, lisez le texte. [...]

Odette se mit à lire d'une voix claire, encore enfantine, où tremblaient des perles d'eau fraîche :

Où fuyez-vous, Madame ?

*N'est-ce point à vos yeux un spectacle assez doux*
*Que la veuve d'Hector pleurante à vos genoux ?*[4]

Sur ces paroles d'Andromaque, la patronne, venant de sa cuisine, pénétra discrètement dans l'enceinte du zinc. Comme elle s'approchait du cafetier, elle eut la stupéfaction de voir les larmes ruisseler sur ses joues cramoisies et interrogea :

– Qu'est-ce que t'as ?

– Laisse-moi, murmura Léopold. Tu peux pas comprendre. [...]

Odette Lepreux poursuivait sa lecture :

*Par une main cruelle hélas ! J'ai vu percer*
*Le seul où mes regards prétendaient s'adresser.*[4]

La patronne considérait cet homme étrange, son mari, auquel ses reproches et ses prières n'avaient jamais réussi, en trente ans de vie commune, à tirer seulement une larme. Ne revenant pas de son étonnement, elle oublia une minute ce qu'elle était venue lui dire.

Marcel Aymé, *Uranus*, © éditions Gallimard, 1948.

---

1. Bec de cane : élément de serrurerie qui permet de fermer une porte de l'intérieur sans utiliser de clé.
2. Zinc : comptoir de bar.
3. Le texte en italique renvoie à des extraits de la tragédie Andromaque de Jean Racine (1667). Après la prise de Troie, Andromaque, veuve d'Hector, devient la prisonnière de Pyrrhus, qui tombe amoureux d'elle. Dans ces deux passages, Andromaque s'adresse à Pyrrhus pour le convaincre de renoncer à cet amour.
4. Dans ces extraits, Andromaque s'adresse à Hermione qui devait épouser Pyrrhus. Hermione considère donc Andromaque comme une rivale. Andromaque lui déclare qu'elle n'aime que son mari, Hector, mort transpercé par une épée.

## Document 2 Image

Photogramme tiré du film *Uranus* réalisé par Claude Berri, 1990.

## QUESTIONS

*Les réponses aux questions doivent être entièrement rédigées.*

### Compréhension et compétences d'interprétation

1. Où se déroule la scène ? Qui est Léopold ? Pourquoi la situation présentée peut-elle surprendre ? Justifiez votre réponse. **(4 points)**

2. Lignes 10 à 23 : Comment se manifeste l'intérêt de Léopold pour le cours du professeur Didier ? Développez votre réponse en vous appuyant sur trois éléments significatifs. **(6 points)**

3. Lignes 23 à 29 : Quels liens Léopold établit-il avec le personnage tragique d'Andromaque ? Comment l'expliquez-vous ? Développez votre réponse. **(6 points)**

4. Lignes 35 à 44 : Que ressent Léopold quand Odette lit l'extrait d'Andromaque ? Justifiez votre réponse en vous appuyant sur une image que vous analyserez. **(6 points)**

### Image

5. a) Par quelles oppositions la scène du film reproduite ci-dessus cherche-t-elle à faire rire le spectateur ? Donnez trois éléments de réponse. **(6 points)**
b) Qu'est-ce qui peut relever également du comique dans la fin du texte (lignes 40 à 53) ? **(4 points)**

### Grammaire et compétences linguistiques

6. L'une des phrases suivantes contient une proposition subordonnée relative et l'autre une proposition subordonnée complétive :

*« Léopold s'assura que la troisième était au complet. »* (ligne 1)
*« Léopold se pencha sur son siège pour voir l'élève Hautemain que lui dissimulait la poutre étayant le plafond. »* (lignes 9-10)
a) Trouvez dans quelle phrase se trouve la proposition subordonnée relative. Recopiez-la sur votre copie. **(1 point)**
b) Trouvez dans quelle phrase se trouve la proposition subordonnée complétive. Recopiez-la sur votre copie. **(1 point)**
c) Expliquez comment vous avez pu différencier chacune de ces deux propositions). **(3 points)**

**7. Réécriture** Voici deux phrases au discours direct dont le verbe introducteur est au présent :
*Andromaque demande à Pyrrhus : « Seigneur, que faites-vous, et que dira la Grèce ? »*
*Andromaque déclare à Hermione : « J'ai vu percer le seul où mes regards prétendaient s'adresser. »*
Sur votre copie, réécrivez ces deux phrases au discours indirect en mettant le verbe introducteur au passé simple. Vous ferez toutes les modifications nécessaires. **(10 points)**

**8.** *« La patronne considérait cet homme étrange, son mari, auquel ses reproches et ses prières n'avaient jamais réussi, en trente ans de vie commune, à tirer seulement une larme. »* (lignes 50 à 53)
a) Donnez un synonyme de l'adjectif « étrange ». **(1 point)**
b) L'adjectif « étrange » vient du latin « *extraneus* » qui signifiait « qui n'est pas de la famille, étranger ». Comment ce sens premier peut-il enrichir le sens de cet adjectif dans le texte ? **(2 points)**

**DICTÉE** 20 min 10 points

Le collège de Blémont étant détruit, la municipalité avait réquisitionné certains cafés pour les mettre à la disposition des élèves, le matin de huit à onze heures et l'après-midi de deux à quatre. Pour les cafetiers, ce n'étaient que des heures creuses et leurs affaires n'en souffraient pas. Néanmoins Léopold avait vu d'un très mauvais œil qu'on disposât ainsi de son établissement et la place Saint-Euloge avait alors retenti du tonnerre de ses imprécations. Le jour où pour la première fois les élèves étaient venus s'asseoir au café du Progrès, il n'avait pas bougé de son zinc, le regard soupçonneux, et affectant de croire qu'on en voulait à ses bouteilles. Mais sa curiosité, trompant sa rancune, s'était rapidement éveillée et Léopold était devenu le plus attentif des élèves.

D'après Marcel Aymé, *Uranus*, © éditions Gallimard, 1948.

# Partie II : Rédaction

1 heure 30 min — 40 points

*Vous traiterez au choix le sujet A ou B.*

## Sujet A : Imagination

« Laisse-moi, murmura Léopold. Tu peux pas comprendre. »
À la fin du cours, c'est à M. Didier, le professeur de français, que Léopold se confie sur son grand regret de n'avoir pu poursuivre ses études et découvrir des œuvres littéraires. Racontez la scène et imaginez leur conversation en insistant sur les raisons que donne Léopold et sur les émotions qu'il éprouve.

## Sujet B : Réflexion

Vous avez lu en classe ou par vous-même de nombreuses œuvres littéraires dans leur intégralité ou par extraits. Vous expliquerez ce que vous ont apporté ces lectures et vous direz pour quelles raisons il est toujours important de lire aujourd'hui.

# CORRIGÉ

# Partie I : Travail sur le texte littéraire et sur une image

### Premier réflexe : observer le texte

• Marcel Aymé (1902-1967) a souvent dénoncé l'ennui, la médiocrité et l'hypocrisie du monde qui l'entourait grâce à des personnages naïfs et émerveillés comme Léopold.
• Le texte est long et son implicite n'est pas facile à comprendre. En vous appuyant sur le photogramme, sur le paratexte (« après la Seconde Guerre mondiale », « importantes destructions », 1948), prenez le temps de situer la scène, de comprendre qui sont les personnages. Toutes ces informations sont données par la dictée.
• Ne passez pas à côté de l'ironie de ce personnage un peu caricatural de Léopold, qui reste émouvant : il souligne l'écart entre la situation et l'émotion tragique du texte de Racine.

## QUESTIONS

### Remarques préalables

• Les questions paraissent difficiles si on n'a pas compris la situation : il faut se concentrer sur les indices donnés par l'extrait, le paratexte et l'image.
• Les questions 6 à 8 marient analyse de la phrase, passage du discours direct à indirect et vocabulaire : elles exigent que vous ayez bien révisé vos cours.

## Compréhension et compétences d'interprétation

1. La scène se déroule dans un café dont Léopold est le « patron » (l. 1 à 5), le « cafetier » (l. 41). Ce qui est surprenant, c'est que ce café sert de salle de classe où le professeur, M. Didier, donne son cours de français aux élèves. Comme, en 1948, il y a eu « d'importantes destructions » dues à la Seconde Guerre mondiale, on peut supposer que l'école a été détruite ou qu'elle est impraticable et qu'il faut faire classe ailleurs.

2. En l'absence de clients (Léopold a fermé la porte l. 3-4), un cafetier est censé laver ses verres, ranger ses bouteilles, nettoyer son comptoir ou, ici, s'absenter pour ne pas gêner la classe. Léopold ne fait rien de tout cela car il est passionné par ce cours de français : il se « penche » (l. 9) pour écouter l'élève, « sui(t) la récitation des écoliers » avec tellement d'intérêt qu'il en « remu(e) les lèvres » en même temps et semble plus anxieux de ne pas se tromper que les récitants eux-mêmes (l. 19-21). Il aimerait « réciter » à leur place (l. 22-23).

3. Léopold éprouve « timidité » et « respect » (l. 26) pour le personnage tragique d'Andromaque qui l'émeut car elle exprime sa tristesse inconsolable d'avoir perdu son époux, le seul homme qu'elle aimait. Il est sensible à cette fidélité à son « deuil » (l. 29), à son désespoir et aimerait le faire comprendre en récitant le texte avec des intonations plus sentimentales de « tendresse » (l. 29) et de « mélancolie » (l. 28).

4. *Attention ! « Une image » ne renvoie pas au photogramme, sinon on aurait écrit « l'image » ; ici « une image » est une figure de style à chercher dans les lignes citées.* Léopold est bouleversé par Andromaque, cette reine déchue, qui s'humilie en se prosternant aux pieds d'Hermione. La petite fille qui récite, Odette, déclenche ses pleurs car elle s'exprime d'une voix « où trembl(ent) des perles d'eau fraîches », c'est-à-dire d'une voix cristalline où l'on entend comme des sanglots ou des « larmes ». Cette métaphore des « perles d'eau » traduit la fragilité d'Andromaque.

## Image

5. a) *Un photogramme est une image extraite isolément d'un film.* Le comique de la scène joue sur trois contrastes. Contraste entre la posture très « inspirée » de Léopold (joué par Gérard Depardieu) – comme celle des tragédiens des XIX^e^-XX^e^ siècles – et son aspect physique avec ses mains pataudes et son costume de tous les jours. Contraste également entre l'attitude de sa femme qui est concentrée sur son occupation du quotidien (éplucher des pommes de terre) et son mari qui se croit sur une scène. Opposition entre le fond du décor du café, verres et bouteilles qui évoquent le penchant de Léopold pour la boisson (il se verse deux verres de vin blanc pendant la scène, l. 5 et l. 33, et ce ne sont pas les premiers – « encore » l. 5) et la mine tragique qu'il veut prendre.

b) Le comique de la dernière scène (l. 40 à 46) repose sur l'exagération : « larmes » qui ruissellent sur les « joues cramoisies » alors qu'il s'agit juste d'enfants qui récitent – sans mettre suffisamment le ton d'ailleurs – des vers. On peut aussi parler de comique de situation car la femme de Léopold est stupéfaite et étonnée (l. 42 et l. 52) devant l'émotivité soudaine de son mari : il est même qualifié d'« étrange » (l. 50).

## Grammaire et compétences linguistiques

6. a) La proposition subordonnée relative se trouve dans cette phrase et est écrite en gras : « Léopold se pencha sur son siège pour voir l'élève Hautemain **que lui dissimulait la poutre étayant le plafond** ».

b) La proposition subordonnée complétive se trouve dans cette phrase et est écrite en gras : « Léopold s'assura **que la troisième était au complet**. »

c) **« que lui dissimulait la poutre étayant le plafond »** est une subordonnée relative car elle complète le GN « l'élève Hautemain » et « que » est un pronom relatif COD qui remplace ce GN dans la subordonnée (« la poutre dissimulait l'élève Hautemain »). En revanche le « que » de l'autre phrase ne remplace aucun mot, il n'est pas un pronom mais une conjonction. La subordonnée **« que la troisième était au complet »** est le COD du verbe « s'assura ».

## 7. Réécriture

### Repérer les difficultés

• Passer du discours direct au discours indirect impose de supprimer les marques du discours direct (ponctuation), changer les pronoms personnels de l'énonciation (« je » > « elle » ; « vous » > « il ») et les déterminants possessifs qui s'y rapportent, changer les mots interrogatifs (1re phrase) ou introduire une conjonction (2de phrase). L'apostrophe « Seigneur » doit disparaître ou, à la rigueur, être remplacée par « Sa Majesté ».

• Mettre le verbe introducteur au passé simple impose la concordance des temps : le présent devient un imparfait, le futur un conditionnel et le passé composé un plus-que-parfait.

Andromaque **demanda** à Pyrrhus **ce qu'il faisait** et **ce que ferait** la Grèce (ou **ce que faisait Sa Majesté** et **ce que ferait** la Grèce).
Andromaque **déclara** à Hermione **qu'elle avait vu** percer le seul où **ses** regards prétendaient s'adresser.

8. a) « étrange » signifie « bizarre, insolite », voire « incompréhensible ».

b) Le sens originel « qui n'est pas de la famille » peut s'appliquer à Léopold car il apparaît comme très différent de sa famille et de son environnement. Il est sensible aux textes littéraires alors que son origine, son métier ne l'y prédisposent pas. Il dit à sa femme qu'elle ne peut pas le comprendre (l. 46), comme s'il parlait une autre langue, aspirait à autre chose que ce que lui apporte sa vie quotidienne.

## DICTÉE

### Repérer les difficultés

• **Difficultés grammaticales :**
– accord avec le COD seulement s'il est placé devant, quand le participe est employé avec l'auxiliaire « avoir » : ici pas d'accord nécessaire pour « avait réquisitionné », « avait vu », « avait retenti », « il n'avait pas bougé » puisqu'il n'y a pas de COD ou qu'il est placé après le verbe ;

– accord avec le sujet quand le participe est employé avec l'auxiliaire « être » : « le collège étant détruit », « Léopold était devenu » ;
– accord avec le sujet également pour les participes des verbes pronominaux réfléchis : « sa curiosité s'était éveillée ».
• **Difficultés de conjugaison** : repérer le subjonctif imparfait 3e personne du singulier de « disposât » – et non le passé simple de l'indicatif « disposa » ; l'emploi du subjonctif s'explique parce que « voir d'un très mauvais œil » exprime un sentiment de rejet, de refus.
• **Difficultés lexicales** : plusieurs mots à retenir comme « la municipalité », mot féminin sans *-e* final comme bien d'autres mots en *-té* (ex. « curiosité ») ; « réquisitionner » ; « une imprécation » ; « soupçonneux » et « attentif ».

# Partie II : Rédaction

## Sujet A : Imagination

### Comprendre le sujet A

• C'est une scène entre deux personnages : mêlez récit et dialogue.
• Mettez-vous dans l'esprit de Léopold qui a été privé de faire des études. Pour trouver des arguments, pensez à un enfant de pays pauvre qui ne bénéficie pas d'une scolarité obligatoire en toutes disciplines jusqu'à 16 ans.
• Attention ! il ne faut pas envisager des arguments visant l'éducation en général mais plus particulièrement les cours et les œuvres de littérature, de poésie, de théâtre, d'histoire des arts…
• La consigne précise « raisons » et « émotions » : il faut donc insérer le lexique des sentiments, signalé en gras dans le corrigé.

Léopold, encore tout **remué** de la poésie légère et **poignante** de ces vers, essuya ses **larmes**, attendit que les élèves soient partis et retint par la manche Monsieur Didier qui allait sortir.

Monsieur Didier voyait bien que ce balourd attendrissant hésitait à lui dire quelque chose d'important. Les joues déjà couperosées du cafetier **prirent une teinte encore plus rouge**. Monsieur Didier encouragea les paroles décisives qu'il sentait venir.

« Léopold, n'ayez pas peur, dites-moi ce qui vous tracasse.

– Eh bien, Monsieur Didier, je voulais vous avouer quelque chose… Mais surtout ne dites rien aux autres du village ! Ils se moqueraient. Eh bien… euh … je sais à peine lire et écrire », murmura à grand peine Léopold.

– Ça compter, je sais !, reprit-il **fièrement**, c'est capital dans mon métier. Je suis à peine allé à l'école. J'ai pas eu cette chance. J'ai commencé à aider mes parents au café, j'avais douze ans. Je n'ai même pas passé mon certificat d'études, le maitre n'avait pas souhaité me présenter et de toute façon je crois que je l'aurais raté. Alors voilà ! j'aimerais tant mieux savoir lire et écrire de belles choses.

– Qu'est-ce que vous voulez dire par « belles choses », interrompit M. Didier, **touché** par cette soif de savoir qu'il ne rencontrait pas toujours chez ses élèves...

– Parce que, vous savez, continuait Léopold **avec passion**, les textes que j'entends lire dans mon bar me **secouent** au-delà de ce que je n'aurais jamais pu imaginer. Ça remue des choses dans mon cœur, des choses que je ne pourrais même pas vous expliquer… Je n'ai pas les mots. Mais je sens, je sens… que c'est beau !

Monsieur Didier écoutait attentivement la confession de cet homme qui, sous sa rude écorce, semblait dissimuler **un cœur facile à émouvoir**.

« Lorsque j'entends vos élèves réciter les vers d'*Andromaque* je me vois, modeste serviteur au cœur du palais de Pyrrhus, et j'entends ses aveux à la veuve d'Hector. Comment peut-elle résister à cet amour aux accents si **déchirants** ? Elle me rappelle une de mes tantes qui avait perdu son fiancé à la Grande Guerre et qui ne s'était jamais mariée malgré les bons partis qui se présentaient : elle était restée inconsolable et éternellement fidèle à son amour de jeunesse. Mais lui, Pyrrhus, comment peut-il être aussi **cruel** en menaçant son fils* ? Moi, j'oserais jamais faire ça à une femme mais c'est vrai que quand on aime sans retour, on n'sait plus ce qu'on ferait pour la gagner. C'est violent, ça. »

– Ça, ça s'appelle la tragédie, Ou plus exactement la catharsis**.

– La quoi ? Ah ! vous en connaissez des mots, vous ! Vous en avez de la chance. »

Et Léopold se remit à pleurer à gros sanglots qui **ébranlèrent** le sage M. Didier.

« Léopold, vous savez ce qu'on va faire ? Je resterai après la classe dans votre café. Vous me servirez un chocolat bien onctueux, comme vous savez les faire, et en échange, je vous ferai lire des « beaux textes » de ma bibliothèque. On en discutera ensemble, ça vous dit ? »

Le visage de Léopold **s'illumina**.

* Pyrrhus menace Andromaque de livrer son fils à la vengeance des Grecs si elle ne l'épouse pas.
*******catharsis :* sorte de « purification » que produit sur l'esprit des spectateurs le spectacle des personnages de tragédie qui expriment des passions violentes que la morale interdit.

## Sujet B : Réflexion

### ■ Comprendre le sujet B

• Attention à bien cerner le sujet : il ne porte pas sur la lecture en général mais sur celle d'œuvres littéraires, « patrimoniales » ou contemporaines étudiées en classe, lues en dehors ou vues au théâtre.
• Au brouillon, passez en revue ces textes pour noter ce qu'ils vous ont apporté. Mais évitez de faire un catalogue en citant un exemple d'œuvre et son intérêt, puis une autre œuvre, puis une autre : regroupez vos idées (voir le plan proposé *infra* à enrichir de vos exemples).

*[Introduction]* Depuis que nous avons appris à lire, les adultes mais aussi nos amis nous conseillent – voire nous imposent ! – des lectures pas toujours faciles car ce sont des œuvres littéraires qui demandent de l'attention. Nous protestons mais nous finissons souvent par les comprendre et être émus. Les œuvres littéraires sont-elles un simple divertissement ou nous apportent-elles quelque chose de plus profond ?

*[La lecture d'œuvres littéraires est un divertissement]* La lecture est sans doute avant tout un divertissement, tout comme les spectacles, les jeux, le sport, la musique… Elle nous procure un réel plaisir en nous faisant vivre des aventures, en nous transportant dans un ailleurs différent du quotidien que l'on vit, nous permettant d'oublier sa monotonie. Ainsi les contes ou les histoires de science-fiction nous permettent de nous évader dans des mondes imaginaires, parfois enchantés, parfois terrifiants. Nous découvrons la vie d'autres personnages, différents de nous, à d'autres époques (par exemple, les personnages des *Misérables* de V. Hugo).

À la différence d'un film, un livre ne nous impose pas son point de vue sur l'histoire : nous avons le plaisir d'imaginer à notre guise personnages, décors et aventures.

*[La lecture d'œuvres littéraires nous forme : 1 – en maîtrise de la langue]* Les œuvres littéraires nous apportent aussi une aide précieuse pour apprendre à s'exprimer : la langue, le style utilisés, surtout dans les œuvres patrimoniales, améliorent nos connaissances lexicales, nos tournures de phrase et nous pouvons par imitation prétendre mettre un peu de style dans nos écrits (par exemple une apposition au nom d'un personnage en dit long chez La Fontaine ou Maupassant sur son caractère).

*[La lecture d'œuvres littéraires nous forme : 2 – en élargissant nos connaissances et en affinant notre sensibilité]* En nous identifiant ou non au héros, nous apprenons à nous connaître nous-mêmes. Parfois nous découvrons, par la poésie lyrique, que tel personnage a vécu les mêmes évènements et ressenti les mêmes émotions que nous (pour la perte d'un être cher comme *Demain dès l'aube* de V. Hugo) : cette lecture permet de réfléchir à nos réactions et d'apaiser ce qui a pu nous causer révolte ou souffrance (par exemple les héros romantiques confrontés au mal de vivre peuvent offrir un miroir à l'adolescent qui cherche son identité). Ou bien, tout au contraire, certains personnages nous paraissent très éloignés, très « étranges » – Léopold pour sa femme, un ambitieux sans scrupule comme le Bel-Ami de Maupassant – et nous apprenons la différence. De même, les romans historiques de Dumas ou les romans « sociaux » de Zola ou ceux d'auteurs étrangers qui nous révèlent des époques, des sociétés et des cultures où la vie diverge complètement de la nôtre élargit notre vision du monde.

Quant aux œuvres poétiques, elles nous font apprécier des images surprenantes et nous ouvrent aux surprises et aux beautés du monde (ainsi un poème de Francis Ponge sur tel « objet » banal nous affûte le regard sur lui).

*[La lecture d'œuvres littéraires interroge l'homme et le monde]* Les livres permettent de forger notre esprit critique par la confrontation entre les idées : que ce soit grâce à La Fontaine dénonçant dans ses *Fables* les injustices de la société de cour ou aux auteurs du Siècle des Lumières (Montesquieu, Voltaire…) qui nous font sortir des idées reçues, nous sommes amenés à questionner les codes trop habituels de la société. L'Antigone de Sophocle ou celle d'Anouilh nous apprennent à réfléchir sur les valeurs qui nous paraissent les plus importantes. Confrontés à la lecture de la poésie engagée, nous nous interrogeons sur ce que serait notre comportement en cas de dictature. D'ailleurs les régimes politiques dictatoriaux brûlent souvent les livres qui permettraient de réfléchir : dans *Fahrenheit 451* de R. Bradbury, lire est un exercice de liberté, dont on ressort grandi et plus fort.

*[Conclusion]* On fréquente une œuvre littéraire comme on a des amis : on aime leur compagnie parce qu'ils nous divertissent, nous font réfléchir, ne sont pas d'accord avec nous et nous obligent ainsi à clarifier notre pensée

# Sujet 2

# MATHS

## Indication portant sur l'ensemble du sujet

*Toutes les réponses doivent être justifiées, sauf si une indication contraire est donnée.*
*Pour chaque question, si le travail n'est pas terminé, laisser tout de même une trace de la recherche. Elle sera prise en compte dans la notation.*
*L'usage de tout modèle de calculatrice, avec ou sans mode examen, est autorisé.*

## EXERCICE 1 — 11 points

Le gros globe de cristal est un trophée attribué au vainqueur de la coupe du monde de ski. Ce trophée pèse 9 kg et mesure 46 cm de hauteur.

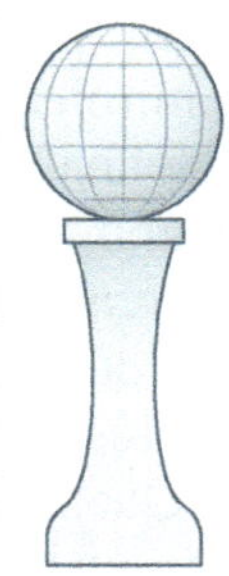

**1.** Le biathlète français Martin Fourcade a remporté le sixième gros globe de cristal de sa carrière en 2017 à Pyeongchang en Corée du Sud.
Donner approximativement la latitude et la longitude de ce lieu repéré sur la carte ci-dessous.

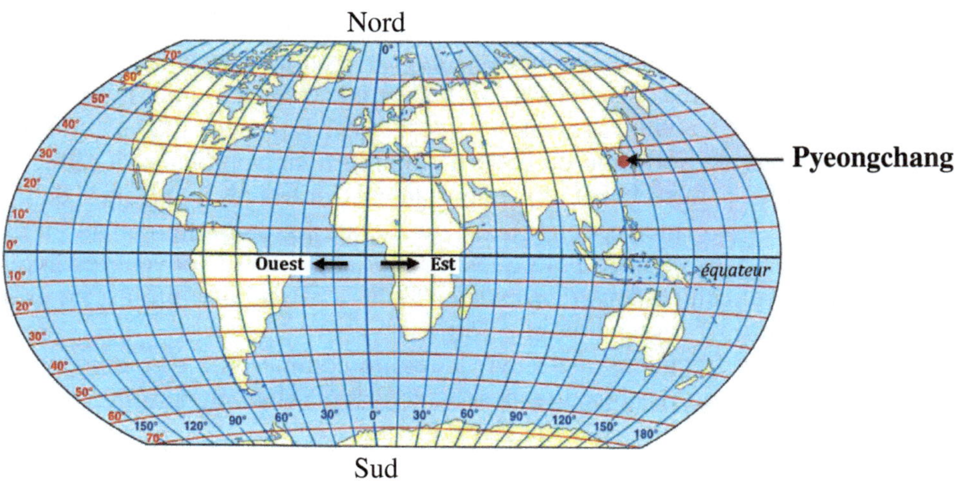

2. On considère que le globe est composé d'un cylindre en cristal de diamètre 6 cm, surmonté d'une boule de cristal. Voir schéma ci-contre. Montrer qu'une valeur approchée du volume de la boule de ce trophée est de 6 371 cm³.

3. Marie affirme que le volume de la boule de cristal représente environ 90 % du volume total du trophée.
A-t-elle raison ?

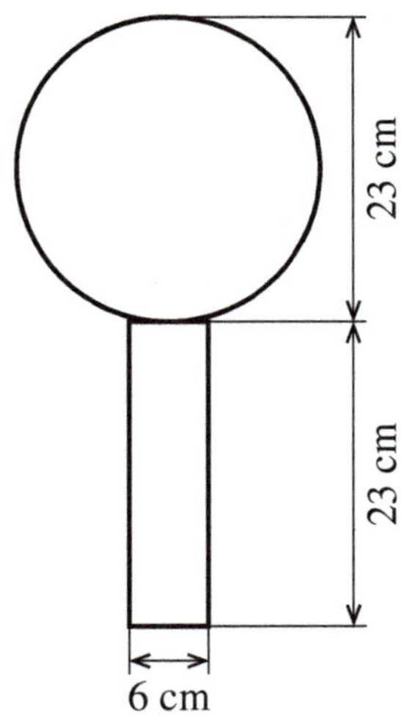


**Rappels :**
– volume d'une boule de rayon $R$ : $V = \frac{4}{3}\pi R^3$
– volume d'un cylindre de rayon $r$ et de hauteur $h$ : $V = \pi r^2 h$

## EXERCICE 2 — 14 points

Parmi les polluants de l'air, les particules fines sont régulièrement surveillées. Les PM10 sont les particules fines dont le diamètre est inférieur à 0,01 mm. En janvier 2017, les villes de Lyon et Grenoble ont connu un épisode de pollution aux particules fines.
Voici les données concernant la période du 16 au 25 janvier 2017 :

**Données statistiques sur les concentrations journalières en PM 10 du 16 au 25 janvier 2017 à Lyon**

– Moyenne : 72,5 µg/m³
– Médiane : 83,5 µg/m³
– Concentration minimale : 22 µg/m³
– Concentration maximale : 107 µg/m³

**Données statistiques sur les concentrations journalières en PM10 du 16 au 25 janvier 2017 à Grenoble**

| Date | Concentration PM 10 en µg/m$^3$ |
|---|---|
| 16 janvier | 32 |
| 17 janvier | 39 |
| 18 janvier | 52 |
| 19 janvier | 57 |
| 20 janvier | 78 |
| 21 janvier | 63 |
| 22 janvier | 60 |
| 23 janvier | 82 |
| 24 janvier | 82 |
| 25 janvier | 89 |

*Source : http://www.air-rhonealpes.fr*

1. Laquelle de ces deux villes a eu la plus forte concentration moyenne en PM10 entre le 16 et le 25 janvier ?

2. Calculer l'étendue des relevés de PM10 à Lyon et à Grenoble. Laquelle de ces villes a eu l'étendue la plus importante ? Interpréter ce dernier résultat.

3. L'affirmation suivante est-elle exacte ? Justifier la réponse.
« Du 16 au 25 janvier, le seuil d'alerte de 80 µg/m$^3$ par jour a été dépassé au moins 5 fois à Lyon. »

## EXERCICE 3

✓ **12 points**

Dans son lecteur audio, Théo a téléchargé 375 morceaux de musique. Parmi eux, il y a 125 morceaux de rap. Il appuie sur la touche « lecture aléatoire » qui lui permet d'écouter un morceau choisi au hasard parmi tous les morceaux disponibles.

1. Quelle est la probabilité qu'il écoute du rap ?

2. La probabilité qu'il écoute du rock est égale à $\frac{7}{15}$.
Combien Théo a-t-il de morceaux de rock dans son lecteur audio ?

3. Alice possède 40 % de morceaux de rock dans son lecteur audio.
Si Théo et Alice appuient tous les deux sur la touche « lecture aléatoire » de leur lecteur audio, lequel a le plus de chances d'écouter un morceau de rock ?

## EXERCICE 4 14 points

La figure ci-dessous n'est pas à l'échelle.

Les points $C$, $B$ et $E$ sont alignés.

Le triangle $ABC$ est rectangle en $A$.

Le triangle $BCD$ est rectangle en $B$.

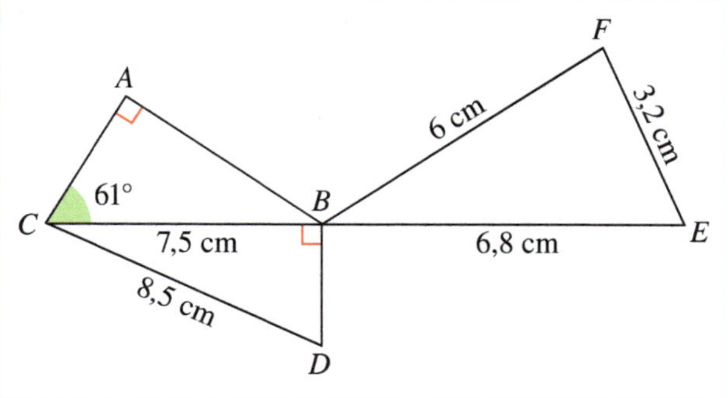


1. Montrer que la longueur $BD$ est égale à 4 cm.
2. Montrer que les triangles $CBD$ et $BFE$ sont semblables.
3. Sophie affirme que l'angle $\widehat{BFE}$ est un angle droit. A-t-elle raison ?
4. Max affirme que l'angle $\widehat{ACD}$ est un angle droit. A-t-il raison ?

## EXERCICE 5 16 points

Voici un programme de calcul.

- Choisir un nombre
- Multiplier ce nombre par 4
- Ajouter 8
- Multiplier le résultat par 2

1. Vérifier que si on choisit le nombre –1, ce programme donne 8 comme résultat final.
2. Le programme donne 30 comme résultat final. Quel est le nombre choisi au départ ?

Dans la suite de l'exercice, on nomme $x$ le nombre de départ.

3. L'expression $A = 2(4x + 8)$ donne le résultat du programme de calcul précédent pour un nombre $x$ donné.
On pose $B = (4 + x)^2 - x^2$.
Prouver que les expressions $A$ et $B$ sont égales pour toutes les valeurs de $x$.
4. Pour chacune des affirmations suivantes, indiquer si elle est vraie ou fausse. On rappelle que les réponses doivent être justifiées.
• **Affirmation 1** : Ce programme donne un résultat positif pour toutes les valeurs de $x$.
• **Affirmation 2** : Si le nombre choisi est un nombre entier, le résultat obtenu est un multiple de 8.

## EXERCICE 6 — 16 points

Les longueurs sont en pixels. L'expression « **s'orienter à 90** » signifie que l'on s'oriente vers la droite. On donne le programme suivant :

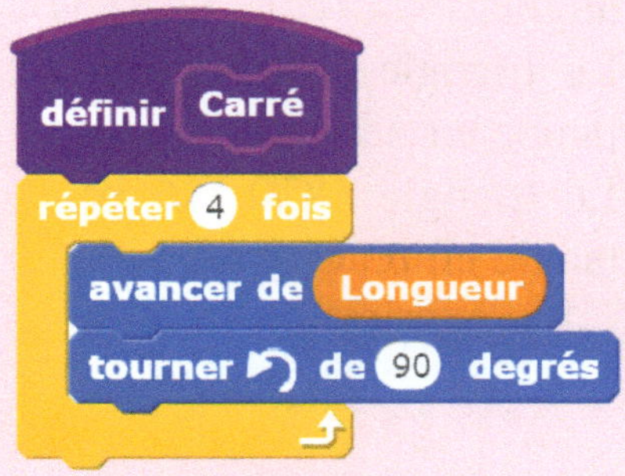

**1.** On prend comme échelle 1 cm pour 50 pixels.

**a)** Représenter sur la copie la figure obtenue si le programme est exécuté jusqu'à la ligne 7 comprise.

**b)** Quelles sont les coordonnées du stylo après l'exécution de la ligne 8 ?

**2.** On exécute le programme complet et on obtient la figure ci-contre qui possède un axe de symétrie vertical.
Recopier et compléter la ligne 9 du programme pour obtenir cette figure.

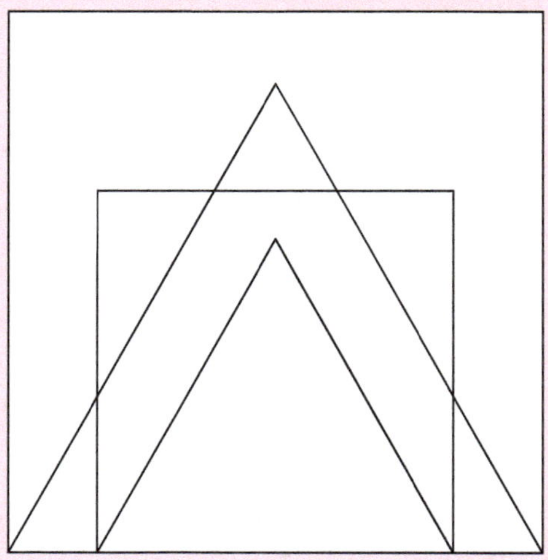

**3. a)** Parmi les transformations suivantes : translation, homothétie, rotation, symétrie axiale, quelle est la transformation géométrique qui permet d'obtenir le petit carré à partir du grand carré ? Préciser le rapport de réduction.

**b)** Quel est le rapport des aires entre les deux carrés dessinés ?

## EXERCICE 7

16 points

Le « *hand-spinner* » est une sorte de toupie plate qui tourne sur elle-même. On donne au « *hand-spinner* » une vitesse de rotation initiale au temps $t = 0$, puis, au cours du temps, sa vitesse de rotation diminue jusqu'à l'arrêt complet du « *hand-spinner* ». Sa vitesse de rotation est alors égale à 0.
Grâce à un appareil de mesure, on a relevé la vitesse de rotation exprimée en nombre de tours par seconde.
Sur le graphique ci-dessous, on a représenté cette vitesse en fonction du temps exprimé en seconde :

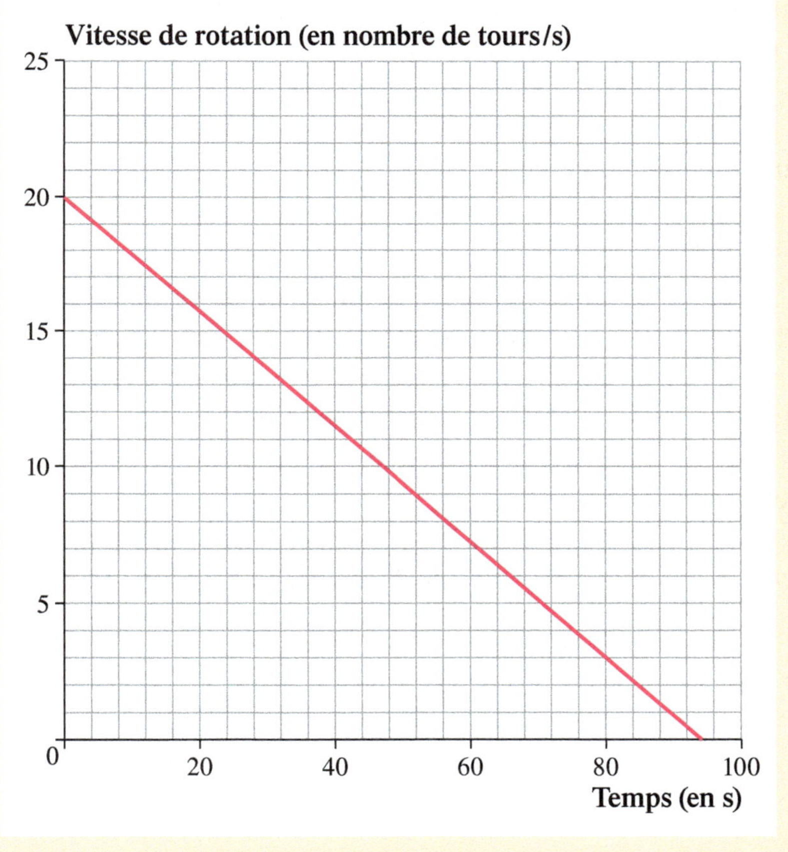


*Inspiré de : https://www.sciencesetavenir.frlfondamental/combien-de-temps-peut-tourner-votre-hand-spinner-112808*

1. Le temps et la vitesse de rotation du « *hand-spinner* » sont-ils proportionnels ? Justifier.

2. Par lecture graphique, répondre aux questions suivantes :

a) Quelle est la vitesse de rotation initiale du « *hand-spinner* » (en nombre de tours par seconde) ?

b) Quelle est la vitesse de rotation du « *hand-spinner* » (en nombre de tours par seconde) au bout d'une minute et vingt secondes ?

c) Au bout de combien de temps, le « *hand-spinner* » va-t-il s'arrêter ?

3. Pour calculer la vitesse de rotation du « *hand-spinner* » en fonction du temps $t$, notée $V(t)$, on utilise la fonction suivante :

$$V(t) = -0{,}214 \times t + V_{\text{initiale}}.$$

• $t$ est le temps (exprimé en s) qui s'est écoulé depuis le début de rotation du « *hand-spinner* » ;

• $V_{\text{initiale}}$ est la vitesse de rotation à laquelle on a lancé le « *hand-spinner* » au départ.

a) On lance le « *hand-spinner* » à une vitesse initiale de 20 tours par seconde. Sa vitesse de rotation est donc donnée par la formule :

$$V(t) = -0{,}214 \times t + 20.$$

Calculer sa vitesse de rotation au bout de 30 s.

b) Au bout de combien de temps le « *hand-spinner* » va-t-il s'arrêter ? Justifier par un calcul.

c) Est-il vrai que, d'une manière générale, si l'on fait tourner le « *hand-spinner* » deux fois plus vite au départ, il tournera deux fois plus longtemps ? Justifier.

# CORRIGÉ

## Exercice 1 (Énoncé p. 414)

1. Approximativement, la latitude de Pyeongchang est **35° Nord** et sa longitude est **130° Est**.

2. Le diamètre de la boule étant de 23 cm, son rayon est 11,5 cm.

Le volume de la boule est $\frac{4}{3} \times \pi \times 11{,}5^3$, soit **environ 6 371 cm³**.

3. Le diamètre du cylindre étant 6 cm, son rayon est 3 cm.
Le volume du cylindre est : aire de base × hauteur = $\pi \times 3^2 \times 23$, soit environ 650 cm³.
Le volume total du globe est environ 6 371 cm³ + 650 cm³, soit environ 7 021 cm³.
On a $6\,371 \div 7\,021 \approx 0{,}907$.
Le volume de la boule représente environ 90,7 % du volume total.
**L'affirmation de Marie est acceptable.**

## Exercice 2 (Énoncé p. 415)

1. Pour Grenoble, la concentration moyenne est :

$$\frac{32 + 39 + 52 + 57 + 78 + 63 + 60 + 82 + 82 + 89}{10} = \frac{634}{10} = 63{,}4 \text{ en } \mu\text{g/m}^3.$$

Avec 72,5 µg/m³, c'est donc à **Lyon** qu'il y a eu la plus forte concentration moyenne en PM10 entre le 16 et le 25 janvier.

2. Pour Lyon, l'étendue est 107 – 22 = 85.
Pour Grenoble, l'étendue est 89 – 32 = 57.
**C'est à Lyon qu'il y a eu l'étendue la plus grande pour la série des relevés en PM10.**
**Les concentrations journalières en PM 10 sont plus dispersées à Lyon qu'à Grenoble.**

> L'étendue d'une série statistique est la différence entre la plus grande valeur et la plus petite valeur de la série.

3. Comme la médiane à Lyon est de 83,5 au moins 50 % des 10 relevés, soit au moins 5 relevés sont supérieurs ou égaux à 83,5 µg/m³, donc à 80 µg/m³ qui correspond au niveau d'alerte.
**L'affirmation est vraie.**

> 50 % au moins des valeurs d'une série sont supérieures ou égales à la médiane de la série.

## Exercice 3 (Énoncé p. 416)

1. Les morceaux étant écoutés au hasard, il y a équiprobabilité.
Comme il y a 125 morceaux de rap parmi les 375 morceaux, **la probabilité que Théo écoute du rap est $\frac{125}{375} = \frac{25 \times 5}{25 \times 15} = \frac{1}{3}$**.

2. Soit $x$ le nombre de morceaux de rock. La probabilité d'écouter du rock étant $\frac{7}{15}$, on a $\frac{x}{375} = \frac{7}{15}$, ce qui donne $x = \frac{7}{15} \times 375 = 175$.
**Il y a 175 morceaux de rock dans son lecteur audio.**

3. On a $\frac{7}{15} \approx 0{,}47$, donc Théo possède environ 47 % de morceaux de rock donc **c'est Théo qui a le plus de chances** d'écouter un morceau de rock.

## Exercice 4 (Énoncé p. 417)

**1.** *CBD* est un triangle rectangle en *B*.
D'après le théorème de Pythagore, on a : $CD^2 = CB^2 + BD^2$, soit $8{,}5^2 = 7{,}5^2 + BD^2$.
On a donc $72{,}25 - 56{,}25 = BD^2$, soit $16 = BD^2$.
Comme *BD* est une longueur, on a $BD = \sqrt{16}$.
**La longueur *BD* est égale à 4 cm.**

**2.** On a $\dfrac{CD}{BE} = \dfrac{8{,}5}{6{,}8} = 1{,}25$, $\dfrac{CB}{BF} = \dfrac{7{,}5}{6} = 1{,}25$ et $\dfrac{BD}{FE} = \dfrac{4}{3{,}2} = 1{,}25$.
Ayant leurs côtés de longueurs proportionnelles, **les triangles *BCD* et *BEF* sont semblables**.

**3.** Les triangles *BCD* et *BEF* étant semblables, ils ont des angles de mêmes mesures. Le triangle *CDB* étant rectangle en *B*, le triangle *BFE* est rectangle en *F*. **Sophie a raison**.

**4.** Dans le triangle *BCD* rectangle en *B*, on a :

$$\cos(\widehat{BCD}) = \frac{\text{côté adjacent à } C}{\text{hypoténuse}} = \frac{BC}{CD} = \frac{7{,}5}{8{,}5} = \frac{15}{17}.$$

On a donc $\widehat{BCD} = \cos^{-1}\left(\dfrac{15}{17}\right)$, soit $\widehat{BCD} \approx 28{,}1°$.

On a $\widehat{ACD} = \widehat{ACB} + \widehat{BCD} \approx 61° + 28{,}1° \approx 89{,}1°$.

**L'angle $\widehat{ACD}$ n'est pas droit. Max se trompe.**

## Exercice 5 (Énoncé p. 417)

**1.** En choisissant le nombre –1 ;
en multipliant par 4, on obtient -4, puis en ajoutant 8 on obtient 4.
En multipliant par 2, **on obtient bien 8 comme résultat**.

**2.** Soit $x$ le nombre de départ. Le résultat du programme est $(x \times 4 + 8) \times 2$.
On veut donc résoudre $(4x + 8) \times 2 = 30$, ce qui donne successivement :
$4x + 8 = 30 \div 2$
$4x + 8 = 15$
$4x = 15 - 8$
$4x = 7$
$x = 7 \div 4$
**Il faut choisir 1,75 comme nombre de départ pour que le résultat soit 30.**

**3.** Pour toutes les valeurs de $x$, on a :
$A = 2(4x + 8) = 2 \times 4x + 2 \times 8 = 8x + 16$ et
$B = (4 + x)^2 - x^2 = 4^2 + 2 \times 4 \times x + x^2 - x^2 = 16 + 8x$.
Pour toutes les valeurs de $x$, les expressions *A* et *B* sont égales.

> $(a + b)^2 = a^2 + 2ab + b^2$

**4.** • **Affirmation 1**
En prenant –5 comme nombre de départ, le résultat est $(-5 \times 4 + 8) \times 2 = -24$, qui n'est pas positif.
**L'affirmation 1 est fausse**.

• **Affirmation 2**
Si le nombre de départ est un entier $x$, le résultat est $8x + 16 = 8(x + 2)$ avec $x + 2$ qui est un entier. Le résultat est bien un multiple de 8.
**L'affirmation 2 est juste**.

> Un multiple d'un entier $n$ est un nombre qu'on peut écrire sous la forme $kn$ avec $k$ entier.

## Exercice 6 (Énoncé p. 418)

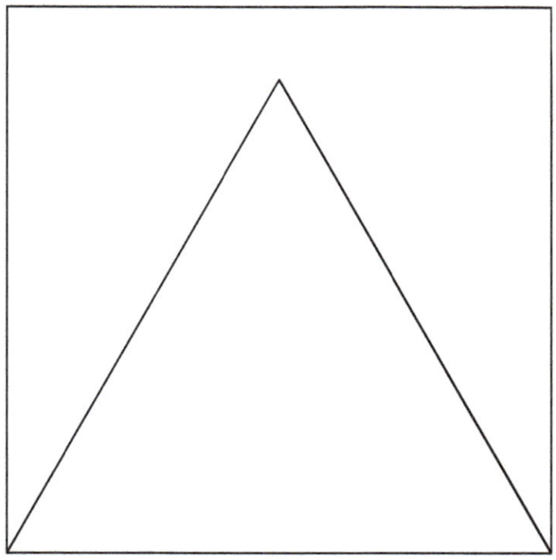

**1. a)** La taille du carré est de 300 pixels et l'échelle étant de 1 cm pour 50 pixels, la taille du carré est 6 cm.

**b)** Après l'instruction ligne 7, le stylo est retourné à l'origine (0 ; 0) et orienté vers la droite. Lors de l'instruction ligne 8, le stylo avance de 300 pixels ÷ 6, soit 50 pixels vers la droite et se trouve alors au **point de coordonnées (50 ; 0)**.

**2.** La figure ayant un axe de symétrie, et ayant une distance de 50 pixels entre les bords gauches des deux carrés, il y a aussi une distance de 50 pixels entre les bords droits des deux carrés. La taille du petit carré est donc 300 – 2 × 50, soit 200 pixels.
En ligne 9, il faut écrire **mettre longueur à 200**.

**3. a)** C'est **une homothétie** qui permet de transformer le grand carré en petit carré. **Son rapport est** $\frac{\text{taille petit carré}}{\text{taille grand carré}} = \frac{200}{15} = \frac{2}{3}$.

**b)** Le rapport des aires entre les deux carrés est $\left(\frac{2}{3}\right)^2 = \frac{4}{9}$.

Dans une homothétie de rapport $k$, les aires sont multipliées par $k^2$.

## Exercice 7 (Énoncé p. 419)

**1.** La représentation graphique de la vitesse en fonction du temps n'est pas une droite passant par l'origine du repère**, le temps et la vitesse ne sont pas proportionnels.**

**2. a)** Graphiquement, la vitesse initiale ($t = 0$) est de **20 tours par seconde**.

**b)** Au bout d'une minute et vingt secondes, soit au bout de 80 secondes, la vitesse de rotation est **3 tours par seconde**.

**c)** Le « *hand-spinner* » va s'arrêter au bout de **94 secondes**.

**3. a)** On a :
$V(30) = -0{,}214 \times 30 + 20 = 13{,}58$.
Au bout de 30 secondes, la vitesse du « *hand-spinner* » est de **13,58 tours par seconde.**

**b)** On veut $V(t) = 0$, soit $-0{,}214t + 20 = 0$, ce qui donne successivement :
$20 = 0{,}214t$
$20 \div 0{,}214 = t$
$93{,}5 \approx t$
**Le « *hand-spinner* » va s'arrêter au bout de 93,5 secondes environ.**

**c)** Le temps d'arrêt du « *hand-spinner* » est solution de $V(t) = 0$,
soit de $-0{,}214t + V_{\text{initiale}} = 0$, ce qui donne successivement :
$V_{\text{initiale}} = 0{,}214t$
$V_{\text{initiale}} \div 0{,}214 = t$
**Si on double la vitesse initiale, le temps d'arrêt est aussi doublé.**

# Sujet 3

# HISTOIRE-GÉOGRAPHIE EMC

## Partie I

## ANALYSE ET COMPRÉHENSION DE TEXTES ET DE DOCUMENT

3 heures 50 points

### Exercice 1 Analyser et comprendre des documents 20 points

### HISTOIRE

**La France défaite et occupée. Régime de Vichy, collaboration, Résistance.**

Document **Témoignage de Jean-Jacques Auduc, né le 9 juillet 1931, près du Mans.**

Mon travail était de récupérer les messages. Je venais à bicyclette, de chez ma grand-mère. Je récupérais les messages ; j'en récupérais d'autres que me donnait André Dubois. Et je rentrais à Foulletourte[1]... 25 kilomètres à l'aller, 25 kilomètres au retour. J'avais 12 ans. Je franchissais les barrages allemands sans être inquiété. Je cachais les messages dans la pompe de mon vélo.

Outre mes activités d'agent de liaison, on m'envoyait aussi dans les endroits où les adultes ne pouvaient pas aller. Par exemple, les Allemands avaient positionné sur le terrain d'aviation du Mans trois escadrilles de bombardiers « Junker ». Les Anglais les avaient repérées et ça les inquiétait. [...] On m'a envoyé avec un cerf-volant et je me suis approché le plus près possible. Les gardes – c'étaient de vieux soldats allemands – se sont même mis à jouer avec moi. À un moment, en me baissant, je me suis aperçu que les avions en question étaient en bois... C'était des leurres ! J'ai signalé ça. Les Anglais ont été rassurés. [...] Il n'y avait qu'un enfant qui pouvait s'approcher sans éveiller la méfiance des soldats. C'était le 21 septembre 1943 ; pour cette action, je recevrai, le 13 juin 1945, la Croix de guerre avec étoile de vermeil. [...] En novembre 1943, mes parents ont donc été arrêtés sur dénonciation. Moi, j'étais parti chez ma grand-mère pour apporter des plis. Les voisins m'attendaient au bout de la rue : « Surtout tu rentres pas chez toi parce que la Gestapo t'attend ». Les Allemands voulaient absolument me prendre pour me faire parler.

On avait prévu, en cas d'arrestation, que j'aille à Chartres, chez un commandant d'aviation. Je suis parti, sans argent, sans ticket d'alimentation, sans papiers ! Traqué par la Gestapo. Ne sachant pas ce que mes parents étaient devenus. [...] Entre-temps, mes parents avaient été déportés. La Gestapo ne s'intéressait plus à moi. J'ai pu rentrer chez ma grand-mère. J'ai repris l'école avec l'idée de m'engager dans les FFI[2] pour aller libérer les camps et mes parents. C'est ce que j'ai fait à l'automne 1944. J'ai rejoint les FFI de Foulletourte. On traquait les Allemands en déroute. Mais je ne suis pas allé plus loin. J'étais trop jeune pour m'engager chez le général Leclerc[3]. Les Anglais m'ont récupéré, encore une fois. Ils m'ont emmené en Angleterre. J'ai vécu dans une famille d'officiers jusqu'au retour de mes parents.

D'après Philippe Chapleau, *Des enfants dans la Résistance (1939-1945)*, Éditions Ouest France (2008).

1. Foulletourte : commune située dans l'Ouest de la France.
2. Forces Françaises de l'Intérieur : regroupement des principaux réseaux de résistants combattant en France.
3. Général Leclerc : officier général des Forces Françaises Libres devenue l'armée française de la libération à partir d'août 1943.

## Questions

1. Présentez l'auteur de ce témoignage. **(2 points)**

2. Décrivez la situation de la France au moment des faits racontés. **(4 points)**

3. Indiquez les différentes missions confiées à Jean-Jacques Auduc et la raison pour laquelle la Résistance fait appel à lui. **(6 points)**

4. Relevez les principaux acteurs de la lutte contre les Allemands avec lesquels il a été en contact. **(4 points)**

5. Expliquez pourquoi les actions de la Résistance pouvaient être dangereuses. **(4 points)**

## Exercice 2 Maîtriser différents langages pour raisonner et utiliser des repères géographiques 20 points

### GÉOGRAPHIE

**L'organisation du territoire français**

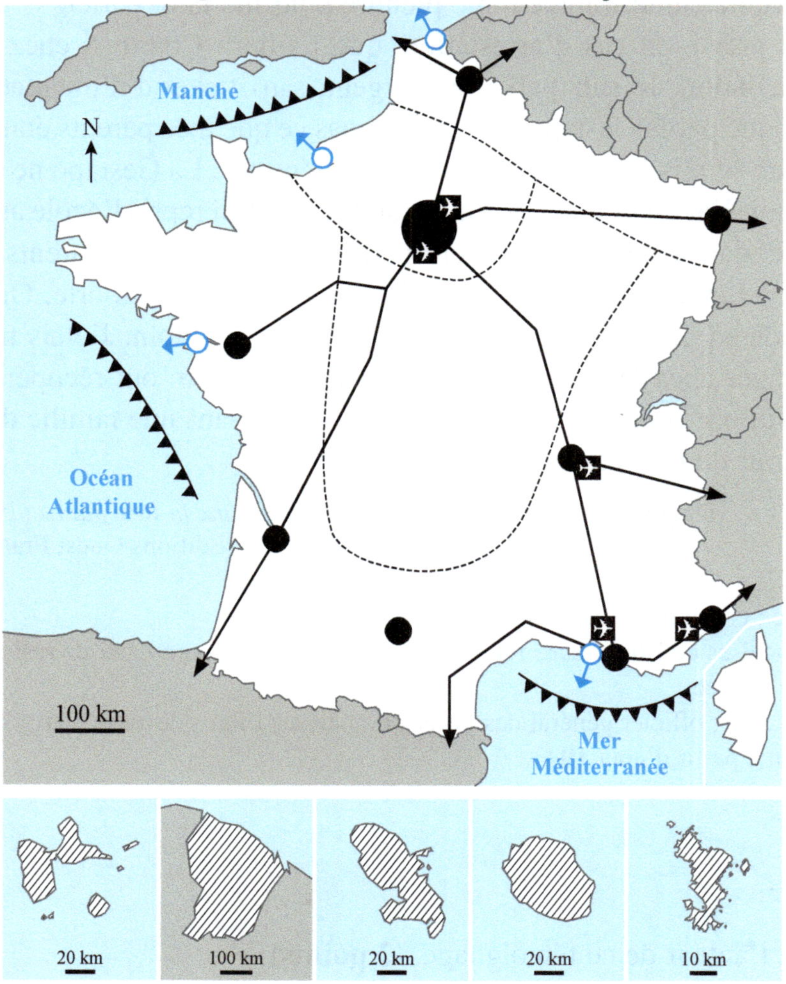


**1. Des territoires dynamiques**

- A Le cœur économique du pays
- B Espaces périphériques dynamiques
- ● Métropole mondiale
- • Principales aires urbaines
- → Ouverture vers les pays voisins
- ▲▲ Principales façades maritimes

**2. Des espaces en difficultés**

- C Régions industrielles anciennes
- D Espaces ruraux peu reliés au monde
- ▨ ……………………………..

**3. Des infrastructures de transport inégalement réparties**

- — Principaux axes terrestres
- ○→ Principaux ports
- ✈ Principaux aéroports

**Pourquoi et comment aménager le territoire ?**

## Questions

1. Rédigez un développement construit d'environ vingt lignes pour montrer les problèmes spécifiques rencontrés par les territoires ultramarins français et les aménagements réalisés pour tenter d'y remédier. Vous pouvez prendre appui sur un exemple étudié en classe. **(13 points)**

2. L'organisation du territoire français
Sur la carte et la légende de la page ci-contre **(7 points)** :

a) Complétez la légende des figurés A, B, C et D en choisissant des couleurs adaptées pour montrer les inégalités de dynamisme des quatre espaces.

b) Coloriez la carte à l'aide de la légende.

c) Complétez la légende en indiquant l'information qui correspond au figuré hachuré.

d) Localisez et nommez quatre aires urbaines de votre choix.

e) Expliquez le choix du figuré pour les façades maritimes.

## Exercice 3 Mobiliser les compétences relevant de l'enseignement moral et civique ✓ 10 points

### ENSEIGNEMENT MORAL ET CIVIQUE

**Situation pratique : Le droit et la règle. Le règlement intérieur : des principes pour vivre avec les autres**

**Document 1 À quoi sert un règlement intérieur ?**

« Le règlement intérieur fixe l'ensemble des règles de vie dans l'établissement. Par exemple, il édicte[1] les horaires d'entrée et de sortie et précise les conditions d'exercice de la liberté d'expression des élèves, les conditions d'accès et les usages de l'établissement. [...] Les règles sont rédigées par la direction de l'établissement, en concertation avec les autres membres de la communauté éducative [...]. C'est sur ce document que vous saurez ce qui est interdit ou non. L'interdiction de certains vêtements (casquette, short, etc.) peut être prévue ainsi que les sanctions qui s'y rattachent. C'est aussi dans ce

1. Édicte : impose

document que sont autorisés ou non le téléphone portable, les baladeurs, les casques... Le principe demeure que ce qui n'est pas interdit par le règlement intérieur est permis, si, bien entendu, cela est aussi permis à l'extérieur. [...] Le règlement intérieur garantit la liberté d'information et d'expression, les principes de laïcité et de pluralisme, le cadre disciplinaire applicable à chaque établissement, l'interdiction de certaines pratiques comme le bizutage, et prévoit les sanctions applicables. »

Source : Centre d'Informations et de Documentation Jeunesse (CIDJ), 2016.

**Document 2 Extrait du règlement intérieur d'un collège.**

« Le règlement intérieur met en application :
– La liberté d'information et d'expression.
– Le principe de neutralité politique, idéologique et religieuse.
– Le respect des principes de laïcité et de pluralisme.
– Le devoir de tolérance et le respect d'autrui.
– Les garanties de protection contre toute agression physique ou morale et contre toutes discriminations. Il en découle pour chacun le devoir de n'user d'aucune forme de violence.
– L'égalité des chances et de traitement entre filles et garçons. »

Source : site internet du collège de Rousset (Bouches-du-Rhône).

## Questions

1. Relevez deux valeurs de la République auxquelles font référence les deux documents.

2. Nommez un texte qui garantit ces valeurs pour tous les citoyens.

3. Reproduisez sur votre copie le tableau ci-dessous. À partir des deux documents, complétez le tableau en donnant deux interdictions et deux garanties présentes dans un règlement intérieur.

| Le règlement intérieur interdit | Le règlement intérieur garantit |
|---|---|
| ........................................................ | ........................................................ |

4. Vous accueillez dans votre collège des élèves de CM2. À un écolier qui vous dit que « connaître le règlement intérieur ne sert pas à grand-chose », vous répondez en lui montrant ce qui fait l'intérêt du règlement et la nécessité de bien le connaître. Votre réponse ne comportera aucune information d'identité ou de signature.

# CORRIGÉ

## Exercice 1 Analyser et comprendre des documents 20 points

### HISTOIRE

### Ce qu'il faut savoir avant de commencer…

• Au printemps 1940, l'Allemagne nazie agresse la France : l'armée française est vaincue en quelques semaines. À la débâcle militaire, s'ajoute un exode massif de populations – 8 millions de réfugiés – venues des Pays-Bas, de Belgique, du Luxembourg et de la France du Nord, fuyant l'invasion allemande. La question de l'armistice divise les Français : il y a ceux qui acceptent la défaite et ceux qui la refusent. Le premier résistant est le général Charles de Gaulle lorsqu'il lance son célèbre appel le 18 juin 1940.

• Résister, c'est d'abord refuser l'occupation de la France et la politique de collaboration du régime de Vichy, dirigé par le maréchal Philippe Pétain.

• Résister, c'est rejoindre la France libre qui poursuit le combat aux côtés des Alliés. C'est parallèlement agir en France même pour répondre à l'occupant allemand et au régime de Vichy sur tous les terrains, de la propagande clandestine à la lutte armée, en passant par le sauvetage des évadés et des Juifs ou le renseignement.

• La libération de la Corse en 1943 ravive l'espoir de voir toute la France libérée. Les premiers mois de 1944 sont marqués par la montée en puissance de la Résistance, plus nombreuse et mieux armée. L'espoir d'une libération prochaine accélère la préparation de l'insurrection nationale. Les débarquements alliés en juin puis en août1944 permettent, avec l'appui de la Résistance intérieure, de chasser les Allemands, de mettre un terme au régime de Vichy et de rétablir la République.

## Questions

1. Jean-Jacques Auduc est né le 9 juillet 1931 près du Mans, dans l'ouest de la France. Son témoignage est celui d'un enfant engagé dans les rangs de la Résistance pendant la Deuxième Guerre mondiale, dans la France défaite et occupée par l'Allemagne nazie.

2. La France est vaincue et occupée par l'Allemagne nazie de 1940 jusqu'en 1944. Le régime de Vichy naît de cette débâcle militaire. Pendant quatre ans, il conduit la « Révolution nationale » en opposition à la République. Cette réforme de la société s'inspire des idées autoritaires de l'extrême droite française et du fascisme italien. En même temps, le régime de Vichy collabore avec les nazis, espérant adoucir la dureté de l'Occupation et gagner une place de choix dans l'Europe allemande. Les Français supportent à la fois la dureté des Allemands et celle du régime de Vichy. Une minorité d'entre eux s'engage dans la Résistance.

3. Deux missions sont confiées à Jean-Jacques Auduc :
– il est un agent de liaison (« Je récupérais les messages ; j'en récupérais d'autres que me donnait André Dubois. Et je rentrais à Foulletourte... 25 kilomètres à l'aller, 25 kilomètres au retour. J'avais 12 ans. Je franchissais les barrages allemands sans être inquiété. Je cachais les messages dans la pompe de mon vélo »).
– il renseigne la Résistance (« [...] on m'envoyait aussi dans les endroits où les adultes ne pouvaient pas aller. Par exemple, les Allemands avaient positionné sur le terrain d'aviation du Mans trois escadrilles de bombardiers «Junker». Les Anglais les avaient repérées et ça les inquiétait. On m'a envoyé avec un cerf-volant et je me suis approché le plus près possible »).
Son jeune âge lui permet de passer les barrages allemands et de s'approcher des soldats allemands sans éveiller les soupçons.

4. Deux réponses sont possibles parmi les trois suivantes :
– les Forces Françaises de l'Intérieur (FFI), c'est-à-dire le regroupement des principaux réseaux de résistants combattant en France ;
– les Forces Françaises Libres (FFL), devenue l'armée française de la libération à partir d'août 1943, commandées par le général Leclerc (Philippe de Hauteclocque, dit « Leclerc ») ;
– les Anglais

5. Résister, c'est rejoindre la clandestinité et l'illégalité. C'est pouvoir compter sur le soutien de réseaux de sympathisants qui cachent, ravitaillent et soignent les résistants. C'est accepter le risque d'être arrêté, torturé, déporté, assassiné par les nazis ou par la Milice, qui rassemble des volontaires pour défendre le régime de Vichy contre la Résistance et les Alliés.

## Exercice 2 Maîtriser différents langages pour raisonner et utiliser des repères géographiques 20 points

GÉOGRAPHIE

### Questions

1. Une douzaine de territoires composent les territoires ultramarins de la France. Ce sont les lieux qui ne sont pas situés sur le territoire européen de la République. La liste comprend 3 départements et régions d'outre-mer (Guadeloupe, Réunion, Mayotte), 2 collectivités uniques (Guyane et Martinique) et 5 collectivités d'outre-mer. Auxquels il faut ajouter la Nouvelle-Calédonie et les Terres australes et antarctiques françaises (TAAF) qui ont des statuts particuliers.
Plusieurs problèmes spécifiques pèsent sur les territoires ultramarins :
– l'éloignement vis-à-vis de la métropole, d'où des temps de trajet longs et coûteux ;
– l'insularité et ses effets négatifs : isolement, pression sur la terre, multiplication des conflits d'usage, difficile mobilité des populations ;
– l'exposition aux aléas naturels ;

– un développement fragile et inégal : des territoires où le revenu par habitant est inférieur à la moyenne nationale, le taux de chômage supérieur, le coût de la vie élevé et les inégalités fortes entre les groupes sociaux ;
– des économies déséquilibrées et dépendantes : hypertrophie des services dominés par le tourisme, agriculture en crise et industrie pas développée. La dépendance des aides métropolitaines et européennes est donc forte.
L'accumulation des difficultés explique les aménagements mis en œuvre pour tenter d'y remédier. Les acteurs des aménagements sont l'État central, les collectivités territoriales et l'Union européenne (car elle considère ces territoires comme des « régions ultrapériphériques » (RUP) en retard de développement).
Des exemples d'aménagement peuvent être développés parmi d'autres décrits en classe :
– l'aménagement d'infrastructures de transports (portuaires, aéroportuaires ou routiers) pour compenser l'éloignement ou améliorer les mobilités (exemples : l'aéroport de Dzaoudzi-Pamandzi à Mayotte, la nouvelle route littorale dans l'île de la Réunion, l'extension du port de commerce de Jarry en Guadeloupe ou celui de Dégrad des Cannes en Guyane…) ;
– les aménagements pour le développement du tourisme (exemple : nouveau terminal de croisière dans le port autonome de Guadeloupe) ;
– l'irrigation des terres agricoles (exemple : le projet « Irrigation Littoral Ouest » à la Réunion).

**2. a)** Les couleurs doivent rendre compte des inégalités de dynamisme des quatre espaces sur la carte. Pour cela, leur intensité doit varier en fonction du dynamisme de l'espace. Les couleurs doivent aussi reprendre les conventions cartographiques. Par exemple :
– la lettre A : rouge (parce que le dynamisme est le plus fort) ;
– la lettre B : orange ou jaune (parce que le dynamisme est plus faible) ;
– la lettre C : violet ou noir (pour renvoyer à la tradition minière des régions du Nord et de l'Est) ;
– la lettre D : vert (pour signifier le peuplement rural) ou marron (pour le relief du Massif central).

**b)** Voir carte ci-après.

**c)** Légende : territoires ultramarins (ou territoires d'outre-mer, ou DROM)

**d)** Voir carte ci-après.

**e)** Plusieurs réponses sont possibles. Par exemple : le choix d'un figuré linéaire pour représenter une interface littorale, c'est-à-dire une zone littorale de contact entre la France et le reste du monde.

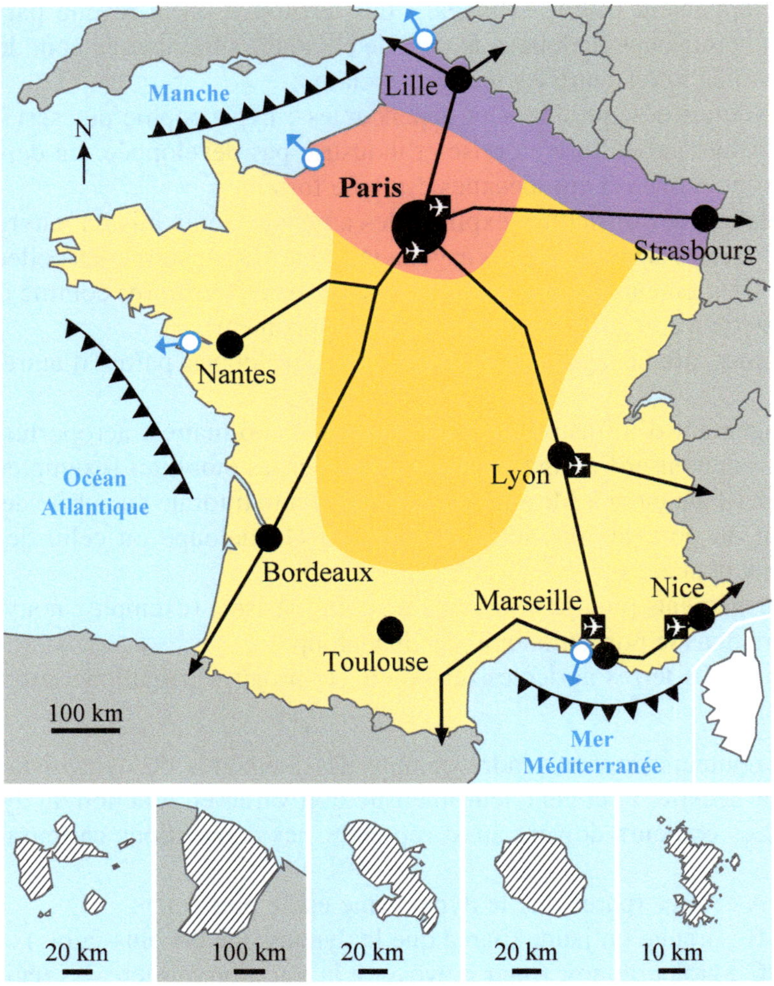


## Exercice 3 Mobiliser les compétences relevant de l'enseignement moral et civique 10 points

### ENSEIGNEMENT MORAL ET CIVIQUE

### Questions

1. Deux éléments sont attendus parmi les réponses suivantes :
– la liberté
– la liberté d'expression,
– la liberté d'information,

– la laïcité ou le principe de neutralité politique, idéologique et religieuse
– l'égalité

2. Choisir une réponse parmi les réponses suivantes :
– la Déclaration des droits de l'homme et du citoyen (DDHC) de 1789 ;
– la loi de séparation des Églises et de l'État de 1905 ;
– la loi de 2004 portant sur les signes ou tenues manifestant une appartenance religieuse dans les écoles, collèges et lycées publics ;
– la Déclaration universelle des droits de l'Homme (DUDH) de 1948.

3.

| Le règlement intérieur interdit | Le règlement intérieur garantit |
|---|---|
| « certains vêtements »<br>« certaines pratiques comme le bizutage »<br>« toute agression physique ou morale »<br>« toutes discriminations »<br>« violence » | « la liberté d'expression des élèves »<br>« la liberté d'information et d'expression »<br>« les principes de laïcité ou principe de neutralité politique, idéologique et religieuse »<br>« la tolérance et le respect d'autrui »<br>protection contre toute agression physique ou morale »<br>« protection contre toutes discriminations »<br>« égalité des chances et de traitement entre filles et garçons » |

4. Si l'État républicain garantit les droits du citoyen, les devoirs du citoyen sont la contrepartie de ces droits. Il importe donc de montrer à cet élève qui va rentrer en 6e en quoi le respect des règles de vie dans un établissement scolaire n'est pas un conditionnement à l'obéissance aveugle ; c'est, tout au contraire, leur respect qui garantit les droits de chacun. Votre réponse peut aborder plusieurs points. Par exemple :

– L'élaboration du règlement intérieur est démocratique : le règlement est écrit par l'équipe éducative, puis il est soumis pour vote au conseil d'établissement dans lequel siègent des représentants de l'administration, des professeurs, des parents d'élèves et des élèves.
– Si le règlement insiste sur les obligations des élèves, comme la présence à l'école, le respect des locaux et des autres, il garantit aussi l'exercice de droits. Par exemple, l'application du principe de laïcité : d'une part, l'interdiction de tout enseignement et de tout signe religieux ; d'autre part, le respect absolu de la liberté de religion.
– Le règlement intérieur est signé par les élèves et par les parents pour montrer qu'ils ont pris connaissance du texte. Il faut préciser que même non signé, le règlement intérieur est à respecter dans son intégralité par les élèves et par les familles. En effet, il ne s'agit pas d'un contrat mais de la loi : nul ne peut s'y soustraire et nul ne peut prétendre l'ignorer.

# Sujet 4

# PHYSIQUE-CHIMIE SVT – TECHNO

*Lors de l'épreuve terminale, le sujet ne porte que sur 2 disciplines parmi les 3 présentées ici.*

## Indication portant sur l'ensemble du sujet

*Toute réponse, même incomplète, montrant la démarche de recherche du candidat sera prise en compte dans la notation.*

## PHYSIQUE-CHIMIE

### Conservation du lait

Source de calcium et de vitamines, le lait est un aliment complet, mais c'est un produit fragile. Dès la traite, on instaure une chaîne du froid pour le conserver.

**Partie 1 : Étude physico-chimique d'un lait**

Le lait est un mélange (émulsion) de matières grasses (lipides) dans l'eau.

**Document 1 :** Caractéristiques du lait étudié

*Les masses de constituants sont données pour 100 g de lait.*

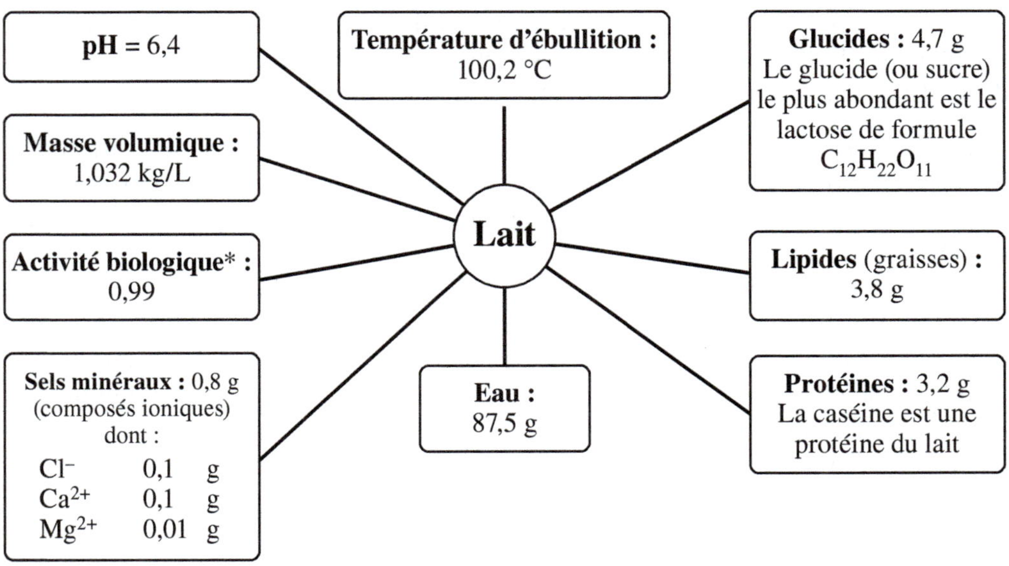


* Pour information, plus l'activité biologique est proche de 1, plus le risque de développement de micro-organismes est élevé.

## QUESTION 1 — 3 points

Indiquer la composition atomique de la molécule de lactose.

## QUESTION 2 — 4 points

D'après la réglementation sanitaire européenne, la conservation des produits alimentaires est autorisée à température ambiante quand l'une des trois conditions suivantes est vérifiée :

– activité biologique < 0,91 ;

– pH < 4,5 ;

– activité biologique < 0,95 et pH < 5,2.

Expliquer pourquoi le lait étudié doit être conservé au froid.

## QUESTION 3 — 7 points

La poudre de lait est fabriquée en évaporant totalement l'eau contenue dans le lait.

1. Déterminer la masse de poudre de lait qu'il est possible d'obtenir à partir d'un kilogramme du lait étudié.

2. On fabrique de la poudre de lait à partir d'un litre du lait étudié.

Expliquer sans calcul si la masse de poudre de lait obtenue est inférieure, identique ou supérieure à la valeur trouvée à la question 1.

### Partie 2 : Analyse du lactosérum

L'une des méthodes les plus anciennes de conservation du lait est la fabrication de fromage. Le lait cru subit alors une chaîne de transformation (document 2). Il faut séparer la phase aqueuse du lait, appelée lactosérum, du caillé. Le caillé est ensuite traité séparément pour être transformé en fromage.

**Document 2 :** Chaîne de transformation du lait cru

**Écrémage :** Laissé au repos, le lait se sépare en deux couches. La crème remonte à la surface. Le liquide restant constitue le lait écrémé.

**Coagulation :** On amène le pH du lait écrémé à la valeur de 4,6. Un solide insoluble dans l'eau se dépose au fond du récipient, c'est le caillé. Le liquide qui surnage est appelé lactosérum. Il est constitué d'eau, de lactose, de sels minéraux et de quelques protéines solubles dans l'eau.

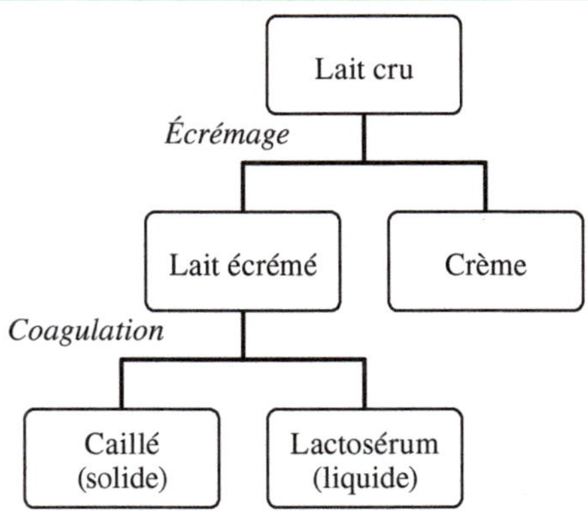

## QUESTION 4 — 4 points

En exploitant le document 2, expliquer pourquoi on peut faire l'hypothèse que le lactosérum est acide.

## QUESTION 5 — 4,5 points

En utilisant le document 3, proposer un protocole expérimental permettant de prouver la présence d'ions chlorure dans le lactosérum. On pourra formuler la réponse sous forme de texte et/ou de schémas.

**Document 3 :** Quelques tests d'identification d'ions

| **Ion testé** | Ion magnésium $Mg^{2+}$ | Ion chlorure $Cl^-$ | Ion calcium $Ca^{2+}$ |
|---|---|---|---|
| **Réactif** | Solution d'hydroxyde de sodium | Solution de nitrate d'argent | Solution d'oxalate de sodium |
| **Couleur du solide (précipité) obtenu** | Blanc | Blanc noircissant à la lumière | Blanc |

## SVT

Dans ce sujet, on s'intéressera à une maladie, le tétanos.

Un médecin reçoit aux urgences hospitalières un patient qui s'est sérieusement blessé avec un outil de jardinage. Dans un premier temps, la plaie est nettoyée et désinfectée. Le médecin décide de prévenir rapidement le risque de tétanos.

Le tétanos est une maladie provoquée par une toxine produite par une bactérie, *Clostridium tetani*. La vaccination contre le tétanos protège de cette maladie.

**Document 1 :** Calendrier simplifié permettant de se tenir à jour* dans ses vaccinations

* Être à jour dans ses vaccinations, signifie avoir reçu les vaccins recommandés selon son âge et avec le bon nombre d'injections pour être protégé.

| **Vaccins** / **Âge approprié** | **1 mois** | **2 mois** | **4 mois** | **5 mois** | **11 mois** | **12 mois** | **16-18 mois** | **6 ans** | **11-13 ans** | **25 ans** | **45 ans** | **65 ans** | **Tous les 10 ans : 75 ans, 85 ans…** |
|---|---|---|---|---|---|---|---|---|---|---|---|---|---|
| BCG | X | | | | | | | | | | | | |
| Diphtérie - Tétanos - Poliomyélite | | X | X | | X | | | X | X | X | X | X | X |
| Rougeole - Oreillons - Rubéole | | | | | | X | X | | | | | | |

X : injection d'un vaccin

*D'après le site 2017 http://inpes.santepubliquefrance.fr*

## QUESTION 1 ✓ 7 points

Le carnet de santé du patient indique qu'il a été vacciné contre le tétanos à 2 mois, 4 mois, 11 mois, 6 ans et 13 ans. À partir du document 1, justifier que le patient, actuellement âgé de 33 ans, n'est plus à jour dans sa vaccination contre le tétanos.

Dans le cas d'un patient qui n'est plus à jour dans sa vaccination contre le tétanos, le médecin prescrit un test de dosage sanguin des anticorps spécifiques anti-toxine tétanique**. Le résultat du dosage permet de déterminer le traitement à lui appliquer sans tarder.

** Anticorps spécifiques anti-toxine tétanique : molécules produites par les lymphocytes (cellules impliquées dans les défenses immunitaires) suite à une vaccination contre le tétanos. Ces anticorps neutralisent la toxine tétanique, l'empêchant d'exercer son action.

**Document 2 :** Protocole du dosage rapide des anticorps spécifiques anti-toxine tétanique dans le sang d'un patient

- Une goutte de sang prélevée au niveau du doigt est déposée sur une plaquette-test, puis quelques gouttes d'un diluant sont ajoutées.
- Dix minutes plus tard, une ou deux bandes colorées apparaissent dans la zone de lecture :
– Si une seule bande se colore, le patient n'est pas ou est insuffisamment protégé contre le tétanos, le test est dit négatif ;
– Si deux bandes se colorent, la personne est immunisée contre le tétanos, le test est dit positif.

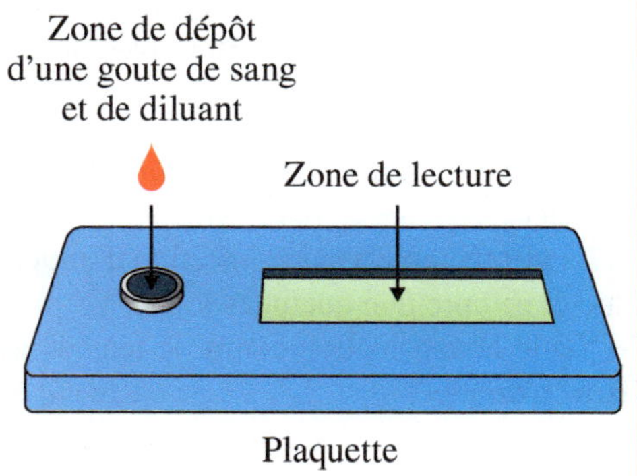


Plaquette utilisée pour le dosage rapide des anticorps anti-toxine tétanique

## QUESTION 2 ✓ 6 points

À partir du document 2, réaliser le schéma légendé d'une plaquette-test correspondant à un résultat négatif de dosage des anticorps, obtenu pour un patient qui n'est plus immunisé contre le tétanos.

**Document 3 :** Arbre décisionnel des étapes à suivre pour un patient blessé par un outil de jardinage

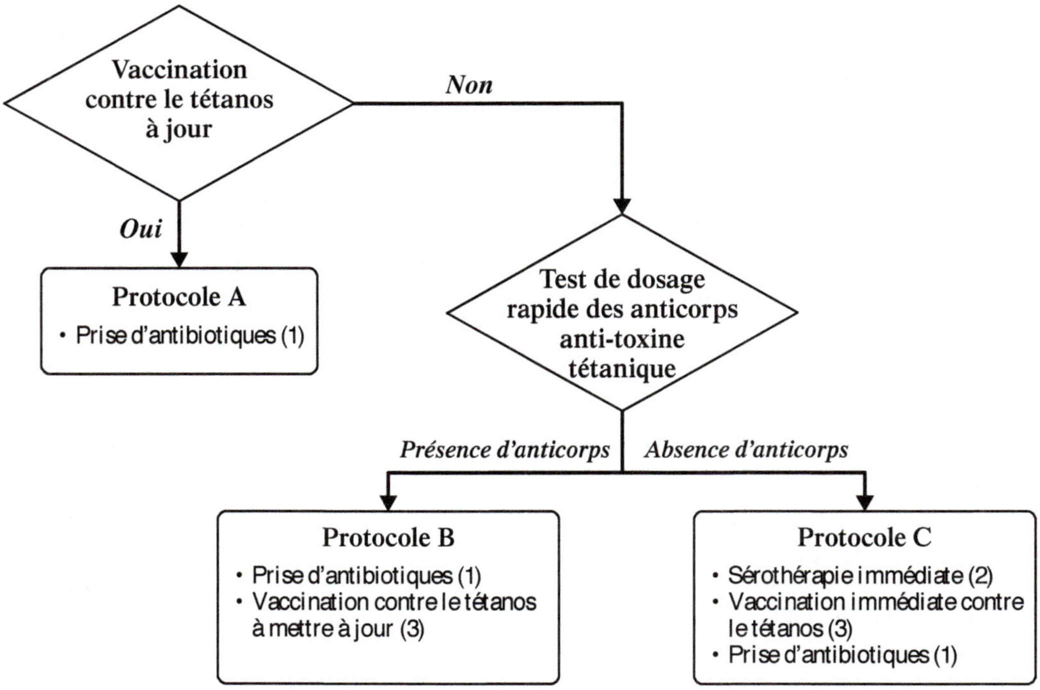


(1) Les antibiotiques stoppent l'infection due aux nombreuses bactéries présentes sur l'outil de jardinage.
(2) La sérothérapie est une injection d'anticorps anti-toxine tétanique, la protection est quasi immédiate et ne dure que quelques jours.
(3) Seule la vaccination contre le tétanos assure une immunisation supérieure à 10 ans contre la toxine tétanique.

*D'après E. Pilly, Maladies infectieuses et tropicales, CMIT, 2016, 648 pages*

## QUESTION 3 — 12 points

**1.** À partir du document 3, citer les étapes de l'arbre décisionnel qui amènent le médecin à appliquer le protocole C. (5 points)

**2.** Les trois éléments du protocole C sont : la sérothérapie immédiate, la vaccination immédiate et la prise d'antibiotiques.
À partir du document 3, justifier la nécessité des trois éléments du protocole C à appliquer à ce patient qui s'est blessé avec un outil de jardinage. (7 points)

## TECHNOLOGIE

L'échographie est une technologie d'imagerie 2D qui permet de visualiser certaines parties du corps humain, non visibles à l'œil nu.

Un constructeur d'échographes souhaite intégrer une transmission des résultats d'une vidéo de l'échographie en haute définition (HD). Afin de garantir une bonne disponibilité de cet appareil, il est nécessaire d'améliorer l'autonomie de la batterie et d'indiquer l'état de sa charge électrique.

**Document 1 :** Principe de fonctionnement d'un échographe portable

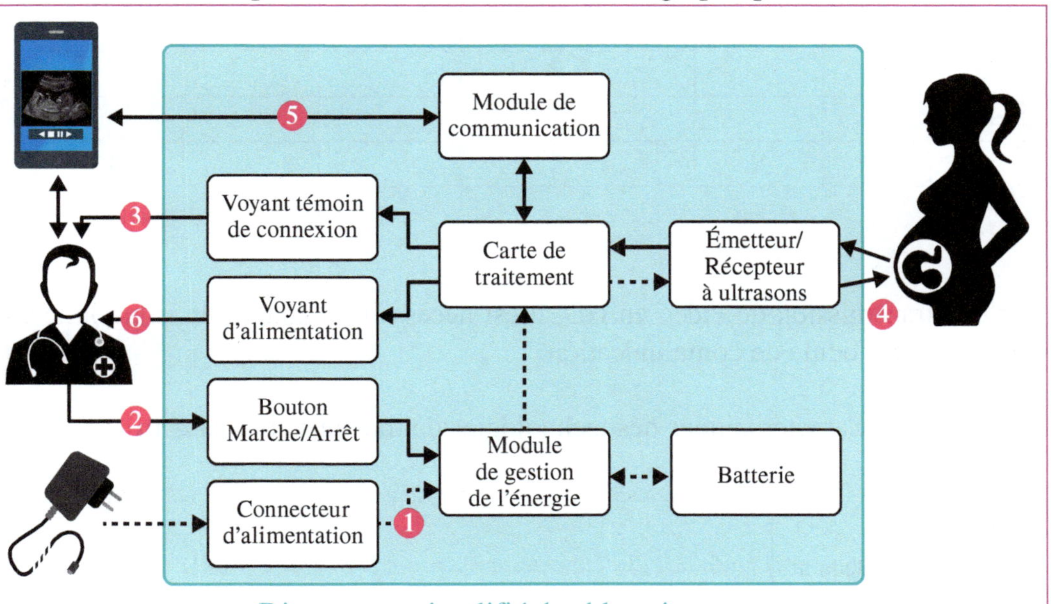


Diagramme simplifié des blocs internes

Lorsque le médecin appuie sur le bouton marche/arrêt (flèche ❷), la carte de traitement est alimentée. Un voyant témoin de connexion avec la tablette est allumé (flèche ❸).

La consigne de début et de fin d'acquisition des images, ainsi que sa visualisation, se font sur la tablette tactile. La tablette transmet les consignes (flèche ❺) au module de communication qui les transmet à la carte de traitement.

La carte de traitement alimente l'émetteur à ultrasons en énergie électrique. L'émetteur à ultrasons convertit l'énergie électrique en signal sonore (flèche ❹) qui se propage au sein du corps du patient. L'écho du signal sonore est capté par le récepteur qui le convertit en signal électrique transmis à la carte de traitement puis au module de communication. Celui-ci renvoie les résultats du traitement (flèche ❺) à la tablette pour l'affichage des images.

## QUESTION 1 ✅ 6 points

À l'aide du document 1, qui décrit le principe de fonctionnement d'un échographe ainsi que les flux (information et énergie) représentés par les flèches, compléter le tableau suivant en mettant, pour chaque flèche numérotée, une croix pour identifier la nature et le type de flux de chaque liaison.

| Lien | Nature de l'interaction | | | | | Type de flux | |
|---|---|---|---|---|---|---|---|
| Flèche | Signal sonore | Signal lumineux | Courant électrique | Ondes radio (sans fil) | Consigne utilisateur | Flux d'énergie | Flux d'information |
| ① | | | | | | | |
| ② | | | | | | | |
| ③ | | | | | | | |
| ④ | | | | | | | |
| ⑤ | | | | | | | |
| ⑥ | | X | | | | | X |

Pour une transmission de vidéo en HD, il est nécessaire d'adapter la solution technique pour le module de communication.

**Document 2 :** Caractéristiques des technologies de transmissions sans fil

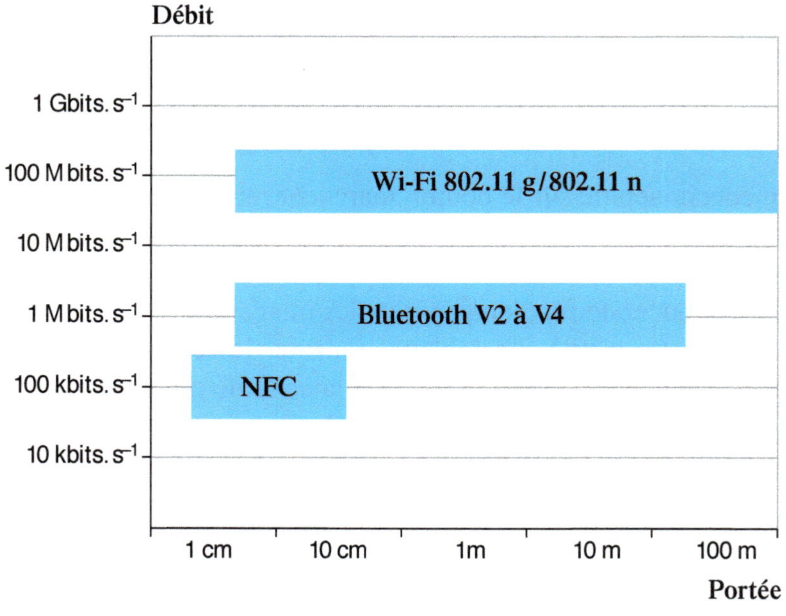

## QUESTION 2 5 points

À l'aide des données du document 2, choisir la solution technique que le constructeur doit intégrer au nouvel appareil et argumenter la réponse en précisant le ou les critères de choix.

Afin de répondre aux exigences du cahier des charges, le constructeur remplace la batterie utilisée de type Ni-Cd par une batterie de type Li-ion.

**Document 3 :** Caractéristiques des batteries

| Critère / Type batterie | Plomb | Ni-Cd | Ni-Mh | Li-ion |
|---|---|---|---|---|
| Rapport énergie stockée / masse | 40 $Wh \cdot kg^{-1}$ | 60 $Wh \cdot kg^{-1}$ | 85 $Wh \cdot kg^{-1}$ | 170 $Wh \cdot kg^{-1}$ |
| Prix pour 1 Wh | 0,15 € | 0,60 € | 0,65 € | 0,70 € |
| Source de pollution | élevée | élevée | faible | faible |
| Durée de vie (ans) | 4 à 5 | 2 à 3 | 2 à 4 | 2 à 3 |

## QUESTION 3 6 points

À l'aide du document 3, préciser les exigences qui ont été déterminantes dans le choix du constructeur.
Argumenter la réponse.

Pour informer l'utilisateur sur l'état de charge de la batterie, le constructeur étudie la possibilité d'intégrer un module d'information et de gestion de la charge au sein de l'appareil.

**Document 4 :** Gestion de la charge de la batterie

Un module de gestion gère la charge de la batterie et communique les informations suivantes à la carte de traitement :
- charge en cours - état vrai ou faux ;
- batterie déchargée - état vrai ou faux ;
- batterie chargée - état vrai ou faux.

*Suite du document en page suivante*

L'information de l'utilisateur est réalisée à l'aide d'une LED tricolore respectant le principe de fonctionnement suivant.
En permanence :
• lorsque la batterie est en charge, la LED clignote en orange (1 s allumée, 1 s éteinte) ;
• lorsque la batterie est en charge et qu'elle a atteint son niveau chargé, la LED s'allume en vert ;
• si la batterie est déchargée, la LED séclaire en rouge.

## QUESTION 4 ✅ 8 points

À l'aide du document 4, compléter sur le document ci-dessous la modélisation du programme de gestion du voyant d'alimentation de l'appareil d'échographie.

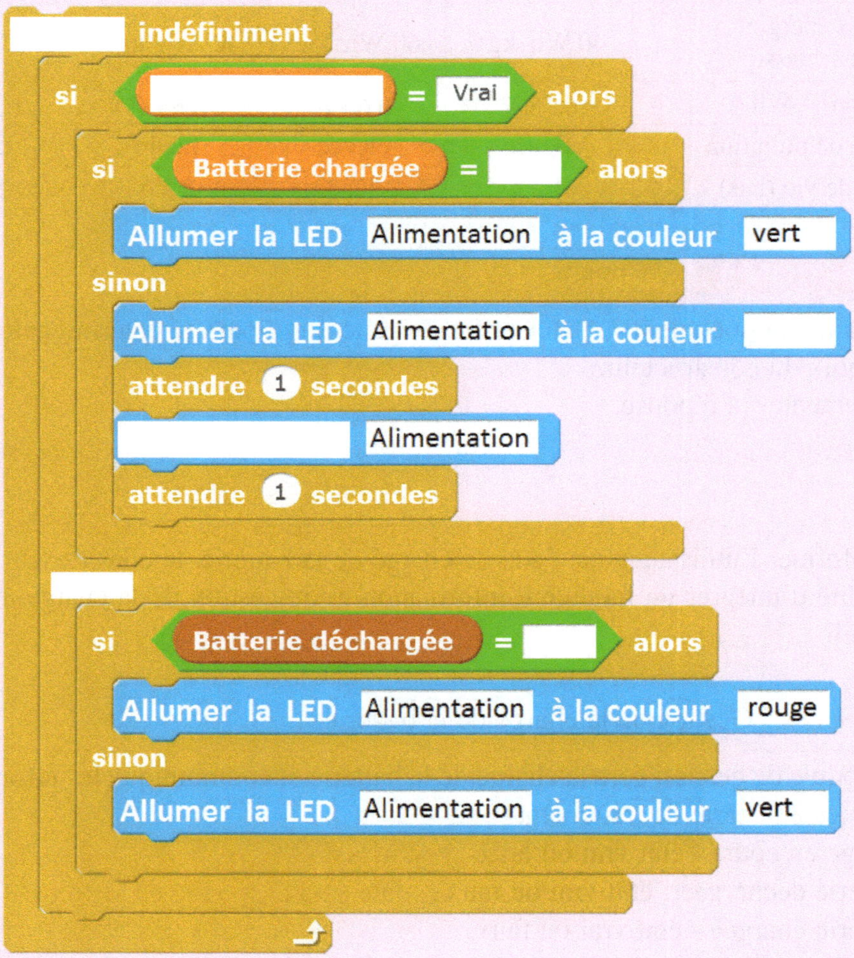

# CORRIGÉS

## PHYSIQUE-CHIMIE

### Question 1 (Énoncé p. 435)

Le document 1 nous donne la formule chimique de la molécule de lactose $C_{12}H_{22}O_{11}$. Dans cette formule chimique, chaque lettre indique le symbole chimique d'un atome. Le nombre en indice indique le nombre d'atomes présent dans la molécule.

**La molécule de lactose contient donc :**
**– 12 atomes de carbone (de symbole chimique C) ;**
**– 22 atomes d'hydrogène (de symbole chimique H) ;**
**– 11 atomes d'oxygène (de symbole chimique O).**

### Question 2 (Énoncé p. 435)

Pour que le lait puisse être conservé à température ambiante il faut qu'il réponde à l'une des trois conditions de la règlementation. Pour répondre à cette question il faut donc comparer les informations du document 1 avec ces conditions.
Numérotons les conditions :
– condition 1 : activité biologique $< 0{,}91$ ;
– condition 2 : pH $< 4{,}5$ ;
– condition 3 : activité biologique $< 0{,}95$ et pH $< 5{,}2$.

L'activité biologique du lait est de 0,99. Elle est supérieure à celle de la condition 1 et de la condition 3. Les conditions 1 et 3 ne sont pas vérifiées.
Le pH du lait est de 6,4. Il est supérieur à celui de la condition 2 (pH $< 4{,}5$). La condition 2 n'est pas vérifiée.
**Aucune des trois conditions n'est vérifiée. Le lait ne peut donc pas être conservé à température ambiante. Il doit donc être conservé à froid.**

### Question 3 (Énoncé p. 435)

1. Le document 1 donne les masses des différents constituants pour 100 grammes de lait.
100 grammes de lait contiennent 87,5 grammes d'eau
et donc $100 - 87{,}5 = 12{,}5$ grammes de matière sèche (poudre de lait).
$1\text{ kg} = 1\,000\text{ g} = 10 \times 100\text{ g}$

Dans un kilogramme de lait, on pourra donc obtenir dix fois plus, soit :
$10 \times 12,5 = 125$ g de poudre.
**La masse de poudre de lait qu'il est possible d'obtenir à partir d'un kilogramme du lait étudié est de 125 grammes.**

2. Pour répondre à cette question il faut utiliser la masse volumique du lait qui est donnée dans le document 1.
La masse volumique du lait est de 1,032 kg/L.
Un litre de lait pèse donc 1,032 kg.
**La masse de poudre de lait obtenue avec 1 litre de lait (masse 1,032 kg) sera donc supérieure à celle obtenue avec 1 kg de lait.**

## Question 4 (Énoncé p. 436)

Le document 2 présente la chaîne de transformation du lait cru. Le lait subit un écrémage puis une coagulation.
Lors de la coagulation, le pH du lait écrémé est amené à pH = 4,6. Ce pH est inférieur à 7, donc il s'agit d'une solution aqueuse acide.
Lors de la coagulation, il y a formation d'un solide insoluble dans l'eau. La solution aqueuse restante (le lactosérum) contient du lactose, des sels minéraux et quelques protéines solubles dans l'eau. On peut supposer que son pH est resté le même pendant la coagulation soit un pH = 4,6.
**On peut donc faire l'hypothèse que le pH du lactosérum est acide.**

## Question 5 (Énoncé p. 436)

Le document 3 présente différents tests de reconnaissances d'ions.
Pour mettre en évidence la présence des ions chlorure dans le lactosérum, il faut utiliser le bon réactif. La lecture du tableau indique qu'il faut utiliser la solution de nitrate d'argent.

Protocole expérimental :
– Prélever quelques millilitres de lactosérum dans un tube à essais.
– À l'aide du compte-gouttes, prélever quelques gouttes de la solution de nitrate d'argent.
– Verser quelques gouttes de la solution de nitrate d'argent dans le tube à essais.
– Observer la couleur du précipité obtenu. Si le lactosérum contient des ions chlorure, alors on voit apparaître un précipité blanc noircissant à la lumière.

*Voir schéma page suivante.*

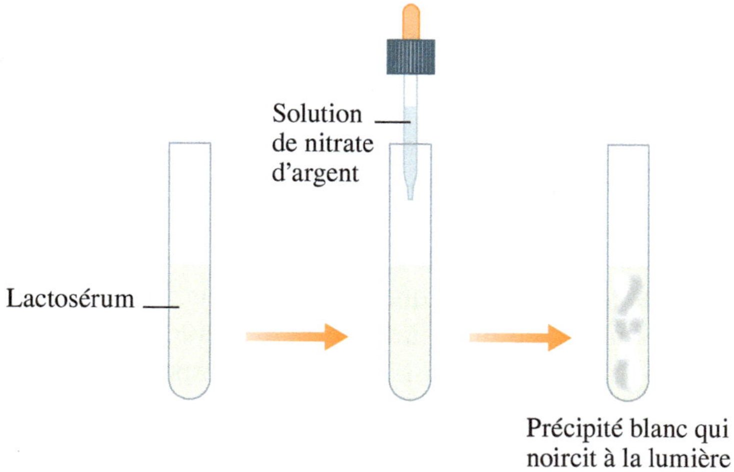


Schéma illustrant la mise en évidence des ions chlorure dans le lactosérum

## SVT

### Question 1 (Énoncé p. 437)

Nous voyons dans le document 1 que la vaccination contre le tétanos nécessite des rappels pour rester efficace ; ces rappels doivent être effectués à 2 mois, 4 mois, 11 mois, 6 ans, 11/13 ans, 25 ans, 45 ans, 65 ans puis tous les 10 ans.

Nous voyons également que le patient, âgé de 33 ans, a fait son dernier rappel à l'âge de 13 ans.

**Nous pouvons en déduire qu'il n'est plus vacciné contre le tétanos car il n'a pas fait le rappel nécessaire à l'âge de 25 ans.**

### Question 2 (Énoncé p. 437)

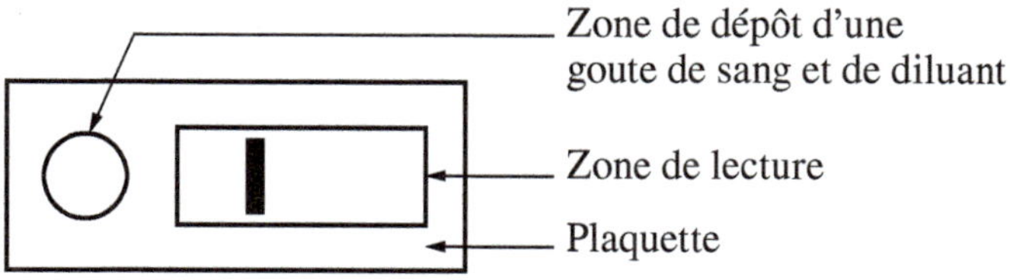


Schéma d'une plaquette-test correspondant à un résultat négatif de dosage des anticorps

## Question 3 (Énoncé p. 438)

1. Le patient n'étant pas à jour dans ses vaccinations, il faut, dans l'arbre décisionnel du document 3, pour la première étape « Vaccination contre le tétanos à jour » sélectionner « **NON** ».
Une seule bande colorée sur la plaquette-test de dosage rapide des anticorps anti-toxine tétanique amène pour l'étape suivante, « Test de dosage rapide des anti corps anti-toxine tétanique », à sélectionner « **ABSENCE D'ANTICORPS** ».
Ces deux étapes amènent au protocole C.

2. Nous voyons dans le document 3 que la sérothérapie, étape 1 du protocole, permet une protection immédiate grâce à l'injection d'anticorps anti-toxine tétanique qui vont neutraliser les bactéries *Clostridium tetani* responsables du tétanos ; cette protection ne durera que quelques jours.
La vaccination immédiate, étape 2, va permettre d'assurer une protection durable (supérieure à 10 ans) contre ces bactéries et donc contre le tétanos.
Enfin, la prise d'antibiotiques, étape 3, va permettre de détruire les bactéries et donc de stopper l'infection.

**Nous pouvons en déduire que les trois étapes sont importantes car elles permettent de traiter l'infection causée par la bactérie mais aussi d'assurer une protection immédiate et durable contre le tétanos.**

# TECHNOLOGIE

## Question 1 (Énoncé p. 440)

| Lien | Nature de l'interaction | | | | | Type de flux | |
|---|---|---|---|---|---|---|---|
| Flèche | Signal sonore | Signal lumineux | Courant électrique | Ondes radio (sans fil) | Consigne utilisateur | Flux d'énergie | Flux d'information |
| ❶ | | | X | | | X | |
| ❷ | | | | | X | | X |
| ❸ | | X | | | | | X |
| ❹ | X | | | | | | X |
| ❺ | | | | X | | | X |
| ❻ | | X | | | | | X |

*Explications :*

❶ La flèche indique une liaison entre le connecteur d'alimentation et le module de gestion de l'énergie. Cette liaison a pour objectif d'alimenter le module de gestion en électricité. Il s'agit donc d'une interaction de type **courant électrique**. C'est un **flux d'énergie** électrique.

❷ La flèche indique une action du médecin sur le bouton marche/arrêt. Il s'agit donc d'une interaction de type **consigne utilisateur**. C'est un **flux d'information**.

❸ La flèche indique la mise en fonctionnement d'un voyant lumineux indiquant l'état de la connexion de la tablette. Il s'agit donc d'une interaction de type **signal lumineux**. C'est un **flux d'information**.

❹ La flèche indique l'émission et la réception d'ultrasons afin de réaliser une échographie. Il s'agit donc d'une interaction de type **signal sonore** (les ultrasons sont des sons inaudibles pour l'oreille humaine). C'est un **flux d'information**.

❺ La flèche indique la transmission des résultats de traitement du module de communication à la tablette. Il s'agit donc d'une interaction de type **onde radio**. C'est un **flux d'information**.

## Question 2 (Énoncé p. 441)

Le constructeur d'échographes souhaite intégrer une transmission des résultats de l'échographie en vidéo haute définition (HD).

D'après le document 2 cette transmission HD nécessite un débit de 10 $Mbits.s^{-1}$. Le document 2 présente aussi les caractéristiques des technologies de transmissions sans fil (NFC, Bluetooth et Wifi).

Sur l'axe vertical du graphique figure le débit et sur l'axe horizontal la portée.

Seule la technologie Wifi est capable de fournir un débit minimum de10 $Mbits.s^{-1}$.

**Le choix se portera donc sur la solution technique Wifi.**

## Question 3 (Énoncé p. 441)

Le constructeur d'échographes souhaite garantir une bonne disponibilité de son appareil, il souhaite donc améliorer l'autonomie de la batterie. Il remplace alors la batterie utilisée de type Ni-Cd par une batterie de type Li-ion.

Pour identifier les exigences qui ont été déterminantes dans ce choix, il faut comparer les batteries Ni-Cd et Li-ion.

Quatre critères sont renseignés dans le tableau du document 3.

– *Rapport énergie stockée/masse* : on remarque que la batterie Li-on est presque trois fois plus performante que la batterie Ni-Cd (Ni-Cd : $60\mathrm{Wh}\cdot\mathrm{kg}^{-1}$ et Li-Ion : $170\mathrm{Wh}\cdot\mathrm{kg}^{-1}$).
**Ce critère a donc été déterminant lors du choix de la batterie.**
– *Prix pour 1Wh* : le prix du Wh est plus élevé pour la technologie Li-Ion que pour la technologie Ni-Cd.
Ce critère n'a donc pas été déterminant lors du choix de la batterie.
– *Source de pollution* : La batterie Li-Ion est une source faible de pollution alors que la batterie Ni-Cd est une source de pollution élevée.
**Ce critère a donc été déterminant lors du choix de la batterie.**
– *Durée de vie* : Les deux batteries ont la même durée de vie.
Ce critère n'a donc pas été déterminant lors du choix de la batterie.

**L'autonomie accrue (rapport énergie stockée/masse) ainsi que la faible source de pollution sont les deux critères qui ont été déterminants dans le remplacement des batteries Ni-Cd par des batteries Li-Ion.**

## Question 4 (Énoncé p. 442)

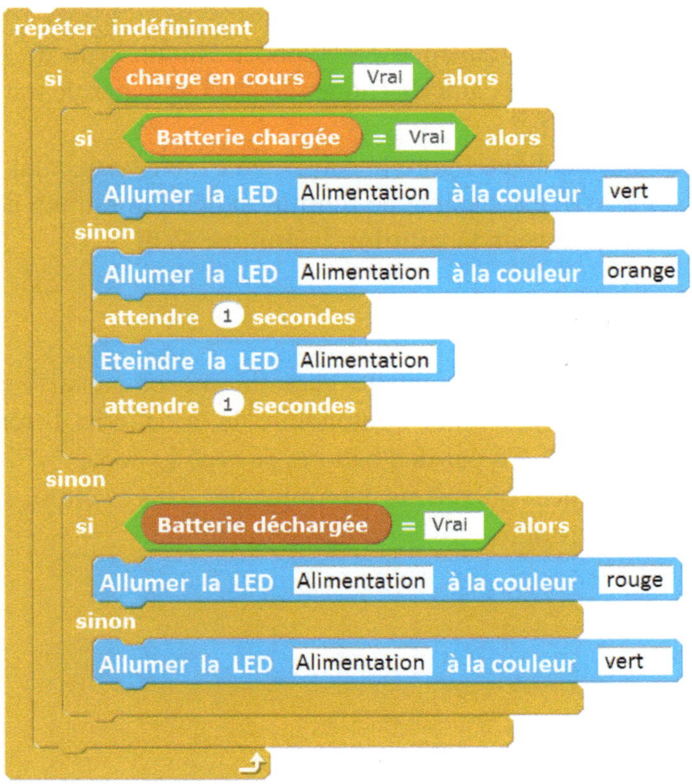